[illegible]宠可爱

醉饮长歌——著

㊤

天地出版社 | TIANDI PRESS

图书在版编目（CIP）数据

限定可爱/醉饮长歌著. —成都: 天地出版社，2023.6
ISBN 978-7-5455-7675-7

Ⅰ. ①限… Ⅱ. ①醉… Ⅲ. ①长篇小说—中国—当代 Ⅳ. ①I247.5

中国国家版本馆CIP数据核字（2023）第055300号

XIANDING KEAI
限定可爱

出品人 杨 政
作 者 醉饮长歌
责任编辑 杨 露
特邀编辑 赵丽杰 张开远 刘玉瑶 宋艳微
责任校对 梁续红
封面设计 recns
责任印制 白 雪

出版发行 天地出版社
（成都市锦江区三色路238号 邮政编码：610023）
（北京市方庄芳群园3区3号 邮政编码：100078）
网 址 http://www.tiandiph.com
电子邮箱 tianditg@163.com
经 销 新华文轩出版传媒股份有限公司

印 刷 北京市松源印刷有限公司
版 次 2023年6月第1版
印 次 2023年6月第1次印刷
开 本 880mm×1230mm 1/32
印 张 18.75
字 数 522千字
定 价 69.80元（全2册）
书 号 ISBN 978-7-5455-7675-7

咨询电话：（028）86361282（总编室）
购书热线：（010）67693207（营销中心）

目录

目录

第一章

晨熙·猫科觉醒者

钻蓝星北半球的夏末燥热无比。海城的空气中弥漫着一股夏日暴雨将来的气味。

室内篮球场里，球鞋摩擦地板的声音响个不停。晨熙把手里的篮球扔到一边，往旁边的休息椅上坐。他屁股刚坐下，就闻到了一股令人窒息的臭味，转头一看，果不其然是他那几个室友扔到一边的运动鞋。

是真的臭。

晨熙一脚把这些臭鞋子踹开，过了好一会儿才感觉自己终于能重新呼吸了。晨熙觉得自己最近有点不对，起先是感觉自己力气变大了，跑步速度变快了，体力变好了。这本来是好事，但紧随而来的就是长达几天的细细密密的疼痛。他现在身上就没哪儿是舒服的，硬要形容，就是从骨头缝里钻出来的疼。

疼就算了，还嗜睡，还老觉得吃不饱。但这还不是全部，最影响他生活质量的，还是突然意识到自己的三个室友都是臭男人，字面意义上的那种——

臭烘烘的男人。

晨熙怀疑自己突然有了洁癖，毕竟他以前跟室友们都是同一个德行，也没觉得臭，这一定是哪里出了问题。

晨熙拧开水瓶，喝了口水，就看到叶朗朗像一阵风一样刮进篮球场，冲到他面前来，手里攥着四张票，发出响彻篮球场的尖叫——

“兄弟们！我搞到云涟漪海城场演唱会的内场票了！！！”

整个篮球场倏然一静，接连响起几声惊叹。

任航和沈深冲过来，三个男的在晨熙面前捧着那四张演唱会的票，活像是捧着辛巴示众的那只狒狒。

任航：“叶哥真牛！”

沈深：“叶哥是神！”

三颗脑袋齐齐转向了晨熙。

晨熙面无表情：“不去。”

叶朗朗强调：“老四，这可是云涟漪的演唱会！”

云涟漪是个觉醒者，觉醒者虽然珍贵，但也不算特别稀奇，而云涟漪不同。在一众常规物种的觉醒者中间，她觉醒出了不一样的花样。

她觉醒成了一条人鱼，全星际唯一一个幻想种。也就是这位牛哄哄的宇宙级偶像，让觉醒者被划分为幻想种和普通种两类。

晨熙更坚定了：“不去。”

叶朗朗纳闷：“为啥啊？”

晨熙：“远离危险，保命。”

三个室友不明就里，只有晨熙自己知道。云涟漪是这个世界的女主，是这个世界里唯一的幻想种，与诸多优秀男性觉醒者有着极其复杂离谱的感情纠葛。而晨熙之所以会知道这些，是因为在初中的时候，他虽然觉醒失败了，却获得了一个谁都不知道的能力——他的终端里多出了一个论坛，论坛里有无数个平行世界的云涟漪的人生经历。

晨熙把这些都当成小说看，这些年通过翻阅这个论坛，他得知了无数隐秘消息。比如某集团总裁是个甜食控啦，比如某个流连花丛的著名影帝其实没谈过恋爱啦，比如某穷凶极恶的星盗头子觉醒体其实是只垂耳兔啦，比如某国冷面战神实际上是个十项全能居家好男人啦……又比如，云涟漪捕猎那些男生的时候，绑架、霸凌，甚至直接弄死都是常规操作。不捕猎的时候，因为她自身的特殊性，各种各样的暗流也总是十分汹涌。

总之一句话，有云涟漪的地方就有危险。

而翻遍了论坛都没翻到自己的名字，终于确定自己就是个普通人的晨熙，决定今晚打死都不出门。

“行吧，那我另外找个人，票不能浪费。”叶朗朗挠挠头。他说完就准备拉晨熙回去打球，却发现晨熙嘴唇有点白，坐在休息椅上都不停冒汗。

叶朗朗：“老四你不舒服？”

“有点。”晨熙对上室友们关切的目光，“我最近这几天特别能吃，特别嗜睡，特别——”

叶朗朗：“这个症状我知道！”三颗脑袋转向他，叶朗朗一拍自己的肚皮，“怀孕了，我姐怀孕期间就这样！”

晨熙一脚踹过去：“滚！”

任航：“还是上医院看看去吧。”

晨熙点点头：“今天就算了，我明天去。”说着他站起身来，撩起宽大的背心擦了擦脸上冒出来的汗，“你们继续打球，我今天就先回——”他话音一顿，感觉屁股后面多出了什么东西，毛茸茸的，贴着皮肤，微凉，非常柔软舒服。

晨熙感觉那玩意儿正顺着他肥大的运动裤腿往下滑，他下意识回过头，一眼就看到了一小截白色的尾巴尖从他的裤腿里探出来冲他翘了翘。

晨熙：“？”

晨熙一屁股坐回了休息椅上，尾巴被屁股这么毫不留情地压住了，传来一阵刺骨的疼痛，晨熙疼得脸都扭曲了，但他没敢站起来。可能是脸上的表情扭曲得太吓人，他一下子就被三个人高马大的室友给围住了。

“怎么回事啊？老四你要不要紧？”

“这么疼啊，我马上打 120！”

“老四你别怕，来我背你去……”

晨熙眼看着任航就要伸手把他抱起来，大惊失色，疯狂拒绝：“停！收！住手！”

三人一顿，晨熙紧张地挪了挪屁股，伸手提着裤子，连带着把那条尾巴也提上来，藏在裤子里，然后小心翼翼地站了起来。

晨熙十分严肃：“我没事，我很好，我自己去医院，你们玩儿。”

任航眼尖：“老四你裤子里藏了啥？”他说着就要伸手。

晨熙往后一蹦：“你干吗？别碰我！”

晨熙这声喊得还挺大，整个篮球场的人都把目光投了过来，在这个好看的年轻人的脸上转来转去。

看什么看！

晨熙的脸涨得通红，拎着裤子，连背包都不要了，转头就跑。他终于明白最近身体不适的原因了。

问：在什么样的情况下，人类会拥有某种动物的特征？

答：觉醒。

但是觉醒往往都是在十三到十八岁，简单地说就是大部分人的青少年时期。青少年在这期间前往觉醒机构，进行一定量的针对训练和检测，就能尝试觉醒。

觉醒成功的人会得到觉醒体一定的能力，比如说：觉醒体是猎豹的，就会跑得很快，嗅觉会变得十分灵敏；是鹰隼的，视力会非常好，变成觉醒体后还能飞。但能够成功觉醒的人非常少，大概一亿人里才能出那么一两个，其珍贵程度可想而知。

所以觉醒者通常都会直接被各个顶尖学府吸纳去，确保他们的才能不被埋没。但说这么多，搁晨熙所翻过的那个论坛上，讲白了就三个字——

毛茸茸。

谁会不喜欢毛茸茸呢？晨熙骂骂咧咧地回了宿舍，揉着自己那条可怜兮兮的白尾巴。

他青春期觉醒失败，现在算啥？二次发育？他现在都大四了，二十二了！过两天都准备去找实习工作了！突然觉醒简直把他的人生计划都给打乱了。

晨熙晃了晃尾巴，有点着急。

云涟漪的捕猎对象，无一例外，全都是顶尖的觉醒者。那些大佬打架，用起炮灰来一个比一个狠，最后遭殃的还不是他们这些无辜的路人。

晨熙一点都不想靠近觉醒者的圈子。他想到这里，深吸口气，把尾巴缠在腰上打了个结，摸了摸："委屈你了。"然后他转头开始收拾行李。

教科书上说了，青少年在觉醒期，情绪和身体机能都不稳定，甚至还会不受控制地变成觉醒体。所以这宿舍是没法待了。

晨熙不想让自己的亲朋好友知道这件事。他随便收拾了几件换洗衣服，背着包，转头冲出了宿舍。在楼梯拐角撞见了隔壁寝室俩哥们儿，晨熙下意识往打水间躲。

"我听老李说那个搞新能源开发的楼氏的老总……好像是叫楼狮

吧，会来咱们学校校招。”

“来就来呗，反正也是奔着咱们学校那几个觉醒者来的。”

晨熙倒吸一口凉气，他背着包走出打水间，觉得不只这宿舍没法待了，这学校也没法待了，就连海城都没法待了！

楼狮来了！啊！晨熙脚底发软。

他对楼狮这名字可太熟悉了，转行搞新能源之前，楼狮在星际盗贼团排名第一，因为楼氏在，楼狮决定洗白，论危险性，在这个世界中，这人当数第一。

他怎么会跟云涟漪同时来海城？也……也没听说他这个世界的云涟漪和楼狮之间有绯闻啊。

他这个世界的云涟漪，好像已经完全沉浸在偶像事业里了。通告接得飞起，作品一个接一个，事业红红火火的，这么多年过去一条绯闻都没有，一点都没有猎取那些顶尖人物的迹象。

难不成是在搞地下恋情？

晨熙脑壳发晕。不行不行，总之不能再待了。

现在就走，立刻就走，马不停蹄地走！披星戴月地走！

晨熙背着包，一路狂奔出学校，七拐八拐地找到了开在小巷子里的房屋中介所。他松了口气，站在巷口，刚一迈出腿，就一脚踏空，整个人滚了好几圈。晨熙坐在地上蒙了两秒，正要撑地爬起来，却发现自己的手脚已经变成了四只可爱的白色小爪爪。他歪头一看，脚底是梅花状的肉垫。一回头，他刚刚穿的衣服和背着的背包，都落在了地上，连手腕上的终端都滚到了一边。

晨熙：“倒霉。”

他尝试着四爪落地，试探着迈步，却因为四肢不协调，走一步就滚三圈。身上雪白的毛沾上了灰，显得脏兮兮的。

晨熙顿时就受不了了。他本能地低下头，开始疯狂舔毛。一直舔到自己能接受的程度了，才满意地停下动作，重新站了起来。

他生涩地伸出自己的两只前爪，拨弄着自己的终端，试图搞出搜索引擎来，搜搜这种情况应该怎么办。但很快他就崩溃了，终端是指纹认证的。这爪子，没有指纹！

晨熙觉得自己简直惨到家了。

树挪死人挪活，我四爪健在还能被区区觉醒给搞翻车不成！总之，先冷静下来，看看自己到底是个什么玩意儿。

晨熙伸出两只前爪，搭在自己鼓鼓囊囊的背包上，准备翻翻有没有镜子什么的。结果他一把头转向身后的背包，就看到一辆车停在巷口斜前方，后座上窗玻璃被放了下来，坐在那里的男人正满脸兴味地看着他，也不知道看了多久。

晨熙看着那张英俊的脸，满脑子都是完了。

福无双至，祸不单行。他还没来得及跑，就正面撞上死神了。

楼狮坐在车里，看着浑身僵硬仿佛下一秒就要升天的小动物，眉头一挑：

“把他逮过来。”

白色的毛团子从背包后边探出个脑袋，瞪圆了金色的猫眼。

干吗？！你还要抓我？！

楼狮坐在车里，看着那只小不点转过身，磕磕绊绊地跑了起来。那迈一步滚三圈的背影，看着实在有点惨。

晨熙也觉得自己很惨，他只不过是一个刚觉醒、无辜可怜又弱小、连路都走不顺溜的……不知道什么的玩意儿。

为什么会遇到楼狮这个大杀神？这不应当！这分明应该是云涟漪才有的殊荣！

晨熙滚完第十八圈，跌跌撞撞地爬起来，感觉天旋地转。他晃了晃脑袋，还没来得及继续迈开小短腿，就被人拎了起来。

晨熙觉得自己当场凉了半截。怎么这就被抓住了？我明明已经跑出了十万八千里！晨熙不服气地一扭头，发现自己距离背包才间隔大约两米的距离。

晨熙：“这腿也太短了！”

晨熙蹬着腿，抬头看了看把他拎起来的保镖。对方目不斜视，又俯身捡起了他的背包和终端，然后连人带包一起拎着，走向了停靠在路边的黑色车辆。

“头儿。”保镖大哥的声音十分冷酷。

楼狮应了一声，接过脏兮兮的小动物，把他放到了旁边的座椅上。

小毛团子跌跌撞撞地跑到了距离他最远的地方，贴着车门，大概是受了惊，浑身的毛都奓了起来。

这小家伙浑身雪白，看着像猫，但脖颈儿上却有一圈浓密的鬃毛，鬃毛的尖端泛着漂亮的金红色。尾巴蓬松地垂落着，长度远超身体，大约是身体长度的两倍。有点像是袖珍版的狮子，但比狮子可爱多了。

楼狮轻轻点了点自己的终端，AI（人工智能设备）在进行过对比之后，给出了宇宙生物资料库查无此物种的答复，楼狮一顿。

幻想种？

“小朋友。”楼狮看着角落里的小猫崽，不由分说地把他拎起来，晃了晃，“叫一声来听听。”

晨熙：“？”

你让我叫我就叫？是星盗了不起吗？是星盗就可以为所欲为吗？

晨熙冷笑一声：“喵呜。”没错，就是了不起。

晨熙挥舞着悬空的四只爪爪，听到自己“喵呜”的那一声，忧愁地叹了口气。是猫啊，好弱哦。自己怎么不是楼狮那样的大狮子？晨熙失望地抖了抖耳朵。

他听到车载音箱里传来的缥缈空灵的吟唱声，这歌晨熙知道，是云涟漪的出道曲《海妖》，没有一句歌词，就是轻盈地哼唱。但人鱼天生的优势让她哪怕是哼两句都宛如天籁。

在楼狮这里听到云涟漪的歌声，晨熙并不意外。因为楼狮当年觉醒的时候出了岔子，导致他精神不太稳定，而云涟漪的歌声能抑制楼狮的狂躁。啧啧，品品这设定，简直就是为了让他俩谈恋爱。

可跟楼狮谈恋爱，那不能叫正常言情，那叫与死亡共舞！

搁以前，晨熙还会感慨一下云涟漪真惨，但现在可不是同情云涟漪那个倒霉蛋的时候，而要可怜自己这只无辜的小猫猫。

我好难啊！晨熙内心悲苦，他蹲坐在楼狮腿上，仰头看着对方。

楼狮不愧是楼狮，作为狮心星盗团的首领，哪怕如今披上了成功企业家的马甲，套上了一身西装，也盖不住他那一身的匪气。把西装外套当披风，衬衫也不好好扣，吓死人的伤疤大大咧咧地露出来，嘴一咧，那笑容都带着一股血腥气。

一看就不是什么好东西。

不是好东西的楼狮转头看向了放在旁边的背包，晨熙的学生证就摆在背包侧面的网袋里。这本来是晨熙图方便，准备快速办理租房手续随手放的，现在倒是让楼狮一眼就看到了那个证件。

楼狮扫了一眼上边的名字："晨熙？"

晨熙："……喵。"

楼狮随即看到了学生证上的年龄，颇为有趣地笑了一声。看晨熙刚刚猝不及防变成觉醒体的样子，十有八九是刚刚觉醒还不会控制，但他的年龄却是二十二。

众所周知，青少年的觉醒期在十三至十八岁之间。

楼狮抬头看向那条小巷的尽头，想知道晨熙原本的目的地，结果一眼就看到了"租房中介"四个字。

意料之外的觉醒。

有趣。

“我叫楼狮。”楼狮自我介绍，“做清洁能源的那个。”

楼狮以前的身份是保密的。按照攻略的思路，就是好感度到了能谈恋爱的程度，楼狮的这个秘密才会暴露出来。

“你要找房子？”楼狮问完，又说，“你现在没法找房子。”

晨熙：“喵呜。”我当然知道现在没法找房子！

楼狮：“我在这里有房产。”

准备开去酒店的司机道：“头儿，你可能记错了……”

楼狮抬头，扫了司机一眼，笑了一下，司机被楼狮这一笑吓得浑身一凉。旁边的保镖大哥已经摸出终端来，动作无比迅速地搜索并购买了五处房产。

司机手心冒汗，收到了保镖大哥发来的短信：“头儿说有就是有，新来的，记住了。”

司机连连点头。

楼狮低下头来，重新看向晨熙，而晨熙毫无所觉。

“我在这里有房产。”楼狮再一次说道。

晨熙：“？”

哦，那你可真棒，但你大可不必向我炫富。晨熙感到累了，已经不想“喵”了。

楼狮等了好一会儿也没等到晨熙的反应，对方只仰头看着他，一张猫脸上写满了迷茫。

楼狮：“……”

他已经很久没遇到这么不懂暗示的人了。

“我的意思是，我可以租房子给你。”楼狮说道，“我也是觉醒者，觉醒期有很多需要注意的事情，我都可以教你。”

晨熙一愣，怎么回事？！楼狮应该没有这种乐于助人的设定啊！

“我很看重你，小朋友。”楼狮挠了挠晨熙的下巴，“觉醒者可是很难得的。”

觉醒者十分珍贵，这一点，晨熙心里是有数的。他甚至还知道，楼狮的狮心星盗团足足有八个舰队之多，但在这八个舰队的庞大人数里，觉醒者也就两个巴掌的数量。这两个巴掌里还包括了楼狮本人，其珍贵程度自然不必说。

但晨熙不知道，起初让楼狮驻足的，并不是觉醒者的珍贵性，而是他在看到那道钻进小巷子里的身影的瞬间，突如其来的占据了他的头脑乃至于灵魂的那一股“抓住他”的冲动。

这想法毫无来由，纯粹是本能。

星盗头子向来随心所欲。随心所欲的结果是好的，他收获了一个疑似幻想种的小朋友。而除这个小朋友之外，到目前为止有记录的幻想种，只有云涟漪一人。

楼狮准备先抓住这个小朋友，再慢慢研究其品种，总归是能搞清楚对方为什么会让他有那么强烈的冲动的。就算最终的结果可能不那么令人惊喜，但能招揽一个觉醒者也是稳赚不亏。

“怎么样？”楼狮说着，向坐在前方的保镖伸出了手，保镖恭敬地将终端交给了他。

楼狮拿过终端，把五处房产的投影拖出来，一一给晨熙看过。

“你喜欢哪个？”他问。

晨熙浑身一震，而后流下了泪水。我看这些，哪个都不像我租得起的样子，本贫民窟小猫猫哪敢说话。

“都不喜欢？”楼狮轻啧一声，皱了皱眉，然后又松开，“再买几套。”

晨熙：“？”

收手吧你！知道你有钱！

晨熙疯狂摇头，他拖出终端的打字面板，毛茸茸的小爪爪一下一下地戳着面板。

“租金？”

楼狮抬眼看了看巷子那边，在租房招牌下边，看到了一个1500。

楼狮眉头一挑："1500元一个月。"

晨熙震惊地看了一眼楼狮，又看了看那五个大庄园，颤巍巍地发出疑问："一个房间？"

楼狮："一个庄园。"

晨熙："……"

楼狮："贵了？"

晨熙："没有。"

楼狮点头："那你喜欢哪个？"

晨熙摸摸自己的良心，敲字："我觉得你有点亏。"

楼狮哼笑一声："一处房产换到一个觉醒者手下，亏的可不是我。"

晨熙："……！"

这就是觉醒者的世界吗？！晨熙深吸一口气，感觉呼吸间都是柠檬的清香——酸气冲天。

晨熙看了看那五处房产，最后看中了那个比较靠近市中心的。市中心交通方便，回头不稳定的觉醒期过了，好搬家。就在晨熙指向那个投影的时候，天际突然炸开一声响雷。晨熙被吓得一蹦，以迅雷不及掩耳之势跳下楼狮的腿，蹿到座位底下，惊恐万状。

我就占了楼狮一个便宜，也用不着降雷劈我吧！

楼狮被他这无比迅捷的动作惊得微怔，反应过来之后看了看天："只是雷暴，要下雨了，你怕打雷？"

晨熙小心翼翼地从座位底下探出脑袋，摇了摇头。

楼狮看着晨熙那张猫脸上小心翼翼的神情，觉得这小朋友好好笑。他俯身，把晨熙从座位底下拎出来，看着变得更脏了的小白猫："去南丰庄园。"

车子进入航道，驶出不远，暴雨便倾泻而下。晨熙坐在车里，低头看看自己脏兮兮的毛毛，忍了半晌，还是没忍住，低头舔了起来。

完了，晨熙一边舔毛一边想，他大概永远都变不回以前那个打完篮球不洗澡直接睡觉的他了，他现在只能当一只爱干净的小猫猫。

等到晨熙舔干净了毛，才惊觉堵车了。他抬头透过倾盆暴雨看了看前边，发现雨水里汽车排成了一条长龙。而坐在他旁边的楼狮侧头看着窗外的雨幕，眉头皱着，神情十分不耐烦。晨熙悚然一惊。

车载音响一直在播放云涟漪的歌，但楼狮眉宇间的不耐烦不但没有被压下去，反而堆积得愈加浓烈，空气中弥漫起一股令人焦躁的硝烟气。晨熙生怕楼狮发起疯来大家集体玩儿完，赶紧扒拉了两下终端。楼狮偏头看他，发现他认证不了终端之后，把自己的终端给了晨熙。

晨熙两个爪子都用上了，啪啪敲字："平时不堵车的，今天有云涟漪的演唱会。"

楼狮应了一声，但脸上的不耐烦也没有褪去多少。他对云涟漪这个名字并没有什么特殊反应。

晨熙："？"

啊？你俩没在搞地下恋情啊？那楼狮好好的帝星不待，跑来钻蓝星干吗？

晨熙十分疑惑，他继续敲字："我听说你要来我们学校参加校招？"

楼狮点头："你们学校有只虎鲸，我正好需要他。"

晨熙恍然，要招揽特定的觉醒者，怪不得楼狮会亲自过来。

晨熙看看楼狮，发现自己跟楼狮聊天好像能转移一点对方的注意力。他看看自己的爪子，感觉自己的双爪掌握了全海城的未来！晨熙无比激情地投入跟楼狮的聊天大业之中。

车子慢吞吞地行驶，直接开到了庄园正门。晨熙动作不太熟练地跳下车，由于还没习惯猫的身体，这一蹦是脸着地，当场就打了好几个滚。

晨熙滚了好几圈后蒙了两秒，然后全不在意地爬起来，摇头晃脑，并没有因此而产生半点烦闷和焦躁。

站在旁边的楼狮觉得他真是个好脾气的小家伙。

楼狮看着精神抖擞的晨熙，心头的不耐烦不知何时已经悄然消弭。晨熙并没有发现楼狮的注视。他下意识地抖了抖毛，重整旗鼓，看到旁边的小水洼，两眼一亮，迈开小短腿小心地走过去，探头看了一眼。

水洼里倒映出来的猫咪雪白灵动，黑色的瞳孔因为暴雨昏暗的光线而溜圆溜圆，周围绕着一圈漂亮的金色。

看看毛毛，油滑光亮，浓密顺滑；看看爪爪，粉嫩柔软，一脚一个小梅花。还挺可爱的。

晨熙喜滋滋的，对自己的觉醒体非常满意。

湿润的狂风从院落的廊道里灌进来，把正瞅着水洼里倒影的晨熙掀了个跟斗。对新的身体并不熟悉的小猫崽被吹成了一团风滚草，连滚带飘地从门廊这头滚到了半道，然后被楼狮拎了起来。晨熙满脸蒙，他难以置信地低头看了看自己的四只爪爪和大尾巴。

就这一阵风？就这一阵风把我吹飞了？晨熙整个都傻了。

楼狮也有点没反应过来，他还是第一次见到能被风刮跑的觉醒者。他拎着晨熙，简直惊呆了。

呸！这不是我想象中的觉醒！堂堂觉醒者，被风吹跑了！这说出去我海城大学篮球小王子晨熙的脸往哪儿搁？

晨熙转头看向楼狮，试图从楼狮的神情中判断出这种情况是不是常态。楼狮眉头一挑，拉长了话音：“你这种情况——”

晨熙眼含期待。

楼狮笑出声：“还挺少见的。”

晨熙："……"

你笑什么笑！晨熙觉得自己简直虎胆雄心！牛爆了！他都敢在心里骂楼狮了！

楼狮看着他手里疯狂蹬腿的晨熙，打开了门，把他放到了地上。晨熙迈着生疏的脚步走进房子，一爪子踩在了软绵绵的地毯上。

房子比他想象中的还要大很多。晨熙想起投影里的介绍，这房子至少能住十来个人。

楼狮看向旁边的保镖："他的终端。"

保镖大哥掏出了晨熙的终端，接上了一条数据线。然后保镖大哥用晨熙根本看不懂的手法操作了几下，就把晨熙那个因为指纹锁而无法认证的终端给破解了。

楼狮从保镖手里接过晨熙的终端，确认了一番，然后看向晨熙。

你们怎么这么熟练啊！晨熙喵喵叫着，显得十分着急。

楼狮："你现在没办法指纹认证，就帮你破解一下。"

他以前混黑的，从来只论结果，不讲究手段。现在洗白了，也不见得就有多讲究。倒是晨熙这么着急的样子让他觉得很有趣。

楼狮晃了晃手里的终端："这么着急？"

晨熙点点头，直起身子伸出前爪去够终端："喵呜！"

楼狮微微举高了终端："有秘密？"

被戳中了心事的晨熙一僵，然后叫得更大声了。

楼狮眉头一挑："还真有秘密。"

"喵！"

对！我终端里有个惊天大秘密！说出来吓死你！

楼狮逗爽了，把终端还给了晨熙，帮他挂在了脖子上。也幸亏现在的终端已经轻便得像个腕带，不然晨熙还真不好处理。

楼狮低头看了一眼时间，对晨熙说："去挑个房间。"

晨熙不客气地选中了二楼带大露台的那个房间。保镖大哥抱着猫和背包上了二楼。楼狮收回视线，低头滑开自己的终端，让自己的AI搜索了一遍晨熙终端里的信息。保镖大哥手法十分熟练，在刚刚破解晨熙的终端时，顺便装了个小玩意儿进去，是个监控信息和通话的小玩意儿，但并不是全盘监控。触发警报的关键词无非就是楼狮的名字和他的一些小秘密。

现在的星际公民，一个终端数据是绑定一辈子的，有心查一个人，实在是再简单不过。楼狮身份特殊，跟他有所交集的人，都是要查一查的。

楼狮看到晨熙的终端数据统计里，近年来与自己相关的信息的数据几乎为零，但在晨熙十四岁那年，与他相关的关键字的出现率突然呈现了一个高峰。楼狮看着“楼狮”“狮心星盗团”之类的词汇出现率，脸色微沉，伸手点开了详情。然后他发现他并不是唯一被搜索的，晨熙同时还查了一大堆顶尖觉醒者的名字。

十四岁，正是可以准备觉醒的时候，而晨熙的履历……楼狮目光转向了一旁的履历界面，上边写着晨熙十四岁的时候，觉醒失败了。

看来只是普通的觉醒期青少年对于觉醒者的憧憬而已。

楼狮松了口气，同时又有点微妙的不爽。他皱了皱眉，将这点微妙的不愉快掩埋，站起身来。等在一边的司机赶紧上前：“头儿？”

楼狮偏头看了一眼从楼上下来的保镖：“去一趟新的总部。”

司机应是，小跑出去开车。楼狮走到门廊，脚步一顿，转头看了一眼关上的大门。

保镖大哥思维敏锐：“头儿，有问题？”

“把我的东西搬到……”楼狮说到这里，顿了顿，改口道，“搬到东郊那个庄园去吧。”

“好的，头儿。”

真奇怪，楼狮上了车暗想，他刚刚竟然想直接搬到这里来，跟那个小朋友住。直觉告诉他，这会令他很高兴，但他的毛病并不允许他这么做。这小鬼脆弱得能被一阵风刮走，估计他一发病，晨熙要直接横尸当场。

楼狮有些烦闷地把昂贵的西装外套脱下来，揉巴揉巴扔到了一边。

在二楼柔软的大床上蹦跳的晨熙完全不知道自己刚刚逃过了好几劫。他在床上蹦了个爽，蹦完才发现保镖大哥不知道什么时候消失了，晨熙顿时紧张起来，他还没这房子的权限呢！

晨熙连忙滚下床，走到房门口，刚想挠门，门就开了。这意味着这栋房子的主人名录里，已经有他一个了。晨熙从房间里探出头，往楼下看看，发现整个房子静悄悄的，除了外边的雨声，没有一点声响。

晨熙愣住，楼狮这就走了？

也是，楼狮是什么人物，哪能为了一个无名小卒浪费时间。晨熙心里嘀咕了两句，随即喜形于色。

楼狮走了！那不是更好吗？这大房子！这软绵绵的地毯！这宽阔的大院子！全都是我的猫爬架！

晨熙简直高兴飞了，他蹦蹦跳跳地适应着自己的新身体，四处翻找这房子的控制面板。一个庄园，基本上都配备有很多功能完备的机器人，总不能指望他一只小猫来除草、打扫和做饭。

晨熙耗费了两个小时来练习走路和跑步，成果喜人。虽然着急起来的时候还是控制不住地用两脚走的姿势摔个猫吃屎，但总归是脱离了靠滚前进的阶段。

不愧是我！晨熙万分骄傲地跳上书桌，终于在书桌上摸到了控制面板的芯片。

这个庄园里该有的机器人一应俱全，晨熙在控制面板上摸来摸去，好不容易把自己的晚饭给摸了出来。然后他叼着自己的终端，点开了搜索引擎。

他在一个网站上找到了一个觉醒者的分享帖，里面分享的是觉醒学校的日常生活和训练内容，而很巧的是，这位帖主也是一只猫。

本身，晨熙是准备租个廉价的小房间，把长达三个月到半年的不稳定期给熬过去的。至于怎么熬，怎么学，那当然是依赖无比发达的网络。

晨熙蹲坐在书桌上，满脸严肃地点开了帖子。这可是他作为一个觉醒者迈出的第一步！

【分享生活】猫科觉醒者，帝都初级觉醒学校生活记录——

第一课：猫科动物的社交从舔毛开始。

老师说，身为一个觉醒者，要适应自己觉醒体种类的一切行为。在猫科动物的社交之中，老大需要给所有小弟舔毛。

然后他们一群大的小的袖珍的猫科动物，就滚在一起，互相舔了一节课的毛。

什么垃圾课程？！晨熙露出了震撼的表情。

晨熙往下拖了一截，发现这帖子里的课程内容总结一下，完完全全就是“教你如何成为一只猫”。

晨熙从震撼逐渐转变为沉默。

不，这不可能！一定是我找错了帖子！

晨熙振作起来，搜了一圈别的种类的觉醒者的分享帖，然后悲伤地发现全都是教人如何适应成为一只狗、鹅、大象、猎豹等内容。初级课程清一色就是这些，而高级课程搜遍全网都没有人分享。晨熙关掉了帖子，觉得自己好累。

这跟我想象的觉醒者完全不一样！

晨熙闭眼思索了三秒，然后打开了自己的社交号。他总不能玩失踪，要跟室友们报个平安，再编个理由告诉他们他搬出来了。结果晨熙一打开社交号，就看到自己的号里多了一个好友名字——楼狮。

他狐疑地看着那个多出来的社交号，这个号的头像是楼氏清洁能源的 LOGO（标志）。晨熙想了想，发了个问号过去。

楼狮坐在车上，心里的不耐烦愈演愈烈。今天云涟漪的演唱会造成的交通堵塞实在是太严重了。尤其是市中心，航道从天上到地面，堵得密密麻麻。

坐在前边的保镖和司机噤若寒蝉，半个字都不敢多说，生怕发出一点儿声音就击垮了楼狮脆弱的精神。这种时候他们就十分怀念刚刚来的路上，一直在跟头儿打字聊天的小朋友。至少有人转移头儿的注意力，让他没那么注意堵车这种事情。就在他们这么想的时候，楼狮的终端闪烁了一下。通过后视镜看到动静的保镖，给发来消息的同事点了根蜡烛。

头儿心情不好，自求多福。

但出乎意料的是，满脸不耐烦的楼狮在看到消息时眉头一挑，并没有被挑起怒意。他甚至还露出了有点兴味的笑意。

楼狮："？"

晨熙熙："楼狮先生？本人？"

楼狮："有人冒充过我？"

哦，是楼狮本人。应该是刚刚在帮他破解终端的时候，顺便加上了社交号。

晨熙熙："没有，就是确认一下。"

晨熙回复完，翻遍了自己的通信录，也没有翻到有谁能够给他解答关于觉醒者的疑惑，除了楼狮。晨熙犹豫，他觉得楼狮对他态度还挺好的，又很好说话。要不是知道对方以前是干啥的，又有疯病，他肯定当场就被楼狮招揽了。

晨熙迟疑半晌，终于还是给楼狮发了消息过去。

晨熙熙："楼狮先生，是这样的，我在网络上搜的觉醒学校的初级课程，都是这样的。"

晨熙分享了刚才浏览的网页。

晨熙熙："高级课程搜不到，我不知道这是不是真的……"

楼狮粗略扫了一眼那些网页。

楼狮："初级课程的确是这样，高级课程是保密课程，不允许对外发布。"

还真就是这样？你们觉醒者是不是在觉醒的时候，不只生理，就连思维都变得怪异了？

晨熙熙："这些初级课程……真的有用吗？"

我真的要学吗？晨熙内心天人交战。

楼狮回得十分干脆："没用。本质是用来熟悉身体机能，只是现在的教育理念奉行寓教于乐。"

晨熙大大地松了口气，然后对楼狮发出了灵魂质问。

晨熙熙："那你也学过这些初级课程吗？"

楼狮微顿，而后面无表情地关闭了终端。

晨熙等了半晌也没等到楼狮的回复，一直到机器管家给他把晚饭做好了，楼狮还是没回复。

怎么不回了？晨熙茫然地拨弄了两下自己的终端。真令人摸不着头脑，算了，可能是太忙了吧！晨熙并不在意。他闻着饭香，美滋滋地叼起终端跳下书桌，迈着小短腿小心地蹦跶着下了楼。机器管家在他到桌边的时候，伸出机械臂把他抱上了桌，并贴心地给他系上了小围兜。

还有小围兜！这就是有钱人的享受吗？

桌上一荤一素一汤看起来十分诱人，晨熙吸了吸鼻子，正准备动筷，却突然愣住了。

糟糕！出大事了！猫是怎么吃饭的来着？

晨熙低头看了一眼自己的小围兜，还有小围兜下边毛茸茸的爪爪，怎么看都不像是能拿起餐具的样子。晨熙茫然地用两只爪爪踩了踩桌面，转头看向机器管家。

“喵呜！”喂我！

但很遗憾，机器管家并不具备猫语交流功能。它一动不动地站在旁边，进入了休眠模式。

哥，您这服务也太不到位了。

晨熙放弃了让机器管家喂饭的想法。仔细想想，好像也没法喂。晨熙转头重新看向了自己的晚饭，他回忆着猫吃饭的样子，凑到那一碗番茄蛋花汤面前，低下头，尝试着舔了一口，结果全都舔到了鼻子上。

晨熙：“……”

这就是觉醒吗？果然好难啊！

晨熙愁眉苦脸地蹲在饭桌上，打开了社交号。他下意识地点开了跟楼狮的聊天界面想要求助，结果打出一行字，又一点点删掉了。晨熙突然意识到一点——如果怎么吃饭都问楼狮，那不是显得自己很弱智吗？

这也太丢猫了！

他略一思考，点开了好几个猫猫吃饭的视频试图学习。但视频里的猫猫吃得无比熟练，而他却只落得被汤汁糊一脸的下场。

啊！觉醒真的好难啊！

晨熙顶着一脸汤汁，愤怒地点开了社交号：相亲相爱 302（4）

晨熙熙：“兄弟们我好难啊！”

叶朗朗：“怎么了？我的四！还是很不舒服吗？”

任航航：“去医院，搞快点。”

沈深深：“我不去演唱会了，回去送你上医院吧，你一个人不方便，你等会儿啊。”

晨熙一愣，看着室友们的关心，忍不住傻乐了两声，伸爪子敲字。

晨熙熙："没有！没有不舒服了。"

沈深深："那你怎么啦？饿了？"

任航航："别慌啊，哥哥给你带晚饭！"

晨熙熙："也不用，我就告诉你们一声，我搬出来了。"

沈深深："？"

叶朗朗："？？"

任航航："？？？"

晨熙舔舔自己番茄蛋花汤味的鼻子，叹气。

晨熙熙："是这样的，我找到工作了，现在在南丰庄园上班。"

叶朗朗："做什么？"

沈深深："正规吗？"

任航航："老板人好吗？"

要骗哥几个，怪不好意思的。晨熙摸了摸自己隐隐作痛的良心，想了想，还是昧着良心认认真真地编了起来。

晨熙熙："正规的，老板是楼狮，你们知道吧？就做清洁能源的那个，人还挺好的。工作内容就……打扫一下庄园，给管家打打下手，包吃住，他们人招得还挺急的，所以我直接出来了。"

哥几个纷纷表示嫉妒。

海城是钴蓝星上的超一线城市，生活成本极高。找一份包吃住的工作，一个月的花销能减少十分之九。寝室里四个人，只有叶朗朗一个是海城本地的。

哥几个都已经投了一堆简历，倒也不是找不到工作，毕竟海城大学怎么说也是钴蓝星排名第三的学校，只是大多数实习工作，对于非本地的学生来说，不要说攒钱，交通、食宿什么的一个月下来可能还得倒贴，所以至今全寝室只有晨熙一个人找到了合适的工作。虚假合适也是合适，反正天知地知，除了他晨熙，还有谁知道这是假的。

叶朗朗："我听说楼狮巨有钱，他怎么不直接配备顶尖的管家机器人？”

晨熙眼也不眨：“你不懂，有钱人就喜欢人工服务！”

沈深深：“楼狮长什么样？我在网上搜了一大圈，竟然没搜到他的照片！”

晨熙熙：“长得还行，很帅。”

晨熙熙：“也就比我差那么一点点吧。”

关键词被频繁触发，楼狮的终端“嘀嘀嘀”地响个不停。前座的司机和保镖眼观鼻，鼻观心，半点儿不敢出声。

楼狮点开详情，一眼就看到晨熙在造谣。小朋友胆子还挺大。楼狮这么想着，点开了南丰庄园的监控。

晨熙已经把社交号扔到了一边，坐在色香味俱全的饭菜前，思来想去，最终无比耻辱地重新点开了那个被他嫌弃的猫科觉醒者的分享帖。

帖子里说一开始学习吃饭的时候，猫科觉醒者们都会习惯性用上爪子，所以饭前记得把爪爪洗干净哟！

晨熙低头看了一眼自己沾着灰的爪子，觉得这是个悖论：洗干净爪子不还得走回来吗？走回来不还得沾灰吗？不行，他得想个办法。四爪健全的，总不能把自己饿死！

晨熙沉思许久，跳下餐桌，转头进了洗手间。

洗手间里是没监控的，楼狮靠着椅背，也不嫌堵车烦人了，饶有兴致地看着监控投影，等着小猫崽出来。

晨熙打开了水龙头，如临大敌地看着漫上来的水面，努力地克制住逃跑的冲动，浑身毛都奓起来了。

晨熙觉得这也是个悖论，那么爱干净，竟然讨厌水！可真是一朵不一样的烟火。

晨熙忍着内心的排斥，仔仔细细地把两只前爪里里外外连指甲缝都洗得干干净净，然后转头看向了旁边的卷纸。

等到小猫咪白色的身影再一次出现在监控投影里的时候，楼狮发现他全身都已经缠上了一层卷纸。两只前爪缠成了包子，看起来行走不是很方便。但晨熙还是坚强地蹦跶到了餐桌上。他抖着身体，把缠在身上的卷纸抖下去，然后张嘴撕掉了两只前爪上的“小包子”。

很好！解放双手！现在爪爪是干净的了！

晨熙重新抖擞起精神，套上绣着一只大鸡腿的小围兜，拿爪子扒拉着茄子肉末，终于正常地吃上了今天的晚饭。

我可太机智了！不愧是我！

晨熙得意地晃着尾巴，呼噜呼噜地吃饱饭，假装没看到被他两只沾了油的前爪踩得一塌糊涂的餐桌，转头拿剩下的那碗汤来练习如何只用嘴吃饭。

觉醒者可真不容易，晨熙十分唏嘘。等到喝完一大碗汤，晨熙终于学会了如何控制他自己的舌头，以及如何掌控嘴跟菜之间的距离。

总的来说，晨熙对自己的成果十分满意。他看看自己油乎乎的爪子，准备上洗手间去洗个手，结果一转头，发现卷纸都已经被他撕坏了。

晨熙愣住，餐桌还比较好收拾，地毯沾了油就不好了。楼狮大方地向他示好，不意味着他就可以随便在人家的房子里乱整了。普通房东还会嫌弃邋遢的房客呢，何况晨熙的房东还是楼狮。

晨熙蹲在餐桌边上纠结半晌，然后直起上半身，在餐桌上练习如何只用后腿走路。

也不用走很远……晨熙想，也就餐厅到洗手间的距离而已。

熙熙坚强点，你可以！

楼狮坐在车里看着晨熙的表演，脸上笑意越来越盛。晨熙可真是个宝藏男孩，令人心情愉悦。楼狮这么想着，又欣赏了一会儿晨熙练习用后腿走路的画面，然后远程给机器管家下达了命令：“给晨熙擦脚。”

一直在旁边休眠待机的机器管家突然复活，吓得晨熙一蹦。猫崽警惕地看着这个突然动起来的机器人，看到对方进了厨房，从厨房里拿出一条冒着热气的干净毛巾来。就在晨熙以为对方要擦桌子，准备上角落里去给它腾出地方来的时候，机器管家轻柔地握住了他的爪子，然后更加轻柔而细致地把他的爪子擦得干干净净。

晨熙：“？”

哥，您早干吗去了？！您是不是年久失修，反应系统有延迟啊？不，就算是延迟，您这延迟也太久了。搁游戏里，你早就被队友踢出队伍疯狂辱骂加举报了，你知道吗？

晨熙一脸震惊地被擦干净了脚，机器管家换了条毛巾，又给他擦干净了脸。接着，机器管家把晨熙的小围兜摘下来，在他的脖子上挂上终端，温柔地把他抱起来，放到了地上。然后它转头，开始收拾起餐桌上的残局。

晨熙坐在原地蒙了好一会儿，然后一步三回头地离开餐厅，去了客厅。

他打开跟楼狮的聊天窗，迟疑着要不要跟对方提一提这个机器管家好像年久失修的事，但最后他还是没说。总觉得占了人家便宜还跟人家提这个那个要求，怪不要脸的。

生活对我这只脆弱的小猫猫好残忍哦。

小小的猫崽叹了口气，关掉了聊天窗，转头搜了一圈觉醒者必备物品，发现高居榜首的是钙片和复合维生素。说是因为生理骨骼变化频繁，觉醒期需要补充非常多的营养元素，以确保觉醒不出岔子。

出岔子的话就会比较惨，会落下病根，症状不一。楼狮虽然不是营养问题出的岔子，但看他的情况就知道——真出了什么毛病，那是会伴随终身的。不过这些东西，觉醒学校都会直接提供给学生，所以近年来，出岔子的觉醒者数量约等于零。

晨熙之前对这些并不了解，他自从觉醒失败之后，就完全没有再多去了解过觉醒者的细节。他顺便搜了搜首推的几个牌子，被价格生生吓得打了个嗝——

海城小开间，一个月租金 1500 块，觉醒学校指定复合营养保健药品，5800 块一盒，一盒只够吃一周。

啥家庭啊！家里有矿啊？还得是钻石矿吧！钻井的时候还钻出油了吧！

晨熙一张猫脸上满是震撼。他打开自己的财富页面，数了数存款，瞬间自闭。

我不配。

晨熙四只爪爪抱着自己的大尾巴，把脸埋了进去，无声地流下了卑微的泪水。熙熙只配跟楼狮一起得疯病，以后组个猫科双煞，直接出道！

晨熙觉得自己太难了，难不成他最终还是得去觉醒学校？晨熙抱着自己的尾巴蹭了蹭，心中十分纠结。

他真的不想去觉醒学校，因为觉醒者人数少，觉醒学校整个国家就一所，位置在帝星。因为觉醒期年龄的关系，基本上就是初高中连读。到了大学，再各自考去各自偏好的学校。而在觉醒学校的时候，往来之间认识各个大佬——云涟漪男友团——的概率非常高。

这个学校基本上相当于大佬们的人才储备库。在晨熙看来，说是炮灰储备库也没什么问题。毕竟，也不是随便哪个觉醒者都能牛哄哄的，他们很多只是比普通人要多一些优势和资源。

当然了，最令晨熙困扰的并不是这所学校里出了一个云涟漪以及云涟漪的男友团，而是他都读大四了，让二十二的他跟一群小萝卜头一起重新体验一次初高中生活，真的没必要。

别问，问就是要脸。

晨熙垂头丧气地在沙发上打滚，抬头看了一眼购买页面上觉醒学校的联系电话，又看了一眼觉醒期里需要的营养元素，一翻身就陷进了沙发缝里。

晨熙家算是小康家庭，家人平时给他钱也还算大方。他每个月的零花钱是 1000 块，加上偶尔当家教，做点网络兼职，零零碎碎下来一个月也能有个 2000 块左右。晨熙花钱不多，大学三年下来存了个小两万，他之前算过账，在海城租个 1500 块的小开间，环境差点也没关系，租一个季度或者是半年，最多也就小一万。钱再省着点花，两万块左右够他过完觉醒期了，何况网络兼职也还可以想办法继续做。

可谁能想到呢？这谁能想到呢？觉醒者补充营养一周就要花费 5800 块！我拿什么去赚这么多钱？这叫觉醒吗？这分明就叫吃钱！

晨熙四爪朝天瘫在沙发上，感觉自己已经是只废猫了。他仿佛已经看到未来的自己，跟着楼狮一起游走在发疯的边缘。

他们的区别大概就在于，楼狮发起疯来万人惊惧，而他发起疯来只有他自己害怕。

这也太卑微了，不行，不可以。熙熙坚强点，熙熙还可以再想想办法！

晨熙一翻身从沙发上坐起来，拉开那个营养需求列表，开始对照着列表的需求，寻找替代品。高品质的买不到就买平价品，平价品都买不到就买次品！当代社会如此发达，穷人总有穷人的过法！都是生活逼的！

晨熙运爪如飞，从钙片和维生素开始搜起，看到需求量相当的最低品质的营养品价格之后，再一次陷入了沉默。

他看清这个世界了，就是穷人是不配当觉醒者的，生活终于对我这只小猫猫下手了。晨熙扒拉扒拉自己的财富页面，深深地叹了口气。

他打开相亲相爱 302（4）的聊天窗。

晨熙熙：“哥，问个问题。”

叶朗朗：“哥来了！”

晨熙熙：“好，事情是这样的，我老板，就楼狮，有个刚觉醒的弟弟，他不想去觉醒学校，我觉得我可以送弟弟点东西来讨好一下老板，我搜了一圈复合营养保健品，贵到使我自闭。”

任航航：“是很贵的啊，你还是换个东西送吧。”

换东西？我现在最需要的就是这玩意儿啊！据说营养跟不上的话，不只会落下病根，还会一直有觉醒阵痛。就是变成觉醒体之前，那种细细密密的从骨头缝里钻出来的痛。也不是不能忍，但真的很难受。

晨熙吸了吸鼻子，心里苦不堪言。

晨熙熙：“就没有什么别的替代品吗？”

叶朗朗：“营养药品的话，没有。”

任航航：“觉醒体是啥？”

晨熙闻言，想到自己刚刚在洗手间照了镜子，回复道：“猫。”

任航航：“那你送猫抓板、猫砂盆、猫砂、猫草、猫薄荷、化毛膏什么的吧。”

晨熙熙：“别的我都能理解，但为什么要送猫砂盆？”

任航航：“因为我看过一个猫科觉醒者蹲马桶的时候，脚滑掉进去的案例。”

晨熙深吸口气。

妈妈，觉醒者的世界，好像比我想象中的还要险恶许多。

要不还是去觉醒学校吧，去蹭完营养品就悄悄地回来搬砖。最多半年的时间而已，大佬们也不至于为难一只普通的小猫猫。总不能真的因为要脸而落个疯了的下场吧。刚好去觉醒学校，还可以确认一下自己的品种。

晨熙瘫在沙发上，伸出爪爪摸了摸自己脖子上的毛毛。晨熙觉得自己应该是只纯种猫，可能是狮子猫之类的，因为他脖子上这一圈毛毛蓬松柔软地奓开，看着有点像狮子。像狮子的猫应该就叫狮子猫吧？晨熙对这些没什么研究，也不太确定。

他翻了个身，磨磨叽叽地把网页拉到了觉醒学校的联系方式那里。然后他翻身坐起来，准备给觉醒学校发个邮件。在晨熙挠着脑袋纠结措辞的时候，把他所做的一切看在眼里的楼狮，终于在他开始写邮件的时候，有了动作。

他脸上犹带笑意，慢吞吞地点开社交号，给这个为他“虚空造弟”的小猫崽子发去了一条消息。

楼狮：“对了，觉醒期需要的营养药品，你有需求吗？”

正在写邮件的晨熙爪子一顿，愣住。

晨熙熙：“我买不起。”

楼狮：“我可以提供。”

晨熙熙：“真的吗？支持赊账吗？”

楼狮一愣。

迄今为止，还没有人在他面前说过“想要赊账”这种话。楼狮看着“赊账”那两个字，还没来得及回复，那边晨熙生怕他拒绝，急匆匆地又发消息过来了。

晨熙熙：“等我工作了我会好好还钱的，秋梨膏！”

楼狮：“秋梨膏？”

晨熙熙：“打错了，求你了！”

楼狮笑了笑：“可以。”

天呀，楼狮原来是这么好讲话的人吗？可恶！云涟漪骗我！

楼狮：“算你欠我一个人情。”

可以！欠欠欠！别说算一个人情了！一盒一个都行！您可真是我的救命恩人！

晨熙喜形于色，然后火速给自己下单买了猫砂和猫砂盆，以免发生脚滑掉进马桶里的惨剧。下完单，晨熙站起来，转头看了一眼雨势渐渐变小的窗外，开始在这栋大房子里转悠起来。

楼狮看了看监控，发现晨熙昂首挺胸地迈着小短腿，像是一头小小的雄狮在巡视自己的领地。别说，还真有那么几分架势，就是体形太袖珍了，看着怪憨的。

楼狮看了一会儿，顺手买了一箱子复合营养药品。一箱二十盒，对于楼狮来说是眼睛都用不着眨一下的价位。他买完之后，偏头看了一眼窗外。

天光透过浓厚的乌云洒了下来，雨后初晴的世界四处沾着水珠，闪闪发亮，车流就在这时变得畅通起来。打开车窗，带着秋日凉意的风，温柔地驱散了车中沉闷的气氛。

楼狮的情绪在这一瞬间变得平缓。

他微顿，偏头看了一眼车载音响，音响里云涟漪的歌还在放。以往，她的歌声只是能让楼狮勉勉强强地维持在不崩溃的边缘而已，绝不是像这样，一瞬间将躁动的情绪抚平。难不成是因为云涟漪现在就在海城？楼狮若有所思。

“掉头。”他突然说道，“去云涟漪的演唱会看看。”

司机和保镖齐齐一愣，保镖通过后视镜观察了一下楼狮的神情，发现他心情还算不错，便斟酌了一下，说道：“头儿，人多手杂……”

“那又怎样？”楼狮无所谓地咂舌，“去。”

司机连忙点头：“好的头儿。”

楼狮坐在后座上，听着车载音响里播放的歌，又看了一眼趴在沙发上刷社交平台的晨熙，关掉了那边的监控。

幻想种的能力不能以常理来理解，楼狮一直没见过云涟漪本人，这次凑巧遇上了，刚巧又发现了自己情绪的异常，干脆就去看一看。

但结果令人失望，楼狮顶着云涟漪恨不得杀了他的眼神离开了对方的演唱会后台。这位人鱼小姐是个事业心相当强的人，对楼狮突如其来的打扰很不爽，甚至直接把他拉黑了。楼狮也无所谓，拉黑就拉黑，又不是拉黑了就找不着人了。倒是跟云涟漪面对面，他的情绪也仍旧没有明显改善这一点，让楼狮十足失望。

楼狮回到车里，前往公司新建在钴蓝星的总部。楼狮对帝星的环境和争斗感觉厌烦了，准备把公司总部从帝星迁到钴蓝星来，而城市就选择在了海城。

他在新建好的大楼里走了一圈，像是在巡视领地。楼狮走路带风，背后跟着几个点头哈腰的工程负责人。迈着四只小短腿的晨熙跟他一比，简直就跟闹着玩一样。

楼狮一滞，发现自己竟然又想到了刚刚捡到的小朋友。他迈步走进了自己位于顶层的办公室，目光扫过办公室旁边的秘书桌，然后点开了终端。

楼狮："你要找工作？"

晨熙熙："是哒！你放心，觉醒期过去我就去找工作，保证不会欠钱不还！"

楼狮一点都不关心晨熙会不会欠钱不还。

楼狮："你在觉醒期也可以工作。"

什么？晨熙眉头一皱，难道还有熙熙没有发现的商机？

晨熙熙："什么工作啊？"

楼狮："办公室吉祥物。"

晨熙熙："啊？"

楼狮："心理抚慰员——对公司员工喵喵叫就行。"

晨熙倒吸一口凉气，你竟然想让我出卖色相！呵，我海大小王子晨熙是那种会为五斗米折腰的猫吗？

晨熙冷笑一声："工资多少？"

楼狮顺手查了一下海城的平均工资，然后翻了个倍报了出去："8000。"

呵，区区8000，区区8000就想让我出卖色相！

晨熙爪速飞快："老板好，老板请问我什么时候开始上班？"

第二章

实验·心理抚慰员

隔着屏幕，楼狮都感受到了晨熙的迫不及待。看来这小朋友的确是非常缺钱，他站在办公室里看了一圈。这新楼才刚装修好，通风晾一晾，再加上招聘员工、总部迁移之类的事情，再快也要一个月的时间。

楼狮："至少一个月后。"

一个月？晨熙恨不得立刻就去上班！就算是要动身去帝星的楼氏总部也无所谓！反正都是在大城市里漂，漂哪儿不是漂！但老板说要一个月，晨熙还能说什么，他当然只能忍痛说好。

生生错失8000元！

呜……晨熙又肉痛又高兴，被突如其来的觉醒搅得一团乱的未来，在好心楼狮的帮助下姑且是有了着落。

晨熙抱着多了解一些未来公司的想法，点开了楼氏清洁能源开发的官网以及相关新闻。他翻了一圈，发现楼狮还没有在工作的时候发过病，甚至关于楼狮有病的消息都没有，只有说楼狮是云涟漪忠实粉丝的小八卦。

哎呀，云涟漪嘛！我懂。

晨熙扫了一眼那些歪出天际的八卦，没什么兴趣，关掉了帖子，继续扒拉官网。结果往下一扫，他就扫到了招聘页面，瞅了一眼，搓了搓爪子，给楼狮发了条消息。

晨熙熙："老板。"

楼狮："？"

晨熙熙："我……我算合同工吧？"

楼狮："算。"

好，晨熙松了口气。虽然楼狮是星盗团出身，但看云涟漪那么多吐槽，都只吐槽他有病，估计他公司这边还是规规矩矩走流程的。

晨熙继续打字："那老板，我的 8000 元，是税前还是税后啊？五险一金呢？我有资格拥有吗？"

楼狮看到这条消息，差点笑出声。

这小朋友胆子还挺肥，又是赊账又是讨价还价的。上一个敢跟他讨价还价的人，现在坟头草都三米高了。楼狮想了想，转头看了旁边的工程负责人一眼。

负责人对上他似笑非笑的目光，惊得一个激灵："楼先生，有什么不对吗？"

楼狮没说话，收回视线，不去看惴惴不安的负责人。看来他的威慑力并没有下降。楼狮看着眼前的聊天窗口。

晨熙在那边没得到回复，十分焦灼。他一下一下地戳着面板打字。

晨熙熙："老板？"

晨熙熙："老板在吗？"

晨熙熙："老板？老板？"

晨熙熙："QAQ"（网络流行语，表示卖萌）。

这小朋友怎么回事？除了刚见面的时候，竟然一点都不怕他。

楼狮一边想着，一边随手回复道：“税后，有五险一金。”

晨熙得到答复，火速点开工资计算器，算了算五险一金税后到手8000元，账面工资是多少。

11000元。

天啊！是金主爸爸！是真实的金主爸爸！！

原本，在晨熙的计划里，他实习期能找个实习工资有4000元左右的工作就顶天了。他学人力资源的，这是个看资历、看证书、看人脉的专业，就算他学历不错，实习期工资也高不到哪里去。跟信息工程那种成绩好就能直接被捞进大厂里开始拼搏奋斗的专业完全不同。

晨熙在斗志昂扬地学了两年之后，就恨不得找个时光机，回去掐死填志愿的自己。但时光机并不存在，所以晨熙只能苦哈哈地在大学期间自学，考了一堆乱七八糟的证。手里有证，总能找到合适的工作，至于工资，能活下去就好。晨熙对自己的要求真的不高。要不是突然天降横祸，他的人生应该跟他计划的一样平稳无波地走下去。

但现在不一样了，虽然天降横祸，但是他遇到了金主爸爸！

晨熙喜滋滋地打开了相亲相爱302（4）的聊天窗。

晨熙熙：“兄弟们，我发财了！”

沈深深：“哦？此话怎讲？”

晨熙熙：“沈兄，此事说来话长。”

沈深深：“那便长话短说，演唱会要入场了！叶哥氧都已经吸上了！”

晨熙火速敲字：“楼狮可真是个好人！”

任航航：“怎么说？”

晨熙熙：“他给我开了8000元的工资，五险一金，税后，你们敢信？”

那边三兄弟齐齐震惊。

叶朗朗惊坐起，拿开氧气瓶，动作迅捷，摸出终端来给楼氏投了简历，然后又一脸虚弱地继续吸起了氧。

任航一愣：“你没事吧？楼氏的总部我记得在帝星啊，你一个海城本地人，投什么简历？”

叶朗朗晃晃悠悠地竖起了一根手指，摇了摇。沈深低头，在网上搜了一圈楼氏：“啊，楼氏迁总部了啊，就在海城。”

任航闻言，以朝圣一般的神情，庄重地投了份简历，然后打开聊天窗：“老四，求个内推。”

晨熙觉得自己怕是不能。

晨熙熙：“内推你来当保姆吗？”

任航拍了拍脑袋。他忘了，下意识地觉得晨熙是去做人事工作的。

任航航：“你要不要试试投楼氏正经工作，不做小管家了？反正他们总部也搬到海城来了。”

什么？这是什么时候的事？

晨熙重新翻出楼氏的官网来，这才发现公告区里有个总部要搬迁的通知。

哦？要在海城？那不是更好吗！晨熙兴奋地一拍猫腿。喵哇！又省下一笔返校的机票钱了！

贫穷的晨熙放飞了快乐的梦想：“等发工资了，请你们撮一顿大的！”

三兄弟激情赞同。

晨熙扔下终端，看了一眼窗外放晴的天空，高高兴兴地蹦跶下沙发。他要去外边的大院子！去奔跑！去放肆！去上蹿下跳！

楼狮坐在他未来的办公室里，等着他的保镖兼特助去再一次确认情况，然后收楼。他双手交扣，轻轻点着下巴，看着在庄园里疯狂奔跑，只剩下一道残影的白色猫崽，只觉得怎么看都不腻。有一种被青春活力感染，自己也跟着变得轻快愉悦起来的滋味。楼狮这么想着，目光在监控投影和办公室的秘书桌之间转了几转。

楼狮的办公室很大，并且豪华，旁边还有私人茶水间、直达电梯和休息室等，这样他在工作时间就不需要跟外边的员工有任何接触。就连绝大部分管理层的会议，都是他的特助也就是那位相当有眼色的保镖去做的。

楼狮有经商的头脑，但没有跟人沟通的耐心。他只负责提需求，别的都扔给下边去协调。

做得到就包大红包，楼狮不差钱。做不到的机会则只有三次，三次做不到，不管你什么资历，直接卷铺盖滚蛋。

楼氏的员工竞争相当残酷，但从这里摔打出来的人才，往外跳的时候都非常抢手。正因楼狮这种冷酷狠辣，只跟员工进行无情的金钱交易的作风，没有人敢跟他讲人情谈梦想。所以有所求的人，只能换着法子讨好他，就比如这个建筑的负责人。

楼狮看着这个豪华得过分、简直像个奢华酒店套房的办公室，咂舌。他抬眼，看向拿着签收文件走进来的保镖，轻轻点了点桌面。

“头儿？”

“把秘书桌、会客室还有这些乱七八糟的书柜、酒柜撤掉。”

“好的，头儿，要改成什么样的？”

楼狮漫不经心：“猫房。”

饶是跟了楼狮十几年的保镖先生也没能反应过来：“猫房？”

楼狮点头。保镖卡壳了两秒，还是先应下：“好的，头儿，那我的办公——”

楼狮指向外边：“你去外边的秘书处随便整。”

“好的，头儿。”

保镖神情凝重，他竟然被安排到楼狮的办公室外了。他想了想楼狮的要求，开始思考猫房是给谁准备的。首先，使用排除法，可以先排除楼狮本人。保镖先生不着痕迹地看了一眼旁边一直没关的监控投影。成，用不着排除了，看来是给这小朋友准备的。问题是这么多年来，头儿对谁有过这么大的兴趣吗？保镖先生认认真真地思考了一番，好像没有。他心里想着杂七杂八的琐碎事情，脸上神情不变，显得兢兢业业："头儿，这个负责人想跟我们工业部门合作。"

"不。"楼狮冷淡地拒绝了这个提议。保镖点点头，转身离开了办公室。

楼狮重新打量了一圈办公室，偏头看一眼还在上蹿下跳的晨熙，慢吞吞地打开了搜索引擎。嗯……养猫需要准备些什么东西来着？

晨熙追在扫水除湿的机器人背后一蹦一跳，十分快乐。

雨后初晴，草地透着泥土和草木的清香，在嗅觉变得灵敏之后，这股气味显得越发好闻。

晨熙晃着长长的大尾巴，以这个从未体验过的视角，低头看地上的水洼，看草尖的露珠，看被雨水冲刷之后凋零的花。

这些都很美，对于第一次以猫的视角来看世界的晨熙来说，异常新鲜。

白色的猫崽凑在花坛边上，伸出爪子，拨弄了一下残存的花瓣。花瓣抖了抖，露珠扑簌簌地落下来。跟着花瓣和露珠一起扑簌簌落下的，还有一只从花坛里探出头来的巨大甲虫。

"喵嗷嗷嗷——！"白色的猫崽发出一声无比凄厉的惨叫。

这虫子怎么这么大啊！晨熙大惊失色，以前看这虫子的时候一点不觉得这玩意儿这么大啊！现在看简直有点超乎想象！晨熙疯狂倒退，甲虫触须动了动，朝着这一坨奓成球的白色而来。

晨熙："滚哪！别过来！滚啊！"

晨熙崩溃逃窜，却发现这甲虫跑动的速度竟然跟他这个觉醒者齐平！

我这到底是什么废物觉醒体，连只虫子都跑不过？！

不不不，熙熙冷静点，熙熙想办法，熙熙想不到办法！熙熙跟你拼了！

啊啊啊！晨熙发出一声气势汹汹的猫猫战吼，一个急刹，转身，一脚飞踹过去。

楼狮买完了一堆逗猫用品，抬起头来的时候，就看到投影里的晨熙眼含热泪，纵身跳进了花园里的喷泉池，然后在喷泉里疯狂搓脚。

呜呜呜，我脏了！我再也不是那只干净的小猫猫了！

楼狮疑惑，点开了监控回放。他要看看，他又错过了什么精彩绝伦的表演。

楼狮看完了回放，坐在办公椅上沉思许久，转向了还没有关闭的购物页面，然后买了一堆虫子玩具。用来逗猫一定很有意思，楼狮无比缺德地想。

晨熙在喷泉里崩溃地搓着爪子，搓着搓着打了个喷嚏。他低头看看自己湿透了的毛毛，又看看自己踩在鹅卵石上的爪子，转头跳到了喷泉边上，抖了抖，找了块干的地方蹲下，开始舔毛。

楼狮看着他几次想舔爪子，却又生生停住的动作，远程给机器管家下了个指令。机器管家用吸水毛巾把喷泉边上的晨熙包了起来，动作轻柔地给他擦起了毛。晨熙蹲在原地，感觉自己都已经死过一次。他低着头，被机器人搓得一晃一晃的。

晨熙觉醒的时候，想过千万种可能性。

他在半道上变成觉醒体的时候，甚至想过自己可能要变成流浪的野生动物，去翻垃圾。

他觉得自己能克服所有困难。但他从来没想过，用猫的视角来看，以前他一脚下去就踩死的一只虫子竟然如此可怕！！

你说这觉醒有啥用？！身娇体软，弱不禁风！身小腿短，连个指纹都没有！还费钱。这些就算了，现在竟然连只虫子都跑不过！

这么想来，除了可爱，竟找不出别的优点！

晨熙被机器管家擦干了毛毛，举起尤其被特殊照顾过的爪子，左看右看，想到横尸的虫子，觉得一切变得索然无味。

熙熙不快乐。

他蔫搭搭地跳下喷泉，这一次他避开了草地，规规矩矩地走在了花园小道上。是书不好读还是电视不好看，为什么要来外面撒欢，你看，出事了吧。

晨熙吸了吸鼻子，拖着尾巴灰溜溜地回了屋子。他打开寝室的小群，问沈深："大兄弟，有没有基础心理学的书推荐一下？"

干一行爱一行！既然要去当心理抚慰员，那就要先有点知识储备。沈深是学心理卫生的，应当能给他一些建议。晨熙觉得自己真是个有理想有志气的新时代好青年。但大兄弟没有回答他的问题，兄弟们回了他一长串的视频。晨熙一愣，看了一眼时间，发现云涟漪的演唱会开场了。

他一点开视频，就看到云涟漪坐在平静水面中心的礁石上，橙红色的鱼尾漂亮而优雅地漂着。平心而论，云涟漪真的很好看，唱歌又好听，人又敬业，还零绯闻，宇宙第一偶像简直实至名归。

晨熙抱着自己的尾巴，准备听歌。结果云涟漪还没开嗓，晨熙就被叶朗朗的尖叫吓得打了个哆嗦。晨熙连滚带爬地关掉了视频。

我的妈耶！吓死人了！叶朗朗要是觉醒，绝对是一只大公鸡，天天打鸣的那种！

晨熙惊魂未定，伸出爪子捋了捋自己尾巴上奓起来的毛，试图把那点毛毛压下去。他捋了好久，听到"嘀嘀嘀"的响动，抬头就发现是叶朗朗发来的视频窗口。

八成是想给他直播演唱会，晨熙无情挂断。不听，谁要听叶朗朗尖叫？不听不听。

得不到兄弟们的帮助，晨熙干脆上校园网上去搜索，然后买了一整套心理卫生电子书，抱着终端看了起来。

楼狮看了一眼晨熙正在看的书，笑了一声，小朋友还挺爱岗敬业。结果爱岗敬业的小朋友，在看了三页教材之后，小脑袋一点，当场昏睡。

众所周知，猫一天的睡眠时间是十五至二十个小时。这其中真正的睡眠时间只有四五个小时，绝大部分时候都是假寐。但这并不妨碍晨熙摊着肚皮睡得四脚朝天，甚至还打起了小呼噜。

这小朋友一个人过得还挺热闹，楼狮想着，签了保镖先生给他送回来的签收文件。

保镖先生看看他的头儿，只觉得今天楼狮的心情真的是少有地好，简直快比上他们以前打个大胜仗，吃下老对手的几个舰队的时候了。

“头儿今天很高兴。”保镖大哥说道。

楼狮低头签好了名：“是吗？”

“对。”保镖笃定地点了点头。

他看了一眼睡着的白色小毛团。很显然，让楼狮心情这么好的，正是今天捡到的这只小猫崽。但这猫崽终归是个觉醒者，是人，就不会永远可控。

“头儿喜欢猫？”

“不。”楼狮想也没想地否定了他的猜测。

保镖先生沉默下来。楼狮的毛病，他是很清楚的。狮心星盗团表面上解散，八个舰队分成了八个星盗团，由明转暗，也是因为楼狮这毛病。他们和楼狮自己，都一心想要解决掉楼狮的这个隐患，认为在偌大的宇宙总能找到办法。但狮心星盗团的目标太大了，而办法就是分散去找比较快。

楼狮向来独断专行，所以他当场拍拍屁股说暂时解散狮心星盗团，自己跑出来搞起了清洁能源开发打发时间。等到解决了这个毛病，楼狮是要回宇宙中去的。而楼狮的毛病，说要解决其实也并不是很难，能让他一直像现在这样，保持开心和轻松的情绪就可以。但狮心星盗团的头领喜怒无常，这几乎为所有在星海中混的人所知。如今能有一点点好转的迹象，保镖先生已经在琢磨买猫的可能性了。

楼狮倒是从保镖的神情里看出了那么点名堂，他轻点着桌面，若有所思地看了一眼投影。投影里的白色毛团已经换了个姿势，抱着自己的尾巴，把整个猫身都埋在尾巴里，团成了一个标准的球。

这小鬼只是长得跟猫一样而已，并不是真猫。猫科动物里，雪豹的尾巴和身体的比例接近 1:1，是最长的。而这小鬼的尾巴，蓬松柔软，且肉眼看来几乎比身体要长两倍。

觉醒者的觉醒体是不存在基因突变的可能性的，也不存在残疾和进化的可能性，除非他们人形有了残缺。他的 AI 钻进宇宙生物信息库查了一圈，并没有查到相对应的生物。

有两个可能：一个是晨熙的觉醒体是还没有被发现的物种；一个是他是幻想种。幻想种的能力那就很难预测了。但晨熙看起来太像猫了，不像云涟漪，一看就知道是人鱼。不过，这小鬼让他心情愉快了一整个下午是实实在在的。

楼狮思考了一阵，关掉了投影，切断了晨熙终端里安装着的小玩意儿。

“头儿？”

“做个实验。”楼狮说道。

一周不看不听不联系，先看看。

第二天下午，晨熙蹲在机器管家头顶上，喜滋滋地看着送货机器人跟管家机器人交货。

他买的猫砂和猫砂盆到了，同时到的，还有一箱子复合营养保健品，觉醒学校指定的那个牌子和规格。

5800元一盒，一盒只能吃一周的那种！晨熙没想到楼狮的动作竟然如此快，还一买就是整整一箱！只要他不是特别倒霉，一箱二十盒已经足够他度过整个觉醒期了。

晨熙受宠若惊，给楼狮发了一长串的谢谢过去，但楼狮没有回复。晨熙一点没觉得楼狮不回复他有什么。人家楼狮多牛的人物，没时间跟他一个小透明讲话那不是再正常不过的事了吗？反正，楼狮给他买的营养品到货了呀！

晨熙蹲在纸箱上，被机器人推着走，他拉开聊天窗，看了一眼被他备注成“金主爸爸”的楼狮头像，点开了小群相亲相爱302（4）。

晨熙熙：“男人掏钱的时候果然是最帅的！”

沈深深：“我，缓缓，打出，一个，问号。”

晨熙熙：“唉，楼狮真帅。”

沈深深：“弟弟，你抱大腿的速度也太快了。”

晨熙低头看了一眼他蹲着的纸箱。

他忍不住再一次无比真诚地敲字：“我的老天爷！楼狮可真帅！”

沈深深：“我给你买个笼子？三室两厅带跃层的那种笼子。”

晨熙熙：“建议你给叶哥。”

晨熙打完这行字，深深叹息：“无知的人，你根本不知道楼狮的好！”

他转移了话题：“叶哥和任航呢？”

沈深抬头看了一眼鬼哭狼嚎的两个室友，感觉脑壳疼：“疯着呢。”

晨熙熙：“？”

沈深深：“你今天没刷社交号？有人爆出昨天演唱会有疑似云涟漪追求者的男人出现，还直接进了后台。”

晨熙浑身一震，来了，终于来了，事业型云涟漪也逃脱不了楼狮的魅力！捕猎楼狮靠的是什么？是攻略！有机会就要上！没有机会创造机会也要上！

沈深深："说来也巧，有小道消息说那人是楼狮。"

怪不得没回复我的消息，原来是谈恋爱去了。

唉，晨熙叹气，觉得也许再过不久就能听到楼狮头顶长绿草的消息。毕竟，那论坛里，也不是没有搞出后宫结局的神仙。

可怜的楼狮。

晨熙觉得自己有必要认认真真读一读心理卫生的教材了，回头老板失恋，他也好安慰一下遭受情伤的老板。至于云涟漪，晨熙想了想，只能祝她好运了。

晨熙缓缓打开了他翻了三页的教材，聊天窗口"嘀嘀嘀"地响起来。

叶朗朗惊坐起："如果我们进了楼氏，云涟漪跟楼狮又真成了，那云涟漪岂不是我们的老板娘？"

叶朗朗："那岂不是有可能经常见到云涟漪了？"

晨熙看着叶朗朗的发言，一拍猫腿。

对啊！有病的楼狮跟难以捉摸的云涟漪叠加在一起，那可是有成几何倍数增长的危险！看来楼氏还是不能久待。晨熙缓缓合上了心理卫生教材，抬起爪爪摸了摸自己的良心：对不起了老板，猫猫还完债，就要荡起智慧和快乐的桨，启航去温柔的远方。你跟老板娘独自美丽吧！

祝 HE（Happy ending，结局圆满）。

"头儿。"保镖先生走进大厅里，"云涟漪的工作室要求我们合作发声明澄清。"

楼狮闻言，板着脸眯起眼，看着有些不高兴。

保镖先生看看楼狮的神情，觉得云涟漪可能已经在死亡线上反复横跳过好几次了。

楼狮觉得这种事很烦。他想张口说把人做掉，但又想到云涟漪是目前唯一一个确定能让他不爆发的人。

楼狮指尖“嗒嗒嗒”地敲打着桌面：“把嘴不严的弄去资源星，别的你看着办。”他说完，站起身，“我出去一趟。”

“我叫司机——”

楼狮随便取了件皮衣，套上：“我一个人。”

“好的，头儿。”

楼狮在车库里挑了一辆摩托，跨上去，套上头盔，打开终端地图，搜索附近店铺，输入关键字“猫”。楼狮看了一眼东郊区里搜出来的和猫有关的店面，挑了个最近的，车尾一甩，呼啸而去。保镖先生听到摩托远去的声音，看了一眼终端上爆出小道消息的媒体资料，无声地叹了口气。

怎么总是有搞事情之前不先查双方背景的人呢？明明为了避免这种类型的麻烦，他还特意留了点线索，给别人去查的。不好好查也不打招呼就爆料，还运气不好碰上头儿心情不好，只好让你们去狮心所辖的资源星上去挖矿了。

保镖先生随手发出几个命令，然后确认了一下自家头儿的目的地，以免找不到人。结果地图刚一打开，他就愣住了。

嗯？猫咪咖啡厅？

不得劲。

楼狮站在猫咖大门外，透过大落地窗，看着里边安详睡觉的猫。

不得劲。

他眯着眼，面无表情地盯了正趴着睡觉的狸花猫三秒。那只猫“噌”地一下坐起来，机警地竖起耳朵，隔着一面玻璃跟外边的楼狮对视一眼，逃命似的窜回了店铺里面。

楼狮看着它逃窜的身影，又看了一眼察觉到了异常的气息，纷纷警觉起来的其他猫。长得都挺标致，但就是不像晨熙能让他心情愉快。他捡来的那个小朋友，甚至不需要接触，光是想起来，都会让他心情好上几分。

一个店员探头出来，扫了一眼楼狮的摩托和他那张带着不耐烦的脸，莫名感觉浑身一凉。他迟疑了一瞬，还是问道："客人要进来吗？"

楼狮却重新跨上了摩托，转头疾驰离去。

狮子是领地意识非常强的动物，闹市区的人流量已经足够让楼狮感到一万分不爽了。

楼狮抬头看了一眼东郊区的中央商业街上方，那里正播放着昨天晚上云涟漪演唱会的投影。云涟漪的歌声让他保持了理智，但心里的烦躁涌动着，使他身上冒出些许汗来。楼狮在回去的路上，想到被他屏蔽了一天的那一白色小软团，手一转，摩托打了个旋儿，转头向着市中心一路飞驰而去。

晨熙正蹲在沙发上，满脸期待地看着杂务机器人拆包裹。

猫砂和猫砂盆被机器管家拿去洗手间里了。关于这玩意儿怎么使用这个问题，晨熙暂时不想去思考。他看着杂务机器人拆开那个无比昂贵的包裹，把里面的东西全都拿了出来。除了营养品，还有一堆乱七八糟的赠品——什么毛梳啦，玩具球啦，伊丽莎白圈啦。

杂务机器人拆了那些赠品，然后把它们放到合适的地方。

晨熙从沙发上伸长了脖子，看着那个空空的纸箱，呆了两秒，等到他反应过来的时候，整只猫已经蹲在里边了。

晨熙一愣，正准备把纸箱扔出去的杂务机器人也停下了动作。

糟……糟糕，晨熙不自觉地踩了踩纸箱底部用来防震的软垫。

这箱子，简直让猫充满了安全感！

晨熙扒着纸箱边缘，探出头来，想了想，伸出爪子，对杂务机器人做了个驱赶的手势。于是杂务机器人把一堆纸箱都留了下来。

晨熙跳出这个大纸箱，看了周围一圈。旁边装营养品的箱子也空空的，但体积比那个大纸箱小了很多，看起来完全不是晨熙能躺进去的。

可是小小的……令猫想钻。

晨熙绕着这个小纸箱转了两圈，没忍住，抬起两只后爪，踩了进去。白色的小猫崽晃着大毛屁股，挤进了小箱子里。

晨熙两眼一亮，熙熙做得到！晨熙缩着两只前爪，搭在小纸箱边上，慢吞吞地往里挤，然后收回爪爪，缩起脖子，张嘴叼着他那无处安放的大尾巴，把它当被子盖在了身上，脑袋搭在了纸箱边缘。

熙熙成功了！晨熙扭头看了一眼被自己装得满满当当的纸箱，无比舒适地叹了口气。好爽哦，他舒服地闭上眼，在这一瞬间感受到生命的和谐。

不对，晨熙突然抬起头来，看了一眼这偌大的房子。这么大的房子，那么柔软的床铺，不睡不是太浪费了吗？在占地八百多平方米的私人庄园里睡纸箱，我怀疑你脑子有问题！刚躺进去的晨熙忍痛爬了出来，恋恋不舍地看着这个小小的纸箱。可是小箱子真的好棒啊。

不行，熙熙得想个两全其美的办法。晨熙蹲在他的梦中情箱边上，沉思许久，然后咬着那个纸箱拖上了楼。

不能浪费柔软的大床，也舍不得这个小箱箱，那把小箱箱拖到床上去不就不浪费了吗？呵，不愧是我！简直聪明绝顶！不会有比熙熙更机智的猫了！

晨熙得意地晃着尾巴，把纸箱从楼下客厅一路拖到了二楼的床上，美滋滋地钻了进去。

楼狮打开南丰庄园的大门时，天已经黑了。庄园里只有路灯亮着，房子里的灯都是暗的。看来小朋友已经睡了。意识到这一点，楼狮躁了一路的心倏然安静下来。他不自觉地放轻了脚步，却在发觉自己的行为之后，感到了几分不可思议。从来只有别人顺从讨好他楼狮的分儿，他楼狮什么时候在乎过别人的感受？

楼狮站在门廊底下沉思许久，最终轻手轻脚地打开了门。

房子里没开灯，很安静，但具备与狮子等同的夜视能力的楼狮，并不因为这黑暗而影响行动。客厅与他走时的整洁状态截然不同，各种纸箱和包装袋被乱七八糟地扔在地上，营养品被拆了一盒，显然是吃过了。楼狮看着乱糟糟的客厅，忍不住看了一眼机器人的工作状态，确认是正常之后，上了楼。

晨熙眼光不错，选的是二楼的主卧。大约是因为就他一个人住，所以睡觉也没有关门。楼狮往那卧室门口一站，一眼就看到那张柔软豪华的大床上……摆着一个纸箱。

楼狮愣了两秒，悄然走进屋里之后，发现一直在他脑子里蹦跶的小猫崽，此时在纸箱里睡得香香甜甜，打着呼噜。小猫崽把尾巴当成被子，这会儿已经连脸都看不着了。

楼狮看了看那个纸箱，又看了看纸箱下面的床，有种少有的、自己的思路跟不上别人的稀奇感。他站在床边，安静地看了好一会儿，竟然也渐渐地泛上了几丝困意。楼狮轻轻地深吸一口气，终于确定了，让他心绪稳定的，正是晨熙。他伸手，轻轻碰了碰猫崽子柔软顺滑的毛，却又在触及的瞬间收回来，无声地打了个哈欠，转头随便挑了个房间，凑合着洗洗睡了。

晨熙一觉睡醒的时候，天已经大亮。他从纸箱里探出头嗅了嗅，总觉得好像闻到了楼狮的气味。但楼狮在跟云涟漪谈恋爱呢，哪有空管他这只弱唧唧的小猫猫。晨熙长吁短叹，摸摸终端，看了一眼时间。这才上午九点半，寝室的小群里竟然刷了百来条消息。晨熙把终端挂在脖子上，跳下床，一边往洗手间走，一边翻着聊天记录。

叶朗朗："云涟漪工作室澄清了，楼狮的那个特助点了个赞，唉，老板娘没戏了。"

晨熙一愣，张开嘴给机器管家下达了给他刷牙的命令，继续往下翻。

叶朗朗："楼狮没有社交号哇，都看不明白状况。"

不，楼狮有社交号的。晨熙看了一眼"金主爸爸"的号，人家的状态只是不对好友之外的人开放而已。

沈深深："说不定还是有那么几分真实的，云涟漪出道这么多年，这可是她的第一个绯闻！"

看多了论坛里那些云涟漪恋爱故事的晨熙，忍不住点了点头。根据他在那个论坛里看情感故事的经验来判断，说不定是楼狮苦追多时，但云涟漪不假辞色！到了前天云涟漪开演唱会的时候，楼狮终于忍不住硬闯了人家后台，上演强取豪夺！结果被云涟漪别的追求者爆出来了，不仅让楼狮被云涟漪讨厌，还破了云涟漪出道以来零绯闻的神话！

天呀！好心机的情敌！好霸道一楼狮！好倒霉一女主！晨熙心中疯狂写剧本。

叶朗朗保持了他身为粉丝最后的倔强："那一定是楼狮喜欢云涟漪！"

沈深深："那澄清了，不就说明是追求失败？"

任航航："那心情岂不是会很不好？"

晨熙被刷完牙、擦过脸，琢磨着楼狮到底是不是失恋了，需不需要贴心小猫袄。结果他从洗手间一出来，就看到了穿着一件松垮的衬衫，从房间里走出来的当事人，他看起来已经在房间的沐浴间里把自己收拾好了。

晨熙一愣，楼狮怎么在这儿？他转头看了一眼那个房间，楼狮摆明是在这里睡了一夜。楼狮偏着头，跟晨熙对上视线，看起来精神倍儿棒，一点都不像失恋了。

晨熙想了想，还是先打了声招呼："喵。"

楼狮看了他一会儿，跟着轻哼了一声：“喵。”

您这是……演什么呢？晨熙瞪圆了眼，一张猫脸上写满了茫然。

楼狮走到他面前，蹲下来：“你房间床上那个纸箱怎么回事？”

晨熙还沉浸在茫然中，下意识地伸爪子打字：“因为想睡床也想睡箱子。”

楼狮：“那你可真是个小天才。”

晨熙对上楼狮的视线：“老板，你昨天在这里睡的吗？”

楼狮点点头：“以后也住这里。”

楼狮果然失恋了，他一定是心情非常不好，才会赶熙熙走。

晨熙转头看了一眼这漂亮的房子，悲伤地敲字：“好，我这就搬出去。”

楼狮按住了转头要走的晨熙：“不，你也住这里。”

别了吧，我觉得我比较适合搬走。晨熙万分惶恐，我不要跟你住一起啊！你自己有什么毛病你心里没数吗？熙熙这么小一只猫，弱不禁风，都不够你觉醒体一口的分量！可怜可怜刚觉醒的小猫猫吧！

晨熙委婉回复：“我很吵的。”

楼狮完美屏蔽了晨熙的委婉，甚至心情颇佳地戳了戳手底下软绵绵的小猫：“没关系，我今天就把东西都搬过来。”

晨熙：“……”

我怀疑楼狮想杀我，这么可爱的小猫猫都不放过。楼狮你没有心！

“我想了想，你从今天开始上工吧。”楼狮懒洋洋地说道。

晨熙一愣。

楼狮又戳了戳跟傻了一样的晨熙：“嗯？”

晨熙被戳得打了个滚，仰头看看楼狮。

“你不是很缺钱吗？”楼狮说，他声音和神情都显得十分平静，甚至于让人产生了一种温和的错觉，“提前付你工钱，怎么样？”

晨熙打字："8000元？"

楼狮觉得小朋友真是好便宜。

他点头："8000元。"

晨熙深吸口气："好的老板，我今天要做什么？"

楼狮坐到餐桌前，看了一眼跳上来的小猫崽："跟着我就行。"

行，你发钱你说了算。晨熙无比乖巧地蹲在了楼狮对面。

因为起得比较晚，机器管家端上来的早餐分量并不多。晨熙看着眼前的三明治，伸出爪子，把面包片扒拉到一边，低头吃里边的培根鸡蛋。楼狮吃东西向来不在意什么形象，能填饱肚子就行，他三两口吃完，就撑着脸看晨熙埋头啃蛋。

晨熙啃完蛋，咂巴咂巴嘴，一抬头对上了楼狮的视线。他抖了抖耳朵，疑惑地看向对方。楼狮把刚刚叫机器管家送来的牛奶推给了晨熙。晨熙看了看那个牛奶杯，杯口大概跟他脑袋一样大。晨熙怀疑楼狮根本就不想让他喝这杯牛奶。但这种小为难，根本无法给熙熙造成任何困扰！

晨熙冷笑一声，抬起爪子，把杯子向着餐盘的方向推倒，但晨熙想象中牛奶被倒进餐盘里的画面没有出现。他眼睁睁地看着丁零哐啷一阵响动之中，杯倒奶洒，被杯子压得翘起来的餐盘落了牛奶，溅了蹲在旁边的他一脸。

晨熙："……"

大意了！

楼狮眉头一挑："不喜欢牛奶？"

晨熙摇头，倒也不是。

楼狮看了看杯子，又看了看餐盘，恍然大悟，换了盘装牛奶。晨熙瞅瞅楼狮，越瞅越觉得楼狮没有半点论坛里说的那么残暴。这不是……挺体贴的吗？也就是看着凶了一点。

晨熙低头喝完了一盘子牛奶，被机器管家擦干净了脸。楼狮顺手把营养品拿过来，取出四颗，放到了晨熙面前，晨熙忍不住“喵”了一声。

老板您可真是太贴心了！

晨熙三两口啃完营养片，还没来得及拍一拍老板的马屁，就被换了一身正装的楼狮拎起来，往口袋里一揣。

等等，你说的跟着你是这种跟着吗？

晨熙从楼狮西装口袋里探出头来，柔软的布料令他实在不太好使力。

楼狮低头看了一眼在他口袋里拱来拱去调整位置的晨熙，刚想开口说话，就听到一声细微的布料碎裂声。晨熙浑身一僵，抬头看向楼狮，楼狮也正低头看着他。

楼狮：“……”

晨熙：“……”

糟……糟了！出大事了！上班第一天就把老板西装给踩破了，怎么办？

晨熙惊慌失措，眼巴巴地看着楼狮，可怜无助地“喵”了一声。

楼狮低头看了一眼外表看不出什么问题的西装，无所谓地揉了揉晨熙的脑袋：“没事，是做工太差了。”

晨熙的脚还伸在那个被他踩出来的破洞里，感觉十分惊慌。他缩了缩蹬破了楼狮内袋的后爪，却发现爪子被卡在那个洞里，缩不回来。

……怎么会有这样的事啊！

楼狮大步流星，带着晨熙走出了大门，保镖和司机都等在门外。晨熙被楼狮带上车，从口袋里拎了出来。结果被拎出来的时候，又是一连串撕裂声。晨熙卡在内袋里的脚硬是把内袋缝口完全撕裂，直接带了出来。

楼狮看着晨熙卡在那里的半只爪子，一下子笑了。

晨熙感觉自己要窒息了。到底是我错估了觉醒体的力量还是这西装就是这么垃圾！这到底是什么破事，简直可以放进“熙熙人生最尴尬时刻”相册里。

楼狮把晨熙的爪子从那个破洞里抽出来，把蹬着腿的小猫崽放到了旁边的座位上。

楼狮看了一眼转头缩在角落里悔过的晨熙，说道：“今天陪我去见云飞扬。”

小猫崽抖了抖耳朵，云飞扬？这名字挺耳熟的。晨熙心里嘀咕着，扒拉了一下挂在脖子上的终端，刚准备搜索，就听到楼狮说：“做航天技术的那个云飞集团的小太子。”

晨熙恍然明白，就那个爱吃甜食的冷酷总裁。男主团之一，表面冷酷寡言，实则是个弟弟。哦，就是比云涟漪年纪小的意思啦！

晨熙转头看向楼狮，发现楼狮正慢吞吞地把那个破了个洞的内袋塞回去。

晨熙一顿，敲字：“老板，你这西装，多少钱呀？”

“怎么？”

晨熙一字一顿：“我赔……”

“头儿，您身上这身是麦尔大师的纯手工作品，价值四百三十七万。”

晨熙听到保镖大哥的话，默默地把还没打完的字一点点删掉。

熙熙赔不起！卖了熙熙也赔不起！！你不如杀了我吧！！

楼狮看着又把脸埋进角落里开始悔过的小猫崽，只觉得晨熙怎么看怎么顺眼。但晨熙悔过的时间有点长，长到楼狮感到有点无聊。

他伸手点了点晨熙的小脑袋：“不用你赔。”

天啊，怎么会有楼狮这么温柔善良体贴和蔼还没有架子的老板！！

晨熙感动呜咽，敲字：“可是是我弄坏的，我得负责。”

楼狮看着“负责”两个字，差点笑出声。

“你说得也对。”他状似认真地点了点头。

不是，熙熙就跟你客气一下。你怎么就认真起来了？

晨熙抬起头，眼巴巴地看着楼狮。楼狮跟晨熙对视许久，满脸思忖，然后慢吞吞地说道：“既然你要负责，我也不能拦着你。”

不不不，其实你应该拦着。

晨熙蔫头耷脑：“喵。”

楼狮脸上浮起笑意：“那你帮我缝好，就算你负责了。”

晨熙浑身一震：“喵！”

好！好！好！没问题！

天啊！怎么会有楼狮这么温柔善良体贴和蔼还没有架子还会给员工台阶下的老板！绝世好老板！！

我的老天爷！熙熙都要感动哭了！

楼狮扫了一眼晨熙愉快晃动着的尾巴尖，眼中盛满了笑意。也太容易满足了，这小朋友。

容易满足的晨熙小朋友在下车的时候主动钻进了楼狮的另一个口袋里。这次为了防止自己的脚踩出个洞，他先把尾巴给塞了进去。

机智的晨熙从楼狮的口袋里探出头来，低头看了看从西装下摆滑出去的小半截尾巴，忍不住翘了翘尾巴尖，然后缩回来，塞在了楼狮皮带褡子里。

楼狮跟云飞扬约的地方是海城最高档的餐厅，属于晨熙以前连看都不敢看一眼的等级。结果楼狮刚一下车，就被接待员满脸笑容地挡住了。

“先生，我们这里不可以带宠物的。”

楼狮难得被拦住也没有烦躁，他心情不错。

“不是宠物。”他说，“是正在觉醒期的小朋友。”

晨熙被楼狮揉了揉脑袋，扒拉了一下终端，十分配合地敲字：“姐姐好。”

这声姐姐叫得可真够厚颜无耻的，晨熙想。但没办法，谁能想到这个觉醒期的小朋友，竟然已经二十二了呢！

确认了这只小猫猫是觉醒期小朋友的接待员，领着楼狮进了电梯。

楼狮低头看了一眼晨熙，晨熙正低着头，关注着自己又从楼狮西装下摆滑出来的尾巴尖。尾巴左翘翘，右翘翘，楼狮忍不住伸手捏住它。晨熙抬头看他，楼狮顺手揉了一把小猫猫的脑袋。晨熙被揉得摇头晃脑，也不伸爪子反抗。

要习惯的，晨熙想。他以后可是要当心理抚慰员的，躺平认撸的那种！

这一次是云飞扬主动约的楼狮。他算是小楼狮五届的学弟——觉醒学校的，为了约楼狮找关系绕了八百个圈子。

楼狮这人，宽以待己严以律人。楼氏从上到下严格得要死，但楼狮自己的作风却相当自由散漫。这是云飞扬早有耳闻的，但他怎么也没想到，楼狮能自由到带只猫来赴约。

云飞扬看着被特意安排了个座位的猫：“这是？”

楼狮面不改色：“我在觉醒期的弟弟。”

云飞扬绷着脸，点了点头。他半点不在意楼狮还有个弟弟这种事，直接跟楼狮说起了合作意向。

晨熙对他们商业上的合作没什么兴趣，他点了块大牛排，看了一眼始终绷着一张高冷的霸总脸、只要了主食和佐餐酒的云飞扬，想了想，又要了一堆甜品。

楼狮权当甜品是晨熙自己要吃的。结果上桌之后，晨熙只留了两份，一份自己吃，一份给楼狮，剩下的全都推给了云飞扬。

对症下药，对甜食控就要给他喂甜食。我可真是个贴心“小猫袄”，晨熙唏嘘，虽然熙熙赔不起西装，但是手握无数大佬情报的熙熙还是很有用的！

云飞扬眉头皱着，冷着一张脸："我不喜欢甜食，你自己吃。"

楼狮仿佛对弟弟无比纵容："他分享给你的。"

云飞扬露出几分为难的神情，似乎是考虑到他跟楼狮还在谈合作，也不好拒绝楼狮弟弟的好意，于是勉为其难地动起了餐具。楼狮敏锐地察觉到云飞扬好说话了不少。他挑挑眉，看向吃了一口红丝绒蛋糕之后就露出了嫌弃表情的晨熙。

晨熙不喜欢这些，他显然是特意点给云飞扬的。

之后的交谈出乎意料地顺畅，云飞扬莫名地心情颇佳，甚至于愿意做出一些让步。楼狮对此满意。他向来是不喜欢亲自谈合作的，但鉴于云飞扬竟然能找到他属下的舰队长来约他，所以他才来了这么一趟。云飞扬只觉得楼狮也没传说中的那么不好说话。

一顿饭宾主尽欢，分别的时候，云飞扬看了一眼晨熙。他平时在外边这种餐厅，是从来，从来，从来不会点这些甜食的。

"您弟弟真可爱。"他看向楼狮，由衷地说道。

这可不巧了，熙熙也觉得自己特别可爱！您可真有眼光。下次再来，我还给您点甜食！

晨熙美滋滋地晃着尾巴，被楼狮带进了车里。

楼狮把他拎到眼前，晃了晃："你怎么知道云飞扬喜欢吃那些？"

晨熙十分冷静地敲字："我也不知道啊。"

楼狮："不知道他喜欢吃？"

晨熙闭眼瞎编："我就是觉得他喜欢吃，我也不知道为什么我会这么觉得。"

楼狮一顿，想到晨熙是个幻想种的可能性，于是干脆地接受了这个猜测。

这就过关了？天啊！楼狮到底是什么善解人意温柔体贴的神仙老板！

满脸感动的晨熙被楼狮放在了腿上。晨熙毫不介意，他趴在楼狮的腿缝中间，抱着终端，打开了一串网页。楼狮扫了一眼，发现全都是缝纫教程。

楼狮：“……”

还真准备帮他缝口袋呢，楼狮觉得有些好笑。

晨熙一点不觉得好笑。他十分认真地看着教程，然后转头把楼狮的口袋内袋给扒了出来，准备研究。结果他一扒，就看到黑色的内袋里有两大团猫毛。

两大团，晨熙愣住。他不禁抬起爪子，挠了挠脑壳。这一挠，猫毛又掉下来了一大团。

晨熙大惊！晨熙抱着那几团猫毛，两爪颤抖，眼前发黑。

我的老天爷！熙熙竟然开始脱发了！

晨熙当然知道猫会掉毛，有毛的动物，哪有不掉毛的？尤其是在夏末秋初季节交替的时候，就算是人类，脱发也会格外多。但晨熙没想过，这毛竟然会掉得这么凶啊！

这叫掉毛吗？这分明是斑秃前兆！

晨熙抱着那几坨猫毛，感觉自己的人生都已经垮了一半。怎么会这样呢？终于有了一份糊口的工作，还成功觉醒了。两份喜悦相加，本应得到梦幻般的幸福。

怎么会变成这样？

苍天啊！熙熙英年早秃了！

晨熙无声地呜咽着，扒拉着那几团猫毛，把它们团巴团巴，揉成了一坨。都是熙熙的宝贝，等熙熙学会了缝纫，就把小宝贝们缝起来。

楼狮看了一眼背对着他扒拉猫毛的晨熙，发现小猫崽完全投入学习缝纫教程之后，也打开终端，开始处理起自己的事情来。

晨熙不敢瞎挠自己了，他怕他一挠，更多的毛不见了。他认认真真地翻着教程，把看起来好像有用的那些先加入自己的收藏夹里。

当然只能先放进收藏夹，难不成还指望一只小猫猫动手搞缝纫吗？看看这对猫爪吧，它看起来像是能穿针引线的样子吗？晨熙恨铁不成钢地拿左爪拍了一下右爪。

呸！废物！我本可以很快乐，都是觉醒害了我！

算了，晨熙愤愤地咬着尾巴，手速如风，扒拉着缝纫和手工的教程。

坐在前座的保镖先生不时透过后视镜看看自家头儿。楼狮正在跟他的舰队长们联络，神情平静，看不出有什么情绪。保镖先生收回视线，满心惊叹。

今天头儿的心情好得简直称得上是这十年之最了。他本来已经做好了为楼狮大发雷霆扫尾的准备，结果却发现一个手段都没用上。在楼狮身上那个小朋友没有触碰过的地方，藏着武器，它们足够掀翻小半个海城。

当然了，理想状态是任何事情都不发生。但楼狮不高兴，一枪崩掉一两个惹他不爽的人，实在是再平常不过的情况。

今天又是被拦又是亲自商谈，楼狮半点眉头没皱不说，心情还颇为不错，对于深谙楼狮脾性的保镖先生来说，堪比天上下红雨——太少见了。

保镖先生忍不住又看了一眼后视镜。楼狮垂着眼，专心撸猫。被撸的小朋友正在非常认真地刷着网页，认真到楼狮准备撸他小肚皮的时候，十分不耐烦地一脚蹬开了他碍事的手。保镖先生倒吸一口凉气，却发现他们头儿半点生气的意思都没有，被蹬开之后连眉头都没皱一下，甚至非常愉快地继续有一下没一下地撸着猫背。

保镖先生几乎要怀疑他们头儿是不是换了个人。

这时，楼狮似乎是察觉到了他的视线，抬眼看了过来。那眼中仍旧蕴藏着熟识楼狮的人所熟悉的狂暴雷霆，只是此刻暂时蛰伏起来了。

保镖先生收回了视线，确认了，头儿还是那个头儿，只是变回了理智的模样，着实让他有些陌生。

楼狮大概能猜到自己下属的想法，但他懒得管。他只觉得自己现在的状态空前地好。头脑清明，思维顺畅，总是弥漫在心间的焦躁和莫名的急切消失得一干二净。

舒服。

“头儿。”

“说。”

“云飞扬说想给……您弟弟送点小礼物。”

楼狮低头看了一眼他沉迷缝纫和手工的弟弟。晨熙抖了抖耳朵，过了两秒才反应过来这是在说他。他猛地抬起头来：“什么礼物？”

保镖先生看了楼狮一眼，发现楼狮脸上的神情显得不那么爽利之后，把那些高奢品牌名咽了回去，改口道：“一些小饰品。”

就是胸针、领带夹、袖扣之类的东西，不过云飞扬出手送的，当然不可能是什么便宜货。但晨熙这只贫民窟小猫猫并不懂这些名堂，他失望地收回视线。

楼狮满意地挠挠晨熙的下巴：“不喜欢？”

晨熙叹气：“我又不是女孩子，要什么饰品？”

小穷猫，楼狮脸上带出点笑，点头：“对，你不用。”

晨熙怏怏地继续翻那些缝纫教程，楼狮顺手搜了一些猫房的设计图，拖到晨熙面前。

“看看，喜欢哪个？”

晨熙抬头看了一眼：“这些是什么？”

楼狮逗他：“你的办公室。”

晨熙大惊：“我还有办公室！”

楼狮眼也不眨：“对，员工福利。”

晨熙瞪大了猫眼，整个人都沉浸在不可思议之中。不对劲，这不对劲啊！晨熙警觉。楼氏官网的那些照片里，也都跟别的公司差不多，总经理级别的才有单独的办公室，别的员工都是坐普通工位。楼氏再有钱，也不可能搞这种员工福利！难不成还人人都有独立办公室吗？

晨熙想了想，敲字："老板，我怎么可以有自己的办公室啊？"

楼狮发现小猫崽竟然没被忽悠，感觉有那么点惊讶。

"我特批的。"他仍旧眼也不眨，"觉醒者当然有特殊待遇。"

特权阶层！可恶，我好羡慕啊！哦，不对，熙熙现在也是特权阶层了！晨熙意识到这一点，顿时无比迅速地被特权腐蚀，喜滋滋地开始挑布置。

楼狮给他特批的办公室面积大得夸张，两百多平方米。他选来选去，挑了个满地都是木质小隧道的。这种小小的空间，一看就让猫充满了安全感。隧道上还有好多小洞，一看就让猫想伸爪子。

楼狮扫了一眼："不行。"

晨熙一愣，缓缓打出一个问号。

"没有地方放我的办公桌了。"楼狮说道。

晨熙："？"

什么？不是，我的办公室，为什么要放你的办公桌？

楼狮看了一眼仰头看他的晨熙："你跟我一个办公室。"

晨熙："？"

您说什么？您再说一次？您刚刚是不是说，您跟我一个办公室？晨熙蒙了好一会儿，看着楼狮半点不带虚假的神情，刚刚因为晋升特权阶层而产生的喜悦转瞬即逝。

晨熙忍痛打字："我觉得，我也不必如此奢侈。"

楼狮一挑眉："奢侈？"

晨熙心更痛了："对呀，而且心理抚慰员，更应该待在像大厅那种大家看得到的地方吧。”

大猫房，熙熙的心好痛。

晨熙几乎哽咽：“爱岗敬业嘛。”

楼狮看看他腿上的晨熙，眯了眯眼：“你不想跟我一间办公室？”

晨熙头皮一紧。

“你果然不想。”楼狮轻嗤一声，“原因？”

晨熙两眼一闭：“老板！没有员工想在老板眼皮子底下上班的！”

都不能摸鱼，虽然晨熙也不知道喵喵叫的心理抚慰员要摸什么鱼。但是在老板眼皮子底下上班，跟考试的时候被三个监考老师包围有什么区别！

楼狮没想到竟然会得到这样的答案，他呆怔片刻，指了指坐在副驾驶位上的保镖：“他就一直在我眼皮子底下上班，不只干保镖工作，还是特别助理。”

突然被波及的保镖一愣，转头看了一眼看向他的晨熙，点了点头。

晨熙：“……”

大意了，竟然还真有。

楼狮重新把猫房的设计图放到了晨熙面前。晨熙哪敢瞎搞楼狮的办公室。他十分懂事，同时十分心痛：“给我几个纸箱就好了，小小的那种。”

楼狮想起昨晚上看到的方方正正的“熙饼”，也不多说，记下了晨熙刚刚要的那个设计方案之后，把终端收了回来。

晨熙顺着楼狮的动作，看到楼狮袖口和外套的其他地方竟然也沾了不少一看就属于他的白色猫毛。

晨熙哽住，他颤抖着打字：“老板，你的西装一般怎么洗的？”

楼狮被晨熙问住了，他还真没在意过这个问题，他抬眼看向副驾。

保镖先生："一般这种正装不穿第二次，所以不洗。"

晨熙："？"

四百多万的衣服，不穿第二次？您家有……楼狮还真有矿。

楼氏做什么的？做清洁能源开发的啊！清洁能源一般来自哪里？来自各大资源星球啊！楼狮坐拥几十颗资源星，而许多种类的清洁能源往往都是跟稀有矿脉相辅相成的。楼狮不但有矿，还有几十颗资源星的矿！

晨熙感觉自己要昏厥过去了。

同样是人！怎么差距就这么大！

晨熙忍了忍，没忍住："那穿过一次的衣服是……"

"一般是扔了，比较难得的，就送去专门的洗护店里洗护，然后收藏起来。"

晨熙倒吸一口凉气。

"头儿身上这件，就是需要收藏的。"

晨熙又倒吸一口凉气。他飞速叼起他之前掉下的那一大团毛，跳下楼狮的腿，惊恐地发现楼狮的裤子上也沾满了毛毛。晨熙试图亡羊补牢，伸出爪爪，扒拉他沾在楼狮西装上的毛毛。楼狮看着在他腿上搓来搓去的猫爪子，看了半天也没看明白晨熙这是在干吗。

"你在做什么？"

晨熙把毛团拱到自己正前方，含泪敲字："老板，我脱毛了，我要秃了，我毛毛还掉你身上，弄脏你衣服了。"

楼狮看了那毛团一眼："正常生长期，你营养跟上了，所以开始换毛了而已。"

晨熙一呆："？"

楼狮："觉醒期都会经历的，换掉胎毛，也就是动物走向成熟期的标志。"

晨熙恍然懂了，就是俗称的尴尬期！

晨熙长长地松了口气，明知故问：“老板你觉醒体是什么？狮子吗？”

楼狮点了点头，倒不意外晨熙猜出是狮子，他名字摆在那儿呢。

晨熙抬头看了楼狮一眼，打开终端，背着楼狮悄悄搜了一圈公狮子换毛时的照片。小公狮子长鬃毛的时候，先长两腮和下巴的，同时头顶会竖起一撮深棕色的莫西干鸡冠头毛。晨熙看了看照片，又看了看楼狮，又看了看照片。

哇……哇哦！

楼狮警觉：“你在看什么？”

晨熙下意识地要关掉网页，但他爪子还没来得及按下关闭，就被楼狮拎了起来，楼狮拿过了他的终端。晨熙缩着四只爪爪和脖子，心虚地低头看自己的尾巴尖。

楼狮看着晨熙刚搜出来的狮子图，晃了晃手里胆大包天的猫崽子，语气十分严厉：“好看吗？”

晨熙十分违心地点点头。

“好看？”楼狮笑了一声，“我给你也弄一个。”

晨熙：“？”

晨熙疯狂挣扎。

你撒手！你想对熙熙做什么？你敢动熙熙一根毛，熙熙就跟你拼了！头可断，血可流，熙熙绝对不留鸡冠头！这事关海城小王子的面子！事关男人的尊严！

晨熙看着楼狮伸过来的手，抬爪挡住，抵死反抗！但小猫崽挣扎的力道，对于楼狮来说根本不值一提。楼狮一点被阻碍的停顿都没有，直接从晨熙头顶上扒拉了一小团猫毛下来。

晨熙看着楼狮手里那一团毛，瞪圆了眼。

“喵！”你竟然真的动我的毛毛！！啊啊啊！！熙熙跟你拼了！

晨熙悬空的四爪疯狂乱蹬，楼狮看着因为晨熙剧烈的动作而漫天飞舞的猫毛，伸手把猫崽子仰面按在了他腿上。

“你再动，就真的秃了。”

晨熙一僵，金色的猫眼转了一圈。空气中飞舞的柔软白毛被车窗外的阳光镀上了一层明亮的浅金，飘飘摇摇地落下来。

晨熙呜咽一声，摸摸终端：“老板，毛毛真的会长回来吗？”

楼狮揉揉晨熙的小肚皮：“会。”

行吧，骗我楼狮肥一百斤。

晨熙两眼一闭，勉勉强强地把自己的小肚皮给楼狮摸。坐在前边的保镖先生正小声地跟楼狮说着什么。晨熙抖抖耳朵，听到是楼氏公司搬迁相关的事宜。晨熙听着，打开了社交号，偷能量喂鸡。第一波受害人就是晨熙同寝室那三个兄弟。

晨熙疯狂收割了一波，竖着耳朵听了楼狮和保镖先生几句聊天，知道了楼狮这一次特意去他们学校校招，是想招那位虎鲸来参与他们海洋和水体能源的开发。

海城大学的觉醒者总共一个巴掌的数量，一举一动都引人注目。自然，那位虎鲸大哥，晨熙是有所耳闻的。

整个海城大学都知道，这位兄弟因为觉醒体是虎鲸的关系，每天都得有半天待在压强和盐度足够的人工海洋里。因为活动范围不够大，这兄弟每次出现在外边的时候，神情中都透着一股子忧郁。晨熙想了想，敲了一行字，伸爪扒拉了一下楼狮的衣服下摆。

楼狮和保镖先生转头，就看到晨熙敲出来的那行字：“那位觉醒者早就有了择业方向，他要做海洋水体保护方面的工作。”

其实还挺有追求的，联想到他的觉醒体和那股子忧郁劲，也不是不能理解。

楼狮微微咂舌：“你又知道了？”

晨熙一愣，意识到楼狮说的是之前他知道云飞扬喜欢吃甜食的事。

唉，晨熙有点苦恼，熙熙也不能给你解释这个情报来源。

晨熙冷静敲字：“这个事，很多人知道。”

楼狮点头：“那跟我们开发清洁能源岂不是不谋而合？”

晨熙没了解过这方面，他打出一个笑脸来，突然想起了之前任航想要他内推的事。

内推，就是内部推荐。这种推荐比外部招聘要有效率一些。

晨熙决定给兄弟们探探口风。

他伸爪子敲字：“老板，你校招除了招那个虎鲸，还招在校生实习吗？”

楼狮扫了一眼晨熙的问题，指了指前座的保镖先生，他从来不管人事。晨熙跟保镖先生交流了一下，发现他们这几届运气算是不错。

楼氏刚搬到钴蓝星来，帝星那边的原总部就变成了分部。愿意离开帝星跟过来的人数量其实不多，愿意留在分部的人，也不算多。所以现在楼氏人手的缺口还挺大，这两三年里，应届生的招聘数量会多出很多。这对于晨熙他们这批人来说是天降馅饼。但对于楼氏而言，这是大规模的人才流失。以晨熙小菜鸟的眼光来看，这种情况，全公司上下应该急得像热锅上的蚂蚁一样。

晨熙看看保镖先生，又看看楼狮。这么大的人手缺口，他们却半点都没有着急的样子。

晨熙抖了抖耳朵，把这个事记下，准备学学他们怎么处理这种事件。他总不能就真的当个喵喵叫的心理抚慰员吧。能够混进楼氏里去，他能学到的东西肯定少不了，而且是那种不需要自己交学费，不需要自己负责任的学习，只需要看别人犯错，看别人成功，然后吸收经验、取长补短就好。这简直是无本买卖，学到就是赚到。

晨熙在心里打了一串小算盘。

眼看着车开进了庄园的大门，晨熙抱着终端，赶紧把楼氏超级缺人这个好消息发在寝室群里。

他消息发出去之后，就关掉了社交窗，叼起之前搓起来的毛球，跳下了车子，抖了抖身上被撸得乱七八糟的毛。

门廊通风性很好，晨熙抖完毛，就眼睁睁地看着他抖下来的毛随着风呼啦一下，被吹得四处飞扬。换毛期的毛，不是一根根掉的，而是一撮撮掉的，视觉上充满了冲击力。

叼着毛球的晨熙愣了两秒，他放下嘴里的毛球，转头想去追被吹走的毛，结果毛球刚一放下，就被风吹进了排水沟里。

晨熙呆住，他站在排水口上边，看着他珍贵的宝贝毛球被水流冲走，瞬间消失在黑暗里，整只猫如遭雷击。

保镖先生脸上肌肉抽了抽，差点没能绷住。“没事的。”他说，“你身上还能搓出很多个这样的毛球。”

晨熙转头：“喵！”你这人怎么回事？还诅咒熙熙继续掉毛！其心可诛！

晨熙扒拉了两下排水口，最终还是没能克服对水的厌恶，蔫头耷脑地走了回来。

楼狮拎着猫进屋，随手脱掉外套放到一边，然后看一眼晨熙，叮嘱：“记得缝。”

晨熙：“……”

老板，你也大可不必如此认真。但楼狮用行动表示，他真的很认真。晨熙眼巴巴地目送着楼狮进了一楼的主卧，也不知道干什么去了。

第三章

养猫·欠的东西慢慢还

保镖先生是不负责二十四小时贴身保护的，他有他自己的生活，司机也不是随时跟着楼狮。不过晨熙觉得他们可能更多是因为害怕被楼狮的疯病殃及，所以并不跟楼狮住在一起。

但熙熙能怎么办呢？熙熙又没地方能住，总不可能真的去流浪翻垃圾箱。

想想那些可怕的虫子！比起当杀虫斗士，熙熙宁愿给楼狮缝一辈子西装口袋！

晨熙转头看了一眼被他糟蹋的西装外套，心头呜咽。这猫爪，怎么看也不像是能做点什么的样子。但天无绝猫之路，熙熙可以想办法！

好！熙熙想办法！晨熙皱着眉头，努力思考。然后他低头，看到了自己的爪子。

晨熙："……"

这能想出个鬼办法！谁能来帮我把这个没什么用的觉醒塞回

DNA（脱氧核糖核酸）里去埋了，让它再也没有重见天日的机会！觉醒根本无法给人带来快乐！晨熙都要气死了。

他愤怒地拉开收藏夹，翻了半晌，翻到了之前那个猫猫觉醒者的分享帖，十分耻辱地点开帖子，迅速寻找如何变回人类的关键字。

这大约是所有觉醒者最为关注的内容，所以还被这个帖主给加粗标黑了。但加粗标黑的内容十分简短——

多补充营养，等到身体觉得可以的时候，自然就可以变回来啦！

等到身体觉得可以的时候？你们觉醒学校到底怎么回事？！我怀疑你们脑袋有问题！

熙熙冷静！熙熙从一开始就不应该对觉醒学校有什么期待！

晨熙抱着尾巴，躺在沙发上，宛如一只废猫。

猫生好累，熙熙只想当一个与世无争的废物，为什么还要经历这些？！

晨熙慢吞吞地从沙发上坐起来，拖着沉重的步子，回了二楼。楼狮拿着梳毛刷从房间里走出来，找了半天也没找到晨熙。他不得不打开监控回放，看了好一会儿，才转头上了二楼。

房间里是没有监控的。楼狮在房间里找了一圈，才找到藏在抱枕后边、沙发缝里的晨熙。楼狮是真的不太能理解晨熙的感受。

“你在做什么？”

晨熙打字：“自悔。”

楼狮：“？”

这小朋友年纪轻轻，花样还挺多。

晨熙还有点小生气：“老板，机器人把我的小纸箱丢掉了！我睡觉都找不到地方了！”

楼狮："给你换个猫窝。"

猫窝也不一定有小纸箱舒服啊！晨熙心里小声念叨。回头还是再买点什么东西，弄个大小合适的纸箱回来。

晨熙从沙发里跳出来，幽幽地叹了口气："老板有事吗？"

楼狮拿起梳毛刷："梳毛。"

晨熙瞬间警觉地跳到了一边，不是所有的猫科动物都喜欢梳毛的。晨熙就很排斥。楼狮发现自己对晨熙真的是极其有耐心。他轻啧一声，从终端里拖出了一张投影。投影里是个悬崖泳池，泳池之外是一片蔚蓝澄澈的海洋。晨熙远远地看了一眼，不明白楼狮要干吗。

他想了想，十分狗腿地敲字："哇！老板家的大泳池！"

楼狮一顿："是酒店。"

晨熙愣了两秒，迅速改口："哇！老板家的大酒店！"

楼狮："……"

虽然他要说的不是这个……但这么说也没错。

"这是只为觉醒者开放的酒店，有很多辅助训练的设备，对你适应觉醒体很有帮助，想去吗？"楼狮问。

晨熙："……您看我像是去得起的样子吗？杀猫诛心啊，老板。"

"就在蓝湾。"楼狮说。

蓝湾就在海城往东八十多公里的地方，号称全钴蓝星最美最蔚蓝的海湾，拍照圣地，度假天堂。大学三年，晨熙一次都没去过。不因为别的，就因为那儿消费太高。

"想去吗？"楼狮再一次问道，"梳好毛就带你去，那是我的酒店，用不着花钱。"

晨熙摇到一半的头骤然停住。

楼狮向他走过来："梳毛可以防止毛球症，你可是长毛猫。"

晨熙不知道毛球症是什么，他看着那仿佛能把他薅秃的刷子，激烈摇头，疯狂后退，一路蹿出了房间。楼狮眯起眼，没耐心了。

“站住！”

晨熙吓了一跳，下意识停住。

楼狮冷冰冰地说：“躺下！”

晨熙仰头看着楼狮，吸了吸鼻子。那……那么凶干什么？

“喵呜。”晨熙叫了一声，可怜巴巴地蹲在原地，在楼狮的逼视下，更加可怜巴巴地躺了下来。他摸了摸终端，敲字：“老板你……”

楼狮一顿，又开口要说什么，就看到刚刚被他吓到的猫崽子惊得往后一缩。晨熙只感觉后背一空，还没反应过来，整只猫就一路顺着楼梯旋转着滚了下去。他还戳着终端面板的爪子惊慌地挥舞着，带出一长串的乱码。楼狮站在二楼，看着眼前充满了乱码的虚拟面板，深吸一口气。

我楼狮，纵横星际十余载，就……没见过这么傻的觉醒者。

头一遭，长见识了。

为什么？晨熙坐在一楼的地毯上，感觉自己不能呼吸了。这是哪门子的觉醒啊？晨熙气得一顿暴跳。

他初中是体育特长生，高中进校篮球队，大学号称海大篮球小王子。运动能力、身体协调能力一流，什么时候发生过这种事？是黑历史！是必须删掉的黑历史！

晨熙一把关掉那一大堆被他敲出来的乱码和窗口，慌不择路地往沙发底下一蹿，试图寻找时光机。

眼前的虚拟窗口消失，楼狮回过神来，有点想笑，但最后还是憋住了。他自己也是觉醒者，自然清楚，觉醒者跟觉醒体之间是会相互影响的，极个别精神特别坚韧的除外。

这个极个别，说的就是隔壁那个总是跟他争第一的兔子。一只垂耳兔，不仅不胆小、不温顺、不吃草，甚至还在一群肉食动物之中杀出了一片天，成了星际盗贼团第二大势力。哦，现在狮心暂时没有了，所以那只兔子是第一了。

不过那只兔子是特例，绝大部分觉醒者——包括楼狮，也是被觉醒体影响到的那一个，比如强烈的领地意识、极度排外的思维、对肉食过度的热衷、惯于以伏击战术来打击对手等。

楼狮多少受到了这些习性的影响，但他不觉得这些有什么不好，尤其是有了晨熙作对比之后。楼狮低头看看自己手里拿着的梳毛刷，头一次产生了迫切地想要知道晨熙到底是什么品种的冲动。

能傻成这样，也当真是十分难得的一件事。从没见过这么傻的猫，虽然晨熙可能不是猫。但目前为止，他看起来最像猫了，一些习性和生长情况也跟猫没什么差别。

哦，也不对。楼狮突然意识到他也没怎么接触过猫这种动物。他又不可能养宠物，身边的舰队长也没有一个是猫的。他对于猫的了解程度，也就仅限于当年在觉醒学校的同学了。可是当年跟他同为猫科的，一个是布偶猫，一个是花豹。前者温顺得不得了，后者天天蹲在树上伺机打人，跟晨熙完全不一样。

这差别大了去了。

楼狮这么想着，走下楼，站在客厅里环视一圈，发现猫崽子又不见了。

楼狮："出来。"

晨熙藏在沙发底下，当然没有找到时光机。他听到楼狮的声音，抬爪子压住耳朵，试图当作没听到。

楼狮一咂舌，绕着一楼大客厅走了一圈，在角落里看到了一截从沙发底下探出来的白尾巴。这尾巴一动不动的。

沙发底下的空隙就那么半个巴掌的高度，也只有晨熙这种体形才钻得进去了。

楼狮走过去，拍了拍沙发，喊道："出来。"

晨熙没出来，他的尾巴像潜望镜一样，左翘翘，右翘翘，仿佛在尝试嗅探楼狮在哪儿。猫科动物看到这种晃来晃去的东西，就觉得爪子痒。楼狮忍了忍，没忍住，他俯身，伸手按住了那截尾巴尖。晨熙被吓一跳，瞬间把尾巴抽回来，鬼鬼祟祟地在沙发底下转过身，一眼看到了楼狮的室内拖鞋。

尾巴跑了，楼狮再一次拍了拍沙发："出来。"

晨熙委屈地从沙发底下探出个脑袋。脑袋刚一出来，就被一双手揪住了后颈皮。

楼狮把他往腿上一放："你藏什么？"

晨熙没精打采地"喵"了一声："我没藏，我只是在寻找时光机。"

"时光机？"

晨熙废猫一样地敲字："用时光机回到熙熙犯下社会性死亡的大错之前。"

熙熙？楼狮心中把这个昵称重复了一次，记下，随口说道："看到你滚下楼梯的只有……"

啊啊啊——！

住口！你做个人吧！晨熙光是听到"滚下楼梯"四个字，就感觉自己要过敏了，距离当场去世只差了那么一点点！就那么一点点！楼狮看着晨熙逃避现实的样子，干脆跳过了这个话题。

他拿起梳毛刷，按住了又想逃窜的猫崽子。刚被梳子碰到脑袋，晨熙就感觉有什么重要的东西在这一瞬间离他而去了。他挣扎着转过头："老板，梳下来的毛不要扔！"

楼狮一顿，晨熙紧急敲字："我收起来！"

楼狮眉头微皱："你收起来？"

楼狮之前就觉得晨熙对自己掉下来的毛太在乎了，现在看来简直有点离谱。晨熙不觉得有什么离谱的，他想起那些缝纫教程，打字："搓成毛绳可以做成袜子、手套、帽子。"

楼狮沉默片刻，疑惑晨熙到底是希望自己不掉毛，还是多掉点毛。想做成袜子、手套、帽子，这小朋友可能得浑身上下都剃光至少两次才行。不过楼狮没点破，他点了点头，答应了晨熙的要求。

晨熙从他腿上蹦下去，找了个小桶子，把它一路丁零当啷地滚了过来。

“喵呜。”用这个！

楼狮没意见。晨熙坐在楼狮腿上，深吸口气，抱着“英勇就义”的心情，敲字：“老板，我准备好了！”

然后他就无比迅速地在梳毛刷的威力之下化成了一摊液体。

好……好爽哦！原来这么爽的吗？晨熙瞬间忘记了自己刚刚的排斥，舒服得尾巴都翘起来了。

天呀，梳毛就像睡小箱子一样，超爽的，楼狮动作轻，手法又好，还会撸下巴。

楼狮看着一脸爽到升天的小猫崽子，伸手晃了晃他的小脑袋：“不是闹得凶不要梳毛吗？”

晨熙严肃打字：“谁？谁闹了？竟然会有不喜欢梳毛的小猫猫吗？”

楼狮眉头一挑。

晨熙厚颜无耻：“梳毛超舒服的，我超喜欢梳毛的！”

他敲完这一排，又补充：“老板不要停。”

楼狮：“……”

楼狮从未见过如此胆大包天之人。他看着敲完字就迅速在他腿上重新摊成一块饼的晨熙，顿了顿，还是继续梳起毛来。

楼狮发现自己在这个小朋友身上破了不少例，不过算了，楼狮想，能让他保持这样清明的思维和头脑，只是付出这么一点点代价，又有什么关系呢？

晨熙爽得连眼前小桶子里逐渐堆积起来的毛都不在意了。他无比享受地晃着尾巴，感到了无与伦比的快乐。梳毛这么快乐，熙熙得想个办法一直快乐下去。

晨熙摸出终端，开始搜索起宠物饲养方面的机器人来。总不能指望楼狮一直帮他梳毛。亲朋好友就更加不可能了。晨熙压根没想让他们知道他觉醒了，不然他爸妈肯定敲锣打鼓，搞得全世界都知道。

觉醒者可是必须登记的，晨熙不想登记。虽然登记会让他拥有丰厚的福利补贴，每天躺在家里也有钱砸到他身上来，但同样会给他带来麻烦，觉醒者在某些特殊的时候，是会被强行征调的。强行征调，就肯定会跟云涟漪有所牵扯，因为云涟漪每次都在征调名单里。毕竟幻想种，特别好使。唯一避免被征调的办法，就是跑出去当星际盗贼，可晨熙是绝不可能去当星际盗贼的。所以为了不造成这一连串的麻烦，就干脆从源头直接掐断一切可能性。只要没有别人知道他是觉醒者，就万事大吉了！

晨熙愉快地晃着尾巴，搜索着各种各样的机器人，然后看着那些价格，尾巴逐渐僵硬。

一个只具备铲屎、梳毛、喂猫粮、剪指甲、清洗用具和健康检查功能的养猫机器人，就要足足两万五！

晨熙惊呆，你们养猫的，到底都是些什么人？一个个的，钱都是大风刮来的吗？晨熙不信邪地往下翻了翻，发现最便宜的也要一万八。

行，熙熙明白了，负债十多万的熙熙，根本没有消费这东西的资格。晨熙的快乐逐渐消失，他看了最便宜的那一款机器人半晌，冷酷地关闭了窗口。

楼狮随意看了一眼："你要买机器人？"

晨熙："没钱呀，本来想找个有梳毛功能的机器人，总不能一直指望老板你帮我梳毛吧，你那么忙。"

楼狮慢吞吞地把刷子上的毛扔进桶里："你什么时候看到我忙了？"

晨熙："？"

熙熙第一次见到这么理直气壮、光明正大地说自己天天摸鱼不上班的人。可是老板，摸鱼这种事，你自己心里知道就好了，说出来影响不好。

楼狮半点不虚：“我完全可以给你梳毛。”

晨熙顿时感动得一塌糊涂。天呀，楼狮是什么人物？分分钟挣几千万的人物！他竟然愿意空出时间来给熙熙梳毛！好！不愧是我老板！

晨熙十分感动，然后拒绝了楼狮：“谢谢老板，但是不用啦，我会不好意思的，我欠你好多了。”

楼狮漫不经心地扫过晨熙敲出来的这行字，无所谓地说道：“有什么不好意思的？你欠我的东西完全可以慢慢还，多的是时间。”

毕竟晨熙能安抚自己容易狂躁的情绪，不出意外的话，他是不会轻易放晨熙走的。

晨熙对此一无所知，他只是更不好意思了。因为他其实准备快速还完债，就收拾细软滚蛋的。但看看老板这宽容、和蔼可亲的态度，这大方的工资，这梳毛的力度和手法。晨熙觉得自己简直就是个无情的渣男。

晨熙犹豫了一阵：“那……谢谢老板。”

“嗯。”楼狮应了一声。

晨熙扭头看着细致地给他梳毛的楼狮，顿时觉得自己更渣了。

楼狮发觉晨熙在看他，顺口说道：“梳毛是必要的，你可以搜索一下，多了解一点。”

晨熙听话地打开了搜索引擎，页面最上边推荐的是一篇养猫经验的分享帖。晨熙点进去，一眼就看到了帖主养的两只小狸花猫，公的。这篇帖子说得非常详细，从捡回来给它们打疫苗、做驱虫开始说起，说到猫癣、耳螨和一些幼年时会得的皮肤病。其中也包括了之前楼狮提到的毛球症。至于换毛、换牙之类的事情，也都说得非常清楚。晨熙仔细地往下翻，然后猝不及防地看到了一排字——

大花发情了，今天给他们两兄弟绝育啦！

配图是两只狸花猫被箍上了伊丽莎白圈的照片。

晨熙登时吓得一个哆嗦，倒吸一口凉气。他紧张地打字问楼狮："老板，觉醒期里，觉醒者是要快速经历一遍从幼年到生长期的过程的，对吧？"

楼狮点头："因为觉醒年龄普遍都是青少年时期，所以基本上都是在半成熟的时期，不稳定的觉醒期就结束了。"

晨熙闻言，敲字敲得磕磕绊绊："可……可是我觉醒的年龄很大了，我成年了！我二十二了！"

楼狮一顿，也意识到这个意外情况，可能会跟常规的觉醒不太一样。

晨熙没得到楼狮准确的答案，差点当场哭出来。他敲字的爪子疯狂颤抖："那……那……那我……我会发情吗，老板？"

楼狮露出几分迟疑。

老板你迟疑什么？你为什么不说话？

楼狮看着晨熙下一秒就要哭出来的表情，犹豫了一下，还是说道："有那么一点可能。"

晨熙当场两眼一闭，四脚一蹬。

我太难了。晨熙感觉自己的人生已经到此为止了。为什么会这样呢？明明应该是快乐的事情！为什么会这样呢？

晨熙想不通。

楼狮看着直挺挺装死的晨熙，也不知道这种时候说点什么好，他最终什么都没说，只是继续梳毛。

发情这个事，古往今来这么多年，好像还没有觉醒者经历过。因为觉醒高发期大都是十三至十五岁。如果在初中阶段还没有觉醒，往后再觉醒，就已经算大龄了。觉醒者所要经历的觉醒体的成长阶段，就是到他觉醒时所对应的年纪，也就是从幼崽到生长期或者半成熟期这一阶段。

几乎没有人遇到过像晨熙这种状况，但幻想种是特例也说不定。楼狮心不在焉地想着，给腿上的猫崽子梳完毛，发现他已经睡着了。

四脚朝天，还在打小呼噜，半点看不出他之前还在为自身的问题而苦恼。

楼狮打开终端，给几个分散出去的舰队长发了条问题已经解决的消息。发完之后，他垂眼看看腿上的小猫崽，略一沉吟，又发了一条保持原状，暂不回归的消息。

这小朋友，怎么看都不像是会愿意去当星盗的样子。他就是一个在和平的社会里成长起来的普通人，而且肯定家庭和睦，过得相当幸福顺遂，不然现在怕是成不了这种无忧无虑的小崽子。不过没关系，以后时间还很长。大不了要回到宇宙里去的时候，就忽悠这只小猫崽一起去旅游就完事了。他这么傻，肯定会信。

楼狮有一下没一下地摸着猫肚皮，扫了一眼社交号，发现自己还没有解除对晨熙的屏蔽。楼狮顿了顿，这才想起了自己之前准备一周不搭理、不接触晨熙，以此来确定对方是不是真的能对他产生影响。结果才过了一天，他就直接开过来找人了。楼狮把晨熙重新加进白名单，对自己这种反复无常半点不在意。前几天说的话，跟现在有什么关系？楼狮这么想着，顺手搜了一圈猫窝。

小猫崽子的体形很小，跟刚出生两个月的小奶猫差不多大。一只手就可以轻易地掌控，两只手甚至可以让他蹲在手心。

楼狮挑来挑去，最后挑了个球状的智能猫窝——圆球形，开口朝上，像个碗，自动除毛祛味，可调节大小，功能稳定，防侧翻。他记得当初在学校里的时候，那只布偶猫就挺喜欢这一款。

楼狮下了单，又加了钱要求两小时内紧急送货，正准备再搜搜与猫有关的神话传说时，就感觉到躺在他腿上睡觉的猫崽子蹬了蹬腿。

楼狮低下头，看到晨熙仍旧睡着，但尾巴毛奓得厉害，缩着的小爪子也一下一下地挥舞着。看来是做梦了，可能还是个噩梦。

晨熙的确是做了个噩梦。他梦见自己被绑在手术台上，眼前是无影灯，还有拿着针筒凑过来的医生和护士。他转过头，看到手术室外边，楼狮正十分着急地拍着玻璃，好像想救他。晨熙还有点蒙，接着他就听到护士小姐姐说："没关系哦，熙熙，睡一觉起来，你就变成公公啦！"

晨熙愣住，晨熙惊恐，晨熙疯狂喵喵叫！楼狮在外边看起来更着急了。

晨熙想起他先前看的帖子，帖子里说在做绝育的时候，医生会跟铲屎官演一出"强抢民猫"的戏码！这样子，猫猫就会以为它是被抢走的，就不会记仇了。

晨熙瞪圆了眼，大惊，楼狮竟然骗我！

医生的针筒越来越近，晨熙试图挣扎，却怎么也抽不出手。

啊！等我出去！就把你们都杀了！你们都得死！全都得死！你动我试试！啊！我不把你这店烧了我以后跟楼狮姓！

晨熙把今生所有会的脏话都喊了出来，原本觉得还挺有气势的，说出口却变成——

"喵！"

"喵喵喵！"

晨熙以猫的身体发出了狗一样的嗷呜惨叫，他猛地睁开眼，"噌"地一下坐了起来，对上楼狮的视线，惊恐万状地蹿出去好远。

楼狮微怔："做噩梦了？"

晨熙听到楼狮的声音就是一哆嗦。他当机立断，直接往沙发底下一缩。小猫猫还沉浸在差点被绝育的恐惧之中，听到楼狮的声音，就感觉看到了楼狮在手术室外敲玻璃的样子。

好可怕啊！真的好可怕啊！我的老天爷啊！那些宠物过的都是这样的日子吗？好可怕啊！真的好可怕啊！

晨熙抱着尾巴，躲在沙发底下瑟瑟发抖，不管楼狮怎么哄怎么说，都死活不出去。

楼狮干脆不哄了。他坐在沙发上，打开搜索引擎，认认真真地输入了一个关键词：猫的性格。然后他一眼就看到了人气最高的回答——

“猫是一种很神经质的动物，它们经常会觉得自己像狮子一样凶猛，无所不能。但实际上，它们只是小小的、可爱的小猫咪而已。”

楼狮在心里缓缓打出了一个问号，接着，又升起了几分赞同感。

那边楼狮在认真学习如何养猫，这边晨熙也躲在沙发底下搜索猫咪发情相关的事情。

公猫发情是被动的，需要闻到母猫分泌的气味，才会发情。这个气味范围就很大了，可能是家里有母猫，可能是家附近有母猫，还可能是风带来的气味，都会刺激到公猫。在这个特殊期间，公猫攻击性会变强，变得爱叫，乱尿尿来圈地，变得焦躁不安，等等。然后回答这个问题的人，顺手附上了几张自家猫发情的不雅的照片，还附了一句话：

“不及时绝育的话，偶尔也会发生这种情况哦。”

哦？哦个什么啊！他觉醒期日常相处的人就楼狮一个！晨熙简直不敢想象自己那时候的画面。这也太残酷了！

晨熙颤抖着爪子，打开社交号，正试图找自己的小伙伴们帮忙想想办法，就听到机器管家提醒有货送上门。楼狮让机器人去取货，晨熙还躲在沙发底下思考猫生。

觉醒期最长半年，最短三个月。他是不可能三个月不出门的，何况他下个月就要跟着楼狮去上班，当那个什么心理抚慰员。退一步讲，就算不出门，也防不住气味这种东西。

完了，完了完了，这是个死局啊！晨熙抱紧了自己的尾巴。

楼狮在外边拍了拍沙发："给你买了智能猫窝，不出来看看吗？"

晨熙一愣，不禁流下了感动的泪水。天哪，在这无情冷酷的世界里，老板简直是唯一的温暖和良心！

晨熙从沙发底下探出头来，向楼狮"喵"了一声。

楼狮拆了包裹，把那猫窝拿了出来，直接把它缩到了最小号。最小号也就一个菜碗大，是适合奶猫躺进去的大小，跟晨熙之前拖到床上去的纸箱容量差不多。

晨熙从沙发底下爬出来，探头看了一眼猫窝，猫窝里边躺着个价格标签，标签上写着：16，999。

是钞能力！是金主爸爸！

楼狮随意地把标签捞出来，按了按猫窝底部，测试了一下柔软度，拎起晨熙放了进去。晨熙瞬间在圆圆的猫窝里团成了个球。

楼狮看着迅速融化的晨熙："怎么样？"

是金钱的味道，晨熙一脸严肃："爽。"

"行。"楼狮干脆地扔掉了标签，把猫窝往沙发边上一放，就重新坐在沙发上继续阅读起来。他买了一堆跟猫有关的神话书籍。他想知道晨熙到底是什么物种，但宇宙生物库里查不出来，他也没有更多的办法。

幻想种至今只有云涟漪一个人，谁也不知道这种特殊的觉醒类型，到底应该怎样定位。假设有新的幻想种觉醒了，又要怎样才能分辨他们是什么类型的幻想种。

按照神话传说来推断的话，其实并不容易。又不是所有神话传说里的物种，都像云涟漪的人鱼一样好分辨。退一步说，星际社会发展这么多年，融合了无数文明，神话传说繁多，但是从来没有过神话生物的照片。要从海量的文字里搜索出相对应的种类，这工作量简直大到令人绝望。而且幻想种的例子太少，光一个云涟漪，根本不具备参考性。万一连神话生物都不是呢？万一就是纯粹的由本人的幻想而生的物种呢？

晨熙脑袋搭在窝边上，看着认真翻阅着终端内容的楼狮，感觉心脏隐隐发酸。这个世界上，怎么会有什么好的老板呢？体贴细致，关怀入微！最重要的是挥金如土！天啊！

晨熙缩回窝里，抱着终端，捂着自己的小心脏，点开了寝室相亲相爱 302（4）小群。

晨熙熙：“嘀嘀嘀！”

叶朗朗：“嘀！”

晨熙熙：“哥，除楼氏以外，还有什么大厂缺人吗？”

那边叶朗朗一愣，先是打字回答了晨熙的问题：“理论上来说楼氏总部搬来海城，肯定会有一大拨跳槽的，他们的福利待遇一向很好，所以各个大公司肯定都会有一定的缺口。”

晨熙觉得有道理，他也是这么认为的。虽然大规模挖人墙脚这种事特别缺德，但是那些大集团本身也没几个总部在海城，也不至于因为这种事跟楼氏打起来。

晨熙熙：“叶哥推荐一个？”

叶朗朗：“你要换工作？之前不还一口一个楼狮好，楼狮妙，楼狮帅得呱呱叫吗？”

就是因为他太好了！我才不能做对不起他的事！

晨熙熙：“是这样的，我有一个朋友，他要找工作。”

叶朗朗：“你说的那个朋友是不是你自己？”

无中生“友”的晨熙悲痛敲字：“不，真的是我朋友！”

叶朗朗不信：“楼狮怎么你了？”

不被相信的晨熙十分难过：“楼狮没怎么我，我就是担心我把他怎么了。”

叶朗朗："？？？"

叶朗朗满心震撼："老四，我以前怎么没发现，你还这么有雄心壮志呢？"

他震撼完，觉得不对，略一思考，顿时大惊失色。

叶朗朗："你想把楼狮怎样？"

叶朗朗："你又打不过他。"

晨熙敲了字，又删掉，又敲字，又删掉。最后他叹了口气："叶哥，你把天聊死了。"

叶朗朗看着终端，感觉十分摸不着头脑，但作为寝室的老大哥，他还是语重心长地劝起人来。

叶朗朗："我是觉得，你暂时也找不着比现在待遇更好的工作了，没必要因为小事乱跳。"

晨熙认真思考了一下，觉得这还真不是小事。

晨熙熙："这事不算小。"

叶朗朗："……行，有多大？"

晨熙熙："比社会性死亡还要大几倍的那种，说出来我自己都怕的那种。"

叶朗朗："那我一定要听听了。"

晨熙冷笑一声，无知的叶哥。

这个担心虽然有那么一点狂放，但晨熙坚定地觉得，这个担心是必要的。为了防止自己得罪老板之后被炒鱿鱼失业，晨熙觉得自己有必要防患于未然。

熙熙很烦恼，但熙熙没法说。

晨熙熙："此事说来话长。"

叶朗朗："长话短说。"

晨熙熙："因为所以虽然但是然后最终，噫吁嚱！"

叶朗朗："……"

行，知道是不好说的话题了。叶朗朗想了想，觉得这种连说都不太好说的事情，估计还真挺大的。叶朗朗有点担心："是会让楼狮炒了你的事吗？"

晨熙熙："那倒不是。"

是我自己良心和羞耻心过不去这一关。晨熙一联想到事情发生之后，可能会衍生出的种种可能性，就想直接一绳子挂梁上。

叶朗朗看着晨熙这次没有表演一哭二闹三上吊的戏码，就觉得好像还行。以他对晨熙的了解，只要晨熙还没有戏精上身发起疯来，就还有转圜余地。其实晨熙已经在楼狮面前表演过一波，逐渐冷静下来了的晨熙关掉了聊天窗口。

他又去看养猫指南的帖子了，了解自身，了解觉醒体。他倒是要看看，这觉醒还能给他多大的惊喜。晨熙目露凶光，翻帖子的动作就像是在扒敌人的皮一样凶狠。

猫咪尝不出甜味；猫咪不能吃巧克力；猫咪不能吃太多盐，会加剧掉毛，容易影响肾脏和尿路系统；猫咪大多有乳糖不耐的症状，不要给它们喝带糖的牛奶；如果不经常梳毛，就要给猫咪吃点猫草或者化毛膏，促进毛球的排出……晨熙一边翻一边做着笔记，然后把不符合他自身情况的点画掉。

他吃得出甜味，好像也没有乳糖不耐的情况。之前吃红丝绒蛋糕的时候，虽然吃得不多，但的确是因为过甜感到嫌弃的，事后也没有拉肚子。只是吃盐掉毛、能不能吃巧克力和要不要化毛的问题，晨熙不太能分辨得出来。他低头看了看自己的毛毛，迟疑了一瞬，还是决定断盐看看。不怕一万就怕万一。

晨熙顺手一搜，就搜到了一个犬科觉醒者因为在觉醒体状态下偷吃了一块巧克力，当场口吐白沫，直接被拉进医院洗胃的新闻。再定睛一看，这个觉醒者的名字叫云飞扬。

晨熙简直惊了，云飞扬你好歹也是人气男主之一，怎么跟个憨憨似的？不过也是，毕竟是小奶狗的人设，犯点傻乎乎的错，也只会因为反差显得格外可爱。

晨熙想着，沉默了两秒，又在心里把“可爱”两个字画掉了。不，不管怎么说，因为偷吃巧克力被送进医院抢救这件事，也太憨了。

棒！不愧是金毛犬！

晨熙惊叹地翻完了那个报道，给云飞扬打上了一个“有点憨的大金毛”的标签之后，回到那个养猫的帖子里，继续把帖子往下拉。帖主侃侃而谈，晨熙收获颇丰。帖子滑到最下面，晨熙看到了结尾——

> 作为一个资深的铲屎官，我给大家推荐下列猫咪用品，品质有保证！填写下方我的优惠码加入团购并分享给好友，可以享受七折优惠哦。

晨熙：“竟然是个广告。”

晨熙看着那些据说猫猫都会喜欢的小鱼干、果冻、罐头和无糖奶片等，忍不住咂巴咂巴嘴。还……还挺便宜的。

相亲相爱302（4）。

晨熙熙：“分享链接——咪叽家，猫咪都爱的深海小鱼干大折扣。”

晨熙熙：“分享链接——咪叽家，猫咪都爱的鸡肉罐头大折扣。”

晨熙熙：“分享链接——咪叽家，猫咪都爱的果冻奶片大折扣。”

晨熙熙：“爸爸们，帮熙熙点一下，爱你们。”

任航航：“点了，你养猫了？”

晨熙看到任航的问题，心中一痛：“你看我像有钱养猫的样子吗？”

任航航：“不像。”

沈深深："你妈说你敢养宠物，你跟宠物只能留一个在家。"

叶朗朗："阿姨还说，你敢带有毛的东西回家，就把你吊死在它面前。"

晨熙熙："……"

你们也不必记得如此清楚！

晨熙熙："买给楼狮他弟弟的。"

叶朗朗："你就给楼狮他弟吃团购的玩意儿？楼狮不会杀了你吗？"

晨熙熙："？"

什么叫团购的玩意儿？你看不起团购是吗？

自己吃！这么一想，熙熙真的太可怜了，竟然只能给自己团购点网红产品吃。实在惨！

晨熙都快哽咽了，他吸吸鼻子，坚强地打字："你们不懂，有钱人没吃过这种便宜货，觉得很新鲜来着！"

任航航："原来如此。"

沈深深："大开眼界。"

叶朗朗："人间真实。"

晨熙熙："呵呵。"

消息发出去之后，晨熙越想越难过。他忍了忍，没忍住，抱着尾巴抽噎了一声。

哇！！这个社会好残酷！熙熙好苦啊！！

楼狮看完小半册某文明之中与猫相关的神话时，已经到晚饭的时间点了。晨熙蹲在餐桌边上，无精打采的，从背影上看就丧兮兮的，连毛毛都失去了光泽。

楼狮落座的时候，他也只是蔫蔫地抬头，小小地"喵"了一声。楼狮挑眉，打击有那么大？他扫了一眼安装在晨熙终端里的小软件，发现关键词提示正疯狂闪烁着。楼狮点开详情，一眼就看到这小朋友在计划着跳槽。

楼狮抬眼看看蹲在对面的晨熙。小猫崽正伸着毛茸茸的爪子，戳着庄园的控制面板，下达了全面除虫命令。楼狮看着，心里感觉有那么点不真实。狮心星盗团那边也好，楼氏集团这边也好，这么多年来，从来只有人削尖了脑袋往里挤，从没有人轻易得到了，还要往外跑的例子。虽然在他身边工作的确风险挺大的，但风险大，回报也相当高。像晨熙这种还没正儿八经上工就准备跑路的情况，楼狮还真第一次遇到。

他收回落在晨熙身上的视线，喝了口汤，继续往下翻着。翻完楼狮就懂了，还是他给开的工资不够高。看看这小朋友，给自己买点小零食，都只能团购便宜货。下次找个由头，给涨涨工资好了。楼狮想着，顺手把自己之前准备买到办公室里养猫的用品，又原样照搬，换了几个款式买了一套。这一套放庄园里，小猫崽有东西玩了，就不会想东想西了。

楼狮关掉窗口，慢条斯理地吃起饭来。饭后，楼狮接到了属下第三舰队长的视频请求，转头去了书房，开启了保密模式。

晨熙一只小猫猫蹲在客厅里，看了一眼发货提示，又听到机器管家说已经除虫完毕，干脆就出了屋门，跑到庄园大门口去等着。他团购的那些小玩意儿在海城有仓库，所以就算不加急，也是可以两小时内送到的。

南丰庄园所在的地段，是海城出了名的富贵地区。整个社区里的住所都是独立的庄园建筑，安保完备，景致秀丽，甚至已经成为海城一个景点。有能力在海城市中心“闹中取静”，可不是闹着玩的。于是理所当然地，许多成功人士便选择了在这里居住。

云飞扬就是其中之一。

他刚结束了一个应酬回来，路过隔壁庄园的时候，就看到了那只眼熟的小猫崽正蹲在大门口追尾巴玩。云飞扬有些意外。他是真没想到，他跟楼狮竟然住这么近。

觉醒者为什么没有被送到觉醒学校去这件事，云飞扬是没有兴趣探听的。他也知道楼狮的秘密不能随便打听，那位可不是什么吃素的主，也不讲究什么在商言商。你跟他说商，他指不定只跟你讲星际盗贼的道理。但这并不妨碍云飞扬对楼狮的这个弟弟产生好感。

可爱的小猫崽谁不喜欢呢？带出去能帮忙点甜品的小猫崽，简直令他加倍喜欢！

云飞扬停下了车，放下车窗来，刚想打个招呼，就发现他还不知道这只小猫崽的名字。于是他按了按车喇叭，晨熙追尾巴的动作一停，抬头看向停在不远处的车子。他看到刚被他盖章是个“憨憨”的云飞扬，动作潇洒地下车，走到他面前来。

有一说一，云飞扬真的不适合发胶大背头，不适合颜色沉闷的正装，也不适合板着一张脸。论坛里发的常服状态下笑容灿烂的他好看多了，一派少年青涩绚烂的模样。可惜，为了演绎一个有威严的总裁，云飞扬把真实的自己藏了起来。

“还不知道你的名字。”云飞扬说道。

晨熙摸摸终端，刚准备把自己的名字敲上，又迅速反应过来。他沉默两秒，耻辱地给自己改了姓：“楼熙。”

啊啊啊！爸爸对不起！妈妈对不起！晨熙窒息。熙熙不是故意的！都是生活逼我的！！

云飞扬看着比之前跟楼狮见面时要放松许多，大约是因为面对的是一只小猫崽的关系。看这个体形大小，也是刚觉醒的样子。十三至十五岁的青少年，总能令人放松些许。

云飞扬露出了晨熙所熟知的那个笑容：“那我叫你熙熙？”

晨熙被大金毛的笑容感染：“好。”

云飞扬："你跟楼狮住这里？"

晨熙："嗯。"

云飞扬："吃过晚饭了吗？"

晨熙："吃过了。"

云飞扬一顿，脸上显出几分遗憾来。

你遗憾什么？遗憾熙熙不能再跟你出去吃饭，给你点甜品吗？您可长点心吧。那块巧克力竟然没给你造成不可磨灭的心理阴影，它真是死不瞑目。

云飞扬不甘心："下次我请你吃好吃的，云间屋你知道吗？那里的小蛋糕特别好吃，我带你去吃。"

晨熙："……"

你这目的暴露得也太快了。

晨熙十分虚伪地客套："好。"

云飞扬高兴了，他愉快地摸出终端，跟晨熙交换了社交号。

晨熙买的小鱼干送来了，云飞扬扫了一眼收货单，看到了一排各种口味的小鱼干。他若有所思，敢情他之前送东西被拒绝，不是因为楼狮不愿意他接触他弟弟，而是送的东西不对？

晨熙看着杂务机器人收了货，急着去尝试这些据说猫咪都喜欢的的东西到底是什么味道。他抬头，冲云飞扬"喵"了一声。

晨熙没敲字，云飞扬却懂了他的意思，他点点头，对小猫崽挥了挥手："拜拜。"

晨熙一溜烟蹿回了屋子里，云飞扬回到车里，认认真真地翻起云间屋的预约电话。

晨熙这边催促着杂务机器人给小鱼干开箱。他迫不及待地咬开了包装袋，闻着扑面而来的香气，感觉味蕾大动。他从包装袋里扒拉了一条鱼干出来，张嘴咬了一口。楼狮正在书房里开视频通话，突然听到客厅传来了一声猫咪的惨叫。他一愣，对那几个接通了视频的舰队长做了个暂停的手势，急匆匆地出了书房。

他声音微微扬起："晨熙？"

晨熙呜咽："喵呜！"

楼狮循声走过去，就看到晨熙嘴角沾着点粉红的血迹，正踩着一条小鱼干。小鱼干上正戳着两颗小小的、白玉般的小犬牙。

一左一右，格外对称。

为什么？到底为什么？！晨熙以为自己在看过一堆养猫帖子之后，已经对那些可能发生在自己身上的状况有了一定的准备，但他万万没想到换牙会来得如此惨烈，如此猝不及防！他吃晚饭的时候还咬了肉呢！区区饭后小零食竟然把他的牙给硌掉了！

晨熙震撼地看着卡在小鱼干上的乳牙，内心如堤坝崩塌，地动山摇。

早就骂了一万次觉醒，现在熙熙要骂第一万零一次。

晨熙舔了舔嘴角的血迹，低头扒拉了两下戳在小鱼干上的两颗小犬牙，发现怎么扒也弄不下来之后，委屈地仰头冲楼狮喵喵叫。

楼狮心中升起几分无奈。听到惨叫还以为晨熙出什么大事了，结果竟然只是换牙。他蹲下来，把硬邦邦的小鱼干轻易掰断了，戳在上边的两颗牙被随意挑出来："你这牙还要？"

晨熙吸吸鼻子，敲字："我去埋了。"

上牙掉了埋地下，下牙掉了扔房顶。晨熙打完字，叼了张纸把两颗牙包上，然后咬着小纸团，迈着小短腿，"嗒嗒嗒"地跑去了外边。

楼狮目送小猫崽一溜烟出了屋子，转头看向旁边一箱子各种口味的猫零食。他扫了一眼价格，脸上浮出了几丝微妙的神情。

二十四克一包的小鱼干，团购价只要三块钱。晨熙买了一箱，二十包。除此之外还有一些冻干、酸奶、猫条和营养膏之类的东西。无一例外，价格都低得令楼狮耳目一新。

楼狮扔掉手里的小鱼干，垂眼嗅了嗅自己的手指，眉头微微皱起来。是诱食剂的气味，这小穷猫怎么这么苛待自己。

楼狮叫来了机器人，指了指那一大箱东西："扔了。"然后他打开购物列表，把自己隐约有点印象的牌子的猫零食扫了一遍。他记得当年觉醒学校给那只布偶猫提供的零食就是这些。楼狮随手付了款，听到门外猫崽子喵喵叫的声音，走到门口去看了一眼。

晨熙在院子里寻找埋牙的风水宝地，结果还在转悠呢，就看到杂务机器人抱着他的零食箱子，往垃圾回收处走。晨熙一惊，迈开腿冲过去，拦在机器人面前，放下嘴里的小纸团，喵喵叫。

你干吗？你要把熙熙花费巨款购入的小零食带到哪里去？！

"喵！"晨熙拦着机器人，它往哪边转，他就往哪边站。

楼狮靠着门："怎么了？"

晨熙打字："老板，它要扔掉我的小零食！"

楼狮："我让扔的。"

晨熙愣住。他转头看向楼狮，带着对偶像人设崩塌般的不敢置信。

怎么回事？老板你怎么扔我的东西？你怎么都没问我就要扔掉我的东西？你怎么这样啊？！

楼狮慢吞吞地补充："里边掺了诱食剂。"

晨熙蒙了两秒，不敢置信地敲字："诱食剂？"

楼狮："诱食剂。"

晨熙："那种规定了只能给养殖场饲料使用的……诱食剂？"

楼狮："嗯。"

晨熙如遭雷击。啊！熙熙花了两百多块钱的巨款买了这么一大箱！

晨熙感觉自己要窒息了。

他很少花这么多钱在吃上。海城大学的食堂没有被承包出去，就是学校自己经营，所以非常便宜，味道还好。两荤一素带个免费赠汤的套餐，用学生终端去刷，都不到十块钱。两百块花在吃上，对晨熙来讲已经是一笔巨款了，都够他们寝室四个人去学校后门的排档里小撮一顿了。

他们寝室四个人，一个月也就出去撮两次，平摊下来一个月人均在外边也就花个一百出头。倒不是因为穷，寝室四个人家都不穷，只不过他们的消费观念相当一致——不冲动消费，花钱要有规划，不必要的东西就没必要花冤枉钱。晨熙就是理性消费，所以在大学三年才存下这么些钱。

他一个还没进入社会的学生，用不着应酬，吃住成本极其低廉，也没有什么太多的社交必要，实在没什么需要大量花钱的地方。就这些猫零食，还是晨熙想着自己有楼狮发钱了，觉得自己可以奢侈一把，才买了一堆满足自己好奇心的。

结果呢？结果呢？！！把牙崩掉就算了，他大概也是到了换牙阶段了，但是诱食剂不能算了！

诱食剂！诱食剂啊！无良营销号！蛇鼠一窝！沆瀣一气！坑害良猫！死一万次不足以泄我之恨！

晨熙要气死了，他火速点开之前的页面，点击举报，却被提示本帖已被举报过，正在处理中。

更生气了！

楼狮看着气得浑身毛都奓起来的晨熙，说：“下次不要买这种便宜的了。”

晨熙深吸口气，实事求是：“贵的我也买不起。”

楼狮笑了一声：“我给你买。”

晨熙闻言，抬头看向楼狮，感觉自己眼泪都要掉下来了。

呜呜呜。老板，你真是个好人。熙熙爱你，熙熙晚点就去云涟漪那个论坛为你洗地！

“谢谢老板，不用啦。”晨熙敲字，“老板你给我买那么多东西，我真的还不起了。”

楼狮没应声，他看了晨熙一眼，确认这小猫崽没别的问题之后，转头回了书房，几个舰队长神情严肃：“是出什么事了吗，头儿？”

“没事。”楼狮漫不经心地摆了摆手，一边敷衍着舰队长们劝他回归的话，一边打开了搜索引擎，开始搜索猫饭的制作教程。

“头儿，咱们表面解散之后，隔壁那只兔子嚣张得要死！”

“哦。”

“前些天遇到他还被他疯狂嘲笑了！”舰队长委屈得要命。

楼狮顺手收藏了一个看起来特别高级的猫饭制作教程，目光转向了他的舰队长们。

“他那么无聊？”楼狮问。

几个舰队长纷纷点头。楼狮想了想，说道：“那你们下次遇到他，建议他养只猫吧，养猫就不会这么无聊了。”

楼狮说完一摆手，不管舰队长们满头问号，宣布：“好了，散会！”

晨熙蹲在院子里，看着那个已经被举报了的帖子，越看越气。他重新叼起了包着他牙的纸团，找了棵有点秃的树，满脸狰狞地刨坑。

忍一时越想越气，退一步越想越亏。要不是杀人犯法，那些没良心的营销号早死七八百次了！无良营销号罪该万死！！

晨熙愤怒地挖完了坑，把包着牙的小纸团放进去，又愤怒地埋上土。他看着这个小土坑，想到自己花的冤枉钱，心中不禁生出他跟云飞扬到底谁更憨的疑惑。

当然是云飞扬！

晨熙如此笃定，找来机器管家把他抱进洗手间里，把身上沾着的泥灰擦干净。然后龇牙，看着镜子里缺掉的两颗小犬齿，他幽幽地叹了口气。

人生真是大起大落。鬼知道这短短几天里，熙熙经历了什么。但没关系，至少熙熙没有被拉进医院里洗胃。好，有云飞扬这个铁憨憨负责垫底，熙熙就还可以坚强地活下去！

晨熙重新抖擞起精神，然后在第二天吃午饭的时候，彻底丧气了。

他被炖牛腩崩掉了下边两颗犬齿。因为换牙期到了，他的菜单顿时摇身一变，从大鱼大肉变成了清汤寡水。就连刚到货的，楼狮给他买的那些小零食，也啃不动了。

楼狮发现晨熙丧气得很彻底。整只猫无精打采的，逗他也不理了。把他揣口袋里带着到处走也不反抗不动，甚至不探头看了。一回家就躺在猫窝里，只有吃饭和梳毛的时候会跑出来，满脸都写着生无可恋。

虽然安安静静的像个毛球挂件也不错，但是蔫了吧唧一点不闹腾的小猫崽子，总让楼狮觉得少了点什么。

过了几天，就连保镖先生都发现不对了。

他看看楼狮有些苦恼的神情，一方面觉得新鲜，他从没见过楼狮苦恼的模样。狮心的首领总是自信而狂妄的，仿佛从来没有什么事能难倒他；另一方面，他又有几分担忧，这小猫崽可是他们头儿的救命稻草。于是保镖先生主动问道："晨熙病了？"

"没有。"楼狮说，"就是心情不好。"

崩掉了犬齿之后，晨熙剩下的牙也开始摇摇欲坠。楼狮看出来了，晨熙是个无肉不欢的，尤其喜欢有嚼劲的肉。但他这会儿只能喝点肉汤吃点肉糜，别的吃啥啥崩牙。

晨熙缩在楼狮的口袋里，假装自己是个猫球挂件。直到他脖子上的终端微微一震，他才怏怏地从楼狮的口袋里探出头来，摸了摸终端，发来消息的是云飞扬。

他问晨熙今天有没有空，云间屋有预约的空位，现在去正好。晨熙一怔，没想到云飞扬竟然把他的客套话当真了。

云间屋晨熙是知道的，据说是钴蓝星数亿甜食爱好者的梦中情店，价格高昂，需要预约，而且预约位置相当紧俏。云飞扬堂堂一个海城本地人，由于海城里几乎是个人都认识他，于是他很少去云间屋。他的剧情里，他还是跟云涟漪谈了恋爱之后，约会时才偶尔去上一次，打着带女朋友吃甜品的名头，行自己吃甜品之实。

云飞扬应该挺期待他答应的。晨熙呆怔片刻，有些不知道应该怎么处理。他抬头，伸爪子扒拉了两下楼狮的手背。

楼狮低下头，看了一眼消息界面，一顿："你什么时候跟云飞扬交换社交号了？"

晨熙："其实云飞扬就住我们隔壁。"

楼狮不感兴趣地"哦"了一声："你想去？"

晨熙看着楼狮，总觉得他老板好像有点不高兴。

楼狮的确不太高兴，他觉得他养的小猫崽子，怎么被隔壁的狗一勾就走。

晨熙斟酌了一下，打字道："也没有很想去，但是之前客气答应了，没想到他真的会约我。"

讲真，云飞扬多忙啊。忙到什么程度呢？他住在海城，但晨熙在海城念了三年书，都没见他在海城本地任何一个商业社交活动上出现过。这位兄弟因为工作的关系，可是个货真价实的空中飞人，可以说，他不是在谈生意，就是在谈生意的飞船上。少有的休息时间，都被他用来表演"甜点在哪儿"了。这人可比楼狮这个一天到晚摸鱼的大老板敬业得多，所以晨熙是真没想到他会约自己出去。

晨熙还没回复，云飞扬那边又发来一条消息。

云飞扬："楼熙？在？"

楼狮扫了一眼："楼熙？"

晨熙恨不得找条地缝钻进去："因为老板你之前说我是你弟弟，

所以……”

好羞耻啊！比被老师点名回答一加一等于几回答错了还羞耻！

楼狮看着云飞扬发的那两个字，嘴角一扬，心情顿时好了起来：“那就去吧，我总不能拦着你交朋友。”

楼狮这样说道。但他万万没想到，晨熙跟云飞扬出门还没三个小时，晨熙就紧急向他求助了。求助内容是这样的——

晨熙熙：“老板救命！！云飞扬吃多了可可制品进医院了！！！”

第四章

云飞扬·嗜糖如命大金毛

事情是这样的，晨熙答应了云飞扬的邀请，云飞扬当即就开着车来了。楼狮知道云飞扬肯定是不会把晨熙揣兜里带着走的，于是给晨熙套了件小衣服，把他那条异于常猫的大尾巴给隐藏了起来。穿上小衣服之后，晨熙从外表上看起来，就是一只普通的长毛猫。就算是觉醒者，也不多么引人注目了。

晨熙并不知道老板为他操的心，反正这件小衣服也一点不影响他活动，老板让穿就穿了。

云飞扬今天难得休假，穿着一身休闲装，没抹发胶也没梳那个能瞬间让男人老出十岁开外的大背头。穿休闲装的云飞扬跟正装状态下简直像是两个人。

晨熙跳上副驾，感觉云飞扬要是朵花，他当场就能开了。要是条件允许，金毛犬的尾巴估计也已经摇起来。

去吃个甜品而已，他竟然这么高兴。

“您好……”服务生看到云飞扬时一愣，他认出了这个海城本地相当出名的年轻企业家，“云先生？”

被认出来的云飞扬毫不意外，他抱着晨熙，绷着一张霸总脸，点了点头：“带邻居的弟弟过来。”

晨熙不得不再一次厚颜无耻地敲字：“姐姐好。”

服务生看了看云飞扬抱着的小猫崽，恍然明白，而后带他们去了小包间。

云间屋的环境很对得起它的价格，私密性极佳，除了少许的大堂座，基本上都是单独的小隔间。

云飞扬进了包厢，把晨熙放到他对面，拿起菜单，看向了晨熙：“想吃什么？”

晨熙：“……”

哥，这种小包间里，你也不用上演一整套，熙熙已经接受自己是个挡箭牌工具人的现实了。

晨熙干脆打字：“我知道你喜欢吃甜点，你随意点吧，我吃……”

晨熙正准备说三成熟的牛排，然后想到自己的牙，心中不禁升起了几分悲怆。

呜！熙熙好惨。

“炖得很软的肉条之类的东西……”晨熙满脸都写着沮丧，“我换牙期。”

“你知道了啊……”

被戳穿了喜好，饶是云飞扬也有点不好意思。但是来都来了，他怎么可能会因为一点不好意思就退缩呢！于是晨熙就看到云飞扬毫不犹豫地按下了ALL（所有）这个按钮，然后在人造材料和天然材料里，非常干脆地选择了天然材料。

晨熙大惊。他想起云飞扬偷吃巧克力被送进医院的事，慌里慌张地在云飞扬按下确认之前伸出爪子，阻止了对方。

云飞扬抬头：“怎么了？”

晨熙敲字："这里面有一整个系列的可可制品！"

就算是晨熙，现在也知道觉醒者和觉醒体之间是会相互影响的。体质方面的改变是那些复杂影响的其中之一。

云飞扬状似认真地看了看菜单，然后告诉晨熙："抛开剂量谈毒性的都是要流氓！非觉醒体状态下可以有一定量的进食，我心里有数。"

晨熙迟疑了一瞬，还是挣扎着敲字："要不把可可系列改成人造材料吧？味道是一样的。"

云飞扬眉头皱起来："人造材料是对甜品的亵渎！"

晨熙："兄弟你没问题吧？"

"放心。"云飞扬伸手拍了拍小猫猫的脑袋，打包票，"我完全可以的。"

他认真起来的样子颇有那么几分令人信服的架势。于是晨熙点了点头，收回了爪子。

这样胸有成竹的云飞扬，在吃完菜单上一半可可制品的时候，当场倒在了餐桌上。而医疗人员来得比晨熙的反应速度还快，据温柔的护士姐姐说，云飞扬在十分钟之前就已经联系了他们，并且已经预支了治疗款项。

晨熙整只猫都被云飞扬这一顿猛如虎的操作给弄傻了。

在此刻，他终于明白了云飞扬说自己心里有数是有什么数，原来是对自己什么时候会进医院有数！简直惊世奇闻，匪夷所思！

晨熙坐在救护车里，满脸震撼，然后崩溃地呼叫了楼狮。

楼狮本来在厨房里学习如何制作猫饭，他头一次进厨房，无视那些只是拿猫粮和猫零食摆个盘的教程，正儿八经地准备挑战那些需要自己动手折腾的猫饭。结果机器人刚把食材送到，晨熙的消息就发过来了。

楼狮赶到医院的时候，晨熙穿着今天出门的时候套上的小衣服，蹲在病床边上。而云飞扬躺在病床上，神情十分安详。

晨熙听到动静，转过头来，猫脸茫然。

“怎么样？”楼狮问。

晨熙下意识打字：“死者目前情绪稳定。”

楼狮一愣，然后伸手轻轻点了点猫崽的脑袋：“回神。”

晨熙被戳得往后仰了仰，抬爪子捂住脑袋，缓缓回过神。他看到了楼狮，露出宛如见到亲人一般的感动神情。

晨熙哭诉：“云飞扬脑子有问题！”

楼狮点开病床边上的虚拟面板，扫了一眼，确信问题不大之后，随意坐了下来。

“怎么回事？”他问。

晨熙激情敲字：“云飞扬把菜单上的甜品全都点了一遍！可可制品我跟他说用人造材料吧，他说他心里有数！结果有数有到医院里来了！”

我阻止过了！我真的阻止过了啊！你们这些觉醒者怎么这么不靠谱啊！

热心市民晨先生表示自己从未见过有人如此放纵自己。

晨熙简直不能理解：“人造材料本来就是为了防止食物过敏开发的，味道也没差多少啊！”

“对觉醒者来说，差别还是很大的。”楼狮把猫崽子抱起来，挠下巴，“尤其是云飞扬这种犬科。”

楼狮说完，神情平淡地看了一眼躺在病床上的云飞扬。云飞扬看着也是个挺正经的角色，怎么做的事比晨熙还让人猝不及防。作为一个正常人，楼狮都要开始怀疑自己是不是脱离年轻人的时代太久了，就很格格不入。

怎么现在的年轻觉醒者，一个两个的都是这种作风，显得他楼狮很不合群。

楼狮垂眼看着晨熙疯狂打字跟他抱怨的样子，心情逐渐变好。算了，楼狮想。看着猫崽子重新恢复活力的样子，楼狮觉得云飞扬的牺牲还是有价值的。

晨熙觉得自己简直大开眼界。他知道云飞扬挺憨的，但他没想到这人能从这种角度憨。他深吸口气，感觉跟云飞扬同处一室，自己的智商都得到了显著的提升。

感谢云飞扬，熙熙感觉换牙期都不算什么了。

晨熙忍了忍，没忍住，再一次打字："他图啥呢？"

楼狮随意答道："就是喜欢吧。"

为了爱好豁出一切的人楼狮见得多了，比云飞扬疯的多了去了。云飞扬不就是好久没敞开了吃，干脆直接把自己吃进医院嘛。

爽就完事了。

晨熙是不能理解的，他叹了口气，看了一眼虚拟面板上显示的病人预计醒来的时间。还有三个小时，三个小时过去，再回趟家，都快到吃晚饭的点了。

楼狮顺着晨熙的目光看过去，顿了顿："你想留下来等？"

晨熙一愣："是啊……"

楼狮顿时皱了皱眉："云飞扬这么大一个人，用不着你等。"

晨熙也明白这个道理，毕竟云飞扬能提前给医院打电话让他们按时来接，还预付好了费用，显然是已经计划好了，没准备给晨熙添不必要的麻烦。

但道理是道理，人情是人情。

晨熙敲字："但是病号醒来的时候，看到旁边有人等着，而不是空荡荡的病房，自己孤零零的，那还是不一样的吧。"

反正他自己以前生病的时候，寝室里哥几个给他陪床送饭照顾，那感觉真的完全不一样。

楼狮看了一眼晨熙，放下了带着猫离开的想法。幼稚的小朋友，觉醒者哪有那么脆弱，楼狮想。不过有这心思，还挺可爱的。

晨熙趴在楼狮腿上，感觉嘴里酸酸涨涨的，还有点痒。他有些难受地啃起了爪爪，蹭着嘴里那些发痒的地方，感觉舒服了一些。

楼狮看着晨熙啃爪，发现晨熙啃的时间有点长之后，伸手把他的爪子抽了出来。晨熙一愣，仰头看向楼狮。这一抬头，就被楼狮两手捧住了脑袋："张嘴。"

晨熙听话地张开嘴，感觉楼狮的手指伸进他嘴里，按了按那些酸酸痒痒的地方。有些难受，晨熙下意识地抱着楼狮的手指啃了几口。

"长牙了。"楼狮说道。

啃楼狮手指的猫崽子一顿，两眼肉眼可见地亮了起来。

"给你买了点东西。"楼狮又说，看着晨熙翻身坐起来，两眼亮晶晶的样子，眼底漫上几丝笑意，"东西前几天都在制作中，今天要送过来了。"

楼狮指的是他之前订购的猫咪用品。拖了这么久的原因在于那个猫爬架。楼狮在选择骨架木料的时候，下意识地选了他最惯用的甘香木——清香怡人，静心凝神，且贵。

因为是珍稀木料，所以制作工期相对于别的木料要长一些。除此之外，考虑到晨熙怎么也是个觉醒者，别的那些小玩具的硬度和韧度，也都是特地加强过的。等到晨熙今天回去的时候，应该就已经安装好了。

也不知道小猫崽子会不会喜欢，楼狮想，不喜欢也没关系，大不了换一套。

楼狮撸着猫，垂眼看着晨熙抱着他的手咬着，有一下没一下地磨牙，啃着啃着大约是累了，小脑袋一点，迅速睡了过去。

病房里非常安静。

楼狮打开终端，一眼就看到了舰队长们发过来的连环夺命呼叫。他无情地挂掉了，养猫可比当星盗有意思多了。回归的事，等他玩腻了再说。楼狮轻飘飘地把他的舰队长们全部屏蔽，然后慢吞吞地摸出了之前没看完的猫神话，继续翻看起来。

云飞扬十分痛苦地睁开眼，入目的是他所熟悉的那家私人医院的天花板。这家医院的洗胃设备相当先进，是完全感觉不到疼痛的。他痛苦的原因是他感觉自己好像被鬼压床了。

云飞扬在被子里的手动了动，刚想抬起来，就发现自己肚子上压了重物。他微怔，坐起身来，就看到原本在他肚皮上放着的东西一骨碌滚到了床尾。定睛一看，是个大枕头和一只猫。

晨熙茫然地从睡梦中惊醒，从压住他的枕头下面拱出来，探头对上了云飞扬的视线。

云飞扬愣住："你没走？"

晨熙十分心虚："照顾病号。"

虽然他照顾到一半睡过去了。想到这里，晨熙抬头看了一圈病房，发现楼狮竟然不见了。

云飞扬看着浮在他面前的虚拟面板，看着上边"照顾病号"四个字，呆怔许久，两眼发亮，伸手把探头探脑的小猫崽子捧了起来。然后脑袋贴上小猫崽的肚皮，猛吸了一口。

晨熙："？"

你干吗？你变态吗你？

晨熙惊恐地抬起四只爪子，按在云飞扬脸上，疯狂推拒。云飞扬被肉垫蹬着，一动不动，满脸都写着快乐。

好像真的是个变态。

晨熙浑身毛都奓起来，喵喵叫着发出警告。

楼狮从洗手间里出来，一眼就看到云飞扬埋头吸猫的样子，面上的神情瞬间冷了下来。

"你在干什么？"楼狮发誓，他有那么一瞬间，都想掏枪了。

有杀气！云飞扬警觉地抬起头来，看到站在一边的楼狮，蒙了。

楼狮怎么在这里？

晨熙这只小猫崽被楼狮养着，本身的气味几乎被楼狮的气味完全覆盖，难以分辨。不然云飞扬一个犬科觉醒者，怎么会没有察觉到楼狮也在……哦，其实关键不是楼狮在这里，而是楼狮在这里，亲眼看见他抱着人家弟弟吸。

好像是……不太好。

云飞扬心中有点忐忑，但面上毫不露怯，十分沉稳地坐在那里。

晨熙从云飞扬手上蹦下来，蹿到楼狮边上，伸爪勾了勾楼狮的裤脚，仰头冲他喵喵叫。

楼狮垂下眼，俯身把晨熙拎起来，放进了口袋里。接着，他抬头看向云飞扬，眼神冷冰冰的，带着浓重的被冒犯的不愉快。像是领地被入侵的雄狮，正摩擦着地面，蓄势待发地要向着对手扑出去。

云飞扬顿了顿，说："抱歉。"

他是傻了才跟楼狮这个前任星盗头子正面冲突。总而言之，先道歉就对了。但楼狮并不满意云飞扬的口头道歉。他看着云飞扬的双手，微微眯眼，心里酝酿着十分危险的想法。

云飞扬恍惚间嗅到硝烟与血的气味，他觉得楼狮好像想剁了他的手。如果条件允许，他可能还想直接剁了他的脑袋。云飞扬有点慌，还感觉脖子凉凉的。

晨熙从楼狮的口袋里拱出个脑袋，仰头看着楼狮："喵呜。"

楼狮皮笑肉不笑地看着云飞扬："看来你没事了。"

云飞扬点头："多谢。"

楼狮瞬间收敛了笑容，眼锋如刀刃，冷淡地看了云飞扬两秒，转头大步走出了病房。云飞扬感觉到楼狮的气息逐渐变远，才猛地抬手摸了摸自己的脖子。

很好，手还在，脖子也在，脑袋也稳稳地在脖子上。云飞扬大大地松了口气，伸手把刚刚被他掀到床尾的枕头拿起来。他一把枕头拿起来，就闻到了猫崽子身上那股淡淡的奶香味，还有在云间屋里沾上的属于甜品的温暖香气。

刚刚楼狮去洗手间的时候，应该是随手拿了个枕头放在了他身上，然后又把晨熙放到了枕头上。云飞扬抱着枕头，深吸一口，按下了呼唤医护人员的按钮。

护士小姐没过几十秒就赶了过来，看到空荡荡的病房时一怔："云先生，你朋友走了？"

云飞扬绷着脸，点了点头："刚走，给我办手续，我也回家了。"

"好的。"护士小姐点了点头，一边操作着面板一边随口说道，"你那位朋友是刚回海城吗？以前都没见过。"

云飞扬没说话。护士小姐习惯了他的寡言，得不到回应之后也就不再多说。

云飞扬有人陪床这件事，还是她在这间医院上班这么多年来头一次遇到。

云飞扬是云飞集团的小太子，上边还有两个哥哥。虽然他家业大，家庭关系却并不怎么亲厚。他生病，从来都是没有人来陪的。亲人没有，朋友也没有。偶尔会有助理来一趟，但也是来找他询问公司决策，以及送来需要云飞扬亲自盖章的文件。通常来也匆匆，去也匆匆。今天来了个陪床的，还从头陪到了尾，当真是破天荒。

"办好了，云先生。"护士小姐说道，"请多注意休息，不要总是拼命工作，跟朋友联络一下感情也是好的。"

云飞扬面色不变，心里相当赞同。他还挺喜欢楼狮的那个弟弟，没有被现实和利益侵蚀过的小朋友，心思单纯又体贴，还有点傻乎乎的。比起家里两个哥哥，他倒是更想拥有这么个弟弟。可惜楼狮明显对那只小猫崽相当地护短。

只是偷吸一口而已，就想剁了他。如果他把猫崽子抢过来当弟弟养，怕不是要被暴怒的楼狮挫骨扬灰。

但云飞扬是那么容易放弃的人吗？当然不是！偷偷吸猫被抓个现行，是他的疏忽。下次绝不可能被发现！

他错了，他下次还敢。

楼狮带着晨熙回了家，小猫崽子一直蹲在一边啃爪爪，看起来长牙实在把他折腾得有点难受。但也没办法，晨熙这种情况，其实已经是很好的了。就楼狮所知道的，有一个觉醒体是大象的觉醒者，在觉醒期间，几乎每天都被生长痛困扰。

觉醒者在觉醒期里，是要快速经历一遍觉醒体的成长的。而一头大象，从幼年生长到半成熟的状态，怎么也要花上六至九年的时间。放到觉醒者身上，那就是在半年甚至更短的时间里，要经历小象六至九年的成长阶段。人类小孩在长高的时候都会因为骨骼拉伸摩擦而感到疼痛，更别说一天一个样的大象觉醒者了。

所以晨熙这个状况，其实是非常正常的状态。

楼狮拎着啃爪子的猫崽子进了屋。不出楼狮所料，他订购的东西已经送来了。

“看看。”楼狮晃了晃手里的猫崽，说道。

晨熙从爪爪里抬起头来，一眼就看到了一个巨大的实木猫爬架，几乎占据了小半个客厅。云梯斜板螺旋楼，吊床山洞小猫窝，玩耍的花样繁多。上边还用营养泥种着些猫草，就连摆放猫爬架的那一面墙上，也被钉上了许多小木板和箱笼。

晨熙：“……”

猫爬架这个称呼配不上这一面墙，这是猫别墅！啊！可恶！是资本主义攻击！是带腐蚀属性的铜臭攻击！！熙熙是那种因为区区猫爬……猫别墅就感动的猫吗？

嘿，你别说，熙熙还真是。反正欠老板的已经够多了，虱多不痒，债多不愁。

今朝有酒今朝醉！

晨熙两眼发亮，从楼狮的口袋里跳下来，凑到猫爬架前嗅来嗅去，转头向楼狮确认：“给我的？”

楼狮慢吞吞地说：“这东西这么小，我也玩不了。”

那就是给我的！晨熙高兴地晃着尾巴，在这个豪华猫别墅四处蹭来蹭去。

楼狮坐在沙发上，看着晨熙在猫爬架周围绕来绕去，四处蹭蹭留下气味，半点没因为晨熙在他的地盘里圈地而感到冒犯。

看起来晨熙还挺喜欢他的礼物。

“满意吗？”楼狮问。

“喵！”晨熙当然满意。他挑了个型号最小的箱笼钻了进去。

小小的，黑黑的，比小纸箱还让猫有安全感。

晨熙透过箱笼上挖出来的猫爪状小洞，看到了落地窗外正背着大大小小的纸箱要去扔掉的杂务机器人。他一愣，赶紧从箱笼里钻出来，迈着小短腿追了出去，在楼狮的注视下，一路凶巴巴地赶着杂务机器人把箱子放了回来。

小猫崽子故作凶狠的样子实在可爱。于是楼狮也没阻拦，他看着晨熙支使着杂物机器人把箱子放在了猫爬架下边的空当里。

“有猫爬架还不够？”楼狮看了一眼那些大大小小的洞穴和箱笼。

晨熙理直气壮：“都要。”

小孩子才做选择，大人当然全都要！

楼狮发出一声带着笑意的气音：“过来。”

晨熙又蹭了蹭猫爬架，然后蹦蹦跳跳地向楼狮走了过去。楼狮把猫崽子举起来，半晌，还是没能做出云飞扬那种变态一样的吸猫行为。晨熙被楼狮举着，疑惑地歪了歪脑袋。楼狮打消了吸猫的念头，面无表情地把猫崽子放下，有点想打狗，还有点想吃狗肉火锅。

晨熙看着神色变幻莫测的楼狮，心里一惊。楼狮怕不是要发病了？他顿时惊慌失措，一步一步地往后撤，趁着楼狮不注意，转头一溜烟跑出了屋子。

楼狮看着一路绝尘而去的猫崽，顿了顿，还是没追出去，起身去了书房。就算他当着甩手掌柜，但总归是不能什么事情都不干的。怎么说也是个老板，该盖的章，该看的文件，还是一个都逃不过。何况他这小半个月摸鱼摸狠了，文件堆积了不少。

晨熙蹲在庄园边缘绿化带的灌木丛里，小心翼翼地观察着庄园里的情况。他等了一个多小时，发现里边并没有传来什么大的动静之后，才从灌木丛里爬出来。小白团子抖了抖毛，正准备回家，就感觉自己被一团黑影笼罩了。

晨熙悚然一惊，一扭头，就看到了一只蹲在他后边的大金毛。

金毛叼着个袋子，皮毛油滑光亮，一看就被养得很好，还有股有点熟悉的气味。但没等晨熙想起这股气味，大金毛就往他近处凑了凑。

“喵！”晨熙凶狠地叫出声。

谁这么没公德心遛狗不牵绳啊！吓到猫了！

大金毛：“汪！”

就你会汪！我告诉你，熙熙也会！

“喵嗷汪！”晨熙学了声狗叫，浑身毛爹起来，面对这个一条腿都比他整只猫大的狗子，缓步往后退。

云飞扬看着没有认出他，显得十分戒备的晨熙，感觉有点受伤。不过也是，刚觉醒的小朋友，不习惯用嗅觉来分辨人是很正常的事。

云飞扬低下头，试图摸出终端来解释，却发现他在变成觉醒体的时候，把终端落家里了。他愣了两秒，把自己叼着的袋子放下，伸爪子扒拉开。

晨熙的目光随着他的动作看向了那个被大金毛扒拉开的袋子。里边是一些小蛋糕，还有一些画着猫咪头像的饼干盒子，上边写着奶猫磨牙饼干。晨熙一愣，他抬头看向眼前的大金毛。

别是云飞扬吧。

晨熙："云飞扬？"

大金毛点了点头。晨熙愣住。云飞扬却"啊呜"一口叼起了晨熙，把他放进袋子里，然后叼着袋子，一路去了社区公园。

晨熙从袋子里探出头来："你干吗？"

云飞扬没带终端也没法解释，他找了个小亭子把猫跟袋子都放下，然后把里边的东西都翻了出来。

其实云飞扬主要是出来偷吃小蛋糕的，本来准备吃完就顺道去给晨熙送个磨牙的小饼干，巧遇晨熙是个意外之喜。他的机器管家在健康监控方面的第一授权人不是他自己，而是他的家庭医生。几乎是他一碰甜食就会被警告。但又不能用人形出来吃，让人看到了不好，于是只好用觉醒体溜出来吃几个小蛋糕。

云飞扬这么干的次数不少，不觉得有什么问题，但晨熙都要吓死了，他当即一脚踢翻了那些小蛋糕。大金毛震惊地瞪大了眼，喉咙里发出不敢置信的呜咽。

晨熙无情："不许吃！"

晨熙敲完字，咬开了磨牙饼干的包装盒，把小饼干一股脑塞给了云飞扬。

晨熙："吃这个。"

云飞扬看看那些滚出去沾了灰的小蛋糕，勉勉强强地啃了几块小饼干。他抬眼看着抱着一块小饼干啃的小猫崽，一点点凑过去，趁猫不备，无比快乐地吸起猫来。

晨熙天黑之后才拖着没啃完的小饼干，被金毛叼回了家门口。晨熙仰着脑袋，看着蹲在他面前的大金毛，想了想，伸出毛茸茸的小爪子，拍了拍大狗的鼻子。

“下次我再陪你出去吃甜点。”晨熙感觉自己简直操碎了心，“你别用觉醒体偷吃了。”

大金毛吸了一口猫爪爪，刚想抬起爪子跟猫崽子来个击掌，就感觉有一股凉意瞬间浸透了他的四肢百骸。

云飞扬抬起头，直直地对上了站在二楼露台上的楼狮的视线。楼狮冷冷地看着他，抬手做了个抹脖子的动作。

云飞扬：“……”

楼狮低头，把玩着手里的东西。云飞扬凭借他身为觉醒者远超常人的视力，定睛一看，发现那是把枪。

云飞扬：“……”

云飞扬感觉自己瞬间凉了半截。这谁想得到，偷偷吸个猫，竟然被当场抓获两次！

楼狮抬起头来，扫了一眼正准备跟云飞扬告别的小猫崽，手指在保险栓上轻轻扣动了两下。云飞扬顿时转头就跑，一路狂奔回家，呼叫了自己的私人飞行器。

离开海城！离开钴蓝星！现在，立刻，马上！

留得青山在，不愁没柴烧！反正楼狮跟他的大合同已经签完了，涉及整个星盗团的大单子，也不担心楼狮会反悔。认㞞并不可耻，总之先躲过这一波！人有多大胆，地有多大产，大不了下次再卷土重来！

楼狮看着云飞扬落荒而逃的背影，半晌，收回视线，看向了叼着小袋子小步跑回来的晨熙。云飞扬真该感谢晨熙。楼狮慢吞吞地把枪塞回枪袋里。要不是晨熙在，就云飞扬这种狗胆包天、一次不吃教训还来第二次的人，早就被当场毙了。

楼狮觉得自己脾气是真的变好了不少，但脾气好归好，狗还是要打的。他看着庭院里迈着小短腿溜达的那一小团白色，转头下了楼，从侧门走了出去。

晨熙猫身小，没发现站在高处的楼狮，也没发现楼狮离开了。他叼着云飞扬送他的小饼干跳上了沙发，拆了盒，抱着饼干咔嚓咔嚓地磨牙，在终端上翻着有没有什么电影可看。

简直是神仙日子。晨熙啃着饼干，心中十分唏嘘。寝室群在这个时候“嘀嘀嘀”地响了起来。

晨熙点开，就看到叶朗朗发的感叹号占了满满一屏幕。晨熙啃着饼干往上拉，发现是叶朗朗拿到了楼氏的管培生名额。

晨熙叼着饼干，敲字：“恭喜叶哥！！！”

这种时候就不要去问同样给楼氏投了简历，却还没有收到回信的任航是什么情况了。

晨熙想了想，说：“楼狮明天亲自去咱们学校校招，你们知道吗？”

任航航：“真的？明天是楼氏的宣讲会，我问了负责人，他们也没说楼狮会来。”

晨熙挠了挠头：“他日程上有这一项的。”

任航航：“好，谢谢老四！”

叶朗朗趁机凑热闹：“那咱们这周末要不要聚一下？为了庆祝我拿到楼氏管培生资格，哥哥请你们撮一顿大的！去鲜味大亨里撮！”

鲜味大亨是海城大学后门外边一个正儿八经的酒楼。虽然价格比起其他的酒楼仍旧要低一些，但在海城大学后门的一众排档和快餐店里，也算是奢侈的那一档了。平时302寝室出门吃一顿大排档，大概200块。鲜味大亨里撮一顿，则是人均200块。

这是大出血了。

叶朗朗：“老四也来！”

这不废话！晨熙想，难得奢侈一把，等以后毕业了，四个人要凑在一起吃饭还不知道什么时候呢。

晨熙美滋滋地晃着尾巴，刚想敲字，就突然顿住了。他低头看了看自己的爪子，转头去搜索了一圈觉醒者在觉醒期的情况。

理论上来说，在完全掌握了觉醒体机能之后，就可以随意在两种形态之间转换。但在觉醒期里变回人类的模样，会伴有觉醒阵痛。没办法，因为你的觉醒体还在不停地成长，但人类的身躯限制了它。

觉醒阵痛，这在觉醒之前晨熙就体会过了，倒也不是不能忍，问题是晨熙并不知道怎么掌握觉醒体机能。觉醒学校大概是会教的，但晨熙没有去觉醒学校。

他叹了口气，伸出毛茸茸的爪子敲字："我不确定，我不一定有假期。"

他刚把这话发出去，就听到了一声巨响，像是什么重物落地的声音，还有掩盖在其下的爆炸声。晨熙吓了一跳，从沙发上蹦下来，刚跑到院子里，就看到一头雄狮从院子侧门走进了庄园。就在晨熙冲出来的时候，雄狮发现了花园里的猫崽，于是脚步一转，向其缓步而来。晨熙愣愣地看着那头大狮子，意识到这是楼狮的觉醒体。

他是见过楼狮的觉醒体的，只是在论坛里分享出来的大狮子，情绪是肉眼可见的狂躁，尾巴总是不安地甩来甩去，爪子不时划拉着地面，像极了一头快被关疯的困兽，而非这样像是刚结束了狩猎，饱餐一顿，十分餍足慵懒的模样。没有半点狂暴焦躁，如果打个哈欠，说不定就能这样安然地睡过去。

晨熙盯着那一身腱子肉，看着楼狮巨大的爪子和强健有力的身躯，满脸羡慕。如果可以当狮子，谁会想成为一只小猫咪呢?

可恶！令人嫉妒！晨熙感觉自己嘴里好像长了一棵柠檬树，酸中带苦。

楼狮走到晨熙面前，觉醒体状态下，格外敏感的嗅觉让他无比清晰地闻到了晨熙身上那股讨人嫌的狗味。楼狮眼色一沉，一抬爪，按住了没比他一个爪子大多少的猫崽。晨熙吓得四腿一蹬，瞪大了眼睛看着楼狮，发觉楼狮现在心情不那么美好。

晨熙愣住，晨熙大惊！怎么回事？刚刚还说你没病的！

“喵！”晨熙四只爪子瞎划拉，试图从大狮子的爪子底下逃脱。但猫崽的力量跟狮子相比，有如云泥。他划拉了半天，土都被他挖了一层了，也半点没能撼动楼狮的爪子。他转过头，看到楼狮的脑袋近在咫尺，似乎正想张嘴。

晨熙惊恐万状：“喵！喵呜！！”

别过来，猫不好吃！熙熙这么小，都不够你塞牙缝！你行行好，放过可怜的小猫猫吧！！

晨熙都要吓晕了，他更加剧烈地挣扎起来，然后感觉背上的重负突然减轻，紧接着就被楼狮舔得打了个滚。

晨熙愣住，抬头看向楼狮。他想起之前那个猫咪觉醒者的帖子里说，猫的社交行为之一，就是地位高的给地位低的舔毛……不知道狮子是不是也是这样？

晨熙迟疑了一瞬，就被楼狮舔了个仰倒。

不行，这一口，熙熙感觉自己头都要没了！

狮子生着倒刺的舌头一下一下地舔着被他拢在两爪之间的猫崽子，从头到尾。晨熙被舔得站都站不稳，他慌张地左右看看，在再一次被舔了一跤之后，终于踉踉跄跄地踩到了楼狮的大爪子上，然后挥舞着自己的小爪子，按住了楼狮的鼻子。

“喵！喵喵！喵喵喵！”收！住口！

楼狮一顿，从喉咙里发出一声低吼。晨熙沉默两秒。

糟糕，大意了，竟然语言不通，刚刚出来的时候也没带终端……

晨熙转头就要回去拿终端，然后又被楼狮一爪子给按住了。接着，他神情木然地被舔了足足五分钟之久。晨熙恍惚间，觉得自己身上毛恐怕都掉了好几层。

他换毛还没结束呢，楼狮也不怕得毛球症。晨熙心里嘀嘀咕咕。

直到晨熙身上没有了那只蠢狗的气味，楼狮才终于停下。他趁着觉醒体状态下并不需要什么体面，当即埋头猛吸了一口猫。然后他心满意足地叼起看起来已经傻了的猫崽，转头进了屋。

楼狮回房间去穿衣服，而晨熙在沙发上怀疑猫生。

这……这就是平时那些小猫猫过的日子吗？也太苦了吧！！晨熙心中充满震撼。他趺趺撞撞地爬起来，伸爪子勾住了放在一边的终端，走进了浴室里。

总……总而言之先洗澡！

晨熙忍着对水的嫌弃，跳进了洗手池里，万分敷衍地把毛都打湿之后，就飞快地跳出来，支使着机器管家给他吹毛。

楼狮换好衣服，从房间里走出来，心情相当不错。但在看到桌上放着的磨牙小饼干之后，收敛了脸上的温和，毫不留情地拿起那一盒饼干，扔进了垃圾桶里。晨熙来不及去管那盒可怜的猫饼干了。他被机器管家烘干身上的水分，小心翼翼地看了一眼楼狮。

老板好像半点不认为他刚刚做了什么使猫震撼的事，好像……舔毛也的确是觉醒者的常态。

楼狮嫌弃地看着自己刚刚碰到了饼干的手指，转头对晨熙说道：“别跟云飞扬混在一起。”

晨熙抖了抖被烘干的毛，听到楼狮这么说，一愣，然后缓缓打出了一个问号。

“他太蠢了。”楼狮说，“而且弱。”

晨熙：……人家是温驯的大金毛，本身就是不会打架的类型。

等等，楼狮难不成去找云飞扬麻烦了？

晨熙不动声色，拉出终端打字面板，问：“老板，刚刚我听到好大一声动静。”

楼狮说：“那只不过是我跟云飞扬切磋的动静而已。”

切磋？那么大动静，我怀疑你们都交上火了！请问云飞扬还活着吗？

楼狮看向晨熙："怎么了？"

晨熙一顿，他发现楼狮好像不喜欢云飞扬。虽然云飞扬表面是个一本正经的霸总，实际上竟然是个会突袭小猫猫肚皮的变态！可是他们之前谈生意的时候还好好的。

晨熙有些费解。

但这种反复无常放在楼狮身上，又很好理解。毕竟精神常年处在狂躁状态下的人，思维逻辑跟正常人肯定不太一样。

哦，不是说楼狮有病啦。

好吧，楼狮其实就是有病。

晨熙放弃了揣摩楼狮思想的想法，明智地切断了与云飞扬相关的话题，转而问道："老板，我想知道，完全掌握觉醒体机能，是什么概念呀？"

楼狮偏头看他："你想变回人形？"

晨熙点了点头，敲字："想去见见我的室友，顺便再收拾一下我的行李，之前走得太匆忙了。"

"需要进行系统的训练，机动性、捕猎、耐久、水性、隐匿……还有很多，你在这里做不了。"楼狮说道，"我在蓝湾的那个觉醒者酒店有配套设备。"

晨熙闻言，眼巴巴地看着楼狮，一张猫脸上写满了渴求。

楼狮撸了撸猫下巴："算你欠我个人情。"

晨熙疯狂点头，反正他的人情又不值钱！

"明天下午出发吧。"楼狮看了一眼自己的日程，说道，"在家里可以先进行捕猎和机动性的前期适应性训练。"

呜……我老板真是绝世大好人！晨熙十分感动地点着脑袋，然后看着楼狮从放猫玩具的箱子里，拿出了一支逗猫棒。楼狮晃了晃逗猫棒，上边吊着的羽毛捆跟着跃动起来。

楼狮一本正经："来吧。"

晨熙感觉自己的智商真的有被侮辱到。他盯着那根逗猫棒，深吸口气。我晨熙，就是死了或从这里跳下去，也绝不会玩一下逗猫棒！

楼狮看着蹲在沙发上，满脸宁死不屈，视线却不由自主地跟着羽毛捆走的晨熙，目光扫过小猫崽子蠢蠢欲动的爪子，不动声色地晃了晃手里的逗猫棒。猫崽子的爪子不安地动了动。

楼狮又晃了晃，猫崽子下意识地压低了身体，做出了捕猎的架势。楼狮手上动作加快了些。晨熙的脑袋跟着羽毛捆一晃一晃，两只后爪不安地划拉了两下沙发垫。楼狮停下了晃逗猫棒的手，晨熙紧盯着悬停在半空的羽毛捆。楼狮好整以暇地看着晨熙。

晨熙："……"

忍不住了！不忍了！！

小猫崽放弃了挣扎，后腿一蹬，向着半空中的羽毛捆扑了过去。楼狮嘴角一扬，手里逗猫棒往上一挑，轻易地避开了猫崽子扑过来的爪子。晨熙转过身，目光灼灼地盯着一弹一弹的羽毛捆。

区区逗猫棒！熙熙今天必把你碎尸万段！

楼狮看着追着逗猫棒疯狂转圈圈的晨熙，无声地叹了口气。怎么这么傻，怪不得被云飞扬一勾就走。

楼狮想起开着飞行器火速奔逃的云飞扬，那蠢狗短时间估计回不来了，要是敢回来，就在航道上给他放几个礼花警告一下。前星盗头子对于这种暴力警告毫无心理压力。他挑高逗猫棒，将羽毛捆抛向了上方，却看到晨熙纵身一跃，一口叼住了羽毛捆。

楼狮一顿，露出几分惊讶的神情。

众所周知，猫的垂直跳跃高度为自身身体高度的五倍。血统特殊一些的，比如豹猫之类，则要更高一些。但再高，成年猫的极限仍旧在两米五左右。

楼狮自己就是个一米九的大高个，从他举高的手里往上挑的羽毛捆，怎么也已经超过两米五了。而晨熙看起来还是个小猫崽子，弹跳能力不应该这么强才对。

楼狮看向晨熙。小猫崽叼着羽毛捆被吊在半空，蹬着腿，喉咙里发出呼呼的声音。这种声音楼狮熟悉，是猫科动物在捕猎成功之后，下意识对周围的生物发出的警告声。

简称——护食。

楼狮伸手拎起小猫崽，把逗猫棒放到一边，看着叼着羽毛捆不放的猫崽子，捏了捏他的后颈。晨熙下意识松开了嘴里的羽毛捆，转头去咬捏他后颈的手。

楼狮反手把他摁住，举到眼前来。这到底是什么品种……不对，物种呢？

晨熙被楼狮以疑惑的目光打量着，呆怔片刻，忍不住扭头看了一眼被放在一边的羽毛捆。他蹬了蹬腿。楼狮把他放下。晨熙扒拉了一下旁边的逗猫棒，转头冲楼狮喵喵叫。

楼狮没动。晨熙心中叹气，老板还是不懂猫心！但没关系，熙熙可以自己努力！

晨熙叼着羽毛捆，走到楼狮边上，伸爪子按在楼狮的掌心上，然后把羽毛捆也放了上去。

楼狮眉头一挑："还想玩？"

"喵！"毕竟熙熙只是一只可爱的小猫猫，哪只猫会不喜欢逗猫棒呢？晨熙发出了猫叫，但表面上还是十分严肃正经："老板，这不是玩，这是前期适应性训练。"

新鲜，楼狮头一次被别人用自己的话堵回来，晨熙胆儿还挺肥。

楼狮微微眯眼，抬头看了一眼窗外的夜色，说："还有别的训练。"

晨熙还没来得及打问号，就看到楼狮变成了觉醒体，终端套在爪子上，然后叼着他出了屋门。到了院子里，楼狮慢吞吞地打字："机动性、灵活度、夜行、隐匿，还有耐久性的训练。"

晨熙十分诚恳："怎么训练？"

楼狮往后退了几步，看着还没他一个爪子大的小猫崽子，露出个细微的笑容，尖利的犬齿在唇间若隐若现。

他敲字："玩过'神庙逃亡'吗？"

晨熙点头。

楼狮："就那么训练，我追你逃。"

晨熙愣住。

楼狮："被我抓到的话……"

楼狮思来想去，终于定下了惩罚方式。

楼狮："被我抓到，就每天泡一次澡。"

晨熙大惊失色！

楼狮："庄园有三分之二个足球场大，随便跑。"

晨熙感觉自己要窒息了。

有没有搞错！你看看我这腿！再看看你的！！你好意思吗？！我看你就是想用泡澡这种兵不血刃的手段来杀死熙熙！你这是虐猫！！

楼狮不管，他继续敲字："捉迷藏也可以，主屋之外的地方，随便躲，给你三分钟时间，现在开始计时。"

楼狮你根本没有心！！！晨熙心里骂完，转过身，毫不犹豫地蹿了出去。

楼狮看着眼前瞬间空荡荡的草坪，慢吞吞地趴了下来。他第一次干放水这种事，业务不太熟练，姑且先等个七八分钟再去找好了。

求生欲使晨熙不得不迈着小短腿跑遍庄园。

庄园很大，几千平方米，除了主屋和花园，还有独立的小仓库和池塘。那些景致复杂而美丽，也给了晨熙许多可以躲藏的地方。

晨熙蹿进花园里，抱着尾巴在灌木底下藏了十秒钟，觉得不好，于是又走了出来。不行，藏在这种地方，楼狮随随便便就能把他揪出来，狮子的嗅觉也是非常敏锐的。

熙熙不想泡澡！熙熙得想个办法。

晨熙左右四顾，看到花园外围有一片笔直的松柏，晨熙两眼一亮。众所周知，成年的狮子因为吨位太重，是无法爬上比较高但主干并不粗壮的树木的。

晨熙一溜烟跑到了那棵松柏底下，开始尝试爬树。

楼狮借着夜色，蹲在花园外边昏暗的角落里，看着那一团在夜色里格外显眼的白团子，晨熙正在非常努力地上树。别说七分钟，十分钟都已经过去了，还不熟悉觉醒体攀爬动作的小猫崽子，仍旧没能爬上那棵松柏的第一根主杈。

楼狮看着锲而不舍地向着树干进攻的猫崽子，想了想，决定把放水改成泄洪。他慢吞吞地趴下来，看着晨熙奋斗不息的样子，打了个哈欠。

晨熙花了好长的时间才顺利爬上树。感觉自己好像对这个陌生身体的了解变得深入了许多，有了一种……

晨熙仔细想了想，觉得确切一点形容，就是那是一种很奇特的掌控感。他趴在枝杈上，猫小树粗，这个地方都够他在上边打个滚！

好！楼狮不可能上得来！

趴在花园外边的楼狮这时起身，走到晨熙待着的树下。他抬头，猫崽子从枝杈间探头出来。

楼狮打字："找到你了。"

晨熙骄傲地一挺胸，敲字："老板，你说的是抓到，找到不算。"

楼狮一顿。小猫崽胆子大了，竟然都敢跟他抠字眼儿了。真要抓，他把这树弄倒就行了，这对于觉醒体状态下的楼狮来说轻而易举。不过楼狮没这么干，他在树下趴下，显然就准备在这里守株待猫。

晨熙总不可能不下来。

晨熙也意识到了这一点，他蹲在树杈上，看着下边的大狮子，尾巴垂落在树枝下边，不安地摇了摇。他终于还是敲字：“老板，咱们的训练什么时候结束？”

楼狮慢吞吞地回复：“天亮。”

晨熙：“……行。”

不就是在树上睡一觉吗！熙熙宁愿在树上睡一觉，也不要泡澡！

晨熙往枝杈上一趴，毫不介意地闭上了眼。楼狮抖了抖耳朵，听到树上窸窸窣窣的声音消失了，也跟着闭目养神。

看来晨熙是真的不喜欢碰水，楼狮想，小猫崽子胆大包天，第一次上树就敢在树上睡觉，也不怕掉下来摔断了脖子。

楼狮守在树下，耳朵警觉地竖着，随时准备接住睡迷糊了滚下树的猫崽子。晨熙对他老板无声的体贴毫不知情，挠了挠自己的小肚皮，咕噜咕噜地睡得无比香甜。楼狮却在半夜接到了一个视频请求，他看了一眼，是他的第二舰队长。楼狮把音量调到最小，接通了视频。

“头儿！”舰队长看到楼狮的投影竟然是觉醒体之后，顿时变得十分紧张。

他们都知道，楼狮其实是很少变回觉醒体的——因为当年觉醒出了岔子，变回觉醒体固然战斗力会上涨许多，但对情绪的影响也是直线上升。有一次楼狮发起飙来，差点把他们自己的基地给直接拆了。

楼狮慢吞吞打字：“说。”

舰队长小心地打量着楼狮，确信他现在情绪十分正常，甚至可以说是平和之后，感动得几乎要落下泪来。

谢天谢地！终于不用担心哪天回基地的时候，发现自家基地被老大给拆了，也不用担心哪天自己就被自家失去了理智的老大给剁了。

谢天谢地！谢天谢地！

舰队长迅速地汇报了情况。

“我刚刚在酒馆遇到瑞比了。”他说。瑞比就是那只把楼狮视作死敌的垂耳兔。

楼狮掀了掀眼皮："嗯？"

"他说不信你会甘于平凡，嚷嚷着要去找你——"舰队长话音未落，就看到他的首领站起身，接住了从高处掉下来的什么东西。

白色的，小小的，是一只小猫崽。

那只猫从树上掉下来，落在了雄狮厚实浓密的鬃毛上，脸上还残留着高空坠落的惊恐，连滚带爬地从那一团鬃毛上翻身起来，迈着小短腿往前探，一脚踩在了楼狮头顶。舰队长倒吸一口凉气，感觉下一秒这只猫就要血溅当场！

老天爷啊！！那可是楼狮的脑袋！！！

楼狮感觉晨熙好像被吓蒙了，愣在他头顶一动不动。他也懒得管，只是将目光重新移向了舰队长。舰队长下意识地接上之前的话，磕磕绊绊地说道："他……他说你肯定是金屋藏娇浸在温柔乡了，要去剁了那个娇让你痛苦终生……"

楼狮闻言，思考片刻，觉得这么说好像也没错。他晃了晃脑袋，看着被他晃下来的小猫崽子，一爪子按住。

舰队长试探着问："头儿，这是……"

楼狮想了想，单爪打字："就是兔子说的那个'娇'和'温柔乡'。"

有情况，这绝对是有情况啊！！舰队长的嗅觉无比敏锐。谁见过楼狮这么温和的样子？谁见过楼狮这么体贴的样子？谁见过楼狮说别人是"娇"和"温柔乡"的样子？！

谁见过？

我见到了。

舰队长感觉自己呼吸都凝固了。他悄悄地把镜头广角缩小，仔细看了看被楼狮按住了尾巴，满脸惊魂未定的小猫崽子。

是一只长毛猫，白色，脖子上有一圈鬃毛，鬃毛的尖端泛着一点金红色，并不明显。要不是舰队长的觉醒体是只猫头鹰，在夜色底下几乎看不出那一点区别。从正面看的话，这只小猫崽子像极了可爱版的袖珍狮子。这猫大约是年纪不大，那一圈象征着幼猫的蓬松柔软的细密绒毛还没有完全褪去，乍一看去，就像是一颗软绒绒的小毛球。

等等，这是还在换毛？

舰队长倒吸一口凉气，问道：“头儿，这是刚觉醒的小朋友？”

楼狮随意地点了点头。像晨熙这种成年好久了才觉醒的情况实在是太少了，知道的人越少越好。

“那头儿，瑞比好像已经定位到你了，你那边需不需要我……”

楼狮：“不用来。”

楼狮拒绝了他的舰队长之后，低头看向傻住的晨熙，抬爪轻轻碰了碰他的脑袋。晨熙被碰得晃了晃头，他抬头，看着楼狮，整只猫都傻愣愣的。

这是真的被吓到了。楼狮干脆叼起猫，回了屋。

晨熙被放在沙发上，机器管家送来一杯温奶，给他压惊。晨熙木愣愣地低头舔奶，舔到一半打了个奶嗝，才猛地回过了神。

吓死猫了！睡到一半发现自己在自由落体，还以为要见阎王了！晨熙头皮发麻，转头看向一边坐着的楼狮。

楼狮察觉到动静，将正在翻阅的神话传说页面合上，转头看向晨熙：“回神了？”

晨熙蔫搭搭地敲字：“嗯。”

楼狮：“我抓到你了，你得泡澡。”

晨熙闻言，更蔫了。

当猫好难啊，猫从高处跳下来，不是可以 360 度完美转体优雅落地的吗？为什么熙熙就不可以？这不应该是本能吗？！

垃圾觉醒！垃圾！

楼狮看着垂头丧气的晨熙，转头翻出了一包小鱼干，拆开来，放到了晨熙面前。晨熙低头啃了两口小鱼干，发现这鱼干太大了，他竟然啃不动！

晨熙："……"

晨熙睁大了眼，瞪着眼前的小鱼干。小鱼死不瞑目，仿佛在跟他互瞪，眼神中隐约透出一股子嘲讽的味道。

晨熙吸吸鼻子，忍了忍，没忍住。

哇！！熙熙不活了！！！连小鱼干都欺负我！！

晨熙挠了小鱼干一爪子，瞪着死不瞑目的鱼，又觉得气不过，低头叼上，把鱼干放到了楼狮腿上。晨熙气得喵喵叫，小爪子啪啪拍着沙发坐垫："喵！喵喵！"

楼狮看了一眼猫崽子，想了想，把小鱼干拿起来，撕成好入口的条状，放到掌心里。晨熙气呼呼地埋头苦吃，毁尸灭迹。

晨熙吃完一整条小鱼干，抬头看了一眼楼狮，楼狮似乎正在给谁发消息。

晨熙摸了摸终端："老板。"

楼狮感觉猫爪扒拉了两下他的手，于是低下头来。

晨熙委委屈屈："不想洗澡。"

楼狮冷酷拒绝。晨熙叹气，然后被楼狮摘掉了终端，拎到了浴室里。

晨熙看着正在放水的小盆盆，试图做最后的挣扎。他搜了一圈小猫经常洗澡的危害，送到楼狮面前，试图引起这头无情大狮子的同情。楼狮随意地扫了一眼那些网页，伸手点了关闭。

"对水的接受度也是测试摸底的一环。"

晨熙迟疑："真的？"

楼狮点头："真的。"

晨熙："听起来像在骗我。"

楼狮重申："真的。"

当然是真的，晨熙又不是普通的猫，虽然习性跟猫几乎一模一样，但总归还是有差别的。这些细微的差别，也许就是能够得知晨熙到底是什么物种的线索。

晨熙："行吧。"

作假的东西一般都很像真的，但这个说法听起来太假了，所以应该是真的。晨熙给自己整了一套自我安慰的逻辑，蹲在水盆边上，犹犹豫豫地伸出了爪子。然后他在触及水的瞬间，以迅雷不及掩耳之势收了回来。

不行！我不要！！熙熙不同意！！！

晨熙忍了忍，忍无可忍，趁楼狮不备，转头跳下了洗手台，在屋子里疯狂逃窜。楼狮看着瞬间没影的晨熙，露出几分诧异。这可比之前跑的速度要快得多，看来刚刚让他爬树也不是没有收获。

楼狮看了一眼水盆，并不太在意晨熙逃避洗澡这件事。他反而想到猫崽子还没学会如何从高处落地，于是认真思考了一番关于要不要跟晨熙玩一两天抛高高这个问题。

晨熙躲在二楼天花板吊顶上，屏息凝神，莫名打了个寒噤。但楼狮并没有强迫他的意思，只是仰头看了一眼晃晃悠悠的吊灯，目光落在天花板吊顶角落里的那一团阴影上。

"早点睡。"他这样说道，缓步走进了卧室。

晨熙从吊顶里往外爬了爬，低头看了一眼楼狮关上的房门，松了口气，准备下去睡猫窝，最终却站在吊顶边缘，不动了。

晨熙看了一圈吊顶，又看了看距离他至少七八米远的大吊灯，最后伸出脑袋，小心翼翼地看了看距离他少说有十米的地面，陷入沉默……

怎……怎么下去？！不对，我怎么上来的？！

晨熙惊慌失措，他摸了一圈自己脖子上的毛毛，发现终端在去洗澡之前被楼狮顺手摘掉了。

晨熙："……"

小猫崽子扒着吊顶的边缘，探出小脑袋，想喵呜一声寻求楼狮的帮助，又觉得太过于丢脸。爬上来下不去这种事，简直是猫猫之耻！

早知如此，还不如乖乖洗澡！

楼狮第二天一早醒来，没有找到猫。

早餐上桌，还是没有找到猫。他顿了顿，扬声道："晨熙？"

晨熙一个激灵醒了过来。他害怕自己睡着了掉下去，只好缩在吊顶角落里，战战兢兢地打瞌睡，死活不敢完全睡过去。

"喵呜！"晨熙嗷了一声。楼狮一怔，抬头看向还趴在吊顶上的猫。

"你怎么还在上面？"

"喵！"

"下不来了？"

"喵。"

楼狮："……"

楼狮让杂务机器人去小仓库里拿了梯子过来，看着被救下来的猫崽蔫了吧唧的样子，揉了一把他的脑袋。

"怎么昨晚上不喊我？"

一开始因为怕丢脸，后来因为夜深了，扰人清梦怪不好意思的。晨熙低头，两只爪爪有些紧张地在餐桌上踩来踩去。

"吃饭。"楼狮干脆不细究了，"今天去你们学校。"

晨熙想到今天是楼氏的宣讲会，赶紧点了点头。但晨熙失策了，楼狮去了海城大学，却对自己集团的宣讲会没有丁点儿兴趣，而是直接约了那只虎鲸面谈。在他们前往小讲堂里谈话的时候，晨熙被留在了外边。保镖先生捧着这只软绵绵的小猫咪，手都不知道怎么摆。

虽然最开始的时候他也抓过猫，但那个时候跟这个时候是不一样的。现在这猫崽子，是他需要保护的对象。

小小的、暖乎乎的、毛茸茸的、软绵绵的，还没两个巴掌大的小猫崽子。好像一用力，就会被捏死。

他这双手，拿过枪上过阵，开过飞船扛过炮，就是没这么细致小心地照顾过一只猫。尤其是，昨天第二舰队长半夜打电话过来，跟他谈了一晚上的心。说瑞比要过来，要保护好这只头儿亲口盖章的娇……咳，猫。

保镖先生始终冷硬的神情变得更加僵硬了几分。

晨熙被保镖先生捧在手心里，有点着急。正常来说，参加校招的企业在招聘之前，是会预留出一部分招聘名额的。

任航成绩很好，在这种明确了招聘会相对放宽松一些的情况下，他直接投简历的时候没有被选上，那可能是正常社招的名额已经招满了。

校招是个好机会。校招这个东西，你说公平吧，也公平，但你说搞点小操作吧，也非常轻松。楼氏那是多好的历练的地方，从那里边跳出来的人，到了人力市场上，简直就跟镶了金边一样抢手。

所以会搞小操作的人，估计不会少。

任航是不会搞小操作的。因为他没钱，虽然能拿到导师的推荐信，但也不一定竞争得过走后门的。

晨熙低头看看保镖先生手上的茧子，楼狮手上也有很厚的茧子，晨熙倒是没什么不习惯。他知道这位保镖先生是帮楼狮管理公司的特助，实质意义上的最高管理者。于是猫崽子想了想，尝试着跟保镖先生搭话：“老板会不会被拒绝呀？”

保镖先生十分笃定：“不会，头儿不会让他拒绝的。”

晨熙看他说得杀气四溢的样子，又敲字：“我想问好久了，你为什么叫楼狮‘头儿’啊？”

保镖先生僵住。楼狮几乎不在外人面前出现，每次他汇报工作或者是随同出行的时候，都没有外人，对楼狮的称呼自然也就一直都没改过来。

晨熙当然知道为什么，但他明知故问，甚至还催促一般打了个问号。

唉，熙熙也不想这么为难人的，但是熙熙真的不知道能跟保镖大哥说点什么。

保镖先生思考许久，干巴巴地说道："我当年没好好念书，混社会，被头儿捡到，就这么叫他了。"

晨熙："老板真是个好人！"

保镖先生看着"好人"这俩字，神情十分微妙："是……嗯，是啊。"

晨熙："我听说楼氏今天有宣讲会，可以去看看吗？"

保镖先生一顿："我请示一下头儿。"

楼狮同意了。于是保镖先生顺着晨熙指的路，一路前往宣讲会现场。

楼氏规模相当大，在短短八年里迅速崛起，公司年轻而活跃，近期，跨行业投资的计划也准备实施。当然，年轻血液愿意大量涌入楼氏最关键的原因，也不是前景有多好，而是更为实际的一点——楼氏的员工是包住宿的。单凭这一点，就足够让不少想在大城市打拼的年轻人挤破头了。

楼氏宣讲会的规模也相当大，大到占据了海城大学的第一礼堂，人数爆满。

宣讲会的负责人在后台，没想到老板的特助会来，赔着笑，有点失措。保镖先生是个十分认真的人，他既然来了，就不可能像蹲在他的口袋里的晨熙一样，只盯着在台上做演讲的人。他干脆往后台工作桌旁一坐，动作利落地开始检查起已经筛选过一轮的简历来。翻完一小半，他皱了皱眉，看了一眼旁边被筛下去的一大沓简历，想了想，拿过来翻看起来。

晨熙在被筛掉的简历里看到了任航的简历。正巧，保镖先生也拿起了任航的那份简历，看着上边拿的奖项和自主参与的社会项目列表，又看了看一份已经过筛选，看着花里胡哨、密密麻麻，却半点实质性东西都没有的简历。

"你们简历是这么筛的？"他转头看向一边排排站等着上司发话的人事工作人员，几个招聘人员的后背登时一凉。

晨熙撇撇嘴。他说什么来着？这不就是了。

晨熙蹲在桌上，透过幕布的缝隙，一眼就看到了在第一排坐得整整齐齐的三个小伙伴。任航还真的挺重视这次机会的，第一排的座位可不好抢。

晨熙看见保镖大哥在训话之后，亲自动手把那些不合格的简历全都扔掉，而留下了那些合适的，任航的简历被留下了。

宣讲会到尾声的时候，公布了简历通过的名单。

晨熙看着哥几个高兴击掌的样子，尾巴都要翘上天去了。这必须让任航和叶朗朗请客才行！尤其是任航，休想跑！

晨熙喜气洋洋地回到了楼狮那边，被楼狮揣在兜里，带上了车。

“直接去蓝湾。”楼狮说道，然后看向晨熙，“什么事这么高兴？”

晨熙从他口袋里跳出来，蹲在一边的车座上，悄悄收敛自己的兴奋。让老板知道他为了朋友而拉着保镖先生去猫仗人势了一番，总归有点不太好。

晨熙美滋滋地敲字：“没什么，只是小事！”

晨熙敲完这排字，迫不及待地点开了社交号，在寝室群里疯狂收割了一拨红包。

晨熙熙：“航航请吃饭！”

叶朗朗：“航航请吃饭！”

沈深深：“航航请吃饭！”

任航航：“没问题！老四什么时候有空？”

晨熙一顿：“我不知道，这周末可能够呛。”

沈深深：“那下个周末或者下下个周末吧，到时候你们该入职了，我也要去帝都学习一段时间，然后可能就留在帝都念书深造了。”

晨熙一怔，他伸出爪子，轻轻推了推楼狮的手臂。楼狮转头。

晨熙：“老板，最快的话，要多久才能完全掌握觉醒体机能啊？”

楼狮：“你不偷懒的话，两周。”

好！两周就两周！晨熙算了算时间，大胆地应下了下下周末的吃饭邀请。午饭任航请客吃，晚饭轮到叶朗朗，岂不美滋滋。

晨熙解决了心头大患，长舒口气，低头舔起毛来。昨晚蹲在吊顶上一晚上，晨熙感觉自己整个猫都灰扑扑的。

晨熙细致地梳理着自己的毛，舔着舔着似乎感觉自己腹部有什么颗粒状的东西落进毛毛里了。他微怔，站起来抖了抖毛，却什么都没抖下来。晨熙疑惑地重新躺下，继续舔毛，又感觉碰到了小小的一粒东西。晨熙皱起眉来，他伸爪子扒拉自己肚皮上的毛毛，竟然发现自己肚皮上长了个小包。

晨熙戳了戳那个小包，转头冲楼狮“喵”了一声，敲字：“老板，我肚子上好像长了个包！”

楼狮一怔：“嗯？”

晨熙把肚皮上的那个小包扒拉给楼狮看。扒拉的时候，他才发现这包竟然还不止一个！

晨熙惊了：“还不止一个！”

这是什么东西？怎么猫猫也会长痘痘吗？还是什么猫癣、蜱虫之类的皮肤病？

晨熙有点慌，别是他昨晚上在花园和树上沾到了什么跳蚤或者虫子！

楼狮沉默片刻，看着惊慌的晨熙，神情变得有点复杂：“你……”

小猫崽子惊慌地抬头看他，楼狮叹气，抬手打开一个网页，输入了几个字，按下搜索之后，递给了晨熙。

上边是一个问答。

问：公猫也有咪咪吗？

答：公猫一般有8—10个咪咪哦！

晨熙：“……”

楼狮拍了拍晨熙的脑袋，十分沉稳地收回了终端。

晨熙："……"

啊！！怎么会有这样的事啊？怎么会这样啊？！为什么啊？！晨熙感觉自己不能呼吸了！

晨熙大力深呼吸。

这绝对是熙熙人生尴尬巅峰！！前无古人，后估计也不会有来者！

晨熙一翻身坐起来，根本不敢面对被他耍了流氓的老板。被撸肚皮、被舔毛、被小鱼干硌掉牙都没现在丢脸！太尴尬了。

以前舔毛的时候怎么没发现还有这么个玩意儿？养猫的帖子里也没说过会有这种情况发生啊！！晨熙感觉真的被自己的弱智震撼到。晨熙，你怎么这么菜啊？

晨熙往角落里一滚，立地悔过。

楼狮看了一眼把自己拉成一长条，似乎在试图挤进座椅缝隙里杀死自己的晨熙，想了想，说道："这是正常的，你只是长大了，就发育得明显了，之前还小，所以一时没发现而已。"

别说了！别说了啊！

晨熙内心崩溃，尾巴一甩，把自己的脑袋包得严严实实，半点不想听。

楼狮看了一眼因为尾巴甩上去而露出来的"铃铛"："……"

倒也没比之前好到哪里去。但是，谁会介意被一只小奶猫耍流氓呢？

楼狮不介意，但晨熙自己很介意。

楼狮看着当场悔过的晨熙，又一次出声："这没什么，毕竟理论上来讲，你现在没穿衣服。"

晨熙浑身一震，脑子一嗡，他一个鲤鱼打挺翻起来，满脸震惊地看着楼狮。对哦！变成觉醒体就是裸奔啊！！只是身上的毛毛就像衣服一样温暖绵软，所以才一点裸奔的感觉都没有。

不说出来还好，一旦被戳破，晨熙就觉得哪儿都不对劲。他在座椅上焦躁地转了个圈，试图用尾巴包住自己。

楼狮看着叼着尾巴转圈圈的晨熙，陷入沉思。他好像不应该这么说。晨熙半点没觉得这是觉醒体的常态事件，反而变得更加不安了。

目睹了一切的保镖先生坐在驾驶座上，感觉自己心里的省略号已经绕地球好几圈。头儿，这个时候，放小朋友自己安安静静地度过尴尬就好了。他欲言又止，最后还是没敢开口。

算了，这种事，还是让头儿自己悟吧。

晨熙转了半天的圈，发现他的大尾巴根本没办法把他包起来，而现在也没有小衣服穿，干脆就重新滚进了楼狮的口袋里，脑袋往里一埋，做出了一副万事不管的鸵鸟姿态。

晨熙团成一个猫球。当猫太难了，真的太难了。觉醒之前我明明很快乐，都是觉醒害了我！！

楼狮又想开口："你——"

不要再说了！

晨熙两脚一蹬，蹬到了楼狮的腰，楼狮一顿，晨熙吓得一滚，赶紧拿脚试探了一番口袋有没有被他蹬破。他已经弄坏老板一件昂贵的西装了，不能再弄坏第二件了，第一件还在自己房间里一直挂着呢。

万幸没有蹬破，晨熙大大地松了口气，打字："老板，我用一个惊天大秘密，换你忘记刚刚的事情。"

楼狮挑眉："什么秘密？"

晨熙十分严肃："你的弱点。"

第五章

训练·觉醒者的常态

楼狮一顿，眼中的松快变得浅淡了些许。弱点？他楼狮的弱点再明显不过了，无非就是脾气极易被激怒，但现在这个问题已经被晨熙给解决掉了，还能有什么弱点？

楼狮正想说话，又突然想到之前晨熙知道云飞扬喜欢甜食的事。楼狮扯了扯嘴角，看了口袋里探出头的猫崽子半晌，才缓缓吐字："说。"

晨熙打字："老板，你永远都咬不到你自己的尾巴。"

楼狮："……"

行，是他高估这小猫崽子了。

晨熙哪能藏住什么不得了的秘密，他根本就是个彻头彻尾的、无忧无虑的傻白甜。

晨熙"喵"一声："哈哈！没想到吧？"

楼狮感觉脑壳有点疼，想打猫。

晨熙坚持争取自己的利益："按照约定，把刚刚的事情忘掉！"

楼狮一弹晨熙的额头，把猫崽子弹得翻了个面：“好。”

晨熙高兴了，打开终端购物界面，开始寻找合适的宠物小衣服。楼狮看了一眼，随他去了，自己则再一次打开了神话故事，继续翻看起来。

蓝湾是海城——应该说是整个钴蓝星都非常著名的景点之一，全年都没有淡季。蓝湾的海因为营养物质和海洋生物洄游等种种原因，吸引来许多他处见不到的深海生物。因为每季都有，于是便没有淡季了。

在这样一个旅游度假的胜地里，楼狮拥有一个占地七百多公顷的酒店，直接包揽了蓝湾海岸线上一个波涛平缓的大峡湾两侧。因为是只对觉醒者开放的酒店，所以里边住房寥寥，但有开阔的平地与各种各样的地貌模拟以及占了绝大部分地带的娱乐设施。

车子进入大门之后，晨熙就忍不住好奇，探头探脑。保镖先生见状，打开了对外视窗。晨熙趴在楼狮的口袋里，两只爪子扒着袋口，看着车子一点点变得透明，然后清楚地看到了外边的景致。

雨林区、荒漠区、草原旱季区、草原雨季区，以及雪山极地地区，等等，他们穿过了这一系列的气候和地貌多变的区域，然后停在了峡湾的小吊桥前。

楼狮下了车，保镖先生体贴地给晨熙解释：“吊桥那边才是酒店，住宿吃饭玩乐都在那边。”

晨熙愣住，回头看了一眼峡湾这边。保镖先生继续解释：“这边是觉醒者做适应性训练的地方。”

晨熙呆怔片刻：“都没客人呀，不经营的吗？”

“来之前清场了。觉醒者来钴蓝星度假往往都是首选这里的。另外，我们跟觉醒学校有保密协议，这里是觉醒学校高级课程的固定训练场所之一，每年四到六月，都会有一到两百个觉醒学校的学生来这里。”

这就是你们一年只正儿八经营业两个月的理由？

可恶，这就是觉醒者的世界吗？我在此之前甚至都不知道还有这么个地方！晨熙感觉自己被柠檬包围，酸不拉唧。

晨熙本来还想问不会亏本吗？但想到跟觉醒学校有合作，就闭嘴了。

觉醒学校是完全中立的势力，虽然各国基本上都把觉醒学校设立在了各自的帝都，但觉醒学校的运作都是完全独立的。跟觉醒学校合作，这中间的利益和好处肯定不会少。

晨熙舔了舔鼻子，把嘴里长出来的十棵柠檬树都给舔平了，楼狮也正好带着他走过了小吊桥。

住宿的地方是真的少得可怜，因为这里最多能同时容纳三百人而已。楼狮来之前还特意清了场，服务人员只剩几个，维持着最基本的运作。

晨熙被楼狮带到了最靠近海洋的景观别墅，他们吹着海风听着海潮，吃完了午饭。

楼狮问：“是想先玩一玩，还是直接去训练？”

晨熙毫不犹豫地选择了后者。

楼狮点点头，从旁边扯出一个操作面板，录入数据之后，激活了丛林地区。楼狮把猫往口袋里一揣，就穿过吊桥，走到了丛林区入口。他站在入口，在晨熙的注视下，把训练难易程度设定成了新手极简模式。

晨熙并不懂这些，他探头看看，发现难度分为五个等级：极简、简单、普通、困难、极难。每种难度级别后面都有个括号，括号里是建议年龄和觉醒体种类。晨熙看了看极简的内容，那上边写着：

推荐十三至十五岁青少年，无攻击性、草食类、小型动物觉醒体训练。

有攻击性、肉食类，但也许的确能算成是小型动物的小猫咪，缓缓打出了一个问号。

晨熙忍不住打字：“老板，这个不适合我吧？”

熙熙可是逃过了大狮子追捕的猫！区区极简，根本配不上惊才绝艳的我！

楼狮闻言，看一眼蹲在旁边草地上，几乎要膨胀上天的小猫崽子，直接按下了模拟键。晨熙看到旁边的大树底下，一只灰色的野兔从地洞里探出了头，它小心地看着周围，鼻子四处嗅着，走出了窝，往林子深处走出了几米。

就在这时，旁边的树皮突然动了动，野兔瞬间撒丫子狂奔起来。但兔子速度快，把自己伪装成树皮模样的蛇更快！它激射而出，一口咬在了兔子的腿上！兔子发出尖叫，疯狂挣扎，竟然把蛇甩掉了！野兔慌不择路地想要冲回来，但一声尖厉的喊叫由远及近。

一只狒狒吠叫着从天而降，长臂勾着树，另一只手一捞，直接抓住了那只从蛇口逃脱的野兔，接着，发出一声呼啸，转头扬长而去。

一切发生得过于迅速，才不过短短一分四十八秒！

晨熙目瞪口呆地看向楼狮。

楼狮神情平平：“这只兔子比较蠢，才第二关就被抓走了。”

晨熙不禁认真思考了一下，然后发现像他这种小猫猫，恐怕连第一关都活不过。

楼狮问晨熙：“极简模式下有 68 种丛林动物，都是拟真机器人，有安全模式，不会真的伤到人，但它们每一个都录入了上千种事件应对的行为模式，最机灵的兔子只过了第二十四关……你还想上调难度吗？”

晨熙哽住，本小猫猫哪敢讲话。

楼狮看着晨熙，抬手指了指峡湾之外清晰可见的广阔海洋。

“看到那片海了吗？”楼狮问。

晨熙点了点头，楼狮揉了揉小猫崽的脑袋：“那是我昨晚给你放的水。”

晨熙：“？”

老板你也不必如此真实。好，是我太菜了。晨熙哽咽地想。

他转头看了一眼楼狮，忍不住问：“老板你训练的是哪个难度？”

楼狮一顿：“我没用过这一套训练设备。”这套模拟地形的训练，是楼狮从觉醒学校离开之后才开发的。

楼狮实事求是：“草原地区的极难对我来说也很简单，我不需要这种模拟训练。”

宇宙作战的环境和作为星盗所经历的危险，都比这种野外模拟训练要困难得多。比起枪炮激光和各种层出不穷的埋伏暗杀，这种只是根据自然生态链模拟出来的野外环境，简直是友好得不能再友好了。

行，晨熙深吸口气。狮狮可以，那猫猫也可以！晨熙给自己打气。

训练是不能戴终端的，因为终端肯定会弄丢。晨熙摘下了终端，放到一边。楼狮把晨熙的身体模型录入，发给在丛林区的 68 台拟真机器人，然后拎起猫崽子，把他扔了进去。晨熙在入口蒙了几秒，转过头，却发现楼狮已经准备走了。

晨熙一惊，喵喵叫了几声。楼狮低头看了一眼时间：“晚餐时间到的时候机器人会停下来，你自己回来，吃完饭之后天黑，会触发夜间模式，你还是要继续来的。”

通宵训练？不会影响身体吗？晨熙震惊，你们觉醒者也真的很不容易。

楼狮继续说：“你的目标是两周内掌控身体机能，那么你两周内至少要挑战完相应的困难级别才行。”

而且在觉醒期间，因为身体各项激素指数起伏较大，哪怕是掌握了身体机能，重新变回人类模样的时候，也不是完全稳定的。绝大部分脊椎动物都需要依靠尾巴来保持平衡。在完全掌控了觉醒体的状态之后，很长一段时间里，觉醒者们恢复人类之身生活时，还是会下意识露出尾巴来。还有一些特别依赖听觉或者嗅觉的种类，也会不自觉地在人类的身体上展露出觉醒体的样子。

很大一部分猫科觉醒者，在度过觉醒期重归人类生活的时候，总时不时露出他们的尾巴和耳朵，有一些还会露出胡须。度过了觉醒期的复健时光尚且如此，更不用说不稳定的觉醒期了。不过这点也很好处理。长衣长裤加个帽子就差不多了，大不了再戴个口罩，问题不大。

楼狮看着在丛林入口踌躇不定的晨熙："你该进去了。"

晨熙耷拉下耳朵，撇成飞机耳，可怜巴巴地看向楼狮，喵呜喵呜地叫着，试图表达自己的恐惧。但楼狮是个十分无情的大酷哥。他看着喵呜喵呜的小猫崽子，抬步走过去，干脆地拎起晨熙，往里一抛。

紧接着，丛林四处隐藏着的小喇叭就嘀嘀叭叭地响了起来。

"叭叭！晨熙选手被毒蛇袭击，死亡一次。"

竟然还有实时播报！

"叭叭！晨熙选手被狒狒捕获，死亡两次。"

"叭叭！晨熙选手被长臂猿捕获，死亡三次。"

"叭叭！晨熙选手遭遇黑犀牛，死亡四次。"

…………

"叭叭！晨熙选手被花豹捕获，死亡四十六次。"

楼狮看着晨熙平均每三分钟就死亡一次的成绩单，深深地叹了口气。这放在觉醒学校，是要被留堂加训的。

"叭……"

"喵！！！"就你这个喇叭一天到晚叭叭叭！

晨熙在林子里疯狂逃窜，听着小喇叭叭叭的，内心十分崩溃。这哪里是模拟训练？这明明是丛林求生片场！！

不，这比丛林求生苛刻多了！至少丛林求生还能给你喘息的时间，搭个房子生个火，来一个丛林版鲁滨逊漂流记，虽然称不上美滋滋，但也好歹算安逸。但这里呢？！地上有熊虎狼蛇蝎和巨蜥；想上树，树上有狒狒长臂猿和花豹；想泅水，水里有鳄鱼犀牛水蛇还有食人鱼。

躲都没地方躲！！

在这种树木茂盛遮天蔽日的地方，一团白简直就跟靶子一样！谁在雨林或者山地丛林里见过这种白得都能发光的动物？！就连熙熙都知道，白色的皮毛只有在极地和雪山高原地区才具备伪装性！

楼狮你摸着你的良心，告诉我这是野外模拟训练场？！我看楼狮你根本没有心！

“叭叭！晨熙选手被毒蝎蜇伤，死亡八十一次。”

我小猫猫还能怎么办？晨熙一脚踹开脚边的蝎子，四处逃窜。就算我地理和生物学得不好，我也知道这绝对不是正儿八经的丛林生活！等我有朝一日神功告成，必要在自己腿上刻一个大大的“惨”字！

晨熙在又一次被巨蜥袭击之后，蹿上了一棵树，蹲在树杈上，无比警觉地竖着耳朵。他的尾巴紧张地勾起，胡须微动，小心翼翼地观察着四周。

一只松鼠从一旁的树洞里探出头。不远处树木的枝叶窸窸窣窣地动起来，小猫崽子紧张地绷紧了身体。松鼠却在这时凑过来，发出吱吱的叫声。不远处的动静瞬间变得大而明显，俨然是什么快速向着这边而来了。

晨熙转头看向那只松鼠，目露凶光，抬起爪子，以迅雷不及掩耳之势扇上了松鼠的脑袋，一爪子把它打下了树。被打下树的松鼠落在枯叶堆上，吱吱地发出受惊的叫声。

晨熙终于看到了在树间穿梭的长臂猿，他瞬间弓起身，瞄准了另一边矮一些的树枝，正准备跳上去逃窜，却发现那只长臂猿直奔着胡乱吱哇的松鼠去了。

那只松鼠也是机器人，晨熙之前还没明白为什么要安排那么多掠食动物之外的小动物在这里，现在他悟了，原来这些玩意儿是这么个用处。

晨熙转头看了一眼那只松鼠居住的树洞，钻了进去，发现这里对他的体形来说竟然刚刚好。原来如此，还是有安全点的啊。跑得要累死了的晨熙一屁股蹲儿坐下，长长地松了口气。

熙熙累了，熙熙要先睡一觉。

楼狮正跟保镖先生看着南丰庄园的监控，一边低声交谈，一边不急不缓地远程控制着机器人，在庄园做布置。

“瑞比大概会在明天下午到达。”保镖先生看着收到的情报，又看了一眼搬运着热量自感武器的机器人，“布置时间够了。”

楼狮看了一眼图片上的布防点：“要真能捉住他，不失为一件好事。”

保镖先生没说话，他知道这挺难的。甚至瑞比压根就不会踏入庄园，那只兔子的听觉十分灵敏，很轻易就能知道庄园里根本就没有人在。

但万一呢？是吧，所以保镖先生还是过来找楼狮商量了。

那只兔子平时可没少跟他们打架，要是能让他在这里吃个闷亏，不说死了，就受点伤，在外的几个舰队长也能趁机啃下好几个星球。

楼狮最近沉迷养猫，对这些并不太往心里去。他无所谓地摆摆手，转过头去，看了一眼晨熙的战况，结果却发现晨熙在松鼠洞那个安全点里睡得四脚朝天，都打起呼噜来了，看来昨晚上是真的没睡好。

楼狮往上翻了翻，发现晨熙的失败记录已经在两个小时之前停止了。而记录显示，晨熙在丛林里奔逃了一小时四十二分钟。

这个耐力已经不在正常猫科觉醒者的能力范围之内了。猫科向来都是爆发性极强而耐久性偏低的科属。没有任何一种猫科动物能不停地全速奔跑近两个小时，狮子不行，老虎不行，豹子也不行。

而这，可能还不是晨熙的极限。因为他半道上发现了安全点，就直接钻进去睡觉了。

楼狮看向晨熙奔跑的路线图。路线图随着时间的推移，也从杂乱无章的路线，变成了有迹可循的隐蔽路线。

旁边的保镖先生粗略地扫了一眼：“天赋不错。”

楼狮点头表示赞同。两个小时不到，能在狼狈逃窜的状态下腾出余力来观察周围，寻找到适当的隐藏路线，还发现了安全点。不管是从天赋、能力还是运气来看，都很不错。

可惜，晨熙胸无大志，肯定不会往军政方面发展，更不会考虑去宇宙里流浪。他只想融在芸芸众生里当个普通人。

这一点楼狮非常清楚。

这都无所谓，楼狮想，只要不跑路，随时都能够看到他，自己就觉得没有问题。虽然随时都能看到这个要求，几乎就已经完全把两个人绑一块儿了，但楼狮全然不在意自己自相矛盾的观点。他抬手关掉这些界面，慢吞吞地打开了神话页面。

保镖先生看了一眼阅读进度才到 5% 的文档。

不是楼狮不努力，而是这玩意儿内容实在是太多了，而且神话传说这种似是而非的东西，口耳相传，对神话生物的描述并不详尽。楼狮已经挑出很多描述上跟晨熙比较相似的生物了，但感觉都跟那只小猫崽子不一样。

保镖先生给楼狮泡了壶茶，转头走了出去。

楼狮看一会儿书，抬头看一会儿晨熙。在工作时间之外，他半点不想错过这小朋友的表演。他哪怕仅仅只是睡得打呼噜，也显得格外可爱。

小猫崽子在松鼠洞里睡得很香，这种树洞入口窄里边大，只要能进来，就能完美躲避绝大部分大型掠食动物。至于蛇和各种毒虫，只需要用树皮堵住洞口，留个缝隙透气就可以避开了。

对于猫这种“液体动物”来说，要进去并不困难，对于拥有人类智慧的觉醒者来说，堵住洞口也不难。

晨熙睡了个饱，打了个哈欠，慢吞吞地坐起来，洗了把脸，又舔了一遍之前试图下水逃生的时候沾湿的毛毛。那些毛毛到现在还没有完全干掉。然后他伸出爪子，搬开了堵在洞口的树皮。

这门一开，他就跟一只五彩斑斓的大蜘蛛打了个照面。蜘蛛比这洞口大了一圈，正准备在外边的树枝上结网。

晨熙愣住，蜘蛛愣住。

晨熙：“喵嗷！！！”晨熙发出一声崩溃的尖叫，两只爪子抱着树皮，疯狂往外捅。

啊啊啊！！！死死死死死！！！

晨熙把大蜘蛛捅得往后一跳，紧跟着无比灵活地从树洞里蹿出来。

蜘蛛甚至亮出了毒牙。

想跟熙熙同台竞技？！晨熙凶狠地盯着那只蜘蛛，恶向胆边生，跳起来两脚直接铲了过去。

楼狮看着监控里跟毒蜘蛛打得不可开交的晨熙，微怔。

旁边的失败提示时隔几个小时后又疯狂刷起了屏，小喇叭也不停地嘀嘀叭叭，提醒着晨熙被毒蜘蛛杀死一二三四五次。但晨熙半点不理它，仿佛跟那只毒蜘蛛机器人有什么深仇大恨一样，守在洞口对着毒蜘蛛就是一顿乱捶。有别的机器人来了他就躲回山洞里去，过一会儿又出来继续跟那只毒蜘蛛打架。

楼狮：“……”

他想起之前搜索过的话题，发现猫的确就是这么神经，甚至能被自己的尾巴吓到飞起来。猫做出什么举动好像都不令人意外。

算了，楼狮想想自己当初觉醒的时候，努力三年，最后终于没能控制住自己的本能，把觉醒学校里所有的雄性掠食动物都打了一遍。不仅如此，在打完一轮，确定了自己是最牛的那个之后，他还在学校里开始圈地。

克制住没有用最原始的方式来留下气味，是他最后的理智，然后他就被开除了。

这种被觉醒体影响到的情况又不是多稀奇的事，觉醒学校里，犬科那边的教具，几乎半天一换。偶尔还能看到柯基被老师追在屁股后面要擦粑粑。晨熙这种状况，不过毛毛雨而已。至少他还没拆家，也没跟别人打架。

楼狮正准备调动机器人去把毒蜘蛛带走，就很巧地发现晚饭时间点到了，从林区的机器人渐次进入休眠。

晨熙一爪子拍向那只蜘蛛，刚刚还耀武扬威的蜘蛛瞬间飞了出去，落在下边柔软的枯叶堆上。

晨熙一愣，抬头看了看天色，恍然明白。他几个腾跃，从枝头一层层跳下来，动作灵巧，爪尖轻轻一沾树枝，又骤然起跳，那树枝竟然连丁点儿晃动都没有。

楼狮看着在一片深深浅浅的绿中穿行的白色毛团。

丛林之中的树木高大茂密，遮天蔽日。白色的小动物低着头，忍不住追着从林木枝杈间撇下来的几缕光柱，踩地面上斑驳的光点。他在夕阳的柔光下，像是自森林之中诞生的精灵，活泼而且无忧无虑。

楼狮重新把晨熙之前的训练数据调出来，看着上边总结出来的评价。也许并非他的天赋多强，而是他的觉醒体本来就非常适应丛林环境。楼狮看着一边玩一边往外走的晨熙，若有所思。

一下午的运动——虽然有大半的时间在睡觉，但还是把晨熙给饿坏了。

楼狮看了一眼死活不靠近泳池，宁愿自己慢慢舔毛的晨熙，说：“你训练效果不错。”

晨熙舔毛的动作一顿，这才缓缓回忆起自己这一下午都干了啥，顿时缩了缩脖子：“就是，昨晚上没休息好……”

“那你今晚别去了，好好休息。”楼狮说道，“明天上午看看能不能把极简过掉，下午去草原区，我教你一些基础的捕猎技巧。”

晨熙对这种训练并不了解，楼狮说什么就是什么。晨熙飞快敲字：“好的老板！没问题老板！”

楼狮见晨熙毫不怀疑地把事情都交给他决定，嘴角一扬，心情变得愉快许多。这种信任，跟下属的服从感有点不太一样。具体哪里不一样，楼狮也品不出来。他实在不是一个情感细腻的人。

“你买的宠物外装到了。”

“喵！”晨熙蹦起来，转头去试他的小衣服，套上四只爪子之后，拖着小衣服凑到楼狮面前，让他帮忙合上背后的搭扣。

“其实也不用……”楼狮说到一半，顿了顿，想到这两天可能会摸到这里来的兔子，于是伸手把小衣服的搭扣扣好，又把晨熙异于普通猫咪的蓬松长尾巴给藏进去一半。

绝大部分脊椎动物依靠尾巴来保持平衡，猫科动物也是其中之一，而非常不巧的是，晨熙并不需要。他并不排斥别人碰他的尾巴。他的尾巴除了被他当被子、当玩具、当衣服和表露情绪，几乎没有其他用途。

也幸好没有其他用途，不然还遮不住。

楼狮看着啃排骨磨牙的晨熙，给他把营养品拆开，这次他多拿了两粒。

训练期间，随着对身体的掌控程度的上升、运动量的增大，消耗也会变大。楼狮还没来得及解释两句，晨熙就不疑有他，转头叼起营养品咔吧咔吧啃了，又去啃排骨磨牙。楼狮微怔，对小猫崽子这种发自内心的信任感到异常舒心，心情越发愉快。他手上丝毫不停，又给晨熙拆了袋小鱼干。

晨熙被喂得肚皮溜圆，才心满意足地去睡觉。

第二天一大早，晨熙从装他那些小衣服的纸箱里醒过来，迷迷糊糊地抱着终端，点开了社交号。能量先偷一遍，鸡也喂一遍。然后截图，发小群里嘲笑那群起不来的懒鬼。

楼狮刚下楼就听到了窸窸窣窣的声音，走到箱子边上看了一眼，晨熙颇有气势地挥着爪子打跑了别人的鸡，然后抬头对他软软地“喵”了一声，大概是“早安”的意思。

楼狮把晨熙拎到餐桌前边，晨熙趁机又看看今天的新闻。结果一点开新闻，晨熙就看到了很熟悉的字眼。前狮心星盗团第二舰队长碰上了瑞比星盗团一个落单的舰队，来了一场黑吃黑之后，毫发无损地扬长而去。

配图是宇宙中飘浮着的残骸。

新闻写得声情并茂，仿佛写稿人就在现场亲身经历过一样。

楼狮看了一眼晨熙大大咧咧摆出来的新闻界面，微微一顿：“星盗？”

晨熙“喵”一声。

楼狮状似随意地问：“你对这些家伙怎么看？”

晨熙一愣，他从新闻页面上挪开视线，转头看向楼狮。

怎么看？这不废话，当然是用眼睛看。晨熙心里虽然这么想着，但还是十分迟疑。熙熙觉得自己好像在面临一道送命题。小猫崽子思来想去，最终决定站在中立的角度，当一个敬职敬责的“不粘锅”。

晨熙谨慎敲字：“现状来说，大型星盗团相对小型星盗团来说要好一点。”

楼狮随手拿了一包小鱼干开始撕，听到晨熙这么说，来了点兴趣：“怎么说？”

晨熙看着楼狮手里被撕成条状的小鱼干，感觉有点冷，心也有点凉。一个前星盗头子问别人对星盗怎么看，这很让猫不安。

晨熙更谨慎了："因为大型星盗团都拥有自己的星系和势力范围，占山为王，已经不需要依赖劫掠来供养自身了。但小星盗团仍旧依赖劫掠，在正规军鞭长莫及的灰色区域为非作歹，这很不好。"晨熙敲到这里，就不敲了。

楼狮哼笑："想得还挺深。"

那可不，哪个男孩子小时候没有做过星盗梦呢？有点想法实在是很正常的事。

楼狮也很清楚这一点，毕竟是星际时代，虽然很多人一生都不一定能离开他们的母星去宇宙中看看，但他们总是无比向往的。

楼狮把小鱼干撕好，说："我以为你还会就那几个星盗团说个一二三出来。"

其实都不是什么好鸟，晨熙心里小声念叨，中型大型星盗团也基本都是靠劫掠起家的，蛇鼠一窝。不过不同于普通民众，晨熙知道得更多一点。顶尖的那三个星盗团里，只有那个万年老三是真正依靠劫掠起家的。毕竟就算是星盗，也不是谁都能接受一个真正的、彻头彻尾、动辄屠城不把人当人的人设。

楼狮是靠黑吃黑起家的；瑞比是宰了原老大上位的；唯有万年老三，是个彻头彻尾的恶棍。

所以你看，楼狮想洗白就洗白了。

楼狮拍掉手上沾着的碎屑："你好像对星盗并不排斥？"

晨熙疑惑："我排斥他们有什么用啊？"

楼狮挑挑眉，这倒是。没想到晨熙看着傻乎乎的，却出乎意料地看得开。他不再继续这个话题："吃饭，吃完去看看你能不能通过极简模式了。"

晨熙闻言，低头赶紧把早餐吃完，钻进了楼狮口袋里，试图偷一趟的懒。楼狮也不介意，只是在晨熙进入训练场之后，他略一思考，将难度从极简调整到了普通。

难度跨越了两个档次，上边写着：

推荐十五至十八周岁，具有攻击性、杂食类、中型动物且熟练掌握觉醒体的觉醒者训练。

楼狮等在训练场外，看着晨熙在死亡了三十次之后，就明显变得得心应手起来。两个小时之后，晨熙成功通过了普通难度，得到的评价等级是较差，因为他始终在躲藏，而没有展现出攻击性。

等级评价先不说——毕竟楼狮还没来得及教晨熙捕猎。但这才几个小时。系统记录里，成绩最好的觉醒者，从接触普通难度，到通过普通难度，也花费了三天的时间。

晨熙听到小喇叭恭喜他通过的“嘀嘀”声，美滋滋地跑了出来。一头大狮子蹲在外边，见到他出来之后，直接叼起他，激活了旱季草原区，走了进去。

晨熙被楼狮放下，这一放下，小猫崽子就瞬间被枯黄色的草淹没了。晨熙一脸蒙地看着眼前把他包围的枯草，一抬头，就连大狮子的脸都被密集的草穗挡得分辨不清。

晨熙：我看你就是在为难熙熙。

有一说一，这草长得比他高了至少五六倍。

晨熙喵喵叫着，认命地抬起爪子想要往前走，却不知道找哪里下脚。他在这地方，跟瞎了好像没有什么区别。楼狮看着晨熙在草丛里转来转去，转了大半天还没转出十米的距离去。

好，他确定晨熙在丛林区成绩理想，是因为觉醒体本身对环境适应了。

楼狮抬头，喉咙里发出一声低吼，将一只落单的鬣狗机器人喝退。然后他走过去，叼起了察觉到危险，却碍于视线无法逃跑，只能伏低身体随时准备应对的晨熙。

小猫崽重见天日，一眼看到了夹着尾巴逃跑的鬣狗。

晨熙愣了两秒，意识到楼狮刚刚那一声低吼竟然就能把机器人吓退，顿时心生向往。他仗着楼狮在，鼓起脸，压低了嗓子，学着楼狮刚刚的声音，张嘴："喵吼！咪嗷！"

楼狮："……"

晨熙继续练习："喵呜吼！"

"喵嗷！"

"嗷吼！嗷哦！"

"汪！"

晨熙："？"

天杀的云飞扬！晨熙在心里骂了一句，然后咂巴咂巴嘴："喵呜嗷喵——"

楼狮看了一圈被晨熙乱七八糟的叫声吸引来的掠食动物："……"

可闭嘴吧你！

远在另一颗星球上的云飞扬突然打了个喷嚏，他微微皱了皱眉。此时云飞扬正坐在自己的飞行器里，在空间站等待航道维护完毕。他这边是绿色通道——专供像他这种身份比较特殊的私人小型飞船起飞的航道。

云飞扬抬手揉了揉仍旧有些泛痒的鼻子，低头设定了自动巡航之后，一抬起头就看到一架涂装相当惹眼的飞船，从他旁边的航道呼啸而过，转瞬只剩下了一道拖曳的尾光。

云飞扬微怔，而后一惊，那是瑞比的私人飞船。

至于云飞扬为什么知道，那是因为这艘飞船的货单是他亲自交接的啊！

瑞比对涂装和外观的要求高到令人发指，硬生生愁秃了云飞集团足足六个顶尖设计师，他才终于满意。云飞扬对此印象深刻！

那艘以亮金与正红为主色调，如同烈焰一般吸引眼球的飞船，跟“低调”二字丝毫沾不上边，任何人几乎只要看上一眼，就肯定能认出来。

云飞扬转头看了一眼旁边航道上方显示的目的地，发现上边明晃晃地写着：钴蓝星海城。这颗星球距离钴蓝星也就是半天不到的航程而已。云飞扬沉默片刻，干脆地摸出终端，准备给楼狮卖个便宜。

云飞扬：“瑞比去海城了。”

然后云飞扬盯着那个信息发送失败的感叹号，深吸口气，楼狮竟然拉黑他了！云飞扬心里骂了两句，又给晨熙发了条消息过去：“告诉楼狮，老二去海城了。”

但云飞扬等了老半天，也没见晨熙回复他。他心里嘀咕了几句，收到空管提醒可以起飞之后，就放下了终端，缓缓驶入航道。

晨熙和楼狮两个都没带终端。他们此时正在草原区被一群掠食动物松散地包围着。

这个野外模拟训练模式是完全仿原生态的。次一级的掠食者在看到狮群与鬣狗群的时候便瞬间退远，但又不甘于直接放弃，于是便远远蹲着，等待捡漏。

比起危机都蛰伏在层层枝叶与水面之下的丛林地区，草原地区的血腥气要来得直白赤裸许多。哪怕并不在意自己在这种训练之中死亡多少次的晨熙，也不由得安静下来，警惕地观察着周围。

之前那只落单的鬣狗呼唤来了同伴，狮群与鬣狗群对峙着，而楼狮这个多余的、不属于狮群的雄狮就没那么引人注目了。

楼狮叼着猫，毫不犹豫地转头离开。他选择普通的难度，不是闲着没事来玩草原争霸的，而是为了教晨熙捕猎。但楼狮发现，不管他怎么教，晨熙都无法完全适应草原的捕猎环境。

晨熙最终只学会了潜伏和瞬间的爆发，但因为体形限制，又或者是先天的本能，他总是习惯性地选择从高处一跃而下，利用下坠的冲击力来捕捉小型猎物。爪子不够利，咬合力也并不出色。这在野生的猫科动物里，几乎称得上是温和了。

楼狮看着晨熙找到了一个兔子洞，他伸长了脖子四处探看，最后藏在了洞口附近的歪脖子树上，等到兔子探出头来的时候，猛扑而下，一口咬住了野兔的脖子。

“嘀嘀！晨熙选手成功捕获野兔，评价分数提升。”

晨熙尾巴顿时就翘上了天，这只野兔比他要大上一圈，却没来得及反应就被迅速制服了。这说明什么？这说明熙熙厉害！

晨熙尾巴竖着，尾巴尖得意地一翘一翘的。天呀，怎么会有熙熙这样天赋卓绝惊才绝艳的小猫猫呢？

晨熙美滋滋地把那只兔子塞回窝里，重新爬到树上，对这种捕猎的快感上了瘾。他像是发现了新世界一样，在这一块相对安全的区域里，不断地练习着这种捕猎模式。

楼狮趴在一边看着，越看越是确定了晨熙是丛林生物的可能性。晨熙极度排斥碰水，所以生存环境可能不是热带雨林，而是山地丛林。这样子的话，范围一下子就缩小了许多。楼狮沉默地思考着，等他回过神的时候，才发现小喇叭好像已经很久没有响起来了。

他微怔，站起身来，开始四处搜索晨熙的踪迹，然后在远处一棵树上发现了缩成了小白点的一团。楼狮抬步走过去，晨熙蹲在树上，震惊地看着树下边的两头猎豹。

这里并没有真正的野生动物，所有的野生动物都是机器人。这一点，晨熙是知道的。但熙熙现在看到了什么？他看到了两只猎豹在做一些不可描述的事情！晨熙满脸都写着震撼。

你们醒醒！！你们是机器人啊！！就算是模拟野外环境和生态圈

的训练场，也不至于真实到这种程度吧！

晨熙余光瞥见楼狮在往这边走，转过头去，发现楼狮也看到了这一幕。

楼狮："……"

晨熙："喵！"

下边两只猎豹抬头，看到楼狮的瞬间，赶忙打了个滚分开，转头就跑。晨熙猛地一抬爪子捂住眼睛。楼狮沉默片刻，定了定神，走到了树底下，叫了一声。

楼狮低下头，把喵喵乱叫的小猫崽叼上，走出了草原区。他要确认的事情已经确认好了，晨熙也已经明白了捕猎是怎么一回事了。

晨熙被楼狮叼着进入了住宿的地方，几乎是一跃而起，扑向了终端。然后他看到了云飞扬发来的消息。晨熙挠挠头，也不知道老二是谁。他把消息递给换好了衣服走下楼来的楼狮看。

楼狮扫了一眼，不甚在意地点了点头："知道了。"

"喵呜。"趁着楼狮去跟保镖先生谈事情，晨熙又开始翻看有关猫科觉醒者的内容。

哪怕先前任航跟他说过这种可能性，但晨熙在亲眼看到了满屏的"男性猫科觉醒者那方面可能不太行"的猜测后，还是感觉万箭穿心。

晨熙哽住，晨熙瞳孔地震，晨熙深吸了口气。

不，不可能！这必定是不可能的！等熙熙神功告成，变回大帅哥，这个谣言就将不攻自破！

晨熙愤怒地关闭了网页，冲进餐厅里，以杀人的气势吃掉了两大块牛排，在楼狮稍显惊讶的注视下，气势汹汹地蹦下了餐桌，冲向了训练场。

猫猫永不为奴！晨熙冲啊！！

楼狮看着杀气腾腾蹿出去的晨熙："还挺努力。"

保镖先生心中略显欣慰："是好事。"

毕竟之前在庄园里的时候，晨熙基本上每天就是吃饱了睡，睡醒了玩，玩累了吃，吃饱了又睡，如此循环。

楼狮也觉得是好事。他收回视线，看向眼前庄园的投影。

那架无比显眼的飞船，此时停在了南丰庄园大门口。瑞比带着他的两个下属从飞船里下来。楼狮扫了一眼那两个下属，都是熟面孔。

瑞比纵横宇宙这么多年，但因为被觉醒体影响，外表纯洁得就像是一个还没毕业的男大学生。跟楼狮这种一看就不是好人——至少不会令人心生亲近的模样不一样，瑞比乍一看去就特别无辜，特别纯良。他当年就是凭着这张脸，骗过了原星盗团上上下下，然后宰了当时的老大上位的。

一个下属低声问："老大，我们直接进去吗？"

"里边已经没人了。"

瑞比听觉极为灵敏，他左右看看，然后对着监控探头，竖了个中指，转头上了车。保镖先生心中升起几分失望，他可是在庄园里布置了不少惊喜。失望之后，他调动监控看了一眼，发现瑞比这是直接奔着蓝湾来了。

楼狮把最后一口羊排塞进嘴里，擦嘴："打开大门。"

瑞比来得很快。他在吊桥之外下了车，然后打发属下，让他们自己去逛："难得来一趟觉醒者才能进来的地方，你们随便去逛逛。"

监控那头的楼狮没拦着。他也不需要拦着，在不打架的时候，瑞比的下属相当知进退。

两个下属相互看看，小声说："老大，给楼狮找点麻烦吗？"

瑞比露出草食动物的柔和微笑："找啊，为什么不找？"他说完，就走上了吊桥。两个下属利落地转身，想办法给楼狮找麻烦去了。

楼狮看着坐到他面前的瑞比，慢吞吞地说："来找我做什么？"

"谈生意。"瑞比挂着他标志性的草食动物式微笑，柔柔弱弱地说道，"跟我合作，宰了那条黑曼巴，他的势力我们平分。"

黑曼巴是星盗团里那个无恶不作的万年老三，他的名字是后来改的，非常干脆地改成了觉醒体的种类名——黑曼巴蛇的黑曼巴。这人行事作风荤素不忌，得罪到瑞比头上也不是什么意外的事。但那跟他楼狮有什么关系？

楼狮喝了口茶，眼也不抬：“不谈，滚。”

瑞比像兔子一样咔嚓咔嚓地啃着饼干，仍旧是那副柔柔弱弱的腔调：“要不你六我四也行。”

楼狮敲敲桌面：“二八，你二我八。”

瑞比露出了忧郁的神情，温声道：“放屁，大白天的做什么梦呢？”

楼狮毫不犹豫：“不谈，滚。”

“三七，最多三七。”

“滚。”

瑞比无奈地轻叹口气：“二八我也太亏了，四六，我四你六，事成了战利品给你先挑。”

楼狮略一思考：“这倒是可——”他话音未落，警报就呜啦啦地响了起来。

楼狮抬眼一看跳出来的警报监控，发现监控里，瑞比带来的那两个下属，正面撞上了出来调整训练难度的晨熙。

晨熙愣住，那两人也愣住。两方面面相觑数秒，穿着淡蓝色小衣服的白色猫崽子率先礼貌地“喵”了一声。

瑞比的两个下属突然想起先前听到过的，他们老大嘲讽楼狮闲着养了一只猫的传言。

养只猫？所以，这是楼狮养的猫？就这么毛茸茸的、白白的、小小的……你别说，还……还挺可爱。

两个人相互看看，突然灵机一动计上心来。他们向着乖巧蹲坐在那里的猫咪走过去，然后以迅雷不及掩耳之势，抱起猫就百米冲刺，钻进了飞船，绝尘而去。

晨熙被放在飞船的座椅上，满脸茫然还带着点蒙圈。其中一人温柔地拍了拍他的脑袋："咪咪，你被绑架了。"

晨熙："……"

你们有病吧？你们的脑壳是不是有问题？！晨熙内心翻涌着一万句污言秽语。

大意了！他见到这两人的时候，想着楼狮之前说过已经清场的事。按理来说，能在楼狮清场的情况下，还走进这里到处溜达的人，多半都是楼狮相当重要的客人。

这不是理所当然的事吗？晨熙觉得自己可礼貌了。毕竟是老板的客人，他也用不着防备，谁知道竟然是偷猫贼！

晨熙哽住，这谁想得到？这谁都想不到啊！我怀疑这两个人脑子有问题。绑架一只猫能干啥？晨熙想到这儿，微微一滞，随即眉头一皱，惊觉此事并不简单。

他不只是一只猫啊！晨熙突然意识到，他现在可是个觉醒者！

晨熙头一次对自己已经完全不同于普通人的觉醒者身份有了如此切实的认知，心中顿时生出几分惊恐来。难不成是人贩子？晨熙十分紧张。觉醒者很珍贵，就算不是幻想种，也很珍贵。

晨熙实在想不通，为什么人贩子能跑到楼狮的地盘里来。到地盘里来就算了，竟然还没有触发警报。晨熙记得这个酒店里，明明四处都是监控探头和巡逻机器人来着。

他不安地抓着爪子底下的坐垫，抬头看看在飞船里坐着的两个男人，对比了一下彼此的体形和力量之后，不禁流下了卑微的泪水。

也不知道老板什么时候会发现他不见了。晨熙哽咽着算算时间，觉得距离吃完午饭估计才过去一小时不到。

完了，晨熙两眼一闭。这要是吃晚饭的时候才发现他不见了，出来找加上报警的时间，他估计都已经被带离钴蓝星了。

晨熙心里拔凉，不禁回忆起云涟漪在其他世界中的那些千奇百怪的遭遇，比如被拐卖、被绑架、遭遇人体试验、宇宙流浪……甚至因此而走上成为星盗头头的争霸道路。拳打瑞比，脚踢黑曼巴，终成一代星盗女皇，坐拥后宫美男无数，管她能猎取的不能猎取的，照单全收。

晨熙早先沉浸在这种震撼中时，疯狂看帖。他甚至还看到云涟漪不想唱歌，转头去学厨，硬是闯出了一条与众不同的事业线。

但现在问题来了，他是晨熙，不是云涟漪啊！

云涟漪那么牛的原因，他心里没数吗？！还不是因为她是幻想种！可是熙熙不是啊！

被拐卖也好，被绑架也好，遭遇人体试验也好，他都完全没有想过。晨熙想到自己以后可能要过上啃着窝窝头，饭里没有一滴油的日子，心中大恸！

呜……早知道还不如去觉醒学校呢。

坐在晨熙旁边的男人看着晨熙低落的样子，试图逗猫："咪咪。"

滚啊！！晨熙对这个陌生人露出了十二万分的抗拒，但他的抗拒似乎并没有传达到位。

那人抬头看向驾驶座上的同伴："猫一般吃什么？"

他一边问一边翻找起飞船上的零食来。

另一个人也不太懂："鱼吧。"

"哦。"那人翻出了一包鱿鱼丝，"咪咪。"

滚！晨熙一动不动，猫不能吃鱿鱼！

"唉，它不理我。"那人收回鱿鱼丝，有点忧愁，"估计是吓到了。"

你这不废话，谁被绑架不会被吓到？！

"但真可爱啊。"那人叽叽歪歪，"比老大的觉醒体可爱多了。"

你夸我也没用，晨熙冷笑一声，然后竖起了耳朵。

不要误会，熙熙只是听到了"老大"这个关键词而已，并不是很想听这两个人贩子说他可爱！

驾驶座上的人扬声道："别瞎说，垂耳兔不可爱吗？"

"可爱？我就没见过浑身肌肉的健美型垂耳兔，抱起来跟秤砣一样，摸上去都是硬邦邦的肌肉。"那人小声抱怨，"这只猫就不一样，楼狮挑宠物的审美不错。"

晨熙抖了抖耳朵，面无表情地听着，终于知道绑架他的幕后黑手是谁了。这必然是针对老板的阴谋！

瑞比！我跟你往日无怨，近日无仇，甚至没有跟楼狮分享你追求云涟漪失败的一百个原因！

晨熙气死。

唯一的好消息大概是，这两个人好像不知道他是个觉醒者。

晨熙爪子在座椅上动了动，试探着"喵呜"了一声。那两个人一顿，齐齐转头看向后面座椅上的猫崽子。两人一猫对上视线，晨熙又"喵呜"了一声。那两人顿了顿，向着晨熙也"喵呜"了一声。

晨熙："？"

晨熙："喵呜。"

两人："喵呜。"

晨熙："喵。"

两人："喵。"

…………

弱智吗你们？晨熙真的感觉他们有点弱智。不过他们好像真的不知道熙熙是觉醒者！

那他们偷猫到底想干吗？！

就在这时，晨熙听到了后边由远及近的警报声。晨熙听到其中一人咂舌："楼狮的机器人追上来了。"

啊！！！我老板是神！！！

晨熙一个激灵，倏然抖擞起精神，直起身子扒在座椅靠背上往后看去。他看到了一大群各种各样的野生动物，比如草原的象群与雨林巨蜥，突破了生存地域的限制，一同奔袭着，像极了大草原上种群迁徙的盛景。

晨熙感动得眼泪都要掉下来了。我的老天爷！绝对是大手笔！！我晨熙这次要是没出事，生是楼狮的猫，死是楼……晨熙脑子里话还没转完，就看到跑在最前面的大象额头上突然开了个洞，缓缓探出了一个炮筒口。

这是什么玩意儿？！晨熙惊恐万状，吓得瞬间缩了回来。他抬头看了一圈周围，窗外的景象被拉成一条条色彩杂糅的线。一道红色的光线一闪，被坐在驾驶座的司机一个甩尾摆掉，在惊险擦过的车窗上留下了一道漆黑的痕迹。

这种场景，晨熙在战争纪录片里看过，是激光武器——高精度、高穿透、高热度，当代战争武器首选。晨熙眼前一黑，他看到激光不停地擦过飞船外围，整只猫都被飞船的疯狂漂移甩来甩去。

晨熙：“……”

停火！停火！！有友军！有友军啊！！！啊啊啊！！晨熙满心崩溃。我只是一只小猫猫，我为什么要经历这些啊？！

第六章

瑞比·狡诈的垂耳兔

被楼狮拿枪顶着脑袋的瑞比，也在思考这个问题：我只是一只可爱的垂耳兔，为什么要经历这些？

他脚尖微动，楼狮直接拉开了保险栓：“你跑一下试试。”

保镖先生已经在事情发生的瞬间迅速追上，但楼狮为了制住瑞比，选择留了下来。瑞比这只兔子，除了听觉相当敏锐，还有个非常厉害的专长——

特别擅长跑路。

兔子本身的专长也就这两个，瑞比将此二者练得登峰造极。他要跑，一般人都追不上他，所以他的属下也相当放心把他留在这里。

瑞比靠在椅子上：“你至于吗？一只猫。”

“那是我看中的觉醒者。”楼狮说着，眼中渐渐显出几分瑞比所熟悉的颜色，那是一言不合就真的要开枪的样子，“你最好有个能说服我的理由。”

“哦……”怪不得了，瑞比观察着楼狮的表情，说道，“他们大概以为那就是只普通的猫——毕竟他俩又不是觉醒者，不知道你这里的名堂。”他说完，干脆站起身来，拍掉身上的饼干屑，“都听说你养猫了，估计是当成你养的猫带走了。走吧，带你去临时据点。”

楼狮看着瑞比，慢慢地放下了手中的武器。他们坐上车，楼狮不急不缓：“你得赔偿精神损失费，我的，还有那只猫崽子的，还有发动那些机器人的消耗和维护费用。”

瑞比向楼狮露出一个清纯男大学生式的无辜微笑：“你在做梦！”

楼狮仿若未闻：“二八分，我先挑战利品。”

“你听过一首歌吗？”瑞比问，“那首歌叫《大梦想家》。”然后他唱起来，“一个一个梦飞出了天窗……”

楼狮决定放弃这次合作，并找几个舰队长去洗劫瑞比的一两个据点。瑞比毫无所觉。他哼着歌，带着楼狮到了距离蓝湾挺远的一个废弃仓库，拉开了破破烂烂的铁门。

晨熙眼睁睁地看着那些机器人被甩远，松了口气的同时心又倏然揪紧了。虽……虽然没有了被友军送上天的危险，但是就结果来说，好像仍旧没有好到哪里去啊！

晨熙看着甩脱了机器人，已经平稳进入航道的飞船——现在都不需要看外表了，从内里看也已经是千疮百孔。

晨熙眼巴巴地看着渐渐远去的蓝湾，以及目标渐近的废弃仓库，心里拔凉拔凉。

老板你报警了吗？老板你记得报警啊，熙熙好惨啊，呜呜。晨熙蔫搭搭地低着头，吸了吸鼻子，被带进了仓库里。

外表看起来破破烂烂的仓库，往地下走，有一个巨大而干净的空间。

晨熙被放在了一块鹅黄色的软垫上，白色的小猫崽穿着浅蓝色的小衣服，低垂着脑袋坐在鹅黄色的软垫上，这画面看着，就好像周围都被打上了一层厚厚的柔光滤镜，连这大而空荡的地窖也变得温柔起来。

一人咬开存放在这里的酒，轻嘶一声："咱们回去能不能跟老大申请养只猫？"

"我看这只就挺好。"另一人接话，他搓搓手，"不知道楼狮肯不肯割爱。"

不肯！滚！做你的春秋大梦！祝你们出门被绑架，并且年年有今日，岁岁有今朝！晨熙心里再一次涌出一万句污言秽语。

"老大什么时候回来？"

"应该快了。"

他们话音刚落，地窖的木门就被人一脚踢出个窟窿。在地窖里的两人一猫迅速抬头，纷纷露出警觉的神情。

晨熙微微俯下身，准备在门打开的瞬间，尝试着冲出去，自救永远比等待救援要好。他盯着踢出了窟窿的那只脚，却意外地发现它没收回去，就卡在窟窿里，不动了。

晨熙："？？？"

你动啊！你动一动啊！！你不要放弃啊！！！你开个门，给熙熙一个跑路的机会行不行？

晨熙内心疯狂给外边的人鼓劲。

瑞比在外边，单脚站着，被楼狮和早已经到达的保镖两个人以看弱智的眼神注视着，脸上属于清纯男大学生的笑容一点点凝固。

人这一辈子，总会有那么几个一回忆起来就想疯狂寻找时光机的时刻。

就比如瑞比。

就比如他的现在。

瑞比低头看看自己卡在门里的脚，深吸口气，再一次往外抽了抽脚，但脚就是卡在那里，纹丝不动，瑞比感觉自己要窒息了。

被多年对手围观这种尴尬时刻到底是一种怎样的体验？一般般，基本上也就是想杀人的感觉。

楼狮好整以暇，他刚刚隔着门听到了一声猫叫，中气十足的，听起来一点事都没有。于是他干脆往后退了一步，在旁边看戏。

你看什么看？回头就把你据点端了！瑞比气死。

像这种临时据点，维护的频率其实并不高，一般也就是在决定到达之前，会让身在目的地的底层成员率先打扫维护一下。

而作为据点，哪怕只是临时的，在层层伪装之后真正的大门，也一般都是防弹钢板。就算外表看起来是平平无奇的木门，其实质也是一层一层的防弹钢板。但显然，这张门被人做了点手脚，钢板估计是有点偷工减料，而瑞比踹门的时候，好巧不巧正中红心，现在脚被卡在钢板中间，出不来了。

楼狮十分缺德地嘲讽："看来你给底层维护人员的工资挺低的。"

不然也不会偷钢板，这种防弹钢板在黑市上可贵了。

楼狮看着这只兔子表演了好一会儿，终于失去了耐心，一枪崩了门口的锁扣，然后收好枪，也不管瑞比的脚还卡在门上，毫不犹豫地推门而入。

瑞比被门带着单脚小碎步蹦跶，转头看向楼狮，满脸都是想要徒手撕狮的狰狞表情。

晨熙趴在软垫上，看着门打开的一瞬间，脚一蹬，在旁边两人毫无防备的时候，宛如一道白色的闪电一般冲了出去。刚迈步走进来的楼狮，看着迎面向他冲过来的晨熙，眉头一挑。

晨熙微怔，宛如看到亲人一样，"喵嗷"一声，后腿一蹬，直接往楼狮身上一跳。

呜啊啊啊！！老板啊！！！

楼狮反应迅速，抬手一捞，接住了像颗小炮弹一样冲过来的猫崽子。晨熙扒拉着楼狮的衣服，吸着鼻子，无比委屈地喵喵喵。

“喵！喵嗷！喵呜！”

虽然语言不通，但楼狮也能从小猫崽子的声音里听出委屈来。他给晨熙仔仔细细地检查了一遍，发现他除了毛有点脏，半点受伤的痕迹也没有。

楼狮倒也不意外，晨熙在那些机器人的白名单里，现在的飞船用的又都是防爆的新材料，再加上瑞比手底下的人在跑路这一方面都跟他们老大学了个十成十，晨熙受伤的可能性趋近于零。但有把握归有把握，该表演的还是要演完，不演怎么讹瑞比？

楼狮捏了捏猫崽的爪爪：“受伤了？”

“喵！”那倒是没有，晨熙仰头看着楼狮，无比骄傲地挺了挺胸膛。

熙熙运气好，每一次都完美闪避了受伤的可能性！在枪林弹雨之中穿梭自如，如入无人之境！换了谁来能这么厉害？没别的，就是很牛！

楼狮：你也不用这么实诚，搞得都不好讹兔子了。

楼狮垂眼看着晨熙，心中微微叹气。算了，猫平安就好。他这么想着，刚准备带猫走人，就看到晨熙目露了然，然后在他掌心里一躺，接着，声音极轻地“喵”了一声。

楼狮没想到晨熙这突然就搭上戏了，他停顿片刻，眉头一皱：“哪里受伤了？”

晨熙满脸都写着虚弱，然后抬爪子摸了摸自己的心。

心受伤了！胆吓破了！连毛都多掉了几根！！遭受到了强烈的打击，凶手必须被绳之以法！必须赔钱！必须被重判！

“喵呜！”赔钱！赔钱是重点！

楼狮跟晨熙心有灵犀，转头看向瑞比。晨熙顺着楼狮的目光看过去，这才发现旁边还有个人。他看到瑞比时微微一怔，然后浑身毛奓起来，龇牙冲他哈气。晨熙当即一翻身爬起来，小爪子啪啪拍着楼狮的掌心，告状："喵！喵喵！喵呜！"

就是他！就是这个瑞比！绑架熙熙的幕后黑手就是他！老板你怎么跟他一起来的？老板你是不是被骗了啊？老板你别看这人一副乖乖巧巧的样子，觉醒体还是只柔弱的垂耳兔，但他实际上是个星际盗贼啊！

"喵嗷！"

你知道这只兔子还有什么昵称吗？兄贵！袋鼠！拳皇！还有钢铁加鲁鲁兔！

楼狮听不懂这么复杂的猫语。他指尖一翻，按着晨熙让他重新躺回去，让他继续装虚弱。晨熙恍然想起他好像还在表演。小猫崽子顿时柔若无骨，满脸"我好柔弱"的神情，躺在楼狮手上，四只爪爪抱着楼狮的手腕，委委屈屈地喵喵叫。

你们这是碰瓷！目睹了一切的瑞比先生，真心觉得猫崽的演技有点差。

晨熙和楼狮才不管演技，意思到了就行。反正现在是瑞比有求于楼狮。楼狮给了瑞比一个"你自己看着办"的眼神，然后施施然抱着猫，带着保镖走了。

瑞比轻啧一声，看着自己还卡着的脚，转头看向那两个属下。这俩人发觉自己可能做错了事，缩着脖子躲在一边，一声不吭。

"愣着干吗！来帮忙！"

两个属下小媳妇似的走过来，一靠近就被瑞比抽了两下脑袋："搞事！搞事！一天到晚搞事！"

属下捂着脑袋："不就是只猫吗？"

"是觉醒者。"瑞比翻了个白眼，然后干脆跳过这个话题，"把负责维护这里的人宰了。"

"好的，老大。"属下应了一声，把瑞比的脚拯救出来，迟疑了一瞬，但还是搓了搓手，期期艾艾道，"老大，咱们总部基地养只猫怎么样？”

他们的基地里只养了一堆兔子。

瑞比一顿，转头对他们露出个无比灿烂纯洁的笑容：“你们对兔子有什么意见吗？”

好养，好摸，肥了宰了可以吃肉，皮毛扒了可以制衣卖钱。浑身是宝！猫可以吗？猫做得到吗？

瑞比想了想刚刚像颗炮弹一样冲进楼狮怀里的猫崽，轻啧一声。哪能哪只猫都跟楼狮养的这只似的。除非能把楼狮的猫偷过来，不然在基地里养猫这事免谈。

“联系云飞扬。”瑞比终于双脚落地，“让他派人来给我把飞船修一修。”

下属们垂头丧气，看着瑞比要走，微微一怔：“老大，你要去哪里？”

“去楼狮那里。”瑞比脸上挂着儒雅随和的笑容，“因为你俩太菜，我只能上赶着去被碰瓷了。”

下属缩了缩脖子，不敢吱声，一个去找维护人员的麻烦，一个去联系云飞扬，脚底抹油跑得飞快。

楼狮带着晨熙上了车，在回去的路上，晨熙蹲在楼狮腿上，一顿激情嘴炮。

“喵！喵喵！”老板你知道吗？云涟漪拒绝瑞比的理由之一，就是这只兔子一年 365 天有 365 天不正经！

“喵！喵呜！”老板你知道吗？云涟漪拒绝瑞比的理由之二，就是这只兔子的觉醒体简直就是袖珍版的袋鼠！

“喵呜！”老板你知道吗？云涟漪拒绝瑞比的理由之三，就是兔子看起来太纯洁了，像个弟弟！

晨熙疯狂输出“瑞比找不到老婆的理由一二三四五”，落在楼狮耳朵里就是软绵绵甜腻腻的猫叫。

楼狮把自己的终端塞给了晨熙，猫叫声霎时一顿。晨熙抱着终端，愣了半晌，反而不知道能说什么了。他总不能把刚刚说的事，真的打字告诉楼狮。唉，不能分享这些秘密，真是熙熙此生最大的遗憾。

晨熙想了想，敲字："老板，你报警了吗？"

"报警？"楼狮微怔，这个选项还从来没有在他这里出现过。

晨熙也觉得楼狮八成不会报警。前任星盗头子再遇事不决，肯定也不会报警。但老板，你现在已经不是星盗了。我们是良民！遇到这种事情，当然是报警啊！

良民晨熙语重心长地敲字："报警呀，私闯民宅，拐卖人口未遂……"晨熙字敲到这里，一顿，"老板，刚刚跟你一起来的那个人跟你什么关系？"

楼狮眼也不眨："商业合作。"

商业合作……已经洗白的前星盗头子跟现任星盗头子有点交易好像也挺正常的。熙熙完全可以装不知道。

晨熙："也是来帮忙救援的吗？"

楼狮想了想，点头，也能这么说。

不是的啊！绑架熙熙的人是瑞比的属下！晨熙生气了，瑞比果然骗我老板！无耻！！！

楼狮低头看了突然凶狠地咬起自己尾巴的晨熙一眼，开口："不过你说得也是。"

楼狮微微眯着眼，撸着猫下巴，看着猫崽子以肉眼可见的速度融化成一摊牛奶，又捏了捏猫爪子。

"那就报警吧。"楼狮吩咐坐在前边的保镖先生。

保镖先生愣住。

您是认真的吗？保镖先生满头问号。咱们什么时候报过警？咱们从来都是跟警察对着干啊！咱们到现在都在警察的黑名单上呢！头儿！你清醒一点啊！报警这事传出去，狮心还要不要混了！

“头儿……”随意听信猫言猫语不可取啊！

楼狮掀掀眼皮：“嗯？”

保镖先生见自家头儿半点没觉得有什么不好的样子，不禁沉默许久，才艰难道：“呃……好的。”

晨熙半点不懂保镖先生内心的挣扎。他喉咙里发出咕噜噜的声音，尾巴尖一翘一翘的，然后啪啪敲字：“我听说举报的话，好像最高可以拿一百八十万的奖金！”

楼狮点头：“好。”他说完，抬头再一次看向了前方的保镖先生。

保镖先生挣扎许久，终于含泪报警。

瑞比这一次失去了从正门被放进来的殊荣。但没关系，翻墙他很熟练。瑞比翻墙进来，躲过机器人的巡查，低头看看时间，发现他还能在楼狮这里蹭个晚饭吃。

妙哇！

瑞比美滋滋地往酒店的住宿区走，扫了一眼疯狂“嘀嘀”响的终端，发现他的下属发来了临时据点被查的消息。下属怀疑是那个还没被抓到的维护人员反水，把他们举报给警察了。

一个临时据点而已，瑞比随意地点击已阅。刚踏进住宿区，就看到平时跟在楼狮身边的保镖，此时正满脸忧愁地坐在大门口抽烟。被他当成烟灰缸的，是一面巨大火红的锦旗。

瑞比微怔，定睛一看，锦旗上写着：

赠

楼氏清洁能源集团楼狮先生

刚正不阿道德高尚

见义勇为社会良心

落款：

海城蓝湾区公安局

保镖先生深吸口烟，整个人看起来仿佛老了十岁。

锦旗？！还是警察送的？！

瑞比惊了，他抬脚走过去，想近距离拿起那面锦旗仔细观摩一下——如果可以的话，最好再拍个照留念……结果他刚一往前迈步，那面锦旗就被保镖先生胡乱团成一团，不给他看了。

瑞比一咂舌："别那么小气，再让我看看。"

保镖先生快快地看他一眼，那眼神沧桑又神秘，还隐约带着一丝神性的悲悯。

一个眼神给戏这么多？

"你来这里，还有事吗？"保镖先生坐在台阶上，冷冷淡淡地说。

瑞比半点不在意他的冷淡，甚至露出笑脸："来确认合作细节。"

保镖先生深吸口烟："我们头儿说不干了。"

瑞比惊讶："他不要赔偿了？"

"赔偿？"保镖先生一顿，看向瑞比的眼神愈发悲悯。他忍了忍，没忍住，声音微微提高了："你来谈赔偿的？"

瑞比眉头微皱："不然呢？"

没见过上赶着来感受羞辱的，保镖先生沉默片刻，站起身："你进来吧。"

瑞比到廊檐下的时候，晨熙已经换了身鹅黄色的小衣服，待在面向海洋的沙滩椅上，一边做日光浴一边玩。沙滩椅上放着个小软垫，小猫崽子蹲在软垫上，脖子上挂着个终端，使劲撕咬着被他按在爪子底下的小鱼干。

就那股劲儿，不知道的还以为他跟小鱼干有什么深仇大恨。

那可不是吗？流血之仇，断牙之恨！没经历过的人根本不会懂！

晨熙按着小鱼干，叼着边缘，使劲往上一撕，好不容易撕下了一小条，整只猫顿时像是陷入了快乐之中，连尾巴尖都翘了起来。

晨熙咬着小鱼干碎片，高兴地晃了晃尾巴，十分满足地躺下来，转头冲着坐在旁边的楼狮喵喵叫了两声。余光瞥见保镖先生进来了，转过头，却一眼看到了跟在保镖先生背后的瑞比。

晨熙顿时怒从心起，一脚踹开小鱼干，站在软垫上，冲这位来客凶狠地龇牙。可瑞比怎么会害怕一只小猫猫呢？他走过来，对楼狮说道："你家小朋友好像不怎么喜欢我。"

楼狮偏头看看晨熙："小动物的警觉而已，证明你不是个好人。"

瑞比笑了一声，给自己拉了个凳子坐下："来继续谈谈合作。"

"喵！"还敢谈合作？先赔钱！举报的奖金据说还在走流程，但兔子的钱可以先讹一讹。

晨熙叼着小鱼干跳上桌面，啪啪拍桌子："喵呜！"

楼狮把他嘴里的小鱼干拿出来，不急不缓地撕碎，然后抽了张纸出来把它包好，递给晨熙："去一边玩去。"

晨熙下意识地叼住小纸包，然后缓缓打出了一个问号。晨熙简直不敢相信。大敌当前！老板你竟然赶我走，让我一边玩去！

晨熙叼着纸包，"喵呜"了一声。一边玩去就一边玩去！

晨熙转过头，进了屋子，躲到房间里，气哼哼地扒着纸团，飞快地把里边的小鱼干吃完，拿起了终端。刚一打开终端，晨熙就看到寝室小群里很热闹，再仔细一看，发现是任航终于正式拿到了楼氏的 offer（录用通知），实习工作总算是切切实实有了着落。

是喜事啊！

晨熙熙："天哪，航航终于咸鱼翻身重新当狗了！"

任航航："今天哥哥心情好，不削你。"

晨熙熙："说得你削得到似的。"

任航航："有本事报地址。"

晨熙嘻嘻一笑，"嗒嗒嗒"地跑到窗台边上，对着一望无际的蔚蓝色海洋拍了张照，然后无比得意地向小伙伴们炫耀。

晨熙熙："跟随老板度假，在蓝湾的私人酒店，嘻嘻。"

任航航："……"

沈深深："有股味儿！"

叶朗朗："天啊！是柠檬的味儿！"

晨熙抱着终端，看着被柠檬包围的三个小伙伴，瞬间就把赶他走的楼狮抛之脑后，咸鱼一样仰躺在飘窗窗台上，两只后爪一晃一晃。

晨熙敲字："再给你们一剂猛的——这里如果不是服务员或者是被老板带过来，只有觉醒者能进。"

群里安静了一瞬，下一秒百年老陈醋被打翻，酸飘四邻。

晨熙美滋滋地看着兄弟们对他的抨击和辱骂，迤迤然敲字："熙熙运气就是好。"

沈深深："根据我多年经验，你这种找打行为，最后都真的会被打。"

晨熙低头看看自己的爪子，想到自己觉醒者的身份，瞬间膨胀，十分不屑地说："呵，恕我直言，你们根本打不过我！"

另外三人齐齐骂了一声。

沈深深："他是吃了什么这么膨胀？"

任航航："吹气球都跟不上他膨胀上升的速度。"

叶朗朗深表赞同："老四非常欠缺毒打教育。"

叶朗朗说完，激情敲字："航航发红包！"

任航航："你不是要教育老四吗？"

沈深深："老四要教育，但红包也不可缺少。"

叶朗朗："妙！深深深得朕心，小孩子才做选择，大人当然全都要！"

任航又骂了一声。

他低头翻着社交号上的余额："我社交号没余额了。"

叶朗朗："妖孽！休想逃！"

沈深深："竟然用这么老土的借口。"

晨熙一看自己社交号上足足五十块钱之巨的余额，顿时抖擞精神，开始敲字："我社交号上有钱。这样吧，你给我财富号打钱，我用社交号转给你，转账的手续费我只收你50%，怎么样？这个交易是不是非常合理！"

任航航："经商鬼才？"

沈深深："我只收49%，这个生意，弟弟可以，哥哥也可以！"

叶朗朗："我跳楼价，只收30%，还支持国内外两百余种货币兑换。"

任航航忍无可忍："滚啊！！！"

晨熙叹了口气。堂堂男子汉发个红包还婆婆妈妈的，成何体统！他这一口气还没叹完，群里就弹出一个红包界面来。晨熙以迅雷不及掩耳之势飞速点开红包。

红包打开，上面写着一排字——

红包已经领完，下次请赶早哦。

损失一个亿！

晨熙点开红包详情，看着任航发的88.88大红包，竟然只发了三个名额！

三个！！任航其心可诛！！

晨熙深吸口气："你们也不必如此针对不跟你们在同一个网络之下的弟弟！"

叶朗朗慢条斯理："成年人的世界就是这样赤裸残酷，熙熙学着点。"

行，从今天开始，你们休想再看到一颗完整的能量球和一只完整的鸡！熙熙现在就去把你们庄园里的鸡全杀了！！

晨熙愤怒地点进兄弟们的庄园，挥舞着刀，屠鸡杀狗，看着鸡鸭鹅狗咔咔死了一片之后，冷笑一声，十分鸡贼地把自己的庄园圈上了篱笆。

三人反应过来，暴怒！

三人："晨熙！！"

"成年人的世界就是如此残酷，你们这群小弱鸡学着点。"晨熙说完，缓缓地关闭了聊天窗，美滋滋地出了口气。

嗨呀，舒服！晨熙感觉自己通体舒泰，甚至觉得瑞比都没有之前那么让他不爽了。

小猫崽子蹦蹦跳跳地离开了房间，转头去了厨房，试图偷吃。结果他刚一进门，就被案台上的血腥画面吓得往后大退两步。

案台上整整齐齐地码着两大排兔头，涂满了油脂和香料，正在腌制。晨熙看着兔头，感觉自己头有点冷。

楼狮跟瑞比面对面坐着。楼狮不疾不徐地喝了口茶："都这样了你还继续来找我，黑曼巴到底怎么你了？"

瑞比脸上笑容变得浅淡，然后消失，冷淡道："他想侵占我的家乡。"

怪不得了，楼狮点了点头。

瑞比是出了名地念旧，也是出了名地恋家。虽然他现在的家基本上是星盗团的基地，但他对于自己出生的星球是相当有感情的。楼狮记得，瑞比当初上位之后，做的第一件事，就是把那颗星球纳入了保护之中。

黑曼巴想吞哪个星球不好，偏偏选中了瑞比最喜欢的那个，难怪瑞比会过来找他联手。

如果晨熙听到了他们的对话，他就会意识到论坛上讨论的情节又发生了。虽然云涟漪沉迷偶像事业无心恋爱，但时间点到了，该发生的仍旧是会发生的。

就比如黑曼巴和瑞比的冲突。

真正影响整个宇宙局势的事件，其实只有三件：第一件，是隔壁国家那位军神意外受重伤，不得不暂退休养；第二件，是黑曼巴和瑞比的冲突；第三件，是某著名影帝所隐藏的黑暗。

其他的就是一些支线内容了，就比如这里的云涟漪，骨骼清奇，对那些花里胡哨的男人们看都不看一眼。

不过这些都跟晨熙没有关系。他一点都不关心什么宇宙大势，也并不关心云涟漪找了哪个对象谈恋爱。比起关心这个，他还不如考虑一下今晚上能不能有兔头之外的东西进肚。

熙熙真是小看你了，老板，没想到你浓眉大眼的，心眼竟然也挺小。

晨熙转头出了厨房，往楼狮那边走，就听到楼狮跟瑞比已经敲定了合作。

瑞比又摆出了那副弱小可怜无助的笑容，看向走过来的小猫崽，问："小朋友，有没有兴趣跳槽啊？"

晨熙一愣，楼狮面无表情。

"楼狮许诺了你什么东西？我给你双……不，三倍！"

晨熙浑身一震。

三……三倍！足足三倍！！一万一的三倍，就是三万三！天哪，怎么自己突然就一跃成了有生之年也许能在海城买个公寓的人？！

不不不不，熙熙冷静一点。

瑞比是星盗！你怎么能去当星盗呢？可……可是……如果真的

给……三倍……

晨熙的内心剧烈震动。

楼狮看着动摇得不能再明显的晨熙，伸手把他拎起来，晃了晃，不太愉快地说道："想什么呢？"

"喵呜。"晨熙舔了舔鼻子。

也没想什么，就是……有那么一点点的心动。

瑞比也看出了点名堂，顿时来了劲，指责楼狮："你别干扰人家做决定，都是觉醒者了，要学会自己选择未来的道路。"

楼狮看着疯狂拱火的瑞比，从鼻腔里挤出一声不屑的轻哼。晨熙被拎着，四只爪爪悬空。他深呼吸，感受了一下自己胸腔里活蹦乱跳的良心，向瑞比伸出了两只前爪，然后努力张开了爪爪。

瑞比眉头高扬："十倍？"

晨熙看看瑞比，十分严肃地点了点头，然后又缓缓向他伸出了两只脚。

熙熙的良心，值这个价！！

瑞比：您几个菜啊，喝成这样？

楼狮笑了一声。

瑞比不可思议："现在的小朋友都这么膨胀……"他话音未落，就看到保镖先生满脸憔悴地带着一个穿警服的人走了进来。

瑞比呆怔片刻，猛地起身，转头看向平静品茶撸猫的楼狮："你害——"瑞比话没说完，那个穿警服的人便大步走过来，带着喜气洋洋的笑容，向楼狮敬了个礼。

"感谢楼狮先生，您举报的地方我们已经查明了，是瑞比星盗团的临时据点，虽然并没有抓到那些恶徒，但收获了一条非常有用的线索，非常感谢您的举报！"

警官说完，高兴地示意在座的各位看门口。两个扛着牌匾的机器人走进来。晨熙转过头，看到牌匾上边写着八个大字：

正义卫士 警民一家

牌匾下边一排小字，写着：

楼狮先生举报有功，特此颁发奖励金一百三十万元整。

晨熙眼睛都直了。他瞬间收回了向瑞比伸出去的四只爪爪，惊叹地看着那一排小字，忍不住抱着自己的尾巴用力咬了几口。

好痛！不是做梦！

晨熙用小爪子揉了揉可怜的尾巴，眼巴巴地看着那个金额。我的老天爷！熙熙这辈子就没见过这么多钱！

瑞比不敢置信地转头看向楼狮。楼狮对他露出个平和笑容。

瑞比："……"

瑞比简直惊呆了，瑞比知道，楼狮一直以来，都是个喜欢表面装正经，真的下起黑手来毫无下限的人，但他没想到这人能没有下限成这样——他竟然向警察举报！向警察举报！！！

瑞比几乎窒息。

要不是他们向来不对外公开露面，通缉令上的照片都是假的，瑞比第一时间就要暴露了。哦，这么想想，楼狮可比他要鸡贼多了。他记得，楼狮在通缉令上的名字，都是假的！就不像他瑞比，顶天立地，行不更名坐不改姓，给星盗团改的名也无比响亮，就叫瑞比星盗团，从来不整那些花里胡哨的玩意儿。

垃圾楼狮！

瑞比看着楼狮毫不介意地接受了对方送的牌匾，然后等到人一走，就将那牌匾随意扔到了一边。

面容憔悴的保镖先生礼貌地将人送走之后，回来站在门口。他垂眼看向被扔在地上的牌匾，神情无比沧桑，看起来像是一棵被生活压弯了腰的枯草，再一次老了十岁。

我再也不是那个酷炫威武的星盗了。保镖先生忧郁地从口袋里掏出一根烟来，叼在嘴里。

瑞比看到有人比他更受摧残，心里顿时平衡了许多。他一咂舌：“这说出去可是个大笑话。”

“笑话？”楼狮撸着猫，轻啧一声，“蠢货，这分明就是一石二鸟的好计。”

瑞比微怔，而后微微瞪大了眼。可不就是一石二鸟的好手段吗？用在别的地方，完全可以将对手的据点洗劫一空之后，再向警察举报，直接断掉对手在这里重新扎根的机会。

而且还能两边拿钱，岂不是快乐无边？

瑞比兴奋地搓搓手，飞速拉开星系图，开始寻找黑曼巴的浮岛星球。

浮岛星球，指的是处于某一势力或者政权的本土星系范围之外，零零散散地落在四处，不成体系，也无法及时获得本土援助的星球。就像是在茫茫大海之上，远离大陆，孤立无援的浮岛，所以被称为浮岛星球。

瑞比看着那些星星点点，露出个无比温柔的笑容。他走到院落远处，兴致勃勃地开始联络布置起来。

他之前不对这些浮岛星球下手，是因为拿下之后，也腾不出手去守这些地方。但放着吧，又可能会被黑曼巴重新占据。

现在好了，他可以找警察接盘，还能理直气壮地讹那些成天追在他屁股后边的警察一笔！

啧啧啧，不愧是楼狮想出来的法子。

瑞比感觉有一扇新世界的大门在自己眼前缓缓打开。至于这么干会名声不好？搞笑吗？星盗要什么名声？

要名声的星盗之一站在门口，看着瑞比被自家头儿三言两语地忽悠住，不禁陷入沉默。

狮心不跟你作对，任由你发展，你却还一直都只是老二的原因，到现在心里都还没数的吗？保镖先生心中叹气。他俯身把一旁的牌匾抱起来，准备扔到垃圾处理处去。

晨熙对他们的哑谜半点不关心，他的目光紧随着保镖先生抱着的牌匾，满脑子都是那一百三十万。

晨熙脑袋顶着楼狮的手指，整只猫都泛着肉眼可见的沮丧。

楼狮勾了勾猫下巴："心情不好？"

"喵。"晨熙抬头看他一眼，又低头，有一下没一下地拿爪子踩着自己的尾巴。

楼狮猜不透猫崽子善变的心情，他想起刚刚晨熙跟瑞比讨价还价的样子，问："如果那家伙真的出那个价，你会跟他走？"

晨熙一愣，他仰头看着楼狮，过了两秒，十分心虚地收回了视线，眼神乱飘。

楼狮眯眼，隔着小衣服捏了捏晨熙的后颈："嗯？"

被扼住了命运的后颈皮，晨熙认真敲字："老板，人往财处走，水往低处流。"

楼狮有一下没一下地捏着猫崽子柔软的后颈皮："我怎么记得这句话不是这么说的？"

晨熙："就职自由、离职自由、跳槽自由，我们……"晨熙敲到这里，突然大惊，把前面打的字都删掉，运爪如飞，"老板！我们还没有签过合同！！"

"你现在可不是能签合同的样子。"

晨熙哽住，低头看了看自己毛茸茸的爪子，还真不能。他抬起右爪，看着自己的几个小肉球，软绵绵的，通透的粉色，可爱极了。晨熙盯了小肉球半晌，恨铁不成钢地打了一下爪子。

可爱有什么用？连个合同都签不了！不争气的东西！！

晨熙愤愤地放下爪子，然后伸到了楼狮面前。

楼狮：“？”

“老板，我脚上毛毛太多了，要剪。”

楼狮捏了捏猫爪子，看了一眼，的确要剪了。猫爪子上的毛太长的话，跑起来容易打滑，撞到东西会受伤。同时，肉垫还有散热的作用，被毛毛包住了会不舒服。楼狮转头，去抽屉里拿了剪刀过来，给晨熙剪爪子上的毛。

瑞比在那边把事情初步安排下去，又遣散了自己带来的两个属下，让他们自行躲避，然后托着腮，总觉得自己忘记了什么，但想不起来。他一边思考一边走回去，就看到了一大桌子的麻辣兔头和各种兔肉菜，红艳艳火辣辣的。

瑞比：楼狮这心眼儿可真没比针尖大多少。

但你也不必如此，因为我并不介意吃兔兔，甚至还经常吃，毕竟好吃。

瑞比一屁股坐下来，毫不犹豫地伸手拿了个兔头啃了一口，抬头看了一眼楼狮，却发现楼狮正细致地帮小猫崽子剪脚毛。

猫崽子乖巧地蹲坐在桌面上，仰着脑袋，努力高举起一只爪子，配合着楼狮。楼狮微垂着头，认真细致地给猫崽子把脚上多余的毛毛剪掉，顺手揉了揉猫爪之后，低声道：“另一只。”

于是小猫崽子“喵”一声，收回那只爪子，举起了另一只。瑞比突然就觉得嘴里的兔头不香了。他忍了忍，没忍住：“你什么时候脾气这么好了？”

楼狮嗤笑一声：“说得我跟你多熟似的。”

瑞比：“？”

好像也是。狮心的首领走的是神秘莫测的路子，亲眼见过他的人屈指可数。瑞比也是在跟狮心激光炮对轰了六年之后，在一次机缘巧合的情况下，第一次跟狮心合作，才得以跟楼狮进行了一次正儿八经的……视频。那个时候瑞比就知道了楼狮是个脾气相当狂躁的家伙——哪怕视频期间他始终压制着那份几乎要穿透投影、满溢而出的暴躁。

但比起视频，他们的交流更多是用文字。

楼狮就连打字都是极其简短的，字里行间都能看出他的不耐烦。这种平静甚至可以说是温柔的状态，瑞比是从来没见过的。

他的目光在晨熙和楼狮之间转来转去，啃着兔头，重提旧事："小朋友要不要跳槽去我那里？你的条件我可以考虑一下。"

晨熙一顿，转头看向瑞比，单爪敲字："那，您公司包五险一金吗？"

瑞比愣住，楼狮哼笑一声。他放下剪完了毛的爪子，起身去洗了个手，然后伸手揉了一把吃水煮兔头的晨熙。

晨熙抬起头来，楼狮勾了勾他脖子上的终端："财富账号。"

晨熙缓缓打出一个问号。

楼狮："给你奖金，主意你出的。"

晨熙浑身一震，瞪圆了猫眼。

我的老天爷啊！我的老板到底是什么两袖清风高洁正直的神仙？！神仙您下凡辛苦了！！晨熙流下了感动的泪水，并无比迅速地交出了自己的财富账号。

瑞比也浑身一震，手里兔头都惊掉了，他震惊地看向晨熙。

什么？举报的主意原来是你出的？

看不出这猫崽子一副可可爱爱的样子，心竟然比楼狮还坏！怪不得楼狮这么在意这小朋友，敢情是因为这小朋友跟他臭味相投。

瑞比重新拿了个兔头，看着完成交易之后抱着终端打滚的猫崽子，有点酸。怎么楼狮就总能找到这么好使的部下？

晨熙抱着终端，看着财富账号上的余额，还满心的不敢置信。他反复扒拉了两下财富页面，刷新确认刷新确认，然后捂住了自己的小心脏，终于确认了这的确是现实。

晨熙感觉自己脚底发飘。他低头，给楼狮财富账号打回去三十万，然后顿了顿，又打过去一千五。楼狮拿筷子的动作一顿。

晨熙高兴地晃着尾巴尖：“还你买营养品、猫窝、猫玩具的钱还有房租，谢谢老板之前的慷慨相助，我是不是还少了？”

晨熙也不知道楼狮在他身上花了多少钱。

楼狮：“我不缺这点钱。”

晨熙：“知道你不缺钱，但我也不能白拿你的呀。”

楼狮提醒：“那你恐怕很难还清，你还欠着一件西装，你准备再举报几个星盗据点吗？”

晨熙：老板，您也不必总是这样玩真实。熙熙已经在努力地学习缝纫了，现在这不是条件不允许嘛！等条件允许，等条件允许，我就……先去买个百八十匹布练个手。

对！没错！就是这样！

晨熙重新抖擞起精神。

熙熙现在还有一百来万，区区百八十匹布的练习成本，完全承受得住！说不定等熙熙练完，有把握给老板补那件贵到使人两眼发黑的西装的时候，就已经神功告成，练就一身服装制作的绝学了！现在的纯手工服装制作贵得吓人，做得款式好看的，更是贵上加贵，比人力资源有前途得多！

晨熙想到这里，心中一惊，竟然觉得自己这幅蓝图描画得还挺不错，可行性颇高。他飞速打开终端，开始搜索起服装设计和手工服装制作相关的内容，为自己未来发家致富做准备。

机会总是留给有准备的人的！多做准备，就能抓住更多的机会！

晨熙重整旗鼓，啪啪敲字。结果他还没来得及点下搜索键，就看到终端给他推送了一条今日爆点新闻。他随意扫了一眼，就在上边看到了非常眼熟的名字。

云飞集团总裁云飞扬于今日下午在钴蓝星被捕，警察指出，其疑似与“瑞比”这一作恶多端的星际盗贼团体有密切关系，希望犯罪嫌疑人能够配合调查。

晨熙浑身一震，云飞扬又搞了什么骚操作？他点开那条新闻的视频，把投影拖出来，点击播放。结果投影第一个画面，晨熙就相当熟悉。是那个他刚离开几个小时的废弃仓库，云飞扬带领着三个维修师，拎着工具箱，穿着一身工作服，对停在那个仓库外边、被炮火轰得破破烂烂的酷炫飞船进行检查。结果还没从箱子里拿工具出来，就被蹲点的警察逮了个正着。

晨熙的投影是公放的，瑞比也看到了。他满脸恍然大悟，一拍脑壳，终于想起他忘记什么了——他忘记让属下提醒云飞扬，据点被发现，他用不着来修飞船了。

楼狮瞥了瑞比一眼，瑞比仿佛无事发生，安静喝茶。

晨熙看着投影里的云飞扬。云飞扬满脸都写着茫然，像极了之前他觉醒期偷吃巧克力被抢救过来之后接受新闻媒体采访时的模样。

可怜、弱小、无助，且蒙。

晨熙惊呆了。

怎么回事啊？云飞扬这也太倒霉了！他没想到，云飞扬还能跟瑞比扯上关系！

哦，其实也不是不能理解。毕竟云飞扬家里是做航天技术产业的，宇宙时代，做什么都离不开这一行。瑞比跟目前在这一行业做到顶尖的云飞集团有联系也实属正常。可正常归正常吧……晨熙看着云飞扬满脸茫然地被带走，忍不住转头看了一眼瑞比，又看了一眼楼狮。两人一个啃兔头一个吃饭，半点都没有把注意力放在新闻上。

你们当过星盗的，果然都没有心！

晨熙回过头，摸摸自己小小的良心，不禁思考了一下——如果他早知道云飞扬会被抓的话，还会不会做出撺掇楼狮去举报拿奖励金这个决定。晨熙认认真真地考虑了足足两秒，伸爪子，拿肉垫拍了拍楼狮的手背。

楼狮偏头看他："嗯？"

晨熙指了指投影："喵。"

楼狮意会："他不会出事的。"

好！非常好！晨熙顿时精神抖擞。惩恶扬善，激浊扬清！举报犯罪分子，匡扶社会正义，人人有责！

楼狮看着不知为何突然兴奋起来的晨熙，收回了视线。

云飞集团怎么会让他们的小太子出事，云家三个孩子，就云飞扬一个觉醒者，就算并不特别亲厚，也不会放任不管。本来就是灰色地带的业务，早就做好万全准备了。

云飞扬的确有所准备。他也不是没想过自己有一天会翻车，所以他从接手家里这一方面的业务开始，就已经准备了好几条退路。但他没想到，事情暴露得如此突然且毫无预兆。

有一说一，他从来没有思考过这种遭遇警察埋伏的可能性。开玩笑，这里是哪里？这里是瑞比的临时据点！有个形容兔子的词叫什么来着？狡兔三窟。

兔子生性胆小谨慎还多疑——虽然在瑞比身上看不出觉醒体对他的影响有多大，但总有那么几个微妙的点，是可以贴合兔子的习性的。

以云飞扬跟瑞比合作多次对他的了解，会让瑞比确定为据点的地方，哪怕是临时的，也绝对是最隐蔽最安全的。

谁能想到会在这里翻车呢？

云飞扬没想到，他是真的没想到。再怎么着，他也不应当遇到现在的情况。

云飞扬坐在警车里，被带到了警局，直接提讯。云飞扬冷静下来，他抬头看向提讯的警官，点了点头。

“你去犯罪现场做什么？”

这不是废话吗？那么明晃晃的一艘接近报废的小型飞船你看不到吗？云飞扬绷着脸：“客户联系要求维修。”

“客户的名字是？”

“抱歉，警官，我没有权利透露客户的信息。”

警官一顿，翻了翻手边紧急整理出来的材料。

“你的职务是总裁，为什么会亲自负责这项维修事务？”

“大客户通常都需要特殊对待，我的履历上应该写得十分清楚，我学习的是小型飞船创新技术这一方面。如果我有时间的话，大主顾有要求，我都是会亲自负责的。”

其实主要还是因为，跟瑞比有所接触的工作，云飞扬不放心自己手底下的工程师。

传闻里瑞比是比较好说话的类型，但星盗到底还是星盗。退一步说，就算瑞比不搞出人命，光凭他当初设计飞船外形时硬生生熬秃了六个设计师的壮举，就足够让云飞扬重视了。因为那六个顶尖的设计师在遭受过瑞比的精神折磨之后，项目一结束就摸着自己光秃秃的脑壳，哭着辞职了。

云飞扬怕他一转身，这三个工程师也被搞辞职了。

毫无所获的警官轻啧一声：“你看到飞船上那些痕迹，好像并不觉得意外。”

“警官，首先，我是一个顶尖的维修师，我在念书的时候就见过无数这种伤痕的飞船了；其次，我是个觉醒者，曾经接受过临时征调。”云飞扬说到这里，面上不动，心里大大地松了口气。

好，小问题！警察显然并没有掌握瑞比的动向和他们之间的联系。大约是发生了什么意外，让瑞比的据点暴露了。

警官翻着手边的文件，找半天也没能找出什么漏洞来。

那边对另外三个工程师的提讯也出来了，说法跟云飞扬的相去不大。几个工具箱的鉴定也已经完成，的确都是一些维修材料和工具。从目前的情况来看，云飞扬就是一个因为工作进入案发现场而惨遭逮捕的无辜路人。

不，警官先生十分严肃地思考，也有这么一种可能——云飞扬之所以被叫过来，就是那帮穷凶极恶的星盗为了混淆他们的视线而做的事。

唑，这么一想，真是下作！简直下作至极！

警官先生问："你知道你这位主顾是什么人吗？"

云飞扬十分冷静："私自调查公民个人信息是违法行为。"

"你的这位主顾，是个星盗，云先生。"

云飞扬露出一个十足惊讶的表情："你们怎么知道的？"

"我们收到了民众举报。"警官先生说道。

云飞扬这次是真的惊了。

什么？瑞比的星盗团不是已经荣升第一星盗势力了吗？瑞比在外边流传的无数形象，从通缉令到八卦小报，无一例外全都是假照片。他到底是怎么被路人发现还被举报的？

这不可能啊！这不应当啊！云飞扬百思不得其解。

于是云飞扬不解了。瑞比的据点被不被端跟他又没有关系。这件事让他不爽的是，瑞比被举报，背锅的却是他。在上警车之前，云飞扬都看到外边有媒体了，等他出去之后，关于他的新闻肯定会很难看。

警官先生收好材料："行了，你先回去吧，但之后可能还需要接受传唤配合调查。"

云飞扬微微皱着眉，点了点头，转身走了出去。

别让他知道是哪个人举报的，要是让他知道了，他第一个咬死他！云飞扬恶狠狠地想道。他刚拿回自己的终端，就接到了家里让他暂时先避避风头，等这件事结束之后再工作的消息。简单来说，云飞扬现在开始带薪休假了。

云飞扬在门口呆怔片刻，下一秒，心里噼里啪啦地放起了礼炮。家里那几个周扒皮竟然放他假了！

是喜事啊！大喜事啊！

好，不杀那个举报人了。举报人真是我的大福星、救命恩人！不愧为良好公民、社会良心！

云飞扬简直想要狂笑出声。但他十分坚强地绷住了，可那点喜悦是怎么都盖不住的，云飞扬大步往外走，连脚步都变得无比轻快。

他满面红光，带着三个不明所以的工程师走出门去，看到除了公司派来接他们的车，还有另外一辆车停在路边。车窗放下来，一只白色的小猫崽子扒在窗沿上，往外探头探脑，发现他之后，喵喵叫了两声。

云飞扬两眼一亮，把三个工程师打发去公司的车里，抬步向晨熙走过去。

车里不只晨熙，还有一个他不认识的人。以楼狮对他这个弟弟的重视程度，大概是保镖之类的。云飞扬猜测。

不过无所谓，不是楼狮就好！

云飞扬想起楼狮上一次以觉醒体腾跃扑来的画面，不禁打了个哆嗦。那个画面给他这只柔弱可怜的狗子留下了无比深重的心理阴影。

那时候巨大的雄狮一跃跳上了他已经离地两米的飞船顶，硬是把飞船按回了地上不说，还在顶板上捶了个大凹坑。那可是能够扛住突破大气层的冲击的材料！虽然定点冲击和表面压强肯定不一样，但是楼狮的力量也实在太强了。

简直就离谱！

云飞扬想到这里，脸上的笑容不禁微微一敛，问：“楼熙，你怎么在这里啊？”

保镖先生被云飞扬喊出来的名字惊得手指一抽，他惊愕地看向小猫崽子，小猫崽子一动不动。

喊，区区改姓，熙熙已经在楼狮本人面前经历过一次羞耻性死亡了，人是不能死两次的，所以保镖大哥是无法杀他第二次的！

晨熙对云飞扬“喵呜”了一声，勾了勾尾巴尖。

嗨呀！其实也没有什么事。晨熙想着，感觉有点不好意思。本来楼狮说云飞扬不会有事，晨熙就觉得还好。但后续新闻跟进报道里，说云飞扬会暂时停职等待调查，晨熙就坐不住了。停职等待调查这件事，在他眼里，已经是很严重的事了。

晨熙感到内疚：“我看新闻了，新闻上说你暂时停职了……”

“对！”云飞扬答得干脆而响亮，脸上浮出了几丝明显的喜悦，“我放假啦！！”

晨熙愣住。

不是，哥，你不是一直都一副要跟工作同生共死的样子吗？怎么听你这语气，活像是学生高考之后开始撕书的前奏，充满了纯粹的、即将起飞的快乐。

云飞扬是真的感觉自己要起飞了。他忍了忍，终于还是没忍住脸上充满喜庆的笑：“你现在有空是吗？”

晨熙下意识地点了点头，云飞扬的兴奋顿时从脸上蔓延到了全身。

天助我也！！现在有猫没狮，前有放假后有伴儿，岂不正是突击甜品店的大好时机！

云飞扬毫不犹豫地钻上了晨熙的车，催促道：“走走走，去红宝石商场顶层，那里两个月前开了一家冷饮店，我还没来得及去。”

保镖看了一眼晨熙。晨熙低头翻了翻社交号，搜了一下红宝石商场顶层的冷饮店，看了一遍菜单和原料，确认没有可可制品之后，才点了点头。

云飞扬看着晨熙查菜单的样子，感觉自己高兴得尾巴都快要晃出来了。这小猫崽子要是他弟弟多好，可爱、贴心、关心人，还可以吸，给楼狮真是可惜了。

保镖先生在停车场里等，云飞扬抱着晨熙，再一次拿猫崽子当挡箭牌，绷着一张霸总脸进了冷饮店的小隔间。

云飞扬还惦记着小猫崽当弟弟，在等他们点的甜品上来的时候，忍不住嘀咕："楼狮怎么能有你这么好的弟弟呢……"

第七章

ID·守护全世界最好的老板

晨熙一愣，他抬头看看云飞扬，心中缓缓打出一个问号：你怎么好像对我老板很有意见的样子？

晨熙顿时就不开心了，他啪啪敲字："我老……哥温柔，慷慨，善解人意，虽然不怎么爱开口讲话，看着还凶，但他真的是个很好的人啊！"

云飞扬看着那一排字，怎么看都不觉得像是在说楼狮。

这话，放在他第一次见楼狮的时候，他是信的，但见过楼狮随身携带高杀伤力武器，还被楼狮袭击过之后，这话，云飞扬一个标点符号都不信！

晨熙看着云飞扬满脸不信的样子，继续敲字："你都不了解我哥哥，他真的很好！"

云飞扬："……是吗？"

晨熙："是啊！他会帮我梳毛、剪指甲、买猫窝、买猫爬架、买小衣服，还亲自教我捕猎！"

云飞扬目露震惊。

晨熙继续说："他还拾金不昧，两袖清风，善良，宽容，正直，诚恳，刚正不阿，甚至得到了表彰锦旗！"

云飞扬露出了震撼的表情。

"我出意外了他亲自来救我的！"晨熙疯狂吹捧，然后像是想起什么一样，他伸出爪爪，露出干净的肉垫给云飞扬看，无比得意地敲字，"我哥还给我剪脚毛！你哥哥做得到吗？"

云飞扬的震撼值再一次飙升。原……原来楼狮竟然是这样的兄长吗？可恶啊！一时之间竟然不知道羡慕谁才好了！！

好羡慕啊！云飞扬想起了他自己家的两个哥哥。

他们家三个男孩，大哥比他大了十二岁，二哥比他大了六岁。在云飞扬的记忆里，他们的形象有些模糊。因为在他学会讲话，能够想明白一些事情的时候，大哥已经离家去帝都念少年班，而二哥也一直都在学校住宿，一个月才回家一次。没有长时间的相处，自然不会有多亲厚的感情。

云飞扬倒是明白他们这种家庭，基本上是没什么时间，也没有什么精力来维持和睦温暖的家庭关系。

他小时候也是被作为精英培养的。生活之中充斥着各种交际和贴合上流社会的特长训练，还有无数的厚重的专业书籍。他几乎没有什么空余的喘息时间，每一分钟都被排得满满当当，课程与课程之间无缝衔接。他喜欢甜品，也是因为这是最不占时间，又能给他带来些许慰藉的东西。

听起来有点惨，但云飞扬也清楚，他要维持现有的生活水平，经历这些事情是必须的。但清楚归清楚，被哥哥无微不至地关心，被哥哥梳毛，哥哥给剪指甲剪脚毛还护得死紧，谁不想啊？

谁不想呢？

他低头看了一眼桌上白送的柠檬水，"咕嘟咕嘟"一口气喝完。

晨熙瞅着云飞扬，看着他放下了空杯。这么渴的吗？看来在提讯的时候遭了不少罪。晨熙这么一想，心里逐渐消散掉的内疚又重新冒出了头。

他琢磨一下，敲字："这顿我请。"

云飞扬一愣。晨熙想到自己现在拥有的巨款，顿时豪气万丈："反正没有可可制品，你随便点！"

晨熙看着自己敲出来的字，深吸口气。

随便点！随便花！天哪！这就是有钱人的作风吗？不用买什么东西都先考虑一下性价比的感觉简直妙极！

云飞扬笑了一声："那我不跟你客气了。"

晨熙小爪一挥："喵！"

云飞扬这一次倒是挺克制，没有跟之前去云间屋的时候一样直接点了一整个菜单的甜品。

晨熙看云飞扬追加了几个羊奶甜品。他蹲坐在桌边上，侧头看着自己垂落到桌面下的尾巴尖。尾巴尖一翘一翘的，还打了几个旋，晨熙在思考一个很严肃的问题：

这剩下的一百来万，他应该怎么花。

三十万用来还老板了，还剩一百万出头，就这么放着总不是个事。熙熙得想个办法，让钱生钱才行。但晨熙对投资之类的事情是毫无概念的，也并没有什么渠道去投资优质的项目。他思来想去，最终拉开财富页面，准备找点理财产品先看看。

这时，云飞扬把一盘子羊奶推到了晨熙面前："你不爱吃甜的吧，但试试这个应该没问题。"

晨熙心不在焉地"喵"了一声，低头舔了几口。他看着那些理财产品，又点开社交号，打开家庭群后却迟疑不决。

跟云飞扬家那种情况不一样。晨熙家里就他一根独苗苗，晨爸晨妈教导他的时候是很用心的，关于家庭的事务，从来都不因为他是小孩子而隐瞒他，而是以一种十分平等的态度，让他作为家庭的一员来了解并参与。

晨熙的老家在钴蓝星的一个三线城市，也算小康家庭，年入四十来万，爸妈单位效益好的时候，能接近五十万。赚得虽然不算少，可家庭的支出也非常高昂。两边的老人已经到了需要好好休养的年纪，晨熙还在念书，而晨熙的爸妈，也都已经到了需要担心老年病的时候。家里的每一分开销，晨爸晨妈都是会认认真真地列出表格来的。也正因如此，晨熙从小就很懂事，养成了计划花销的习惯，并不在经济问题上让爸妈为难。

现在天降巨款，虽然晨熙之前想象了那么一大堆一百来万可以做的事情，可真正钱到了手之后，反而不知道应该怎么处理了。

晨熙一下一下地戳着输入面板，犹豫不决，不知道应该怎么办。

云飞扬看着明显陷入了为难之中的晨熙，舀了一勺奶油："你在想什么？"

晨熙抬头看看云飞扬，敲字："如果你突然有了一百万，你会做什么？"

云飞扬毫不犹豫："投资啊！"

晨熙问："投什么？"

云飞扬："投我自己的项目，失败不亏，成了血赚。"

晨熙："……"

行，也不能指望您，投资的风险还是太大了。

晨熙想了想，点开了寝室群。

晨熙熙："假设突然拥有了一百万，那你们会做什么？"

叶朗朗："拿去追星，明天是云涟漪宇宙巡回演唱会钴蓝星最后一场了，在山城。"

任航航："我问了黄牛，内场票价一张十万，卑微粉丝，在线乞讨。"

晨熙："……"

跟这两个云涟漪的脑残粉没什么好说的，她要是哪天脱坑不当偶像了，你们的爱豆就有可能人间蒸发！

晨熙试探地问："如果云涟漪宣布退圈……"

叶朗朗："在？借我十万，我要见她最后一面。"

任航发了一张讨饭的动态图。

行，看来是没救了。晨熙叹气，然后问还没说话的沈深。沈深是寝室里的理智派，就算追星也很收敛。

沈深深："……回老家买房结婚？我老家房价低消费低，一百万够买个三室两厅加辆普通代步车了。"

晨熙看来看去，觉得都不妥。他扭了扭终端，打开财富号，挑了个半年期利息相对比较高的理财产品，转了八十万进去，然后把终端重新挂回了脖子上。

他现在的样子不适合联系家里，等能视频的时候，再跟爸妈商量好了。晨熙幽幽地叹了口气，有钱真是让人烦恼。

云飞扬也在思考，他在想自己这少说有半个月的假期，能做点什么。

对，因为从来没有过这样长的假期，云飞扬根本不知道放长假的时候能干吗。他以往的假期，最多也就是一两天。这一两天能够做的事情相当有限，基本上都被云飞扬拿来寻找甜品店了，但半个月就很长。

云飞扬看一眼坐在对面舔羊奶的晨熙，问他："楼熙，你平时有假期的吗？"

你这是什么问题？为什么会不放假啊？晨熙缓缓打出了一个问号。

云飞扬看着那个问号，会错了意。他深深地叹了口气："果然，你也没有什么假期吧？作为楼狮的弟弟，压力应该也很大。"

晨熙快速地打出了两个问号。你说什么呢？我现在就在假期中啊。

其实严格来说，也不能算假期中。但是海城大学大四是没有课程的，只是要求学生要去参加为期八个月以上的社会实践活动，或者是实习。如果返校的时候，没有社会实践和实习证明，学校是不给毕业的。不过对于现在的晨熙来说，跟假期也没什么差别。

晨熙晃了晃尾巴："怎么啦？"

云飞扬微怔，然后轻咳一声，问："一般来讲，长假的话，你会做什么？"

晨熙愣住。

云飞扬补充："我没放过长假，不知道能做些什么。"

晨熙震惊。

竟然这么惨的吗？晨熙知道云飞扬是个工作狂，假期非常少。他也是在自己的终端中才得知，云飞扬是在跟云涟漪谈起恋爱之后，他才有意识地申请休假，去陪女朋友的。

晨熙还记得他在那个论坛里看过一个讨论度很高的帖子，是问：我公司职员自经理往上，男性个个头皮发亮，女性个个秀发稀疏，他云飞扬到底凭什么没有秃顶？

以前晨熙对此还没有什么感想，现在，晨熙懂了。云飞扬这只狗到底是什么悲惨人设啊？

我的老天爷！看看这个小可怜！他竟然连放假都不知道能做点什么，他的生活到底有多么枯燥？晨熙唏嘘，然后飞速敲字："我们放假活动很丰富的，一般就……"

晨熙字敲到这里，突然愣住。等一下，他们平时放假的时候，好像也没有进行什么丰富的活动。一般也就是打球看电影聚个餐，更多的时候是在寝室里呼呼大睡。

这么一想，也没有比云飞扬好到哪里去啊？！晨熙抬头看向云飞扬。云飞扬那对浅褐色的眼睛正带着点期待看着他。

晨熙哽住。

好，既然你都这么期待了，那熙熙就努力帮你想想！

晨熙想了很久，以他简单的脑子，认真思考许久，然后满脸深沉地敲字：“你平时……玩游戏吗？”

“游戏？”云飞扬微怔，“高尔夫、斯诺克之类的？”

你管这玩意儿叫游戏吗？

晨熙敲字：当然不是！

云飞扬：“那是什么？”

晨熙问：“朋友，你知道《消灭星星》吗？”

云飞扬摇了摇头。

晨熙：“……”

云飞扬你好惨啊！你是不是连童年都没有啊？！

晨熙把《消灭星星》的下载地址发给了云飞扬，又问：“那你玩过电动游戏，打过街机游戏吗？还有各个终端游戏、全息游戏、社区模拟游戏之类的？”

云飞扬一直摇头。

晨熙：“……”

天哪！云飞扬真的没有童年！不过没关系，现在把童年补回来还来得及！

晨熙在发了条消息询问过楼狮的意思之后，就雄赳赳气昂昂地带着云飞扬回了酒店。到了那里，给云飞扬安排了一间房，晨熙就小爪一挥，找机器人从酒店的超市里买来了一大堆各种各样的垃圾食品，还有两大箱“肥宅快乐水”，通通往房间里床上一扔。然后拉上了遮光窗帘，让云飞扬拿上游戏手柄，点开了他的童年启蒙游戏。

晨熙自信敲字：“所谓的假期，就是由快乐水、垃圾食品和黑漆漆的游戏房组成的！”又想，我这是不是有点恶搞了。算了，让云飞扬放纵一盘又如何。

云飞扬信了。

楼狮正在跟瑞比商讨合作的详细事宜，他们刚敲定了第一步，就收到了机器人发来的警报和医疗报告。楼狮微怔，点开投影看了一眼，无声地吐出了一串省略号。

案发现场，晨熙正蹲在一个手柄前边，茫然地看着在房间里的医疗机器人把云飞扬抬走。直到云飞扬不见了，小猫崽子才颤巍巍地点开了搜索引擎，输入了“狗”和“可乐”两个关键词。然后他看到了紧随在这两个词条后边的关联词——“咖啡因”三个字。

晨熙仔仔细细地翻了一遍狗子喝可乐的后果。

少剂量影响可以忽略不计。超过剂量之后，会出现过度喘息、心跳加速、情绪兴奋等症状，严重时会导致休克甚至死亡。

晨熙感觉自己要窒息了。

熙熙怀疑自己八字克云飞扬，不然云飞扬好好的，怎么跟他一起吃了两顿饭，就被拉去洗两次胃。

晨熙透过爪子缝，看了一眼拆了一地的零食袋子和几个大大空空的可乐瓶。是，他的确是觉得云飞扬在打游戏的时候越来越兴奋了，但打游戏的时候变得亢奋那不是很正常的事吗？

谁会想到快乐水里竟然含有咖啡因呢？可乐难道不就是会冒气泡的糖水吗？！你脏了，你已经不是那个单纯的快乐水了。你竟然含有这种兴奋剂成分！

晨熙感觉自己的世界观真的有被动摇到。

小猫崽子深吸口气，重新站起来，小步跟上了把云飞扬搬进医务室里去的医疗机器人。他看了一眼医疗机器人头顶上代表急救难度和严重程度的灯光，发现是绿色。幸好幸好，绿色是最轻微的程度，大约只是需要洗胃而已。

当代社会，各种医疗手段已经非常发达了，区区洗胃，早就不会让患者感到痛苦，估计云飞扬正是因此才敢这么造作。

晨熙蹲在急救室外边，打开了搜索引擎。晨熙万万没想到，自己竟然会在阅读养猫指南之后，又要阅读养狗指南！

可没办法，谁让云飞扬的自我管理意识极差！跟那些会自己叼着牵引绳遛自己的聪明金毛比，好像完全不是同一个品种。

晨熙心中唏嘘着，点开了热度最高的养狗帖子。这一次他长心眼了，查看这个帖子并没有被举报的记录之后，才开始看。巧合的是，帖主养的也是一只金毛，从别人家抱回来的奶狗，刚刚断奶。

晨熙看看人家奶狗的照片，又抬头看了看云飞扬。啧啧啧，你看看人家多可爱。你输了啊，云飞扬。

晨熙把帖子往下滑，看到了楼主在正式内容之前打的“预防针”：

像金毛这种大型犬，养起来是非常麻烦的。要保证充足运动量，不然狗子会因为精力无处发泄而选择拆家，而且留在家里的气味会非常重。狗狗还需要主人陪着玩，不然可能会因为寂寞而陷入抑郁。关于喂食方面，要科学喂养，不然狗子会发生诸如掉毛、消化不良、缺钙等现象。

晨熙哽住，养个狗怎么比养猫麻烦这么多倍？以前去乡下的时候不都是人吃什么狗就吃什么吗？城里人竟如此讲究！晨熙往下一拉，拉到了楼主写的正式内容：

小金毛课堂开课啦！第一课，奶狗大都很傻，通常你喂多少东西它们就会吃多少，所以要注意不要让奶狗撑死哦！

晨熙缓缓打出一个问号，继续往下拉。

小金毛课堂开课啦！第二课，观察奶狗的粑粑！

晨熙：“？？？”

免了！晨熙飞速关闭了养狗指南的帖子。

晨熙蹲在急救室外边，看着已经洗胃完毕的云飞扬被推出来，跳到担架上，跟着到了病房里。他放弃了继续看养狗指南的打算，而是打算搜索狗子不能吃或者不能多吃的食物。

现代社会，讲究科学。八字相克这种迷信根本就不可取，只要准备做得足，不怕狗子再中毒。晨熙自信满满，爪子一拍，按下了搜索键。然后他看到搜索出来的列表上，巧克力排第一，糖排第二。

云飞扬这条狗到底怎么回事？！

楼狮沉默地关掉了监控窗口。他开的隐私模式，瑞比没看到，但听到了警报声。兔子咔嚓咔嚓啃着茶点，“哎”了一声：“你不行啊，这里又被人入侵了？”

楼狮掀掀眼皮，站起身：“你该滚了。”

他们的合作只敲定了第一步，可通常来说，两个星盗之间的合作，也只需要敲定第一步。因为他们可能连第一步都走不完，就开始撕毁盟约，或者明里暗里捣鬼了。

楼狮和瑞比对此心知肚明，他们并不关心过程，只注重结果，反正最后的结果是黑曼巴消失，战利品三七分，楼狮优先挑选就可以。

所以楼狮直接明示瑞比可以滚了。但瑞比并不想滚，他难得能看到楼狮这不为人知的一面。

瑞比露出一个食草动物的怯弱笑容：“我没有飞船了。”

楼狮一顿，抬眼看看瑞比，嘴角扯出一个瑞比所熟悉的、凉飕飕的、带着血腥气的笑容，然后毫不犹豫地把瑞比拉进了酒店的黑名单里。

瑞比在短短两秒内被隐藏在酒店四处的自动武器瞄准，他在察觉到异常的瞬间一跃而起，一路火花带闪电，噼里啪啦地疯狂向外逃窜。楼狮看着那些被武器击飞的草坪，慢吞吞地收回视线，向旁边的保镖先生吩咐："尽早修复。"

"好的，头儿。"

楼狮点点头，转头向医务室走去。他得去把晨熙带走，他担心他的猫跟云飞扬待久了，被傻狗同化。

本身就已经够傻了，不能再点缀了。

楼狮到的时候，晨熙缩成一团蹲在病房的墙角。要不是身上穿的鹅黄色小衣服色彩足够明亮，他几乎要与医务室融为一体。

楼狮俯身，把猫拎起来："在做什么？"

晨熙看了楼狮一眼，十分严肃地敲字："在思考人与自然的起源。"

楼狮："？"

晨熙："老板，你说云飞扬这种狗，到底为什么到现在还没把自己搞死？"

楼狮看了一眼晨熙的终端页面，用来敲字的备忘录边上，正显示着一个"狗狗不能吃 / 多吃"的食物列表。

晨熙蹬了蹬腿，示意楼狮把他放下。楼狮直接把他放在了云飞扬的病床上。

晨熙还在敲字："云飞扬到现在还能活蹦乱跳的，简直不符合生物进化论！"

楼狮顿了顿："觉醒者只是会受觉醒体一定的影响而已，剂量上……"楼狮说到这里，卡了壳。云飞扬这么大的人了，觉醒多年，哪能不知道自己能接受的剂量是什么程度。他就是想吃而已。

楼狮实事求是："越是不给吃、不能吃的东西就越想吃，人之常情。"

晨熙一想，觉得也对，他敲字：“但这种心理是不正确的。”

“嗯？”楼狮觉得晨熙的话还没说完。

晨熙：“我得给他搞个新的爱好，说不定就能让他忘记甜品了！”

楼狮看着小猫崽重新打开了一个备忘录页面开始疯狂敲字，想了想，顺手就搜索了一下晨熙放在首位的《消灭星星》。

点击下载，启动。

等到晨熙通过回忆结合查询把表列完，准备让即将清醒的云飞扬一个一个玩的时候，终端就传来了“嘀嘀嘀”的提醒。

社交号的《消灭星星》分数排行榜里，晨熙以一骑绝尘之姿甩了第二名三倍之多。他保持了这个优势足足两个月之久，现在，竟然被人超了！

晨熙大惊！他飞速打开社交号，发现高居榜首的 ID（账号），是“金主爸爸”。晨熙猛地转头，看向楼狮。楼狮察觉到他的视线，抬头扫了一眼晨熙的终端页面，看到自己的备注名时，挑了挑眉。

“金主爸爸？嗯？”

晨熙：“……”

暴露了！

晨熙赶紧关掉窗口，以迅雷不及掩耳之势，把“金主爸爸”改成了“守护全世界最好的老板”。改完，晨熙觉得不得劲，他略一思考，爪速飞快，把楼狮的备注改成了“老板”，把“守护全世界最好的老板”安到了自己的社交昵称上。

晨熙重新把排行榜打开：“老板你看错了。”

楼狮看了一眼排行榜前排两个 ID，慢吞吞地点了点头：“嗯，可以，加工资。”

晨熙愣住，整只猫跟傻了一样，呆呆地看着楼狮。楼狮却已经收回视线，低头继续消灭星星。

瑞比之前试图挖墙脚的行为还是让楼狮有了几分危机意识。能被钱动摇，看来小猫崽子还挺喜欢钱，而恰巧，楼狮最不缺的就是钱了。

晨熙看着专注消灭星星的楼狮，心里发出一声号叫。他现在好像能够明白他那几个室友的追星心态了！这么好的宝贝，谁不想炫耀让全世界都知道？向来很少发社交圈的晨熙憋了半晌，终于还是没憋住，无比嘚瑟地发了条状态：

“我老板神仙下凡！人帅腿长！温柔体贴！年纪轻轻事业有成，简直人间仙葩，美玉无瑕！”

楼狮又全消了一局星星，打开社交号，一眼就看到了晨熙发的状态。他扫了一眼，点了个赞之后，评论：“好，加工资，你现在一个月 9000 块了，税后。”

晨熙惊呆，他转头看了一眼坐在一边的楼狮，等等，楼狮原来是这种喜欢听“彩虹屁”的设定吗？！那可不巧了吗？晨熙一拍猫腿，熙熙最会这个了！！叶朗朗他们追星应援的灯牌还都是晨熙写的来着。

晨熙得心应手，运爪如飞。

守护全世界最好的老板：“人间美玉楼老板！神仙下凡楼老板！玉树临风楼老板！品貌非凡楼老板！”

过了没多久，楼狮又点了个赞。他饶有兴致地看着晨熙新发的两条社交圈，倒是想再看看晨熙还能说出点什么来。于是他想了想，又给晨熙加了两百块。

晨熙顿时就来劲了，在社交圈里连刷三条，其活跃程度直接惊动了彩虹屁指挥中心：相亲相爱 302（4）。

叶朗朗：“老四你也不必如此！”

什么不必如此？你们说什么话呢？给熙熙每个月发九千块工资的又不是你们！

晨熙不屑地“哼”了一声，敲字：“你们根本不懂我老板的好。”

叶朗朗：“这说法我是不是在哪里听过？”然后发了一张“你们根本不懂云涟漪的好”的动态图。

守护全世界最好的老板：“嘁，我老板能给我发钱，云涟漪做得到吗？”

守护全世界最好的老板：“我老板能包吃住还给涨工资，云涟漪做得到吗？”

晨熙正准备继续输出，却发现他被无情禁言了，晨熙瞪圆了眼。

熙熙只是说了实话！你们有没有良心！

晨熙点开跟叶朗朗聊的小窗，正准备再激情输出一波，就被楼狮拎了起来：

“天快黑了，吃个晚饭，然后去做一下夜间训练。”

晨熙迅速关掉跟叶朗朗的聊天窗，十分乖巧：“好的老板，没问题老板，老板你真好，这么关心我！”

楼狮垂眼看看晨熙。晨熙做出诚恳的表情：“我就没见过比你更好的老板！”

“好。”楼狮点头，“看来心理抚慰员的工作很适合你，加工资。”

晨熙惊呆，我的天啊！楼狮到底是什么人间活佛？晨熙觉得自己大概真的是交大运了。他决定收回自己最开始的时候对楼狮的所有刻板印象。

楼狮看了一眼病房里还没有醒过来的云飞扬，把晨熙刚刚列的游戏列表复制到了病房面板上，然后带着猫，头也不回地走了。

晨熙被他老板的土豪作风震慑，团在楼狮的口袋里，一张猫脸上写满了震撼。他仰头看看楼狮，只觉得楼狮那张面无表情的脸简直毫无死角，怎么看怎么帅。

说什么楼狮凶狠，这不废话，不凶狠怎么担得起大任？你看瑞比，一副清纯男大学生的样子，不就在狮心解散之前，被楼狮压制得死死的吗？

晨熙一抬手点开终端，打开社交号，发现自己被解除禁言了。

晨熙把自己的群名片改回来，噼里啪啦地敲字："激动的心，颤抖的手，我给老板敬杯酒！"

晨熙熙："感谢组织的培养，没有为组织奉献的昨天，就没有我晨熙疯狂吃饭的今日！"

叶朗朗："你说人话。"

晨熙熙："我晨熙，从没想过，自己也会有靠嘴吃饭的一天！"

任航航："吃饭不用嘴，难不成你用鼻孔的吗？"

啧，粗鄙之语！

晨熙冷笑一声，敲字："我告诉你们，以后熙熙帮你们写'彩虹屁'应援牌要收费了！"

叶朗朗："？朗朗不依。"

任航航："航航也不依。"

晨熙不理他们，他算了算自己吹了几个"彩虹屁"之后的收益，心中一惊。

晨熙熙："不许不依！说来你们可能不信，我的'彩虹屁'平均价值两百块钱一个。"

而且是每月两百！小算盘这么一打，晨熙就迅速膨胀了："看在咱们相识一场的分儿上，可以考虑给你们打个折，两块钱一条！"

叶朗朗当场就被这个打折力度给震惊到了。虽然晨熙以前帮他们写"彩虹屁"都是免费的，但他觉得收费之后再这么一打折，竟然让人有种买到就是赚到的感觉！

叶朗朗："商业鬼才。"

任航航："两块钱！你也不用这样卑微！"

沈深深："我做了一下阅读理解，老四是不是拍老板马屁涨工资了？"

晨熙给沈深点了个赞，然后把群名改成了"彩虹屁指挥中心"。

任航和叶朗朗惊了。

叶朗朗："我听说楼狮铁面无私、铁口直断、冷酷无情！"

任航航："我听说楼氏龙争虎斗、尔虞我诈、优胜劣汰！"

晨熙内心无情地点了两个踩。

晨熙熙："你们凭空污人清白！"

简直胡说八道！血口喷人！晨熙正想打字，却被楼狮从口袋里拎了出来。他一愣，随手把终端放到了一边。早先吸取了云飞扬吃巧克力的教训，晨熙的饭食早就换成了少油少盐的白水煮食。

猫的味觉大概是比较特殊，晨熙吃起来也没觉得有什么不好。虽然味道的确是有点淡，但怎么也比被送进医院里洗胃要好。

至少不会跟云飞扬一样上新闻！晨熙根本连觉醒的事情都不想被别人知道，更不要说上每日新闻了。

小猫崽子低头吃饭，吃完饭就十分自觉地跳下了桌子，准备前往训练场。

楼狮微微挑眉："这么主动？"

晨熙点了点头："因为我每个月都要打电话回家去的，这个月还没有打。"

不打电话，爹妈就会主动打过来。如果到时候，他不能视频只能发消息，不知道那对夫妇会脑补出一通什么戏码来。说不定会以为他被骗去传销了，一言不合就报警。毕竟他今天发的那几条动态，单看的确挺神经的。晨熙越想越觉得这事儿十分有可能，顿时就紧张起来，迈开四只小短腿，一溜烟地蹿向了训练场。

夜间训练，晨熙还没正儿八经地做过。

楼狮托着腮，打开监控，看着投影之中那个披着月色，在昏暗的夜幕之下格外扎眼的白色毛团子，慢吞吞地再一次打开了神话传说。他将关键词细化，增添了丛林、森林和山地之类的词汇，想了想，又增加了"白色"这个关键词。

原本两万多页的资料瞬间缩减得只剩下两千页。

晨熙刚一踏入训练场，就觉得自己大大咧咧跑来做夜间训练这件事，可能是个巨大的错误。众所周知，夜晚的丛林，是昆虫与诸多小型啮齿动物的天下。

晨熙白天的时候还在想，难度提升之后，他好像根本就没有见全丛林困难难度的528种动物。

但现在他知道了！

晨熙扒在树干上，死死地抠着树皮，满脸崩溃地看着地面上密密麻麻出洞的白蚁。

啊！！有这个精力不去搞大型动物，搞一大群微型白蚁机器人干吗啊？这个地图和关卡难度的设计师是有病吗？！我怀疑他思想出了问题！还是大问题！！

晨熙崩溃又警惕地竖着耳朵，指甲死死抠着树皮，听到白蚁群啃噬木头的声响，只感觉头皮连着浑身的汗毛一起跳起了恰恰。

呜呜，听起来好吓人！！晨熙打了个哆嗦，开始疯狂往树干上爬。被白蚁爬到身上甚至钻进耳朵里去，还不如让熙熙去死！

晨熙一爪子抠在树皮上，却意外惊动了隐藏在树枝上的树蛇。但这条剧毒树蛇还没来得及冲过来袭击他，就被爆发了小宇宙的猫崽子一脚踹飞，直接掉进了树下的白蚁堆里。

晨熙顺势扭头一看，发现那群白蚁机器人做出了十分吓人的行为——

它们把那条树蛇机器人给生撕了，拆成了细细碎碎的零件。

晨熙：“啊啊啊！”

他收回往下看的视线，疯狂往上爬，在蹿上第一个分枝之后，在树杈之间腾挪跳跃，惊起熟睡的鸟雀无数。

白色的猫崽子蹲在高高的树枝上，警惕地看着寂静之中又四处都是窸窣动静的丛林，最终找了个啄木鸟的巢，把鸟撵走，自己钻了进去。

啄木鸟通常以天然树洞做巢，周围不会有什么蛇鼠虫蚁。道理晨熙都懂，但他缩在树洞里，仍旧不敢睡。要是有个什么万一，比如，他一觉醒来看到一窝白蚁，或者跟个什么色彩斑斓、体形巨大的昆虫打个照面……晨熙感觉自己恐怕已经不幸罹患昆虫 PTSD（创伤后应激障碍），光是想想都觉得要窒息了。

不，不行，熙熙冷静一点，觉还是要睡的，他的觉醒体还在长身体，需要好好休息。

晨熙沉思片刻，低头看了看自己这一身在深重夜色之下异常显眼的白毛，又抬头看了一眼高悬在夜空之上的卫星。那点光亮漏进丛林之中，洒在他白色的毛毛上，搁这片昏暗的丛林里，活像个 1000 瓦的大灯泡。

众所周知，昆虫都具有趋光性，有一部分是会奔着光亮所在的地方横冲直撞的，比如蛾子。

晨熙当机立断，用锋利的指甲抠了一大块树皮下来，堵住了树洞口，屁股堵在门口，无比警惕地听着外边的动静。

第二天，楼狮一觉睡醒，下楼去吃早餐的时候，发现泳池里漂着一个彩虹小白马的浮床。他抬脚走出去，就看到晨熙瘫在浮床上，整只猫都显得十分呆滞。

楼狮走到泳池边上："晨熙？"

晨熙怏怏地转过头，看了一眼楼狮，楼狮把终端扔过去。晨熙伸爪抱住终端，又抱住自己的尾巴。晨熙怎么都没想到，自己还是猫的时候，竟然会有这么一天。

他居然觉得水上才是最安全的。

没有白蚁，没有巨大无比的飞蛾，没有毒蜘蛛、蜈蚣、毛毛虫。虽然有水蜘蛛和飞蚊，但水底下的鱼不是吃素的，跳出水面一口一个。他后半夜蹲在水上那截宽大的枯树杈子上，才战战兢兢地打了个盹。

晨熙想到自己昨晚上的经历，就感觉自己整只猫都绿了几分，甚至仿佛已经死了一次。

老板，遭罪了啊！熙熙遭罪了啊！

大半夜睡在树洞里，当门的树皮被白蚁啃了啊！逃生路上被毒蛇咬、被蝎子蜇、被花豹扑，还惨遭熊瞎子拍了一巴掌！最后顶着鳄鱼的威胁蹿到了水上去，才终于安定了片刻！

晨熙忍了忍，没忍住，敲字：“老板，我觉得再搞几次夜间训练，我会长不高！”

楼狮实事求是：“你二十二了。”

二十二？二十二怎么了？二十二就不可以再长高了吗？

晨熙十分严肃：“我听说有的人能有二次发育的，老板。”

楼狮：“……”

行，有梦想的人都了不起。

晨熙看出了楼狮掩藏起来的敷衍，他举例：“真的，老板，说不定我就是这种人，这可以解释我为什么二十二岁才觉醒对不对？我的身体可能是发现我二次发育了，才反应过来我其实可以觉醒，所以才……”

晨熙看着自己敲出来的字，越看越觉得好像有那么一点点道理。

对啊！如果不是二次发育，他为什么会二十二岁才觉醒？没有理由啊！

晨熙深吸口气，那等觉醒期结束，多补点钙，本海大篮球小王子的身高是不是能真正突破 180 厘米的大关了？虽然晨熙一直对外宣称自己 180 厘米，但他的裸高其实是 178 厘米来着。

晨熙十分理直气壮。

活学活用，说的就是我聪明、机智的晨熙熙了。

晨熙迅速地把自己说服了。他从浮床上翻身起来，十分肯定地敲字："除了二次发育，我已经想不到更多的可能了！"

"还是有的。"楼狮慢吞吞地说道，"比如你的觉醒体并不是普通种。"

晨熙愣住，他扒着浮床边缘，探头看了看自己的倒影，怎么看怎么像猫。

晨熙张嘴："喵呜嗷喵——"听听这标准的猫叫，很显然，是猫没错啊，怎么还不是普通种了？

有一说一，熙熙要不是普通种，那不就是和云涟漪一样是幻想种？那熙熙不就是这个世界上第二个幻想种？

晨熙蹲在浮床上，忍不住搓了搓爪子。想想云涟漪吧，全宇宙独一份的人鱼小姐！和平的时候，她拥有魔性的歌声、美丽的外表，织水成绡，坠泪成珠。她就是不唱歌，去卖人鱼的副产品，也能发大财；而需要打架的时候，她又能伸出带毒的利爪与锋锐的獠牙，那条漂亮的大尾巴使劲一抽，能直接把一个成年男人抽成重度脑震荡。

文武全才，进可攻退可守，上得了战场谈得了恋爱。也就这牛哄哄的设定，才撑得住那走奇葩路线的云涟漪作天作地了。

这么一想的话，作为幻想种，真的是非常绝妙的！

可惜，晨熙低头看看自己的倒影，爪爪踩着浮床，叹了口气："虽然不知道具体品种是什么，但幻想种肯定不可能的啦。"

楼狮挑了挑眉，俯身捡起牵着浮床的绳子，把浮床拉回泳池边上："你这么肯定？"

那当然！这熙熙毕竟拥有"上帝视角"，虽然该发生的事情熙熙一件也阻止不了，但是熙熙还是会提前知道一些东西的。

楼狮把自己的终端页面往晨熙面前一放，上边明明白白地写着：

又北四十里，曰霍山，其木多榖。有兽焉，其状如狸，而白尾有鬣，名曰朏朏，养之可以已忧。

——出自《山海经》

翻译成白话，意思就是：

有一种叫朏朏的动物，长得像猫，身披鬃毛，有一条白色的尾巴，饲养它的人可以释忧。

晨熙愣住，缓缓打出了一个问号：“我？”

“很大概率是。”

什么？搞什么？难道论坛上的信息显示有误？不对，熙熙要摇身一变成为全宇宙第二个牛哄哄的幻想种了吗？！可以拳打瑞比脚踢黑曼巴的那种？！

晨熙顿时兴奋起来，天呀，熙熙也能有今天！！觉醒真是一件美妙至极的事情！

晨熙搓搓爪子，盯了那一段话许久，心跳得咚咚咚的，伸爪子划拉了两下楼狮的终端，想往下翻，却发现下边根本就没有内容。

晨熙不禁深吸口气：“就这？”

楼狮点头：“关于这种生物的话，的确就这些。”

这什么弱小幻想种？战斗力看起来还不如0.001个云涟漪！呸！废物觉醒！费我钱财！垃圾东西！

晨熙低头看看自己并不锋利的爪子，想起嘴里也就刚够啃个小鱼干的牙，深吸口气。

为什么？晨熙要气昏了。怎么会有他这么菜的猫科？别的猫科都是靠扑杀和咬住猎物喉咙来捕猎。只有他，只有他！只有他是从一定高度的树枝上跳下来，利用冲击力偷袭猎物的！一击不中还得从头再来。

之前他还觉得，也许是因为还没长大，觉醒体还不是成年体形，自然不会像成年的猫那样好使。毕竟他这个体形，放在动物身上，也就是个完完全全的幼崽。而幼崽是不需要捕猎的，它们只是需要学习和熟练而已。但现在，晨熙没那么确定了。

他探头看看水里的倒影，有点怀疑人生。

晨熙掐爪一算，他进入觉醒期也有大半个月了。象征着幼崽身份的细软绒毛已经完全掉光，牙都换过了一波，但他的体形好像并没有长多少。

这就不对，这就很不科学。哪怕这个时候他还没有完全脱离幼崽的状态，但养过猫的都知道，奶猫长大的速度很快，一个月能大上个一两圈。两个月大的猫崽子还能一手掌握，但三个月的猫崽，只用一个巴掌是已经控制不住的了。但他呢？在这大半个月里，好像真的一点没长。

最开始的时候他能被楼狮揣进口袋里，现在他仍旧能被楼狮揣进口袋里。不仅如此，他半点没觉得楼狮的口袋挤了。

这证明什么？证明他真的没有长过。

这是不是有点过分了？

不能像狮子一样威武霸气就算了，难不成他连成年猫的体形都不配拥有吗？他现在的体形也就比松鼠大一倍左右。

他能干吗？剥松子吗？

晨熙感到了几分崩溃。

这到底是什么幻想种？还能更垃圾一点吗？是不是因为他不是云涟漪，就不配拥有牛哄哄的幻想种觉醒体？废物觉醒，还不如不觉醒！没觉醒的时候熙熙还很快乐，现在，快乐都没了！

晨熙两脚一蹬，躺在彩虹小白马的浮床上，表演了一个当场气死。

楼狮伸手一拽，把浮床快速拽回来，拎起挺尸的猫崽子，上了外边的餐厅。

楼狮的酒店所在的峡湾天然条件非常好，波涛平缓，风也很平和，朝阳落在海面上，在粼粼波光之上熔成了碎金。

晨熙心气不顺，对着这番美景咔咔一顿拍，拍完之后又转头拍楼狮面前的早餐，然后发到了寝室小群里。

叶朗朗："蓝湾竟然还有这么好看的地方！"

任航航："老四你还是人吗？大早上放毒，你吃得那么油腻不怕脂肪肝吗？"

沈深深："沙滩上竟然空无一人，我以为蓝湾的人很多。"

晨熙熙："毕竟是私人地盘。"

叶朗朗："胃酸翻涌。"

任航航："不知道为什么，柠檬它围绕着我。"

酸！都给我酸！熙熙不高兴，朗朗、深深、航航也不许高兴！兄弟一生一起走，谁先快乐谁是狗！

晨熙伤害完几个兄弟，终于感觉自己舒服了一点，他长出口气，转头看了一眼自己今天的早饭。之前吃得好好的猫饭，现在再看，突然就不香了。

晨熙敲字："老板，既然不是猫的话，我是不是用不着吃这个了？"

楼狮觉得可能不行："你的习性跟猫没有什么区别。"

晨熙无比委屈。楼狮想了想，从自己盘子里切了一小块羊肉给他。这么一小块，还是没什么问题的。

晨熙感动地吸吸鼻子："老板你真好。"

这就真好了，楼狮觉得这小朋友未免也太好满足了一点。他看着晨熙把碟子里的小羊排吃完，问："你以后有什么打算？"

打算？能有什么打算？晨熙怏怏地拨弄了一下碗里的胡萝卜："我最大的理想，就是成为一个蹲在格子间里摸鱼的社畜。"

小时候也不是没有幻想过觉醒，但在觉醒失败并拥有了意外收获之后，也就没有那么渴望了。突然觉醒了之后，其实也还好，能自己扛就自己扛，扛不住就去觉醒学校，横竖不能跟自己过不去。遇到楼狮是惊也是喜，但总的来说，走向还是非常不错。

说实话，晨熙一直都觉得自己运气挺好的。他心大，从小到大没经历过什么挫折，也没什么大的抱负，无忧无虑长到现在这个年纪，都挺快乐。他觉得自己也应当一直快乐下去。说得更广阔，更大道理一些，就是人生短短几十年，乐是过，悲也是过。时间不会因为人的悲伤而停下步伐，既如此，人便理应用快乐去追逐时间才是。

晨熙想了想，敲字："我也不想去做登记，不图那些补贴，等觉醒期结束，我只想找个普普通通的工作就好了。"

楼狮对于晨熙的打算是有所了解的，但晨熙真这么说出来，还是让他有点惊讶。这年轻人，心态怎么跟个老年人似的，一点冲劲都没有。

"追求这么低？"他问。

晨熙："知足常乐。"

楼狮挑眉："觉悟挺高。"

晨熙："因为我很早就接受了自己只是个平庸普通人的事实。"

楼狮抬手揉了揉猫崽的脑袋，半晌，笑了一声。

晨熙伸爪子把楼狮的手抓下来，按在他手背上："喵？"

楼狮："你这种心态很不错，在你这年纪，还挺少见。"

那可不！晨熙被夸了，骄傲地挺起了胸膛。

毕竟熙熙在十四岁的时候，就已经承受了生命不可承受之重。幼小的他早早看透世界的本质。

楼狮说："你要没想好以后的打算的话，考虑一下一直跟我混。"

晨熙一愣。

楼狮垂眼，放下了手里的餐具，说："我先前觉醒出了点岔子，这么些年来一直在寻找解决的方法，遍寻无果，直到我意外地遇到了你。"

晨熙瞪圆了眼，恍然大悟！

就说楼狮脾气性格这么好根本不科学，敢情不是云涟漪在论坛里夸大其词，而是因为我这个觉醒体的特性吗？！晨熙震惊。

等……等一下，这个设定不应该是云涟漪的吗？晨熙略一深思，而后细思极恐。

破案了！原来熙熙就是个浓缩精简版云涟漪，所以云涟漪等于加强版晨熙！

这也太卑微了吧！好不容易觉醒，是个铁废物就算了，还可能是个替身！我的天啊！都什么年代了还玩替身梗？

俗！简直俗不可耐！

晨熙深吸口气："原来是因为这……"晨熙敲字敲到这里，又一个字一个字地删掉了。

想想也是，如果不是他对楼狮有作用，楼狮凭什么要对他这么好？他又不是云涟漪，甚至都不是一个女孩子。难不成还真就因为他作为猫猫可爱就能让楼狮变得如此温和？但可爱的人多了去了。

毕竟作为幻想种的云涟漪是可以改变自身外形的！

唉，成年人的世界果然充满了冰冷的金钱关系和肤浅的交易。楼狮对他好，竟是因为他是云涟漪的替代品！

天啊！熙熙惨绝，晨熙心中十分唏嘘，他不甘心，忍不住再一次确认："老板，那个肥肥……"

晨熙沉默地删掉了错别字，重新打："老板，那个朏朏，真就没有别的用了吗？"

楼狮看着晨熙一副不甘心的样子，试图安慰一下："传说中的话，的确是没有了，因为这个传说记录比较少，但实际上……你比一般的猫更会爬树一点？"

不是，我会爬树有什么用？！我是猴吗？还是以后工作内容里有爬树？晨熙窒息了，他简直想掐死自己这觉醒体，甚至想坐个时光机回到他出生那年，把觉醒的基因片段给删掉！

晨熙哭丧着一张脸，十分卑微地说了实话："可是老板，这觉醒真的好垃圾啊……"

楼狮看着抱着尾巴的猫崽，略一思忖："辅助系其实很不错了，毕竟还有觉醒成虫子的。"

晨熙猛地从尾巴里抬起头来，震惊地看着楼狮。

楼狮确信："有昆虫觉醒者。"

晨熙在这一瞬间精神大振，果然人跟人之间是要相互对比才能产生优越感的！他重新抖擞起精神，哼哧哼哧吃光了今天的早饭。

楼狮看着重整旗鼓的猫崽子，觉得有点好笑。这也太好安慰了。他伸手，指尖轻轻敲了敲桌面，发出嗒嗒的声响。

"关于以后的打算呢？"他问，"要不要一直跟我工作？"

晨熙一顿，十分谨慎："老板，你是个好人。"

楼狮轻哼一声。

晨熙："但人这一辈子很长的。"

楼狮闻言眯了眯眼。他反复打量着蹲在餐桌另一边的猫崽子，深褐色的眼微眯成了一条细缝，紧缩而专注，像是雄狮盯准了毫无防备的猎物。被盯住的晨熙浑身一个激灵，他仰头看着楼狮。楼狮也垂眼看着他，而后扯了扯嘴角。

一直以来的平和的皮囊骤然裂开了一条缝隙，危险与血腥的气味扑面而来。感官敏锐的猫崽子瞬间奓起了毛，控制不住地要逃。

楼狮瞬间察觉，定了定神："就是……你不愿意的意思？"

晨熙没回答，警觉地看着楼狮，满脸都是惊疑不定。楼狮知道他多半是吓到这只小猫崽了。他顿了顿，向蹲在对面的晨熙伸出手。

晨熙下意识"喵"了一声，耷拉着飞机耳，缩着脖子，往后一躲。楼狮手停住，在晨熙的注视下把手放下，然后向上摊开。猫崽子看了看那只粗糙的手，又抬头看了看楼狮。

楼狮沉默片刻，说道："你不能走。"

"喵？"

"我需要你。"

晨熙愣住，他仰头，呆怔地看着楼狮。

晨熙背着光，清楚地看见楼狮深褐色眼瞳之中浮现的危险一点点退却，险些占据理智的兽性渐渐被压制。雄狮卸下了进攻的姿态，放松了身体，无害而慵懒地合上了眼。

这是猫科动物的和平讯号。

晨熙的飞机耳略微放松，抖了抖，重新竖了起来。楼狮仍旧摊着那只手，他没有将手收回来的意思。

"如果你执意要离开的话……"他话说到这里，便不再说了。

他不会让晨熙离开的，晨熙也不会有机会离开，只不过这话并不适合说出来。楼狮无声地将心中的念想重申："我需要你。"

晨熙瞬间就融化了，他这个人，从来吃软不吃硬，还有一股子莫名其妙的扶弱情怀。当然了，这并不是说楼狮弱。而是更单纯的类似于"他需要帮助，而我可以帮，那我就要帮"这样的想法。

晨熙抖了抖耳朵，叹气。

嗨呀，熙熙这个人就是耳根子软。就算耳根子不软，又有几个人能挡住一贯强势的人，特意为某件事放低了姿态，带着点央求的态度呢？反正晨熙是没挡住。

不过他也清楚利害，耳根子软是一回事，答应不离开又是另外一回事了。

猫崽子收回跟楼狮对视的目光，看着对方摊开来，放在他面前的手掌。说实话，这手并不好看。手上有细细密密的伤疤，有厚茧，稍微凑近点，还隐约能嗅到一些血腥味。

晨熙知道这些东西都是从哪里来的。他总不能要求一个前星盗头子是个冰清玉洁、手掌白皙嫩滑的人。晨熙明白，即便楼狮选择了洗白，那些想要他死的人，也不会少。所以这些伤疤、厚茧和血腥气，大约是永远都去不掉的。

晨熙想了想，刚准备把爪爪放到楼狮的掌心，又突然想到了那些可能发生的云涟漪的遭遇，刚伸出去的爪爪瞬间就收了回去。

楼狮一顿。

晨熙的爪子悬着，迟疑半晌，犹豫地伸出去一截，然后又收了回来。不行，还是有一定危险性。楼狮的那些不好的结局里，也不是没有牵扯到身边的人的例子。

晨熙低头看看自己的爪子，纠结半晌，觉得举着有点累了，干脆放下。

楼狮眼底一沉。

然后晨熙又抬起了另一只爪子，看着楼狮的手掌，继续举棋不定。

楼狮："……"

晨熙心里还在天人交战。他回忆着楼狮跟云涟漪从相识到相恋再到最后的结局。再想想云涟漪没谈恋爱的时候，也异常丰富的经历，又觉得在楼狮身边的危机，十分薛定谔。

毕竟云涟漪不谈恋爱，也仍旧常年处在风云诡谲之中。跟在楼狮身边，比起那些事件，更为危险的是楼狮本身，但对晨熙来说，这个问题好像可以忽略，晨熙想到这里，爪爪顿时又往前伸了一截。

楼狮盯着那只来来回回的猫爪，干脆手一抬，直接把猫崽子的爪子握在了掌心。晨熙一愣，茫然地抬起头来。

楼狮面无表情："跟我混，就这么决定了。"

晨熙瞪圆了眼，单爪敲字："我还没想好！你这是强买强卖！"

强买强卖？这就强买强卖了？楼狮挑了挑眉，决定让晨熙见识一下什么叫真正的强买强卖。

楼狮："晨熙，我知道你很多小秘密。"

晨熙愣住。

“我知道你觉醒的异常，知道你觉醒体是幻想种，知道你的个人信息，知道你的学校还有你的朋友圈……”

楼狮看着满脸惊愕的晨熙，顿时就明白，这小朋友在犹豫不决的时候，肯定完全没有考虑过这一点。就这么相信他楼狮不会把他的信息泄露出去吗？楼狮微微咂舌，感觉心尖被什么柔软的东西轻搔了一下。

酥酥麻麻，怪痒的。

楼狮挠了挠猫下巴：“你再考虑一下？”

他威胁我！楼狮竟然威胁我！晨熙不敢置信。就这还考虑什么啊？这不是摆明了要扣押猫质了吗？呸！亏熙熙还心软了！垃圾楼狮！

晨熙生气地冲楼狮喵喵叫，把爪子抽出来，怒气冲冲地转头要走，又觉得就这么走了真的很亏。晨熙在餐桌上来来回回好一会儿，最终跳到楼狮面前，义正词严地要求：“可以，但得加钱。”

楼狮看着瞪着眼，试图做出威胁姿态的小猫崽子，又想想对方的要求，差点笑出声。他轻咳一声，把笑意压回去。

“好，你想加多少？”楼狮问。

楼狮答应得太过干脆，反而是晨熙愣住了。

糟糕，熙熙从来没想过这个问题。在认识楼狮之前，晨熙找实习工作的最高标准是4000块。而常规来讲，非应届生的实习工资，能有个3000块出头顶天了。更多的是仗着人还没毕业，签不了正儿八经的劳动合同，于是只给个一两千块打发。正规大公司当然会走正规流程，但大厂要的人才也是顶尖的。而晨熙的人力资源专业，说好听点是万金油，说难听点就是没什么用，没有针对性，反而更不好找工作。

楼狮都给他把工资涨到9000块出头了，再要多一点，这钱拿着，晨熙自己都觉得脸热。毕竟他还没正经上过工呢！再加钱的话，简直就像是被老板包养的小白脸似的！尤其是他还蹭着人家的大别墅在住。住人家的吃人家的喝人家的玩人家的，还拿着人家给的钱……

细细一品，这不就是小白脸吗？

晨熙一张猫脸上表情都扭曲了，他纠结地低下头，两只爪爪不安定地踩来踩去，楼狮好整以暇地看着晨熙。

晨熙最终垂头丧气：“算啦！”

算熙熙倒霉，不对，也不倒霉了。毕竟能拿那么多钱呢，做人还是不能太贪心。

楼狮看着蔫搭搭跳下餐桌去的晨熙，半晌，收回视线，把碟子里凉透了的小羊排吃掉。

这小猫崽子的道德底线还挺高，楼狮觉得挺有意思，这种情况，换了任何一个在宇宙中摸爬滚打过的人，十之八九都会狮子大开口，狠狠咬下一块肉来。但晨熙没有，这就是普通人。有点小心思，但大体还是善良平凡的。这让楼狮心情十分愉快。

他拉开购物面板，买了一堆猫玩具和猫零食，又看了一眼躺在已购列表里，之前十分缺德地买的拟真虫子玩具，决定把这些东西封存起来。

保镖先生带着一堆待处理文件过来的时候，发现他们头儿今天心情好得不行。之前看到楼狮平和的神情都会觉得不可思议，如今保镖先生已经习惯了现在的楼狮。他甚至偶尔都能跟楼狮聊上几句闲话：“头儿，今天很高兴？”

“嗯。”楼狮点了点头，目光落在远处白色的细腻沙滩上，半晌，说，“咱们把总部基地搬到这附近来怎么样？”

“？？”保镖先生惊愕了一瞬，委婉道，“这里是兴和联盟的腹地，头儿。”

虽然的确是您出生的国家，但并不是咱们自己的星球。楼狮轻啧一声，也知道自己的想法不现实。

楼狮伸出手：“文件。”

第八章

冷战·重新做人

晨熙蹲在昨晚找到的那个水上安全点——一个支在水面上的枯木墩子上，低头看着下边游来游去的食人鱼。

白天困难难度的丛林，他已经通关了——虽然不是优秀评价。没办法，他的觉醒体并不是掠食动物，所以是根本不可能拿到优秀评价的。

晨熙甩甩尾巴，把尾巴垂到枯木墩子底下，看着食人鱼自水面之下一跃而出，尾巴一挑，让鱼扑了个空。然后他又把尾巴垂下去，钓鱼玩。

唉，笨蛋食人鱼。怪不得那么多人喜欢逗猫，就连逗鱼都挺有意思的，别说逗猫了。

晨熙唏嘘着剥开了一颗松果。这是他从一个松鼠机器人那里抢来的。

训练区里的动物虽然都是机器人，但植物还是正常生长的。正值秋日，很多果实都成熟了。

晨熙从许多啮齿动物那里抢来了各种坚果，吃得肚皮滚圆，根本没有回酒店去的意思。

熙熙也是有脾气的！

小猫崽子看着天色渐暗，收回钓鱼的尾巴，往木墩子中间挪了挪。晨熙决定跟楼狮冷战，直到他完全征服了晚上的困难丛林为止！

根据楼狮说的，能够熟练通关，基本上就意味着完美掌控觉醒体机能了。晨熙觉得楼狮说的是对的。因为他现在对身体的掌控感非常强烈，感觉跟自由变化之间，只差了那么一点点的距离。

应该很快就能跨过去了，晨熙想。

结果这一跨，他就跨了整整一周。今天是周四，距离跟小伙伴们约定吃饭的时间，只剩两天了。

晨熙穿着破破烂烂的小衣服从训练区里走出来，干脆把挂在身上的小衣服扔到了一边。他两眼亮晶晶的，也不管身上那些脏兮兮的痕迹，不停爪地就往酒店里跑。

老板！老板！！熙熙成功了！熙熙可以变……晨熙冲到住宿区门口，刚准备奔向海景区，而后像是想到了什么，一个急刹车，没刹住，往前滚了两滚。

这是意外，太激动了！

晨熙赶紧爬起来，左右看看，确信没人看到他刚刚丢脸的行为之后，晃晃脑袋，抖了抖毛，看了一眼海景区，哼了一声，迈开小短腿，转头往园林区跑去。

熙熙还在跟楼狮冷战！所以这个大好消息，要先告诉云飞扬！

晨熙快乐地跑到了云飞扬住的园林区，找到了那栋挂着“住宿中”牌子的别墅，刷脸进屋。

楼狮给晨熙开通了很高的权限，酒店里几乎没有他不能通行的地方。

晨熙翘着尾巴，春风得意，蹦蹦跳跳地上了楼，一跃拉开了门把手，钻进了房间。房间里很暗，大投影上正播放着电影。晨熙仰头看着比他这只猫高了五六倍的床，腿一蹬，跳了上去。

楼狮完全没发觉他的猫在跟他冷战，他每一次打开训练区的监控，总是能看到晨熙在认认真真训练。他的小朋友铆足了劲要努力一把，这是好事。楼狮有事没事欣赏一下晨熙跟各种各样的虫子打架的场面，半点不觉得晨熙不回来这事有什么不对。

虽然猫身上看着越来越脏，但实际上并没有遭到什么实质性的伤害，就连吃东西也都正常，没有影响身体健康。这很好，回来之后多补充一点营养就行。于是楼狮也就放任他去了，正巧，他也好趁此机会试验一下，晨熙对他的影响范围有多大。

楼狮并不想破坏晨熙眼中平和安定的世界，他觉得晨熙现在很好，快快乐乐无忧无虑，并不需要经历外界那些乱七八糟的事情。

如果只是维持饲养关系就可以的话，楼狮往后要是有什么事需要去宇宙之中时，是绝不会带上晨熙的。这只猫崽子想在格子间摸鱼，就让他在格子间里摸鱼；想当个快快乐乐的普通人，就让他当个快快乐乐的普通人。保持纯粹和普通，这没什么不好的，他楼狮护得住。

楼狮拿起保镖今天给他送过来的文件。保镖先生左右看看，仍旧没看到那团小巧的白色身影："晨熙今天也没回来吗？"

楼狮随意地点点头，顺手打开监控，却发现一直以来跟着晨熙，保障他安全的微型监控机器人，现在对准的是云飞扬所住的别墅。

楼狮一顿，驱使着机器人靠了过去。刚靠过去，监控这头的人就听到了一声尖厉惨绝的猫叫。晨熙侧躺在床上，咔嚓咔嚓啃薯片的云飞扬，感觉整只猫从身体到灵魂都在颤抖。

我的老天爷啊！！熙熙只是与世隔绝了区区一个星期而已啊！！

晨熙看着脸圆圆的云飞扬，颤抖着伸出爪子，戳了戳对方过于柔软的肚皮。天哪！！才一个星期，云飞扬怎么就胖成这样了！！！

熙熙不记得教过你当胖子啊！你还记得你小奶狗的设定吗，云飞扬？胖子是当不了小奶狗的！起来减肥！！

晨熙简直惊呆了。他知道有些人是易胖体质，甚至有喝水都能增肥的那种，但明显得像云飞扬这样的，晨熙是第一次见。

有的人胖了，不上秤是看不出来的；有的人胖了，一眼就能看出圆润。非常不幸，云飞扬属于后者。

云飞扬似乎这才察觉到晨熙的到来，他低头看了看猫，轻咦一声："楼熙，你怎么来了？"他说着，像是想到了什么，伸手摸向一边的终端，看了一眼时间，"我假期还没结束啊。"然后向晨熙露出个笑容来，"我觉得你说得很对，放假这么松懈真的很让人愉快！"

不！你住口！熙熙根本没有教过你不知节制地长胖！你看看你这双下巴！你看看你这肚皮！晨熙呼吸困难，他觉得云飞扬变成这样，他真没法跟喜欢这只小金毛的女生们交代。

云飞扬到底为什么会有易胖体质这种可怕的设定啊？易胖体质就算了，还喜欢吃甜品！男主没有一张好脸一副好身材，有什么资格被猎取！云飞扬竟然会长胖，这就很不科学，但又过于科学。

要是这个时候有人想要采访云飞扬，晨熙连新闻头版标题都帮他想好了——

《表面光鲜亮丽不苟言笑的霸道总裁私下竟然是食怪和易胖体质！云飞扬为何会突然发胖？是人性还是资本的暗黑？》

但云飞扬怎么也算是云飞集团的招牌之一，晨熙记得，他们集团成天拿他们这个觉醒者小太子打广告来着。

换言之，云飞集团，要脸的！云飞扬一个假期回来整个人都吹气球似的鼓了，云飞集团不找麻烦才有鬼了！

虽然不一定能找到熙熙，但指不定会找楼狮呢！他已经给楼狮添了很多麻烦了，再让人家背锅当真不好。

晨熙深吸口气，仔细端详了一番现在的云飞扬。

胖子，不过，是一个挺可爱的胖子，但可爱的胖子也是胖子啊！

那么事情又绕回了原点，云飞扬到底是吃了多少，心态多好才能在一周里胖成这样啊？难不成还真就是橘色系容易胖吗？

幸好熙熙不是橘猫，晨熙深吸口气，他的终端没带在身上，于是伸爪去扒拉云飞扬的，云飞扬给终端解了锁。

晨熙敲字："你这几天上过秤吗？"

云飞扬："？"

好，看这样子，果然是没有。

晨熙："你这几天照过镜子吗？"

云飞扬："？？"

行，看来也没有。

晨熙："你起来，去照照镜子。"

云飞扬满脸迷惑，他仍旧没发觉有什么不对。

晨熙满脸悲愤："你去照镜子！！"

于是云飞扬起身，到洗手间里看了一眼，愣住。

晨熙一跃跳到洗脸台上，满脸沉痛："你该减肥了！"

云飞扬低头，掀开睡衣下摆，看着那圈肉，沉默片刻。谁能想到快乐水、甜品加上垃圾食品能有这么大的威力呢！虽然他最近的确是大门不出二门不迈。

唉，没办法，虚度光阴、荒废人生的感觉实在是太好了，是那种无法形容的好，好到云飞扬感觉自己从来没有这么自由快乐过。

怪不得那么多人喜欢当废物，当废物的感觉也太好了吧！但是……云飞扬摸了摸自己的肚子。他以前虽然不是八块腹肌的类型，但怎么也是有着人鱼线和匀称的肌肉线条的，现在这样就很离谱。他深吸口气，试图把肚皮上的那圈肉吸回去，但事实告诉他，这么干徒劳无功。

晨熙简直看不下去了，好好的小鲜肉，怎么就变成一大坨肥肉了呢？

晨熙当机立断："走，出去减肥！"

云飞扬却没动，他眉头微微皱起来，有点不大情愿。

晨熙："不是，你还不情愿？"

你看看你现在啊！你名字还是从"大风起兮云飞扬"里取的！你看看你现在！大风起了，你这云还像是能飞扬的样子吗？你已经飞不起来了，云飞扬！

晨熙："我记得你是云飞集团的招牌。"

就跟广告似的，要拍肯定找最帅最上镜的人来当主角，给人一种"你上你也这么帅"的感觉。再加上云飞扬还是个觉醒者，他这个招牌，是丢不得的。

云飞扬也意识到了这一点，有点不太高兴，但现实面前，他不得不选择屈服。他拎起晨熙，把猫崽子放到门外，然后换了身衣服。晨熙大大松了口气，跟在他后边，迈着小短腿，"嗒嗒嗒"地走。

云飞扬似乎挑准了一个方向直奔过去。晨熙底盘低视线低，走近了才发现云飞扬的目的地是健身房。

"喵！"他仰头看看云飞扬，一蹦，抓着云飞扬的裤子，爬到他手腕的位置，伸爪勾了勾终端。

云飞扬把终端摘下来，挂在了晨熙脖子上。

晨熙敲字："其实也可以一边玩一边减肥。"

狗子不遛就容易胖，运动量补上来，再稍微控制食量，大概很快就可以恢复体形了。

晨熙摸着良心说，云飞扬沉迷快乐水、垃圾食品和黑乎乎的游戏房，他是真的有很大的责任。不能让云飞扬误会他们普通人的假期就是这么虚度的！

晨熙觉得自己可以带云飞扬感受一下他们这种再普通不过的人的童年。晨熙出生在一颗平平无奇的星球上。而在那颗平平无奇的星球上，有一个平平无奇的小市镇，市镇上有晨熙的家。说是小市镇，不如说是城乡接合部比较合适。晨熙的童年就充斥着各种上山、爬树、下河、摸鱼等游戏，还包括拿叉叉猹，烟熏蜂窝等。娱乐生活虽然土里土气，但当真十分丰富。

而楼狮这一片宽阔的地盘，除了训练区，其他的地方都是实打实的海滨自然风光区。要沙滩有沙滩，要森林有森林。而现在是秋日，正是硕果累累、自然丰收的时候。在晨熙的记忆里，一年中，除了春季，也正是这个时节最令人期待。

晨熙信心十足："走！带你感受不同的童年！"

云飞扬想起这个假期听了晨熙的意见之后放飞自我的快乐，点了点头，又信了。

楼狮通过监控，看着云飞扬去健身房里溜达一圈，然后从人变成了狗，两只动物就撒着欢奔向了海边森林。

保镖先生也看到了，他随口道："他们关系真好。"

楼狮闻言，转头看了一眼保镖，落在文件上的指尖轻敲两下。

"晨熙离开训练区了，为什么不来找我？"

楼狮后知后觉，晨熙竟然没来找他，反而先去找了云飞扬，找了云飞扬就算了，还带着狗跑出去玩。

保镖先生想了想，觉得这个问题，他也参不透。于是他说道："小朋友想一出是一出吧，很正常。"

楼狮觉得有点道理，但还是有哪里不对。他垂眼，扫了一眼桌上的文件，决定快点把文件处理完去找猫。

晨熙觉得自己失策了，他感觉云飞扬根本就不需要他带着玩。晨熙蹲在海边的沙滩椅上，面无表情地看着大金毛追着海浪冲出去，又被海浪撵回来，这狗自己玩得还挺快乐的。

晨熙的目光扫过奔跑的金毛。这只狗看着只是毛厚，湿了之后才显出是真胖。不过算了，管他需不需要陪玩呢，晨熙摸着他的良心想，只要能瘦回去，怎么样都好。

晨熙左右看看，找到了一个机器人。他跳下沙滩椅，蹲到机器人面前，伸爪子打开了控制面板。专门为觉醒者服务的度假酒店就这点好，所有的机器人都具备宠物看护和陪玩的功能。晨熙正在设定犬科陪玩，那边云飞扬乘着浪，冲这边汪汪叫了两声。

晨熙转过头去，看到云飞扬一猛子扎进水里，然后叼上来一团深褐色的海参，刨着水游了回来。云飞扬知道晨熙不爱沾水。他远远地甩掉了水，叼着海参，放到了晨熙旁边的沙滩椅上。

“这玩意儿我吃过！今晚咱们可以吃这个！”

云飞扬扒拉着终端，对自己捞出一个海参来感到骄傲。

金毛高兴地一爪子拍在了海参上。晨熙看到海参瞬间喷出的白色线状物，转头蹿出去老远。云飞扬一愣，刚准备收回爪子，就发现他的爪子跟沙滩椅黏一块儿了。

云飞扬：“？？？”

云飞扬转头看向晨熙，晨熙慢腾腾地敲字：“这种海参受到攻击会吐出内脏，挺黏的。”

云飞扬愣住，晨熙找机器人拯救了刚捞到海参就惨遭打击的云飞扬，想了想，还是带着云飞扬去了旁边的森林。

海城不在热带，并没有那么多热带植物，但这并不妨碍晨熙带着云飞扬到处浪。但在晨熙仰头看着一个野生蜂窝，琢磨着他们一猫一狗应该怎么收蜜的时候，就又听到云飞扬的狗叫。晨熙转头看过去，一眼就看到了站在一团淤泥浅滩里的云飞扬。

晨熙倒吸一口凉气。

云飞扬已经不能看了。如果按照毛色来分，他之前可以叫金毛，现在他只能叫泥毛。泥毛半点没觉得自己浑身灰扑扑脏兮兮的泥水有什么不对。大概热爱玩泥巴是绝大部分犬科动物的本能，在晨熙看过来之后，他又重新低下头，继续刨泥巴。

云飞扬这一套动作实在是太过熟练，熟练得晨熙都还没反应过来，云飞扬就已经达成了他的目的。

云飞扬从那浅滩里挖出了一截藕。

晨熙已经懒得去想为什么这里会长莲藕这种问题了，他看着浑身泥水的云飞扬，只感觉自己在犯罪。云飞扬你还记得你总裁的设定吗？！晨熙看着叼着藕就冲过来的云飞扬，看到围着浑身淤泥的狗子嗡嗡乱转的苍蝇，疯狂后退。

滚！别过来！臭死了！脏！晨熙蹿上树，冲下边的云飞扬喵喵叫。

云飞扬一只狗，并不懂猫语。虽然他不懂猫语，却可以看到另一棵树上的蜂窝。云飞扬当即放下嘴里叼着的莲藕，盯着挂在树上的蜂窝，眼睛一下子就亮了。

晨熙："？？？"

你要干什么？！晨熙心里警铃大作。

楼狮处理完文件，顺着导航去找晨熙的时候，发现导航的目的地是医务室。楼狮眉头一皱，抬脚走向了医务室。

一猫一狗在医务室床上并排坐着，身上毛毛除了脑袋都被剃了个精光，脖子上套着耻辱圈，正无比乖巧地配合医疗机器人打针上药。

楼狮打开医务室的门，一眼就看到了坐在病床上的猫跟狗。他们看起来整个儿都肿了两圈，就像一大一小并排放着的两颗球。金色的毛毛跟白色的毛毛上脏兮兮的泥水滴落在地上，正被杂务机器人一点点清扫出去。

晨熙抖了抖耳朵，听到开门声，转过头去，跟楼狮对上了视线。

楼狮看着晨熙肿了两圈不止的猫脸，无声地吐出了一个问号。

不是去减肥吗？怎么看起来还胖了不少？

老板！！嘤，晨熙努力睁着几乎被挤得只剩一条缝的眼睛，吸着鼻子，无比委屈地看着楼狮。

说实话，楼狮真的有被震惊到。前星盗头子见多识广，能让他感到震惊的事件少之又少。如果说这世上能让他感到惊讶的东西共一石，那晨熙铁定独占八斗。

简直每天都能给他不一样的新鲜体验，怎么说，这每个月万把块花得挺值，甚至血赚。

楼狮打量着病床上并排坐着的一猫一狗，扫了一眼医疗机器人，医疗机器人连绿色的指示灯都没亮。它给两个幼稚鬼拔完了蜂针上完了药，就转头直接往电源口上一站，迅速进入了休眠模式。

这是这一猫一狗的情况，连急救程度都配不上的意思，非常安全。

楼狮收回视线，抬脚走进了医务室，往一猫一狗面前一坐，把晨熙的终端放到了他面前。他本意是来找猫，顺便给终端来着，可谁能想到，一进门就看到这样的情况。

楼狮的目光落在了云飞扬身上，晨熙虽然总是制造一些奇奇怪怪的意外，但向来是不会让自己受伤的。云飞扬就不同了，这个人早就习惯了进医院，从他第一次约晨熙出去吃甜品那件事就看得出来。

点单，吃甜品，算剂量，提前给医院打电话付账单。根据晨熙形容，这边云飞扬刚倒，那边医生就过来了。由此可知，晨熙进医务室，肯定是云飞扬作的。

肿了两圈的狗子打了个喷嚏，看了一眼楼狮，然后夙了吧唧地避开了对方视线。

他也没想到，他是真的没想到。因为他也是第一次在野外这么玩，晨熙那么自信的样子，简直就是给了云飞扬一个“随便作”的信号。云飞扬对晨熙相当信任，所以他就真的随便作了。谁知道会这样呢？云飞扬觉得自己巨冤！

晨熙柔弱地“喵呜”了一声。觉醒体不方便交流，但没关系，楼狮仍旧可以自己寻找事情的起因。

楼狮当着这一猫一狗的面，慢吞吞地打开了监控投影，把时间拉回了两个小时之前。

事情是这样的。

晨熙惊觉云飞扬对树上挂着的蜂窝有想法的时候，也顾不得云飞扬身上又脏又臭的泥了，直接跳下树，一脚蹬在了金毛的脑门上。金毛被蹬得一个趔趄，踉跄几步，好巧不巧的，就撞上了挂着蜂窝的那棵树。

在这里，我们需要再强调一次，海城并不处于热带，所以那些高耸健壮的热带常绿乔木，除了特殊的训练区，自然风景区里是不存在的。自然风景区除了海滨的红树林，都是落叶阔叶植被。就比如，被金毛过于扎实的身躯撞得摇摇晃晃的那棵歪脖子白桦。

那棵白桦看起来十分年轻，主干很细，被枝条上的蜂窝拉扯着都长歪了不少。它被金毛撞得晃了晃，枝条就不堪重负，“咔”的一声，连带把那个巨大的生物炸弹给投了下来。

晨熙被套着“耻辱圈”，面无表情地看着投影里狼狈逃窜的一猫一狗。本身，浑身被泥覆盖的狗是用不着跑的，但云飞扬哪里懂泥巴可以防蜇的道理。晨熙跑了，于是他马上也跟着跑了，还跑得特别带劲。

然后，楼狮就看着金毛跑到半道像是想到了什么，一口咬住猫崽子的后颈，叼着猫就直接跳进了水里。这一跳，直接把他身上的泥洗没了一半。晨熙看到这里，眼神都黯淡无光了。被蜜蜂追，跳进水里去躲避的思路是没有错的，但那是全身都在水里的前提下！

你狗游泳的时候，脑袋要在水面上呼吸的，对吧？毕竟你鼻子是长在脑袋上的，对吧？

但你的嘴，是长在鼻子下面的，对吧？而你，嘴里还叼着一只猫，对吧？所以整只猫，一半都会在水面以上，对吧？！

云飞扬一开始被蜇的还只有脑袋，但被他叼着的晨熙，直接被全方位无死角地攻击了个遍。

云飞扬！晨熙看着投影里弱小无助喵喵大叫的可怜的自己，越看越气，越看越气！他反手就给了旁边的傻狗一爪子。金毛被扇了一爪子，愣了两秒，委委屈屈地呜咽了一声。

晨熙深吸口气，看着被剃了毛的狗子，又艰难地低头，透过半透明的“耻辱圈”看了看同样被剃了毛的自己。

为了方便上药，防止感染，两只动物身上的毛毛都被剃得只剩下了薄薄一层，被蜇得厉害的地方更是直接被剃干净了。涂了药，倒是没觉得疼了，但丑得十分真实。

不应当，我只是一只柔弱的小猫猫。不应当，快乐而放纵的假期，不应当是这样！

晨熙用肿了两圈的爪子拍着屁股底下柔软的被褥，仰头看着楼狮，开始告状。

喵喵叫着的声音奶软奶软的，配上被蜇之后的倒霉相，让楼狮沉默了片刻，然后挪开了视线。再不调整一下心情，他恐怕会直接笑出声。但哪怕他把视线移开了，晨熙仍旧捕捉到了他眼中的那几分笑意。

晨熙不敢置信。你竟然笑？你竟然还笑？？老板你变了，你以前很关心我的！这事搁以前，你会直接做狗肉火锅的！你变了！晨熙心中大恸，无比委屈地低下了头。

楼狮抬手，伸出一根手指来，轻轻揉了揉猫崽子的脑袋。

“想吃什么口味的狗肉火锅？”他问。

在一边装死的云飞扬倏然抬头，无比警觉。

楼狮有一下没一下地安抚着他的猫，目光轻飘飘地扫过云飞扬。他若有所思：“剃毛的工作都能省下一部分了。”

云飞扬：你想干吗？杀人是犯法的我跟你说！

云飞扬感觉自己狗命不保，而晨熙是实打实地被安慰到了。好，我的老板还是那个老板。他扒拉了两下手上的终端，委屈唧唧地敲字："要吃麻辣的。"

楼狮说："好。"

云飞扬开始思考现在报警还来不来得及。

晨熙又敲字："我好丑。"

楼狮："你不丑，丑的只有这只狗。"

晨熙闻言，转头看了一眼云飞扬，然后点了点头。

云飞扬：过分了！我真的感觉有被冒犯到！

晨熙吸了吸鼻子："我感觉我跟云飞扬八字不合。"

楼狮："早跟你说不要跟他混在一起了。"

云飞扬感觉自己遭受到了一万点精神攻击。

晨熙想起之前楼狮的告诫，哽咽："是我太膨胀了。"

熙熙只是一只小猫猫，谁给熙熙的勇气去遛大型犬的呢？晨熙略一思考，觉得这必然是论坛里人们对云飞扬的认知给他的错觉！

论坛里，结合其他世界云飞扬的表现，给他的人设总结中"可爱"一词占比最重。

可爱？这个形容词，你品，你细品。能用"可爱"这个词来形容的男孩子，那必然是没有攻击性、柔软又甜蜜，甚至还香香的，还会撒娇的人设。谁知道，竟然是个笨蛋。

这么一想，熙熙好倒霉！

晨熙迅速找到了推卸责任的目标，把自己从中撇得干干净净。他幽幽地叹了口气，看着肿胀的爪子，委委屈屈："我一个星期没吃肉了。"

这话晨熙不说，楼狮都要忘了。

"你离开训练区之后，怎么不先来找我？"楼狮问。

你怎么会问这种问题？那当然是在跟你冷战！晨熙想到这里，觉得不对，楼狮好像并没有明白他为什么在训练区里一蹲就是一个星期。猫崽子仰头看向楼狮，楼狮面上带着些许不愉快。

“你努力训练，没空回来，这没关系。”他说，“但你训练结束了，却先去找云飞扬。”

晨熙张了张嘴：“……”

您这是……晨熙被自己的想法劈了一下，旁边的云飞扬也感觉被劈了一下。他看着楼狮和晨熙，酸不拉唧地羡慕这兄弟两个感情真好。如果不把他夹在中间当炮灰，那就更好了。云飞扬觉得自己在这个场景里十分多余。他晃了晃尾巴，干脆跳下床，奔向了健身房。晨熙只是转头看了一眼，想起被蜜蜂蜇的事就怒从心中起，懒得管他，楼狮也没拦他。

云飞扬保住一条狗命，灰溜溜地走了。

晨熙观察了一会儿楼狮的神情，发现他老板好像是真的没有理解到他冷战的意思。

晨熙：“……”

这就离谱了！难不成熙熙就一个人生了这么久的气？

晨熙哽住，敲字：“因为我在生气！”

楼狮眉头一挑：“你生什么气？”

晨熙：“你威胁我！”

楼狮沉吟片刻：“什么时候？”

晨熙瞪圆了眼，不敢置信地看向楼狮，楼狮竟然不记得！熙熙这么生气，还硬生生地憋了一个星期没有吃肉，牺牲如此之巨，楼狮竟然没往心里去！

更生气了！

现在的消肿消炎药见效真的非常快，楼狮漫不经心地想，才这么点时间过去，都已经能看清楚猫眼的形状了——之前还是条缝来着。

晨熙深吸口气，怒气冲冲：“你强买强卖！”

楼狮仔细回忆了一下，否认：“我只是实事求是。”

晨熙哽住，仔细一想，还真就是实事求是。晨熙这个人秘密不多，而楼狮，除了还不知道那个论坛的存在，几乎掌握了晨熙所有不想让别人知道的秘密。

猫崽子顿时像是打了败仗，蔫搭搭地垂下头来。

他脑袋一低，就看到了秃秃的爪子。晨熙微怔，抬起秃秃的爪爪，摸了摸秃秃的身子，悚然一惊。

秃秃的猫爪子哆嗦着敲字：“老板，我能变回人了。”

本来准备先把这事告诉云飞扬，以表达自己对楼狮的气愤的。不过晨熙想起云飞扬还当自己是楼熙，就把这个打算给咽了回去。

楼狮本来还在思考怎样安抚生气了却没得到回应的猫崽，结果这小朋友脾气来得快，去得更快，一眨眼就将他生气一周没吃肉的委屈给抛之脑后了。

楼狮扫了一眼那排字，点头：“嗯。”

晨熙敲字的爪子微微颤抖：“我剃了毛……”

楼狮：“？”

晨熙小心翼翼地问：“那我变回人之后，不会也……”

楼狮伸出一根手指，揉了揉晨熙套在“耻辱圈”中间的脑袋，拉长了音调：“嗯——”

晨熙心悬起来，楼狮慢吞吞地说：“你脑袋上的毛这不还好好的吗？”

晨熙大大松了口气，楼狮伸手，把猫抱起来，哪怕是剃了毛，猫崽子身上剩余的浅层毛毛也非常柔软，并不扎手。楼狮顺手揉了两把，想起这种生物被人争相捕捉带回去当宠物的记载，越想越觉得这种情况理所应当。

“回去吃肉。”楼狮说道。

晨熙摸摸自己的小肚皮，“喵呜”了一声。他算算时间，无比膨胀地打开了社交号彩虹屁指挥中心（4）。

晨熙熙："儿子们！爸爸神功告成！出关了！"

一周之前他发话要闭关一周练功，以前他也经常这么干，这种情况大多出现在考试之前，需要临时抱佛脚的时候。

叶朗朗："老四终于考完试了？"

沈深深："当小管家还要考试也太惨了吧！"

任航航："恭喜熙熙绝育归来！"

晨熙熙："？"

叶朗朗："？"

沈深深："？"

任航航："怎么？难道不需要自宫的神功也配叫神功？"

晨熙熙："既如此，我指定航航当我的继承人，爸爸回头就给你阉了，以绝后患！"

任航航："免了，退下！"

晨熙熙："今天周四，咱们凑合凑合，提前一天聚餐？周六周日两天，四顿，咱们一人请一顿搞起来！"

周末两天只有四顿，这非常科学，反正周末早上从来是起不来床的。

晨熙把这行字发出去，得到热切回应之后，就关掉了聊天窗，开始认认真真地搜索有没有什么中端餐饮消费场所。现在兜兜里有钱了，作为寝室的散伙饭，稍微隆重一点也不算乱花钱。谁知道以后再想要四个人凑在一起，会是什么时候呢。

晨熙这么一想，就找得更认真了。一直到肉上了桌，晨熙还在搜。他一边搜索，一边敲字："老板，这周末我请两天假。"

楼狮一顿："两天？"

晨熙点头："跟朋友去吃饭，顺便就睡宿舍啦，来回麻烦。"

这个要求很合理，老黄牛一年都只需要干两个季度的活呢，让一个员工全年不休本来就是不可能的事。何况晨熙是个人类，他有自己的社交，有他自己的朋友，还有家庭和亲人，楼狮仿佛此时才意识到了这一点。

他垂眼，看着兴致勃勃翻找着餐厅的晨熙，心里倏然涌起了一股怒气，这股怒气毫无来由。

晨熙敏锐地察觉到气氛有点紧张，他从网页界面里抬头，看向了神情有点不对劲的楼狮。楼狮好像不高兴，晨熙感觉到了，但这怒气并不是冲着他来的。能让楼狮生气的东西那可真是太多了，晨熙想。

有人挑衅、属下太蠢、饭菜不合口味、项目进展没有达到预期……甚至于有的时候，水珠落在屋顶上的声音，也会让精神常年处于焦躁之中的狮子暴躁。晨熙没有亲身体验过楼狮这种毫无缘由的暴躁，不过他看过不少论坛里的视频。

晨熙曾一度觉得，会选择与楼狮谈恋爱的人，不是有强迫症，就是有特殊爱好。但楼狮在短暂的休憩时间显露出来的柔和，却又让人觉得，总有人宛如飞蛾扑火一样前赴后继地去猎取，实属正常。

当一个人对别人都如同秋风扫落叶一样无情，唯独对你格外容忍甚至温柔的时候，这种被摆在特殊位置上的感受，绝对是一种常人无法拒绝的愉悦，尤其是这人的身份地位还特别高。

不过晨熙对此倒没什么特殊的感受，因为他也没怎么见到楼狮是如何跟别的人相处的。

云飞扬不算，云飞扬那只狗，就连晨熙都嫌弃，别说楼狮了。

但现在云飞扬也不在啊，楼狮怎么突然就生气了？不是说胐胐的特性是让人放下烦恼吗？猫崽子犹豫了一瞬，晃晃尾巴，“喵呜”了一声。

楼狮的目光始终落在晨熙身上，他看着小猫崽子这么一副不安的样子，半晌，收回了视线。

“只是吃个饭而已，怎么就不回来了？”楼狮说着，打开了放在一边的营养品。

晨熙一周没吃这个，还保持高强度的运动，是需要大量补充的。晨熙听着包装营养片的铝箔纸的声响，觉得这也没什么不好说的，他敲字：“因为准备吃四顿！”

楼狮一顿：“嗯？”

晨熙：“寝室四个人，一人请一顿，因为之后就要分道扬镳啦，下一次聚在一起也不知道是什么时候。”

沈深要去帝星，帝星跟钴蓝星之间的距离，哪怕是乘坐当前最快的飞船班次，也需要一周的时间。再加上沈深是要去医院实习的，来回花两周就为了聚个会，性价比实在是太低了。

晨熙觉得以沈深那过于理智的性格，他十有八九是连毕业典礼都不会回来参加的。他还没落实的各种证书，最终大概都会寄到帝星去。而叶朗朗和任航两个人，虽然一个拿到了楼氏的管培生资格，一个拿到了 offer，但他们最后在哪里上班，也说不准。楼氏那么大一集团呢，往哪儿调都有可能。

想到这里，晨熙感觉有点小失落，楼狮的怒气却在这时一点点消弭了。

他气什么呢？学生时代所熟识的人，绝大部分都会消失在往后的时光里。步入职场之后，人生就相当于重新起了个头。

这很好，楼狮想，这猫崽子人生中的新起点，是他的掌心，以后走的，也会是他掌控下的路。楼狮思及此，嘴角微微一挑。

他手中的铝箔纸发出细碎的声响，把差不多分量的营养片拆开之后，他又伸手把猫崽子脖子上套着的伊丽莎白圈给取掉，而后才缓声道：“分别是很正常的事。”

晨熙点头：“对。”

楼狮看着马上就将失落抛到一边，低头啃起了肉的晨熙，顿了顿，这恢复速度未免也太快了一点。但晨熙本身就是个苦恼留不到十分钟的脾气，比起为将要到来的离别感到失落，还不如多吃点肉来得实际。

他都一周没有吃肉了！整整一周！

晨熙撕咬着肉，想到他牺牲这么大，楼狮却根本没有察觉到他生气，就觉得怒由心中起。

退一步越想越气，忍一时越想越亏。

晨熙登时一拍桌子，楼狮抬眼看过来，晨熙顿住，他看着楼狮。楼狮正等着他说点什么，顺手把拆开的一小碟营养片推给了晨熙。晨熙看了一眼碟子，碟子里除了浅红色的营养片，还有几颗白色的营养片。

楼狮顺着他的目光，解释："消炎祛肿，你不是要去见同学吗？肿着不像样。"

晨熙呆怔片刻，心里的小愤懑瞬间就像是气球被戳破了一样消失得一干二净。

他抬起还有些肿的爪子："谢谢老板，老板你真好。"

是熙熙太膨胀了，除了楼狮，他上哪儿去找这么好的老板！

晨熙低头啃营养片，想想吧，楼狮是给他发工资的人，凭啥还要在意他闹不闹脾气。

楼狮问："你刚刚想说什么？"

想说熙熙很生气，还想讨价还价说以后不许威胁熙熙，也不许强买强卖。但现在不想了！晨熙瞬间把刚刚想重申他很生气的打算抛之脑后。

他敲字："在想请客去哪里吃饭比较好。"

这话楼狮没法接，他极少在外边吃饭。晨熙也没想楼狮会接这个话题，就算接了，楼狮提出来的地方，八成也不是他消费得起的地方。

晨熙像啃糖豆一样"嘎嘣嘎嘣"啃完了营养片，又"咕嘟咕嘟"

地喝掉了小半碟水，然后直接蹦下了餐桌，奔卧室去了。

楼狮猜他八成是去变人了。他想了想，点开控制面板，准备让机器人送几套衣服来。觉醒者就这点不好，在觉醒体和人体之间变来变去非常麻烦。

楼狮是不太喜欢变成觉醒体的，不方便，楼狮一边想着，一边在面板上输入了晨熙的尺码，晨熙的资料楼狮已经快翻烂了，简直倒背如流。

这小朋友的履历放在普通人里，也属于中等偏上的那一挂，称不上天才，但说一句优秀也是可以的，所以他的人生可以查到的东西也特别多。从五岁参加镇上的文艺汇演儿童团，到大学里跟友校的篮球赛，都有录像。

楼狮虽然没全部看完，但近期里的一些记录是浏览过的。怎么形容呢？楼狮想起站在篮球场上，在最后五秒的时间里咬牙投出三分球的晨熙，不由轻轻敲了敲桌面。

他将尺码和送衣服的命令发出去，又想到投影里球赛得胜的场景，少年飞扬的衣角，明亮的眼睛，勃发的生命力，还有湿透了的大背心。

怎么形容呢……楼狮再一次这样思考。

硬要说的话，就像是亲眼看着幼兽第一次成功捉到猎物时，所产生的那种切实的喜悦和快乐。虽然这并不是晨熙第一次成功，但年轻嘛，得到胜利的时候，那份喜悦永远都是最纯粹的样子。

楼狮想着，伸出一根手指，轻轻弹了弹眼前的水杯，发出“叮”的一声嗡响。

楼狮喜欢这种纯粹。

晨熙此时正披着浴衣，呈大字形躺在床上，沉思。一阵一阵细细密密的觉醒阵痛先放到一边，现在有个问题比较关键。

他是变回人来了，但他发现，他有点不习惯两只脚走路了。有句话不是说，养成一个习惯只需要二十一天。

二十一天，身体就会产生肌肉记忆，头脑也会跟着调整。

晨熙算了算，他变成猫……哦不是，变成胐胐，满打满算也已经二十七天了。晨熙深深地叹了口气，他抬手想摸摸脑袋，手一伸却掏了个空。

我头呢？！

晨熙一惊，仰头看了一眼，发现自己的手伸老长，远远超过了脑袋。

晨熙：“……”

毕竟适应了猫的身体，猫爪子才多长。晨熙不太习惯地收回手，摸了摸自己的脑壳。

好，头还在，头发也还在。

他低头，有点生疏地把浴衣带子系好，慢吞吞地往床下挪，然后扶着床站了起来，一步一顿地走到了镜子前。

抬眼，惊叹，天哪！镜子里这个帅哥是谁？晨熙抬手摸了摸脸，哎了一声。快一个月没看自己长什么样了，没想到还是这么帅，不愧是我。

晨熙看着镜子，看了两分钟。镜子里的人脸色逐渐发白，额头上浸着一层亮色的细小汗珠。

晨熙叹了口气，还是疼。

晨熙低头，拿出终端来，敲字：“老板，有止痛药吗？”

楼狮看看社交号上蹦出来的消息：“有。”

晨熙高兴了：“好，我就下来！”

楼狮想了想，好心提醒：“注意安全。”

晨熙不明所以，他戴上终端，扶着墙，转头走了出去。

晨熙的房间在二楼。楼狮给医疗机器人发去命令，除了止痛药，又追加了跌打损伤的药油，觉醒者刚变回人类的时候，拆家能力往往都堪比犬科觉醒者。具体体现在控制不了力道、对身体感到陌生、无法摆脱觉醒体本能以及对自己的体形有所误解……。楼狮正这么想着，他敏锐的听觉已经捕捉到了二楼传来的“咔嗒”声。

晨熙一脸蒙地看着直接被他拽下来的门把手，愣了两秒，试图把门把手给安回去。结果他一使劲，不只门把手，整个门锁都直接脱落了。

晨熙愣住。

不是！这玩意儿这么脆弱的吗？！难不成是之前猫猫天天用身体开门给开坏了？他呆怔许久，俯身捡起门锁，不知所措地愣在原地，半晌，决定拿着罪证去找楼狮自首。

楼狮坐在楼下，看着送来了衣服和药的两个机器人，还没来得及按下确认收货，那边丁零哐啷又传来巨响。

楼狮转过头去，眼睁睁地看着穿着浴衣的少年滚下了最后三阶楼梯，一翻身愣坐在地毯上，一手拿着门把手，一手拿着门锁，满脸都写着茫然。楼狮于是接过了医疗机器人送来的止痛药和药油，带着药走向了还没明白为什么会发生这种惨剧的晨熙。

楼狮蹲下来：“伸腿。”

晨熙下意识地伸出腿，腿上撞出了不少青紫，楼狮毫不意外，倒上药油直接上手揉。

“嘶！”晨熙疼得腿一缩。

楼狮抬眼看他，他的猫不管是人的模样还是觉醒体的模样都格外好懂。只见他一手拿着门把手，一手拿着门锁，像是剑盾一样挡在身前，戒备地看着楼狮。

晨熙看着眼前的楼狮，他还没从这个角度看过楼狮呢，以往他都得仰视的，现在平视之后，竟感觉楼狮的帅气值又上升了好几个档次。

论帅气，楼狮也就比熙熙差了那么一点点。

楼狮也正打量着晨熙。

猫眼、碎发、薄唇，看着瘦，仔细一品却有肉。影像跟真人几乎没有什么误差，而比起影像，真人到底是更为明亮、充满生机一些。

晨熙身上穿着的浴衣因为滚下楼而显得有些松垮，袖子也撩起来了，可以清楚地看到衣物遮掩下流畅匀称的肌肉线条。这点楼狮倒不意外，觉醒者的身材普遍都很赏心悦目。噢，发胖的云飞扬不算。

楼狮收回了视线，低头看着掌心里的药油。药油的气味有些刺鼻，但楼狮隐约还能嗅到猫崽子身上那点甜甜的奶香气。

楼狮把止痛药塞给晨熙，让他吃掉，然后再一次对他说道："伸腿。"

"唔？哦。"晨熙乖乖伸出腿，又吃了一片止痛药，然后被楼狮揉药油的力道揉得龇牙咧嘴。

楼狮看着眼前磕碰出不少青紫的腿，这小朋友只是随便磕碰了一下，就生出了这样的痕迹。晨熙伸着脚，已经习惯了楼狮给他捣鼓这里、捣鼓那里，半点没觉得这有什么不对。

止痛药消弭了疼痛，晨熙就打开了购物界面，开始翻起了衣服。楼狮一抬眼，就看到晨熙动作飞快地把一堆东西加入购物车。那架势，简直就像是在搞批发一样。楼狮扫了一眼价格，发现价格也的确是搞批发一样的价格——一百块钱十件的T恤和一百块钱十五条的短裤。

晨熙这个人，买生活日用品有一条准则，需要长期使用的必需品，他会买质量贼好贼贵的，比如行李箱，比如冬装和球鞋。而那种短期的消耗品，他就从来都是直接找最低价的商品，批量买的。能用多久用多久，用坏了用脏了直接扔也不心疼，比如每年的夏装和床上四件套。

楼狮微微皱了皱眉，觉得这么便宜怎么能穿："你的衣服我准备了。"

晨熙准备付款的动作一顿，抬眼看向楼狮，楼狮指了指放在沙发上的小箱子。

嗷！天哪！看看这个老板，看看这个楼狮啊！

晨熙觉得楼狮真的是个绝世好男人，不信你看看这体贴程度，这谁顶得住？这要换成姑娘，真就当场沦陷了。

晨熙唏嘘，把购物界面关上，拿过了楼狮手里的药油。

晨熙："我自己来！"

楼狮眉头一挑："你自己来？"

晨熙伸出手："不是爪子啦，可以自己动手了。"

"行。"楼狮也不跟他多说，起身去洗手，结果毫不意外地听到了一声惨绝的号叫。他通过镜子看到外边的晨熙从地上一蹦而起，疼得龇牙咧嘴地疯狂蹦跶，然后收回视线，慢吞吞地洗掉手上的药油。

他说什么来着？楼狮漫不经心地想道。

觉醒者刚变回人类的时候，会控制不住力道，对自己的身体感到陌生。作用在外物身上是这样，作用在自己身上，自然也是如此。觉醒者不管觉醒体是什么，身体素质是一定会大幅度增强的，而觉醒体特殊优势的发挥，那就得看个人的想法和后天的努力。

晨熙是半点不想努力的，他的觉醒体优势，也并不是能够锻炼的样子。比起那些优势，晨熙现在正沉浸在震撼之中不能自拔。他被自己的双手痛击，低头看着自己的双手，不敢置信地瞪大了眼。

怎么回事啊？！痛击友军就算了，反正倒霉的是云飞扬，但痛击自己就很不讲道理了！觉醒者怎么回事啊，没事还能殴打自己的吗？！

晨熙转头看向楼狮，张嘴就"喵呜"了一声。

晨熙：到底怎么回事？

楼狮慢条斯理，不疾不徐。

对，刚变回人的时候，也会有这种无法摆脱觉醒体本能影响的情况。在外国生活上一段时间，回来讲国语还会一不小心说秃噜呢。当了一个月的猫，反应不过来开口就喵喵叫，多正常，还怪可爱的。

之后也许还会露出尾巴，竖起耳朵，生出胡须来衡量距离……甚至还会啃手手。

楼狮抬眼看向眼前的镜子，晨熙还拿着药油站在原地，看起来陷入了对生命和社会的大思考。

楼狮擦干净手，走出去："你得适应一下新的身体机能。"

晨熙愣住："我哪有新的身体？"

"觉醒者的机能。"楼狮解释。

晨熙："就是我要重新学做人的意思？"

楼狮想了想，觉得这么说好像也没错，于是他点了点头。

晨熙深吸口气。

变猫的时候要学怎么当猫，好不容易变回人了，还要重新学习如何做人吗？！觉醒者也太惨了吧！这真的还不如不觉醒或者干脆就当只猫呢。

晨熙低头看看自己腿上身上的青紫，干脆把药油一放，放弃了治疗，转头去翻衣服。晨熙换上了机器人送来的衬衫和西裤，照着镜子，感觉自己好像帅了不止一个档次。

晨熙咔嚓咔嚓给自己拍了两张全身照，美滋滋地准备发到寝室群里。结果寝室里哥仨正好发了外卖的照片，还特意关联了他。晨熙定睛一看，发现照片是他们学校东门外边贼好吃的那家螺蛳粉。

晨熙酸死了，他也不知道自己以后还能不能肆无忌惮地吃这些不干净但好吃至极的食品。他之后还要测试他到底哪些东西能吃，哪些不能吃，哪些不能多吃。

不快乐，觉醒根本就无法给人带来快乐。

晨熙酸不拉唧地敲字："接外卖代吃，只接一份，多了不吃。"

叶朗朗："没得，下一个。"

任航航："可以匀你一口。"

沈深深："匀你一块酸笋。"

晨熙："？"

晨熙照片也不发了，愤怒地关掉了聊天窗，怒气冲冲地转头，一抬手，又拧下了一个门把手。

晨熙："……"

晨熙深吸口气，放轻了动作，小心而缓慢地把拧下来的门把手安了回去。

门把手重新回到了门上，晨熙松了口气，更加小心地尝试着拧开门锁。他把门把手转了 360 度，却始终没听到门锁打开的声音。晨熙手轻轻一抽，垂眼看着再次被他摘下来的门把手。

晨熙："……"

熙熙要生气了！真的要生气了！！

楼狮坐在客厅里，听到洗手间那边窸窸窣窣的动静，转头看了一眼，略一思考，就猜到大约是发生了什么事情。他起身，刚要去帮晨熙开门，那边洗手间的门就被一脚踹开，门锁分崩离析。

楼狮抬眼，门口晨熙站得笔挺。

楼狮："你站在那里做什么？"

晨熙抿着唇，耷拉着眼睛，支支吾吾："老板……"

楼狮敲了敲面前的桌面："怎么了？"

晨熙欲言又止，垂下眼，整个人肉眼可见地萎靡："我裤裆开线了。"

楼狮轻咳一声，想了想，起身去自己的卧室里拿了套他的睡衣出来。

楼狮整个人比晨熙要大一个号，他的睡衣到了晨熙身上，就显得特别宽松肥大。睡衣的布料柔软富有弹性，穿着这身睡衣，晨熙就算当场表演一个一字马劈叉、腾空转体 360 度，都不会发生之前那种裤裆开线的惨剧。

晨熙心有戚戚，他套上楼狮的睡衣，在洗手间里肆意跳了一波大神，确定是真的没问题之后，才长出口气。他从洗手间里走出来，气势汹汹地把开线的西裤踢到了一边。

楼狮偏头看向走出来的少年。晨熙的脸长得很好看，并不具备侵略性，一眼看上去就觉得很舒服很无害。他的每一个表情，哪怕是生气的样子，也让人生不起什么惧怕或者是紧张的心情。

此时晨熙裹着楼狮那一身浅色的大睡衣，整个人就显得瘦瘦弱弱的，再加上刚刚磕碰出来的青紫，脆弱得好像风一吹就能倒。

楼狮定了定神：“你跟一条裤子过不去做什么？”

晨熙不高兴：“明明就是它跟我过不去！”

行，楼狮移开视线，看到晨熙一跨腿，反坐到椅子上，扒着椅背，鼓着脸又打开了购物界面。

“买衣服？”楼狮问。

晨熙摇头：“不，给朋友买礼物。”

楼狮看着晨熙打开购物界面，眼也不眨地输入了“云涟漪”三个字。

楼狮一顿：“云涟漪？”

“对啊，大家都喜欢云涟漪。”晨熙被寝室里追星的哥仨洗脑三年，“彩虹屁”张口就来，“谁会不喜欢云涟漪呢？世界上没有谁会比云涟漪更好了！”

楼狮闻言，眯了眯眼。

远在几个星系之外录歌的人鱼小姐歌喉一顿，打了个喷嚏。

专注事业的云涟漪现在有多火呢？毫不夸张地说，只要有网络信号覆盖的地方，随便揪十个人出来，这十个里有八个人，都知道云涟漪这么个人。

零污点的实力派全民偶像，可不是吹的。

楼狮对此多多少少也有些了解，因为在遇到晨熙之前，他也偶尔会关注一下云涟漪的消息。但在来到海城之前，楼狮并没有特意去见云涟漪。

倒不是没见面机会，而是因为他当时的状况始终不稳定。云涟漪的歌声在当时算是唯一一根维系着他理智的绳子，万一他跟云涟漪见面的时候发生了什么意外，云涟漪出点什么事就不好了。

楼狮平时听云涟漪的专辑大碟，偶尔听闻云涟漪遇到什么麻烦了，也会背地里顺手帮上一帮。毕竟一个偶像，要一直维持火爆人气才有资格不断地出新歌，这个道理，楼狮还是懂的。但除此之外，楼狮跟云涟漪的交集几乎为零。

楼狮跟云涟漪之间唯一一次正式见面，还是他在遇到了晨熙之后情绪格外稳定平静时，为了确认自己的情况，才特意去见了云涟漪一面。也因此，楼狮对云涟漪受大众追捧的程度才有所了解。

云涟漪花容月貌，拥有一副空灵美妙的歌喉与只存在于缥缈神话之中的觉醒体，其本身就是现代社会的一个传说。更何况云涟漪的业务能力是真的可以，青春活力的小年轻喜欢云涟漪，这很正常。

楼狮十分理智地想着，心里却觉得不太爽利。他看着晨熙为难挠头的样子，感觉更加不痛快了。

“很难挑？”他问。

晨熙苦恼地点头：“是啊，又不能随随便便买一个。”

价位中等偏下的周边产品，几个室友几乎都是在刚出的时候就毫不犹豫地下手买好了。剩下那些他们没有的，不是宿舍不方便保存，就是贵到使人发昏。

那哥仨追星有多认真呢？举个例子吧，晨熙他们那个充斥着放飞自我的大男生的臭味的寝室里，有一个能时时刻刻都纤尘不染的干净角落。那就是卧室之外的公用小客厅里，专门用来存放云涟漪周边产品的地方。朝阳、干净、宽敞，甚至旁边摆着台空气净化器。

晨熙看着那些贵得吓死人的周边产品，感觉头皮发麻。以他现在的资产倒也不是买不起，但是送这么贵的东西吧，实在是没有必要。

脑壳疼。

这时，楼狮突然开口说道：“我有云涟漪的签名大碟。”

晨熙一愣，他的目光从购物界面上挪开，缓缓地看向楼狮。

楼狮补充：“她第一首单曲的那张原声大碟。”

晨熙微微睁大了眼。

哇！老板你可以啊！云涟漪出道首张单曲原声大碟现在都已经是无价之宝了！寝室里苦追人鱼的哥仨一张都没有呢。

晨熙因为自身情报渠道的特殊性，他敢说，这世上除了云涟漪本身，没有人比他更加了解云涟漪的事业走向了。就比如他知道，不管云涟漪想搞什么操作，她从一开始的时候，都必定是作为偶像训练生出场的。

人鱼小姐十六岁完成觉醒，十七岁正式出道。可能是没有看过攻略，云涟漪小姐出道之路比较坎坷，她出道的时候选择了一个小公司。这导致她第一张单曲大碟因为宣发太差血扑，惨遭大量撤单。据云小姐事后回忆，她的第一张单曲大碟只卖出去了二十万张。

二十万张是什么概念呢？面向全宇宙来说，单钴蓝星上的人口就有六十多亿。

钴蓝星所在的超星系中，跟钴蓝星人口规模同等的星球，有十二个。

人鱼小姐受自己的第一首单曲大碟宣发失败的影响还挺大的，火了之后干脆就宣布了绝不再版，于是那二十万张大碟的二手价就被炒上了天。

不吹不黑，这碟，堪比海景房，而且还是有市无价的海景房。如果现在有人想出手这张碟，哪怕只是普通版，放出来挂个拍卖，晨熙觉得价格能一路往百万飙过去。而楼狮手里的，还是签名版。

啧啧，品品！楼老板不愧是楼老板，追星都追得如此敬业！

楼狮一看晨熙惊叹的表情，就知道这小朋友这一次依旧没有接收到他话里的话。这也太不会读脸色了，楼狮想。他再一次说道："这碟我有五十张。"

晨熙不明所以："？"

我知道了啊，您毕竟是骨灰级人鱼粉，但也不必如此同我炫耀！因为熙熙是少数没有折服在云姐姐鱼尾下的人，意志非常坚定！

晨熙想了想，觉得楼狮可能是想听"彩虹屁"了。于是他"哇"一声，吹捧："老板真棒！"

楼狮："……"

晨熙见楼狮表情不对，愣了愣，加大力度："云涟漪肯定会因为有你这样的粉丝感到高兴的！"

楼狮一顿，缓缓冒出一个问号。晨熙见楼狮还是没反应，也蒙了，迟疑了一瞬，又回过神，重新抖擞精神，持续大力输出："老板真厉害，我记得云涟漪出道的时候特别不顺利，就是有你这样的粉丝，她才能走到现在，你超棒的！"

楼狮觉得自己可能误解了什么，晨熙也可能误解了什么。

楼狮正色："我不是云涟漪的粉丝。"

嘁，谁信，晨熙想。不过楼狮不承认也正常，追星嘛，这个事情，这个词，落在楼狮身上，就有种怪异的不贴合感。为了人设不认，多正常。

熙熙懂的，大家都要面子的嘛，晨熙摆出一个"我懂"的表情。

楼狮：不，我觉得你不懂。

楼狮解释："只是因为她的歌声能让我平静。"

"哦哦。"晨熙点头，心想只是感受宁静，那买一张也够了哦。除了铁杆死忠粉，谁没事买五十张原声大碟啊。这就是只有铁杆粉才干得出来的事情啊。

晨熙面部表情控制不过关，心里想什么，脸上就清楚明白地写着什么。楼狮决定干脆跳过这个话题："你要几张？"

"嗯？"晨熙没反应过来，"什么？"

"不是想不到送什么东西吗？"楼狮说，"送这个不是正合适？"

晨熙愣住。

晨熙瞪圆了眼，然后疯狂摇头："那个太贵了，老板，真要拍卖起来，一张碟最后的成交价可能都比我之前弄坏的外套要贵了！"

楼狮："但我买的时候 20 块一张。"

"啊。"晨熙发出一声短促的气音，意识到楼狮这是在云涟漪刚出道的时候就注意到她了。天哪！老板你真的太敬业了。先天条件这么好，两人再没有美好的结局，不是因为楼狮太疯，而是因为云涟漪太菜。

"老板你追星……呃，追求平静的时间好久了啊？"云涟漪出道都是十年前的事了。

楼狮懒得理晨熙刚刚的口误，再一次说道："要几张？不准拒绝。"

晨熙乖乖地说："三张。"

"三张？"楼狮一顿，"你们寝室不是四个人吗？"

"对啊，给他们三个一人一张。"

"你自己不要？"

晨熙迷惑："我要做什么？我又不是粉。"

不是粉？

"哦。"楼狮心里顿时就舒服了。

他终于收回了落在晨熙身上的视线，给保镖发去消息，让他回去拿三张没拆封的碟来。然后他一抬头，看到晨熙又投入了新一轮的搜索之中。

之前的搜索关键词还在，晨熙看着"云涟漪"三个字，顺便就点了搜索键，然后他看到了一堆密密麻麻的云涟漪衍生主题餐厅。晨熙身躯一震，之前不太注意还没发现，云涟漪竟然这么强的吗？

晨熙没开隐私模式，他终端的虚拟面板随意地挂着，楼狮扫一眼，问："怎么？"

晨熙抬头："这些餐厅，都是要给云涟漪钱的吧？"

楼狮点头："嗯。"

晨熙深吸口气："老板，你说胐胐主题餐厅，有没有可行性？"

如果有可行性的话，熙熙也不是不可以考虑去登记！

"没有。"楼狮想也不想，"你跟云涟漪不一样，你的天赋不具备大规模辐射的条件，还不如猫咪主题餐厅来得有可行性。"

这也太人间真实了，晨熙瞬间蔫了。

他低下头，点开评价最高、价格也非常高的一家餐厅，预订了周日晚上的位置。然后他撑着椅背，正要站起身，就听到"咔"的一声脆响，椅背直接被他撑垮了，露出了实木的内里。

晨熙抬眼看向楼狮，楼狮做了个"你随意"的手势："正常情况。"

晨熙扫了一眼地上那条开了裆的裤子，哽住："就没有什么辅助锻炼的手段吗？"

"没有，你现在不论碰什么器材，都可能会造成器材报废。"

晨熙："……"

行，怪不得国家要给觉醒者发补贴。觉醒者要是家里穷点，这日子可怎么过啊！晨熙无比忧愁地叹了口气，连尾巴都低落地垂了下来。

楼狮看着从晨熙睡裤裤管底下冒出的尾巴尖尖，提醒："晨熙，尾巴。"

晨熙一愣，扭头看了一眼，抖了抖耳朵："哎？"

楼狮眼皮一跳："还有耳朵。"

晨熙闻言，抬手摸了摸脸侧，摸了个空。

晨熙大惊："我耳朵呢？！"

"……头上。"

晨熙一手捂着脑袋上的耳朵，一手捂着屁股后边冒出来的尾巴，愣住。

楼狮问："去吃饭的时候你打算怎么办？"他指了指晨熙的耳朵和尾巴。

对于这种情况，觉醒者们其实是有那么一套应对方式的。虽然绝大部分觉醒者都会选择大大方方地暴露出来，以展示自己身份的特殊，但也有一些觉醒者，会选择隐藏。

在觉醒期的复健期，一般就是用衣物之类的东西遮住觉醒体部位，而如果想隐藏无法自控的觉醒体部位，那就要利用假体了。

楼狮已经给晨熙准备好了一套假体，兜得住不受控制冒出来的尾巴，套得住可能会变成猫爪子的手脚，也伪装得了会改变的耳朵，就连脸上可能会有的变化都能给盖上。只要不发生那种整个人都变成猫的事，这套假体能给晨熙兜住所有意外。但楼狮没有说，他好整以暇地等着晨熙向他求助。

对觉醒和觉醒者群体完全陌生的晨熙，被楼狮问住了。他呆怔半晌，摸了摸自己头顶微凉的毛绒耳朵，也不知道怎么样才能把人的耳朵弄回来。他尝试着折腾半晌，始终没见什么效果，干脆用力一按，头顶上耳朵微疼，像是受到刺激的蜗牛一样缩了回去。

楼狮："？？？"

还能按回去？楼狮微怔，而后将目光投向了晨熙的尾巴。晨熙话不多说，又按了按尾椎，但无事发生。

晨熙眉头一皱，楼狮心头一松。

晨熙沉默片刻，干脆把尾巴从宽大的睡裤里掏出来，按照它刚长出来的时候那样，缠腰上打了个结。然后他抬头，一拍腰上鼓鼓囊囊的那一团，喜滋滋地对楼狮说道："成了！"

楼狮看了看那条尾巴，又看了看蹑手蹑脚地开始适应身体新机能的晨熙。

啧，失策了。

第九章

好孩子·不可以夜不归宿

曾经年少无知的时候，晨熙想过觉醒者的千万种厉害能力。但他万万没想到，自己能切身体会一把什么叫作摧枯拉朽一般的破坏力。其具体体现为，摸啥啥垮，摁啥啥坏，一脚踢下去，草皮都能给铲下来一大块。整个人就宛如一个人新哥斯拉，走哪哪爆炸。

晨熙原以为离开四处都是家具的房子会好很多，但事实证明并没有。他穿着楼狮的宽大睡衣，愣在院子里，低头看向被他铲出来的那个坑。

这一看，晨熙头皮顿时就是一麻！他这一脚铲得精准，正好掏了个蚂蚁窝。密密麻麻的蚂蚁疯狂涌出来，在这附近四散奔逃。

好恶心啊！！晨熙大退一步！

楼狮并不在意晨熙会破坏多少东西，反正最后派遣机器人来修复就行了，至于所需要的维护费用，这种事情对他来说从来都不是问题。比起晨熙无伤大雅的拆家能力，还是瑞比那边传来的情报更让他在意一些。

楼狮翻完了新来的情报，又确认了一下楼氏新总部大楼的验收文件，分别盖上了自己的戳之后，就听到一阵丁零哐啷的响动。他闻声抬眼，就看到小朋友一阵风似的刮进来，冲进洗手间里，拿了个盆，按开了热水按钮，接水。

楼狮："？"

晨熙在原地跺脚，疯狂搓着身上冒出来的鸡皮疙瘩，等到一盆热水接完，他毫不费力地端着这一大盆子热水，又冲出了屋子。一盆热水呼啦一下往花园草地上一浇，然后晨熙更崩溃了。

被热水冲击的不止有蚂蚁，还有跑出来乱爬的别的虫子！

晨熙感觉自己要窒息了，他怀疑他自从觉醒之后，是不是就跟虫子有了什么不可分割的孽缘！明明在宿舍里住三年，连一只蟑螂都没有看到过！

说什么来什么，晨熙看到一只两指大的蟑螂从土缝里爬出来，然后缓缓地张开了翅膀。晨熙脑子一嗡，手里的盆"啪"地一下落在了地上。

"喵嗷！！！"小猫崽惨叫一声，也不管落在地上的衣服和终端，转头迈开四只小短腿，发了疯一样地往屋子里跑。此刻，在一楼客厅里岿然不动的男人，在猫崽子眼里格外有安全感。

晨熙后腿一蹬，白色的毛团子"啪"地一下扒在了楼狮裤腿上，一边惊慌地喵喵叫，一边往上爬想要钻到楼狮外套口袋里去，却发现楼狮没穿外套。

晨熙愣住。

楼狮垂眼看着顺着他的裤腿一路爬上来的毛团子，刚准备伸手把猫崽子托住，蹲在他腿上的猫崽子就一不做二不休，伸爪子拉开了他衬衫扣子间的缝隙，直接钻了进去。

楼狮："……"

肚子上团了一团毛球球的楼狮沉默片刻，正想说话，就感觉肚皮上的毛球球动了动，小爪子摁了摁他的腹肌。

哎，这腹肌，晨熙感觉到爪子底下硬邦邦的肌肉，又按了按。

天哪！这腹肌！楼狮不愧是楼狮！晨熙忍不住又按了按，然后摸摸自己软乎乎的小肚皮。

篮球小王子当然也是有腹肌的，晨熙的腹部肌肉平整流畅，人鱼线陷下去，一眼看上去就非常健康有活力，但跟楼狮这种近距离都能感受到喷薄力量的样子，是不一样的。

楼狮这腹肌简直就是男人梦寐以求的形状！

楼狮感觉晨熙的小肉垫在他肚子上按来按去，神情有些微妙。楼狮垂眼，看着从他衬衫缝隙间漏出来的毛屁股，无声地叹了口气。

“出来。”楼狮说道。晨熙探出个头，刚“喵”了一声，就被楼狮拎着脖子揪了出来，猫崽子四只爪子在空中乱蹬。楼狮把他放到沙发上，起身出去，看了一眼已经爬了一堆虫子的睡衣，眉头一挑。看到这些虫子，楼狮就知道大约是怎么一回事了。

娇气的小猫崽子。

楼狮俯身捡起了晨熙的终端，转头走了回去。

“我看你之前要掏蜂窝的时候胆子还挺大的。”

楼狮把终端扔给了趴在沙发上的猫崽子。

晨熙反驳：“那不一样！”

“哦？”楼狮问，“有什么不一样？”

晨熙敲字：“我家以前养过蜂！我家以前也没这么大一只的蟑螂啊！”

那么大一只！以前熙熙见的蟑螂都才小拇指盖大小，一拖鞋能拍死一窝！海城的蟑螂不但两指大，还会飞！蟑螂这个物种会飞就很不科学好吗？

晨熙越想心态越发爆炸：“就这种大小还会飞的蟑螂，就算我是人的样子也会怕啊！”

哪怕熙熙小时候吃过炸蝗虫、扯过螳螂腿、斗过蛐蛐、串过蝉，也不能承受如此这般的冲击！

晨熙疯狂输出了一大波，感觉身上那种麻麻的滋味消下去了，才长长地舒了口气。

“老板，我发现做人太难了。”晨熙如是说。

楼狮喝了口茶：“怎么说？”

没有爪子，没有皮毛，那么高，那么大，被虫子袭击起来目标太大了，随随便便就能被爬到身上咬一口。晨熙越敲字越觉得好有道理，我不想做人了！

楼狮：“那你还去不去跟同学吃饭？”

晨熙一愣，顿时蔫了。当然还是要去的，人也是要做的。

楼狮让机器人给附近做了一次全面除虫。本来须专门防治虫子的地方，只有泳池和房子内部，花园里有些虫子很正常，这样也能省下一些特殊的维护费用。不过现在，这些都不用考虑了，楼狮扫了一眼旁边的猫。

晨熙已经跑进了楼狮的房间，又换上了一套宽松的睡衣。

真男人，遇挫不屈，百折不挠！晨熙重新抖擞起精神，撩起袖子，气势汹汹地冲了出去。

天黑的时候，在健身房里折磨了自己大半天的云飞扬，拖着疲惫的身躯走了回来。他半道上看到了一坨躺在地上的白色毛团。

晨熙仗着整个酒店里没有别人，就那么大大咧咧地躺在马路上，仰头看着冒出了点点星光的夜幕，感觉自己已经是只废猫了。

云飞扬走过来，他穿着件大背心，脖子上还搭着条毛巾，蹲在了晨熙面前，伸手戳了戳猫。

你好臭啊，云飞扬。晨熙看着云飞扬微圆的脸，有气无力地“喵”了一声。

“你怎么了？”云飞扬问，顺势抬头看了一圈周围。

周围简直宛如被狂风肆虐过，灌木丛被压弯，树枝被剪得歪七扭八，草坪被剃秃了好几块，大约是罪魁祸首的除草机还竖在一边。

云飞扬都惊了：“……这是遭贼了吗？”

不呢，没有呢，哪个贼敢到楼狮的地盘来走一遭？没有瑞比属下那种飙车技术，也敢来？问过那些肚子里全是长枪短炮、激光武器的机器人了吗？

晨熙蔫蔫地“喵”了一声。没遭贼呢，只是遭猫了而已。但这不能怪熙熙，这怎么能怪熙熙呢？熙熙也是无辜的！

想要适应身体机能，就得不停地做事。在这里，晨熙实在找不到什么事做。于是他一开始试图帮忙修剪树枝，但他剪枝枝术实在不行，最后被机器人发配去给灌木丛剃平头。

但人类只用两只脚走路，真的很不利于平衡！所以晨熙不小心摔了几跤，把灌木丛给摔出了几个坑。然后他被机器人乌啦乌啦地拉着警报赶走了，赶到了修剪草坪的地方。他寻思修剪草坪总不需要什么技术含量，不就是推着除草机在草坪上溜达吗？

这个多简单，结果他一上手，因为力道太大，按得除草机刀片下沉，当场就把草坪剃出了一条秃杠杠。

觉醒强者，竟恐怖如斯！

晨熙悲伤地看了一眼云飞扬：“好辛苦哦。”

减肥中的云飞扬顿时心有戚戚：“对啊，好辛苦。”

晨熙一翻身坐起来，跟云飞扬执爪泪眼相看，十分无情地敲字：“但辛苦归辛苦，你还是要配合节食。”

云飞扬的泪瞬间就收了回去。他伸手弹了下猫崽子的额头，刚准备拎起猫崽子，就被对方一爪子挡住了手。

晨熙更无情了：“别挨我，你臭死了。”

云飞扬：“？”

云飞扬不听，他不但不听，还不顾猫崽子的反抗，把他拎起来往怀里一抱，疯狂揉搓了一番。

晨熙当场窒息，两眼一翻："你干吗不在健身房洗个澡啊？"

云飞扬："因为健身房没我喜欢的香波。"

晨熙："？？？"

行，论精致，是熙熙输了。

晨熙捂着鼻子，被云飞扬一路送回了楼狮那边。猫崽子带了一身狗味回来，楼狮接过猫的时候，脸色阴沉得吓人，差点没直接咬死云飞扬。

云飞扬察觉到危机，抬头看了一眼楼狮，这才后知后觉地意识到自己刚刚干了什么。他麻溜地把猫崽子往楼狮怀里一放，缩着脖子夹着尾巴，一溜烟跑了。

晨熙抬头看看云飞扬短裤下边的尾巴，指了指，喵喵叫。云飞扬都这么大了，怎么好像也控制不了尾巴。

楼狮意会，十分干脆："他蠢。"

晨熙愣住，一时间竟无法反驳，他想了想，试图给云飞扬正名。

晨熙："也不能这么说，云飞扬会这样，是因为他把我们当朋……"

猫崽子字还没敲完，就被大狮子的舌头舔了个趔趄，当场滚了两圈才停下来。晨熙蒙了两秒，转头看着不知道什么时候变成了觉醒体的楼狮，在他要舔第二口的时候，手疾眼快，两只爪爪按住了大狮子的舌头。

晨熙满脸茫然："老板你干吗啊？"

楼狮也敲字："你身上一股狗味。"

晨熙一愣，随即反应过来，楼狮这是要去掉他身上云飞扬的气味。他呆怔两秒，觉得狮子的领地意识也太强了，其实也不必如此。

晨熙："我洗个澡就好。"

楼狮沉默地看着晨熙，意识到对方并不高兴他舔毛之后，心里莫名地泛起了一股躁意。他深吸口气，叼起晨熙走到浴室里。

楼狮慢吞吞地敲字：“洗澡。”

晨熙敏锐地察觉到了他老板心情好像不那么美丽。

“好的哦，我好好洗澡。”晨熙敲完字，小心翼翼地看了一眼楼狮，想不明白为什么楼狮突然就不高兴了。

楼狮：“嗯。”他敲完这个字，转头离开。

晨熙一愣，又喵呜喵呜叫了两声。大狮子脚步一顿，转头看向小猫崽。

晨熙低头敲字：“还没吃晚饭呢，这是要去哪里啊？”

楼狮抬爪拍了拍晨熙的脑袋，冷静地敲字：“我去帮云飞扬减个肥。”

晨熙其实查过了，金毛是一种很聪明的狗。一只肥胖的金毛，必然有一个非常纵容它的主人，以及一身卖惨耍赖的本领。

据某个受害饲养员口述，他家的狗崽子一到早饭时间，发现盆里没粮就来鬼喊鬼叫地挠门。他家狗崽子喜欢玩水，以前都带它去池塘边上玩。但自从它发现在家里也可以玩水之后，就再也不愿意出门了。饲养员也曾尝试不管它怎么嚎怎么挠门，都不给它喂粮，还拉它出去遛弯。结果刚一出门，金毛就低头啃起了草，一边啃草还一边呜咽，看起来实在凄惨极了。

据受害饲养员透露，当时就是后悔，非常后悔，他当场就带着他的狗崽子转头回家，吃肉去了。

这肥，不减也罢！当然了，这不是说云飞扬也干得出吃草这种事的意思。

晨熙的意思是以云飞扬那种就算去医院，也非要吃可可制品不可的执着，他现在找酒店厨房偷吃点在家里和在外边都不能吃的东西的可能性，实在是太高了。也不知道会不会被楼狮正巧撞见，毕竟，楼狮怎么看都不像是真心诚意地想去帮云飞扬减肥的样子。

晨熙蹲在浴室门口，看着大狮子浑身低气压地走出去，抬爪郑重其事地画了个十字，愿各路神仙、佛陀、土地公公保佑云飞扬。然后晨熙打开终端，翻出了云飞扬的通信号，给他发了个消息过去："楼狮找你去了，速逃。"

楼狮准备怎么帮云飞扬减肥，晨熙是参不透的，反正已经提醒云飞扬了，尽人事，听天命。云飞扬要是没跑掉，那就是命该如此。

晨熙唏嘘着叫了餐，转头看了一眼浴室里的大浴缸，想到要沾湿毛毛，就一阵排斥。虽然现在他身上的毛毛除了脑袋都只剩下了浅浅的一层，但晨熙仍旧不想弄湿它们。

毛就是毛，短短薄薄的毛也是毛，不想弄湿就是不弄湿。晨熙思来想去，跳到浴缸边，按开按钮开始放水，然后变回人类。

他探头看了看水，又伸手摸摸蓄了浅浅一层水的浴缸，发觉并不像觉醒体时那样排斥之后，大大地松了口气。他等着浴缸蓄满水，小心翼翼地踩进了浴缸里。洗澡就得小心更小心，如果洗澡的时候发生事故，晨熙的人生尴尬手册恐怕又要更新了。

晨熙慢吞吞地泡进水里，全身入水的同时大大地松了口气。

伴随着晃荡的水波声，窗外安静的夜色之中隐约传来了几声狗叫。

晨熙："……"

好，很棒！看来云飞扬并没有跑掉。

他仰头看了一眼玻璃窗外的夜空。窗外繁星闪闪，看起来明天又会是一个好天气。晨熙这么想着，又听到了几声狗叫。

晨熙收回视线，挤了沐浴露，开始揉泡泡。

隐约传来的狗叫声里带着几声尖细的呜咽。晨熙打泡的动作停下来，把沐浴球往旁边一扔，整个人都钻进了水下，装死。

楼狮准备怎么帮云飞扬减肥，晨熙不知道，但从云飞扬的狗叫声判断，大概是相当残暴的方式。

熙熙不知道，熙熙也不敢问。

晨熙躺在水底，这里安安静静的，什么都听不到。听不到，良心就不会受到谴责。晨熙无比心虚，毕竟怎么看，云飞扬都很无辜。楼狮突然不高兴的时候云飞扬又不在场，所以惹楼狮生气的肯定不会是云飞扬，晨熙想，当时在场的只有两人，那么真相只有一个！凶手就是你——晨熙先生！

晨熙躺在水底，再一次在胸前画了个十字。

我不杀伯仁，伯仁却因我而死。等会儿上桌的如果是狗肉火锅，熙熙必然不会动一筷子。兄弟你放心走吧，阿门！

晨熙从水里重新冒出头来，深吸口气，侧耳听了半晌也没再听到狗叫声，心里一惊。

难不成真的凉了？

不不不，楼狮打从洗白之后就没干过杀人越货的勾当了啊！论坛里的人物设定卡片上写得清清楚楚明明白白！不过谁也不能保证楼狮真疯起来会怎么样——毕竟云涟漪有那么多死亡结局呢！

晨熙有点慌了，他打开终端，紧急敲字："老板，明天天气肯定很热，这种天气不适合吃狗肉火锅。"

在收到消息的时候，楼狮已经把云飞扬一路从住宅区撵到了草原雨季训练区，并顺势打开了极难挑战。

极难挑战是最高难度的挑战。通常来讲，能熟练通关困难难度的训练时，就已经足够让觉醒期的小家伙们掌控觉醒体机能了。极难挑战，是留给像楼狮、瑞比以及顶级掠食觉醒者的项目。

这里的机器人仍旧不会伤人，但是会通过脉冲来模拟伤害，并造成一定程度的疼痛。没有伤痕的疼痛仍旧是疼痛，如果不选择放弃，却又因为疼痛而驻足停滞，下场就只有一个——被紧随而上的掠食者疯狂骚扰，直到挑战者选择放弃为止。

简单地说，极难挑战就是高端玩家的战场。这里没有甜品，没有快乐水，没有垃圾食品，这里只会让云飞扬玩命奔逃，并伺机去寻找一点可以果腹的果实。雨季的草原，食物资源还是非常丰富的，并且绿色、健康。

楼狮说要帮云飞扬减肥，就是要帮云飞扬减肥。他说到做到。

云飞扬一周之后就要回去上班了不是？一周的时间，健身房哪够他减下来，何况云飞扬刚刚还偷吃了甜品和薯片。既然如此，还有哪里比极难挑战训练场更加适合云飞扬减肥呢？

大狮子蹲在雨季区入口，听到训练场里传来轰隆隆的模拟雷声，小喇叭正伴随着雷声，嘀嘀叭叭地播报着云飞扬的死亡次数。

还别说，云飞扬当初从觉醒学校毕业的时候成绩非常不错，十分钟下来，小喇叭只报了两次数。

楼狮垂眼，扫了一眼爪腕上的终端，看到晨熙发过来的消息，拉开了输入面板。

楼狮：“嗯。”

晨熙看到楼狮的回复，松了口气。

楼狮在训练场门口，顺手给云飞扬设置了一个强制安全锁。这个强制安全锁，保证云飞扬不会出安全事故，但也没办法利用通关或者暂停跑出来。

说减肥就减肥，减不下就别出来了。

楼狮做好了一系列设置，在训练区里下起雨时，迤迤然地起身，转头走了回去。

楼狮回来的时候，小猫崽子正躺在地毯上，卷着尾巴盖着小肚皮，睡得四脚朝天。因为怕半夜睡着的时候发生一脚蹬塌床铺的惨案，所以晨熙还是变回了觉醒体。

猫崽子蹬腿最多划破沙发皮，变成人形的晨熙蹬腿，他自己都害怕！

猫崽子长吁短叹，认为云飞扬不会真有事之后，就非常没有良心地放弃了对他的担忧，吃饱之后往柔软的大地毯上一滚，当场睡得四仰八叉，甚至呼噜噜地打起了小呼噜。

楼狮走到他边上，低头嗅了嗅那只软绵绵的猫崽。晨熙洗完澡，浑身上下都是楼狮所惯用的茶香沐浴露的气味。

很好，没有半点那只蠢狗的气味了，楼狮十分满意。他无声地在晨熙身边趴下来，尾巴一甩，把猫崽子圈住，打了个哈欠。晨熙感觉到身边突然来了个热源，迷迷瞪瞪地嗅了嗅，鼻间尽是令他安心的茶香味。猫崽子抖了抖耳朵，抱着尾巴往那团热源边上一滚，小肚皮一翻，又迅速睡了过去。

楼狮看了一眼滚到他胸腹处的猫崽，下意识伸爪想把这个贴近他致命处的毛团子推开，但在刚要碰到的时候，又停住了。算了，楼狮想，这猫崽子又没有歹心。就算有歹心，晨熙又能怎么着呢？他的牙齿都不一定能咬破他的皮，指甲的长度甚至都没他的毛深。

总结起来就一个字：菜。

楼狮慢吞吞地收回爪子，脑袋趴了下去。

保镖先生第二天来了个大早。

他来给楼狮送碟，结果他刚走到楼狮的住处，就透过没有拉窗帘的落地窗，看到了大大咧咧睡在客厅地毯上的一大一小两只猫科动物。保镖先生满脸惊愕，愣在原地。

晨熙这一个月来一直都是觉醒体，虽然剃了毛，但保镖先生也不会认不出来。楼狮的觉醒体不用说了，他们的头领，他更加不可能认错。

在保镖先生的记忆里，楼狮以觉醒体出现，通常只有两种情况：第一是要打起来了，第二也是要打起来了。只不过第二个情况是打自己人。

楼狮的觉醒体周围，向来都是飞鸟绝、人踪灭的。从没像现在这样，跟谁这么亲近过，而且那只猫崽子都快钻到楼狮肚皮底下去了！他们头儿什么时候这么放松地把致命点袒露给别人过？！

晨熙一贯是能睡懒觉就睡懒觉的，更何况，正常来讲，猫一天要睡十多个小时。楼狮的作息却非常规律，其实严格说起来，雄狮比猫还懒，但楼狮并没有受到觉醒体这方面的影响。可现在，晨熙还在打小呼噜，于是楼狮也懒洋洋地享受着朝阳，小憩。

保镖先生的视线存在感很强烈，楼狮掀掀眼皮，看了站在院子里的得力下属一眼，甩了甩尾巴，做了个驱赶的姿态。

保镖先生："？？"

不是，头儿！吸猫要有度啊！！

保镖先生内心有一瞬间的崩塌，但他坚强地挺住了。他绷着一张脸，坐在了花园里，等着他们头儿的传唤。

这不行啊！保镖先生想，这才多久？吸猫真的要有度啊，头儿！保镖先生忧心忡忡，仿佛已经看到了未来。

天啊！不得了了！！狮心要亡了！！！

晨熙一觉睡到了中午，他睁开眼，下意识地蹭了蹭眼前的热源，然后站起身，晃了晃脑袋。一抬头，就对上了大狮子的兽瞳。

阳光落在这头雄狮身上，像金色的溪流。

"喵呜。"

晨熙下意识地打了声招呼，得到了狮子低头轻轻顶了一下他脑袋的回应。晨熙被楼狮顶得一屁股坐到地上，愣住。直到大狮子回屋去，变回人类穿上衣服出来了，晨熙才缓缓回过神……

这事说出去，晨熙能吹一年……不，十年！猫崽子得意得尾巴尖都翘了起来。他拉开了寝室群，带着不可宣之于口的隐秘兴奋，慢吞吞地打出一行字。

晨熙熙：“唉，无敌最是寂寞。”

过了几分钟，寝室群里才有了反应。

沈深深：“你又无敌了？”

任航航：“深深你这就不对，我们熙熙的关键词明显是寂寞。”

叶朗朗：“那我来点首歌温暖寂寞！”

叶朗朗：“分享音乐《单身情歌》。”

大家都是单身，你何必呢？你快乐吗？晨熙叹息，他低头看看时间，觉得这群人八成是刚醒。入职之前的时间就等同于假期，谁会在大好的假期里早起呢？想早起，以后当社畜的时候多的是机会。

何况……晨熙算算日子，这也是他们最后几天自由自在的日子了。这个周末过去，他们就都要成为半个社畜了，管培生有些时候可比正式工还要累数倍。

晨熙十分唏嘘：“看在你们马上就要变身社畜的分上，本爸爸不跟你们计较，你们仁慈的爸爸甚至还给儿子们准备了大宝贝！”

就在这时，保镖先生拿着三张碟走过来，放在了桌上。晨熙听到动静，转头看过去。保镖先生对晨熙行了三秒注目礼，在猫看过来的瞬间，脸上的肌肉抽动了一下。

晨熙：“喵？”

保镖先生指尖微动，他想起之前托着这猫时的手感：毛茸茸，软绵绵，小肉垫热烘烘的，皮毛像锦缎一样顺滑，尖耳朵带着凉意轻轻擦过皮肤，亲昵又绵软，像是云朵轻飘飘地落在了心上。那是非常、非常让人放松的滋味。保镖先生面无表情地盯着猫，陷入回忆。晨熙被盯了好一会儿，抖了抖耳朵，缓缓打出了一个问号。

他从不因为被人盯着而感到不自在，毕竟熙熙长得帅，变成猫之后也贼可爱。

晨熙这个人，从小学三年级开始就收到带拼音的情书，长到这么大，被人堵着表白的次数，两手两脚加起来都数不过来。这让他在外貌方面非常自信，在厚脸皮这方面，也相当得天独厚。

保镖先生扫了一眼面板上的问号，视线又重新落在了晨熙身上。

猫崽子规规矩矩地蹲着，微微歪着脑袋，软绵绵地再一次发出了疑惑的喵呜声。

硬汉保镖呼吸一滞，目光瞬间挪到了一边，指了指桌上放着的三张碟，干巴巴地说：“给你的。”

晨熙闻言，跳上桌面探头看了一眼，猫躯一震！

天哪！是三百万！

晨熙转头，看了一眼站在桌子旁边的保镖先生。对方的手垂落下来，与桌面平齐，手背上有几道并不特别明显的疤痕。晨熙拿脑袋蹭了蹭那只手，“喵呜”一声表示感谢。保镖先生下意识地撸了两下猫，然后瞬间回神，一个激灵，抬头看向了他们头儿。楼狮坐在花园的亭子里，手里拿着一份文件，目光却正落在他身上，准确来讲，是手上。

那表情，像是在评估着什么一样，以保镖先生多年经验，楼狮八成在思考是剁手还是剁人。

保镖先生心中惶恐，然后麻溜地缩回手，抬脚走了出去。

晨熙没发觉什么不对，他晃了晃脑袋，跳下桌面，迈着小短腿钻进了楼狮的房间里。片刻，少年晃晃悠悠地从房间里走出来，身上套着明显不合身的睡衣。

他从桌上拿了两颗止痛药吃下去，在沙发上像咸鱼一般瘫了一会儿。等到药效上来了，就一个鲤鱼打挺蹦起来，冲花园里的两人挥了挥手，转头出门，上外边搞破坏去了。

保镖先生看着晨熙身上套的睡衣，那是他们头儿的睡衣！

楼狮看着晨熙的背影，一手托着下巴，另一只手抖了抖手上的文件：“这猫挺可爱，是吧？”

保镖先生哽住，他低头看了看自己刚刚胡来的手。

他哪敢说话！

楼狮也没什么追究的意思，他重新低头，懒洋洋地打了个哈欠，想着多年没有以觉醒体的姿态睡觉了，竟然还挺舒服。也不知道是因为以觉醒体睡觉舒服，还是因为有这只猫崽子在身边才舒服。于是当天晚上，发现其实是因为晨熙睡他旁边才那么舒服的大狮子，大半夜闯进了猫崽子的房间，把被吓醒的猫崽子叼了出来。

“喵！”晨熙蹬了蹬腿。

楼狮在自己房间和客厅之间犹豫了一下，还是选择了客厅。他把猫崽子放到客厅的地板上，然后慢吞吞地趴下了。

晨熙看着落地窗外的夜色，蒙了好一会儿，转头看向楼狮。大狮子的鬃毛几乎将他整只猫都笼罩在里边。猫崽子扒开厚实的鬃毛，从深棕色的毛毛里探出个头，伸爪子拍了拍狮子的下巴。楼狮低头，看着被鬃毛带得一个踉跄的晨熙，低头拿爪子轻蹭了一下猫崽子的脑袋。

第二天清早，保镖先生过来的时候，又一次梦回昨天早上，而今天的猫崽子比昨天嚣张了许多。他直接爬到了狮子背上，躲进了厚实的鬃毛里，躺在狮子头上，仰着肚皮，睡得耀武扬威！

头儿啊！！！保镖先生痛心疾首。

但楼狮今天没让晨熙一觉睡到中午。他抖了抖脑袋，把在他头上睡着的猫崽子抖了下来。保镖先生一顿，揪紧的心头微微放松了些许。

楼狮记得今天晨熙要跟他那几个室友去吃饭。他看着迷迷瞪瞪的猫崽子，低头叼起晨熙，转头进了房间。

刚松了口气的保镖先生愣住。

房间里，楼狮把猫往床上一放，叼着衣服进了浴室。穿好衣服之后，在终于清醒的猫崽子的注视下，拿出了之前就准备好的假体。

晨熙还是不要意外暴露的好。要是他意外暴露，对楼狮来讲其实是件好事。毕竟晨熙要是真的咬死了不想登记，意外暴露之后能求助的人，也只有他了。

但如果发生这样的事，他的小朋友大概会很难过的。楼狮想着，拿了之前给晨熙准备的衣服，把猫扔进了浴室。

“这些是假体。”楼狮简短地对换好了衣服的晨熙介绍了一下用途。

说是假体，其实是一层轻薄透气的半固态模拟皮肤。就像是薄膜一样，套在四肢和脸上，过个两三分钟就会固定成型。这样，不管身上突然多点什么少点什么，都会被完美地遮掩住。

晨熙吃过止痛药，新奇地看着逐渐固定的假体。等到成型之后，他握了握拳，蹦跶了两下，又满脸狰狞地活动了一下面部肌肉。

除了有一层几乎可以忽略不计的隔膜感，对他的动作没有半点影响。

好家伙！

“那我这就出发啦！”晨熙轻快地说道。

楼狮一顿：“不吃早饭？”

“我拿个面包路上吃，蓝湾离市区还挺远的，进了市区我还得转车去学校呢。”晨熙说着打开了门，想到自己都已经可以自由自在地变人了，又说道，“我之后直接回南丰庄园吧？”

“就回庄园？”

“因为也没有继续待在这儿的必要了嘛，而且快要正式上班了哦。”

楼狮终于想起晨熙来蓝湾的这两个星期，其实就是为了来掌控觉醒体机能的。像觉醒学校后续的天赋开发的高级课程，他是半点兴趣都没有的。讲得更直白一点，晨熙懒，他半点不觉得觉醒有什么好的，只觉得麻烦。

机器人送来了早餐，晨熙拿了个面包，往嘴里一塞，小心翼翼地把三张碟分别用厚实的海绵层层包住，塞进了背包里，然后把背包往背上一甩，准备跑路。

楼狮坐在餐桌边上：“回来。”

晨熙退了回来：“？”

楼狮慢吞吞地摸出一顶鸭舌帽，晨熙恍然明白，戴上了帽子：“谢谢老板！”

楼狮点了点头，看着晨熙往外走了一截，才又像是想起了什么，又一次说道：“回来。”

晨熙转身，噔噔噔地跑了回来，楼狮把止痛药塞给了他。晨熙收好药，又要转头走。

楼狮慢条斯理：“回来。”

晨熙一顿。

楼狮是不是在搞我？晨熙一边这么想着，一边又拐了回来。

楼狮给晨熙的手腕上扣上了一个跟终端非常相似的玩意儿，上边还印有楼氏的 LOGO（标志）。

晨熙上手摸了摸：“这是什么？”

“定位器。”楼狮说道，“鉴于之前我一时不察你就被绑架，你戴上这个，能保证我知道你在哪儿。”

晨熙愣住，楼狮收回手：“只要没有离开钴蓝超星系，我就能找到你。”

晨熙的心脏都跟着楼狮这句话哆嗦了一下，感动得不行。

晨熙吸吸鼻子，我们老板也太让人有安全感了！

楼狮好笑地看着晨熙扁着嘴满脸感动的样子：“去吧。”

晨熙应一声，背上包，转头噔噔噔地跑了。

楼狮偏头看了一眼走进来的保镖先生，然后看向晨熙身影消失的拐角：“这猫挺乖，是吧？”

这一次，保镖先生敢讲话了，他点了点头：“是。”

乖，且傻，保镖先生想道。定位器这种东西，说保护也是保护，但是在他们这种星盗的眼里，还有另外一个意思——

"狗牌"。

只有将自己的全部——性命、身体、忠诚乃至于尊严——都奉献给上首的星盗，才会戴上定位器这种东西。

虽然给晨熙的那个定位器并不是"狗牌"的规格，是可以随意取下来的那种，但就这么随随便便把自己的行踪交给他人掌握……保镖先生咂舌，啧啧，头儿不愧是头儿！保镖先生重新抖擞起精神，开始汇报工作。

楼狮漫不经心地处理完今天的工作，看了一眼时间，把手里最后一份文件盖上私章，说道："收拾一下，回市区去。"

保镖先生一愣。

"新总部过两天就投入使用了，去看看。"楼狮这样说道。

说是过两天就要投入使用了，但其实园区里另外一些部门的楼还在建。在已经建好的总楼里，却已经有人开始投入工作了。后勤保障、人事行政还有一些杂务部门早在一周前就入驻并开始正式工作。

楼狮坐在自己有一大半都被改造成猫房的办公室里，扫了一眼晨熙现在的位置。小朋友才刚结束在公共交通上的辗转，进入了海城大学。楼狮又看了一眼放在角落里，还没有拆箱的一箱子猫玩具，想起晨熙说今晚就在寝室睡。

不行，楼狮轻轻敲了敲桌面。晨熙是个好孩子。

好孩子，怎么可以夜不归宿呢？

好孩子晨熙觉得自己要死了。

他以前在公共交通上，怎么就没发现那些乱七八糟的气味这么重呢？体味、化妆品、香水、衣服上沾的气味，还有交通工具本身的气味。这些气味混杂在一起，几乎让晨熙无法呼吸。

老板可没说过会有这样的情况发生！！

如果觉醒者平时感官都这么敏锐的话，真的不能怪云飞扬从来不吃人造食材，也真的不怪楼狮领地意识那么强。这真的不是思想问题，这是生理排斥的问题！

常人适应的环境对于觉醒者来说简直是噩梦。打个比方就是正常人谁受得了天天睡在臭水沟里！

晨熙站在校门口，扶着道路旁边的景观树，感觉自己被现实的浪潮冲刷着，简直可以表演一个原地暴毙。

怪不得觉醒者都跟普通人隔得远远的，宿舍还都是独栋。现在想来，这跟特权的关系可能很小，更大一部分原因，是觉醒者难以适应普通的环境吧。晨熙觉得自己恐怕得把买车提上日程了。那一大笔钱还是暂时不跟家里说，等他把不能让家里知道的东西都买完了，再跟家里讲。

这也是没有办法，生活不易，熙熙叹气。

晨熙大口地呼吸着自然的空气，好不容易缓过神来，一抬眼就看到了校门口已经启动的摆渡车。晨熙顿时把背包往背后一甩，脚步飞快地追上刚发动的校园摆渡车。

“警告！您的行为可能会给您带来危险，请停止追车行为！”

“警告！您的……”

晨熙对摆渡车安全警告习以为常。他并不在意，直接拉住车尾巴上的栏杆，跳了上去。他落在车屁股的行人台上，翻到最后一排座位坐下，对因为警告而转过头来的人们露出个心虚的笑容。

海城大学是个非常老牌的学校，在钴蓝星排名第二，在整个钴蓝超星系里，也是排名前五十的大学。学校占地很广，经常要依赖校园摆渡车来赶课程。摆渡车有专用车道，到达目的地的速度是很快的。

晨熙屁股都没坐热，就拎着包下了车，快步走到了宿舍楼下，刷脸开门。结果楼门一开，晨熙就脸色苍白地往后退出了数米。

晨熙满脸痛苦地捂住了鼻子，犹觉不够，疯狂退出十几米，一屁股坐在了宿舍外边大榕树的树根上，劫后余生一般地深深呼吸。

遭罪啊！！晨熙靠在榕树主干上，感觉自己仿佛已经死了一次。是人能住的地方吗？？晨熙简直不敢置信，他以前竟然在这种宿舍里住了三年！天哪！他今晚上竟然还要在这里睡一晚！晨熙感觉自己灵魂都要脱离身体了。

不行，不能这样，熙熙还年轻！熙熙不能死！

晨熙抬手拍了拍自己的脸，决定今晚还是回南丰庄园去。

晨熙重新抖擞起精神，却始终没有生出再闯一次宿舍楼的勇气。那并不是普通的宿舍楼啊！那简直是能杀人于无形的龙潭虎穴！

晨熙打开寝室小群彩虹屁指挥中心（4）。

晨熙熙："来人啊！"

叶朗朗："喳！"

晨熙熙："朕在宿舍楼下了，速来！"

沈深深："你咋不上来？"

晨熙熙："朕不屑与那等凡夫俗子共处一楼！"

叶朗朗："讲人话。"

晨熙熙："懒得上去了，你们快点下来，去吃饭。"

任航航："来了来了！等哥哥们梳妆打扮一下！"

晨熙看到"梳妆打扮"四个字，简直惊了。

晨熙熙："你们怎么突然'开屏'了？"

叶朗朗："因为云涟漪代言了一款男士洗面奶！"

任航航："还有海藻面膜，纯天然植物精华，守护你的肌肤，叮叮！"

沈深深："嗯，是这样。"

晨熙熙："行吧。"

晨熙觉得自己带的这个礼物绝对不会出错，不仅不会出错，甚至可能会让叶朗朗当场晕厥。晨熙反手摸了摸自己的背包，发现他并没有带氧气瓶。

于是他敲字：“叶哥记得带氧气瓶下来。”

叶朗朗：“？”

晨熙熙：“我怕我的大宝贝一掏出来，你心里的鸡笼就笼门大开，鸡飞笼炸。”

叶朗朗：“？”

哥仨到底都不是什么精致男孩，理论上来说面膜要敷十五到二十分钟，但他们三个不到五分钟就跑了下来。他们一眼就看到了戴着鸭舌帽的晨熙，一溜儿小跑过来，刚看清晨熙的样子，就齐齐惊讶出了声。

晨熙满头问号：“你们什么表情啊？”

叶朗朗和任航都愣住了，沈深率先回神：“老四，你……这一个月变化挺大的。”

叶朗朗轻啧一声：“这岂止是变化大！”

任航两手搭在晨熙肩上，满脸沉重：“老四你跟哥哥说实话，你是不是去整容了？”

晨熙：“你说什么呢？”晨熙说着，抬手摸了摸脸，又捏了捏，“爸爸一直都这么帅。”

任航抬手把晨熙头上的帽子又往下压了压：“你把你这张脸藏好！”

晨熙不服：“凭啥！”

任航：“凭你一个月收三封情书而哥仨三年一封没有！”

晨熙一顿，看向任航的时候情不自禁地带上了几分同情：“行吧。”

唉！就你们这天天格子衬衫、四角裤、乱头发、人字拖的德行，就算遮住了熙熙的光芒，也仍旧是找不到女朋友的。哥仨这单身气场简直拔群，但谁让熙熙这么善良呢？遮住脸就遮住脸吧。晨熙这样想着，打开了背包。小心地控制着力道，把三个海绵包掏出来，分给了哥仨。然后他抱着背包，更加小心地爬上了树。接着，晨熙向树下点了点头：“好，你们可以拆了。”

男生宿舍区 8 号楼下传来三声防空警报一般的号叫，吓得半个男生宿舍区都安静了一瞬。

“嗷！！！老四真牛！！！”

“熙哥！！熙哥威武！！”

“我熙哥是神！我熙哥是电，是光，是唯一的神话！！”

“爸爸！！！”

晨熙腿一缩，避开满脸眼泪鼻涕使劲蹦着要来抱他腿的任航的双手。树下边兄弟三个围着树转圈圈，仰头看着坐在树上的晨熙，两眼冒绿光，嘴里念念叨叨地嘀咕着什么，跟魔怔了似的。

晨熙缩着脚，看着下边三人一蹦一蹦地要来够他，只觉得这场景活像是丧尸围城。

还怪吓人的。

晨熙抱着背包，做了个驱赶的动作。三个丧尸发出了一阵无意义的“咿咿哦哦”的声音，抱着新到手的宝贝，一点点安静下来。

晨熙松了口气。

叶朗朗感觉自己脑壳发晕，但他没听晨熙的带氧气瓶，只能大口呼吸着平复心跳。任航看晨熙的眼神比亲弟弟还亲：“老四你哪儿搞来的这个？”

“老板听说你们喜欢云涟漪，他当年第一批的时候买了五十张，就分了我三张。”

叶朗朗和任航浑身一震！他俩满脸震撼：“楼狮也是！！”

晨熙从树上跳下来：“他说他不追星。”

叶朗朗：“不追谁闲得买五十张啊！”

任航："还是第一张的签名版，这是骨灰级铁粉！"

沈深："有一说一，确实。"

晨熙也觉得确实如此，但老板的这种私事，还是只可意会，不可言传。

"他说他不是粉。"晨熙再一次纠正。

叶朗朗："我不管，反正他给了我海景房！"

任航："呜呜呜呜，我任航生是楼氏的人，死是楼氏的鬼！楼狮体恤下属、善解人意、绝世好人的高尚形象我信了！"

沈深比那两个捧着碟疯狂表忠心的人要理智一点，他一边拉着晨熙往摆渡车站走，一边问："就这么送了吗？这玩意儿很贵的。"

"老板说他买的时候也只是 20 块一张而已。"

沈深摇头："那它现在的价格也不可同日而语了。"

"我也觉得。"晨熙坐上摆渡车，"但是老板不准我拒绝。"

说这话的时候语气还有点重，晨熙搞不清楚楼狮这什么毛病，可能是钱多了没地方花吧。正这么想着，晨熙的终端"丁零"一声，财富号提示了入账消息。

晨熙一愣，点开财富号，发现楼狮给他打了 9600 元，标注的是"工资"。后边两个脑袋凑过来，又是两声号叫。

叶朗朗倒吸一口凉气："老四你工资这么高？"

沈深实事求是："工资高正常吧，家政工资都高。"

"小管家平时都要干些什么啊？"任航感觉自己连鼻孔里都进了柠檬，"之前老四不是还闭关考试了？"

晨熙："……"

也……也不用干什么，就每天吃吃喝喝睡睡玩玩，偶尔还给楼狮添点麻烦，晨熙越想越心虚。

"还是挺忙的。"晨熙睁眼说瞎话，"那么大一个庄园呢，每天光是打扫啊，收拾啊，修剪草坪啊，核对老板日程啊，统筹规划啊，就特别麻烦。”

麻烦什么，全都是机器人在做。晨熙摸了摸自己的良心，觉得好痛。

无比厌恶家务的叶朗朗心有戚戚地点头：“那的确挺忙。”

任航：“其实还要考试就很绝。”

沈深：“不过跟在楼狮身边，能认识的人不少吧？”

“那倒是没有。”晨熙这次说了实话。

楼狮看起来就是个完完全全的摸鱼狂魔。除隔上几天就给盖几个章之外，他就好像是个游手好闲的富二代一样。没有会议也没有应酬，想干吗就干吗，在家一蹲就是一整天。这种情况下，晨熙自然是没法跟着他认识别人的。云飞扬算是个意外，倒是保镖先生忙碌得像个陀螺。晨熙正这么想着，财富号又“丁零”响了一声。四颗脑袋齐刷刷抬起来，看到晨熙的财富号又进账了 10000 元，标注是“考核奖金”。

哥仨倒吸一口凉气：“哇靠！这是什么老板！”

“我不早说了我老板是天神下凡吗！”晨熙下意识回了这么一句，心里嘀咕着考核奖金是什么奖金。他想来想去，能跟考核挂上钩的，就只有他顺顺利利通过训练这么一件事了。可是通过训练，楼狮并不需要给他发奖金啊！

晨熙关掉财富号，下了摆渡车，跟着哥仨走进学校后门的鲜味大亨，心中仍旧在疑惑。今天鲜味大亨人少，店面对于卫生各方面处理得非常好，至少晨熙没有感到不适。

他们坐在了二楼大厅里。

任航被金钱迷花了双眼，打鸡血一样：“我必可以成为下一个熙熙！为楼氏发光发热！”

晨熙回神，上上下下仔仔细细打量了一番任航：“你做什么梦呢？”

“做梦一时爽，一直做梦一直爽，谁不想月入两万呢？别打断爸爸！”任航深吸口气，只觉得今天连空气都是香甜的。

叶朗朗拿着菜单点菜，翻了个白眼：“你一个搞信息工程研发的，八成也就是个螺丝钉。”

沈深拿了几瓶酒回来，又端了一碗花生米，往任航面前一放：“多吃点。”

任航“啧”了一声，刚撬开瓶盖，那边楼梯又闹哄哄地上来了一群人。四人转过头去，一眼就看到了走上楼来的五个人，那是友校篮球队的几个大高个儿。那五个人一眼就看到了晨熙，顿时露出了挑衅的神情。

被挑衅的晨熙满头问号。

任航一撇嘴：“你这个月不在，他们好嚣张的哦。”

晨熙不懂：“嚣张什么啊？”

“来踢馆咯。”叶朗朗搭腔，声音也没放低。

晨熙恍然大悟，点了点头，看到那五个人脸上的挑衅之色更甚。这几个臭小鬼，还是吃得太饱，晨熙想，像他这种成熟的社畜，就根本没有时间来搞这些事情。他收回视线，夹了一粒花生米，试探着吃了一粒，发现好像没有什么不适之后，又吃了一粒。

正等着晨熙反应的哥仨一愣：“你不准备回应一下他们吗？”

晨熙刚夹起来的第三颗花生米落回了碗里。

他看了看叶朗朗，又看了看那五个人，忧愁地叹了口气。

“不行啊，我不能跟他们打球。”晨熙十分苦恼，“毕竟我太强了。”

你听听，这是人话吗？别说302的哥仨了，就是站在楼梯口的那五个都惊了。不过话是这么说了……他们看着晨熙，从对方膨胀的语气里嗅到了拒绝的味道。

这就奇怪了，晨熙以前可不是这样的，以前遇到踢馆的人，晨熙就跟嗅到肉味的狼一样，每次都是第一个蹦出去的，气势汹汹，战意熊熊。讲疯话归讲疯话，肯定是不会避战的，但晨熙现在却一副不想打的样子。

晨熙还真就不怎么想打，开玩笑，海城大学的设备和建筑虽然都是按照战时标准建的，受得住绝大部分觉醒者的疯狂造作，但篮球还是普通的篮球。

人，也是普通的人。

晨熙怕他一上手，对方的脑袋就连着篮球一起，被他打爆了。晨熙想想自己现在的破坏力，觉得人怎么都没有钢板硬吧。

熙熙现在可是铆足劲，连两厘米厚的钢板都可以一拳砸凹的人，就这力度，谁看了不说一句厉害。

那边为首的人嗤笑一声："也太㞞了。"

晨熙眉头一皱，小老弟，我现在给你个重新组织语言的机会。

任航也跟着搓搓下巴："老四，这不像你。"

怎么就不像我了？熙熙这是为他们好！活着不好吗？活着不快乐吗？

晨熙重新夹起一颗花生米："我们都是要成为社畜的人了，成熟一点，跟小朋友计较什么？"

叶朗朗惊奇地看着晨熙。

"以前怎么没见你这么好讲话？"

"因为杀人犯法。"

"什么？"

"唉，你们不懂！"

生活的重担来得太汹涌，压迫着小猫猫幼嫩的肩膀。苦，真的很苦，熙熙早已经被觉醒磨平了棱角，承受了这个年纪所不该承受的重任！

你们根本就不会懂！晨熙深深地、深深地叹了口气。

那边五个人翻白眼，找了个位置坐下："嘁，不敢打就不敢打，认㞞嘛，找那么多借口怪好笑的。”

说什么呢？你这话熙熙就不爱听了。

“真想打也不是不行。”晨熙说。

“我一个。”他抬手指了指自己，然后又指向对方，“打你们五个。”

那边人愣了两秒，显出几分怒气：“你看不起我们？”

那倒不是，主要是，不能痛击友军。现在的友军可不是云飞扬，反反复复进医院，不但活蹦乱跳，还能迅速发胖。

换了一般人，命都没半条了，晨熙对云飞扬充满敬意。

“你管天管地管踢馆，还管我看不看得起你们呢？”晨熙说着一敲碗，“先吃饭，吃饱饭爸爸陪你们玩！”

那群人怒气冲冲地点了菜，这边沈深也熟练地报了一串菜名，然后跟另外俩兄弟一起盯着晨熙看。

任航摸着自己大腿：“看不出来啊老四，一个月不见，你都膨胀成这样了！”

“一打五。”叶朗朗啧啧，“输了我给你收尸。”

晨熙不高兴了：“你们就不能想点好！”

任航：“一打五，这能往多好想？”

叶朗朗摸出终端来：“疯话可以说，但比赛不能输，哥给你叫几个人来。”

“用不着。”晨熙扶了扶自己头上的鸭舌帽，得意道，“都跟你们说了我神功告成了！”

任航闻言，目光往下一挪：“还在？”他这么一说，叶朗朗和沈深的视线也跟着往下一滑。

叶朗朗凑热闹：“还真就绝育了？”

晨熙：“？”

熙熙不发威，看把你们给能的！

晨熙冷笑一声：“要不要本爸爸给你们传个功？”

任航搓搓手："怎么说？"

晨熙做了个手起刀落的手势："先把你那多余的二两肉切了！"

任航两腿一夹。

沈深："真不用叫人？"

晨熙点头："真不用。"

叶朗朗放下终端："行，你说了算。"

回头他们寝室四个人上也不是不行。

到晚饭点的时候，楼狮扫了一眼晨熙的位置，位置上显示晨熙还在校区。小朋友的活动范围着实不大。楼狮想着既然在饭点，就起身去看了一圈新建的食堂，还坐在食堂里吃了顿饭。

楼狮吃得很慢，他上一次坐在这种人挨着人的地方吃饭，都得追溯到他觉醒之前了。楼狮其实不太记得自己觉醒前的时光了。

他无父无母，在一个并不好但也不坏的福利院里，靠自己摸爬滚打长大。十三岁那年冬日，觉醒阵痛到来的第一天，楼狮就直接离开了福利院，上觉醒所做了登记，干脆地离开了他出生的星球。

觉醒学校里，作为顶级掠食动物，在绝大部分理智都被本能影响甚至支配的觉醒期里，也不会有多少觉醒者凑到他跟前来一起吃饭。后来觉醒学校被意外入侵，他受到入侵者带来的药物影响导致精神紊乱，难以自控，就更加没有机会再感受集体的温暖了。就连狮心的篝火庆功宴，他也是从来都不出现的。

楼狮不急不缓地吃着饭，漫不经心地回忆了一下他离开觉醒学校之前的日子，却发现全都是干巴巴的灰白色。倒是进入宇宙开始组建狮心，记忆才渐渐有了点别的颜色点缀。不过那大多是硝烟与鲜血的颜色。再顺着回想下去，铺天盖地而来的，就全都是时时刻刻与混乱的情绪斗争的焦躁。

楼狮吃饭的动作一顿，中止了回忆。

周围的交谈声与餐具的碰撞声渐渐恢复，他抬眼看了周围一圈。这里嗡嗡闹闹的，饭菜与人的气味纠缠着，食堂的装饰和人们的衣着都很单调，但落在此刻的楼狮眼里，却格外明晰绚烂，像极了他最开始确立了与晨熙的饲养关系时，那突然拨开乌云的天光。

漂亮，漂亮得他本性之中翻涌作祟的领地意识都被安抚了下去。

楼狮指尖微动，总感觉这时候，他的手边应该有只睡得四仰八叉的猫。要不是那猫，他这会儿可品不到这样的平静。楼狮略一思考，放下筷子，无视了几个试图跟他搭话的人，起身离开了食堂。

楼狮没带保镖，他难得坐上驾驶座，看了一眼定位，发现晨熙仍旧在一个地方，并没有移动。楼狮眉头一皱，这是没去吃晚饭？他定好位置，按下了自动驾驶的开关。

跟所有学校的现行政策一样，海城大学的校区是不让私家车进的。楼狮对学校的规矩多少还有点印象，他把车放在停车场，顺着定位，不紧不慢地走向了目的地。

今天似乎是有什么活动，周围的学生都往一个方向拥，楼狮抬眼看看，发现人潮跟他的目的地是同一个方向。

"一号篮球场热闹死了嗷！"

"我听说是个大四的学长吧！长得真好看。"

"可惜已经大四了。"

"英年早四！垃圾海大，大四凭什么没课？想看好看的学长都看不到！"

楼狮停下脚步，他抬眼看着一号篮球馆，隔着老远，就看到里三层外三层地围着一大帮人，叽叽喳喳叫嚷个不停。

楼狮看看终端显示的定位，他的猫在里边，看来是跑来凑热闹了。

楼狮点开聊天窗，正准备把他家小朋友喊出来，人群就传来一阵哗然。楼狮抬头，发现不知道谁搞了个投影，看起来像是球场里边的画面直播。从楼狮的角度看过去，一眼就看到了投影里占满球场上下两层的人。

可巧的是，投影的主镜头，正是他要找的小朋友。

晨熙还穿着早上出门时套的大T恤和运动裤，浑身汗湿了也乖乖地没有摘掉鸭舌帽。此时，他站在半场线上，微微俯身，控着手里的篮球，看着防守他的五个人。那五个人脸色苍白，看起来下一秒就要昏过去了。

随着哨响，晨熙停止运球，举起手里的球，姿势标准，手腕一扣，手里的球横掠过半场，直直地落进了球筐里。

周围欢呼声大起！

晨熙看着直接一屁股坐在地上的那五个人，一咧嘴："认输吗？"

那五个人干脆直接躺下，转头看了一眼记分牌。说一打五就真的一打五,一打五就算了，还打出这种两百多的分差就很侮辱人了！

虽然这两百多的分差，是因为他们超出比赛时间之后也不服输，被蹂躏了一整个下午的结果，但不管怎么说，他们好歹也是个正儿八经的篮球校队，被打成这样，几乎已经要怀疑人生了。

晨熙在他们旁边蹲下："真的不是你们太弱，是我太强。"

普通人跟觉醒者打就是这样的嘛，晨熙想，而且他真的很收敛了，一个篮球都没爆呢，篮筐也好好的，地板也好好的。不枉他委屈自己，让了这么多球给他们。

那边队长语气无比虚弱："你这就不是人！"

"哼哼！"晨熙得意得尾巴都要翘起来，半点没有堂堂觉醒者欺负普通人的心虚。

嘁，我凭本事觉醒，我凭本事开挂，我为什么要心虚？垃圾觉醒坑我钱财，毁我青春，要是连耍帅的用处都失去了，还有什么价值？

晨熙理直气壮，他活动一下四肢，一溜小跑到了自己三个哥哥面前。

“快点快点，夸我！”

三个哥哥这一下午，已经震撼到满脸麻木。

叶朗朗缓缓回神：“老四，你这是吃了特效药吗？”

晨熙龇牙：“给你个重新组织语言的机会。”

叶朗朗张了张嘴，半晌，憋出俩字：“真牛。”

就这？晨熙露出几分嫌弃，他转头看向任航。

任航脑子嗡嗡响，重复：“真牛。”

晨熙一顿，看向最后的希望。

沈深思考许久，缓缓说道：“神！”

晨熙：“？”

你们怎么回事啊？有没有文化，夸人都不会？！

晨熙抬手撩起衣摆，抹了把脸上的汗，正准备当场进行“彩虹屁”教学指导，手腕上的终端就响了一下。晨熙低头，看到发件人是楼狮。

老板：“结束了就出来。”

晨熙一愣，还没反应过来，楼狮又发了一条消息过来：“带上你朋友，去吃晚饭。”

第十章

端倪·我是单身主义者

晨熙呆怔片刻，一蹦起来，揪着哥仨就往外跑。

任航被扯得一个趔趄，咬到了舌头：“怎……怎……怎么了？”

晨熙：“老板来了！”

任航一愣：“什么老板？谁？”

晨熙回头：“我老板，还有谁！”

哥仨齐齐一惊。

“楼狮？！楼狮怎么会来啊？！”

晨熙心里也在犯嘀咕：“我不知道啊！”

晨熙带着哥仨冲出围观群众的重围，一眼就看到了站在场馆外边的楼狮。

晨熙松开哥仨，冲到楼狮面前：“老板你怎么来了？”

楼狮抬眼：“来接你回去。”

“可是我不是说了今天在宿——”晨熙话说到一半，想到今天中午在宿舍楼门口受到的冲击，把未尽的话头咽了回去，火速改口，“谢谢老板！”

楼狮有些意外地看向晨熙，晨熙不好意思地低头，小小声：“觉醒者嗅觉太敏锐了嘛。”

楼狮挑眉：“受不了气味？”

晨熙心有戚戚地点头：“是欸。”

楼狮扫了一眼忐忑着靠过来的三个年轻人，从口袋里摸出一小片东西：“抬头。”

“啊？”晨熙抬头。

楼狮把手里的东西撕下来两片，是细小的透明贴片，贴在了晨熙鼻翼的下侧。

晨熙愣住：“这是什么？”

“过滤气味的小玩意儿。”楼狮说完，确认贴好了，偏头看向晨熙的三个室友。叶朗朗哥仨木愣愣地看着这两人，心中齐齐尖叫。

啊啊啊！！是楼狮啊！！

“这是我老板，楼狮。”他向两边介绍，“老板，这是我朋友，叶朗朗、任航和沈深，叶哥和航航以后是在楼氏上班呢！”

叶朗朗深吸口气，走上前，满面笑容地伸手：“楼老板，你好你好！”

楼狮垂眼看向叶朗朗的手，微微一顿，还是伸手握了上去。叶朗朗被楼狮手上的粗糙感惊得一愣，有些意外，但他很快反应过来，笑嘻嘻地说道：“久仰大名！”

并不知道“谦逊”两个字怎么写的楼狮点了点头，收回手：“嗯。”

沈深在后边用力拧了一把神游的任航，把人推上去，和楼狮握手。还没有离开学校的几个人，在楼狮眼里，清清楚楚的，一眼就能看到底。他们看向他的眼神里有打量和迟疑，而看向晨熙的目光里全是担忧。楼狮嘴角微挑，晨熙的这几个朋友倒是交得挺好。

“走吧走吧。”半点没察觉到两方之间微妙暗涌的晨熙还美滋滋的，“老板说请我们吃晚饭！”

302哥仨应声，看着跟在楼狮身边半点不自在都没有的晨熙，转头你看看我，我看看你，抬脚跟了上去。

楼狮扫了一眼明里暗里关注这边的吃瓜群众，问：“怎么回事？”

晨熙跟着上了摆渡车，答道：“老板，说来你可能不信，有人诚邀我打爆他的头。”

楼狮：“？”

“我从没听过这样奇怪的要求。”晨熙说，“但既然人家诚心诚意地恳求了，那我当然要满足他。”

叶朗朗：“……”

沈深：“……”

任航：“……”

你说什么呢？你这话说出来你良心不痛吗？你这话你自己信吗？

晨熙：我信。

楼狮也信，但他知道晨熙的表达肯定哪里不对，于是他转头，看向了坐在他们背后的三个人。

“怎么回事？”他问。

叶朗朗概括：“有人挑衅，上头了就应战了。”

楼狮点点头，重新看向晨熙。晨熙缩缩脖子，小声道：“我没搞出事的啊。”

“我倒是无所谓你搞不搞出事。”楼狮说，“你自己心里有数就行。”

晨熙小心地瞅瞅楼狮，发现楼狮并没有表现出不高兴之后，瞬间放松了。

“那我还是比云飞扬有数的！”他得意地说道。

楼狮一顿：“你跟他比？”说完，楼狮脸上显出几分明显的嫌弃。

晨熙：老板，你也不必如此针对云飞扬。云飞扬又做错了什么呢？他只是一只傻狗，对他要求不要那么高。

晨熙一拍脑门："云飞扬呢？"

楼狮眼也不眨："还在减肥。"

"哦。"

他们下了摆渡车，上了楼狮的车，车里很安静。晨熙和楼狮坐在前边，后面哥仨表面冷静，内心充满了不安和疑惑：老四跟楼狮的相处看起来一点都不像老板和小管家。

这还是晨熙第一次坐到副驾上，他左右看看，发现装零食的小盒子在后座。

楼狮偏头看他："想吃什么？"

晨熙头也不抬："烧烤！"

楼狮随手一搜，找了个他看起来还不错的烧烤餐厅，发动了车子。晨熙扭过头，看向后座的三个人，刚想说后边第二排座椅底下有零食，又收了声——他突然想起，那些零食都是猫零食来着。

晨熙想挠头，却被头顶的帽子挡住了，运动一下午出了那么多汗，被闷着多少有点不舒服。

楼狮："难受？"

"也不至于。"晨熙摇摇头。

楼狮回忆了一下，按下了一个开关。后座小冰箱边上的柜子打开了，里边放着崭新的毛巾。

叶朗朗见识比较多，一眼就看出来那几团毛巾上的标志是啥。舒缓毛巾，特殊材质，带运动后按摩舒缓功能，专为高端运动人员设计。这玩意儿造价不便宜，是给指定人群特殊供应的东西。

楼狮转过头，叶朗朗麻溜地把毛巾送上，感觉自己这辈子都没这么机灵过。

三人群又热闹了起来。

任航航："我现在有点慌，哪位爸爸来分析一下这什么情况？"

沈深深："冷静分析，说不定是当弟弟在照顾，楼师就相当于一个野生的哥哥。"

好……好像有那么点道理！三兄弟沉默片刻，叶朗朗悚然一惊。

叶朗朗："惊天大发现！"

任航航："？？？"

叶朗朗："已知：我等于老四的野生哥哥，楼狮等于老四的野生哥哥；所以我等于楼狮！"

任航航："钥匙三块钱一把，您配吗？您配几把？"

叶朗朗垂死挣扎："你想想咱们，不也是这么照顾老四的？"

三兄弟沉默下来，半晌，叶朗朗看了一眼正在捣鼓车载音响的晨熙，深深地叹了口气。晨熙听到叹气声，扭头看了一眼哥仨，干脆不挑了，直接点击了云涟漪的歌播放。

晨熙头上顶着毛巾："叶哥你叹什么气呢？"

叶朗朗张口就来："就是觉得，生活挺艰难的。"

一个月不见，他总觉得中间好像错过了好多，这不应当。

大学期间，经常收到情书还老是被表白的晨熙，半点谈恋爱的意思都没有。不管追求他的对象是谁，晨熙全都一视同仁地拒绝了，他总说时机未到。

叶朗朗想了想，拍了拍前座。

晨熙回过头，就听叶朗朗问他："老四，你谈恋爱的时机还没到吗？"

晨熙不知道话题怎么就跳到这里来了。他摇头："还没到呢，怎么了？"

"哦，没有。"叶朗朗说，"就是有人托我们给你递情书。"

这种事其实还挺多，所以晨熙没觉得有什么不对。他无所谓地摆摆手："那不用递了。"

叶朗朗"哦"了一声。

楼狮听到他们的对话，顺口问道："你谈恋爱还讲究时机？"

晨熙："是啊。"

楼狮："什么时机？"

晨熙叹气："没时机，其实我是单身主义者。"

后座上三个人一愣。

任航奇怪："以前怎么没听你说过你是单身主义者？"

"这不是怕刺激到你们吗？"晨熙觉得自己可体贴了，"毕竟你们是被迫单身，我是主动单身。"

臭弟弟怎么说话呢！任航气死。要不是楼狮在这里你就血溅当场了！

"到了。"楼狮提醒。哥仨飞速下车，晨熙把毛巾扔到一边，摸了摸脑壳。

"我不戴帽子了能不能行啊……"晨熙嘀咕。

"你自己要出来的。"楼狮说，"戴着。"

晨熙叹气，戴上帽子，解开了安全带。

楼狮总是习惯性挑选隐秘性比较强的餐厅，这类餐厅通常都不便宜，晨熙走在满脸惊叹的哥仨身边，感觉十分有逛大观园的气氛。

烧烤肯定要配啤酒，哪怕有楼狮在，也挡不住吃散伙饭的小年轻想要借酒号叫的热情。

楼狮已经吃过晚餐了，他好整以暇地看着几口酒下去，瞬间就上了头的几个小年轻。最终他的目光停在没有碰酒水的晨熙身上："你不喝？"

晨熙舔舔嘴角的辣椒粉："不喝。"

楼狮眉头一挑："酒量不好？"

晨熙扭头看他老板，心想：胡说八道！熙熙能喝足足一杯！

晨熙没说话，那就是酒量的确不好。

楼狮慢吞吞地剥了只虾，问："怎么是单身主义呢？"

晨熙："因为我对谈恋爱这个事情有阴影。"

楼狮有点兴趣："嗯？"

晨熙默默闭上了嘴。

唉，说不得。熙熙的阴影其实主要还是来源于云涟漪。喜欢挑战危险和极限，大概是人类的本性。越是危险的人，魅力就越大，所以云涟漪都喜欢奔着那些危险人物去。这也就导致她谈恋爱总是谈得非常血腥。

这给当年正值青春期、对爱情充满了幻想的熙熙造成了非常深重的心理阴影。于是在很长一段时间里，晨熙对谈恋爱的印象，基本都是鲜血四溅。

其实直到现在也没好上多少。

晨熙深吸口气，老板，你根本不知道谈个恋爱有多难。

晨熙给楼狮拿了一串土豆片，跳过了这个话题："老板吃土豆！"

楼狮挑挑眉，不问了。晨熙是单身主义其实还挺好，楼狮想着，把剥好的虾放进了晨熙碗里。晨熙叼着虾，跟哥仨讨论晚饭之后上哪里嗨。

"还能去哪儿？"任航敲了敲碗，"打球、电影、唱歌、桌游、电玩和蹦迪，真人密室加射击……"

叶朗朗咂巴咂巴嘴："蹦迪吧。"

晨熙刚想点头，又后知后觉地意识到时间问题："不去了吧，得收拾行李呢。"

另外三颗脑袋一顿，齐刷刷地转头看向晨熙。对哦！明天是他们最后一天聚在一起了，之后叶朗朗和任航就要变身社畜，沈深要出发去帝星了。

叶朗朗一咂舌："也是，我们管培第一期都在总部，要搬进宿舍去的。"

四个人都得收拾行李。

楼狮把人重新送回了学校，自己在停车场里等，他看着晨熙跟那三个小年轻缓步上了摆渡车。几个醉醺醺的家伙被夜风吹得打了个哆嗦。

晨熙要收拾的东西不多，一个小时就把该打包的都打包完，租来了一个搬运机器人，头也不回地出了宿舍。楼狮看着晨熙带着个搬运机器人，跳下摆渡车，气势汹汹地走了过来。

楼狮挑了挑眉，打开了后备箱。晨熙动作麻利地把行李都放进了后备箱，然后钻进了副驾。楼狮偏头，小朋友去的时候还高高兴兴的，回来的时候怎么就气成了一颗球？

楼狮发动了车子，打开了隐私模式："怎么一脸不高兴的样子？"

晨熙粗声粗气："没有。"

楼狮这还是头一次看到晨熙不怎么高兴的表情。那些记录着晨熙成长的投影里，全都是他乐呵呵的样子。也许之前晨熙跟他闹脾气的时候就是这副表情，不过那时候晨熙还是猫，而楼狮也半点没发现他的猫跟他闹脾气了，楼狮觉得挺稀奇。

"吵架了？"他问。

"没有。"晨熙小声嘀咕。

就是不痛快，我们老板多好一人，光辉伟大，结果到了哥仨那里，楼狮就变成了地狱的恶魔，刚刚他仨还跟他说让他小心点儿。

晨熙摘下帽子，在心里叽叽咕咕，跳过了这个话题："老板，你为什么给我发考核奖金？"

楼狮眼也不眨："你通过试用期，我个人给你发的考核奖金。"

"噢！"晨熙打算不在金钱这事上跟楼狮纠缠。

晨熙摸摸瘪瘪的肚皮，两脚一蹬，直接变回了猫猫，把衣服踹到一边，转头钻到后座，翻起了零食箱。

晚饭的时候楼狮看着晨熙，小朋友根本没吃多少。猫崽子大概是怕不小心吃坏肚子让朋友们担心，所以非常收敛。

“没吃饱？”

“喵。”晨熙应了一声，叼出了一包小鱼干，蹦回前座，放到了楼狮手边。

楼狮顺手给庄园里的机器人下达了准备猫饭的指令，然后拆开了小鱼干。这些猫零食里，晨熙就特别跟小鱼干过不去。如果楼狮让晨熙自己挑的话，毫无疑问，他只会选择小鱼干。

八成是还记着小鱼干硌掉他牙的仇。

楼狮把小鱼干掰成两半，撕成条，喂猫。晨熙吃完了半袋子小鱼干，见楼狮要收零食不给吃了，赶紧伸爪子抱住了他老板的手。

“喵呜！”饿！不许停！几条小鱼干也就够垫垫肚子，今天下午消耗那么大呢！

楼狮轻轻按了按猫崽子的肚皮：“回去有饭吃。”

晨熙不听，尾巴一甩，喵喵呜呜地叫。楼狮微微抿唇，垂眼跟晨熙对视。车子里的灯光不亮，猫崽子眼睛溜圆溜圆的，可怜兮兮地叫唤，奶声奶气的，使人难以拒绝。

楼狮沉默片刻，挪开视线，重新打开了小鱼干袋子。晨熙这才松开楼狮的手腕，咕噜咕噜地继续吃了起来。

等到楼狮拎着猫回到庄园的时候，猫崽子已经吃得肚皮滚圆，对桌上准备好的猫饭看也不看一眼，直接就奔着浴室去了。这大概就是掌握了自由转换之后最大的好处。

晨熙泡在浴缸里，翻了翻自己的备忘录，先是给爸妈发了个已经找到实习工作的消息，然后目光缓缓地落在了“给老板缝好衣服口袋”那一条记录上。

南丰庄园的小仓库里有不少平时用不上但又不可缺少的东西，其中就包括缝纫材料和工具。

晨熙套上自己的睡衣，摸了摸自己长过头的尾巴。觉醒体的时候这条尾巴是身体的两倍长，人形的时候就还好，但仍旧是偏长，不太方便行动。晨熙又揉又按，试图让尾巴消失，但尾巴好像有它自己的想法。可能是憋了一整天，晚上一定要出来放放风。晨熙死活按不回去，没办法，只好再一次缠腰上，转头跑去了小仓库。然后他挑挑拣拣地从小仓库里拎了一堆东西出来，接着，上了二楼，把楼狮那件西装外套给拎了下来。

晨熙坐在了猫爬架边上，开始认真琢磨起这件外套来。

西装口袋在内衬里边，晨熙发现自己之前一脚蹬破的，不只是口袋，还有内衬的衣摆。

要补，得先把内衬拆开才行。晨熙想起自己以前参加活动的时候租的西装都没有内衬，就一层布料，连口袋都是假口袋。

不愧是大师手工制品，讲究。

晨熙把衣服放到一边，从他拎回来的袋子里翻出了碎布料、针线盒、拆线器……他打开缝纫教程，从针线盒里取出了线团，刚一扯出个线头，就下意识地张嘴咬了上去。

楼狮洗完澡，思考着今晚要不要去把小猫崽叼出来一起睡。

楼狮一边思考着这个严肃的问题，一边走出了浴室，然后他脚步停下，一抬眼，就看到了猫爬架边上皱成一团的睡衣睡裤。睡衣睡裤旁边凌乱地散落着打翻了的针线盒、几把剪子和已经被撕成了条状的布料。整个就是一幅可以命名为《拆家风云》的画。

楼狮目光一转，看到了那只身上缠着一堆色彩斑斓的线，还在追着几个滚来滚去的线团上蹿下跳的猫。晨熙看到突然出现的人影，愣了半秒，脚下顿时一刹，却不料一脚踩上一个线团，哧溜一下，连线团一起滴溜溜地滚进了猫爬架最底下的洞里。

楼狮："……"

楼狮深吸口气，自己要养的猫，傻就傻吧，还能扔了咋的。

楼狮抬脚走过去，把被线缠得花花绿绿的晨熙从洞里拎了出来，拎出来的猫嘴上叼了个针线包。被拎着的晨熙下意识地看了一圈犯罪现场，大惊！他惊恐地看向了一旁的单人沙发。

沙发靠背上，熟悉的西装外套正安稳地挂在那里。晨熙 5.3 的视力看过去，那件西装外套上，除了多出几根猫毛，并没有什么别的问题。

晨熙大大地松了口气，西装没事就好，西装没变成布条，熙熙就不算犯罪！晨熙迅速放下了心，他叼着针线包不放，含混地对把他揪出来的楼狮喵喵叫。

楼狮倒也不是不能理解，大抵猫科动物都对圆形的、毛茸茸的，还会滚动的东西毫无抵抗力。线团又是其中最令猫无法拒绝的一类。

楼狮没有伸手去拿晨熙咬着的针线包，他拎着猫，往沙发上一坐，俯身捡起一把剪刀，开始给猫剪身上缠着的线。

猫玩这种线还是有点危险的，尤其是晨熙这种小傻猫，可能会一不小心把自己勒死，楼狮都不会觉得意外，甚至觉得非常符合晨熙这傻了吧唧的猫设。而晨熙，也早已经习惯了楼狮作为饲养员，给猫猫修剪指甲或者毛毛。

他咬着针线包，还没从追逐线团的快乐之中回过神来。怎么会有线团这么令猫快乐的东西呢？会滚来滚去就算了，还会留出线头！

晨熙私心说，线团这种东西，比猫叼不走的逗猫棒要快乐得多。毕竟线团，猫猫可以自己玩，自己动手获得快乐，而逗猫棒……晨熙正想着，仰头看向被楼狮放在高处的逗猫棒。

深色的羽毛捆垂落下来，安安静静地悬在半空，不知从何而来的风吹着它柔软的尖端，微微颤动了两下。

晨熙一愣，只觉得嘴里叼着的针线包顿时变得索然无味。猫崽子爪子微微缩着，小肉垫无意识地拍了拍正在帮他剪线的楼狮。

楼狮刚给晨熙剪完了身上的线，把猫崽子身上的线都摘掉，被轻轻一拍，便顺着猫的目光看过去，眉头一挑。

不多时，逗猫棒上的小铃铛就丁零零地响了起来。晨熙浑身一震，他看着拿起了逗猫棒的楼狮，震惊地瞪大了猫眼。

老板你是会读心术是吗？！

楼狮看着还躺在沙发上发愣的猫，又晃了晃手里的逗猫棒："不玩？"

玩！！晨熙从沙发上蹦起来！

楼狮晃着手里的逗猫棒，看着猫崽子兴奋地俯下身，左右扭着毛屁股做出捕猎的姿态，便又开始思考先前想过的那个问题。

楼狮看着张口咬住了羽毛捆，被钓在半空的猫，略微有了几丝苦恼。他堂堂狮心首领，还从未想过自己有一天会有这样的苦恼。

这么一想，这猫崽子还真是身负了无数殊荣。

楼狮把猫放下地，拎起还咬着羽毛捆的猫揉搓了好一会儿，目光擦过猫爬架边上的睡衣睡裤时，微微一顿。咬着羽毛捆的晨熙惨遭抛弃，他看着楼狮走进书房里去的背影，愣了两秒，放下嘴里的羽毛捆，"喵"了一声。

楼狮敷衍地摆了摆手，没回头。

晨熙看看灯亮起来的书房，又低头看看羽毛捆。怎么突然就不玩了？晨熙伸爪子扒拉了两下羽毛捆，呆怔了两秒，正准备叼着逗猫棒去找老板，旁边的终端就"嘀嘀"地响了两下。

晨熙放下逗猫棒，转头找出了被他甩到一堆碎布条里去的终端。

名为"小熙佩奇（3）"的群里晨熙的爸妈发来消息。

猪场主发了一个礼花表情。

饲养员也发了一个礼花表情。

往上翻，就是晨熙说自己找到了实习工作的消息。晨熙算了算时差，这会儿在家里，刚好是起床上班的点。

猪场主："在哪上班？"

熙佩奇："楼氏！"

饲养员："嚯！做什么？"

心理抚慰员，晨熙心中这样回答道，然后敲字："严格来讲不是在楼氏企业，是在楼氏的老板家里当小管家！"

那边停顿了许久，晨熙猜他们是去洗漱了。果然，过了十几分钟之后，妈妈又一次出现了。

猪场主："好。"

晨熙说了些上班环境、待遇和老板为人的话题，顺便打开了购物面板买了一堆海城特产给家里的两个饲养员寄了回去，琢磨着找个时间，给二老发个视频过去。

晨熙基本上保持着一个月给家里发一次视频的频率，文字聊天倒是挺多。而他爸妈基本上是不主动向他发视频的，因为时差问题，担心打扰到他。

晨熙抱着终端打了个滚，突然意识到，他如果确定了往后要待在钴蓝星的话，就很难找到回老家去的时间了。

宇宙的交通情况跟某一个星球之中的往来是无法相提并论的。在某一个星球来往，哪怕是超大行星，要从星球这头到那头，最多也就十多个小时。而哪怕是如今已经达到了超光速水平的飞船，想要在星系之间肆意往来也并不容易。从钴蓝星去帝星要横跨三个超星系，需要花费一个星期的航行时间。而从钴蓝星出发，到晨熙的老家，要横穿六个星系，还没有直达，中途需要转机。不延误的前提下，全程需要十六天，往返一趟需要一个月。

而他现在全勤一年才有十天的年假。要回一趟家，光花费在路上的时间，晨熙就至少得干三年才攒得够。之前还没仔细想过这回事，现在掰着爪子这么一算，晨熙就呆住了。

楼狮在这个时候走出来，手里拿着一份文件，走到晨熙面前来。猫崽子抱着终端在出神，直到楼狮把他拎起来，才蹬了蹬腿，"喵"

了一声。

“看看这个。”楼狮说着，把手里的文件放到了猫崽子面前。

这是一份实习协议，晨熙还没毕业，没法签正儿八经的劳动合同，但实习协议大小也算个正式协议了。

晨熙看了一眼这协议，仰头看向楼狮。

“你现在掌握了觉醒体机能，已经可以签字了。”楼狮说道。

对哦！晨熙恍然。他搓了搓爪子，从楼狮腿上跳下去，叼着被他扔到一边的睡衣睡裤回了房间。他重新套上睡衣之后走了出来，然后拿着实习协议坐到了一边，认认真真翻阅起来。

楼狮拿了支笔过来，对晨熙这么认真的态度感到了几分意外。晨熙接过笔，一眼就看到了楼狮脸上意外的神情，他一愣：“怎么啦？”

“没想到你会认真看。”楼狮说得十分直白。

毕竟晨熙怎么看都像是那种拿到了合同之后，会大大咧咧地直接签上自己大名的人。这种人其实挺多的，绝大部分都是抱着“大家既然都熟了就肯定不会有什么问题”的心态。

其实楼狮没想错，晨熙还真就是这种人。尤其是给出这份合同的人是楼狮，晨熙就更加不会戒备了。晨熙不大好意思地挠挠头：“其实真有陷阱的话，我也根本看不出来啦。”

还真就在合同里多加了一排字的楼狮一挑眉：“哦？那你看这么仔细。”

晨熙有点小不安地转了转手里的笔。

“我就是突然想起，如果我留在海城的话，要回一趟家会很麻烦。”

楼狮闻言，一想，点头：“的确。”

晨熙一惊，迅速抓住了关键点：“老板你知道我家在哪儿？”

楼狮眼也不眨：“我查过你的履历。”

“……哦。”晨熙迟疑着点点头。

现在信用社会，讲究信息透明化，用人单位在需要的时候，打个申请，就可以获得别人准确的个人履历。履历上是有出生籍贯之类的内容的，楼狮能够得知也不意外。晨熙迅速把这事放到了一边，愁眉苦脸地揪了揪自己的一头短毛。

“再揪秃了。”

“……”

晨熙沉默地放下了手，叹气。

“年纪轻轻的，叹什么气？”

“我就是在想，全勤一年，年假十天，我至少得干个三年，才能凑够来回的天数呢。”晨熙趴在桌子上，声音闷闷的。但是晨熙也很清楚，楼狮肯定是不会放他走的，因为他的疗效看起来比云涟漪要好得多。

楼狮：“把你爸妈接过来。”

晨熙摆摆手：“他们不会过来的啦。”

还没退休是一方面，另一方面来讲，他们在那里生活了一辈子，交往圈子都在那颗星球上。要让他们扔下一切来钻蓝星，简直就是痴心妄想。

“我要是让他们过来，我都能想象我妈会说什么了。”晨熙直起身，摇头晃脑，学着他妈的语气，手指一翘，“小猪仔好不容易养肥可以出笼找食了，还想吃饲料呢，休想！自己拱土去！”

楼狮：“……”

晨熙：“就这样。”

……行，怪不得能养出晨熙这种活宝。

楼狮看着重新趴回桌面上，脑袋滚来滚去的晨熙，神色自若：“反正实习只一年，先签着。”

“那等我毕业，正式上班，休假问题可以谈谈吗？”晨熙可怜巴巴地看着楼狮，“我可以少拿钱，老板。”

“到时候再说。”楼狮说道。

晨熙点头，随意扫了一眼待遇方面的条款，确认没什么问题之后，干脆地在协议最后一页签上了自己的大名。

楼狮拿回来，去书房盖了他的私章。晨熙情况特殊，他的工资是走不了公司账的，不过楼狮本身也没想过走公司账。楼老板拿着要交给晨熙的那一份协议出来，一出来就撞上了叼着逗猫棒上门来的猫崽子。

楼狮俯身拎起猫，把逗猫棒放到一边：“晚了，该睡觉了。”

晨熙看看时间，十点半。这就睡觉了？夜生活明明才刚刚开始！黄金档的电视剧甚至还没放完！

楼狮才不管什么夜生活什么黄金档，他拎着猫，转身就进了屋，把猫往床上一扔。晨熙在软绵绵的被褥上打了个滚，满鼻子都是楼狮身上的茶香气。他从软乎乎的被褥里抬起头来，一脸蒙地看着上了床铺，俨然准备睡觉的楼狮。

楼狮对上猫崽子的视线，慢吞吞地翻开实习协议，指了指“实习岗位及工作内容”这一栏。

晨熙仰头，一张猫脸上每一根毛都写满了震惊。怎么会这样呢？怎么会发生这种事情？晨熙瞪大了眼，不敢置信地看着楼狮。

熙熙那么相信你！熙熙把你当神仙，你竟然忍心坑熙熙！！

不……不……不行，熙熙冷静，仔细思考！楼狮怎么会是这种人呢？这不符合楼狮的人设啊！也不对，自从认识楼狮之后，也没见楼狮符合过什么人设啊！你看看这个楼狮，跟论坛里描述的那个杀气四溢、暴虐凶狠，因为难以自控而不得不选择放弃星盗地位，洗白养老隔离自我的楼狮，有多少相似之处吗？

没有啊！！

晨熙整只猫陷在被褥里，凹成了一个小小的窝，就像是融化在这软绵绵的被褥中间了。楼狮坐上床，这小小的窝便微微倾侧。陷进被褥里的毛茸茸的猫脑袋露出来，正木愣愣地仰头跟他对视。

楼狮眉头一挑，晨熙悚然一惊，他竖着尾巴，戒备地要往后退，但被褥太过于松软，一脚踩下去像是踩空一样，整只猫直接摔了个屁股蹲儿。

楼狮看着四爪朝天，像是小乌龟一样试图从柔软的被褥里翻身的猫崽子，伸出手去。

晨熙一惊，四爪一抬，挡住了要把他拎起来的大手："喵！"

楼狮一顿，揉了一把猫，把协议扔到了一边："睡了。"

不许睡！今天熙熙必须把这件事搞清楚！！

晨熙一个鲤鱼打挺，抱住了落在一边的终端："老板，我觉得这不应当！"

楼狮慢吞吞地拉开被子，坐进去："嗯？"

晨熙敲字："我不提供这项服务的！"

楼狮一顿，随即意识到什么，似笑非笑："什么服务？"

晨熙："……"

你不要装傻！！装傻没用的！保持沉默也没用的！

楼狮欣赏够了猫崽子纠结的表情，才不疾不徐地说道："我只是觉得这样有助于睡眠质量的提高。"

晨熙一愣，缓缓打出一个问号。

"不然呢？"楼狮问，"你想到哪里去了？你的脑筋怎么那么复杂？"

猫崽子沉默片刻，把刚刚脑子里的有色废料一点点抠了出来。

"没有，我什么都没想。"晨熙冷静敲字。

楼狮拎起猫往被子里一塞，躺下："睡。"

第二天，约好的午饭泡了汤。不管晨熙怎么发出夺命连环呼叫，昨晚上喝高了的哥仨都没有醒过来的意思，晨熙气死。

晨熙只好打开彩虹屁指挥中心（4）催促。

晨熙熙：“你们——这帮——废物！”

晨熙熙：“爸爸今天预订了餐厅座位的，预付了钱的！限你们晚饭之前爬起来，不起来我就拎着刀去宿舍把你们全杀了！”

楼狮看着在一边气呼呼磨爪子的猫：“今天不是要出门吗？”

我倒是也想出门，关键那帮人这不还没醒吗！

晨熙转头：“喵！”

楼狮略一思考，猜到了晨熙没出去的理由。

“他们没醒？”

“喵呜！”

楼狮问：“那既然他们没醒，要不要跟我去一趟公司？”

晨熙一愣，惊奇地看向楼狮。

天哪！楼狮今天起床的时候是不是被门夹了脑子！摸鱼狂魔竟然说要去公司！隔壁保镖先生都感动哭了。

楼狮：“你那是什么眼神？”

你怎么能从一只猫身上看出什么眼神，晨熙想着，非常自觉地顺着楼狮的裤腿爬上去，钻进了他的外套口袋。

保镖先生这两天没来打卡，楼狮打从情绪稳定之后也不爱喊司机，于是今天驾驶座上的人又是楼狮本人。

晨熙蹲在副驾上，后知后觉地意识到自己这个心理抚慰员，好像终于要正式上工了，一下子紧张起来。

晨熙：“老板，会不会有猫毛过敏的人啊？”

楼狮：“筛查过了，没有。”

晨熙：“那不喜欢猫的人呢？”

楼狮：“严格来讲，你不是猫。”

哦对，熙熙不是猫，是朏朏来着！猫崽子抖了抖耳朵。

晨熙觉得这不能怪他没自觉，毕竟朏朏这个垃圾觉醒体，其废物程度简直是玷污了“幻想种”这个高贵的分类。云涟漪这个给出了“幻想种觉醒者”定义的人鱼多厉害啊！结果你转头品一品朏朏……晨熙一想起这残酷的现实，就感觉自己又要生气了。

垃圾觉醒！废物！想起一次辱骂一次！

“理论上来说，只要他们喂你吃东西，照顾过你，就会被拢入你的特性影响范围，不会不喜欢你的。”

晨熙低头看看自己跟猫没什么两样的爪爪，又紧张道：“那我会不会被发现不是猫啊？”

“不会。”楼狮随口答道，“回头说你是串血统的猫就好了，只要你不暴露自己是个觉醒者，就不会有问题。”

好！晨熙两眼亮晶晶地看着楼狮。

楼狮也微微偏头看了旁边的猫崽子一眼：“没有别的问题了？”

“没有了！”晨熙发自内心地拍了个马屁，“老板你真可靠。”

楼狮一顿：“现在才发现我可靠？”

晨熙十分上道：“不，一直都可靠，今天尤其。”

楼狮揉了下猫脑袋，嘴倒是挺会说。

晨熙抱着终端，看了一眼寝室群。群里仍旧静悄悄的，估计哥几个还睡如死猪。晨熙翻了个白眼，点开了社交圈。他一点开，就看到云飞扬发的一条新动态。

云飞扬：“地狱空荡荡，楼狮在人间！”旁边还附带了一张图。

晨熙点开图一看，发现是个体重秤的图，上边的数字明明白白：80 公斤。

晨熙略一回忆，发现短短三天，云飞扬就减下去了 8 公斤！云飞扬身高 180 厘米，标准体重应该是在 71 公斤左右，按照这个进度，再过三天，云飞扬就能瘦回来了！这简直是减肥界的奇迹！不愧是男主角之一！

晨熙给这条动态点了个赞，他刚点完没一分钟，云飞扬的消息就

“嘀嘀嘀”地发了过来。

云飞扬：“楼狮呢？”

云飞扬：“楼狮呢？！”

云飞扬：“楼——狮——呢？！”

云飞扬：“我要杀了他！！！”

晨熙一愣，感觉自己隔着屏幕都能感觉到云飞扬的冲天怨气。猫崽子转头看了看楼狮，给云飞扬发了个视频邀请过去，云飞扬秒接。

镜头里的男人穿着件背心，脸上已经看不出之前的圆润，也许是因为胖过之后又迅速瘦下来，产生了一定的视觉误差，晨熙觉得云飞扬的脸部轮廓变得更锋利了一些。

但这些并不是关键，关键是，云飞扬晒黑了。

晨熙沉默了两秒。云飞扬作为珍贵的觉醒者，又是易胖体质又是易黑体质，实在是太过分了！

真是惨绝。

云飞扬本人也是这么觉得的。他一开口就号：“我好惨啊！我觉得我毁容了！”

楼狮听到动静，转头看了过来。

晨熙敲字：“同志冷静！古铜色的皮肤非常有男人味！”

云飞扬愣住，他抬手摸了摸脸，如丧考妣：“都古铜色了吗？”

晨熙也是一愣，冷静地撤回了之前的话，改口：“同志冷静！蜜色的皮肤非常有男人味！”

云飞扬神情有点微妙，他决定发挥乐观精神，假装刚刚没有看到晨熙说的古铜色：“真的还行？”

晨熙十分真诚：“真的，我骗过你吗？”

云飞扬一想，顿时就信了。他迅速转换话题：“我本可以在健身房快乐减肥，都是楼狮害了我！！”

晨熙眼神一飘，楼狮在旁边冷笑了一声，云飞扬没听到那声冷笑，他不能对其他人这么诉苦，逮着晨熙就是一阵疯狂输出。

“你知道你哥哥多坏吗？！他竟然把我扔进‘极难’里磋磨，还不给肉吃！”云飞扬语调逐渐拔高，“我只是一只无辜的金毛！你看我像是能过‘极难’的样子吗？”

晨熙敲字：“你没过？”

云飞扬一顿：“嘿，我还真过了！”

晨熙：“……那你在这里表演啥呢？”

云飞扬强烈谴责：“我不就蹭了蹭你，你说楼狮怎么能这么对我呢？这人占有欲也太强了，正常哥哥哪能这样？”

楼狮闻言，微微一顿。晨熙抖抖耳朵，不以为意。这事分明就是云飞扬身上味儿太重，触发了楼狮的领地意识，然后就被殴打了一顿。

分明都是云飞扬自己的错，你这个憨憨，你不要想挑拨离间。

楼狮微微眯了眯眼，直接从旁伸手，拿过了晨熙的终端。云飞扬看着突然换了人的屏幕，话到喉咙口，又硬生生被憋了回去，然后以迅雷不及掩耳之势，火速挂断了视频。

楼熙害我！！云飞扬把终端扔到一边，深吸口气，吓死狗了！

云飞扬：“在？”

楼狮拿着晨熙的终端，缓缓敲了个问号过去。猫崽子从副驾驶座上翻到了楼狮腿上，拿毛脑袋拱了拱楼狮的手腕。

楼狮看了他一眼，把手抬起来。猫崽子于是钻到了楼狮两手圈出来的小空间里，这里踩踩那里拱拱，拱出感觉最舒服的形状之后，慢吞吞地躺了下来。楼狮垂眼，看着晨熙搭在他手腕上的脑袋，这小猫崽子还挺会享受。

会享受的小猫崽子看向眼前的终端面板，云飞扬那边正在输入，又停下，又正在输入，又停下，憋了半晌没憋出半句话来，然后他像是反应过来了，疯狂撤回之前说过的话。

晨熙："……"

看看看看，都把孩子逼成什么样了，简直造孽。

晨熙仰头看向楼狮："喵。"

楼狮垂眼："我没有欺负他。"

明明是云飞扬自己𡒄。虽然任何一个正常人，在面对一个臭名昭著的星盗头子时都会𡒄，但这关他楼狮什么事呢？你看这只小猫猫不就没𡒄吗？他不仅没𡒄，甚至刚认识没多久，就敢往他身上爬了。他居然还抬起了两条后腿，架到了楼狮另一只手上。

云飞扬那边撤回了一大长串，然后才缓缓冷静下来，发过来一条消息。

云飞扬："楼董好。"然后发了个可爱的表情。

晨熙盯了那个黄豆表情老半晌，转头看向楼狮："喵呜！"

你看看！孩子都疯了！！

楼狮觉得自己现在猫语怕是都已经过了专业六级。

"疯不了。"楼狮反手发了个微笑表情过去，让云飞扬自己品，然后把终端挂回了晨熙脖子上。

云飞扬看着那个微笑表情，感觉自己整只狗都很傻。

楼狮咋回事？楼狮怎么发这个表情？他到底是嘲讽我还是想杀我？云飞扬皱着眉，神情凝重地看着那个微笑，细细一想，恍然大悟！

楼狮三十出头，相比之下，也能算半个老年人了。他的微笑，不就是普普通通的微笑吗？年轻的大金毛越想越觉得有道理，他坐在健身房里，擦了一把脸，然后神情十分严肃地也回了个微笑过去。

楼狮眉头一挑，晨熙一愣，转头看看楼狮，伸爪子关掉了聊天窗，把记事本拖出来，敲字："他可能是在减肥平台期，比较抑郁。"

不然怎么会做出这种自寻死路的事！

楼狮撸了撸猫下巴："你担心什么？我又不会弄死他。"

这倒是。虽然从认识楼狮之后，楼狮的行为就没符合过他的人设，但唯独洗白之后不动刀动枪这个设定，楼狮一直都维持得非常好。

晨熙仰着下巴，被撸成了一摊猫饼。

限定可爱

醉饮长歌 —— 著

(下)

天地出版社 | TIANDI PRESS

目录

目录

第十一章

上班·这就是天堂

楼狮撸着猫，看着车子缓缓驶入了新总部园区的停车场。

事实上，因为楼狮主动前往公司这件事而感到震惊的，不只有晨熙而已，劳模保镖也十分震惊。

他坐在主楼最高层办公室外边的秘书处，看到楼狮办公室的灯亮起来的时候，向来冷硬的脸上都显出了几分明显的惊愕。

怎么说呢，楼狮这人吧，在狮心的时候就是个甩手掌柜。甩手到什么程度呢？他几乎只负责打架、武力威慑，以及突然提出某个毫无缘由、非常任性的方案，然后让整个狮心飞速地运转起来，为他去达成这个计划。

对，楼狮这种人，就是那种在雪山、在草原、在海滨当咸鱼度假，看着天高海阔的景色突然有了什么灵感，就一拍脑门儿不顾时差，大半夜把高管都喊起来开视频会议的老板。

哦，他这不是吐槽楼狮的意思，他就是举个例子。反正这个例子放在楼狮身上，就合适，非常合适，合适得不能再合适了。

楼狮撑死了也就比那些吃饱了没事干的老板多做了一份给文件盖章的事。但那跟统筹整个集团的工作量一比，简直就是九牛一毛。而现在，楼狮主动来公司了，这怎能不让劳模震惊呢？

旁边的秘书小姐手里拿着一份文件过来，看到保镖先生竟然在发呆，微微一愣："李特助？"

保镖先生回过神来，微微颔首："放这里吧，我去一趟……老板办公室。"

秘书小姐也是一惊，点了点头，把文件放下，目送着特助进了老板办公室。她刚准备扭头跟姐妹们说这事，就看到他们老板办公室门下边的小猫门，被一团毛茸茸的白色小东西给拱开了。

那是只猫，身上的毛毛大概是刚被剃过，但已经长出来不少了，尾巴和脑袋上的毛毛没剃，从这两个地方看得出来本身是长毛的品种。猫咪脖子上挂着个蓝色的领结，领结下边坠着个金色的小铃铛，跟它金色的眼睛一样漂亮。

晨熙抖了抖毛，没想到一出来就遇到了人，顿时愣在了那里，秘书小姐也愣在了原地。秘书处另外几位见她傻站在门口，奇怪地转过身，看向玻璃墙外，然后也愣住了。

她们前几天还在讨论，为什么新总部每一扇门下边都装了猫门，敢情原因是在这里呢！

晨熙抖了抖耳朵，从猫门里钻了出来，往前走了没两步，就发现秘书姐姐们穿着裙子，而他如今的视角非常微妙。

晨熙呆住，他想过千万种困境，比如有人猫毛过敏，比如有人恐猫，比如有人讨厌毛茸茸，又或者干脆就是他没有那么讨人喜欢……但他万万没想到，自己所面临的第一个难题，竟然是这个！

晨熙沉默片刻，下意识扭头，想要钻回楼狮的办公室去求助老板。但刚抬起爪子，他就收了回来，晨熙觉得自己也不能遇到什么困难就去找楼狮。

“喵呜！”晨熙蹲在原地，仰头对小姐姐叫了一声。

小姐姐回过神，走过来，拂过裙摆，半点没走光，然后蹲在了小猫崽面前，试探地伸出手。晨熙看了看那只漂亮的手，他想了想，把毛茸茸的小爪子搭在了那只漂亮的手上。小姐姐一下子笑了，将猫咪抱回了秘书处。

由于楼狮自己并不常来公司，他并没有独占整个公司顶层。是以，这层楼除楼狮的办公室之外，还有另外几个关键部门。但除楼狮的办公室之外，别的办公室都不是独立的，而是按照部门科室，以玻璃墙隔开。

晨熙被小姐姐抱着进了秘书处，然后被放进了一个软绵绵的猫窝里。

“之前还在想这是什么呢……”几个小姐姐凑过来，“原来是猫窝啊。”

小姐姐：“我之前看了，每个办公室都有一个猫窝，我记得楼下也有。”

晨熙躺在猫窝里，浑身一震。

“还有猫门呢，除茶水间和食堂之外，好像什么地方都开了猫门的。”

晨熙：“！！”

“我刚刚从楼下上来，看到创技部有个巨大无比的猫爬架。”

晨熙：“！！！”

“这是老板的猫？”

“不然呢？还有别的猫有这样的待遇吗？”

“也是。”一个小姐姐挠着猫下巴，“咪咪。”

晨熙发出咕噜噜的声音：“喵呜。”

小猫崽子叫声软绵绵的，透着一股甜滋滋的奶味，秘书处的小姐姐们被这一声叫得心软成了一团。

有谁会不喜欢毛茸茸呢？没有！有谁会不喜欢小猫猫呢？没有！

小姐姐盘着猫，看了一眼小猫咪脖子上挂着的领结。领结的铃铛上边有一个牌牌，上边刻着一行字：

楼董唯一指定心理抚慰员。

虽然提前了一天，但不管怎么说，晨熙现在已经算是正式走马上任了！

晨熙仰着脑袋，让小姐姐们挠下巴，过了好一会儿，转头看了一眼玻璃之后的别的办公室。然后他一眼就看到了放在那些办公室各处的猫窝。而小姐姐们说，每一层每一个办公室，全都有！楼下甚至还有猫爬架！

晨熙一翻身从这个猫窝里坐起来，对小姐姐们“喵”一声道了别，转头跳下了猫窝，一溜烟奔向外边，察看他未来的领地……哦不是，未来的工作环境去了。

今天是周日，但在周末跑来赶项目的人也仍旧有不少。这一点，晨熙有了解过。楼氏在残酷竞争之下，仍旧让人死命往里挤的关键要素是管理透明福利高。

楼氏内部食堂的饭菜，几乎跟海城大学食堂的饭菜一样价格低廉。而楼氏总部的园区里，健身房、发泄中心、休闲吧、大型影院、游戏厅等建筑设施一应俱全。除没有大型商场和宿舍之外，这个园区几乎可以称为一个城中城了。

晨熙迈着小短腿，从顶层坐电梯下了一层楼。刚出电梯，晨熙一眼就看到了贴满了各种各样便签，挂着一堆计划板的创新技术部。也一眼就看到了占据创技部一大块区域的猫爬架。

晨熙微微瞪大了眼——这也太豪华了吧！跟家里那一面墙比，也就只差那么一点点了！晨熙不由自主地就跑了进去。

这是楼氏的核心部门之一，严格来说，整个主楼，顶层是核心文职，从顶层往下数五层，全都是创新技术部的地盘。这一楼是创技部的顶层，跑来加班的员工不少。

晨熙小心翼翼地绕开了正在奋战的技术大佬，跳上猫爬架高处，一览众秃顶，感慨竟然一个比一个亮！

臭航航这个学信息技术的，一看就没法跟这群大佬们相提并论。他的头发甚至比熙熙还浓密，一看就很菜！

晨熙为任航的未来而忧心忡忡地叹了口气。他把目光从那一堆秃顶上收回来，居高临下地看向了窗外。

楼氏新总部的主楼其实不算高，总共也就 26 层，以晨熙这个觉醒者的视力，一眼就能清晰地看到楼下的大广场。他是被楼狮从专用电梯带上来的，并没有正儿八经地看过楼氏这个新园区。结果他这一眼，就看到了广场上那个巨大的猫爬……呸，雕塑。

雕塑！镂空的雕塑！花里胡哨的雕塑！有螺旋结构！还会浮动！

天哪！怎么会有这么适合本猫猫的猫爬……的雕塑呢！

晨熙走不动了，有那么一瞬间，他感觉自己就是个身处酒池肉林的昏君，拥有后宫佳丽三千。

今天翻翻主楼某某部门的牌子，明天翻翻大广场雕塑的牌子，后天去健身房围观身材棒棒的小哥哥小姐姐，大后天去实验楼看牛哄哄的白大褂大佬，大大后天去休闲吧里当咸鱼，大大大后天……

晨熙缓缓回神，感觉头晕目眩。这么一想，觉醒这个事，好……好像……也不是那么坏。

晨熙盯着大广场上那个慢悠悠浮动着转来转去的雕塑，只觉得自己屁股底下这个豪华猫爬架变得索然无味！

创技妃，朕乏了。朕要去宠幸雕皇后！

猫崽子收回视线，正准备从猫爬架上跳下来，一转头，就对上了十几道灼热无比的视线。这帮聪明绝顶的大佬们大概是提前得到过消息，发现猫咪看向他们之后，纷纷从抽屉里掏出了各种各样的猫零食，还有各种逗猫用具。

一时间羽毛与激光笔齐飞，小鱼干共罐头一色。

小猫崽子嗅着萦绕在办公室内的零食香气，目光在逗猫棒和墙上的激光点之间疯狂游走。晨熙晃了晃脑袋，一屁股坐在猫爬架上。

我这是误入了什么人间天堂吗？晨熙深吸口气。

熙熙从今天开始就住这儿了！！谁都别想带走我！！！

晨熙坐在高高的猫爬架上，俯视着下边的十几个人。他们手里拿着能取悦他的贡品，正满脸期待地等着猫猫的青睐。晨熙看看种类不一的逗猫棒，又看看投射在墙面上的激光笔，鼻间全都是猫零食的香气。

虽然没有办法细细分辨都是一些什么零食，但晨熙一眼扫过去，那些零食包装袋上的LOGO，全都是一些非常出名的宠物品牌。

都是熙熙舍不得买的牌子！

晨熙眼花缭乱，他感觉自己身边香风阵阵，四处都是莺歌燕舞，不同种类的小鱼干和各种口味的罐头任他挑选。

这感觉，简直就跟选妃一样刺激！更刺激的是他甚至可以“雨露均沾”，每样东西吃一口，每个玩具玩一下。万花丛中过，片叶不沾身！

这就是当皇……呸，当猫猫的滋味吗？有谁能拒绝这样的诱惑呢？！

没有人了！当猫竟然是这么快乐的事情！晨熙深吸口气，都是楼狮耽误了我！！

耽误了晨熙当猫的楼狮在顶层办公室里，刚刚结束了跟狮心劳模的交流。

楼狮这一次来的目的，只是让晨熙看一看工作环境而已。因为楼狮想了想，比起让猫崽子自己去认识一些不在他掌控范围之内的人，还不如让猫崽子安安稳稳地在他楼狮的眼皮子底下发展交际圈。

楼氏人才很多，对于只想当一个普通社畜的晨熙而言，其实是一个非常合适的社交范围。至于工作时几乎都要保持觉醒体外貌的晨熙应该怎么样跟别人交朋友，这就不是楼狮要考虑的问题了。

总归是比放他去跟云飞扬那个傻狗一起混要好得多的。

想想晨熙跟云飞扬一起玩的这短短一段时间里，都经历了些什么事吧。楼狮觉得为了晨熙的生命健康，都必须得把他跟云飞扬隔离开来。抱着这样的想法，楼狮才主动带着晨熙来了一趟公司。来了之后他也没有干正事的意思，甩手掌柜当得理直气壮。

在以前，保镖先生是不敢对楼狮有什么腹诽的。但打从养了那只小猫崽子之后，保镖先生就觉得他们头儿从一个象征，逐渐地落实成了一个人。虽然仍旧任性，但的的确确地变成了可以交流的存在。

就比方说现在。

楼狮打开了监控，顺着猫崽子佩戴的铃铛里的定位器，找到了晨熙现在所在的位置。于是他看到了在创新技术部办公室里耀武扬威的小猫崽子。同时，也看到了正快乐地撸着猫的创技部核心人员。

楼狮盯着监控画面，沉默片刻，抬头看向了站在一边的保镖先生。跟随楼狮十余年、深谙楼狮各种微表情的保镖先生，几乎能从他们头儿面无表情的脸上读出“他们怎么敢摸我的猫”这句话。

在楼狮的认知里，从来没有人会擅自去动打了他的标签的东西，不管那东西是活的还是死的。但那是在狮心的时候了，保镖先生想。他们头儿向来不怎么管公司，所以楼氏集团的人对于他们真正的顶头上司，其实并没有多少了解。

保镖先生很冷静，他大概能猜到楼狮的心态，大概就是那种贴个寻猫启事，附上猫的照片，然后启事内容表达的是“你们看到我的猫了吗？他没有丢，但是他实在太可爱了，我一定要给你们看看”的心态。

只是给你们看看，你们怎么就摸上了呢？

保镖先生不动声色，正思考着应该说点什么来拯救创新技术部那群人的项上人头，却发现他们头儿虽然皱着眉，却并没有表现出什么被冒犯的愤怒。

保镖先生一顿，试探着问道："头儿，需要增加相关规定吗？"

楼狮眉头还皱着，他看着投影里的猫，半晌，轻飘飘地说道："不用。"

与云飞扬那只总是习惯性地在晨熙身上留下气味的傻狗不同，普通人没有这样的本能，也没有这样的能力。下意识标记气味，那是觉醒者特有的破毛病。

在楼狮的逻辑里，普通人和觉醒者是完全不同的两类物种。他眼里的普通人——狮心星盗团的成员和楼氏集团的员工，都属于他这头狮子领地范围内的食草动物。雄狮会在意他的领地范围内有多少食草动物吗？

不会，因为这些食草动物都是他的猎物、财产。

晨熙身为觉醒者，在他这里，跟普通人是不同的。他在楼狮心里，要更为独特一些。所以，晨熙在楼狮的领地里跟属于楼狮的食草动物们玩，这有什么问题吗？

没有。更何况……

楼狮扫了一眼投影里的猫崽子，眉头一挑："小朋友看起来挺开心。"

晨熙当然开心，他觉得他这辈子就没有什么时候比现在还要快乐自由。他只要躺在那里，想要吃什么就有人给送上来；想要玩什么，一个眼神就有人挥舞起逗猫棒；玩累了要睡觉，只要趴在那里，两眼一闭，整个办公室就会迅速安静下来。而这个部门的人，为了争夺他的青睐，甚至每个人都在自己的办公桌上放个猫窝！

天哪！这到底是什么神仙日子！

晨熙感觉自己从上到下，从内到外，每一根毛，每一个细胞，每一个毛孔都在叫嚣着一个字：爽！这里超好的！这里面的人超友善，玩的东西又多，还能衣来伸手饭来张口！闲暇时候还能听大佬们的辩论赛！

熙熙超喜欢这里！

晨熙趴在猫爬架上晒着太阳，懒洋洋地甩着尾巴，听着那边人们讨论着它的品种。在不知道晨熙是觉醒者的前提下，小猫咪外表的异常只会被人往混血上想。

"看起来好像不是什么名贵品种。"有人这样说道。

晨熙闻言，抖了抖耳朵，十分膨胀。

哼！猜错了！论稀有度，任何品种的猫都不及熙熙半分！

"楼董怎么会养普通的猫？"另一个人反驳，"有钱人能搞到的宠物，几乎是咱们的知识盲区。"

"说不定都不是猫呢！"

晨熙一惊，抬眼看向说这话的人，又听对方说道："这样的尾巴长度在猫科动物中是非常不正常的，按理来说，不应当存在。"

"？？？"晨熙登时竖起了耳朵。

"可能性很多，一是有什么突破了生殖隔离的混血，类似狮虎兽那种，二是发育畸形……"

晨熙看着这帮好像什么都懂的大佬凑在一起，就它的品种问题展开了一场激烈的辩论。晨熙听了一会儿，发觉他们开始争论他听不懂的话题之后，就缓缓放松了身体。他扭头看了一眼自己的尾巴，甩上来，用爪子揉巴揉巴成一团，抱着。要不明天来上班的时候还是穿件小衣服吧，晨熙想，把这条大尾巴藏进小衣服里，这样的话，就不会露出异常了。

晨熙重新看向了办公室里争论的人。

唉，你们也不必为了熙熙争吵不休！熙熙不想成为引发争端的猫颜祸水！

晨熙叼着尾巴，看着自己尾巴尖正得意地一翘一翘的。

得意什么？有什么好得意的？不就是可爱到引发争端吗？这有什么好得意的！晨熙板着一张猫脸伸出爪子，把暴露他心情的尾巴尖给按平了。

嘻嘻！就是得意！当猫真好！我不想做人了！

晨熙拿爪子拍着自己按都按不住的尾巴尖，感觉生活乐无边。他抖抖耳朵，听到那边的讨论已经进入了非常激烈的阶段。最后不知道谁说了一句："争什么啊？我们拔几根猫毛去做个化验不就好了。"

这话音一落，整个办公室倏然安静下来，十几颗脑袋齐刷刷地转向了趴在猫爬架上的猫。晨熙一愣，被快乐腐蚀的脑子缓缓运作起来。意识到这帮人竟然想拔他的毛之后，不敢置信地瞪大了眼。

你们怎么回事？你们竟然想拔熙熙的毛？！你们缺不缺德啊？！晨熙看着那些拿逗猫棒和零食引诱他下去的人，纹丝不动，甚至冷笑了一声。

你们这帮坏人！！休想动熙熙一根毛！！

晨熙一个鲤鱼打挺，翻身坐起来，跳下了猫爬架，在一群觊觎他毛毛的技术人员中间窜来窜去，甩甩尾巴，十分无情地离开了这层楼。

竟敢打朕头发的主意！能动朕头发……哦不是，能动朕毛毛的人只有楼狮！就算是楼狮，梳毛的手法也超舒服的，根本不会弄疼猫，这群秃子竟然想拔毛，简直丧心病狂！

晨熙怒气冲冲，本想回去找楼狮，但在电梯里准备按下顶层的时候，突然意识到自己刚刚跟许多人亲密接触了。

猫崽子蹲在电梯里发了会儿愣，然后低头闻了闻自己身上的气味。有没有别人的气味晨熙不知道，但罐头和小鱼干，还有各种各样的猫零食气味倒是挺重的。

晨熙想起他老板那过于敏锐的嗅觉和有点点过分的领地意识，仰头看看电梯，略一思考，按下了数字“1”。

楼狮正在顶层办公室里当一个冷酷无情的盖章机器。他刚在一份投资计划表上盖了个戳，一抬眼，就看到猫崽子离开了主楼，跳上了前往休闲区的摆渡车。

周末加班的人大都往来于办公楼和食堂，通往休闲区的摆渡车上现在空无一人，只有一只扒着座椅靠背，盯着大广场上雕塑的小猫猫。

楼狮发现小猫崽子的目的地很明确，下了车就进了健身房，像只小老鼠一样四下探看，确定没人之后，直奔洗浴间。

十分钟之后，晨熙又做贼似的从洗浴间里探出了小脑袋，确认这十分钟里仍旧没有别人到来，才叼着被他解开的猫领结从洗浴间走了出来。

猫崽子叼着那个漂亮的领结，一边往健身房外走，一边低头嗅着自己身上的气味。

楼狮微微一怔，看着晨熙出了健身房之后，准备回主楼来，却因为休闲区回办公区的摆渡车上有人而干脆选择了步行。他突然意识到晨熙这恐怕是为了照顾他的习惯，特意在回来找他之前去冲了个澡，回来路上还特意避开跟别人接触。

楼狮呆怔许久，看着在阳光下迈着小短腿，加快了速度往主楼跑，似乎迫不及待想要回到他身边来的猫崽子，忍不住心中一动，感觉心就像是被什么东西温柔地托起来，愉快的泡沫不断地往上冒，飘飘摇摇地飞出去老远。

晨熙感觉脚底下的路被太阳晒得有点烫，他被烫得一蹦一蹦的，忍不住加快了速度，想要快点回到有空调和瓷砖的办公室。但这份迫切，却在路过楼下大广场的雕塑时，被无情地甩到了一边。

在楼上的时候，晨熙没看到雕塑的全貌。现在下楼了，却发现浮起来的镂空雕塑周围并没有能借力跳上去的地方。

简直是暴殄天物！晨熙痛心疾首。

小小白白的毛团子蹲在绿色的大草坪上，仰着脑袋，眼巴巴地看着正在慢悠悠浮动的螺旋。好想到最顶上去，摊着肚皮，懒洋洋地晒太阳……

但熙熙上不去！这么适合熙熙的猫爬架，熙熙竟然上不去！！

眼不见为净，晨熙转过身想走，却在再一次回头的时候又转了回来。他忍了忍，没忍住，仰头看着那个浮空少说三米高的雕塑，俯下身，重心后移，后腿一蹬，向上方的雕塑一跃而起！

楼狮看着投影里在草地上像个弹力球一样蹦的猫，眉间逐渐显出几道褶皱，心里愉悦的泡泡也一个接一个地破了。

不是赶着回来找我吗？楼狮指尖有些不耐地敲了敲桌面。怎么还玩起来了？

保镖先生又进来送文件，他看了一眼投影。猫崽子乐此不疲地试图征服三米的高度，而他的努力，又似乎是真的有效果的。距离成功够上雕塑边缘，只差那么一点点的距离了。虽然保镖先生清楚地知道晨熙并不是普通的猫猫，但也并不妨碍他觉得晨熙实在是太像猫了。

“晨熙这完全就是只猫啊。”他忍不住这样说道。

“你很了解猫？”楼狮问。

保镖先生沉默片刻，看向他们头儿。您在说什么呢？我当然了解猫，您这话说的，就好像头儿您不是猫科动物一样。

楼狮当然没有领会到保镖先生心里的微妙，他微微一顿，问：“猫都这样？”

这个问题倒是十分好回答，保镖先生非常肯定：“猫都这样。”

猫嘛，不能用人的逻辑去思考的。它们做出再匪夷所思的事情，都是再正常不过的事了。

不要试图去理解猫咪的想法。

楼狮记得自己先前翻找养猫的教程和视频的时候，在这个标签的首页看到过这样一排字。而保镖先生的领会要更加深刻一些。

喜爱玩乐、慵懒、自我且反复无常，这些标签随便打在任何一只猫身上都是非常合适的。哦，其实不单单是猫，保镖先生想道。

“更扩大一点来说，其实猫科动物都很合适。”他这样说。

从来都懒得去琢磨属下想法的楼狮，破天荒地从这个跟随他多年的人的话语里，听出了那么一点抱怨的意思。

“我也这样？”楼狮问。

保镖先生看看楼狮，迟疑一瞬，然后点了点头。

楼狮眼也不眨：“我没有。”

保镖先生面无表情：“哦。”

他并不跟楼狮争辩，毕竟让他们头儿承认自己跟投影里的小猫咪有一定的相似性，还挺难的。保镖先生把文件放下，告辞了。

楼狮坐在办公桌后边，指尖一下一下地点着桌面。时隔太久，楼狮对自己觉醒期的记忆已经很模糊了。但在还没离开觉醒学校之前，总是被老师耳提面命要控制本能的事情，楼狮还是记得的。他始终认为，老师让他控制的本能，只是充满攻击性的那一部分而已。

别的方面有什么好控制的？难不成还指望他控制自己的脾气吗？他凭什么要为了别人控制自己的脾气？楼狮面无表情地想，半点不觉得自己这种想法其实就很像猫科动物。

楼老板又看了一眼正试图往雕塑上跳的小弹力球，草坪周围已经因为猫崽子而慢慢围聚起了一圈人。而猫崽子嫌叼着领结太麻烦，已经把楼狮给他准备的领结放到了一边。楼老板皱眉想，回来找他的半道上跑去玩就算了，现在竟然还把他送出去的东西扔到一边。

不爽，楼老板觉得不爽，所以别人也不可以快乐。楼狮“啪”的一下在新文件上盖了个戳，看着被他直接敲穿了的文件，松开手，按下了秘书铃。

保镖先生去而复返，楼狮把他刚刚送来却因为盖戳而破了个大洞的文件推过去。这份文件是有三十多页的，还挺厚。

保镖先生沉默片刻：“……头儿，我去把晨熙叫回来？”

楼狮慢条斯理：“叫回来做什么？他想玩就让他玩。”

可是看您好像很不爽的样子。保镖先生看看投影，最终还是顺着他们头儿的意思，点了点头：“好。”他出去把坏掉的文件塞进碎纸机，重新打印文件去了。

晨熙努力了老半晌，感觉自己马上就要看到胜利的曙光了！就是说嘛！难道还能有我晨熙搞不定的事情？

明明之前跟楼狮玩神庙逃亡，输了逃避泡澡的时候，他都能直接从吊灯上飞到吊顶里去藏着！

吊灯跟吊顶隔着有七八米呢！虽然那个时候是危急关头，潜力爆发，但能爆发成那样，那不就意味着熙熙的极限至少有七米吗！晨熙思及此，忍不住抖擞起精神，俯下身，再一次一跃而起！

猫崽子伸长了自己的两只前爪，险之又险地扒住了雕塑边缘，扒着镂空花纹的边缘，一翻身爬了进去。

周围传来一阵欢呼和鼓掌声。

晨熙一愣，从镂空花纹的空隙里探出个脑袋，这才发现大雕塑的草坪周围，不知道什么时候已经围满了人。拍照的、聊天的、呼朋唤友的，还有正在直播的。在晨熙探出头去的瞬间，又是一阵小小的骚动。

你们不去工作在这里干啥？当薪水小偷吗？晨熙嘀嘀咕咕地缩回脑袋，开始顺着雕塑往上爬。

这个雕塑的主体是楼氏的LOGO。设计者是谁，晨熙不知道，但最后通过这个设计的人，晨熙敢肯定，绝对是楼狮本人。不然也不会这么贴合猫的心意，毕竟狮子也属于猫科，最多也就是比猫大了那么……几十倍。

嘁，区区几十倍罢了，根本不值一提！

猫崽子抖抖耳朵，听到有开着直播的人在一边说："公司内部论坛上说是我们老板的猫……谢谢老板送的超光速飞船。"

晨熙愣住，这人怎么这样？拿熙熙直播是要分钱的啊！！晨熙愤怒，他再一次从缝隙里探出脑袋来，冲下边人群生气地喵喵叫！

版权警告！肖像权警告！楼狮警告！

被猫崽子喵喵警告的人完全没觉察到什么，甚至还发出了猴一样的叫声。

晨熙缩回脑袋，一路蹿到雕塑最顶上，站在边缘，深吸口气，像是狮子一样，大吼出声："喵嗷——！"

下方的人群骤然骚动起来，并纷纷做出回应！

"喵！"

"咪咪！"

"喵呜！"

"汪嗷！"

"唔哦——"

晨熙："……"

有病啊你们！就这智商，到底怎么进楼氏的啊？晨熙对楼氏人事部产生了强烈的质疑。

熙熙疑惑，楼狮也很疑惑，但他并不是觉得楼氏人事部有什么问题，而是觉得自己好像跟当代年轻人有了深深的鸿沟。

这种感觉也不是第一次有了。

从刚认识晨熙开始，他就觉得自己的脑回路跟这个小朋友完全无法对接。加上那个工作状态跟私下状态完全是两个人的云飞扬，楼狮经常都会有一种“我常常因为不够傻而跟你们格格不入”的困惑之感。

而现在……楼狮看着投影里的状况，确认了自己的的确确是跟年轻人有了代沟。

保镖先生把新打印好的文件送进来，他看了一眼投影。投影里猫崽子怒气冲冲地蹦下了雕塑，叼着小领结，冲出了人群，奔向了主楼。

每栋办公楼各有职能，需要刷卡才能进。一群跟在猫崽子身后的人被拦在了外边，成功跟进主楼里来的，只有区区十几个。

保镖先生收回视线，说道：“头儿，宣发部门的负责人刚刚打了个内线过来。”

楼狮看着瞬间甩脱了一大群人的猫崽子，感觉心里的不痛快消散了很多。他掀了掀眼皮：“嗯？”

“晨熙在LOGO雕塑附近的行为被直播出去了，咱们集团的搜索量和话题度已经远超了宣发部门这个季度的计划标准。”

“哦。”楼狮对这事兴致缺缺。

保镖先生也不意外，他们头儿对这些事一点兴趣都没有，他甚至还很清楚，楼狮压根儿都不知道他名下到底有多少资产。要让一个刀口舔血过日子的星盗头子，时时刻刻记挂着自己有多少资产，又应该怎么打理，这的确不现实。

保镖先生非常理解，他放下了手里新打印好的文件，转头出了办公室。

楼狮面无表情地把文件推到了一边，目光缓缓地落在了他办公室的猫门上。没过多久，他之前亲手挂在猫崽子脖子上的领结，就被一只小爪子从猫门下边推了进来。

楼狮一抬手，关掉了监控投影，紧接着，那颗熟悉的小脑袋顶开了猫门，钻了进来。

楼狮慢吞吞地说："这才一个小时出头，怎么就回来了？"好像一直盯着门等猫回来的人不是他似的。

晨熙不疑有他，跳到桌面上，找到了自己的终端，告状："有人拿我直播！"

楼狮知道这件事，点了点头。

晨熙生气："拿我直播，要分我钱才对！"

楼狮点头，轻描淡写："嗯，给你加工资。"

晨熙一愣，觉得楼狮这可能是以为他在暗示要钱，赶紧解释："我不是这个意思啊！"

怎么动辄就给他加钱啊？吃老板的、住老板的，还总是被无缘无故打钱，这说出去，熙熙的面子往哪儿搁？

晨熙着急，他明明是可以靠才华吃饭的人，现在沦落到靠脸……吃饭就很离谱啊！

"宣发部门说，那些直播弄出来的热度，把他们一整个季度的计划数据都完成了。"楼狮看着愣住的猫崽子，伸手摘掉了他身上沾着的草屑，"你的功劳，所以给你加工资。"

晨熙呆怔半晌，顺着楼狮的动作躺在桌上，露出沾着草屑的小肚皮，直到楼狮给他把毛毛里带上的草屑都弄干净了，才回过神来。

"真的啊？！"猫崽子两眼发亮！

楼狮点头："真的。"

晨熙兴奋敲字："那我以后天天去雕塑上蹲着！"

从今天开始，熙熙就是楼氏宣传大使了！晨熙迅速地把之前要靠才华吃饭的想法塞进了垃圾桶里。

楼狮："……倒也不必。"

晨熙："我喜欢那个雕塑！"

楼狮一顿。

晨熙："适合当猫爬架，超大，没人打扰，材质好，导热性不强，不管晒多久的太阳都可以！还会动！我超喜欢！就是要跳上去有点难。"

楼狮看着这一长串的夸赞，撸了撸猫崽子的小肚皮，挠着他下巴，问："我办公室你不喜欢？"

晨熙闻言，抬头看了一圈楼狮的办公室。

楼狮的办公室，除了旁边的休息室和卫生间，整个都被改造成了猫房。要不是还摆着两个书柜和一个办公桌，只需要往这个办公室里放上几套咖啡桌椅，都能直接作为猫咖开业了。而这都是为他改造的，老板真是太好了，晨熙十分感动。

"喜欢！外边那个雕塑我也很喜欢。"晨熙敲完这排字，想了想，考虑到自己这个心理抚慰员的职务，又补充，"不过我也会经常回来玩的。"

楼狮眉头一挑，有那么一瞬间，他在晨熙身上看到了在外花天酒地，回来之后还对老婆理直气壮地说真爱的渣男的影子。

看不出来啊，小朋友，楼狮想，感情骗子那一套，你竟然玩得还挺溜。

感情骗子并不觉得自己哪里渣了，他甚至正在啃脚，一边啃脚还一边点开了购物界面。楼狮扫了一眼晨熙的面板，发现这只猫崽子正在看车。

车还是得买的，晨熙想，他总不可能天天坐楼狮的顺风车上下班。

老板毕竟还是个摸鱼狂魔，都不一定每天来公司。退一步说，就算楼狮天天来公司，晨熙也是得买车的。南丰庄园的社区面积那么大呢，没车，回头周末出个门都不方便。

晨熙只图实用，所以翻看的是二手车。正规二手车便宜实用，事故可查，不用担心因为不懂车而被车行搞猫腻。最多也就是使用寿命的问题，但巨大的价格差异已经足够弥补这个小毛病了。

晨熙认真地翻着交易面板，挑来挑去，看中了一个全价八万的黑色 SUV（运动型多用途汽车）。晨熙把这个链接分享到了寝室群里，问问寝室哥几个有什么看法。结果寝室群里空空荡荡，仍旧没人讲话。看来这帮人到现在都没能从宿醉的折磨之中爬起来。

晨熙撇撇嘴，把交易面板关掉，专心致志地啃脚舔毛。

楼狮："你要买车？"

晨熙懒得打字："喵。"

楼狮顿了顿："我的车给你开。"

晨熙抬头看向楼狮，楼狮面无表情："蓝湾酒店的车库里有不少车正在吃灰。"

其实没有，但楼狮说有，没有也得有。楼狮十分从容："放着也是放着，你拿去开。"

晨熙咬着脚，整只猫都愣住了。想想，以楼狮的身价，那车肯定都不是他招架得住的昂贵。这玩意儿要是剐了碰了蹭了，卖了他都赔不起。

虽然他早就已经闯了卖了他都赔不起的祸了。

晨熙松开自己的脚，敲字："……不合适吧？"

"不合适什么？"

"不合适我开……"

"有 AI 自动驾驶，需要你开什么？"

那之前您怎么还有司机呢？……哦，晨熙突然回神，之前楼狮的精神状况没现在这么稳定来着。要让他坐驾驶位，指不定一个波动，就关掉 AI，开启手动驾驶模式了。

晨熙沉默几秒："万一……剐剐蹭蹭什么的……"

“只要你不手动操作，有智能记录，就算真剐蹭了，需要赔钱的也不是你。”

晨熙愣住，然后不禁为自己对这个世界的贫瘠认知而流下了卑微的泪水。

对哦，虽然现在的交通纠纷仍旧令人抓狂，但人家有钱人跟普通人是不一样的。有钱人用的 AI 比普通人用的 AI 高不知道多少个档次！晨熙深吸口气，感觉满腔都是柠檬的芬芳。

楼狮随手给文件盖上章：“今天下午你不是要出门吗？就开我那辆。”

好！熙熙这就去感受一下坐在驾驶座上是怎样一种体验！

在副驾上跟正儿八经坐驾驶座可不是同一种感受，毕竟在副驾上只能抠脚，而驾驶座上却可以随便捣鼓车上的设备按钮。

晨熙一个鲤鱼打挺，当场就想去试车。结果挺到一半，整只猫就僵住了。楼狮扫了一眼猫，几乎是在瞬间就意识到了这傻猫怎么回事。

他不疾不徐：“没带衣服过来？”

晨熙转头，眼巴巴地看着楼狮。楼狮抬手指了指休息室：“有我的。”

晨熙“喵”一声，起身蹦蹦跳跳地去了休息室里。

晨熙套了件楼狮的米色衬衫，翻了条黑色的运动裤穿上，把衬衫往裤子里一扎，扯了扯身上空空荡荡的衣裤。算了，反正衣服松垮不合体通通可以归为嘻哈风。

晨熙摸了摸自己的脑袋，又开始满柜子找起帽子来。假体套上，鸭舌帽戴上，再随便搞双拖鞋，配上熙熙这张俊美无双的帅脸，简直完美无缺！

晨熙看着镜子里的自己，想了想，把脑袋上的黑色鸭舌帽一转，斜戴。

真帅，晨老四果然是令万千少女心醉的男人！

晨熙美滋滋地转头出了休息室，摸了颗止痛药吃了。

楼狮抬起头来，微微一顿。

晨熙的身材是非常典型的倒三角。虽然数据上写着的是 178 厘米，但在没有人作比较的情况下，单看他一个人，视觉效果是远超 178 厘米的。哪怕是这种肥大松垮的穿着，也半点没有掩盖他的身材优势。肩宽，腰瘦，腿长，穿衣显瘦，脱衣有肉。这一身松垮的衣物，又弱化了攻击性，让他显得非常无害。

小朋友还挺会打扮。

"给你开好权限了，去吧。"

"噢！"晨熙吃完止痛药，转头一溜烟蹿到了办公室的专用电梯门口，留下一句"谢谢老板"，瞬间消失在了电梯里。

楼狮听到电梯到达底层的声音，沉默片刻，把手里盖好章的文件扔到一边，给保镖先生发了条购买汽车的消息。保镖先生习以为常，动作非常利落地扫了十八辆顶级跑车和两辆顶级商务车。

楼狮指尖轻敲着桌面，看着文件上的公司 LOGO，略一思忖，又打开了保镖先生的对话框。

楼狮："给大广场的雕塑加几个悬浮梯。"

保镖先生：不是，之前猫跑去爬雕塑您都不爽成那样了，现在还给猫助攻？保镖先生忧心忡忡，这可不像他们头儿！

他正这么想着，楼狮又发了一条消息过来。

楼狮："把雕塑重新做个涂层，要导热性好的材料。"

要太阳照射半小时，铁板晨熙就能直接上桌的那种良好导热性。梯子给你修了，想去玩就去玩，但玩着烫脚，不还是得乖乖回来。

楼狮好整以暇地关掉了消息窗口。

保镖先生看着这两条消息，心中的忧愁缓缓消失，他松了口气。好，头儿还是那个头儿。这种恶毒，是熟悉的风味！

并不知道自己的快乐即将消失的晨熙美滋滋地钻进了驾驶座。

楼狮这个人，大概是出于安全和独立性考虑，把他所能够拥有的特权利用到了极限。车库是单独的，入口是单独的，电梯是单独的，就连园区内的航道，都是单独开辟的。

晨熙报上了目的地之后，看着驾驶座上那一堆考驾照的时候根本见所未见的按钮，开始一个接一个地尝试起来。

寝室的哥仨被他们的臭弟弟挨个从床上掀了起来。

叶朗朗看着镜子里鬼一样的自己，耷拉着眼皮，一边刷牙一边含混不清地问："老四，你身上这一套看着挺不错啊，链接分享一下。"

晨熙盘腿坐在寝室小客厅的沙发上，叼着根冰棍："我老板的衣服，我帮你问问他。"

正凑在洗手间里刷牙的哥几个一顿，而后齐刷刷地扭头看向晨熙。晨熙叼着冰棍拿着终端，好像还真在帮叶朗朗打听。

"不用了不用了！"叶朗朗大声道。

晨熙一愣："哦。"他把没敲完的字删掉。

哥几个你看看我，我看看你。他们昨晚上喝得多，但也没到断片的地步，自然是记得自己提醒过晨熙的。但显然，晨老四这臭弟弟根本没听进去。

他当然没听进去啊！这不是显而易见的事！

"老四！"叶朗朗漱完口，走过来一拍茶几，"我问你！"

晨熙舔舔冰棍："你问。"

叶朗朗直言："你怎么穿着楼狮的衣服？"

晨熙：这个问题有点难以解释。

晨熙深思两秒，说："因为我衣服之前放外边，被楼狮弟弟给撕坏了。"

熙熙毕竟是个有秘密的男人！对不住了叶哥！

叶朗朗回忆了一下："楼狮那个觉醒者弟弟？"

晨熙十分坚定："对！"

没错！就是这样！点名批评楼熙小朋友，坏孩子，破坏别人的私有物品，简直太坏了！

叶朗朗将信将疑，而晨熙已经被自己编出来的借口说服了。

天哪！我怎么会想得出逻辑如此严密的借口！晨熙感觉自己都被自己的智慧给震撼到了。

在一边围观了一会儿的沈深觉得叶朗朗估计也问不出什么——不对，应该是晨熙根本就是有什么不对都没感觉到。他们这臭弟弟对楼狮的信任值高得有点离谱。

沈深干脆转移了话题："老四，你是不是要买车啊？"

任航插嘴："你还没买吧？你等我把我收藏的几个交易链接发给你，那几个性价比更高！"

"也不用了。"晨熙说，"老板说他的车借我开。"

这绝对是有哪里不对的吧？

为什么都这样了，晨熙还能那么坚定地觉得楼狮这种行为没问题啊？这怎么想问题都很大好吧？！又是带着度假又是接送又是开高薪，现在还送衣服送车——就算打着出借的名义，这也不对啊！虽然听说有钱人里有很多傻白甜都不把钱当回事，说送就送了，但楼狮很明显不是那种人啊！睁大眼睛看看楼氏的员工竞争制度吧，能搞出这种铁血制度的人，能是那种傻白甜吗？！他那种人，会干这种一看就是吃大亏的事，那必然就是有所图！这简直是用脚指头想都能想明白的事！晨熙这憨憨身上，有啥能让楼狮这种眼高于顶的人看上的？当然，他们这不是说晨熙很废物的意思。

他们这一寝室四个人，不吹不黑，都不是什么差劲的学生。晨熙好赖也是拿过两次海城大学 A 等奖学金的优等生。但是这种毫无背景的重本优等生，在大厂里，入职的前几年，也就是个底层白领。更不用说楼狮那种人物了，这种人物眼里的重本优等生，实在算不上一盘菜。

那么摘掉所有的光环，把一个优秀的普通人晨熙放到楼狮那种人眼前，又有什么东西能让楼狮另眼相待呢？哥仨看着吃完了一根冰棍，还哼着歌去拿第二根的晨熙，感觉心脏一阵揪痛。

楼狮到底是给他们熙熙灌了什么迷魂汤，才能让熙熙这么信任他？！臭弟弟是遭遇了什么新型精神控制了吗？被驯服成这样！

看看这毫无所觉的样子！看看这毫无保留的信任！看看这纯洁无垢的思想！你看他笑得多开心！我们老四，他还是个孩子啊！

三个哥哥看着他们的臭弟弟，不禁悲从中来。

这不应当，他们老四在海城大学大小也是个校草级别，平时拒绝那么多人也没见翻车，反而被人交口称赞。这怎么看，智商跟情商也不低啊，怎么短短一个月，这脑子就以肉眼可见的速度变笨了呢！

这不应当，这不应当啊！！哥仨觉得这简直匪夷所思。

晨熙叼上了第二根冰棍，转头看着三个发愣的室友，低头看了一眼时间。

“你们发什么愣呢，我预约的时间是下午六点，还不去洗澡？”

难不成想一身酒臭味去吃饭吗？那也太倒胃口了。

晨熙催他们：“赶紧的，别在寝室洗了，上澡堂去。”

寝室的淋浴间就一个位。

叶朗朗低头看看时间：“这不才四点？”

“你们现在不是精致男孩吗？”晨熙说，“出门前还要梳妆打扮，一个一个来多慢。”

哥仨想想，好像也是。他们转头去拿了衣服，一个接一个地出了门。

叶朗朗还挂念着晨熙那身衣服。他咂摸一下，小声说：“我觉得老四那身真还挺好看的，休闲衬衫运动裤，随便趿拉一双拖鞋竟然也不奇怪。”

沈深和任航赞同地点头。

叶朗朗：“我回头去找个类似的同款试试，一出门就是整条街最靓的仔。”

任航一愣：“我建议你不要。”

叶朗朗眉头一皱：“此话怎讲？”

任航十分诚恳：“好看的人穿蛇皮袋都好看，咱们这种，穿啥都像刚乞讨归来。”

叶朗朗沉默下来，沈深看看叶朗朗，又看看任航，明智地挪开了几步。然后旁边两个互相伤害的人转头把自己的盆往他怀里一放，如同一阵风一样刮了出去。

沈深低头看看自己怀里的三个盆，听到任航宛如航空警报一样从楼下传上来的惨叫，叹了口气，再一次迈开了步子。

海城大学的澡堂照顾了天南海北来的学生，有敞开的大池子，也有独立的隔间。现在下午四点，跑来洗澡的人一个巴掌都数得过来。

任航狗腿地给叶朗朗搓背。

叶朗朗长吁短叹：“你们说老四这到底怎么回事？”

任航赞同：“他最近……张口闭口他老板啊。”

沈深在一边泡着，听到他们这么说，沉默片刻，实事求是：“其实也还好吧，真要说的话，咱们不也总是张口闭口云涟漪。”

另外哥俩瞬间卡壳，好像是哦！

哥几个打扮完，梦游回去的时候，晨熙抱着寝室里的游戏机，已经带着小火龙，从皮卡丘一路抓到了超梦。

哥几个洗澡洗了足足一个小时。

晨熙转头看向他们，观察了一下室友们的走姿，发现没有什么奇怪之处之后，收回了视线。

叶朗朗："你看啥？"

"看你们有没有发生什么不该发生的事情？"晨熙问，"你们的洗澡是从烧水开始的吗，请问？"

臭弟弟！要不是因为你的事，哥几个洗澡哪次不是五分钟搞定！你还嫌弃上了！

晨熙还真就嫌弃了。他催促："你们赶紧收拾收拾，咱们出门了。"

哥几个叽叽歪歪地收拾好出来，走到校门口的停车场，看着晨熙把昨天楼狮开的车开了出来。之前他们沉浸在见楼狮的震撼之中没有余暇观察这车。全寝室唯一一个喜欢研究车的任航发表权威讲话："这车我认得。"

沈深："怎么讲？我看着就很平平无奇。"

叶朗朗点头："我也觉得。"

任航转头看他们："奥蒂列特家的车就是外表平平无奇啊！人家专做顶尖商务车的。"

绝大部分商务人士，不都讲究一个低调奢华？这种品牌外表看起来一点都不浮夸，懂行的却会惊掉下巴。

"奥蒂列特的星芒。"任航说，"宇宙限量一千台。"

叶朗朗和沈深倒吸一口凉气，叶朗朗开始后悔自己竟然又没带氧气瓶。

晨熙打开车门："你们发什么愣呢，还不上车？"

哥仨纷纷爬上了车，比起昨天，他们今天把注意力全都放在了车上。

任航拍拍驾驶座："老四老四，看看这车别的功能！"

晨熙对这车实在没啥认知，但是他来的路上把车上的按钮都玩了一圈。

他按下"长途小憩"按钮，明亮干净的车窗一点点暗下去，整个车内黑成一片，点点星光浮现起来。车里变成了一个小小的宇宙，放眼四处皆是星河。

哥仨纷纷发出惊叹：“哇！”

“天啊！”

“这也太酷了，呜呜呜。”

晨熙把按钮一个接一个地按过去，这车甚至还能变形，在场地足够宽敞的时候，它能从商务车变成一辆大型房车。

任航几乎落下泪来，并疯狂拍照：“牛！！！”

叶朗朗露出几分嫌弃：“你有没有一点矜持？也不想想这车是谁的。”

任航缓缓打出了一个问号。

“叶哥，你这个想法就很奇怪。”他说，“我夸车，跟这辆车的主人有什么关系？”

“什么意思啊，你们？”晨熙不高兴了，“你们还对我老板有什么意见不成？”

“没意见，我们就是想不通，他怎么对你这么好呢？”叶朗朗说，“这辆车全宇宙限量一千台。”

晨熙一愣，迅速拎错重点：“原来是限量的车，怪不得配套这么好，我老板还说只要我不手动操作，就不会出事。”

叶朗朗：我让你听的是这个吗？我让你听的是前一句！

叶朗朗气死。

沈深觉得这个话题继续下去的话八成没完，他叹气，问：“咱们今天是去哪儿吃饭？”

这话一起，晨熙就来了兴趣：“人鱼之歌！你们知道吗？”

叶朗朗：“海城排名第一的人鱼衍生餐厅！”

任航：“云涟漪亲自宣传过的连锁餐饮店！”

沈深：“现在去吃，消费三千以上还按人头赠送云涟漪夏日限定泳装海报！”

晨熙张了张嘴，又闭上。

行，你们比我这个预订的人了解得多多了。

叶朗朗捶胸顿足：“早知道应该多叫几个人来啊，叫上十个人，平摊吃满三千块，人手一张海报！”

“我们四个人也能吃满的。”晨熙实事求是，“我看招牌菜基本都是四五百往上一道。”

任航一抬头，“今天你请客啊？”

晨熙点头：“对啊，我发工资了，当然要请你们吃一顿大的。”

我们老四自从去了楼狮手底下做事，整个人就不一样了！变得富有！大方！帅气！温柔！善良！体贴！

哥仨迅速忘记了他们对楼狮的猜疑，老四自己都不在意，我们在这儿急个啥！他们迅速说服了自己。

沈深尚有理智，他拍了拍驾驶座：“你以后要是失势了，爸爸们的怀抱永远向你敞开。”

晨熙：你在说什么话？

叶朗朗一拍脑门：“对对对，爸爸们对你不抛弃不放弃，提供树洞服务，全年无休，随叫随到！”

任航不甘示弱：“还提供相亲介绍服务，你要是有需求也可以。”

你们脑子没事吧？晨熙转头看他们：“能不能说点好的？”

能能能，当然能！哥仨十分诚恳：“宝贝，祝你幸福。”

恶心死了！晨熙搓了搓身上的鸡皮疙瘩，把脑袋转了回去。

人鱼之歌实行预约制，不像别的红火餐厅，有人排号等。但上他们店门口打卡拍照的人倒是不少。晨熙停好车，正要从地下停车场的电梯上去，就被哥仨拦住了。

晨熙一愣：“干吗？不上去吗？”

叶朗朗“啧”一声：“臭弟弟，不懂事！”

任航：“不懂事，这种时候，咱们就应该大摇大摆地从正门进去知道吗？”

沈深拍了拍晨熙的脑袋：“他们比较虚荣。”

晨熙：“行。”

晨熙跟在哥仨后边，看着店门口拍照合影的人听到叶朗朗说请让他们进店之后，如同摩西分海一般分开两路。两边羡慕的视线如同探照灯一样，投射在四个人身上。

晨熙：“……”

这也太夸张了吧！你们追星族脑子是不是有问题？难得的，晨熙为他人的注视而感到了几分不自在。他把帽檐戴正，往下压了压，抬脚大步走进了店里，坐到位置上之后，才松了口气：“点菜点菜，你们来。”

而事实证明，追星族的脑回路真的不是晨熙能够轻易参透的。

上的第一道菜是烤鱼。晨熙愣了两秒，不确定地想着“在人鱼主题餐厅里吃鱼是不是有点奇怪”。

但等烤鱼的盖子打开，晨熙才发现他还是太天真了。烤鱼的锅是蓝色，汤底清澈，而鱼的摆盘，并不是晨熙所熟悉的一条鱼劈两半。锅里的鱼被精细地做成了人鱼的样子，有着云涟漪的外表，是正从水里一跃而出的曼妙造型。

哥仨在一边激情拍照，晨熙茫然地看着店员把火打开，看着水渐渐沸腾，最后看着鱼肉做的云涟漪被煮。

晨熙：“……”

晨熙咬着筷子，抬头看看同桌的哥几个。叶朗朗满脸幸福地伸出了筷子，然后十分无情地把人家尾巴给夹开了，尾巴里藏着的红油淌了出来。

晨熙吓得差点把筷子给咬碎，这怎么跟杀人现场似的！云涟漪到底做错了什么你们要这么对她！

晨熙不敢置信。

然后他看着任航伸筷子，把锅里的人鱼上半身跟鱼尾分开，把人家的上半身放进了锅里。上半身入锅即化，汤汁瞬间变成了令人食指大动的红色。

晨熙："……"

我晨熙就是从这里跳下去，饿死，死外边，也绝不再动开胐胐主题餐厅的念头！

哪怕后来上的菜都很正常，有些菜品的设计甚至配得上"瑰丽"二字，也无法挽救晨熙被第一道烤鱼冲击的内心。

不应当，怎么会有那么可怕的东西被端上桌！你们追星族一个个的怎么回事，追星追到精神不正常？云姐姐所要承受的太多了，云姐姐平时过的都是什么日子啊……

晨熙感觉自己心肝脾肺肾连着大脑在一起疯狂颤抖。

他预约的时候是粗略看过菜品投影的，但投影都只会展示菜品刚上桌的造型，并不包括这种类似于彩蛋的食用方式。毕竟人鱼之歌这个店的自创菜品的摆盘、食用方式和制作原料，都有注册专利、版权，该有的保密性是有的。

这种追星衍生的餐馆，对晨熙这种并没有深入过粉丝群体的人来说，就是个巨大的谜。

晨熙叼着做成了烟卷样子的甜品，忧愁地吸了一口，烟卷甜品里的汁液入口，沁凉清甜，但晨熙的心情并没有因为甜食而快乐多少。他把烟卷吃掉，看着眼前这碗布丁。

布丁是半透明的，里边有云涟漪的互动投影。碗的边沿大概有什么感应设备，被布丁困住的小人鱼会随着食客的动作而做出相应的反应。

晨熙抬眼看向桌上另外三个脑残粉。

叶朗朗在吸氧，氧气瓶是店家提供的，小人鱼对他露出了关心的神情，敲着布丁的边际，看起来像是要跳出来关心他。叶朗朗吸氧吸得更大口了；任航捧着布丁在晃，里边的小人鱼被晃得摔在碗底，生气地冲他挥起了拳头，任航发出了快活的猪叫；沈深正不停地把盘子的盖子拿起来又盖上，小人鱼的投影不停地重复着刚刚苏醒的茫然姿态。沈深没忍住，抬手捂住了脸，看起来被萌得不轻。

晨熙低头，跟自己布丁里的云涟漪大眼瞪小眼。晨熙深吸口气，拿勺把布丁切开，无视了从布丁里游出来，扒在碗边上请求互动的小人鱼，三下五除二把布丁吃得干干净净。

怪不得这餐厅得预约，晨熙看了一眼时间，他们一顿饭都吃了两个半小时了。

这两个半小时里，有半个小时是等上菜，半个小时是吃，还有一个半小时，都花在了类似这种事情上。这要是不搞预约制，这排号估计就能排到明年去。

晨熙又看了一眼账单，这帮没良心的，知道他有钱了之后半点不客气，点了五千多。晨熙发现自己跟着楼狮过了一个月之后，真的是膨胀了很多。五千块一顿的饭，他都觉得只是“还行”的程度。

当然，也可能是他如今身怀百万巨款的原因。

晨熙摸摸自己瘪瘪的肚皮，筷子伸出去，刚想夹一筷子菜，发现筷子的落点竟然是那盘烤鱼之后，紧急转了个弯，换了碟青菜。

一顿饭下来，哥仨红光满面，肚皮滚圆。只有晨熙面如菜色，肝胆俱裂，身心俱疲，并且没有吃饱。晨熙幽幽地叹了口气，在送哥仨回去的路上，没忍住对这仨采访了一下：“你们是出于怎样一种心态，去吃那种活像杀人现场的菜的？”而且晨熙查了查，那道烤鱼竟然是高居人气榜首的菜！

“你不懂。”叶朗朗小心翼翼地拿着海报，舍不得有一丝折痕，“这道菜刚出来的时候，闹得很大，主厨差点被告上法庭，但是云涟漪出来说……”

“我们云云说，爱是平等的，任何方式的爱她都照单全收！”任航满脸感动。

云姐姐你也太敬业了吧！不愧是事业型人设，简直化腐朽为神奇！晨熙震撼。

叶朗朗和任航坐在后边，开始一唱一和地吹起了云涟漪的动人事迹。晨熙脑子嗡嗡响，在被成功洗脑之前，把车停到学校门口，把那两人撵下了车。沈深看了看满脸遗憾的叶朗朗和任航，俯身敲了敲车窗。

晨熙放下车窗。

“我后天一早走。”沈深说，“之后不出意外的话，大概会一直待在帝星，去帝星的话记得来找我。”

晨熙微怔，点了点头：“……好的哦。”

哥仨拿着海报，勾肩搭背地走了。晨熙坐在车里，扒着车窗，看了他们的背影半晌，拍拍脸，开着车回了南丰庄园。到了的时候楼狮还没回来。

晨熙上了自己在二楼的房间，翻了他大包小包的行李好一会儿，总算从里边找到了他那台拍立得。他把拍立得装进了背包里，又往背包里装了明天会用到的衣服，然后把包带下楼，放到了沙发上。接着，晨熙把今天白天到的包裹全都拆了，一屁股往地上一坐，打开教程，开始学小物件的手工缝纫。

晨熙一边努力压制着自己变回觉醒体去玩线的冲动，一边长吁短叹，如果可以的话，哪只猫猫会想学手工呢？是毛线团不够好玩，还是撕布料不够爽？可谁让熙熙一开始闯了一个那么大的祸！

晨熙低头看看自己的脚，恨铁不成钢地一瞪。成事不足败事有余的东西！我当初怎么就没管住我这双脚！

晨熙愤愤地拿起了新买的蕾丝布料，看了一眼自己之前没事干的时候，给自己描绘的手工个体户的蓝图，试图从中获取一点安慰。

其实想想，学一学手工，有一门手艺，也不是什么坏事。毕竟他大学期间去考的那些什么会计证、证券证、保险证都是奔着去坐办公室的。现在楼狮横插一杠，那些证书暂时也派不上什么用场。平心而论，那个心理抚慰员的职位，其实跟摸鱼怪没什么区别，哪个公司有这种天天吃吃喝喝玩玩睡睡就能拿巨款的职位？

当然了，晨熙对这种摸摸鱼就能拿钱的工作并没有什么不满意的地方。但架不住一天下来太闲，总得搞点别的东西来打发一下时间，要是能赚点外快，岂不是更加美滋滋。

晨熙看了一眼教程投影里正在手工缝制的娃娃衣服，又打开购物界面，看了一眼自主设计和手工制作的定制娃娃衣服的定价。他虚空幻想了一把自己以后靠这个发大财的未来，就埋头学了起来。

第十二章

秘密·迈入隐藏线

保镖先生坐在驾驶座上，通过后视镜看了一眼后座上的楼狮。今天下午，他们头儿突发奇想，跑来视察了一下公司，顺便旁听了好几个会议，然后沉下去的脸色就没好起来过。

保镖先生觉得那个突发奇想，可能得打个问号。他觉得他们头儿，八成是猫跑了，自己回家又没事干，闲得不行了才从办公室里走出来。

以前因为这样那样的原因，见过楼狮的人，除了秘书处几个资深的秘书，就只有公司高管，公司绝大部分人都不认识他，这也导致楼狮一路溜达旁听下来，知道了许多不那么好的事情。

楼狮直接发起了个临时会议提出了这些问题——但他真的极少极少出现在集团事务上，所以有小部分人选择了推卸和敷衍。

再然后吧……等到暴怒的楼狮当场把那几个胆敢敷衍他的人直接开掉，并旁观着剩下的人把该搞定的事情挨个敲定解决方案之后，天都已经黑了好久了。

保镖先生不觉得楼狮这种行为有什么不好，他不会跟楼狮说什么“水至清则无鱼”“正值用人之际随便踢人会很难做”“项目交接很麻烦”之类的话。狮心的人从来不会质疑他们的头领。在星盗的概念里，头领的目标就是团体的目标，头领所遭受的蔑视就是团体所遭受的蔑视。所以即便楼狮不踢人，他自己也会动手踹掉。

只不过，因为这种事影响到楼狮最近都保持得很好的情绪，就很不值当了。毕竟别人心情不好最多砸砸东西，楼狮一个心情不好，可能就直接去砸飞船。砸飞船带来的损失，可比开除几个企业高管要高得多。

负责狮心财务统筹的保镖先生，光是想想以前在这方面付出的钱财，心就在滴血。

他真是变挑剔了，以前在狮心，他还只是期盼他们头儿烦躁起来跑去找路过的无辜星盗团麻烦的时候，别直接开走团里最顶尖配置的飞船。现在，他连一架快要退休的飞船都舍不得让他们头儿拿去嗨。要不是今天他们头儿心情明显不好，他现在估计还在加班，而不是抽出空来给头儿当司机。

保镖先生看着渐渐近了的庄园，发现院子和门廊里都亮着灯。

“头儿，要到了。”他提醒。

楼狮闻言，抬眼看向了前方。

社区的道路灯光非常明亮，但庄园里只留了一条主道的灯光。主道尽头的门廊上，橙黄色的光亮在夜色中显出了几分温柔。看了半晌，楼狮突然说道：“这灯是晨熙开的。”

保镖一愣：“嗯？”

“机器管家没这么抠门。”楼狮慢吞吞地说道，“机器管家会把院子里所有的灯都打开。”

保镖先生又通过后视镜看了一眼楼狮，却窥见他们头儿嘴角翘起了一丝弧度。

啩——这猫，了不得了！

楼狮在门廊下了车，有人在等他回家——这种经历，过去在楼狮身上，几乎没有。

狮心的基地永远亮着璀璨的灯光，随时欢迎外出的成员凯旋。但楼狮是从来不走那条凯旋大道的，他总是远离人群，人群也因畏惧而远离他。

楼狮总是孤身回到自己的住处，那个建造得大到空旷、象征着地位和权势的住处，灯光也总是亮如白昼，只不过里边安静得落针可闻，只间或能听见AI和机器人运作的声音。

现在这庄园暗归暗，但并不空寂，因为有只过于活泼的猫在里边等着。楼狮几乎可以预见，门后又是一片狼藉。

楼狮打开门，换上鞋，环视了一圈大厅。他试图用他敏锐的视力，从某个角落、某个架子、某个沙发缝隙里，找到他那只总喜欢藏到奇奇怪怪的角落里的猫。结果猫没找到，却一眼看到了被堆得乱七八糟的快递箱，还有在地上被扔得更为乱七八糟的布料。

晨熙从那一堆箱子后边探出个脑袋，高兴地打了声招呼："老板你回来啦！"

楼狮一顿。

晨熙身上还穿着他的衣服，松松垮垮的，一头短碎发因为被帽子压了半天而四处乱翘。

灯光落在他身上，如轻纱笼下来，有着一层薄薄的光晕。楼狮心中倏然升起了几分陌生的恍惚感，晨熙半点没察觉到楼狮的恍惚。他兴奋地举起了一个丑了吧唧的东西，可得意了："老板你看，我缝的叶朗朗！"

楼狮缓缓回神，目光从晨熙身上挪到了那个丑不拉唧的……公仔上。

楼狮陷入沉默。

晨熙从楼狮的沉默中嗅到了现实的味道，他低头看看自己手里的公仔，然后露出了被辣到的表情。

怎么这么丑！不对，才不丑。熙熙亲手缝的娃娃怎么会丑！说丑的绝对是审美没跟上熙熙的步伐！麻烦觉得丑的人都反省一下！此处点名批评楼狮先生！

晨熙梗着脖子："好看吧？！"猫猫绝不认输！

楼狮始终沉默。

晨熙感受着楼狮的沉默，感觉自己要被扑面而来的现实气息压垮了。

真有那么丑吗？晨熙迟疑，感……感觉也没有丑到连老板都说不出话的程度吧！眼睛是眼睛鼻子是鼻子的！最多不就是有一点点歪？

歪怎么了！写实！叶朗朗大小眼，每次笑起来还只邪魅地翘起嘴角一边！

就……写实啊！！

晨熙试图说服自己，同时也说服楼狮："虽然的确有点丑，但是看久了其实还是有那么一点……丑萌丑萌的味道。"这话晨熙自己说出来都有点不信。

楼狮想了想，觉得这话他没法接。

晨熙越说越没底气，最终他低头，看着手里丑了吧唧的公仔，绝望地闭上了眼。

怎么会有这么丑的公仔！晨熙脑袋往成堆的快递箱后边一缩，自我禁闭了。

楼狮：行吧，晨熙还是晨熙。

刚刚突然恍惚，八成是因为今天下午被气到了，楼狮面无表情地想。

楼狮喊来机器人，把那些箱子整理扔掉。晨熙下意识地伸手抱住了那些箱子。

楼狮挑眉：“怎么？”

晨熙愣了两秒，摇了摇头，松开手：“没什么。”

他看着周围堆得乱七八糟的箱子被撤走，叹了口气。唉，还是乱糟糟又狭窄的小空间比较让猫有安全感。

晨熙把地上乱七八糟的碎布条收拾好，拿着那个丑绝的公仔，上下左右看来看去，然后再一次露出被辣到的表情。

这玩意儿不能细品，一细品，就感觉自己的审美受到了惨无人道的蹂躏。但晨熙还是没把这玩意儿扔掉。

真正的猛士，永远敢于面对自己的黑历史！

晨熙思来想去，拉了张凳子过来。楼狮看着他：“你在做什么？”

“把叶朗朗一号摆上猫爬架。”晨熙说。

楼狮看看那个公仔，觉得这玩意儿摆在大厅里，简直让整个大厅都染上了一层迷蒙的灰色。

晨熙还在说：“让这个猫爬架记录我进步的脚印！”

这是以后叶朗朗……或者别的什么二三四五号，也会被摆到猫爬架上的意思。楼狮看着晨熙把公仔放到墙面上的木板上边，心中竟然生出了一丝后悔的情绪——

他当初定制猫爬架的时候，为什么要在墙面上钉木板呢？不对，他当初为什么要弄这么豪华的猫爬架呢？普通的猫爬架它不香吗？

“好了！”晨熙把叶朗朗一号放好，跳下椅子，确认不使劲抬头就不会看到那个辣眼睛的玩意儿之后，十分满意。

楼狮看着晨熙美滋滋地跑去洗澡，也不去关注了。眼不见为净，楼狮想，也转头上卫生间洗澡去了。

狮子对于水的厌恶程度不比猫差多少，楼狮洗澡总是很快。但晨熙在保持人形的时候，却沉迷庄园里的大浴缸不能自拔。等到晨熙洗完出来，楼狮甚至已经从书房里拿了本大部头，看了几十页了。

晨熙洗完澡之后没有变成猫，楼狮一顿，有些意外。

晨熙穿着松松垮垮的睡衣，抱着一堆细细碎碎的工具，迈着两条大长腿路过楼狮的房间，刚踏上楼梯的第一阶，在卧室里的楼狮眉头一皱："你去哪儿？"

晨熙愣住，答道："回屋睡觉啊。"

楼狮"啪"地一下合上书，晨熙这才反应过来，嘴上嘀咕一句，缩回了脚，转头往楼狮房间走去。

楼狮重新打开了书："怎么不变回觉醒体？"

"觉醒体总是想睡觉，而且也没法做手工。"晨熙拉开床头柜上的折叠桌面，把手里零零碎碎的东西往上一放，"沈深大后天一早就要启程去帝星了，我要搞点东西送给他们。"

楼狮想到外边的叶朗朗一号，代入了一下，觉得收到这玩意儿的人恐怕不会有多高兴，想杀人才是真的。

"不是已经送过了吗？"楼狮问，"云涟漪的碟。"

晨熙："啊，那不一样。"

楼狮："有什么不一样？"

晨熙挠挠头："他们看到云涟漪的碟的时候，会联想到'云涟漪''楼狮''值钱'之类的，我都不知道要排到哪里了，但是如果我送他们这公仔，他们看到的时候，第一个想到的肯定是我。"

不，第一个想到的应该是丑才对，楼狮想。

晨熙挑选着布料："而且，礼物这种东西，谁会嫌多吗？"

这倒是。楼狮重新看向了手中的书，耳边是晨熙窸窸窣窣的动静，手中的书许久没有翻过第二页。

晨熙穿好了线，打上结，正要揉棉花，察觉到了旁边楼狮的视线。

他偏过头，听楼狮问道："你习惯跟别人睡在同一房间？"

"还好吧。"晨熙一时也没想到哪里怪怪的，他十分诚实地答道，"因为从小到大，学校里都会做一些危机模拟，还会组织春游秋游露营之类的，大家都睡一个帐篷来着，没什么不习惯的。"

楼狮对普通学校到底是怎么样的一无所知，但孤儿院、觉醒学校，从来都不是这样的。

孤儿院条件有限，床铺这种东西，谁拳头大抢赢了就是谁的。到了冬天，总有那么几个抢不到被褥的孩子冻死在角落里。

觉醒学校就是另外一个极端了，看看蓝湾那个酒店就知道了。学生多的一届前来训练的时候，住宿上，每人单独一层楼是可能的。学生少的时候，每人一个独栋别墅是可能的。

晨熙说的那种集体出行的露营，楼狮没见过。

楼狮合上书："说说看。"

"什么？"

"危机模拟、露营之类的。"

晨熙愣了两秒，然后恍然大悟。男寝夜谈嘛！每次搞集体活动的必备项目，这个熙熙可熟练了！他可是夜谈小王子、故事大王！

"危机模拟，就是模拟各种各样的突发灾情应对，每年暑假寒假之前，学校都会进行一周左右的模拟课程。"

楼狮问："目的呢？"

晨熙想了想："应该是尽量降低学生在寒暑假期间遭遇意外伤害的发生率吧。"

毕竟，极偶尔的时候，也会有星盗冲进客运航道搞劫持。但这个概率，跟航行事故发生的概率一样低。

楼狮一针见血："如果真的发生了什么，身上没有装备的普通学生，除了等死是做不了什么的。"

"……"晨熙哽住。

老板你也不必如此现实，人家搞危机模拟的心是好的啊！

晨熙试图为普通学校正名：“那是超小概率的宇宙遇难，更多的还是针对普通灾情，比如地震、火灾、落水、掉冰窟窿什么的……”

楼狮听得认真，张嘴又想说其实也并没什么用，但马上就被识破了他的打算的晨熙截断了话头。

“我们来聊点别的吧。”晨熙说。

楼狮看看晨熙，点头：“嗯。”

“聊聊咱们的家乡吧？”晨熙顺口道，“老板，你老家是……”

晨熙说到这里，突然卡住，楼狮哪有什么老家。他人物设定卡片上清清楚楚地写着“榕雪星某孤儿院长大”。

晨熙舔了舔嘴，有点懊恼自己提了不该提的话题。楼狮并没有觉得这话题有什么不好的。他说：“我老家是榕雪星，终年低温，吃的东西除了土豆就是土豆，没什么意思。”

晨熙一愣，赶紧接了话头：“我老家在林原星，是颗农业星球，四季分明，每个季节都有好吃的……”

楼狮听着晨熙讲他的家乡。

春天万物发生，夏天繁花满地，秋天硕果丰收，到了冬天，一家人凑在一起，围在火炉边上吃橘子柚子，讲这一年的点点滴滴。

楼狮听得仔细，像这种聊天经历，他还是头一次。“头一次”这个词，在跟晨熙认识之后，出现得似乎有些频繁。楼狮想，这小朋友，似乎总是能弄出一些奇奇怪怪的新鲜事情。

楼狮看着讲得眉飞色舞的晨熙，猜测着这人是不是从小到大，都是这样鲜活而快乐，就好像从未感受过悲伤为何物一样。

晨熙讲得零零碎碎的，想到哪儿说到哪儿，他说起小时候大家去桥洞里掏河蟹，用芦苇秆探进桥洞缝隙，捣两下，然后抽出来，芦苇秆上就齐刷刷地夹着一大串螃蟹。

“我当年可是十里八乡独一份的英勇！”晨熙慷慨激昂，“别人用芦苇秆，我直接伸手掏！谁看了不说一声厉害！”

然后就带着满手夹着他肉不放的螃蟹，一路哭回了家，但这一段，晨熙是不会讲出来的。

要脸的！

晨熙说：“春天最大的乐趣其实是抓毛毛虫。”

楼狮一顿：“我看你挺怕虫子的。”

“胡说！”熙熙以前小到豆虫大到菜花蛇，什么东西没玩过！“是觉醒体太小了！谁看了不怕？”

晨熙说：“狮子看到大象不会怕吗？！”

楼狮眉头一挑，这怎么还拉别人下水？

楼狮实事求是：“虫子跟大象的区别还是很大的。”

晨熙：“？”

你也大可不必这样杠我！讲故事很累的，你怎么还杠我！

晨熙把手里的针针线线一放，转头把抱枕抱怀里：“不讲了！”

楼狮：“嗯？”

晨熙气鼓鼓：“老板你讲，我也要听老板讲你的事。”

你讲！你看熙熙怎么杠你！以其人之道还治其人之身，我晨熙今天就让你知道什么叫 ETC（自动抬杠机，网络上代指杠精）！

楼狮微怔，他还从来没有跟别人讲过自己的事，他也不知道应该怎么样把一件事讲得很有趣，至少跟晨熙一样讲得绘声绘色是不可能的。

晨熙等了好一会儿也没等到楼狮讲话，他抱着抱枕转头，眉头皱着：“老板你不讲吗？”

“嗯……”楼狮想了想，说道，“我有一个朋友，是个星盗……”

啊哈！看我杠上开花！

晨熙瞬间来了精神，张口就杠：“你说的那个朋友是不是你自己？”

楼狮刚起了个头的话倏然一滞，晨熙这才反应过来刚刚楼狮说了啥，愣了两秒，心中登时一凛。

稳住！熙熙稳住！车还没翻！稳住！

楼狮打量着晨熙。毫无预兆地，他想起了晨熙先前知道云飞扬喜欢吃甜品的事。过了半晌，楼狮才慢腾腾地问：“你怎么会这么想？”

晨熙：“……”

我怎么会这么想？！我怎么想了？我没有怎么想啊！这只是个平平无奇的抬杠姿态而已！你不要这么认真！熙熙都感觉到杀气了！好吓人的！！

“我没怎么想啊。”晨熙十分冷静，“我只是普普通通地杠了一下。”

楼狮点了点头：“这样。”也不知是信还是没信。

“嗯。”晨熙点了点头，正想嬉皮笑脸地把这个话题带过去，脑子里却突然想起了楼狮背后隐藏的设定。

在好感度达到一定标准之后，会有一个转折剧情，即主角发现了楼狮秘密的端倪。而楼狮的秘密，就是他的过去——曾经作为星盗、作为狮心头领的过去。

晨熙愣住，得知楼狮的过去，这不是云涟漪才有的待遇吗？！

晨熙情不自禁地打开终端，向来大大咧咧不爱开隐私模式的晨老四，这一次难得地开了隐私模式。楼狮扫了一眼晨熙保密起来的终端页面，没说话。

晨熙反复翻看着论坛，怎么也翻不出点名堂来。

算了，他皱起眉，重新拿起了面前桌板上的针线和棉花，继续工作。

楼狮因为晨熙刚刚的打断而停止了讲述，目光若有若无地停留在身边的人身上。晨熙察觉到那点隐隐约约的打量，顿时变得紧张起来。

有什么办法！就算不缝公仔，该发生的事情不还是会发生吗？楼狮真要干点什么，熙熙难道还能有什么反抗之力不成？！

没有啊！虽然承认自己废物是很衰的一件事，但说实话，就是没有啊！熙熙悲愤，熙熙深吸口气，熙熙得想个办法，把这个危险的话题和气氛盖过去。他看着手里的布料，突然转头，对上楼狮的视线，问道："老板，你谈过恋爱吗？"

楼狮琢磨着朏朏这个幻想种也许还有别的什么特殊能力，正想着，却听到晨熙这个问题，不由微怔："没有。"

晨熙对这个答复不怎么意外，他也知道楼狮八成是没谈过恋爱的，毕竟楼狮因为之前的病，是根本没法谈什么恋爱的。

晨熙心里叽叽咕咕，嘴上问道："哎？那……那个对象呢？"

"那个？"楼狮一顿，"那个是哪个？"

晨熙说出了虎狼之词："就……我听说有钱人都很花！"

楼狮神情怪异地看了晨熙好一会儿，然后摇了摇头："没有。"

有的人表面上是风风光光的星盗头子，实际上竟然连个暧昧对象都没有，晨熙震惊。云涟漪你不行啊！作为这个世界楼狮的官配，竟然到现在还让楼狮孤狮一只，我觉得你真的需要反思一下自己！

"那老板有理想型吗？"晨熙问。

楼狮对这种过于日常的话题相当陌生，他把手中的书放到一边去："理想型？"

"嗯嗯，你是喜欢温柔型、可爱型、飒爽型，还是阴沉型？"

"喜欢？"楼狮表情有些奇怪。

"对啊。"晨熙点了点头，"恋爱结婚，人之常情嘛。"

楼狮转头，看了晨熙好一会儿，才慢吞吞道："没想过。"

好，这天聊死了，晨熙想。但老板没有说有喜欢的人，连喜欢的类型都没得！没有说喜欢那就是不喜欢！没错，就是这样。答案完美，逻辑合理！

晨熙长长地舒了口气，放松下来，活动了一下脖子和四肢，继续埋头缝起了公仔。

楼狮的目光始终都落在晨熙身上，晨熙的头发吹干的时候很随意，蓬蓬松松地翘着，像极了什么毛茸茸的小动物。

楼狮看向晨熙手里的公仔："早点睡。"

"哦，好。"晨熙转头看了楼狮一眼，感觉警报解除，把桌板往旁边一推，变回了猫咪，飞速往枕头缝隙里一拱。

楼狮眉心微皱："怎么又变回觉醒体了？"

晨熙愣住，他从枕头缝隙间挤出个脑袋，疑惑地"喵"了一声。

楼狮半点不觉得自己这话有什么问题，他伸出一根手指戳了戳猫脑袋，等着晨熙的回答。

晨熙摸到终端，缓缓打出："长时间保持人形不是会影响觉醒体成长吗？"

楼狮收回了手，面无表情地关掉了灯。

晨熙重新埋进枕头缝隙中间，两腿一伸，以迅雷不及掩耳之势睡了过去。

晨熙第二天起得很早，楼狮从房间里出来的时候，晨熙已经洗漱完毕，在吃早餐了。

楼狮懒洋洋地走向浴室，顺口问道："这么高兴？"

晨熙兴奋："今天正式上班第一天！我昨天好多地方都没去过，今天准备好好逛一逛。"

楼狮无所谓地应了一声。

晨熙飞快地吃完了饭，拎起桌上的背包，正准备直接冲出门，却又拐了回来。

"老板！"晨熙探头看了一眼正在洗漱的楼狮，"我今晚上不回来了，沈深明早五点的飞船，我怕我赶不及去送他，直接睡宿舍。”

楼狮一顿，慢吞吞地转过头，看了晨熙好一会儿，才开口：“行。”

晨熙对楼狮露出个无比灿烂的笑容，背着包蹦跶着跑了出去。楼狮慢吞吞地收拾完了自己，走出浴室，坐到餐桌边上。

餐厅很大，阳光透过巨大的落地窗投射进来，满室都是暖洋洋的气息。窗外，晨熙开着车转瞬消失了。楼狮看着这一厅的暖光，眉头一点点皱了起来。

保镖先生在此时发来视频，楼狮皱着眉接通了。那头的保镖先生看到明显心情不怎么美丽的楼狮时，微微一愣，但他还是先汇报了事情。

“头儿，黑曼巴想要跟您会面。”

黑曼巴跟瑞比在几千万光年之外的星系博弈。要跟他会面，八成是发现了狮心的那几支舰队有组织有纪律地在里边搅浑水，意识到了狮心的解散只是表面。但狮心头领干的事，跟他这个楼氏新清洁能源集团的老板又有什么关系？

什么打架什么搅和什么势力斗争，有养猫快乐吗？

“不见。”楼狮无情拒绝。

“好的。”保镖先生点了点头，“晨熙不在吗？”

“嗯。”

知道头儿为什么心情不好了。

“头儿，今天去公司吗？”保镖先生问。

楼狮掀掀眼皮：“去。”

“那我来接您。”

看穿了一切的保镖先生挂断了跟他们头儿的视频，转头就打开了公司的监控，一眼就看到了正撒丫子冲向大雕塑的猫崽子。看这没心没肺的样子，半点没把被他扔在家里的老板放在心上。

非常值得扣一扣工资。

并不知道自己即将被保镖先生背后伤害的晨熙，惊喜地发现他的大猫爬架旁边竟然多了个悬浮梯！

晨熙站在草坪上，感动落泪。

天哪！这到底是什么乐土！楼狮到底是什么惊天好老板！晨熙感觉自己简直要为楼狮倾倒。你放心吧，老板，看在你这么体贴熙熙的分儿上，熙熙会努力活下去的！就从绝不踩进私人空间这一点开始，努力保命。

晨熙看着那个猫爬架，内心感动得无以复加。

假日加班的人虽多，但远不及正式上班时人流量的十之一二。小猫猫蹲在园区主楼广场前边的大草坪上，被来来往往的人们围了里三圈外三圈，疯狂围观拍照。

啊哈！这是朕的江山！

晨熙昂首挺胸，摆好造型，迎着灿烂的朝阳，无比骄傲地伸爪踏上了悬浮梯，然后当场被烫得疯狂逃窜。

晨熙窜回草坪上，一屁股坐下，木愣愣地看着他的猫爬架。

不是！昨天还不是这样的！昨天还不烫的！！是谁？是谁？到底是哪个刁民想害朕？！

晨熙简直气死，这是哪个工程队搞出来的幺蛾子？脑子坏掉了！

这就不应当。

明明能够在玩耍的同时帮着老板做些宣传，明明能够在放肆的同时变得更加有用一点！这明明应该是双倍的快乐，却在一夜之间毁了！

可恶啊！！我本可以很快乐！！都是工程队害了我！！

“这不应当”这四个字，熙熙已经说腻了！

晨熙深吸口气，算了，事成定局，现在辱骂工程队也没有用了。毕竟还是拿着本职工资的钱，堂堂楼董唯一指定心理抚慰员，心里总是记挂着快乐和摸鱼，也有点不对。

晨熙听着自己领结上的小铃铛丁丁零零，舔了舔自己可怜的爪子，站起身，抖了抖毛，仰头一看他的江山，顿时又悲从中来不可断绝。

脑残工……算了，大家都是出来讨生活的，就不投诉了。

晨熙叹气，在周围人遗憾的眼神中，迈着小短腿溜溜达达地往摆渡车站点走。

楼氏主业是新清洁能源，但副业仍旧多得吓人。子公司遍布各行各业，遍地开花。晨熙记得楼氏旗下甚至还有个安保公司，里边的员工有很大一部分都是狮心里退下来的身体有损的成员。

一般人不知道这事。而晨熙知道这件事，是因为他在那个安保公司的高管照片里，看到过一张曾经出现在云涟漪的某几个攻略教程里的脸。

这么想来，楼狮作为一个领导者来讲，简直不能再合格了。

晨熙蹲在摆渡车上，仰头看着在旁边盯着他，却并没有主动上手摸摸抱抱的人。

听这群人讲，是昨天公司邮件临时追加了通知，禁止强行摸猫抱猫，除非猫猫主动，不然强行撸猫被发现了扣工资。当然了邮件上写的是担心猫会受到惊吓，而从现在的情况来看，他们遵守得很好。

晨熙看着周围眼巴巴盯着他的人，冷笑一声。愚蠢的人类，没有逗猫棒和小鱼干，也想撸猫？

晨熙“喵”了一声，舔了舔鼻子，做出暗示。但他喵完之后并没有收获小鱼干，只收获了一群跟着他咪咪喵喵个不停的两脚兽。

晨熙：“……”

不是，你们咪咪喵喵的有什么用？动起来啊！熙熙都闻到火腿肠的气味了！火腿肠呢！拿出来啊！

有一哥们儿十分灵性，一摸兜发现自己兜里有火腿肠，非常干脆地拿了出来。

孺子可教！晨熙满意，抬头看过去。

“你干吗？”有人问。

“喂火腿肠啊。”

“猫不能吃带盐的东西，老板的猫，你瞎喂不怕出事啊？”

“哦。”

火腿肠被收了回去。

晨熙：“……”一时间竟然想不出反驳的话。

唉，罢了。你们这群没猫的人类。本猫猫今天就大发慈悲，找一个人给免费摸一摸。下一次记得随身带猫零食。不带吃的也不带玩具，你们这辈子基本上告别撸猫了知道吗？

下面我要抓一个人类来摸我，谁会这么幸运呢？

晨熙脑袋转来转去，最终跳上了旁边一个长裙小姐姐的腿，在两脚兽们的惊呼之中，趴了下来。这大概就是醉卧美人膝的滋味吧！！晨熙一甩尾巴，环住自己。

还……还怪让人不好意思的！

晨熙仰着下巴给小姐姐撸，抬头看了一眼刚刚路过的站牌——

生物实验大楼。

想到之前创新技术部的那几个秃子想揪猫毛送去化验的事，晨熙便对各种实验大楼望而生畏。他这次的目的地是孵化大楼，那里是专门负责内部创业孵化和管培的。简单来说，晨熙准备去围观一下航航和朗朗那两个倒霉孩子。他们今天应该是刚进来，准备做第一轮临时测试，然后被分配到相对应的部门去。

晨熙看着孵化楼到了，“喵”了一声，从两脚兽腿上翻身起来，车停稳之后，跳了下去。

保镖先生载着楼狮到达公司的时候，公司内部论坛里四处飘浮着快活的气息。整个园区的人——甚至不在新总部的楼氏员工们，都知道了他们老板的猫是一只只要给零食就迅速躺倒的小可爱。

保镖先生看了一眼正翻看内部论坛的楼狮，不敢讲话。

楼狮翻了几个帖子，看着他的猫在四处拈花惹……不对，四处蹭吃蹭喝的照片，眉头一点点皱得更深了。

“头儿，晨熙这是敬业。”保镖先生试图调节一下他们头儿烦躁的心情，“内部论坛已经很久没有这么轻松的氛围了。”

但楼狮在意的并不是晨熙敬业不敬业这种问题。他颇有些不可思议：“我平时饿着他了？”

保镖先生闻言，也翻了几个帖子，看到那些牌子乱七八糟的猫零食之后，说道：“大概是山珍海味吃久了，垃圾食品也别有一番风味。”

平时主食是鲍鱼灵芝，也不耽误零食是辣条和膨化食品啊，对不对。楼狮滑过几个帖子，觉得有点道理，实际上还真就是这样。

孵化大楼里大多是年轻人，大楼前台的小姐姐做了件特别牛的事情——

她在昨天收到邮件之后，就买了几大箱子的猫零食，给今天上班的、不讨厌猫、不对猫毛过敏的人，人手发了一份。

晨熙一踏入孵化大楼，就感觉自己的待遇简直没比皇帝差多少。创技部跟孵化大楼比起来，简直就是毛毛雨。

听说古时皇帝一顿饭上百道菜，每道菜只吃一口。熙熙现在也没差！

晨熙看着拿着各种各样的逗猫用具和猫零食试图勾引他的人，深吸口气。不行，朕要控制不住了！朕今天就想待在这里不走了！

心理抚慰员这种工作，也并不是一天就能安慰完全部人的对不对？今天先把孵化大楼的员工给抚慰完也不是不可以啊！

晨熙的内心在贤王和昏君之间反复横跳，十分煎熬。最终拯救了晨熙摇摇欲坠的职业道德的，是一群被带出考核室的小鸡崽……哦，是刚完成了第一轮临时测试，分配好了去向的当期管培生。

晨熙一翻身，飞速扔掉嘴里的小老鼠玩具，从各色逗猫棒之中清醒过来。

航航！航航！航航！快！快带朕离开这惑猫的罪孽之地！晨熙一路狂奔向任航，腿一蹬就扒着任航的裤腿往上爬。

任航家里有猫有狗，下意识地就把蹿过来的猫抱了起来，脸上还有些许的茫然。

“谁的——”任航话说到一半，回过神，“老板的猫？”

领队点了点头：“对，老板的猫，他好像挺喜欢你的。”

任航受宠若惊，捧着手里的猫像是捧着传家宝。

看看这憨样，真没出息。晨熙一趴，竖着耳朵，听到任航的第一期去向，是用户研发部门，基层中的基层。而叶朗朗没有被带出来，八成是直接留在了创业孵化的某个项目组里。

孵化部跟研发部一个在园区东头，一个在西头。领队带着一群青葱的小鸡崽上了绕园区一周的摆渡车，一边走一边介绍。晨熙被任航抱着，也跟着溜达了一圈。

任航被周围酸溜溜的目光盯得如坐针毡。有一说一，以前他们四个人出去，被这么酸溜溜盯着的，永远都是晨熙。

原来老四平时过的都是这种日子，任航不禁肃然起敬。

跟抱着猫感觉人生逐渐迈向巅峰的任航不同，坐在办公室里的楼老板，面无表情地看着晨熙黏着任航，像只花蝴蝶一样在用户研发部门蹦蹦跳跳，甚至到了吃午饭的时候也不回来。他不仅没回来，还在用户研发部睡起了大觉！

楼狮看着旁边餐桌上准备好的两份午餐，眉头越皱越紧。

他一抬手，叮了一下秘书铃。保镖先生坐在门外，隔着一张厚实的隔音门，都能清楚地感受到一股怒气和怨气。保镖先生听到秘书铃响，叹气，站起身，敲了敲楼狮办公室的门。

保镖先生觉得自己简直太苦了。

集团的事情一堆，哪儿都在要钱。狮心那边最近当搅屎棍当得十分开心，也哪儿都在要钱。黑曼巴被拒绝了会面邀请，肯定是不会善罢甘休的。我行我素这一点，大概是所有星盗头领最为相似的一处。只是黑曼巴我行我素手段还阴毒，就显得格外讨嫌一些。这就还得防着黑曼巴偷偷搞事情，保镖先生身心俱疲。本来头儿心情还挺不错，这方面可以放下心，但这两天不知道怎么回事，又不那么稳定了。

保镖先生愁秃了头。

门打开。从楼狮表情看来，他的心情明显非常不美妙。他面前放着监控投影，猫崽子正摊着小肚皮，被任航投喂。

“头儿？”

“把猫带回来。”

保镖先生一顿，怎么回事？您昨天还不是这么个态度呢，昨天不是说想玩就让他玩吗？

保镖先生感到匪夷所思，但他并不质疑楼狮，只是点了点头：“好的，头儿。”

楼狮扫了一眼旁边餐桌上放着的两份饭，又说：“撤了。”

“好的，头儿。”保镖先生去逮猫了。

楼狮眉头紧皱，坐在办公室里，心气莫名不顺。就好像回到了之前还没有遇到晨熙的时候，情绪躁动，反复无常。

楼狮很少细究自己的情绪，因为以往，他的焦躁都是毫无缘由的，但这一次却不同。楼狮看着投影，想起今天这份焦躁的起由，指尖“嗒嗒嗒”飞快地敲击着桌面。

他很不高兴，大概是因为晨熙会因为别的事情别的人而选择暂时放下他，明明是他的猫……

楼狮一顿，不禁想起昨晚晨熙一时顺口说“那个朋友是不是你自己”之后愣住的样子，觉得晨熙说不定还知道不少东西。

楼狮的记忆力很好，他记得他曾经问过晨熙，对星盗怎么看。晨熙当时并没有正面回答他对这个群体的好恶，而是站在一个中立的角度，说“大型星盗团相对小型星盗团来说要好一点”，并表达了一番自己的看法。

当时楼狮觉得这小朋友还挺有想法，但现在想来，也许是晨熙早就知道了什么，比如早知道他是个星盗头子这件事，于是挑了个最不会出错的说法。

楼狮还记得，他们第一次见云飞扬的时候，晨熙就知道云飞扬喜欢吃甜品，而云飞扬喜好甜品这一点，并不是什么特别好查的情报。当时晨熙面对他的询问，回答得理直气壮——“我就是觉得他喜欢吃”。

按理来说，当时楼狮应该更深入地追问下去才是，但因为晨熙回答得实在是太过于理直气壮，加上之前的表现太傻，履历又太正常……总之有一系列的原因，反正楼狮当时就是觉得，这种直觉或者是情报收集能力，可能是幻想种的某种特殊天赋。但后来晨熙没有再有类似的行为，楼狮自己也并不太在意，于是这事就自然而然地被遗忘了。

但这种事，一旦联想起来了，抓住线头轻轻一扯，就能迅速地带出一长串东西，一切都变得无比明晰起来。

楼老板敲击着桌面的指尖一停，微微合上眼，眉头松开，带着那么一点点的无奈，叹了口气。看来还得先解决这个毛茸茸的小毛病。

晨熙这种行为，按照狮心的规矩，是要被扔进地牢里拷问的。楼狮想到这里，看了一眼投影。海城可没地牢，楼狮略一思考，没办法了，看来只能他亲自来拷问了。

楼狮目光一偏，看向了那一箱子被他封起来，扔到了休息室床底下的虫子玩具。他站起身，抬脚走过去。

晨熙吃饱了午饭，正盯着任航发呆。当然了，盯着任航发呆并不是因为他对任航有什么特殊的想法，晨熙只是在取材。

之前那个丑陋的叶朗朗太伤猫自尊了，晨熙痛定思痛，决定仔细观察一下任航，然后整个像模像样的设计图出来。

总得给自己的失败找个借口……不对，找个原因吧！晨熙在这方面可是相当擅长。他以迅雷不及掩耳之势把这个原因想好了——熙熙之所以失败，一定是因为没有认真做设计图！

别人做公仔，可都是正儿八经有设计图的。晨熙觉得自己没图盲做，能搞出个人形已经非常厉害了，至于丑陋这个问题……他思来想去，还是觉得那个公仔丑归丑，但真的非常有叶朗朗的神韵。

就——写意啊！这种东西不就是图一个意会吗！有一说一，我们朗朗就是那样的！完全一模一样，他要拿着公仔拍个照，谁看都肯定觉得一样！

晨熙十分坚定。

猫崽子趴在任航办公桌旁边的猫窝里，抱着尾巴，上上下下左左右右仔仔细细地注视着手忙脚乱的任航。

唉，航航这倒霉孩子，半点都没有熙熙上任时的从容！

想想本猫上任，万众瞩目，甚至一猫包揽整个宣发部门一个季度的 KPI（关键绩效指标）。简直是绩效救星，社畜福音。

晨熙看了一眼伸过来的猫零食。他咂巴咂巴嘴，探出小半张脸去，咬住那条小鱼干，叼了回来。凑过来喂猫的小姐姐顿时露出了一个慈母般的笑容。

晨熙软绵绵地冲她“喵”了一声，又将目光投向了任航。任航旁边的同事探头看了一眼，小声道：“你动物缘很好啊。”

任航转头看了看猫，觉得可能是因为他跟楼狮接触过，沾了点气味，所以这只猫才会这么亲他，但这话可不能跟同事说。

任航挠挠头："还行吧，我自己家有猫有狗，养了十来年了，可能是闻到了同类的气味。"

同事叹了口气："我也想养小动物，但宿舍不准。"

这宿舍说的是楼氏的员工宿舍，任航还没搬进去，听同事这么一说，当即就凑过去叽叽咕咕地问起了规矩。任航一探头，晨熙就看不到他的脸了。

取材中断，猫崽子"喵"了一声，一翻身从猫窝里爬起来，走到任航正面。但任航脑袋都伸到另一个工位上去了，被隔板挡住。晨熙没吭声，听着任航的闲聊，当话题发展到"今天下班我请老哥撮一顿啊"的时候，晨熙瞪圆了眼，他伸出肉垫，使劲拍着任航的手，气得喵喵叫。

任航你这个没良心的！大学三年请客吃饭的次数一个巴掌都数得过来，一上班你就请别人！有了新欢就忘了旧爱，你这个臭渣男！

任航脑袋缩回来一半，看了猫一眼，以为猫是想玩。他想了想，把刚刚拎东西用的袋子扎成一小团，在猫面前晃了晃，晨熙的脑袋也跟着晃了晃。

任航嘴上"biu"的一声，把手里的袋子扔了出去。跟着红色的袋子一起蹿出去的，还有一道敏捷的白色身影。

一时间，办公室里并没有准备猫零食和猫玩具的人就好像是发现了新世界一样，团袋子的团袋子，没袋子的团毛巾，没毛巾的团卫生纸。他们高举着手臂，嘴里"咪咪咪"叫个不停。

晨熙叼着那团袋子，一抬头，被这一办公室跟花园鳗似的手吓得一缩。

什么东西？！晨熙嘴里的袋子掉到地上，一转头冲进了旁边材料柜的夹缝里，惊恐地缩到了最里边。

一屋子“咪咪咪”叫的人类蜂拥而至，向这条窄小的夹缝里抛猫零食，却仍旧没有把受到惊吓的猫吸引出来。但这只小猫猫半点没有浪费粮食的意思，扔进去的猫零食很多，全都被猫爪子一点点勾到了深处。等到保镖先生到的时候，他们已经遗憾地放弃了逗猫。

“李特助？”部门经理从办公室里站起来，满脸惊讶。

楼氏的员工大多对楼狮只闻其名不见其人，但对这位真正管事的李特助却非常熟悉，办公室里倏然一静。

“我来接猫。”保镖先生说着，向部门经理点了点头，问，“猫呢？”

经理指了指办公室角落里材料柜的夹缝。

保镖先生跟晨熙相处的时间不多，但也不算少。他知道，晨熙最喜欢在这种狭窄又昏暗的地方睡觉。

保镖先生心中轻啧一声。看看看看！看看这小没良心的猫崽子，老板在那边茶不思饭不想，这猫竟然吃得肚皮滚圆地在睡大觉。

真是非常不合格，应当扣工资。

保镖先生打着扣猫崽子工资的主意，走到那材料柜边上，刚想敲敲柜子，把晨熙喊出来，就听到一声撕心裂肺又无比委屈的猫叫。

保镖先生一愣，他探头看了看那缝隙中间，一眼就看到了一个流泪猫猫头。

“出来。”

“喵嗷！！”

晨熙闻到了熟悉的气味，看到了熟悉的脸，顿时落下泪来。出不去！吃太多了！熙熙卡在柜角了！熙熙出不去了！保镖大哥捞我一把！救救孩子！

保镖先生听着凄凄惨惨的猫叫，看着猫崽子试图爬出来却反复失败的情景，饶是他见多识广，也迟疑了片刻。

“……你卡住了？”他小声问。

“喵！！！”

对对对！保镖大哥猫语十级！保镖大哥超牛！保镖大哥救救熙熙！救救猫猫！救救孩子！晨熙痛哭流涕，保镖大哥愣住，跟流泪猫猫头对视几秒，说道：“那你挺厉害。”

晨熙：“？”

谢谢，先别说厉害了！先救救猫猫啊！晨熙喵喵呜呜，真的好可怜！

保镖先生看着卡在柜角的猫，叹了口气。他算是明白为什么他们头儿会对这猫崽子态度这么特殊了，傻成这样的觉醒者，大约真的是全宇宙独一份。

别说，还怪可爱的。

保镖先生抬手扣住柜子，往旁边挪了挪。晨熙逃出生天，满脸生无可恋，被保镖大哥拎起来，拍掉了身上的灰。保镖先生转头向办公室里的人点了点头，抱着猫走出了办公室。

回去的路上，他始终感到匪夷所思，众所周知，猫的身体非常柔软，能够进去，理应就能出来。

“你到底怎么把自己卡住的？”保镖先生说着，上了摆渡车，按了按猫崽子圆滚滚的肚皮，“太贪吃？”

“喵！！”晨熙疯狂蹬腿。

这都是人类的阴谋！！是臭航航害的！那群人看猫躲起来了还喂零食，必然就是打着让猫卡死在里边，从而达成让猫永远留在他们办公室的主意！跟贪吃半点关系都没有！

呵，人类，阴谋！都是阴谋！晨熙愤怒地喵喵叫着，尾巴甩着，拍在摆渡车坐凳上啪啪响。

保镖先生这次就没法明白猫崽子的意思了，他只是说：“你午饭没回来吃，头儿很不高兴。”

晨熙愣住，不高兴？不高兴什么啊？晨熙疑惑，不就是午饭没回来吃？他今晚还不回去睡呢。

保镖先生看了一眼猫，到楼狮办公室门前，把猫崽子放了下来：“进去吧。”

“喵。”晨熙应了一声，没当多大回事，直接拱开猫门走了进去。

第十三章

拷问·危机四起

坐在办公桌后边的楼狮抬眼看过来："回来了？"

"喵！"晨熙应了一声，一跃跳上了桌面，还没来得及去摸终端，就听到一声惨绝的猫叫。

晨熙竖起耳朵。老板这里怎么会有猫叫？

晨熙无比警觉地扭过头去，就看到楼狮面前正播放着监控投影，投影的主角是一个因为吃多了被卡在柜角出不来的流泪猫猫头。

哪个缺德鬼拍的？！晨熙猛地转头看向楼狮，楼狮神情微妙，目光从投影上挪开，投向了坐在他面前的晨熙，上下打量。晨熙觉得这目光里充满了"这猫这么蠢我到底还要不要继续养"的迟疑。

晨熙警觉地敲字："老板你在想什么？"

楼狮扫了一眼堆在休息室里的玩具，说："在想要不要继续……"

楼狮说到这里停顿了。他本来觉得自己准备用一堆虫子玩具来作为拷问猫的恐吓手段，已经够傻了，但万万没想到晨熙又迅速刷新了他的认知。

晨熙紧张地敲字："继续什么啊？"

难道真的不养猫了吗？那我上哪儿去找薪酬这么高福利这么好的工作啊？晨熙不禁陷入沉思。

"嗯……"楼狮想了想，还是决定继续，他把猫拎进了休息室，关上了门，把猫扔到柔软的床上。然后他拿起扭蛋模拟的虫子玩具，在猫周围摆了一个圆圈。

晨熙左右看看，缓缓打出一个问号。

"这些里边都是虫子。"楼狮语调慢吞吞的，说得跟真的似的，"用来测谎，如果你说谎，虫子就会爬出来。"

晨熙："？？？"

晨熙脑子里闪过一堆诸如"完蛋翻车了""熙熙暴露了""楼狮知道了""不对楼狮他到底知道什么了""老板是不是在诈我"之类的念头，但最终，这些想法都消散了。晨熙只是缓缓低下头，看了一眼有他猫脑袋大的白色玩具蛋。晨熙愣住，晨熙大惊失色！晨熙转头就跑！

楼狮一把按住猫："你跑什么？"

晨熙惊恐万状："有虫子啊！有我头那么大！！"

楼狮："你不说谎它就不会出来。"

晨熙："你威胁我？"

楼狮："对。"

你竟然还承认得这么大方？晨熙不敢置信。

猫崽子被按趴在床上，在求生欲和羞耻心之间挣扎片刻，然后迅速克服了羞耻感。楼狮按着猫，正准备提出自己的第一个问题，手底下的毛团子顿时一变，从小猫崽变回了二十二岁的青年。

楼狮一顿，晨熙拉着被子一翻身，裹住自己，坐起身来，把放在被子上的扭蛋全踢了出去，然后他一仰头，看着直起身单膝跪在床上的楼狮。

“现在虫子威胁不了我了！”晨熙扬起下巴说道。

区区巴掌大小的虫子，熙熙一脚一个。

楼狮抬眼看过来，打量了一下晨熙现在的状况，点了点头：“你说得对。”然后楼狮起身，把衣柜锁死，又把晨熙放在一边沙发上的背包拎起来，扔出了休息室，锁上休息室的门。

楼狮慢条斯理：“现在有新的威胁了。”

晨熙：“？？？”

晨熙简直惊了，把人家衣服拿走，锁上衣柜是什么弱智的威胁？你以为你能够威胁到我吗？啊哈，天真！就凭熙熙的身材，裸着往外那么一戳，说是行为艺术也是有人信的。

晨熙裹紧了被子，看着楼狮，一时间竟然分不清拿虫子威胁猫和拿裸奔威胁人，到底哪一个更幼稚一点。

其实都幼稚。

晨熙裹着被子，目光在休息室门底下的猫门上转来转去。楼狮顺着他的目光低头看了一眼，于是把猫门的按钮也给关掉了。

晨熙沉默片刻：“老板你也不必如此。”

楼狮坐在沙发上，视线轻轻擦过把自己裹成个球，密不透风的晨熙。

楼狮轻咳一声：“你乖乖回答我的问题。”

晨熙：“……”

行吧，是福不是祸，是祸躲不过。我倒要看看，楼狮到底知道了些什么。

“你想问什么啊？”晨熙嘀咕，把自己又往被子里缩了缩，“至少给件衣服。”

楼狮闻言，偏头看了一眼衣柜，又看了一眼晨熙，假装没听到。

晨熙瞪大眼：“你都看衣柜了，老板！你别装没听到，我看到了！你给我件衣服啊！”

楼狮不赞同地皱皱眉："这也是威胁之一。"

晨熙："？？？"

你有病啊！你都把门锁上了，还不给衣服穿！

晨熙生气地把脑袋往被子里一缩，一副拒绝沟通的样子。

楼狮试图摆正脸色，让晨熙认识到事情的严肃性。但晨熙半点不觉得前星盗头子有什么可怕的。他把自己整个儿裹进被子里，在被褥里闷声闷气地说："要衣服穿！给衣服穿！不给不讲话！"

楼狮："……"胆大包天，这还要上赖皮了。

楼狮轻啧一声，感觉有些哭笑不得。他无奈地叹了口气，向后靠在沙发背上，懒洋洋地发出一声轻哼："回答一个问题就拿一件衣服。"

晨熙听觉敏锐，他从被窝里探出头，咂咂嘴："行吧，骗人一次肥十斤。"

楼狮眉头一挑："幼稚。"

晨熙：这个人怎么好意思说我幼稚？？

楼狮："如果骗人一次肥十斤，那你应该早就胖成球了。"

晨熙："你污蔑！你血口喷人！"

晨熙摸了摸自己的良心，反省了一下自己，发现别的不说，他还真没骗过楼狮，最多也就是隐瞒了一点小秘密。

晨熙有点不高兴："我什么时候骗过你？"

楼狮的目光落在晨熙身上。对方从被子里钻出来的脑袋上头发乱翘，脸上是再明显不过的委屈，半点心虚都没有，看来的确是没有欺骗过他。楼狮有些愉快地说道："我可没有说你骗的是我。"

晨熙一愣，然后心虚地想到了寝室哥几个，缩了缩脖子。

"第一个问题。"楼狮握成拳的手微微松开，两手交叠，抬眼看向坐在床上的晨熙，"你知道我是谁吗？"

晨熙心里咯噔一下，还真就暴露了啊？

晨熙垂死挣扎："……你是楼狮啊。"

这也不算说谎！熙熙说的仍旧是实话！这么一想，晨熙顿时理直气壮起来："衣服！"

楼狮挑眉："行。"他起身去衣柜，打开锁，拿了件衣服出来，然后……带着衣服坐回了沙发上。

晨熙："给我啊？"

"我只说'拿'衣服，可没说给你。"楼狮笑了一声，"你的回答让我满意的话我就给你。"

晨熙哽住。

上当了！熙熙上当了！不愧是前任星盗头子，脏路子一套一套的！

楼狮晃了晃手里的衣服："说吧，我是谁？嗯？"

晨熙悲伤地裹紧小被子，放弃治疗："楼狮，楼氏新清洁能源董事长——"他拉长了尾音，观察着楼狮的表情，发现对方脸上始终保持冷淡，半点变化都没有之后，蔫头耷脑地接上了最后一句，"已经解散的狮心星盗团的头领。"

果然知道，但并不特别全面。楼狮把手里的衬衫扔到了床上，看着晨熙把衬衫拖进被窝里套上。

晨熙窸窸窣窣地穿衣服。

"第二个问题，你从哪里知道的？"

一个论坛。

但打死晨熙，他都不会把真正的情况说出来。就算是晨熙也知道，像楼狮这种骄傲的人，要是让他知道了他的一生——从出生到成长、遭受的苦难、获得的成就、拥有的势力甚至于未来的伴侣都是被安排好的，指不定会搞出什么大事来。

楼狮能搞出什么事，以晨熙的眼界来说，是想象不到的。他所能想到的，就是非常粗浅的一个事实——楼狮会不高兴，他会暴怒，会不忿，会充满负面情绪，会非常不高兴。

晨熙并不想楼狮不高兴。这人对他的好他都记着，哪怕那些钱那些小事，对于楼狮来说也许不值一提，但是对晨熙来说，这都是非常重要的心意和帮助。一个人的善意，不论大小，对于被帮助的人而言都是无价之宝。

晨熙从被子里露出半张脸，看着等他回答的楼狮，闷声：“我就是知道。”

楼狮一顿，有意追问，却在与晨熙对上视线的一瞬间，把话咽了回去。这小朋友的心思实在好读，满脸都写着“别问这个，再问自杀”。

好在，楼狮的目的只是确认，又不是真的要把晨熙的小秘密完全挖出来。把他人的私密完全挖得一干二净，是对敌人才运用的手段。晨熙不是敌人，只要晨熙不骗他，他就非常乐意继续把晨熙的情报来源归于脑脑的未知天赋。于是楼狮起身，拿了盒内裤出来，扔给了晨熙。

晨熙躲在被子里，像只小仓鼠一样，窸窸窣窣地拆盒子。

“第三个问题。”楼狮说。

“没有问题了！”晨熙把被子一掀！

啊哈！熙熙自由了！

晨熙套着件衬衫，穿着条短裤，一翻身下床，光着两条大长腿奔向了门口。

晨熙在门口试图手动开锁，楼狮坐在沙发上好整以暇，晨熙转头，楼狮嘴角微扬。

晨熙：“……”

“第三个问题。”楼狮旧话重提，“你知道很多情报吗？”

晨熙一屁股坐到楼狮对面的沙发上，沙发很大，晨熙腿一抬，盘膝坐好。

楼狮目光一滞，交扣的双手微微抽动了一瞬，不禁深吸口气，想要提醒晨熙别这么坐，但话到嘴边，却怎么都没说出来。晨熙感觉背后凉凉的，他转头看了一眼后面，什么都没有发现，于是又转回头来。

晨熙觉得无所谓了，反正都已经暴露一半了。虽然不知道楼狮是怎么考虑的，但是晨熙很清楚，楼狮真要认真起来，他根本不是对手。普通人哪能是星盗头子的对手呢？但是情报量多少这个问题，晨熙自己心里也没个准数。

他不太确定：“我也不知道我知道多少。”

实际上，在刚看到论坛的那大半年里，晨熙都沉浸在一股虚幻感中，业余时间全都用来刷论坛看攻略了，最终也就是把这世界中一百多个男主的人物卡和个人线、主线剧情给记了下来。这里面暴露的信息还挺多，但是真要跟楼狮平时接触的情报信息相比，晨熙也不知道算不算多。

晨熙的不确定十分真实，楼狮略一端详就确定了晨熙是真的对自己没个数。

楼狮：“之前瑞比你认出来了？”

晨熙嘴一撇，点头。

“胆子还挺大。”楼狮似笑非笑，“我看你跟星盗相处，倒是一点都不怕。”

晨熙一愣，仔细一想，惊觉的确如此。但这也不能怪他，这得怪楼狮太好相处了，跟楼狮的相处让他有了一种“星盗好像也没什么可怕”的感觉。当然了，也可能是因为楼狮跟瑞比都是正直……咳，就是不滥杀无辜的星盗，换了黑曼巴就不一定了。

晨熙嘀咕：“我看老板你对我知道这些也没有多惊讶的样子。”

楼狮慢吞吞地说：“这世上值得我惊讶的事情很少。”

但有一说一，这些事情里，你晨熙的惊奇操作独占八斗，简直一骑绝尘。

“行了。”楼狮把衣柜门和休息室的门都解了锁。

晨熙一愣：“这就行了？”

楼狮颇感意外地看向他：“不然呢？”

没有被身体虐待也没有被精神逼供，这小鬼怎么还一副不知足的样子？

晨熙愣住，小声叽叽咕咕：“搞这么大阵仗……”

楼狮听他这么说，挽起袖子，抬脚走过去：“你要是想体验真正的大阵仗，也不是不可以。”

晨熙往后一缩，疯狂摇头：“不用了老板！感谢老板体贴！”

楼狮看着晨熙，嗤一声，直起身，扫了一眼大大咧咧盘腿坐着的小鬼。

“下次不要在对面有人的时候这么坐。”他转过身往外走，漫不经心地说道，“小朋友。”

晨熙闻言，低头看看自己的坐姿。这又有什么不对了？晨熙心生茫然，呆怔了两秒，然后顿悟。

一定是因为这个姿势在面对袭击的时候不好反击！刚刚若是被老板堵在沙发上，就根本没挣扎余地！

原来如此！晨熙恍然大悟，一拍大腿，迅速把脚放下，变回猫，屁颠屁颠地跟在了楼狮后面。楼狮听到动静，转过头看向身后，却发现人已经变成了猫。

楼狮垂眼看着猫，猫仰头看着他，歪了歪脑袋。

楼狮：“……”

楼狮的那一眼看得晨熙心里一凉，猫本能地奓起了毛，感觉像是被大型掠食动物盯住，随时要从什么地方跳出来，咬断他的喉咙。

晨熙情不自禁地打了个寒噤，回过神之后，再去追逐那头大狮子的身影，却发现楼狮已经走到了办公桌后，坐了下来。晨熙缩了缩脖子，甚至怀疑自己是不是已经在鬼门关的路上。

晨熙觉得自己这个猜测是相当有道理的，他站在楼狮的角度想，堂堂前星盗头子，秘密被人发现了，第一反应肯定是杀人灭口啊！别说洗白了就不杀人了，正因为洗白了，才更要守住这个秘密。

等一下！

论坛里说在平行世界里的云涟漪意外得知楼狮的秘密，被楼狮或者其下属干脆利落地解决了。那……那熙熙岂不是危在旦夕？他愣愣地看着坐在办公桌后的楼狮。

晨熙开始慌了，不不不，熙熙冷静一点。

往好了想，自己在楼狮这里的好感度也刷到了一定的程度，总不会像云涟漪那样直接被杀掉吧……

晨熙更慌了，他想起论坛里说的楼狮个人线有那么多个死亡结局，感觉自己整只猫都要晕过去。

目前论坛已经给出来的楼狮线结局有 108 个，清一色的都是 BE（Bad ending，不好的结局），连个 NE（Normal ending，普通结局）都没有，其中云涟漪死亡结局多达 50 来个。而这 50 来个死亡结局中，误伤死亡——也就是死于楼狮之手的结局，只有 4 个。另外的几十个，归类一下，大约就是分手、人祸、意外三大类。

而其中人祸又是最多的，像那种粉丝因为得知偶像恋爱而崩溃报复，趁乱枪杀偶像，这类使人窒息的结局就不谈了。

就说因为楼狮个人原因而衍生出来的那一部分，楼狮以前的身份摆在那里，想宰他的人多了去了，跟他扯上关系——或者只是作为他比较重视的下属，自然会被当成一个突破口。

云涟漪的战斗力设定算是很强的了，如果对手没有进行特殊的防备，她的次声波攻击发起威来，一个人能吊打一个团。晨熙想到这里，不禁低头看了看自己小小的、软软的、毛茸茸的爪子。然后又想到了他完全不能依靠爪子和牙齿捕猎的羸弱现实。

晨熙哽住。

垃圾觉醒！想一次骂一次。

想想吧，那么厉害的人鱼小姐，都被捶出了50多个死亡结局。而熙熙，只是一只弱小可怜无助的朏朏！你不如干脆一点，现在就一刀杀了我！

晨熙感觉自己要窒息了，他深吸口气，跳上桌面，蹲在楼狮面前。

楼狮在听舰队长汇报战况，他开了隐私模式，晨熙是听不到通信内容的。只是猫突然凑过来，把他的注意力拉开了些许。楼狮反手把没他两个巴掌大的猫按住，翻过来，捏起了肉垫。

晨熙一愣，抽回爪子，一翻身从他手掌底下钻了出来，楼狮目光一偏，看向了晨熙。视频那头的舰队长发觉楼狮的注意力没在他那里了，于是停下了话头。

楼狮掀掀眼皮："你继续说。"

舰队长微怔，又继续道："黑曼巴属下的那只薮猫不见了，她很擅长潜伏和反侦察，我们最后查到她的踪迹是在三天前，她带着足够进行三次跳跃推进的燃料离开了。"

"黑曼巴没有进行追击，应当不是叛逃。"

"我知道了。"楼狮若有所思，点了点头。

跳跃推进是只有小型侦察飞船才能进行的一种高速移动方式。以燃烧巨量的能源为基础，可以大幅缩短航行时间。这种急速推进的手段，对燃料和飞船本身的损耗都非常大。放在正规军里，这都是在战时才会使用的斥候手段，但星盗们只要手里有钱，就敢随便放肆。

而那只薮猫，多半是冲着他来的。

狮心的领地跟黑曼巴的领地中间隔着十几个超星系，他们之间的冲突很少，但黑曼巴最好面子，被拒绝了会面的邀请，肯定是要出气的。

因为瑞比跟黑曼巴的领地接壤的地方很多，几条重要航道也有交叉，摩擦相当频繁。瑞比又是那种表面笑眯眯弱唧唧，背地里暗暗下黑手的类型，没少跟黑曼巴明里暗里地交锋。每次黑曼巴一时不察吃了亏，总是会找机会恶心瑞比，还张扬得尽人皆知，让瑞比暴跳如雷。

就比如这一次，他直接对瑞比的家乡下手了。

对于黑曼巴要找场子这事，楼狮自己倒是无所谓，一只薮猫而已。但是他身边的人，能被伤害到的……楼狮挂断了视频，偏头看了一眼晨熙。

猫崽子叼着终端过来，十分严肃："老板，你有没有那种……"

晨熙敲到这里，思考了一下用词，不怎么确定地继续敲："适合猫又适合人的武器，或者是保护用具？"

楼狮有些惊讶，他扫了一眼自己的终端，确定的确是隐私模式之后，又重新将目光落在了晨熙身上。

"你知道什么了？"他问。

晨熙严肃："我觉得可能有人想搞我。"

楼狮眉头一挑："嗯？谁？"

晨熙："不知道，总之就是这样那样的人物，这样那样的可能……"

鬼知道自己是不是真的进了老板的个人线，不对，比起琢磨是不是真的进了，明显是保命要紧啊！晨熙觉得自己好苦，他万万没想到，他绕开了觉醒学校，绕开了全宇宙的中心云涟漪，最终却一脚踩进了楼狮这个泥坑。

简直前有狼后有虎！老板你怎么是个这么危险的老板！晨熙内心发出无比激烈的谴责，但他嘴上一句话都不敢说。

晨熙揣着爪爪，眼巴巴地看着楼狮。

"你怎么知——"楼狮这话说到一半，看着猫崽子的样子，改口，"你又知道了？"

晨熙疯狂点头，楼狮开始觉得胐胐说不定真的有什么预知或者是直觉类的天赋了。

“武器给了你也不会用，不如一直待在我身边。”楼狮虽然嘴上这么说着，却还是打开了自己的军备储存库，认真翻找起来。

晨熙蹲在桌面上，爪子按着终端，心脏扑通扑通的，只觉得如坐针毡。好像楼狮的一言一行，对他的好、看他的眼神、嘴角微微弯起的弧度，都带着一股……死神的气息。

不然呢？！不然还能是什么好气息吗？！想多了吧！熙熙上有快五十的爹妈，下有还没出生的崽！熙熙的未来还很长！熙熙不想死！

“这些是小型便携武器，安全装置完备，走火故障概率无限趋近于零，但是杀伤力相对没那么大。”楼狮指着投影上的那些武器说道，“为了防止你把自己也搅进去，这些都只是让人失去行动能力的武器。”

毕竟晨熙是个学缝纫都能把自己缠成一个球的小傻子。这小傻子情急之下使用武器，很有可能武器扔出去了，自己也躲闪不及被波及伤害。所以杀伤性大的装备，楼狮都没有考虑。

“哪怕你没来得及跑，也不会受到什么严重的伤害。”

虽然只要不是当场死亡，以楼狮拥有的资源和财富，怎么样都能把他救回来，但从实际出发，楼狮是不希望晨熙遭受半点伤害的。他并不指望晨熙能够大发神威击杀对手，一切都以晨熙自保为前提。

毕竟晨熙这辈子，见过最血腥的场面，可能也就是杀猪而已，杀猪可不会把猪炸得四分五裂脑浆迸裂。指望晨熙击杀敌人，不如指望晨熙努力努力，别慌乱之下把自己炸晕了，直接白给。所以综合各方面考虑，最终楼狮挑选的，都只是让人失去行动力的武器。

晨熙对这些东西懵懵懂懂的，但也明白这是楼狮对他的关切和体贴。

晨熙感觉哪儿都不得劲，就慌，就很慌！晨熙慌里慌张，却又不知如何是好。最终他看着那些他见所未见的武器，“喵”了一声，给楼狮敲了个“谢谢”。

“倒也不用总是谢。”楼狮说道，“一定要说的话，我对你的感谢，应当要更多一些。”

困扰他近二十年的病一朝解决，这对于楼狮来说，这等同于再一次赋予了他一次人生。

楼狮看着愣在桌面上的猫，伸手戳了戳猫脑袋。晨熙被他戳得仰倒，在桌面上滚了个圈，然后晃着脑袋重新爬起来，却又被戳得翻滚。楼狮像是发现这个新玩法很有趣，把猫崽子从桌子这边，一路戳到了那边。

你有病啊！晨熙四脚一蹬，伸出两只爪子挡住了楼狮盖下来的手掌。

“喵！”再戳加钱！

楼狮捏住猫崽子的爪子，揉了揉软绵绵的肉垫，轻飘飘地说道：“你应该知道的，你的存在对我来说就是最大的福音。”

晨熙听到这句台词，浑身一僵，猛地转过头，毛瞬间奓了起来。

老板你知道这句台词有多大的危险性吗？在平行世界的云涟漪听到这话后，没多久就挂了。

晨熙两眼一闭，心如死灰，完了，全完了！

晨熙以迅雷不及掩耳之势冲出了楼狮的办公室，他忍住尖叫的冲动，“嗖”地一下钻到了保镖先生的办公桌底下，撅着猫屁股，在底下的缝隙里寻寻觅觅。

保镖先生愣住，他对猫的行为感到费解：“你在找什么？”

嘘！小声点！别把熙熙的时光机吓跑了！

晨熙头也不抬，脑袋钻到办公桌和墙面之间的小缝隙里，试图把自己全身都拱进去，却在拱到一半的时候悲惨地卡住了。

晨熙：“……”

保镖先生：“……”

猫崽子在小角落里使劲拱了两下，发现不管怎么挣扎都拱不进去之后，颓丧地选择了放弃。他卡在那里，上半身在里面，下半身拖在外边，活像只吊死在那儿的猫，浑身上下都透着一股生无可恋的气息。

保镖先生露出了几分惊愕，他看了看把自己卡在缝里试图吊死自己的晨熙，又抬头看了看楼狮办公室的门。

头儿难不成……真的气疯，对猫发脾气了？但也不应该啊。保镖先生看着楼狮刚给他发过来的武器清单，这一看就是给猫准备的。总不能是他们头儿大发雷霆之后，就紧随着来给猫准备东西吧？保镖先生面色诡异，觉得这种前后不一的做法跟他们头儿实在不贴。

不，岂止是不贴，简直就是背离。

保镖先生这么多年下来，别的不说，看楼狮发脾气的时候是最多的。楼狮暴躁起来没人拦得住，他是不懂“收敛”两个字怎么写的，事后更加不会觉得有什么不应当。

打完一棒子给甜枣这种事，根本不会发生在楼狮身上。他不给人再接一棍子就不错了，还给人枣？

保镖先生看看猫，又看看办公室的门，说道：“我离开一下。”他要去给晨熙准备装备。

晨熙尾巴翘了翘，表示知道了。

保镖先生沉默了一下，保险起见，提醒道：“如果头儿真的很生气的话，你离远点。”

晨熙翘起来的尾巴卡住，然后感动得“喵呜”一声，几乎落泪。

听听！听听这良心话！竟然还会提醒熙熙离发怒的楼狮远一点！您可真是个好人！

但是没用的。晨熙耳朵都耷拉下来，你们头儿现在的状态，比暴怒还令人心惊胆战，而且之后将降临的危险并不会来源于楼狮，更多的是来自想要伤害楼狮的人。

如果只是楼狮发怒还好，晨熙不觉得有什么，因为他早就有心理准备了，而且楼狮犯起病来好歹是有预兆的。但别人潜伏过来下黑手的时候，可不会给发预告函啊！

晨熙忧心忡忡，决定以后没事的话，就不做人了。当猫挺好，虽然力气小，但跑得快。那些人总不会丧心病狂到连楼狮养的猫都要杀吧！就算要杀，目标也比人要小得多了，躲避的时候也好躲一些。

晨熙咸鱼一样挂在这个旮旯儿里，想着想着，就觉得自己的觉醒体好像也没那么坏。而云涟漪一变觉醒体，那条鱼尾巴对她来说反而是个阻碍，毕竟星际航行的时代，谁没事会把一条人鱼带到海上去。

晨熙这么一想，突然觉得前路仿佛又有了那么一丝光明。

猫猫顿时把脑袋拔了出来，甩了甩沾上的灰，把毛毛舔干净，重新抖擞起精神，迈着小短腿，雄赳赳气昂昂地继续巡视领地，开展心理抚慰工作去了。

我们社畜就是这样的，就算世界末日在即，不是节假日，也仍旧得工作。晨熙长吁短叹，然后美滋滋地啃起了别人递来的猫零食。

他一下午逛了两个科室。两个科室逛完，晨熙看一眼时间，屁颠屁颠地跑回了楼狮的办公室里。

保镖先生去给晨熙取装备了，楼狮难得良心发现，把他办公室的大门打开，正儿八经地干起了活。

楼狮只是懒又没耐心，并不是不会做这些事情，他的经商才能其实是非常不错的。不过这是人设卡片上的设定，具体怎么样，晨熙也不清楚。不过楼狮这种等级的，金融专业毕业的学生都不一定能听懂多少他在讲啥，更别说晨熙这个干人力资源的了。

楼狮在外边训话，晨熙跑到休息室里，糊上假体换上衣服，确认了一下包里的拍立得和相纸都完好无缺，听到外边动静消失之后，才戴上帽子，走了出去。

办公室大门已经关上了。

“下班了老板。”

楼狮看了一眼晨熙这打扮，知道他这是要去找他那三个室友了：“不吃个晚饭再去？”

“不了，我跟我朋友们一起吃。”晨熙说着，瞅了瞅楼狮的表情。

出乎晨熙意料，楼狮没说什么。他只是低头，然后撩起了衣摆，又松开了皮带。

晨熙一惊，声音提高，调子都变了：“老板你干吗？！”

楼狮抬眼扫过来，然后慢吞吞地从腰际抽出一条革带。革带上套着一串形状各异的袋子，看起来就非常不妙。

“给你武器。”楼狮不急不缓地上下打量着晨熙，“你以为什么？”

晨熙：“没有。”

楼狮“唔”一声：“年轻人，血气方刚挺好的，但也要注意多清理清理脑子里的废料。”

晨熙：“？？？”

你才血气方刚，你还老房子着火呢！晨熙气死。

“枪你大概都不会用。”楼狮如是说道，取下了几个小而薄的软布袋，交给了晨熙，“光线刀、便携式音波共振器、即时性警报设备……”

楼狮看着晨熙记下了用法，把这些玩意儿都放进贴身口袋里，再一次问道：“不吃过晚饭再去吗？”

“不啦！我们以后都不知道什么时候能凑齐了，吃一顿是一顿。”晨熙看着楼狮不怎么满意地皱起眉，下意识安抚道，“也就一晚上而已，之后也不会再有了。”

楼狮一顿，抬眼看向晨熙：“你确定？”

确定什么？晨熙愣住：“什么？”

楼狮明确说：“只有这次，以后再不会有。”

晨熙张了张嘴，刚想满口答应，但想到任航和叶朗朗还都留在海城呢。任航管培结束之后去哪儿还不好说，但叶朗朗一个海城本地人，肯定是会想办法留在海城的。

于是晨熙沉默片刻，十分实诚："不确定。"

楼狮收拾革带，上边金属碰撞的声响在室内回荡，落在晨熙耳里。

他听到楼狮问："你还想继续夜不归宿？"

晨熙忍不住出声提醒："……老板，我都二十二了。"

楼狮闻言，仔仔细细地打量了一番晨熙，指尖敲了敲桌面："是啊，你都二十二了。"

二十二了，不是小朋友了，早就成年了。楼狮想到这里，不禁眯了眯眼。

晨熙感觉脖子后边凉飕飕的，而给他带来这种威胁感的人，却怎么看都是一副很正常的样子。晨熙有些迟疑，他怀疑自己是不是有点过于敏感了。

楼狮把晨熙的迟疑和警觉看在眼里，不动声色地收回了视线。

"倒也不是不让你在外边玩。"楼狮说，"你自己也说了，也许有人想要从你这里下手，对我造成打击——而夜晚总是魑魅魍魉出没的时候。"

虽然说的确是这个道理，但你以为这怪谁啊？还不是怪你！

晨熙应下了这次之后不会再夜不归宿的约定，满心悲怆地背着包，迈着六亲不认的步伐，直奔海城大学。

晨熙在车上打开了寝室群。因为频繁见面，群里这两天对话很少，今天又是叶朗朗跟任航第一天上班，他们都专注于去熟悉工作和人际，自然不可能腾出多少时间来玩终端。

不过这会儿已经是下班的点了。

彩虹屁指挥中心（4）。

晨熙熙："晚饭约不约？"

沈深深："你过来？"

晨熙熙："对！惊喜吧！"

叶朗朗："嘀嘀，我来！"

任航航："我晚饭吃食堂！"

晨熙看到任航的消息，冷笑一声。

晨熙熙："请别人吃食堂？"

任航航："你在我这里装了监控吗？"

晨熙熙："不，只是我老板知道你今天上工，稍微关注了一下你。"

晨熙无情地往楼狮头上扣了口锅。

叶朗朗一看，当场激情输出："任航你竟然请别人吃饭？？？"

叶朗朗："你大学三年请过我们几次？五次有没有？一上班就请别人吃饭，你没有心！！"

叶朗朗："任航你这个臭渣男！"

叶朗朗："喜新厌旧！玩弄我们感情，却连一顿饭都不给我们吃！"

任航航："？？？"

沈深深："有一说一，确实。"

叶朗朗："最关键的是请客吃饭还不叫上我！！"

就是就是！

晨熙冷笑一声，敲字："呵，男人。"

叶朗朗："呵，男人。"

沈深深："呵，任航。"

任航航："知道了！晚上请你们吃烧烤行不行？"

叶朗朗："我们是你一顿烧烤就能打发的吗？"

沈深深："至少再加十二斤麻辣小龙虾。"

晨熙熙："还有每人三只蟹。"

叶朗朗："想吃花甲粉，你看着办。"

任航航："行，算你们狠。"

那可不，为了免费大餐，我们从来都是重拳出击！

晨熙熙："谢谢老板，老板大气！"

任航航："我还以为楼狮来了！"

叶朗朗："吓得我看了一眼群列表。"

沈深深："实不相瞒，我差点直接退群。"

晨熙熙："你们什么意思？"

叶朗朗："就是，我们不配当你老板的意思。"还配了个点烟的表情。

晨熙愣住，他突然想起哥几个先前旁敲侧击地反复表示楼狮对他的态度绝不简单。

可不是不简单吗？晨熙感觉有一道惊雷劈下来，悔不当初，又有救世主一般的神音飘飘荡荡，告诉他他还有救。

晨熙当机立断："爸爸！！"

晨熙熙："救救熙熙！！！"

楼狮已经很久没有关注晨熙终端那边的消息了。没什么关键内容是一方面，晨熙觉醒之后不太经常用终端也是一方面。反正这猫崽子，每次提起他，总是一些没营养的话。

楼狮所说的没营养，是指晨熙并没有暴露什么隐秘。于是楼狮很久之前，就把晨熙终端上安装的那个小玩意儿的特别提醒给关掉了。

但这会儿，工作摸鱼加上还没猫撸，楼狮闲极无聊，又点开了晨熙终端上的小监控。一打开，他就看到消息刷了屏。

彩虹屁指挥中心（4）。

叶朗朗："熙熙吾儿！"

任航航："有事你说！"

沈深深："爸爸做主！"

楼狮往上一翻，眉头一挑，这四个人还真是，这一个敢喊，那三个也敢应。

晨熙深吸口气，算了！为了这条猫命，当一次儿子算什么！

晨熙熙："此事说来话长，我们见面再细细详谈！"

叶朗朗："好，爸爸回家路上去买个瓜来！"

沈深深："记得买无籽的。"

晨熙："？？"

熙熙都这样了你们还吃瓜！你们有没有良心？！

晨熙愤怒敲字："要我老家出产的！"

叶朗朗："没问题，交给爸爸就好。"

行，不亏了。

晨熙抬头看了一眼逐渐靠近的学校大门，关掉聊天窗，顺手点了学校外边小炒的外卖，到店自取。然后他收好终端，揣着包下了车。

楼狮看着黑了屏的监控，面无表情。这小猫崽子，有事情解决不了，怎么不来找他，却去找他那几个并没有什么能量的室友。

楼狮心里不大爽利，抬眼看向回来的保镖先生，透着一股子明显的不愉快。保镖先生心中一凛，神情严肃："头儿，我去野渡接装备的时候，看到了几架黑曼巴的飞船。"

野渡是他们这些在灰色和黑色地带混生活的人所建造的空间站，相较于正规空间站来说，因其出入的人和物资都不那么光明正大，野渡的混乱和危险程度是非常高的。通常来说，除了在宇宙之中打出了名声，会令人选择退避的那些团体，几乎没有人会选择在野渡停留。但黑曼巴作为排行前三的团体，作风又是一贯地张扬高调。他们的船就算是不做任何防护扔在野渡，也不会有多少人敢上去动。所以他们大大咧咧扔在那里的飞船，就被保镖先生发现了。

楼狮对此倒是并不意外，瑞比能找到他的位置，那黑曼巴找到他的位置也不奇怪。

“那些飞船都是普通的斥候型号。”保镖先生说。

但楼狮不关心这个，他只是问：“炸掉了吗？”

“炸掉了。”

“嗯。”楼狮点头，“把人搜出来宰了，给黑曼巴发过去，然后你去保护晨——”楼狮说完沉默片刻，不耐烦地一咂舌，“我自己去。”

保镖先生一顿，正想说什么，却发现他们头儿已经起身，拿上了那一革袋的新装备，二话不说扭头就走。

保镖先生：“……”

有一说一，头儿，你倒也不用这么黏着你的猫，犬科觉醒者都没你这么黏人，而且猫科动物是需要自己的空间的。保镖先生看着楼狮走进电梯，垂眼把玩着那一袋子给猫准备的装备，深吸口气，跟了上去。

“不用您亲自出马。”

“黑曼巴家的那只薮猫出来了，你打不过。”楼狮怏怏地把那一袋子装备塞进口袋里，说道，“而且那猫崽子要是遇到事了，比起你，他肯定更需要我。”

保镖先生听到这话，张嘴就吐出了一串省略号。虽然这话说出来比较大逆不道，但是头儿，你确定是他需要你，而不是你需要他吗？

保镖先生心明眼亮，他感觉他们头儿现在浑身上下都透着一股“没有猫吸我要死了”的腐朽气味。他欲言又止止言又欲，最后还是把满肚子话憋了回去。算了，吸猫而已，总比沉迷奇奇怪怪的爱好来得让人放心。

保镖先生眼观鼻鼻观心，啥也不敢说，啥也不敢问。

楼狮下了楼，坐在车里，看着保镖先生离开，抬手慢吞吞地输入了海城大学这个目的地。

晨熙拎着外卖，在寝室楼底下跟拎着瓜回来的叶朗朗碰上了头。

正值晚饭的点，寝室楼周围人来人往。叶朗朗远远地看到了晨熙，当场发出一声鬼叫：“熙熙吾儿！阿爸来了！”

叶朗朗你死了！！

晨熙感受到周围齐刷刷转过来的视线，抬手压了压鸭舌帽的帽檐，扭头就走。

叶朗朗大步冲过来：“儿子你跑什么！明天咱寝室人全都搬出去了，是见一面少一面的时候了！”

晨熙加快脚步！叶朗朗健步如飞紧随而至！

叶朗朗边跟边喊：“儿子让爸爸看看你瘦了没有！唉，我可怜的熙宝宝！”

晨熙深吸口气，低头从外卖里拿出了一个赠送的葱油饼，转头往叶朗朗脸上扔过去。

叶朗朗张嘴咬住，叼着饼，嬉皮笑脸屁颠屁颠地跟在晨熙后边。

沈深在寝室小客厅的桌子上铺上了桌布，在晨熙踹门而入的时候，抬眼看过来：“三楼都听到了朗朗的鬼叫。”

晨熙把外卖往桌上一放：“不早就习惯了。”

也是。沈深点了点头，帮着摆外卖，然后发现饭有四盒。

“我点顺手了。”晨熙转头看了一眼任航房门前挂的名牌，过去把它摘下来，放在了他旁边的空位上。然后他把多余的那盒饭在名牌面前放下，一拍手：“航航的精神与我们同在！”

叶朗朗咬着饼，看看对面竖着的牌子，又看看牌子前那盒饭，把吃了一半的饼放到了任航的名牌面前。沈深看了看那牌子，又看了看那半个葱油饼，想了想，切了一瓣瓜，放到了牌子面前。

任航急匆匆吃完饭回来准备拯救他的宝贝儿子的时候，就看到三个人在桌前排排坐吃着瓜，沉默而肃穆地看着另一边桌上竖着的牌子。

牌子前边，瓜、饭、饼和水一应俱全，甚至因为没有蜡烛而竖了个小手电筒，任航脑海缓缓打出了一个问号。

“我看你们消夜是不想要了！”

排排坐的哥仨齐齐一震：“任航你敢！”

任航走过去把那些乱七八糟的东西扔了，又把晨熙拎起来，放到桌子对面坐好，然后自己挤到叶朗朗和沈深中间，脸一板，一拍桌子：“升堂！”

叶朗朗一愣，迅速接戏：“威——”

沈深：“武——”

晨熙：“……”

任航：“堂下何人？报上名来！”

沈深：“大人，此人晨熙，林原人氏。”

任航：“有何冤情？”

晨熙：“……”

你们戏瘾这么重怎么不去读影视学校？海城大学欠你们一车小金人！

叶朗朗给任航和沈深一人续了一片瓜，催促：“搞快点搞快点！”

晨熙深吸口气：“我没瓜吗？”

叶朗朗想了想，把切瓜的刀交给了晨熙：“你是负责造瓜的，尊重一下自己。”

晨熙：这就一刀捅死你们你信不信！

晨熙愤怒地切了一片瓜自己吃：“我觉得我的老板有点不对劲。”

升堂三人一愣，手松瓜落，随即大惊！

任航撕心裂肺：“我就知道！！！”

叶朗朗捶胸顿足：“我说什么来着！！”

沈深吃了口瓜：“你怎么突然这么觉得了？”

“他对你做什么了？！”

“他——”

“都没。”晨熙迅速打断了哥仨的想象。

哥仨顿时露出了索然无味的表情。

晨熙：“？？？”

你们怎么回事？！你们在想什么？！

晨熙决定假装没看到：“只是怕后期他对我做一些不好的事情……”

叶朗朗：“什么不好的事情？”

任航：“同问。”

沈深：“让你打砸抢烧了？”

晨熙：“那倒没有，总之就是万一后期他强迫我做一些我自己不愿意做的事情的话，我该怎么办？”

哥仨都不是喜欢打破砂锅问到底的类型，晨熙这么说了，他们也就不问，纷纷陷入沉思之中。

任航深思片刻：“知道了！”哥仨转头看他，“你要让他知难而退！”

晨熙满头问号：“那我应该做什么？”他说着，目光落在了对面三个人身上。

出主意的任航和叶朗朗都是一愣，随即惊恐地抱住了彼此：“我们不行！我们不能跟楼狮作对！要被穿小鞋的！”

于是晨熙看向了沈深，沈深满脸深沉：“你想凭空污我清白？”

晨熙：你们能不能行？危急关头一个都靠不住！垃圾！竖子不足与谋！

晨熙愤怒地一拍桌子：“下一个！！”

叶朗朗皱着眉，然后一打响指：“有了！”

“说！”

叶朗朗：“你晚上偷偷潜进楼狮的房间，然后把他套上麻袋打一顿，这样他就不敢威胁你了。”

晨熙："你是怕我死得不够快？"

沈深点头。晨熙期待地看向唯一一个还没出主意的沈深。

沈深沉默片刻："其实……"

晨熙满脸希冀："嗯嗯。"

沈深："实不相瞒，我也无能为力。"

晨熙脸上的笑容一点点消失。

"想个办法啊！！"

不想个办法，熙熙可能不知道哪天就突然暴毙了！

"没办法了，老四！"叶朗朗一拍晨熙的肩膀，"真有那么一天，我们替你烧香祈福。"

你有病！

正当晨熙一筹莫展之际，隔壁寝室的人来敲门，说楼下有人找。

"找谁的啊？"

"晨熙啊，不然还能找你？"

应声的任航瞪大了眼："滚！"

晨熙几口把手里的瓜吃完，起身："我出去看看！"

任航酸溜溜："快滚！肯定是哪家小妹妹。"

晨熙擦干净脸："没办法，长得好，天生的，羡慕不来。"

任航想把手里的瓜扔晨熙脸上，但晨熙一阵风似的跑了，结果这一等就等了十分钟都没回来。

叶朗朗眉头一皱："干吗去了这是，怎么还不回来？不会被掳走了吧？"

任航啧啧有声："你这是看不起老四？"

沈深："老四前些日子可是以一挑五的！"

叶朗朗翻了个白眼，拿着瓜站起来。任航和沈深也起身，打开了寝室门。

这门一开，就听到口哨声和吵嚷声扑面而来。哥仨相互看看，凑到走廊边上往下一探头，就看到晨熙被人层层叠叠地包围着，脚两边堆满了各种各样的礼物。

任航倒吸一口凉气："是谁走漏了风声？"

海城大学学制自由，正式上课的时间只有三年，跟高中似的。于是每年大四的学生准备搬出寝室的时候，就有不少人豁出去向喜欢的学长学姐表白送礼。一开始大家只是觉得反正人都要走了，没成不亏，成了血赚，后来就渐渐地变成了一个传统。

但是人搬走又不是定时的，通常也就只有消息灵通的人才赶得上趟。海城大学的学生将这次最后机会称为"最终的缘分"。

任航看着被包围住的晨熙，再一次问道："到底是哪个鬼崽子走漏了风声！"

叶朗朗想到他刚刚在楼下遇到晨熙的时候那一声吼，缩了缩脖子。哎，好像是本爸爸喊漏了嘴。

沈深探头看看，捅了捅旁边的任航："我看老四还应付得来。"

"他哪次应付不来？"任航说，"拒绝别人表白这么多次都没被挂上学校论坛，怎么可能应付不来。"

叶朗朗见话题跳过去了，顿时摇头晃脑："万花丛中过，片叶不沾身，甚至使人交口称赞，我们老四……"

叶朗朗说到这里，诡异地停下了。

叶朗朗："你们收到过女生送的礼物吗？"

寝室母胎单身的哥仨你看看我，我看看你，顿时一哄而散。

晨熙回来的时候，已经很晚了。跑过来给他送礼物的人实在是太多，最终出动了搬运机器人，才把东西都搬回来。

叶朗朗撑着脸："你这是准备跟我们分赃吗？"

晨熙转头看他："开什么玩笑，这些东西都是别人的心意，我准备带回去好好保存的。"

哥仨听到这发言，满头省略号。

“都是别人的心意。”你品品！你品品这话！晨熙就是中央空调的化身！

沈深沉默两秒：“你带回去，是带回楼狮那里吗？”

“对啊。”晨熙点了点头，“不然还能带哪里去？我老板又不会介意我这些东西占他地方。”

你品！你细品！哥仨顿时倒吸一口凉气。

晨熙叼着纸杯，一边喝水一边蹲在角落里整理那些礼物。礼物收了多少份，他已经不记得了，反正他感谢和安抚的话说了一堆，嘴都说干了，渴得很。

任航在后边探头探脑：“不拆开看看？”

“不了，量太大，回头收拾起来怪麻烦的。”

晨熙说着，看了一眼时间。

八点了，他抬头看向房门大开的三间乱糟糟的卧室：“你们还不去收拾自己的东西？”

“这不一回来就在救你吗？”

“现在好了，散了散了！”

晨熙赶鸡一样把他们赶回屋里去。

男孩子要收拾的东西实在不多，被褥都是学校发的，出于环保考虑，直接留在这里就好，之后会有人来回收。没有被褥、家具这种大件，他们需要收拾的东西就很少了。

沈深是明天凌晨五点的航班，从海城大学出发去最近的空间站，要三个小时的车程，加上提前一小时检票，他们最晚一点钟就要出发。

叶朗朗丁零哐啷地收拾好物品装了两个大行李箱，然后一屁股坐到箱子上：“任航！点菜！”

任航叽叽歪歪地点了一大摊子烧烤、十二斤麻辣小龙虾和十二只蟹。

晨熙看看客厅里那个云涟漪角，指了指那里的云涟漪周边产品：“那些玩意儿你们准备怎么处理？”

任航美滋滋地邀功：“我之前问了老员工，这些是可以带到员工宿舍里去的。”

沈深：“我的直接邮寄到新学校的地址去。”

哥仨说着，从屋里拿来成捆的泡沫纸和塑料膜，开始珍而重之地收拾起那些周边产品来。晨熙坐在一边，抱着沙发的靠枕，看了看哥仨，又看了看收拾完之后显得空荡荡的宿舍，小小地叹了口气。

他们收拾周边产品的动作轻缓温柔，跟清理衣柜时宛如爆破一般的动静截然不同。

叶朗朗和任航明天都还要上班，吃饱喝足了就当场瘫在沙发上，试图酝酿睡意。沈深把垃圾扔出去，回来就看到晨熙抱着靠枕，在终端面板上敲敲打打。沈深不急着睡觉，他之后整整一周都会在飞船上，多的是时间休息。他在晨熙身边坐下，摸出游戏手柄，顺口问道：“这是敲什么呢？”

任航在一边哼哼唧唧：“还能敲什么，这会儿肯定有不少人给他发消息。”

叶朗朗酸溜溜地说：“臭弟弟，大家都是两只眼睛一个鼻子一张嘴，你怎么就格外标致一点？”

“你们别胡说八道！”晨熙十分严肃，“我在查如何让自己不那么讨人喜欢。”

你听听，这说的是人话吗？？

晨熙完全不觉得自己有什么问题，他输入完毕，点击搜索，然后大声朗诵：“半年不洗澡、多向他人传递负能量……”念着念着，晨熙心里就是咯噔一下。

完了，自己一条都做不到。晨熙沉默地看着页面，无声地选择了关闭。

“这门槛也太高了！”

叶朗朗翻了个白眼：“高个屁，你把这些礼物都带回去，再表演一波，你，晨熙，就是最令人讨厌的那个！”

晨熙闻言，浑身一震，恍然大悟！叶哥说得对啊！晨熙一拍大腿，感觉解决了心头大患，顿时浑身都舒坦了。

“你们睡着，咱们一点出发送深深，我搬趟东西去。”

哥仨懒洋洋地摆了摆手。

晨熙找了两个搬运机器人，又去买了几个巨大的包裹箱，搬起了堆在寝室里的那些礼物，“嗒嗒嗒”地跑出了寝室。

第十四章

和好·楼狮道歉

楼狮正坐在车里抽烟，他把车停在海城大学的停车场里，也没有下车的意思。

他只是叼着烟，沉默地看着晨熙刚刚激活之后又关闭的终端页面，上边大大咧咧地挂着晨熙刚刚搜索过的问题：如何让自己不那么讨人喜欢？

楼狮：“……”

他发誓，他对晨熙的个人隐私真的没有什么窥探的兴趣，他只是在给晨熙的终端多加几层防火墙而已。

黑曼巴好赖也是个星盗巨头，除了武力，也是有头脑的，手底下也人才济济。就比方说，现代社会，想要得知一个人的近况，最迅速的手段就是侵入他的终端，搜一番此人近日以来的各项信息。楼狮出于这方面的顾虑，给晨熙的终端加了一堆防火墙和反击手段。

平时没有触发关键词的内容，楼狮是根本不看的，发现晨熙在搜索这种问题，真的是个意外。

楼狮看着那个页面，感觉脑壳疼。这个小朋友一天到晚都在搞什么东西，搞这些东西让你很快乐是吗？

楼狮没好气地想，而后抬眼看向了他斜前方的停车位。

从他的角度看过去，晨熙开来的那辆星芒清清楚楚地呈现在他的视线里。而车里的监控投影，则正对着晨熙所在的寝室楼。这些监控镜头都是楼狮刚放出去不久的飞蚊监控。

他看到晨熙跟在两个搬运机器人后边走出了寝室楼，他把帽檐压得极低，跟做贼似的往门口探头探脑，然后才一溜烟地跑了出来。

楼狮来得不巧，没撞上晨熙被人团团围住的场面。他目光扫过被搬运机器人携带着的箱子，最终落在了晨熙身上。晨熙的目的地是停车场，这很明显。

楼狮垂眼，将烟碾灭，伸手把旁边的袋子拿起来，下了车。

停车场的灯光并不很亮，但楼狮夜视能力很好。他隔得远远地看到晨熙的身影，晨熙正跟在搬运机器人后边蹦蹦跳跳地跑过来。

晨熙的夜视能力也很好，他猝不及防地看到了前一刻还在被他们讨论的楼狮，当场被吓得倒退了两步。

楼狮眉头一皱："退什么？"

"没什么！"晨熙大声应道，然后小声嘀咕，"你怎么在这里啊，老板？"

楼狮听力敏锐："给你送防身装备。"

晨熙：那你……也不必亲自来啊，让保镖先生来不好吗？你这么搞，保镖先生都要失业了！

晨熙远远站着，感觉有点慌。搬运机器人"嗒嗒嗒"地走到车边，停了下来。

楼狮打开车后备箱："这些是什么？"

晨熙："就……就，同学送的东西。"

楼狮看了看搬运机器人上显示的重量，正要说话，抬眼却发现晨熙还站得远远的。

“你站那么远做什么？”

“站远点更能感受老板帅气的英姿。”

楼狮眉头一挑：“过来。”

晨熙磨磨蹭蹭地凑了过来。

楼狮说：“近一点更能感受。”

晨熙：“……”

“加起来二十多公斤的礼物。”楼狮轻啧一声，“你还挺受欢迎。”

晨熙闻言，瞥楼狮一眼，看往后备箱里放包裹的机器人一眼，又瞥楼狮一眼，叶朗朗的话在他的脑海里回荡。

“你把这些礼物都带回去，再表演一波，你，晨熙，就是最令人讨厌的那个！”

“你，晨熙，就是最令人讨厌的那个！”

楼狮看着晨熙恍惚的神情：“怎么？”好好一只猫，看着跟小仓鼠似的。

晨熙深吸口气。熙熙加油，熙熙你可以的！

冲啊！

“没怎么！”晨熙超大声，“我就是很受欢迎啊，这些都是喜欢我的人送给我的。”

楼狮一顿：“喜欢你的人？”

“对啊。”晨熙感觉有一点点的不安，但他十分坚强，“喜欢我的人……就很多嘛。”

楼狮：“这些礼物你都收了？”

晨熙：“对啊。”

楼狮眯了眯眼：“你不是单身主义者吗？”

晨熙强颜欢笑：“单身主义者跟我收礼物没有冲突啊。”

哇！听听！这浑然天成的令人不爽的发言！不愧是我！

晨熙抖擞起精神，疯狂自黑："别人白给为什么不收呢？不收亏了啊。"

楼狮闻言，点头，语气平静："嗯。"

楼狮没什么表示，晨熙却感觉一股凉意从脚底板一路蹿到天灵盖。他一个哆嗦，左右看看，发现周围树木的枝条晃晃荡荡。

是风。

楼狮看着那几个大箱子，神色深沉，讲话却仍旧不疾不徐："你准备带回去？"

晨熙小心翼翼："对啊。"

楼狮点了点头，关上了后备箱。"嘭"的一声响，在安静昏暗的停车场里宛如惊雷。晨熙禁不住缩了缩脖子，下意识地往后挪了挪。结果刚挪出一步，被楼狮紧紧地盯着："去哪儿？"

"回宿舍。"晨熙小声说，"我室友他们还在等我……"

"让他们等着。"楼狮说着，拉开车后门，把晨熙塞进去，自己跟着往里一跨，随手带上了车门。

"为什么不想讨人喜欢？"楼狮嗤笑一声，脸上的神情说不清是愉悦还是愤怒，"为了让我生气？嗯？"

晨熙蒙了，晨熙不敢说话。

楼狮："你好像什么都知道。"

晨熙愣住，晨熙大惊！晨熙疯狂摇头！

没有！不是！不知道！熙熙什么都不知道！是谁给熙熙出的馊主意？谁？？不知道楼狮不能受刺激吗？！等熙熙出去，就把你们全杀了！！！

晨熙浑身紧绷，颈侧的动脉随着急促的心跳而鼓噪着，落入楼狮的掌心，那些慌张失措所带来的跃动便显得清晰无比。

楼狮从鼻腔中发出一声细微的轻哼："你不知道？"

晨熙感觉自己要死了，熙熙明明只是一只小猫咪，可怜弱小，与世无争。熙熙为什么要经历这些？

晨熙不禁感到悲伤，但晨熙仍旧坚强："我不知道啊。"他垂着眼，不敢去看楼狮，声音更是小得几乎听不见了。

楼狮也不跟他纠缠这个问题，他轻笑一声："那你现在知道了。"

晨熙："……"

熙熙上当了！晨熙瞪大了眼，抬头看向楼狮。

楼狮眯了眯眼，手上更用力了些。

晨熙的视线还没来得及与楼狮对上，就瞬间缩了回去。

"好……好的嘛。"晨熙垂眼，肩膀耷拉着，连总是乱翘着的头发也㞞㞞地贴下来，像极了一只被意外触碰到就缩回壳里去的蜗牛。

车里的空间明明很大，车里的换气系统也在正常运作，恒温器始终无声地维持着舒适的温度。仪器运行的细微声音落入耳中，证明它们仍旧在辛勤工作。

但晨熙有些恍惚，他就是觉得，这昏暗的车厢里，氧气似乎要耗尽了，空气也燥热得不像话，连地方也变窄了，以往让他感到安全而舒适的狭窄空间，此时却变得格外危险。

强烈的压迫感扑面而来，危机降临的预感让小动物浑身戒备，脑子里像是有只手，强而有力地将思维搅成了一团糨糊。

我哪敢说话啊？晨熙混混沌沌地想。熙熙又不想死，熙熙又能怎么办呢？这简直就是在死神的镰刀上跳舞，是想都不敢去想的。

晨熙缩了缩脖子，熙熙明明只是一只普普通通的小——

晨熙浑身一震！他福至心灵，恍然大悟，醍醐灌顶！下一秒，楼狮眼前一空。他低下头，看到白色的猫崽子如同一道闪电，从一堆衣服里钻出来，飞速蹦下座椅，藏进了椅子底下。

楼狮深吸口气，合上眼："出来！"

"喵！"呵，有本事你进来！

“你躲什么？”

“喵！”熙熙这是躲吗？熙熙这是在找时光机！

楼狮听不懂这会儿的猫语了，他把晨熙落下的衣服团巴团巴扔到了一边。

躲在座椅底下的猫崽子一点点捋直被搅乱的思维，然后缓缓地僵住了。不是，楼狮怎么知道他刚刚搜索了什么？这不是他们寝室四个人的小秘密吗？

晨熙感觉自己抓住了盲点！有内鬼！寝室里有内鬼！！楼狮你缺不缺德啊？竟然在我寝室里收买内鬼！

是谁？！谁？哪个出卖熙熙？出卖就算了，还拱火让熙熙来给楼狮送人头！熙熙这就出去杀了他！！

晨熙愤怒地从座椅底下探出了头，被楼狮眼疾手快地揪住后颈，拎了出来。

猫崽子四只爪爪疯狂乱蹬，大声喵喵叫着，猫眼瞪得老大，看起来生气极了。这怒气来得没头没脑的，小肉垫甚至直接蹬到了楼狮脸上。

楼狮都要气笑了：“我还没生气呢，你气什么？”

晨熙不敢置信地看向楼狮，缓缓冒出了一个问号。

你还生气？你还想生气？你还有脸生气？！

晨熙蹬着腿去够终端。楼狮把猫放下，看着他一捞终端，噼里啪啦：“老板，你解释一下你为什么知道我的搜索内容？”

楼狮扫了一眼那一排字，又看向晨熙，没说话。

晨熙疯狂扫射：“在？你为什么不说话？你解释！”

朗朗、深深、航航多么单纯的三个孩子，竟然就这么被金钱腐蚀！你怎么能对他们干出这种禽兽不如之事？！熙熙这就去把那个内鬼揪出来杀了，至少要杀出一个云涟漪限量手办的钱才能平我心头之恨！！让你们吃烂钱！

楼狮沉默片刻，说道："我在你的终端里装了个小玩意儿。"

晨熙内心激烈的谴责突然停止，而后愣住，渐渐瞪大了眼。

晨熙："你在我终端里装了监控？"

楼狮："嗯。"

晨熙："什么时候装的？"

楼狮："刚认识的时候。"

猫崽子张了张嘴，又闭上，又敲字："所以你一直看得到我终端上的动静？"

"对，但我只看了几次。"楼狮试图给自己正名，"这次是意外。"

意外？我看你就是个意外！还只看了几次？你还想看几次？晨熙气死。

他开始疯狂回忆这段时间里，他拿终端干了些啥。

那个论坛他已经一年多没有打开了，安全；平时聊天基本上对觉醒者相关的内容只字不提，安全……晨熙给自己大大小小的秘密都过了一遍，感觉应该是没出什么致命漏洞。

但没出漏洞他还是生气！

就算是熙熙，终端里也是存着一些不能公开的小视频好吗？！虽然已经很久没看了，但是要是被老板发现，光是想象一下，这种尴尬感都要穿透脑子覆盖全身了！

晨熙怒瞪着楼狮，气着气着又觉得无比委屈。

你这人怎么这样啊？我这么相信你，你怎么还在我终端里搞名堂！

晨熙委屈到爆炸！他长这么大，从没受过这种委屈。

楼狮看着满脸委屈的晨熙，迟疑一瞬，伸手想要把猫抱起来，却被一爪子推开了。

猫崽子的力道实在不大，并且在这个时候，他还小心地收敛着指甲，只用柔软的肉垫来抗拒。楼狮低头看看被推开的手，没有再继续。

晨熙叼起被楼狮扔到一边的衣服，转头把挡板往下一拉，穿上衣服，把挡板收回去，终端递给楼狮：“删掉！”

他声音还是小，但跟之前细如蚊蚋一般的气短不同，他说这话的时候带上了一点鼻音，光听声音都能清楚地捕捉到他委屈的情绪。

“好。”楼狮接过终端，把那个小玩意儿删掉。

晨熙拿回终端，盯着楼狮，半晌也没等到楼狮说话。他瞪大眼：“你就没有什么要对我说吗？”

楼狮顿感棘手，他哪见过这阵仗，哪有人敢在他面前用这种语气，讲这种话？楼狮看着晨熙，破天荒地感到了无措。

晨熙要气死了。道歉啊！！道歉你都不会吗？！道个歉熙熙就原谅你了！还是你连道歉都不愿意啊？！晨熙简直就没见过楼狮这种人，他转头打开了车门，下车，迈着怒气冲冲的步子，跑了。

楼狮看了一眼晨熙的背影，发现他是回寝室之后，便收回视线，沉思片刻，拨通了一位舰队长的视频。

舰队长飞速接通了视频：“头儿！出什么事了吗？！”

楼狮是很少主动找他的舰队长的，一般找他们，就是告诉他们要准备出发去大闹的时候。舰队长看着楼狮微蹙的眉头，十分严肃。

楼狮沉吟片刻，说：“我有一个朋友……”

严肃的舰队长缓缓打出了一个问号。朋友？您有没有朋友，您心里没数吗？舰队长欲言又止，最后还是没说。

楼狮粗略地把情况说了一下，然后问：“他是想让我朋友说什么？”

最终舰队长满脸镇定，半点看不出震惊的样子，对楼狮说道：“那位女士——”

楼狮纠正：“先生。”

舰队长定了定神："那位先生，应该是希望您……朋友道个歉？"

楼狮眉头皱起来："道歉？怎么道歉？"

舰队长无声地吐出一串省略号。我竟然也有手把手教导头领怎么与人相处的一天。这谁想得到啊？舰队长一边震惊，一边非常干脆地给出了建议："面对面诚恳地表示抱歉。"楼狮一顿，舰队长解释，"他很信任您，而您这种行为辜负了他的信任——另外，我认为他会主动提出让您说点什么，是想要个台阶下，好跟您达成和解。"

楼狮没点头也没摇头，只是慢吞吞地纠正："不是我，是我朋友。"

舰队长镇定："抱歉，是我口误了。"

楼狮点了点头，挂断了视频，下车。

楼狮活这么久，这么些年，都极少做道歉这种事。他自小生活的环境，所适用的都不是什么公平公正的社会准则，都是弱肉强食的丛林环境。从小，他对很多事情都完全没有同理心，他连死亡都不放在眼里，就更不用说做错了事情、伤害了他人之后去道歉了。

在他的观念里，弱小就是原罪。不过这么多年过去，普世概念里哪些事情是错的，哪些是对的，楼狮心里是有数的，这事的确是他不地道。

别说是身为普通人的晨熙了，哪怕是放在任何一个星盗身上，这也是很不地道的行为，就是黑曼巴都不会做这种事。

楼狮没坐摆渡车，慢吞吞地往校园深处走。

晨熙在摆渡车还没停稳的时候跳了下去，把摆渡车上的广播安全提醒远远地甩在后边，怒气冲冲地杀回了寝室。

他走的时候，叶朗朗和任航陷在沙发里当咸鱼，沈深在那里打游戏。他回来的时候，叶朗朗和任航已经“噢啦啦啦啦”地打起了游戏，率先摸出手柄的沈深已经被挤到了一边，抱着一袋子零食在啃。

晨熙一脚踹开门，迈着六亲不认的步伐冲了进来。沈深转过头来，叶朗朗和任航还在激情对战。

沈深："回来动静不要那么大。"

任航："就是就是，怪吓人的。"

叶朗朗一声大喝："给我死！"

任航怪叫一声，噼里啪啦一顿操作，正要反杀的时候，晨熙长腿一跨，直接坐在了他们对面的沙发上，挡住了他们的视线。

晨熙脸上的怒气太明显了，让三个人齐齐一愣。晨熙脾气有多好，他们几个再清楚不过了。

叶朗朗瞬间扔掉手柄："怎么了？怎么了这是？"

任航眉头一皱："出什么事儿了？"

沈深把手里的零食往旁边一放："谁搞你了？"

不怪沈深会问出这个问题，因为这事是有先例的。曾经有人私底下开过盘，就是使晨熙生气，成功把晨熙惹毛的人可以通杀全盘。这个赌局相当恶劣，也不知道是谁搞出来的。

晨熙并不知道这回事，因为跑来挑战这个赌局的人，全都被寝室里的哥仨通杀了。

开玩笑，他们寝室这个年纪最小的弟弟，虽然有点傻乎乎的，但他不仅脾气好，还是个小开心果。

有的人就是有那种天赋，只要一笑起来，就让人忍不住也跟着乐和，晨熙就是这种人，天天活蹦乱跳的，好像有用不完的精力和源源不绝的快乐。只要释放一点点友好，这棵生机勃勃的小树苗就会精神抖擞地瞬间开花结果，把所有的果实都捧出来送给你。可好养活了，可招人疼了。

这臭弟弟，他们自己欺负一下就算了，别人凭什么欺负？

叶朗朗麻溜地去倒了杯水，递给晨熙："谁招你了？"

"楼狮！"晨熙掷地有声。

哥仨一愣。嚯！大事！都直呼“楼狮”，不说“我老板”了！就算是之前让他们出主意怎么拒绝楼狮的时候，都是一口一个“我老板”呢，看来是真的生气。

叶朗朗问：“楼狮来了？”

晨熙：“他在停车场堵我！”

任航一惊：“他堵你干什么？”

沈深警觉：“他欺负你了？”

晨熙点头：“对！”

哥仨大惊！大半夜的在停车场堵人，还把脾气这么好的晨熙给欺负到生气了？！楼狮你到底在停车场对我们老四干了什么？！

任航拍案而起，气势汹汹：“走，找他麻烦去！”

晨熙一愣，伸手揪着任航坐下：“你们打不过他的。”

“我们仨凑起来还打不了一个楼狮？！”

“大不了不要这份工作，工作可以再找，宇宙那么大，但老四只有一个！”

“确实。”

晨熙十分感动，然后拒绝了哥哥们的好意：“楼狮是觉醒者。”

兜头一盆冷水，哥仨瞬间冷静下来。

任航小心提问：“他怎么招你了？”

“他……”晨熙张口就要叽叽，但话到嘴边又紧急停住，咽了回去。

这种侵犯隐私的行为，对曾经是星盗的楼狮来说不算什么，但对生活在法治社会之中的几个普通人而言，却是绝对不妥当的。楼狮现在只是个大老板，要让人知道他干这种事，怎么想都不好。晨熙撇撇嘴，感觉抱怨都顾忌这个顾忌那个，更加委屈了。

“就委屈。”晨熙反手把靠枕抱怀里，叽叽咕咕，“就是委屈。”

叶朗朗看着晨熙这副样子，叹气。他们老四这是造了什么孽：

“不委屈了不委屈了，要不咱们出去嗨几个小时再回来？”

“不去，”晨熙哼哼唧唧，“你们明天还要上班呢。”

哥仨顿时感觉心口一痛。你看，你看看我们老四！被楼狮欺负了还不把其丑恶的嘴脸曝光，自己心情不好却还考虑他们明天要上班不出去嗨！多好一男孩子，楼狮你竟然也狠得下心欺负他！

任航愤愤，但他也知道自己跟觉醒者对上是送菜。他把叶朗朗那个游戏手柄塞到晨熙手里：“走，爸爸带你飞，2V2（二打二）来感受快乐！”

晨熙拿着手柄，沉默两秒：“我比你强。”

任航想也不想：“那你带我飞，有什么问题是游戏不能解决的呢？”

晨熙一想，觉得有理，于是挤到三个哥哥中间坐下，正要开始一局，门铃就响了。

晨熙转头：“谁啊？”

门外答道：“楼狮。”

寝室里倏然一静，四个人面面相觑。

任航有点慌：“怎……怎么办？！”

这背地里讲人家，跟人家当面出现在你面前的感觉是完全不一样的。参考之前他们在群里说楼狮如何如何侃得飞起，但上一次见面的时候一个个安静如鸡，一个字不敢多说。

那时候他们还不知道楼狮是个觉醒者呢，不是觉醒者倒还有一战之力，是觉醒者那基本只能躺平挨打了。

沈深眉头一皱：“谁带他进来的？”

海城大学的宿舍进出管理还算严格，让宿舍系统认证之外的人进来，出了事情是追责到个人的。虽然一般也不会出什么事情，但因为追责制度，一般人都会选择带个话而不是放人进来。

叶朗朗嘀咕：“花点钱不就进来了！”

刚刚得知了楼狮的黑科技手段的晨熙，却一点不觉得楼狮是花钱找人带进来的……我怀疑这人就是黑了系统直接进来的。

任航看看这个，又看看那个："开门吗？"

"开啊，为什么不开？"晨熙一扔手柄，气势汹汹地去开门，"我倒要看看他还想干吗！"

后边的哥仨一愣，对着晨熙的背影，相互看看，凑在一起嘀嘀咕咕。

任航："老四到底因为什么和楼狮吵架？"

沈深："不清楚。"

叶朗朗一咂嘴："不知道是不是我的错觉，我突然觉得老四……"

他话语未尽，抬眼看了看另外两个。沈深明白了叶朗朗没说完的话。耳聪目明的晨熙听到他们的对话，脚步一顿，缓缓打出一个问号。

任航一手按住一个，眉头皱起来："你们瞎说什么呢？"

还是航航你懂我！晨熙悄悄给任航点了个赞。

沈深叹气："可是老四也不说具体缘由。"

任航愣住，晨熙手搭在门把手上，也是一愣。

叶朗朗两手交叠，侦探附身："合理推测一下，说不定老四有什么不可言说的缘由，才选择了这么一条路。"

沈深满脸深沉："确实。"

"对，兴许楼狮让老四去做一些有悖伦理道德的事。"叶朗朗火速赞同，"小说电视剧里不都这么演的？"

"那我们老四岂不是正处在水深火热之中！"任航脑子嗡嗡响。

晨熙脑子嗡嗡响，你们不去念戏剧学院真的是屈才了，这从剧本到演技，你们半点都不比人家专业的差。

晨熙面无表情，打开了门，楼狮站在门外。寝室里哥仨齐刷刷停下了编剧本的行为，竖起耳朵。

晨熙气鼓鼓地说："有事？"

"要送给你的东西你还没拿走。"楼狮把手里的袋子拿起来，却在晨熙伸手要去接的瞬间举高了。

晨熙瞪大眼："你举高了我也抢得到的。"

我告诉你，我现在跳起来的高度我自己都怕！

楼狮当然知道："还有话想对你说。"

晨熙瞬间警觉起来，转头看看后边六只亮晶晶的眼睛，正要直接关上门，就被楼狮一只手按住了。

楼狮偏头看了一眼人来人往的走廊："不请我进去坐坐？"

"老板。"

"嗯？"

"我以前怎么没发现你这人这么坏？"

"现在你知道了。"

你还挺理直气壮？晨熙深吸口气："脸皮也挺厚的。"

楼狮摆出了一副"你说什么都对"的无赖样子，后边吃瓜的三只猹倒吸一口凉气。

楼狮抬眼看向他们。猹们迅速起身，纷纷钻进了叶朗朗的房间，为楼狮和晨熙腾出空间来。晨熙再一转头准备求助的时候，却发现哥仨不知何时已经消失了踪影。

晨熙：你们怎么回事啊？！我还是不是你们最爱的弟弟了？！

楼狮站在走廊里的时间有点久，久到都有不少人驻足好奇观望了。

"进去聊？"他问。

晨熙深吸口气，让开了门。楼狮走进去，合上门，看着晨熙去倒了杯温水端过来。他把手里的袋子交给了晨熙："收好。"

晨熙气鼓鼓地收好，然后坐在了楼狮对面，抱着靠枕："还有事？"

楼狮点头："有。"

"说。"

"之前的事是我做错了，对不起。"

晨熙一愣，他看着认认真真跟他道了歉的楼狮，张了张嘴。他是想让楼狮道个歉他好有台阶下，但楼狮真道歉了，他又感到了几分无措。

之前不马上道歉，现在追过来道歉又算什么啊？晨熙心里嘀咕着，并不想放过这个下台阶的机会，又觉得就这么下了就亏了。晨熙把小半张脸都藏到了靠枕后边，看着坐在沙发上的楼狮。

"我也没……不，我很生气！"

楼狮看着小心观察他的晨熙，于是又一次说道："抱歉。"

晨熙磕磕绊绊："我……你以后不准再这样。"

楼狮点头："好，抱歉。"

晨熙呆住，也……也不用这样一直道歉啊！但是老板现在看起来超好说话！

晨熙微微瞪大眼，小心试探："你真的删掉了哦？"

"嗯，删了。"楼狮想了想，把手腕上的终端摘下来，"你要看看吗？"

晨熙一惊，他看看那终端，又看看楼狮，抱着靠枕，小心戒备地试探着伸出手，把楼狮的终端拿了过来，在这之前楼狮体贴地把锁给解了。

他的终端里东西实在是多，晨熙完全不知道应该翻哪些，而楼狮全然是一副随便他检查的样子。

搞得好像是熙熙无理取闹一样，晨熙心里犯嘀咕。

晨熙放下手里的终端，又说："也不准再威胁我。"

楼狮突然卡壳。

你怎么回事？怎么你还想威胁我？！晨熙神情逐渐不平静。

楼狮飞快点头："好，抱歉。"

晨熙抱紧了怀里的靠枕，小声嘀咕："也用不着一直道歉……"

楼狮问："你原谅我了吗？"

晨熙点了点头："我本来也没多生气。"

叶朗朗卧室里的三只猹齐齐骂了一声。这话说的，好像之前怒气冲冲杀回来的人不是你晨老四一样！

晨熙听到动静，转头看过去，发现叶朗朗的卧室门开着一条缝。晨熙愣住，他"噌"地一下站起来："你们怎么偷听啊？！"

不偷听怎么知道你这臭弟弟怎么回事？亏哥哥们这么担心你！三只猹愤愤，"嘭"地一下关掉了卧室门。

楼狮眉头一挑，将终端拿过来，给那位出主意的舰队长转了一笔钱过去，心情无比明朗，托着腮看着站在叶朗朗门前抓耳挠腮的晨熙。

晨熙想要跟几个哥哥打一架，几个哥哥却躲在屋里，悄悄地对臭弟弟进行了全方位无死角的唾弃。

楼狮抬眼看看晨熙哐哐敲门的背影，垂眼打开了搜索引擎。众所周知，辜负了他人的信任，并不是一句对不起就能够弥补的。就算当事人说了原谅，造成的伤害仍旧是伤害。

有句话说得好，道歉有用的话要警察干什么？上法院还讲究个精神损失赔偿呢，你一句对不起顶几个钱？道歉是要表现出诚意的。

楼狮开始输入搜索词条：怎么和生气的朋友和好？输入完毕，点击搜索。楼狮觉得舰队长说得有理，无论怎样，先真诚地道歉。

晨熙站在门口，捶不开门又不好直接把门给卸了，气得跳脚。他觉得里边的三只猹一定在骂他！但是他现在没有证据，他很急！

晨熙："出来！有本事跟爸爸正面较量！"

三只猹冷笑一声："有本事你进来！"

真当熙熙进不去是吗？！好，天堂有路你不走，地狱无门你闯进来！我晨熙今天就要让你们知道什么叫宇宙最凶！

晨熙撩起袖子，一提气，正准备卸门锁，那边楼狮就放下了终端。

楼狮敲了敲桌面："晨熙。"

晨熙转过头："？"

"过来。"楼狮说，"我教你怎么检查。"

晨熙一愣："检查什么？"

楼狮说："检查我是不是把东西删了。"

晨熙："也不用这么认真。"

但楼狮坚持："过来。"

晨熙挠挠头，嘟哝着走了过去。背后的门又悄悄地开出了一条缝。晨熙猛地转过头，门又"嘭"地一下关上了。

晨熙："……"

你们能不能好了？！一个个一天天的，干啥啥不行，吃瓜第一名！

楼狮拍了拍旁边的位置，晨熙十分自然地坐到了他身边。楼狮看着晨熙这副乖巧的样子，没忍住，笑了一声。

晨熙摸不着头脑："笑什么？"

楼狮摇摇头，把终端交给晨熙，然后打开了监控总览，晨熙被密密麻麻疯狂刷新的数据流震惊了。

为了防止房间里那三个人听到，他超小声："老板你每天监控这么多东西啊？"

"我一般不看。"楼狮也跟着压低了声音，"这都是情报部门那边的活儿。"

晨熙看了没几秒就头昏眼花，行，他现在相信楼狮真的没怎么关注他的终端了。就这信息量，谁有空天天看啊。

"一般设置关键词，会有特殊提醒，你那边监控的关键词是我的名字。”

楼狮给晨熙翻了翻之前对他终端的监控记录，全都是关键词提取。晨熙看着自己以前吹的“彩虹屁”，羞耻感铺天盖地地涌过来，使他瞬间窒息，几近猝死。晨熙抬眼看看楼狮，然后拿着自己的终端和楼狮的终端，往旁边挪了挪，打开了自己的终端。

他打开群彩虹屁指挥中心（4）输入文字。

晨熙熙：“楼狮臭猪！”

他发出去，看了看楼狮的终端，果然没有提醒。晨熙并不太懂这种东西，楼狮真要继续骗他他也没办法。但晨熙还是愿意相信楼狮，因为他看到新的监控情报里，有不少各方势力的隐秘信息一闪而过，其中各个男主的名字出现频率高得吓人。

晨熙看一眼群里接二连三发出来的问号，无情地关闭了窗口。他放下终端，准备把楼狮的还给他，却意外点出了网页。网页上出现了搜索引擎，之前一次的搜索窗口楼狮还没有关，而搜索框上边明明白白地摆着几个大字：

怎么和生气的朋友和好？

这个搜索词条热度最高的回复是这样写的：

指东不往西，指南不往北，要摘星星，就连着月亮一起给。

终端没开隐私模式，这意外打开的网页，楼狮也看到了。

楼狮：“……”

晨熙：“……”

糟……糟了！不小心发现了老板的秘密怎么办？

晨熙冷静地把网页关掉，仿佛无事发生一般把终端还给了楼狮。

楼狮也仿佛无事发生一般收好了终端。小客厅里突然安静下来，场面一度十分尴尬。

晨熙感觉心跳得咚咚咚的，速度有点快，甚至使人头晕目眩。他目光一转，看到了沈深之前落在茶几上的那一袋子没吃完的零食。

晨熙定了定神："老板你……要不要吃点小零食啊？"

楼狮掀掀眼皮，不紧不慢地"嗯"了一声。

晨熙转头看了一眼那边的门缝，冷笑一声，无情地把沈深买来准备路上吃的零食抱出来了一大半。

晨熙十分大气："随便吃！"

三只猹齐齐深吸一口气：臭弟弟，你无耻！！

晨熙在三兄弟的注视下，美滋滋地吃掉了小半的零食。

唉，以前怎么没觉得这些零食味道这么好呢？晨熙被三个哥哥瞪着，吃得身心舒畅，浑身上下都写满了"快乐"两个字。

晨熙高高兴兴地把手伸向新一袋零食，却被楼狮按住了："少吃点。"晨熙吃得正开心的时候被突然打断，不由愣住。楼狮补充："想吃的话，我认识不少这方面的厨师。"

晨熙闻言，看向楼狮。

国家每年都给觉醒者大量补贴不是没有道理的。觉醒者们得到远超常人的力量和天赋的同时，很多方面会发生巨大的变化。比如体质的变化，饮食习惯的变化，生活习惯的变化。

其中饮食的变化是最关键的。绝大部分觉醒者在觉醒之后，对于很多食品添加剂都不耐受，最终只能通过特殊渠道来购买或者自行制作纯天然的食品。而带上"纯天然"这三个字之后，不管在什么时代，什么类型的产品，跟一般同类商品相比，价格都要翻上好几番。尤其是绝大部分觉醒者都不能吃重油重盐的食物，但又嘴馋，那怎么办呢？更加昂贵精细的烹饪方式和相应的厨师便应运而生。总的来说就两个字：金贵。

专门为觉醒者制作那些纯天然食物的觉醒厨师，更是金贵中的金贵。

晨熙缩回伸向零食的手："不用。"

楼狮不答，他只是低头给保镖先生发了条消息过去，让他找两个合适的觉醒厨师来。楼狮知道晨熙不挑食，辣的甜的咸的，能入口的他都吃，但稍微偏好甜味。晨熙愣愣地看着楼狮飞快地一连串操作完，吃着零食平复下去的心，仿佛又被什么东西轻轻地撞了一下。

这……这一定是金钱的叩击！

楼狮抬起头："怎么了？"

晨熙挪开视线："没什么。"

晨熙看了一眼三只猹，撇撇嘴，把剩下的零食给沈深全塞了回去。

"别躲了，赶紧出来，收拾收拾出发了！"

三只猹一个接一个地走出来，跟楼老板正式打过招呼之后，准备启程出发。

楼狮起身："我也一起。"

晨熙应了一声，倒是习以为常。哥仨看着晨熙这副理所当然的样子，不由哽住。臭弟弟！要不是亲眼见了，不知道的还以为楼老板有多罪大恶极！你看看人家多关心你！晨熙被哥仨以目光谴责，满头问号。

科学表明，人养成一个习惯仅需 21 天，而晨熙以猫的形态被楼老板随身携带时间远超 21 天，所以他一点不觉得楼狮跟他一起行动有什么不对。尤其是现在情况特殊，不知道什么时候就会天降危险。

哥仨感觉自己被耍了，他们看向晨熙，眼神一个比一个意味深长。晨熙满脸茫然，摸不着头脑。

几个人拎着行李到了停车场，晨熙照旧上了副驾驶。楼狮设定好目的地，偏头看了一眼晨熙，发现晨熙正抱着终端，不知道在干些什么。

楼狮一滞，薄唇微抿。晨熙其实是不怎么开隐私模式的，因为这会防碍他跟小伙伴们分享快乐，久而久之就养成了习惯。但现在他开了——在知道楼狮先前监控了他之后。

楼狮收回视线。

虽然不是不能理解，甚至还应该夸赞晨熙终于懂得了防备，但原本对他全然信任，突然被防备，楼狮不可避免地感到了几分焦躁。

楼狮轻出口气，试图缓解焦躁："在做什么？"

晨熙头也不抬："跟云飞扬聊天。"

楼狮一顿，眉头一点点皱了起来。

有杀气！！后座上三只猹察觉到了突变的气氛，紧急捧瓜！

云飞扬？云飞扬他们知道啊！云飞集团的门面，下一代的老幺，一个觉醒者，冷酷寡言的霸道总裁，年轻，贼帅，事业有成，人生赢家。

"他又怎么了？"楼狮问。

"他没怎么，我找他问点事。"

楼狮不说话了，他又感觉到了晨熙与以前非常明显的区别。以前的晨熙问什么答什么，乖乖的软软的，随随便便就会把小肚皮露出来，对他喵喵叫。

楼狮于是更焦躁了。

晨熙半点没发现楼狮的情绪变化，他敲着虚拟面板，疯狂嘀嘀云飞扬。他认识的觉醒者就两个，楼狮和云飞扬。他没想问别的，就想问问云飞扬，一般来讲请一次觉醒厨师连带材料之类的要多少钱。

云飞扬："请到家里来的话，成名大厨出勤费用三十万出头，每一道菜加十万起跳，材料另算。"

晨熙倒吸一口凉气。

“老板……”晨熙颤颤巍巍地，正想说他不要吃零食了，一转头就看到楼狮眉头微皱。

晨熙一愣，转头看向后边目光炯炯的三只猹。谁？谁得罪我老板了？！

还能是谁？就那个云飞扬吧，猹们想。

晨熙没能解读哥哥们的表情，他又看向楼狮。

“什么事？”楼狮问。

晨熙本能地觉得，如果他现在拒绝楼狮的投喂，很可能会出大事。晨熙思维开始想办法，急速思考新的话题，却看到了云飞扬新发过来的消息。

云飞扬：“小楼熙，我恋爱了。”

晨熙一拍大腿！救猫于千里之外！您可真是我亲哥！！

晨熙超大声：“云飞扬恋爱了！”

云飞扬：“云涟漪你知道吗？你肯定知道，谁会不认识云涟漪呢？”

嚯！来了！超劲爆！晨熙更大声了：“对象是云涟漪！”

三只猹一愣，不知道为什么甜甜的瓜突然就炸到了自己。

云飞扬：“我觉得我们真的特别有缘分，我只是路过，她录真人秀，却在万人之中选中了在人群边缘的我！”

云飞扬：“这个真人秀是甜食自助挑战！她是第一个请我吃甜品的女人！”

云飞扬：“她真好，我要追她。”

晨熙看到这里，缓缓打出了一个问号。

我觉得你俩没缘，晨熙想，人家云姐姐可能就是知道你吃起甜食来就是个无底洞，而她考虑到节目效果，所以干脆把你从万人之中揪出来了，麻烦你尊重一下事业型女主。

“他单恋。”晨熙索然无味地放下了瓜。

三只猹齐齐松了口气。幸好幸好，自家的瓜还好好地躺在田里，没有突然爆炸。

晨熙看着云飞扬在那边接二连三地发来长串长串的碎碎念，大致勾勒出了事情的全貌——

云飞扬这人，容易胖还容易晒黑，先前那场无比惨烈的度假之后，回家就被迫断糖了。云飞扬不快乐，觉得自己要死了，觉得自己就是一具行尸走肉！心情不好的云总裁这几天冷气愈盛，于是他在堵得水泄不通的真人秀现场下了车，准备靠双脚绕过去的时候，因为气势太盛而鹤立鸡群，被云涟漪一眼看中，挑了过去。

云飞扬："我们拿了第一，这就是缘分，这就是心有灵犀！"

云飞扬："我跟她还同姓！以后都不用吵孩子是跟谁姓了！"

你是姓云吗？！

晨熙敲字："你不是姓云飞吗？"

云飞扬："反正开头都是云，没差！"

晨熙："行。"

云飞扬："唉，你还太小了，不懂。"

晨熙缓缓打出了一个问号。我还不懂？小老弟你怎么回事？你一个还在筹划着追人的傻金毛有什么资格说我？！

晨熙熙："好，多吃桃。"晨熙顺手发了一张玫瑰图。

晨熙无情地关闭了窗口，这瓜不甜，没意思。

晨熙唏嘘，想到同为男主的楼狮，转头问："老板你见过云涟漪吗？"

三只猹竖起了耳朵。

楼狮点了点头："见过一面。"

"啊？"晨熙惊讶，竟然只见过一面。

他问："你们什么关……云涟漪怎么……"

晨熙问到一半，怎么问都觉得怪怪的，楼狮听明白了晨熙未尽的话，心情瞬间变好。

“你想问我觉得云涟漪怎么样？”

晨熙仍旧觉得怪怪的，但也找不出到底是哪里奇怪，于是他含混地点了点头：“好奇！”

“只是见过一面，所以没什么感觉。”楼狮不紧不慢，又想了想，“一定要说的话，有点失望。”

先前误以为安抚人心是云涟漪本人作为人鱼的幻想种所独有的天赋，满怀期待去见过本人之后，却发现并非如此。事情在最开始的时候就拐了个巨大的弯，直接就奔着脱缰的方向疾驰而去了。

晨熙奇怪：“怎么失望呢？”楼老板怎么说好歹也是云涟漪骨灰级粉丝。

楼狮用只有他和晨熙能明白的话说道：“在我的事情上，她没你好使。”

晨熙一愣，磕磕巴巴地“哦”了一声。

后边三只猹挠心抓肺，你俩打什么哑谜啊？失望什么啊？楼狮的什么事情？晨熙能比云涟漪还好？三只猹心中对楼狮这没头没尾的叙事方式表示强烈谴责。

楼狮看了一眼缩在椅子上发呆的晨熙，心情好得不像话。晨熙感觉自己的终端振动了两下，一低头，就发现云飞扬还在不甘寂寞地嘀嘀他。

晨熙点开。

云飞扬：“小楼熙，你觉得我应该怎样追人？”

晨熙幽幽地叹了口气：“对不住了，我还小，我不懂爱。”

云飞扬：“也是。”

晨熙一口血顿时梗在胸口，感觉自己真的有被气到，就你这傻狗，基本上告别和云姐姐谈恋爱的资格了。

晨熙愤愤放下终端，看了一眼时间，从包里翻出一副扑克牌，然后放下椅背，爬到后座去，抽出桌板：“来打牌！斗地主，输的贴条，不到沈深过安检不许撕！”

楼狮在驾驶座上，通过后视镜看了一眼后座上几个小年轻，垂眼打开终端，搜了一下斗地主的规则，然后也跟着放下了椅背。

叶朗朗、任航和沈深直到下车也没明白，他们瓜没吃爽就算了，打个斗地主还要被这两人联合起来贴条。三个小时打了多少局，他们也不记得了。反正下车的时候，凌晨的风一吹，脸上贴着的纸条就迎着风唰啦啦地响。

晨熙从背包里掏出了拍立得，转头塞给了楼狮：“老板帮我们拍个照！”

楼狮抬眼看看满脸纸条的三个倒霉鬼，又看了看笑得比花还灿烂的晨熙，觉得论缺德，晨熙比起他来也差不了多少。但在沈深准备进去安检之前，他们还是拍了四张正常的合照。现拍现出的照片，人手一张。

在外边的三个人目送着沈深大包小包地进去，十分忧愁地叹了口气。

“深深走了。”

“是啊，走了。”

“走了呢。”

“我还有礼物没送出去来着。”晨熙咂咂嘴，在叶朗朗和任航暴起之前，又火速补充，“你们也有份。”

虽然还没做完，虽然有点丑。

叶朗朗十分满意，他低头看了一眼时间：“行了，现在回去刚好赶得上搬家。”

任航和晨熙点了点头，转头离开了安检口。回去的路上，任航和叶朗朗在后座上睡成了一团。楼狮透过后视镜看了一眼，打开了车内外的隔音功能。

晨熙也昏昏欲睡，听到按钮“嘀嘀”的声音，迷迷糊糊地抬头看了一眼，呆了两秒，后知后觉地想起了他之前本来想说的事。

“老板，你别找厨师了。”晨熙想到论坛攻略帖里那些教程，说道，“咱们买点材料自己学着做做。”

楼狮偏头：“你会？”

楼狮之前尝试学做过猫饭，但基本上就是把各类罐头和猫粮摆个盘而已，没什么技术。

“不会，但我可以学。”晨熙说，“总不能以后想吃了，都花大价钱去找人来做吧，血亏。”

楼狮倒不觉得这点钱有什么，但听晨熙这话，楼狮嘴角微微翘起了一个弧度：“好。”

他把不用再找厨师的消息发给了保镖先生。正带着人兢兢业业地搜查黑曼巴星盗踪迹，并抽出时间去给他们头儿预约了两个觉醒厨师的保镖先生，在这个冷酷的清晨深吸了口气。

狮心的线人关切地凑过来：“怎么了，李先生？”

“没事。”

楼狮嘛，反复无常翻脸无情，多正常，总比没事开着飞船出去打架要好。保镖先生十分冷静。

楼狮收好终端，看向在旁边座椅上睡过去的晨熙。这还是楼狮第一次看到晨熙以他本来的模样睡着的样子。

晨熙不算矮，但跟楼狮一比就显得个头有些小。大概是发现大家都睡了，晨熙非常干脆地把头上的帽子摘下来扔到了一边。被压了小半天的头发服服帖帖的，又因为晨熙不太规矩的睡姿而略翘起了一部分。大约是受觉醒体的影响，他本能地蜷缩起身体，手脚都缩着，团成了个球。但可能是在座椅上的缘故，这个睡姿似乎并不怎么舒服——楼狮看到晨熙在睡梦中皱着眉，眼睫也不安定地微微颤动。

楼狮伸出手，轻触了一下椅背下方的按钮。座椅在不惊扰人睡眠的前提下缓缓地变成了一张稍显窄短的单人床。晨熙即便是在睡梦中，也呈现出了对这种狭窄空间的喜爱。他几乎是立刻松开了眉头，慢慢翻过身，找到了满意的睡姿。

车内没有开灯，空中的航道也并没有明亮的路灯，只有暗淡的星光吝啬地流入车内。

叶朗朗和任航脸上还带着刚醒的愣怔看着楼狮。楼狮面无表情地盯着他们，杀气四溢。

叶朗朗和任航呆住，而后缓缓回神，惊恐万状，然后无声地做了个拉链拉上嘴的动作。

楼狮收回手，冷酷地放下了前后座之间的挡板。

碍事！

第十五章

薮猫·被策反的守护者

叶朗朗和任航两个人后半夜都没睡好。任谁被楼狮那么一吓，心态都不会好到哪里去。两个人在楼狮把车停在学校门口的时候，看也不敢多看一眼，逃也似的下车狂奔而去。

楼狮漫不经心地看着那两个人的背影，又看了一眼已经完全亮起来的天色，轻啧一声。然后他非常无情地揉醒了旁边睡得四脚朝天的猫。

这猫崽子可能是睡得太舒服，半道上腿一蹬，直接变成了觉醒体，把自己藏在衣服里睡得那叫一个香甜安逸。

得亏他把挡板放下来了。楼狮想着，把猫从衣服里解救出来。

晨熙迷迷糊糊地睁开眼，一脚蹬开了试图揉他肚皮的手，看到天光大亮时，一爪子捶在了真皮座椅上。

昨天不是已经起过床了吗？怎么今天又要起床？猫崽子两只前爪抱着尾巴把头埋进毛毛里，浑身上下写满了对起床的抗拒。

楼狮问："去上班还是回家睡觉？"

这个问题问得晨熙浑身一震，他从毛毛里抬起头来，满脸震撼。我这辈子就没见过让员工摸鱼旷工的老板，您可真是一朵不一样的烟火。晨熙差点就动摇了。

勤奋的小猫猫摸了摸自己的良心，从一堆衣服里找到了他的终端：“不了，我爱上班，上班使我快乐！”

楼狮没意见，他给这猫崽子重新套上了那个改装过的小领结。缀着领结的小项圈里，是各种各样以防万一的微型武器。变成人形的时候，挂在手腕上或者放在口袋里都行。

晨熙伸着脖子，乖乖让楼狮给他套上领结，在对方收回手的时候，下意识地蹭了蹭楼狮热烘烘的手掌。楼狮手掌一顿，挠了挠猫下巴：“觉醒体的时候倒是乖。”

你怎么说话呢？熙熙什么时候不乖了？晨熙尾巴尖翘起来，不太高兴地晃了晃。

楼狮收回手，设定好目的地，然后打开了购买面板。

“要买哪些材料？”他问。

晨熙缓缓打出一个问号。

楼狮提醒：“你说学做饭。”

晨熙恍然大悟，摸出终端，目光掠过云飞扬头像上冒出的三十多条未读记录，转头打开了论坛，点开攻略帖开始报材料。楼狮并不意外，觉醒厨师的菜谱和教程满世界都是，只不过真正考到证的少之又少。

晨熙报完材料，刚准备看看云飞扬那只大金毛半夜不睡觉又在表演啥，就听到楼狮问他：“黑曼巴团里那只薮猫，你了解多少？”

晨熙一愣，这还是楼狮在戳穿了他的小秘密之后，头一次问他这方面的问题呢。

晨熙问：“的确知道一些，怎么了？”

楼狮：“我这边有人在海城搜索到了她的踪迹。”

晨熙闻言，麻溜地上论坛搜索了一圈人物卡片，人物卡片上的信息是需要通过攻略来解锁的。

这个薮猫姐姐跟云涟漪也有好几个结局，友情、仇敌与利益合作三线开花。

晨熙找到了对应的卡片，敲字：“她是黑曼巴属下的隐藏突袭队长，擅长侦察与反侦察，性格沉稳寡言，喜欢小孩子，她名下的资金大部分都流入了各大儿童福利机构。”

晨熙敲完，看着人物卡片上最后一排字，顿了顿，扫了一眼时间：“在半个月前失去了她刚满十四岁的儿子，她的儿子在黑曼巴和瑞比的斗争中被流弹穿透了心脏，没救回来，也是个猫科觉醒者。”

楼狮看着晨熙发给他的消息，又看了一眼狮心情报组整理出来的信息，觉得情报组有必要更加努力一点了。他本来没指望晨熙报出多少信息，只不过是顺口问问，万一有个什么没查到的也好补个缺。谁知道发现情报组不行啊，拿到的消息竟然还没晨熙来得多。

楼狮应了一声：“你的情报来源很厉害。”

晨熙顿时骄傲地一挺胸：“我当然厉害！”

他之前还想过用这种情报能力帮楼狮在商场上神挡杀神佛挡杀佛，谁知道楼狮是个摸鱼怪！这头狮子咸鱼让他牛哄哄的金手指半点用不出来，甚至只能成为一个手工爱好者，现在还多了个兼职，做饭工！

唉，晨熙叹了口气。我老板真的太懒了。就连云飞扬那个傻金毛，都有把自己家的集团打造成首屈一指的商业帝国的梦想，而我老板却满脑子都是摸鱼。自己摸鱼就算了，还想拉着别人一起摸！

楼狮看看旁边满脸唏嘘的猫，他始终不明白晨熙是怎么做到用这么一张猫脸做出如此丰富的表情的。

楼狮干脆把猫拎起来，放腿上揉：“你想什么呢？”

晨熙胆大包天：“在想老板你太懒了。”

楼狮眉头一挑："哦？"

晨熙仰头看看楼狮，发现老板并不怎么在意自己说他懒。

楼狮半点不在意，只是说道："我的觉醒体是雄狮，懒很正常。"

晨熙缓缓打出一个问号。

自然界里，雄狮的确是挺懒的。带孩子有母狮，捕猎有母狮，干啥都有母狮。而雄狮除了巡视领地，几乎什么都不用干。

但老板你清醒一点，你是个人啊！！你可怜可怜保镖大哥吧，他都快秃了！

晨熙大着胆子继续敲字："哪有一个大集团的老板天天就知道吃喝玩乐乱花钱的，坐吃山空啊，老板！"

楼狮撸着猫下巴，觉得有狮心的财务部门在，他想坐吃山空恐怕有点难度。

当年他一个月砸两架尖峰战船都没能掏空狮心，现在吃喝玩乐而已，根本不会有什么影响。但晨熙不知道，目前已经更新完的楼狮的人物卡片里，半点没说狮心只是虚假解散。

晨熙诚心发问："老板你明明很厉害啊，为什么不搞个大的？配得上你以前的辉煌的那种！"

关于这一点，晨熙奇怪很久了。

楼狮洗白之前可是星盗里的头号人物，洗白之后却只是众多都市霸总款男主里的一员。其实硬要排的话，云飞集团的规模都在楼氏之上。要不是他一直打不出一个满意的结局，引起了众多玩家的注意，也许就这么泯然众人了。

楼狮："以前的辉煌？把这个集团弄成第一？"

晨熙点头。

楼狮："没空，狮心还一堆事，做大了跑路很麻烦。"

晨熙愣住，打出一个问号："狮心？跑路？"

楼狮撸猫的手一顿："你不知道？"

晨熙察觉："知道什么？"

楼狮："狮心并没有解散。"

晨熙猛地扭头，满脸震惊。楼狮并不在意，懒洋洋地说道："我还以为你什么都知道呢。"

晨熙惊呆，他打开论坛，仔仔细细地翻着攻略，发现不论是人物卡片、攻略总结还是发言帖里，都半点没提到狮心重组或者是狮心假意解散的事。

晨熙傻了，他发觉自己可能踩进了一条崭新的、没有人走过的、不知道是通往什么结局的路线。

未知的路线代表着未知的危险，晨熙感觉有点慌，整只猫缩成一团，就是个大写的犮。

他战战兢兢地敲字："那老板你为什么要假意解散呢？"

楼狮："治病。"

准确地讲，是为了给楼狮寻找治病的途径和方法。之前狮心解散的消息甩出去之后，几个舰队当场分道扬镳，各自前往完全不同的星域找寻去了。这要是放在狮心没解散的时候，无数势力都会警觉动员起来，时时刻刻监控他们的动向，也很快就会知道他们所找寻的目标是什么。但狮心解散之后，就不一样了。

晨熙懂了，云涟漪一直没法完全解决楼狮的病症，自然也就走不进更深的剧情线里去。但这个问题现在被他解决了，于是楼狮个人线也就又解锁了新的隐秘剧情。

但懂归懂，犮还是犮。

楼狮看着在他腿上缩成个球的猫，虽然并不能从晨熙身上看出什么具体的名堂来，但晨熙低落的情绪他是感觉到了。

"为什么不高兴？"楼狮问，"因为狮心没有真的解散吗？"

晨熙摇了摇头，也不知道应该怎么说。总不能说"跟你在一起不会有什么好下场"这种话吧，那也太伤人了。何况到目前为止，晨熙还什么正儿八经的危险都没遇到过，那次傻了吧唧的绑架不算。

晨熙幽幽叹气，觉得自己真的很难。

楼狮摸着猫，想了想，说："如果你是担心我会要求你跟我一起回去成为星盗的话，那大可放心。"

晨熙一愣，从毛毛里探出头来。

"我不会的。"楼狮低头对上那对金色的猫眼，"你想要怎样做都可以，想成为怎样的人、想做怎样的事、想拥有怎样的人生，都可以。"

晨熙愣怔地看着楼狮，脑子里空白一片，只剩下心脏咚咚咚地奏响，如同擂鼓鸣锣。

楼狮强调："我说真的。"

猫崽子呆怔许久，缓缓回过神来，点点头，"喵"了一声。

在发现自己可能走进了一条前无古人的路线之后，晨熙仔仔细细地浏览了一番各个平行世界里云涟漪悲惨结局的汇总。他发现，云涟漪的那些死亡结局，绝大部分都是在安全区外——也就是楼狮力所能及的范围之外所遭遇的。

毕竟除了和楼狮谈恋爱，云姐姐也是有自己事业的。哪怕不走事业线，也肯定会撞见各种各样的事情。

虽然不能确定还有没有自己不知道的死亡结局，但结合一下楼狮仍旧是星盗无冕之王这一事实，晨熙觉得别的不说，只要乖乖待在楼狮身边，十之八九是非常安全的。这个世界上，论单兵作战能力，能跟楼狮相比的，也就是隔壁帝国那位军神了。

要不是那位如今因为重伤而不得不退居后方进行调养，而楼狮又趁机把狮心给拆了，也轮不到黑曼巴和瑞比在那边搅风搅雨。不过宇宙之中的战事打得再响，跟他们这种生活在国家腹地的人关系都不大。

最多就是像楼狮说的那样，偶尔有一两个杀手或者是仇敌，突破情报的封锁，跑过来搞偷袭，但一两个人怎么可能打得过楼狮呢？！

晨熙尾巴一甩搭在脑袋上，把自己包裹起来。他蹲在角落里，打开终端，点开了云飞扬的通信窗口。

从消息发送的时间来看，云飞扬昨晚上八成是没有睡觉。晨熙扫了一眼消息记录，发现有的人哪怕是不睡觉，也可以做梦的。

这只大金毛已经从追星一路梦到了他们未来的婚礼，就连孩子的照片都合成了好几张，还美滋滋地发给晨熙看。

晨熙粗略一扫，发现云飞扬上一条消息是二十分钟前。他分享了一堆网页，然后表示追求心上人真的是一门不得了的学问。

晨熙看看那些网页的标题，什么“用心说爱”，什么“将爱织成网”，什么“甜美的爱情如何开始”云云。

晨熙张嘴吐出了一串省略号，他忍不住转头看了一眼楼狮。你们这些霸总一个个的怎么回事？什么事情都只会靠搜索引擎是吗？

晨熙点开第一个分享网页看了一眼，然后满脸嫌弃地退了出来。

天哪，就算是熙熙都知道，送女孩子手工制品根本就是死亡选项，尤其是理工男自认为的浪漫！没有人想收到一个牙签搭的埃菲尔铁塔，也没有女孩子想收到一个手工做的巨大空间站模型。

分享的链接被打开，云飞扬看到了，迅速回复：“小楼熙你睡醒啦，你觉得我按照哪个帖子来比较好？”

晨熙：“……我觉得哪个都不好。”

云飞扬：“啊？那我怎么办啊？”

不是，你们霸道总裁追人还不简单吗？砸钱啊！砸钱会不会！

晨熙：“去她参与的活动现场偶遇，然后邀请她给你公司产品代言吧，多砸钱总是不会错的，砸钱，多砸点。”

云飞扬：“钱不能代表我的心意，她也不是这么庸俗的女人！”

云飞扬：“你还太小了，不懂。”

晨熙：“？？？”

云飞扬："你觉得我自己手工打磨一些空间站模型给她，她会喜欢吗？"

晨熙面无表情："哦，会的。"

云飞扬："嘿嘿，我也觉得，我今天回家就开始设计。"

行，你说了算。追人嘛，开心就好。

晨熙："好，加油。"

晨熙无情地关闭了跟云飞扬的聊天窗，习惯性地拖出了备忘录，打开开放模式，十分唏嘘地敲字："老板，我觉得云飞扬这辈子都追不到……"

他字敲到一半，突然迅速删掉还没敲完的话，警觉地转头看向楼狮，但晚了，楼狮一直都在关注着后边的小猫猫。

楼狮问："你好像很懂怎么追人。"

还行吧，也就勉勉强强比你们这两个霸总多懂一点。晨熙没有回复楼狮，但他忍不住骄傲地挺起了胸膛。至少熙熙不用搜索怎么追人，更不会有云飞扬那等惊人的理工直男行径！

楼狮看一眼骄傲的小猫咪，随口说道："教教我？"

晨熙一愣，随即冷笑一声。教你？我告诉你，熙熙已经不会再上当了。

猫猫蹲在后座，十分倔强地转过头，继续给楼狮留下一个毛屁股，以表对楼狮套路的不屑一顾。

楼狮轻轻一咂舌，笑了一声。晨熙这里入不了手，他还能找云飞扬啊。楼狮把车开进园区，看着车一停就直接蹦下去蹿不见影的猫，也没急着下去，而是慢吞吞地找到了云飞扬的通信号，把他从黑名单里放了出来。

楼狮："我弟弟跟你说了什么？"

云飞扬被突然出现的楼狮吓了一跳，因为楼狮打从先前拉黑他之后，一直就没在网络上找过他。他看清楚楼狮的问题，当即截了个图，把自己说的话都打上马赛克，然后发给了楼狮。

云飞扬十分谨慎："我没有带坏小孩子！"

您的消息已发出，但被对方拒收了。

云飞扬："？？？"

用完就扔也不用做得这么明显吧？欺负我你很快乐是吗？云飞扬感觉自己真的有被冒犯到。

楼狮并不把云飞扬的感觉放在心上，他看着云飞扬发过来的截图，目光落在晨熙说的那一段话上。

"多砸钱总是不会错的，砸钱，多砸点。"

楼狮看了半晌，恍然大悟。

晨熙的工作实在轻松，每天随随便便找个开了猫门的办公室，进去吃吃喝喝睡睡玩玩，一天的工资就到了手。

天气入了秋，太阳也就不再那么强烈。今天的猫猫也被投喂得肚皮滚圆，在再一次意外卡在奇怪的角落之前，他率先跑出了吸猫吸上头的办公室，跳到了大广场的雕塑上。

猫崽子钻进镂空的小孔洞里，毛茸茸的猫屁股和尾巴落在外边，随着偶然刮过的风轻轻晃荡，不时甩动着，一翘一翘的。

晨熙躲在大雕像里，偷偷看觉醒厨师的教程。说好了要学就要学。真男人，就要德智体美劳全面发展！

晨熙准备从烘焙方面入手。倒不是因为别的，而是因为烘焙甜品小零嘴这种东西，就算是失败了也不至于浪费，因为可以投喂给隔壁的云飞扬。

手工制作模型费体力，费时间，费精力，这种时候就需要多补充一点糖分！刨除可可制品，让云飞扬吃得舒心，吃得放心！晨熙满心唏嘘，觉得自己作为朋友当真是非常体贴。

楼狮看了一眼监控里长了条猫尾巴的雕像，又抬眼看向保镖先生的投影。

“头儿，我们找到了那只薮猫先前的落脚点，但没抓到人，她应该是察觉到我们的搜查，率先离开了。”

楼狮点点头，对这种情况也不意外，觉醒者在这方面就是要比普通人敏锐得多。

“让线人继续找，不出意外她也很难找到什么机会。”

楼狮胆子很大且自信，但他并不自负。别说住所的武装和他出行用的车辆的改装了，就连楼氏园区里，各种纳米飞虫监控都四处遍布，遇到特殊情况，那些伪装成清扫和搬运机器人的机械，也能在出事的瞬间，变成 AI 战斗机器人。狮心的基地之所以能被称作狮心要塞，跟这些玩意儿可脱不开关系。

楼狮敲了敲桌面，说道：“你回来吧，顺便给我现额最高的卡弄一张副卡出来。”

保镖先生微怔，对于他们头儿要办副卡的行为略显疑惑，但还是点了点头。

晨熙把入门级烘焙的泡芙教程翻来覆去仔仔细细地看了三十多遍，然后深吸口气，关掉了视频。

好！我会了！熙熙这就回家做泡芙给楼……给云飞扬吃！

晨熙给云飞扬发了条消息，让他今天在家待着，等个惊喜。接着，小猫猫精神抖擞，看了一眼时间，把终端往脖子上一挂，雄赳赳气昂昂地冲向了主楼下边的楼狮专用车库。他停在车前，直起上半身，抬起爪爪，在车门上盖了个小梅花印，又“喵”了一声。

爪印和声纹认证完之后，驾驶座的门打开，晨熙后腿一蹬，跳进车里，落脚点却并不是皮质的座椅，而是楼狮腿上。晨熙刹车不及，一爪踩进楼狮的腿缝，当场一滑，打了个滚，四脚朝天。

楼狮垂眼看着猫：“回家？”

“喵……”

楼狮点了点头，关上车门，发动了车子。晨熙坐在他的腿上，低头看看自己在楼狮西装上踩出来的一连串灰扑扑的小梅花印，尾巴一甩，试图遮住那些犯罪痕迹。

楼狮看着努力遮挡脏兮兮爪印的猫崽子，伸手从上衣口袋里掏出了一张金色的卡片。

“给终端解个锁。”他说。

晨熙下意识地听了话。楼狮动作飞快，直接拿卡片触碰了一下晨熙的终端，当即，终端页面弹出了“绑定成功”四个字。

你是不是又在搞什么黑科技？！晨熙顿时警觉起来，瞪大猫眼，冲着楼狮大声喵喵叫。

“我的副卡。”楼狮漫不经心地撸着猫，“最近不是要学做饭吗？材料对你来说挺贵的，这张卡你随便刷就好。”

晨熙一愣，看看终端页面，又看了看楼狮，想起自己今天准备投喂云飞扬的打算，一股心虚感顿时涌了上来。

怎……怎么回事！晨熙呆愣地摸了摸自己的良心，发现自己的心跳得咚咚咚的，十分健康活泼。

我老板真的好好啊，还专门给钱让熙熙学，那我必然不能害他性命！

晨熙敲字：“好的老板，没问题老板，我会努力学的老板！”

楼狮垂眼看着腿上的猫，实在不能从这张猫脸上看出晨熙有什么心态变化。楼狮看着那个绑定成功的页面，觉得砸钱好像还真的挺有用。

晨熙“嗒嗒嗒”地敲字，试图提前邀功：“老板，我今天把泡芙教程看了三十六次，我已经会了！我不可能失败！”

楼狮先是点了点头，然后又看到晨熙新一条的消息：“就算失败了也没关系，失败了还有云飞扬呢！”

楼狮：“……”看不出来你小小一只猫，心也挺黑。

楼狮不动声色："我比较喜欢吃肉食。"

"我知道啊！"晨熙敲字，"但是煎肉排做烧烤什么的，教程里很多材料的分量都写着'适量'，不适合我这种新手。"

那种这里适量那里适量的教程，哪有烘焙精确到克来得舒服方便！

楼狮撸着猫，心里进行着十分激烈的斗争。一方面吧，他是不怎么想尝试失败品的；但另一方面吧，他同样也不想让云飞扬当第一个尝试者。

楼狮捏了捏猫耳朵，轻飘飘地问："你以前没做过饭吗？"

晨熙一挺胸："做过啊！我番茄炒蛋和拍黄瓜可是一绝！"

楼狮："那……"

晨熙："问题现在这不是觉醒了吗？身体和味觉多多少少都有一点点的变化，而且针对觉醒者的菜品，绝大部分都是用天然替代品的。"

今天认认真真了解了一番这方面信息的晨熙，给楼狮举了一大堆例子。

人类步入宇宙时代之后，食物发展变得更加多元化，选择也更加多样。就比如糖这个东西，替代品一抓一大把，甜味剂的种类更是数不胜数。

人工甜味剂价格低廉，普通人很难品尝出它和天然的糖替代品的区别，是绝大部分食品生产厂家的第一选择。而天然的糖替代品，价格就相当高昂了，不适合走生产流水线，再加上觉醒者的需求，于是几乎所有的天然糖替代品，都是走的高端特供路线。

毕竟现在一个小型宜居星球，人口都能有三十多个亿，一个大一点的国家，数千亿上万亿人口是有的。一个国家明面上做了登记的，能有一万出头的觉醒者储备量。整个宇宙加起来，数量更是惊人。而觉醒者通常都很有钱，这些天然替代品并不愁卖不掉。

晨熙叹气："那些替代品跟真正的糖还是有区别的，不研究一下的话做出来味道可能会很奇怪。"

从来只负责吃，懒得去了解这些东西的楼狮看着晨熙发来的消息，默默地闭上了嘴。

晨熙干劲十足，到了家就套上衣服，正儿八经地系上了围裙，抱着今天加急送到的材料，钻进了厨房。

面粉、无盐黄油、鸡蛋……晨熙挨个把材料核对好，深吸口气，好，没问题，我不会失败！

第一步，筛低筋面粉。

楼狮慢吞吞地从后边进来，刚一进门，就听到厨房里传来"咚"的一声响。晨熙瞪大眼看着被他一拍直接拍扁了的筛子，满脸不敢置信。

什么垃圾质量！

楼狮一顿，扬声道："晨熙？"

晨熙飞速收拾，把面粉筛扔进垃圾桶，大声回复："小问题！小问题老板！"

楼狮一听，顿时抬脚向厨房走去。

晨熙没发现他老板，他换了个新筛，小心而轻柔地抖着筛完了面粉，往锅里放进了糖替代品、水、黄油和盐替代品。

"加热，用打蛋器搅拌……"晨熙嘀嘀咕咕地，不敢使劲，极尽温柔地把一锅黄油和糖搅化。

熙熙对自己都没这么温柔过！

晨熙叽叽咕咕骂骂咧咧地，按下小火的按钮，把面粉倒进了锅里。

"然后大力搅拌……"

楼狮看着在厨房里脸上有点茫然的忙碌着的晨熙。

太阳还没下山，满室黄油甜腻的香气四处弥漫着，让楼狮觉得陌生又格外温柔。这一切暖洋洋的，让人只想在这柔暖的环境下饱饱地睡上一觉。

闻起来似乎会很好吃，楼狮带着细微的笑意，从倚靠着门的姿势站直了，刚撩起袖子，准备过去帮帮忙，就听到“当啷”一声脆响。

晨熙手里的搅拌勺一举戳到锅底，勺把分离，从锅里弹出来，“咚”地一下击中了罪魁祸首的额头，被击中的晨熙原地愣住。

楼狮默默放下了刚撩起来的袖子，好，试毒就交给云飞扬了。

晨熙回过神来，拿毛巾把额头上沾着的面糊糊擦干净，紧急抢救剩下的面糊糊。

不是说要大力搅拌吗？晨熙一摔手里的毛巾，深吸口气。好，之前是我小看你面糊了！我现在要认真了！

晨熙重新撩起袖子，跟面糊糊继续奋战。

楼狮站在门口，看着晨熙丁零哐啷。不知道的可能还以为他在练习什么打击乐，楼狮想。

晨熙经过一番奋斗，终于成功按照教程把面糊糊装进了裱花袋里。

“成了！”晨熙喜上眉梢，在烤盘里垫上烤箱纸，信心满满地一挤。

裱花以肉眼可见的速度变成了一坨圆形，然后慢慢化成了一摊，晨熙愣住，这跟教程上的不一样啊！它为什么没有立起来？！

晨熙转头看一眼报废的食材和器具，又看了看剩余的少量糖盐替代品。

算了，大不了烤一堆饼出来。反正要做泡芙这种事，天知地知以外就只有老板知道。他不说，我不说，云飞扬就能把泡芙皮当饼吃！

小问题，都是小问题！

晨熙重新抖擞起精神，把一摊摊的泡芙皮放进了烤箱里，然后拍拍手，解开了围裙。

完蛋啦！不干啦！皮都失败了，还做什么奶油啊？云飞扬吃饼就完事了！

晨熙一转头，看到了站在厨房门口的楼狮。

晨熙："老板你怎么在这里？"

楼狮沉默两秒："你做完了？"

晨熙："没有，但是做泡芙皮失败了，奶油就懒得做了。"

楼狮："……"你放弃得也太快了。

晨熙乐观："今天的失败会奠定明天的成功！"

楼狮看着晨熙美滋滋地跑去翻零食吃，心想幸好他没有执着于晨熙亲手试做的东西。

晨熙等泡芙皮烤好，叼着小鱼干钻进厨房，把烤盘取了出来。他看了看这些泡……这些饼，闻着还挺香，抬头对楼狮说道："我觉得还挺像那么回事的，应该吃不死人。"

楼狮："……"你还想搞出能吃死人的东西来？

晨熙吃掉小鱼干，看着那几个饼，放凉之后拿了一个，小心翼翼地啃了一口，然后满脸扭曲地放下了。

楼狮抬眼看他："怎么？"

晨熙实事求是："我觉得我可能没有烘焙这方面的天赋，还比不上机器人。"

糖替代品的量果然不好把握，这甜度，八成只有云飞扬受得了。晨熙爱吃甜口的菜，但对甜食的兴趣其实很一般。他不挑食，但跟楼狮一样，偏好肉类。

晨熙打开终端，给这一烤盘的饼拍了张照，噼里啪啦敲字。

晨熙："锵锵锵！给你准备的惊喜！"然后把烤饼的照片发了过去。

云飞扬："！！！"

晨熙："我第一次做！你要不要试试？"

云飞扬："黄油曲奇吗？"

晨熙浑身一震，天哪，云飞扬是什么大宝贝！竟然都帮熙熙把作品类型给选好了！

晨熙："对！黄油曲奇！你在家吗？"

云飞扬："在在在。"

好！熙熙这就来了！

晨熙飞速把剩下的饼打包好，变回觉醒体，叼着小领结跳到楼狮面前。楼狮给他把小领结戴好，又把终端挂上："去找云飞扬？"

"喵。"

楼狮点点头，拍了拍猫脑袋。晨熙叼上那一袋子饼干，迈着小短腿"嗒嗒嗒"地跑了出去。

南丰庄园所在的社区，为了保证隐私，每一户人家之间都有那么一小段的距离。晨熙不走大路，在灌木丛里蹦蹦跳跳地抄起了近道。

楼狮看了一眼跟随着猫崽子的飞虫监控反馈回来的画面，刚跟家里的烹饪机器人点完菜，一抬头就看到猫崽子面前出现了一只形似猎豹，但体形却无法与猎豹相比拟的薮猫。楼狮眉头一挑，能够潜进来，这只薮猫的能力不错。

楼狮悄然变回了觉醒体，一边注视着投影，一边飞速地向外移动。

晨熙仰着脑袋，身体向下趴伏着，紧张地看着比他大了十几倍不止的猫科动物。这只猫他认识，薮猫姐姐，就前不久他还翻了人家的人物卡片呢！

他叼着的那一袋子饼已经被他扔到了一边，趴伏着的身体挡住了他按下领结里武器的动作。

薮猫看着眼前这只小小的猫崽崽，微微恍惚了一瞬。她的孩子也刚觉醒不久，觉醒体也是这么一副小小的奶猫模样。她并不想惊吓到他，正欲试探着靠近，头顶上的大耳朵倏然竖起来，敏锐地捕捉到了有什么大型动物踩着草地、穿过树丛疾速靠近的声音。

是楼狮。

薮猫当机立断，以极快的速度跳跃俯冲而至，张开嘴，一口咬住了那只浑身都是楼狮气味的猫崽子的后颈皮。晨熙还没反应过来，脖子上的领结就被薮猫的利齿划破。领结里边满满当当的各种武器受到冲击，保护装置顿时被接二连三地触动了。

一时间，尖锐的音波、穿透力极强的警报、以震荡波为主的眩晕武器齐刷刷地启动，这个小小的灌木丛霎时间宛如菜市场一样热闹。

楼狮脚步一顿，看着投影里被音波攻击瞬间扑街的两只猫，缓缓吐出了一串省略号。他决定收回之前的想法，他觉得这薮猫的能力——不行。

楼狮大致设想过晨熙使用那些防身武器时的情况。

对于一个没有经过特殊训练的人来说，任何具备杀伤性的武器，都不适用。所以当时楼狮给晨熙准备的，都是只能致人昏迷的东西。这些玩意儿虽然也都是军用规格，但严格来说，其实并不能被称为武器。它们的学名是“便携式非暴力安全镇压纳米装置”，主要是警察用来和平镇压暴恐和违规游行的，体积小，覆盖面大，产生效果快，后续副作用几乎接近于无。只不过警察在使用这个的时候浑身上下都是防护装备，而猫崽子什么都没有。但楼狮能想到的，就算晨熙把这些玩意儿天女散花一样瞎扔也不会真正损害到他自身的防身装置。

现在一看晨熙这实战效果，楼狮就觉得幸好他没有抱着以防万一的心思塞个什么杀伤性武器进去。

就凭这半点稳定都谈不上的猫崽子，让他拿着杀伤武器威胁人家，同归于尽的可能性占了99.99%。剩下的0.01%是想对猫下手的人脑子里进了水，不仅不下手了，还喂猫照顾猫，以至于触发胐胐的被动天赋。

楼狮觉得敢对他和他身边的人下手的家伙，应该都不是这种脑子里进水的类型，至少这只薮猫不是。

雄狮穿过花园的侧门，粗暴地将横生的灌木折断，将仍旧在“呜啦啦”鸣响的警报器一爪子拍碎，接着，他转头看向了两只猫。

薮猫到底是身经百战的星盗，在被密集冲击过之后，仍旧保持些许本能的危机意识。她努力地将眼睛睁开一条缝，凭着模模糊糊的感觉，一甩尾巴，以一种保护的姿态，把旁边的猫崽子往后拦。

昏过去的晨熙被尾巴扫得滚了好几圈，滚进了一堆枯叶中间，只留下了一小截白色的尾巴尖在外边。楼狮挑了挑眉。他又改变想法了，他觉得这薮猫还不错。楼狮一边这么想着，一边毫不留情地一巴掌把这只薮猫扫飞出去，然后往前迈出两步，把猫崽子从枯叶堆里刨了出来。

楼狮刚叼上猫，耳朵一抖，就捕捉到有人踩着枯枝落叶走来的动静。风带来的气味让楼狮知道了来人是谁。于是他放下猫，也看到了被猫扔到一边的那一袋子饼。

云飞扬好歹是个觉醒者，这边这么大的动静，他当然也听得清清楚楚。他本来不准备出来，因为声音是从楼狮那边传过来的。毕竟他只有一个头，敢去管楼狮的事情，这头怕是说没就没了。但云飞扬转念又一想，刚刚隔壁那只小猫猫好像说要给他送东西来着，顿时就没能坐住。

要是小猫猫在给他送东西的路上出了事，可别说一个头了，能不能留下一个全尸都得打个问号。于是云飞扬一个鲤鱼打挺，飞速赶来，他远远地就看到了蹲在猫咪旁边的巨大雄狮。

云飞扬看着晨熙躺在地上，双眼紧闭，一动不动的样子，心里一凉。这猫平时张牙舞爪活蹦乱跳的，啥时候这么安静过啊？云飞扬偏头，看向躺在一旁的树下完全昏迷过去的薮猫，十分不安。

楼狮把猫叼到云飞扬边上，放下。

猫崽子全程安安静静，四爪一动不动，连尾巴也无力地垂着。云飞扬感觉自己的脑袋也跟着心一起凉了，他蹲下身，小心翼翼地询问：“小楼熙他怎么了？”

楼狮发出一声懒洋洋的低吼，尾巴一甩，把刚刚发现的那一袋子泡芙饼给扫了过来。然后他站起身，咬住昏迷过去的薮猫的脖颈，拖着猎物回了自己的庄园。

云飞扬把猫崽子捧起来，摸了摸他柔软热乎的小肚皮，又感受了一下活力四射的心跳，顿时松了口气。他左手抱猫右手拿饼，在庄园的安保机器人到来之前，脚底抹油，飞速开溜。

楼狮咬着猎物回到庄园里，站在屋子前面犹豫片刻，最终还是转头去了花园，把薮猫扔进了花园仓库，锁上，然后回屋去把衣服换上了。然后他看了看自己和晨熙的衣柜，最终放弃了给那位薮猫女士拿套衣服的想法。

不管是他自己的，还是晨熙的，他都不想让别人碰。别说衣服了，就连这栋房子，他都不乐意让别人进来。

楼狮并不讲究什么绅士风度，实际上，他认识的排得上号的星盗里，有这种讲究的，只有不那么强横的瑞比。但瑞比这人，也就只是个表面斯文。足够强的人是不需要这些花里胡哨的讲究的。楼狮自己把衣服穿好，拿了个不记名终端，就懒洋洋地去了花园。

他觉得这只薮猫很不错，并准备尝试把对方挖过来。放眼宇宙，觉醒者怎么说也是极端稀缺资源，足以让身为头领的楼狮亲自出马。

楼狮打开了仓库的门，仓库里有机器人定期打扫，并没有堆积起灰尘与脏污。楼狮扫了一眼仓库内部，就这么短短的一段时间，薮猫女士已经醒了过来，只是强行保持清醒导致了一系列的后遗症，她只能寻找一个昏暗而狭窄的角落，小心地藏匿起来。

楼狮本人对查探位置不那么敏锐，但他并不在意，楼狮随意挑了个箱子坐下：“谈谈？”

藏起来的薮猫女士一言不发。楼狮想到晨熙说这位女士比较寡言安静，想了想，干脆直接在对方的雷区里一个滑铲："想给你的孩子报仇吗？我记得你是叫……白露？"

白露女士的呼吸有一瞬间的停滞，露出了一丝破绽。她的孩子是个秘密，被她藏了十四年，就连身为她头领的黑曼巴，也不知道她有一个觉醒者孩子。

刚刚失去了幼崽的薮猫惊疑不定。

楼狮抬眼看向了她所在的角落，慢吞吞道："你是不是觉得，找不到想要复仇的对象？但你又知道，罪魁祸首其实是瑞比和黑曼巴双方？"

名叫白露的薮猫自黑暗之中缓缓迈步而出。

楼狮嘴角一挑："这个宇宙之中，能让他们付出代价的，只有我。"

白露自然明白这一点，她几乎是毫不迟疑地，直接抬脚走了出来。

楼狮站起身，将不记名终端扔给了对方。薮猫叼住了楼狮扔过来的终端，熟练地解锁敲字："交换条件。"

楼狮非常干脆："戴定位器，一直到我们的交易达成为止。"

星盗之中，定位器的意义并不仅仅是定位与监控，它还有致死毒囊和一些性命安全方面的限制。简单地说，就是将一个人变成自己的傀儡，又或者，是那个人自愿奉献一切。

白露迟疑片刻，最终还是点了点头："可以。"

楼狮继续提要求："另外，你要保护好我家小朋友的安全。"

他说了让晨熙自由自在，并不只是说说而已。但晨熙的觉醒体战斗力无限趋近于零，楼狮也知道，小猫崽被打上了他的标签之后，危险将如影随形。这导致他不能让晨熙离开他的视线范围——因为走开了，等待晨熙的，恐怕就是无尽的危机。

保镖先生虽然也算是个战斗系，但他本质还是个财务官，并且是个普通人。所以楼狮一直都在琢磨，上哪儿找个擅长侦察与反侦察，战斗力和经验都不弱的觉醒者来当晨熙的护卫。谁知道他还没想到合适的人选，薮猫女士就找上门来了。

楼狮说："我要你保护好他，至于以什么样的方式，只要不对他的意愿造成阻碍，随你看着办。"

薮猫脸上显出了几分惊愕。

楼狮补充："就刚刚你想带走的那只猫。"

薮猫压下心中的惊讶，定了定神："可以。"

楼狮干脆地打开了仓库的大门。

"黑曼巴派遣你来是做什么？"

"四处都有传闻，说你悄悄洗白退隐是因为有了要保护的人，黑曼巴要我找到并将其带走。"

楼狮一咂舌："谁传的？"

"消息来源是瑞比。"

楼狮嗤笑一声，倒也不意外。这个万年老二想当第一想很多年了，现在因为狮心的解散，他成了第一，当然想一直维持下去。但他又不能跟黑曼巴正面一搏，于是剑走偏锋借刀杀人，实在是再正常不过。

星盗嘛，哪怕表面相处和谐甚至像极了损友，但该捅刀的时候，照样刀刀见血。不过没关系，他的刀肯定比瑞比的来得更为锋利。

晨熙迷迷糊糊地醒过来，感觉脑子里有一万个云飞扬在捅蜂窝，一边捅一边被蜇得鬼喊鬼叫的那种。

猫崽子哼唧了一声，一翻身，顿时感觉身子底下一空，当场滚了下去，"咚"地一下摔在柔软的地毯上，茫茫然地坐了起来。

在一边画图建模的云飞扬听到动静，转过头来，嘴里还叼着一块泡芙饼。

云飞扬放下感应笔："小楼熙你醒啦！"

猫崽子愣愣地看着云飞扬，又看了一眼他叼着的饼。云飞扬下意识地把饼咔嚓咔嚓啃了，评价道："我还是第一次吃这种味道的曲奇。"

晨熙："……"

这……这样吗？我也是刚知道这玩意儿原来能叫曲奇。

晨熙转头看了一眼，发现自己的终端掉到了一边，于是扒过来："我怎么在你这里啊？"

云飞扬："楼狮暂时把你托付给我了。"

晨熙一愣，意识到遇袭之后，是楼狮率先找了过来。

又是老板来救熙熙！猫崽子低下脑袋，两只前爪有一下没一下地摸着脚底下柔软的编织地毯。还……还怪有安全感的呢！

晨熙一张猫脸上春风洋溢，尾巴尖弯起了一个小小的弧度，得意地左翘翘右翘翘，生怕别人看不出他高兴。

云飞扬看着两眼放光翘着尾巴的猫，感觉自己心上被人开了一枪。他深吸口气，一把抱起猫，猛吸一口。

快乐！

晨熙一爪子蹬在云飞扬脸上："我老板人呢？"

云飞扬被蹬得满脸舒爽，哼哼唧唧含混不清："不知道，他把你托付给我之后就带着另一只猫走了。"

晨熙满面的春光倏然一滞，而后缓缓地、缓缓地露出了不敢置信的惊愕。什么？他带着另一只猫，走了？带着另一只猫？

晨熙愣住，晨熙惊呆。晨熙心底升起了一股无名火，气得他两脚踹在云飞扬脸上。你怎么回事啊，老板？！你怎么还想养别的猫？！

云飞扬被晨熙蹬在脸上，舒爽地长叹口气。为什么他的觉醒体不是猫呢？云飞扬想。猫多好啊，小小软软的一只，老可爱了。

“不过那只猫怎么回事啊，好像是只薮猫？”云飞扬不大确定，“是来找楼狮麻烦的人吗？”

晨熙气冲冲地“喵”了一声。对啊，没错！

“那楼狮把那只猫带走，应该是有别的用处……”云飞扬话说到一半，意识到后续发展可能会比较血腥，于是收了声。

晨熙当然知道有别的用处，但这跟老板把熙熙扔下，却带走另一只猫有关系吗？！没有！老板明明可以把我一起带回去的啊！也无须托付给云飞扬啊！

晨熙想着，更气了。呵，你们觉醒者根本没有心。晨熙深吸口气，从云飞扬手上蹦回桌子上，云飞扬在桌子上放了个七成新的软软的狗床垫。

云飞扬：“这是我以前觉醒期的时候用的。”

这个小狗窝对晨熙来说还是有点大，但四四方方又绵软暖和。小猫猫跳进去，滚到一个角上，团成了球。这世间人情冷酷，只有小狗窝还有一丝残余的温暖。

云飞扬重新拿起感应笔，却没继续搞建模。他轻轻戳了戳晨熙：“你怎么了？”

晨熙头也不抬，把自己埋在狗窝的小角落里，只是尾巴一甩，轻轻打了一下云飞扬的手。

起开，让熙熙静静！

云飞扬不，他撸了一把猫尾巴，又戳了戳晨熙：“有什么青春期的烦恼，跟哥哥说一说？不然楼狮把你暂时交给我，你回去的时候心情那么不好，我怕是要倒霉的哦。”

晨熙终于舍得从角落里抬起头来。他伸爪子，勾到放在旁边的终端：“他为什么让你照顾我，不把我也带回去啊？”

云飞扬一愣，看着这只也就他两个巴掌大的小猫猫，欲言又止。晨熙翻身坐起来，仰头看着他。

“这个……”云飞扬挠了挠头，最终还是委婉道，“因为你太小了。”

晨熙心里叽叽咕咕，小什么小？变回人类之后吓死你！

“你太小啦，要是有个万一，很难做出什么反应。”

体形小意味着战斗力低下。云飞扬感觉小猫崽伸个爪子，也就能抓点小型的鸟雀和昆虫玩玩。而云飞扬，他的战斗力虽然没有楼狮那么强，但怎么说也是在觉醒学校里受过专业训练的。再加上云飞扬怎么也是云飞集团当代掌权人的幺子，别的不说，短暂地保护一只猫那是简简单单。

晨熙听出了云飞扬的言外之意，不就是因为熙熙太弱，所以被暂时交给云飞扬了吗？晨熙嘴一瘪，这个觉醒体又不是我愿意的！

晨熙敲字：“那些小型食草动物的觉醒者，是怎么变强的啊？”

云飞扬说：“他们一般不变强。”

晨熙：“？”

云飞扬：“他们的高级课程，基本上都是学习如何快速逃离危险，收拾细软卷铺盖跑路速度堪称一绝。”

晨熙愣住。晨熙缓缓打出一个问号。你们觉醒者……哦，不对，晨熙想起来了，瑞比其实也是这么个德行。

垂耳兔在装备不够充分的情况下，战斗力还不如一个特战士兵。但论起逃跑，他绝对是超一流选手。

云飞扬说：“绝大部分小型食草动物，都是自带躲避天敌的技巧的，高级课程一般就是针对这种特殊技巧进行强化，你多看看动物纪录片，找到你的觉醒体最擅长什么就好啦！”

晨熙听了，低头看了看自己的四只爪爪。

那不是完蛋了吗？熙熙上哪儿去研究朏朏是怎么躲避天敌的啊？这垃圾觉醒体，特殊技巧也不是逃命啊！晨熙想到自己那个忘忧的被动天赋，感觉一阵窒息。

这个怎么强化？对上敌人，先试图“萌”混过关吗？先卖个萌，打个滚，露出小肚皮喵喵叫，让敌人给买猫零食吗？

有病吧！这心脏得是糊了多厚的猪油才会做出这等惊天地泣鬼神的弱智事情！晃晃脑子都能引起海啸了吧！

晨熙第一万次在心底疯狂辱骂自己的觉醒体，要啥啥没有，干啥啥不行！

不不不，熙熙不能就这么轻易放弃！

晨熙转头看了一眼窗外，他们现在在二楼，窗外有细小的树枝随着风轻轻地摇晃，在房间里投射出阴影来。

晨熙浑身一震！对啊！本朏朏爬树一流！

晨熙把终端挂脖子上，从狗窝里跳出去，一跃跳上窗台，转头对云飞扬“喵”了一声。

云飞扬没懂，正准备起身去把猫崽子拎回来，就看到晨熙瞄准了外边一根细小的树枝，在窗台上一蹬腿，当场一个信仰之跃，却因为窗台瓷砖的摩擦系数问题，脚下一滑，直接滚下了窗台。

云飞扬愣住，云飞扬大惊！云飞扬扔下笔，冲到窗户边上，探头出去，发现晨熙挂在了下边一根枝杈上，两只爪爪紧紧地抱着树枝，尾巴一甩，圈住了旁边的枝条，一翻身爬了上去。云飞扬浑身一震！小猫猫这尾巴上树的技巧哪儿学的，怎么跟个猴儿似的！

晨熙成功攀上了树枝，左右看看，几个腾跃跳到了云飞扬窗台边上的枝条上：“喵！”

云飞扬猜测：“你要回去了？”

晨熙点了点头，又摇了摇头。什么回去不回去的！熙熙要去侦察一下敌情，再做决定！

云飞扬满脑袋问号：“那你等等啊，我送你回去。”

想到晨熙刚刚才遭受袭击，云飞扬当即揣上了一堆防身装置和安全性武器，下了楼。晨熙在枝杈间来回跳跃，时不时转头看看跟在后边的云飞扬。云飞扬仰头，一眼就看到猫崽子撅着屁股，蓄力，一跃而起！他四只爪子张开，直接飞越过两面墙，落在了大约八米之外的另一棵树的枝杈上。

云飞扬傻了，木愣愣地站在楼狮庄园的围墙外边，这猫怎么会飞啊？！

那根枝条是从楼狮的院子里探出来的，晨熙探头看了一眼云飞扬，小声地“喵”一下，然后头也不回地躲进了茂盛的枝叶间。

晨熙四处嗅嗅，悄无声息地在树枝之间飞跃，就连树枝的颤动都格外轻微。然后他在庄园正门口的大道上，看到了两人一猫。

分别是楼老板、保镖先生和薮猫女士。

楼狮若有若无地往花园的方向看了一眼，薮猫耳朵竖起来，敲字：“他很有天分，在侦察与反侦察这方面。”

楼狮没意见：“如果他想学，你就教教他。”反正技多不压身。

薮猫女士点了点头，仰头看向从一个小箱子里取出了颈圈的保镖先生。以晨熙远超 5.3 的视力，哪怕隔着近百米，也清楚地看到保镖先生拿了个装饰性的项圈，蹲下身，给薮猫女士套上了。

晨熙愣住，不敢置信。你还给项圈？你还真想养别的猫？我就知道！！熙熙就知道！！你们觉醒者都是这样的！

有了第一只猫猫，就会想养第二只！养不了第二只，就会去猫咖撸别的猫！还会像现在这样，看到别家的猫或者路过的小野猫，都会拿着猫零食，冲着别的猫咪咪叫！

简直无耻！这可是之前想绑走熙熙的坏猫！楼狮你没有心！！晨熙心态瞬间爆炸。

他摸出终端，啪啪敲字：“我离家出走了。”

把这话发出去之后，晨熙犹觉不够，紧接着打出一长串感叹号，刚准备发出去，又觉得这样显得十分不矜持。晨熙删掉那一串感叹号，愤愤地转头，一路蹿出庄园。

你先不仁，休怪我不义！你敢养第二只猫！熙熙就敢找第二个饲养员！

狮狮可以，熙熙为什么不行？

晨熙向着云飞扬的背影一个纵跃，“喵呜”一声。决定就是你了！云飞扬！

云飞扬听到动静，转过头来，下意识地伸手，接住了飞过来的猫。

云飞扬感觉摸不着头脑：“不是回去了吗？”

晨熙愤怒敲字：“我离家出走了！”

云飞扬：“……”

那你也挺能的，从你家离家出走到我家，足足走了八百米呢，真厉害。可是你们兄弟两个闹矛盾，不要把无辜的金毛卷进去啊。云飞扬心里这么抱怨着，身体却诚实得不行。

他把猫往怀里一揣，美滋滋地走了，甚至还缺德地想让这兄弟两个闹矛盾的时间再久一点才好。

发觉晨熙鬼鬼祟祟地过来又飞速离开的楼狮，看着终端页面上晨熙发过来的离家出走宣言，微微一怔。

保镖先生疑惑：“头儿？”

饶是楼狮再见多识广，也想不明白怎么会发生这种事，他眉头微微皱着：“晨熙……他离家出走了。”

保镖先生满头问号。

薮猫女士抬头看看茫然的两个男人，心中轻啧，给出了专业的看法：“小孩子内心很脆弱，领地意识和独占欲都很强烈，大概是因为我的出现让他感到不愉快了，我藏起来就好。”

楼狮一顿：“你的出现让他感到不愉快了？”

薮猫女士：“对。”

楼狮又问：“独占欲？”

薮猫女士觉得有哪里不太对劲，但还是迟疑着敲字：“……对。”

楼狮皱起来的眉头顿时一松。

楼狮周身都散发着肉眼可见的愉悦，对于情绪和气氛极其敏锐的白露女士和保镖先生几乎是立刻发现了这一点。

白露女士仰头看看楼狮，总觉得有哪里不太对劲。小孩儿都离家出走了，这人怎么还这么高兴？这是什么人间迷惑行为？这狮子会不会养小孩啊，不跟出去就算了，竟然还在这边高兴？

她抖了抖耳朵，敲字：“我去追踪了。”

楼狮闻言，很有把握：“倒也不必，他去不了几个地方，现在多半是去了云飞扬那里。”

楼狮的声音听起来仍旧冷淡，但面上的神情却十分轻快，薮猫缓缓敲出一个问号。

“直线距离800米，出门往右，走大路1200米。”楼狮说完，顿了顿，感慨，“走得可真远。”

薮猫：“……”她一时竟分不清，楼狮这是嘲讽还是宠溺。

楼狮这形象，跟江湖传闻之中的那个好战分子，杀人不眨眼、残暴狠戾的狮心头领实在是没有任何相似之处。在之前的设想里，如果这一次行动失败，她肯定不会有什么好下场。当场暴毙都是幸运的了，星盗们折磨人的手段五花八门，能够立即死亡就是真正的万幸。但出人意料地，她活下来了，不仅活下来了，还被楼狮招安。虽然戴上了“狗牌”，但戴个“狗牌”换一条命，这笔交易简直血赚。尤其是，楼狮看起来是个比黑曼巴好上许多的头领。

白露女士说不上自己到底是幸运还是不幸。她刚刚失去了她的孩子，却又紧随着捡回了一条命，而且作为交易条件的保护对象，跟她的孩子一样，也是一只小猫崽。只是她家孩子的觉醒体是只还没有长成的长毛蓝白猫，而楼狮家的小孩白白的，小小的，软软的，天真得要命，还会闹脾气，活蹦乱跳精力四射的，跟她家那只乖巧安静的猫崽子截然不同。

但小猫崽离家出走还特意发消息过来通知楼狮，紧接着出走到了隔壁邻居家里这种行为……还……怪可爱的。

要是她的宝宝也是在正常的环境中长大的，大约也会这么开朗活泼吧，毕竟是猫，少有不爱玩的。

薮猫女士目光微敛，无声地叹了口气，她再一次敲字："我去找……"

她字敲到一半，卡住。

保镖先生接上："晨熙，清晨的晨，熙来攘往的熙。"

薮猫女士："嗯，晨熙，我去找他了。"

楼狮点了点头，然后在白露准备消失的瞬间，喊住了她。他觉得这位女士十分靠谱，也许是女性在感情方面的认知和直觉比起男性来，的确是要更为明确和清晰。而不幸的是，楼狮手底下说得上一两句话的，无一例外，全是男性，而这一堆男性里，只有一个脱离了单身，有家有室。

但那位舰队长也是个彻头彻尾星盗作风的人。

楼狮垂眼看向薮猫，沉默片刻，问道："他这是在闹脾气？"

这是什么奇怪的废话，都离家出走了还不是闹脾气？

白露迷惑："当然是。"

楼狮想起之前舰队长说过的话，又问："那他特意通知我，是希望我去找他吧？"

白露敲字："应该是这样。"

小孩子发脾气，基本都是希望得到大人的关注，让大人哄。

白露觉得有哪里怪怪的，她板着一张脸，思来想去，谨慎敲字："姑且一问，晨熙跟你的关系是……"

楼狮略一思考，然后慢吞吞地开口："其实瑞比散发出去的消息也没什么错。"

保镖先生瞬间明白了楼狮指的是什么。

白露也是一愣："他是你孩子？随对方姓吗？"

"不。"楼狮纠正，"我的意思是，晨熙就是传言里的那只猫。"

薮猫女士浑身一震。她抬眼看向楼狮，用极其明显的、看垃圾的眼神。然后她瞬间消失了身影，这反应，八成是把楼狮当变态了。

保镖先生看向他的头领："头儿？"

"我们也过去。"楼狮说道，即便被误会了也仍旧挡不住他的愉快，"去接猫。"

薮猫女士动作很快，一瞬间穿过了灌木丛，摸进了云飞扬的院子。她到的时候，这个庭院的主人正拿着根逗猫棒，站在树下咪咪叫，逗树上的猫。而猫根本没有理他，小脑袋拱进了一个树洞里自我禁闭。

她听到那个庭院主人说："小楼熙，离家出走是为了快乐，你看你现在快乐吗？"猫崽子挂树上一动不动。

树下的人又说："树上有虫你知道吗？"猫崽子四爪一抽。

云飞扬左看看右看看，然后干脆撩起袖子，开始尝试爬树。

晨熙头塞树洞里，听到通过树干传导而来的窸窸窣窣的动静，想到刚刚云飞扬说的树上有虫，顿时感觉浑身上下都不得劲。这声响不会是什么虫子搞出来的吧？这动静这么大，莫不是什么巨大无比的虫！晨熙越想越紧张，脑袋一拔，慌张四顾，然后就对上了云飞扬的视线。

憨狗对他露出一个笑。

晨熙看着他傻了吧唧的笑脸，敲字："你在干吗？"

"练习爬树。"

晨熙闻言，看了一眼云飞扬跟地面的距离。哇！你可真棒，脚根本没有离开地面呢！

晨熙目光扫过被云飞扬放到一边的逗猫棒，哪还不知道云飞扬这是想跟他玩？狗子毕竟是狗子，容易感到寂寞。而云飞扬的庄园跟楼狮差不多，就他一个人住，服务他的全都是机器人。也不知道这狗子这么多年都怎么过来的，怪不得一个甜品就跟着人跑了。

晨熙冲着云飞扬“喵”了一声，跳下了树，迈着小短腿“嗒嗒嗒”地跑到了云飞扬脚边。

唉，看在你这么可怜的分儿上，熙熙就勉为其难地给你抱一抱好了。

云飞扬见晨熙下树了，两眼一亮，一阵风似的跑去叼起逗猫棒，开始在院子里放肆奔跑。

晨熙愣住。晨熙看着叼着逗猫棒，围着他疯狂转圈的大金毛，张嘴吐出一串省略号。

你看熙熙像是会陪你转圈圈的弱智猫吗？晨熙不屑一顾，目光若有若无地扫着逗猫棒上的布偶小老鼠，下意识地跟着转了好几圈，然后在云飞扬叼着逗猫棒冲出去的时候，后腿一蹬，紧跟着蹿了出去。

白露女士躲藏在枯黄的灌木丛中，看着在院子里撒欢的两道闪电，目光柔软得不像话。

多可爱的宝宝，乐观开朗，楼狮你这个人渣。

晨熙察觉到了一丝被注视的怪异感，停下脚步，警觉地抬头四处探看，却并没有发现什么不对的地方。

大金毛放下逗猫棒，拿鼻子拱了拱停下来的猫崽子，发现猫崽子竟然非常轻易地被他拱起来之后，灵机一动，脑袋一甩，把猫往天上一抛！

晨熙突然上天，愣了两秒，落在狗子脑袋上的瞬间回过了神，顿时伸出爪子，对准狗脑壳就是一顿猛捶！

你有病啊！熙熙是球吗？我跟你说，你这么抛，一个没接住你就是杀猫凶手！

云飞扬觉得猫猫拳爽死了，但嘴上“汪汪呜呜”可怜兮兮地哼哼着，好像真的被捶得很痛。晨熙听到哼唧声，爪子一顿，云飞扬顿时哼得更可怜了。

猫崽子蹲在金毛脑袋上，也看不到狗子的表情。他停下爪子，听着狗子可怜兮兮的哼哼声，迟疑了一下，给云飞扬梳理脑袋上被他捶乱的毛毛，又低下头，准备给他舔顺。

被熙熙舔了毛，就是熙熙的小弟了，再勉强允许你兼任一下铲屎官二号！

薮猫女士看着收小弟的小猫崽，心软成了一摊水。多可爱的宝宝啊，活蹦乱跳，开朗活泼，还会收小弟。

楼狮你这个人渣，她心中再一次骂道。

人渣楼狮自信满满，慢吞吞地溜达到云飞扬的院子外边，按下了门铃。晨熙停下舔毛，爪子一拍脚底下的狗脑袋。

“喵！”有客人来了，去开门！铲屎官二号冲啊——驾！

大金毛被舔得心麻脚软，接收到信号，当即站起来，顶着头上的猫，风驰电掣地冲了出去！

楼狮看着来开门的一猫一狗，面上神情一滞。这才多久，这一猫一狗，气味怎么就你中有我我中有你了？楼狮垂眼，心中的愉快瞬间消失。

第十六章

分别·你明明愿意

云飞扬第一反应就是要跑，他一转头，刚撒丫子迈出去两步，就感觉头上一轻。

云飞扬一个急刹，抬头，发现头上的猫崽子不见了。再一扭头，就看到楼狮拎着猫，而猫尾巴勾着差点滑地上去的终端，四只爪爪挥舞着，超大声地喵喵叫。

金毛跟站在门口神情冷硬的楼狮对上了视线，感觉脖子发凉。

晨熙蹬着腿，发现自己根本撼动不了楼狮拎着他后颈皮的手。于是他一扭身，两只前爪抱住了楼狮的手腕，转头一口咬在了他的手指上，喉咙里发出低沉的威胁声。楼狮看着手指被猫咬住，虽然并不痛，也根本伤害不到他，但却感觉浑身难受。

“你咬我？”

晨熙不敢置信，这到底是什么话？你怎么还好意思兴师问罪？

晨熙尾巴一甩，把终端勾了上来，噼里啪啦地敲字：“我离家出走了！”

楼狮："我抓住你了，你离家出走失败了。"

晨熙愣住，然后他迅速反应过来，我呸！谁准你单方面宣布熙熙离家出走失败！

晨熙冷笑一声："我才没有失败，我都已经找到新的小弟……"

晨熙一顿，低头看看金毛，把小弟两个字删掉，继续敲："新的饲养员了！"

"谁？云飞扬？"

"对！"

云飞扬一惊。小猫猫选中了他，这本该是件很快乐的事。但此时此刻，云飞扬却半点没感觉到开心——他恍惚觉得，他的脑袋好像已经从他的脖子上离开了。

楼狮的眼神冷森森的。云飞扬敢打赌，这人八成已经开始考虑狗肉火锅要不要放辣了。

不是，既然你还这么关注你弟弟，独占欲这么强，你干吗还干那种会让他离家出走的事啊？云飞扬觉得这真的是不能理解的，他还觉得这两只猫科动物真的是非常过分。

明明就是小猫猫主动扑过来的啊！凭什么要被片成肉片煮火锅的只有他一个？这就很不公平！云飞扬觉得自己巨冤！

楼狮看着被晨熙挑中的云飞扬，这狗子弱了吧唧的，楼狮怎么看也看不出云飞扬凭什么能跟自己相提并论。

无法找到答案的楼狮目光一偏，看向晨熙，问："他有哪点比得上我？"

晨熙被这个问题问得一惊。你听听，你听听这话！你怎么能问出这种问题？晨熙觉得自己要是云飞扬，肯定当场一个暴起，跟楼狮拼了，不带这么看不起人的！

晨熙只觉得自己现在看楼狮，哪儿都不顺眼。他不仅看楼狮不顺眼，还非常想给云飞扬主持公道！

晨熙愤愤敲字——

“他比你年轻！”

“所以他没我成熟。”

“他比你可爱！”

“所以他没我可靠。”

“他比你温柔！”

“所以他没有我强。”

“……”

晨熙一低头，对上云飞扬的视线，恨铁不成钢。崽，阿爸对你很失望！你值得称道的优点怎么那么少，你反省一下你自己！

但云飞扬完全没接收到晨熙看不争气狗儿子的心态。他只是看着晨熙夸他的话，只感觉腰不酸了腿不疼了，连头也不冷了，一条尾巴摇成了电风扇。

晨熙看着那只快乐金毛，深吸口气。

猫猫绝不认输！晨熙啪啪敲字：“他比你憨！”

你有本事说你比他更憨？

楼狮沉默地看着晨熙最后敲出来的四个字，半晌，缓缓开口：“这倒是。”

晨熙打了胜仗，浑身一震，精神抖擞：“他还专一，不会养别的猫！”

云飞扬在这一瞬间，明白了小猫猫刚刚为什么怒气冲冲地离家出走。

天哪！楼狮真是身在福中不知福，有了这么可爱的弟弟，竟然还想养别的猫！云飞扬再掐脚一算，能让小猫咪这么生气的，说不定新来的那只猫，正是先前他看到的那只昏过去的薮猫。

天哪！真是旱的旱死涝的涝死，凭什么有的人能拥有两只猫科觉醒者？云飞扬再一次激烈谴责。楼狮真是贪心！可恶！简直令人发指！强烈要求楼狮匀一只猫出来，分享给无猫人士云飞扬。

云飞扬再看向楼狮的眼神变得极其复杂，那大概是看渣男的眼神，但眼神里又带上了三分羡慕两分嫉妒和一分微小期盼。

怎么了？谁还不能想拥有一只小猫猫了吗？云飞扬眼巴巴地看着被楼狮拎着的猫崽子。

而晨熙还在激情输出："一家不容二猫，你养别的猫我就去找别的饲养员！"

楼狮看着晨熙噼里啪啦地敲着字，将晨熙激烈谴责他养第二只猫的话一个字一个字地看完，然后改拎为抱，托着小猫崽的屁股，慢吞吞地说道："谁告诉你我养第二只猫了？"

晨熙瞪大眼，你还想不承认？！

小猫猫冷笑一声："我亲眼看到了，你还给人戴了项圈！"

"哦。"楼狮平淡地应了一声，却没有回答这个问题，而是反问，"因为我养了别的猫，所以你不高兴？"

云飞扬被楼狮的这个问题劈了一下，他微微睁大眼，看着逐渐变得愉快的楼狮，一张狗脸上显出了几分惊愕。

不……不是，这是什么问题？云飞扬战战兢兢，总觉得自己闻到了一股奇怪的味道。

晨熙被问得一愣，然后迅速抓错了重点。

你真的养第二只猫了！！！

晨熙气昏，他腿一蹬，从楼狮怀里跳到云飞扬脑袋上，一拍狗脑袋。

"喵！"云飞扬我们走，不跟楼狮做朋友！

云飞扬会意，用看垃圾的眼神看了一眼楼狮，然后转头窜回了自己家。

藏在暗处的薮猫女士悄悄为云飞扬点了个赞，这只金毛很不错，可以跟自己学带崽。然后她发现，一猫一狗是回去了，但大门却没有关。薮猫女士心中轻啧一声，这只金毛不行，需要跟自己学习一下如何带崽。

就比如，随手关门。

楼狮慢吞吞地跟在一猫一狗后边。保镖先生绷着一张脸，看起来十分冷静沉着，俨然是一副见过大风大浪的沉稳模样，心中的斗争却异常激烈，他觉得自己好像错过了好几季的剧情。

了不得，保镖先生脑子嗡嗡响。看不出晨熙好小一猫猫，实际上这么强。楼狮看着蹲在云飞扬头顶上，怒气冲冲的猫崽子，心头相当愉悦。

楼狮沉思片刻，想到晨熙主动找他要了防身武器，因为黑曼巴的危险将紧随而来。

楼狮陷入沉思。

他一直觉得晨熙的情报来源很奇怪，至少在他删掉监控之前，晨熙的终端里完全没有什么异常的痕迹。晨熙平时也几乎都在他眼皮子底下活动，根本没有任何跟他不知道的外界联系的迹象。但晨熙就是知道很多情报，而且这一次还预测到了即将到来的危险。

楼狮若有所察。他大胆地猜测一下，脏脏也许还有什么类似于直觉或者是预知危机之类的天赋。毕竟那么弱小的幻想种，如果没有什么值得称道的防御手段，在野外的环境之下，实在是难以生存。

楼狮觉得自己的猜测哪怕不准确，肯定多多少少也挨点边。所以，晨熙那么慌张，也许是预见到了之后将会遭受巨大的危险。

这种危险会来自哪里？楼狮几乎是想都不用想就能够得出答案——当然是来自永远无法消灭的黑暗之中。偌大的宇宙，干着刀口舔血的脏活的，不仅仅是星盗而已。

但这个问题也好解决，杀不死黑暗，那就成为它的王者。

楼狮缓缓回过神来，在狗顶着猫走进屋子里，正准备把他关在门外的时候，抬手按住了门。

“我没有养第二只猫。”楼狮干脆说道，“那只薮猫是什么身份，你知道的，我只是让她成为你的守卫，在我不在的时候，她能够保护好你。”

晨熙一愣，转过头：“什么你不在的时候？”

楼狮看了一眼云飞扬，然后拎起猫：“回去谈。”

晨熙这次没挣扎了，他满脑子都是楼狮要走的事。他有些愣，有些不知所措，有些不知从何而来的窃喜，又感觉有些不习惯。

楼狮把猫带走了，惨遭抛弃的云飞扬蹲坐在院子里，却半点失落的模样都没有。果然不能指望拥有两只猫的老大哥善心大发匀他一只，云飞扬想，但没关系，楼狮要离开了！楼狮不仅要走，还会把小猫猫留下！留下的不仅是小猫猫，还有之前惊鸿一瞥的薮猫！

他马上就能拥有双份的快乐！没有楼狮的压迫！还能吸两只猫！

云飞扬尾巴疯狂摇晃，云飞扬眉飞色舞。

是喜事啊！

云飞扬心中激动万分，恨不得楼狮当场滚蛋，把两只猫都留给他吸个爽。

别说什么他们本质是人类之类的胡话。他常年不着家养不了宠物，现在好不容易有猫吸，哪管是真猫还是觉醒者。觉醒者怎么了，觉醒者就不是猫了吗？

他兴致勃勃，正准备回去搜罗一堆猫玩具、猫零食、猫草、猫薄荷之类的东西，就瞥见自家花园的灌木丛里有什么窸窸窣窣晃动了两下。随后就看见一小截黑色的尾巴尖从开始枯萎的灌木间露出来，然后一蹿，转瞬消失了。

大金毛一顿，尾巴晃得更快了，是那只薮猫！！

嗨呀！云飞扬眉飞色舞。

快乐金毛蹦跶着回了屋，变回人形，喜滋滋地换上衣服，摸出感应笔来，继续建模。他觉得自己马上就能感受爱情和猫双丰收的快乐，人生巅峰近在眼前！

晨熙被楼狮揣在兜里，连打了好几个喷嚏。他扒着楼狮口袋的边缘，抬爪摸了摸自己粉色的鼻头，鼻尖湿润，十分健康。是哪个小可爱在念叨熙熙？晨熙想着，然后唏嘘着叹了口气。身为一个芳心纵火犯，会想念他的人，那可是太多了。

晨熙想着，又打了个喷嚏。

楼狮垂眼："病了？"

晨熙摇了摇头，扒着楼狮的口袋边缘，看着楼狮走进自家庄园。

保镖先生留在了庄园外边，晨熙从楼狮的口袋里探头看他，"喵喵"两声，跟保镖先生告别。留在庄园外边的保镖先生对猫崽子点了点头，然后满脸复杂地站在了车边。等到楼狮和晨熙都进了屋，保镖先生偏头看了一眼跟上来的薮猫女士，深吸口气，忧愁地点了支烟。

他早该知道的，保镖先生忧愁地吸了口烟，拿烟的手，微微颤抖。

薮猫女士转头看他一眼，被烟味熏到，往后退了两步。保镖先生一怔，捻灭了烟："不好意思。"

白露微怔，露出了不可思议的表情。这人怎么回事？这人是星盗吧？星盗里还能有这么会体恤他人的角色？星盗团不都是上梁不正下梁歪，就楼狮那种半点绅士风度都没有的人，怎么会有这样的下属？

保镖先生大约能猜到这位女士的心态。

"没办法啊，要吃饭嘛。"他说，"都洗白走到明面上了，就得讲究一点。"

白露："……"倒也是。

她收回惊异的目光，就又听保镖先生说道："不过，头儿可能准备回去了，晨熙肯定是会被留在安全的后方的。"

白露敲字："嗯，好事。"

看来楼狮也并不完全是人渣。

保镖先生沉默片刻："我把晨熙的资料给你吧，他有点特殊。"他说着，把晨熙的档案资料删删减减，留下一些可以对白露公开的信息，发了过去。

收到资料的薮猫女士目光扫过终端页面，然后看着年龄陷入了茫茫然与震撼之中。

屋内。

晨熙无比乖巧地蹲在了茶几上，仰着头看着楼狮。楼狮随手拆了包小鱼干，慢腾腾地撕成条，喂猫。

晨熙有点紧张，见楼狮不说话，他干脆主动问道："老板，你要去哪里？"

楼狮答道："回宇宙中去。"

这个回答相当委婉了。晨熙自己翻译了一下，这其实是要回去当星盗的意思。

晨熙敲字："不带我吗？"

楼狮眉头一挑："你要跟我去当星盗？"

你说什么梦话呢？

晨熙："我去星际旅行，跟星盗有什么关系！"

"旅行可以，但这次不行。"楼狮笑了一声，一边喂猫一边说道，"我准备回狮心一趟。"

晨熙一愣，抬着脑袋看着楼狮。

"我解散了狮心之后，宇宙之中的流言很多，绝大部分是说我金盆洗手隐居的，还有一部分人觉得我死了。"楼狮跟猫崽子对上视线，"不过现在来讲，前者的猜测倒也是差不离。"晨熙没敢说话，低头哼哧哼哧啃鱼干。楼狮也不在意。他又拆了一包冻干，继续说道："我收到舰队长的消息，说已经有人打狮心要塞的主意了，我得回去一趟。”

这个晨熙倒是知道，就是论坛里主线剧情的最后一个大剧情，指的就是笼罩在整个宇宙之中的黑暗。

整体来讲，这个世界的进程并不复杂，就是原本稳定的宇宙局势，随着几方对峙势力的轰然倾塌而变得混乱丛生。群雄逐鹿，最终结局是随着玩家的抉择与发展，其中一方得胜，收拢了诸多势力，从此宇宙再一次恢复清明。

但晨熙也很清楚，如今已知的结局中，最后胜利的那一方，并不是楼狮。

晨熙敲字：“最近局势会比较混乱，老板你不回去比较好。”

晨熙琢磨了一下现在的情形，应该是进展到了导火索的阶段。黑曼巴和瑞比的争端，拉开了宇宙混乱的序幕。

知晓这些未来剧情的晨熙半点不慌，因为这些混乱影响的绝大部分都是边境星球，只要身在腹地，几乎不受任何影响。他的老家和如今所在的钴蓝星都属于腹地，并不在遭受影响的范围之内。

楼狮看看晨熙敲出来的那排字，问：“你知道些什么？”

晨熙：“其实也不是很清楚，但我知道你不回去的话，肯定不会有事，回去的话就说不定了。”

这不用想都知道，楼狮要是回去重组狮心了，八成是直接滑进楼狮个人隐藏线去了。问题是楼狮的个人隐藏线，晨熙也不知道是个什么样，万一……

晨熙想到这里，顿时变得无比焦虑：“老板你别回去了，咱们搞钱发展集团不快乐吗？”

楼狮嘴角一翘，把猫举起来，举到眼前：“你怕我出事？”

晨熙一爪子扇在楼狮嘴上，都什么时候了，你还乱拎重点！

楼狮把猫爪子扒下来，握在手里捏了捏肉垫，笃定：“你怕我出事。”

猫崽子深吸口气："是啊！我怕你出事。"

楼狮微顿，脸上显出了几分意料之外的惊愕，然后又迅速透出一股格外轻松的愉悦来。

"但我必须回去，如果这一次不趁机去争一争，我是不会得到安宁的。"

晨熙一愣。

"我就算不参与这些，也仍旧为人所忌惮，明里暗里的事情不会少。"楼狮揉了一把猫脸，"比起引颈受戮，我比较倾向于主动出击。"

晨熙微微睁大眼，楼狮的担忧不无道理。楼狮所说的，是很有可能发生的。

"白露是个很合适的守卫，经验丰富，战斗力不弱，逃脱和藏匿能力也是一流。她平时会躲起来不让你发现，以免有人发现她的存在，绕过她来伤害你。"

晨熙当然知道白露，就是那位薮猫女士。

但晨熙并不放心，不放心楼狮，也不放心自己。现在楼狮的个人线他已经不清楚了。

事情本不该如此，晨熙想，当初他怎么就倒了这么个血霉，觉醒当场就被楼狮逮住了呢？晨熙不想跟着楼狮去见识硝烟与鲜血，但也不想楼狮去涉险。晨熙纠结地咬住了尾巴。他抬头看看楼狮，觉得这头大狮子已经做出决定，也并不是他能够撼动的。

晨熙不甘心："你真要去？"

楼狮点了点头。

晨熙："你真的有可能会出事的哦！但是不回去就不会！"

"会让你有这样的担心，是我太无能了。"楼狮搓了搓下巴，"我不认为自己会失败，而且我也并不畏惧死亡。"

晨熙瞪大眼。

会不会说话？什么叫并不畏惧死亡？你还想死？真的很不负责，

你怎么不想想你死了你养的猫怎么办?

晨熙感觉自己要被气炸了。

不要管你了!你死吧!熙熙要想办法自保了!比如再去找一个饲养员!我看云飞扬那憨狗就挺合适。云飞扬毕竟是个单纯小奶狗,超可爱一蜂蜜味小甜饼,安全感极强,跟你楼狮完全不是一个风格!

蹲在茶几上的猫猫努力深呼吸,不生气不生气,气出病来无人替。

晨熙敲字:"你去吧,我有备用饲养员。"

楼狮眉头一皱:"云飞扬?"

"不然呢?"晨熙十分生气,"反正,你要去主动出击了。"

他敲完这行字,越想越气,一转头就要跑出去。

楼狮一顿,一抬手按住了猫:"你生什么气?"

晨熙大声喵喵叫,楼狮把终端放到了猫爪边上。晨熙爪子一蹬,把终端蹬下了茶几。

脾气还挺大,楼狮把终端捡回来,又放到了猫爪子边上,再一次问道:"你为什么生气?"

晨熙再一次把终端一脚踹飞,楼狮还是头一次遇到敢这么跟他对着干的人,这人还不能打不能骂。他甚至没明白晨熙为什么会这么生气。他沉默片刻,又俯身,把终端捡了起来,放到了晨熙爪子边上。晨熙看也不看,仍旧把终端踢到一边,拒不交流。

楼狮不厌其烦地把终端捡起来,不厌其烦地问:"为什么生气?"

晨熙火气半点没下去,甚至上了头。他尾巴一扫,又想把终端扫下去,终端却被楼狮按住了。

楼狮又问:"为什么生气?"

晨熙气笑了,他抬爪摸上终端:"你去主动出击,想没想过你人没了,你养的猫怎么办啊?"

楼狮一怔,下意识答道:"野猫?"

晨熙："？？？"

你有病啊？有病去治啊！晨熙气疯。

楼狮按着猫崽子，愣了两秒，突然福至心灵："你这话，是以什么身份问我的？"

"我以——"晨熙突然卡住。

楼狮感觉自己马上要起飞了，他摸着猫，再一次问道："是以什么身份问的？"

晨熙："……"以一只柔弱无辜可能将要失去饲养员的小猫猫的身份问的！

楼狮勾了勾猫崽子的下巴："什么身份？"

晨熙爪子摸上终端，感觉按着他不给走的手掌力道松了，突然一跃而起，以楼狮都反应不过来的速度，"唰"的一下，瞬间消失了身影。楼狮眯了眯眼，轻啧一声，站起了身。

庄园外边，白露女士还沉浸在小猫崽已经二十二岁了的震撼之中不能自拔。她瞥见一团白影从屋里飞速冲出来，以惊人的跳跃力直接蹿上了花园里的树，瞬间消失了身影。她神情一凛，时刻谨记自己的职责，紧跟着跑了出去。

孤零零的保镖先生不由愣了两秒。

就你们觉醒者厉害，说不见就不见。他心里抱怨了两句，准备趁着女士不在再抽根烟，结果烟刚点燃，就看到他们头儿满面春风地从屋里走了出来。

满面春风……保镖先生深吸口气，这词跟他们头儿真的很不搭。但楼狮看起来，心情当真是好极了。

是那种前所未有的好。保镖先生觉得他现在凑上去，跟楼狮说以后不许砸飞船了，也不会被暴打，他们头儿甚至还会欣然同意。身为财务官的保镖先生觉得十分心动。他在楼狮走过来的时候迎上去，说道："头儿，准备大规模作战的话，财政有些问题，你恐怕不能像以前那样自由了。”

楼狮看他一眼：“你是说我出去打架的问题吗？”

保镖先生小心地点了点头。

楼狮干脆地颔首：“好。”

他答应完，就转头走向了云飞扬的庄园。保镖先生落在后面，慌张地猛抽了一口烟。

从今天开始，他们头儿养猫这事，他就是头号支持者了！谁要是敢反对，就让他尝尝工资为负的滋味！

保镖先生几口把烟抽完，长长地吐出口气。

爽！

云飞扬欢天喜地，因为小猫猫在短短半个小时之后就去而复返！

云飞扬站在窗边，看着又把自己的脑袋卡进树洞里，在他院子里的树上自挂东南枝的猫。他拿晾衣竿轻轻戳了戳猫屁股：“楼狮走这么快啊？”

晨熙像只死猫，被戳到了也一动不动。

云飞扬觉得自己应该是猜错了。他又戳了戳猫屁股，问：“难不成楼狮养第三只猫了？”

“谁养第三只猫了？”

正主不请自来，云飞扬一转头，又迅速转了回去，然后抱着晾衣竿，竖起了偷听的小耳朵！

楼狮看一眼二楼窗口十分明显的晾衣竿，懒得理这傻狗。他收回视线，看向挂在树上的猫，慢吞吞道：“承认就这么难吗？”

云飞扬抱着晾衣竿，饱受震撼，他要早知道会听到这么震撼的消息……他肯定还是要听的。他不仅要听，还要跳出去把那个禽兽叉死！云飞扬深吸口气，站起身来，举起晾衣竿，瞄准了楼狮脚下，“嗖”地一下扔了出去。

楼狮微微侧过头，扫了一眼被云飞扬当作武器扔过来的晾衣竿，一步也没有挪动。他轻飘飘地看了一眼牢牢插在地上、入土三分的晾衣竿，而后面无表情地抬眼看向二楼探出半个身子来的云飞扬。

那对属于人类的瞳孔宛如猛兽一样地眯成一条细缝，隐隐泛着猩红的冷光，像是刀刃一样，悄然无声地剐了过来。

云飞扬倒吸一口凉气，感觉脖子一冷，迅速缩回了身子。他抬手摸了摸脖子，惊魂未定。他头一次见到楼狮这样的神情。毫无感情，像是看着即将被杀死的猎物，半点属于人类的柔软都捕捉不到。

云飞扬跟楼狮相处的时间虽然不长，但对楼狮的印象，总的来说其实是非常好的。云飞扬畏惧楼狮，起先是因为忌惮，但相处之后，那些畏惧就纯粹是他作为一个战斗力没有那么强悍的犬科觉醒者，面对一个掠食动物的觉醒者所产生的本能了。

这人并不像传闻里那样凶狠暴戾，他甚至相当宽容、很讲道理，虽然在某些方面的确是霸道了一点，但凭着楼狮的身份，这点霸道甚至说得上是温和了。

硬要形容的话，就是草原上的王者在饱食餍足之后，宽容地准许一些食草动物在他的周围戏耍走动，有胆大的甚至跑到他边上来，他最多也就是被扰烦了，一爪子把他们拍出去。

楼狮保持这种状态的时间实在很长，长到让云飞扬觉得，这个人本身的脾气性格就是这样的。但前星盗头子、恶名昭著的狮心头领，哪会是这样平和的性格呢？

云飞扬缩在窗台下边躲起来了也仍旧感觉有一股强烈的冰冷气息笼罩着他。云飞扬恐慌万分，生怕自己被楼狮当场枪毙。他蹲在窗台下边，扒着窗台，伸出小半个脑袋，看着脑袋埋在树洞里假装自己是只鸵鸟的晨熙，发出了救命的呼唤。

云飞扬小声吐出一串气音：“噗嗞，噗嗞噗嗞——”

晨熙一动不动，仿佛已经死了。

云飞扬又有点心疼这只小猫猫了，身为当事人，可怜的小猫猫受到的冲击肯定比他大无数倍！这怎么想都是楼狮的错，刚到觉醒期的小猫猫懂什么？发育都没完成呢，这必定是受到了身边大人的不正确引导！楼狮这是在犯罪！

云飞扬义愤填膺，勇气回笼，正要探出头去大骂楼狮这个变态，就听到一声尖锐的呼啸，像是有什么东西破空而来，然后有一道影子如迅雷一般，“咻”的一声，牢牢地钉在了窗边的墙面上。

云飞扬瞥了一眼，发现是他刚扔出去的晾衣竿，此时捅穿了整个墙面。云飞扬看着旁边墙上露出来的那一点点晾衣竿的尖端，倒吸一口凉气，瞬间安静如鸡，不敢吱声了。

楼狮慢吞吞地放下了袖子。他最近心情好，连带着脾气也变好了许多是没错，但是胆敢攻击他，就得做好被他弄死的准备。不过看在云飞扬也算是晨熙朋友的分儿上，姑且只是吓他一下。

楼狮又抬头看了一眼挂在树枝上的猫，十分有偶像包袱地把袖子扯平，袖口扣好。

楼狮开口：“我这两天就走了，你还有很多时间用来思考这件事——最好在我回来之前想好。”

滚啊！回你的狮心去！送你的人头去！主动出击去！熙熙有什么好思考的？有什么要思考的？身为员工怕老板在外暴毙不是很正常的事吗？！

对啊！晨熙恍然，员工担心老板挂掉导致自己失业，那不是很正常的事吗？猫崽子豁然开朗！挂在树枝下的尾巴极轻微地晃动了一下。

楼狮看着那条垂落下来的蓬松大尾巴，感觉手痒，但他摸不到，只得继续说道：“你应该有我不知道的自保手段，保护好自己。”

埋头在树洞里的晨熙一愣，他把头从树洞里拔出来，转头看向了树下仰着头的楼狮。这个人怎么好像什么都知道啊……晨熙茫茫然地想道。什么都知道，却什么都不问，奇奇怪怪的。

楼狮看着树上蹲坐着的猫，说："今晚上吃牛排，回去吗？"

牛排！晨熙两眼一亮，当场倒戈。他转头看向云飞扬的窗口，准备跟他道别，但狗没找到，却一眼看到了那根戳在墙面上的晾衣竿。

晨熙愣住，咋回事？熙熙这才自我禁闭区区几分钟的时间，怎么就好像错过了一堆剧情。

云飞扬不敢探头，内心疯狂祈祷晨熙赶紧跟着楼狮回去，等楼狮走了再过来也不迟啊！但很可惜，晨熙并没有收到云飞扬的祈祷。他看看那根晾衣竿，隐隐觉得那竿子透出了一股杀气。鬼知道晾衣竿上为什么会有杀气！

在场的只有云飞扬和楼狮，那肯定不可能是云飞扬传出的！

晨熙冲着屋子里喵喵叫起来。

云飞扬敢应声吗？云飞扬不敢，他不仅不敢应声，还觉得自己再一次被楼狮的目光锁定了！

我都已经躲到床上了，楼狮是有透视眼吗？

云飞扬缩在被子里，突然感到身上一重。他吓了个哆嗦，使劲把被子一掀，一伸出脑袋就看到有只猫被他掀飞，直接飞出了窗口。

云飞扬大惊失色！

晨熙刚跳到云飞扬床上的鼓包上，就被那个鼓包给无情掀飞，愣了一瞬，才反应过来，一扭身，从容落地。

云飞扬一探头，发现自己把晨熙完美地送到了楼狮脚边。他一抬眼，收到了楼狮一个相当赞赏的眼神。

云飞扬："……"噫！！对不住了小老弟！

晨熙看着云飞扬痛苦又充满期盼，有几分畏惧又饱含悔恨的表情，有点怀疑这狗子思想是不是出了问题。

算了，这不重要，至少没有今天晚饭的牛排重要。晨熙下意识地就要跳到楼狮口袋里去，但刚扒住楼狮的大腿，他又迅速反应过来自己还在生楼狮的气。于是猫崽子粗声粗气地“嗷呜”了一声，两脚一蹬，远离了楼狮。

楼狮看看甩着尾巴蹿到树上去的猫崽子，走到云飞扬的庄园门口，问保镖先生：“他这是什么反应？”

养猫支持者一号精神抖擞：“我认为是好事，头儿。”

“哦？”

“晨熙突然跟您保持距离，这意味着你在他心里有了不一样的地位。”保镖先生言之凿凿。

楼狮微怔，细细一想，觉得有理，旁观了一切的薮猫女士满头问号。

你们脑子有问题吗？要不是猫崽子尾巴还奓着，摆明了还在闹脾气的样子，我差点就信了。

白露觉得她跟这两个脑残没什么好说的。她转身，悄无声息地跟上了猫崽子的脚步。她要去保护这个二十二岁的“小宝宝”了，而剩下的这俩弱智，根本不配跟她同台竞技。

白露算是发现了，这些人里谈得上正常的，也就只有她的保护对象而已。剩下那几个，脑子可能都有点问题。

白露除非在紧急的时候，是不被允许自由出入庄园的。半米多高的薮猫在庄园外边小心地隐藏着自己，嘴里叼着一根硬邦邦的、寡淡无味的肉干。她习以为常地啃着肉干，目光一转，却发现庄园房子里跑出来一只白色的小毛团子。

白露迅速扔下了嘴里的肉干，警惕地望风。

晨熙拖着个比他整只猫都大了一圈的纸袋，一路咬着拖到了庄园门口。他蹲在门口，举目四顾，怎么也没找到他要找的那道身影。

晨熙仰着脑袋，“喵呜喵呜”叫了两声。他是出来找白露女士的，纸袋里装的是热烘烘刚出炉的牛排，少油少盐，猫科觉醒者专享。

楼狮要走了，当然要赶紧抱上新大腿。云飞扬的腿稳定，但白姐姐的腿更粗！给新的铲屎官卖个好，以换取接下来的良好待遇！

晨熙小算盘打得噼啪响，嘴上喵喵呜呜的声音更大了。

白露藏在下风处，嗅到那纸袋里传来的食物的香气，听着风带来猫崽子奶声奶气的呼唤，胸腔中的心脏咚咚跳动着，让她有些恍惚。

就好像是……就好像是她的孩子回来了一样。

“喵！喵呜——嗷——”晨熙喊得嗓子都干了也没见到薮猫的影子。

他舔舔鼻子，撇撇嘴，觉得敬业的新铲屎官八成不会主动出现在他眼前了。晨熙叹了口气，左右看看，咬住纸袋，把纸袋一路拖到了外边茂盛的灌木丛底下，两只前爪扒拉着，小心地用枯草枝叶把这一袋子肉埋上。

白露女士隔着一小段距离，看着猫崽子标准的埋屎动作，眼神柔和得像一汪春水。

多可爱的小宝宝，小小、软软、体贴的一只。

薮猫女士干脆地忽视掉了这猫崽子的真实年龄，而后无声地叹了口气。

这么可爱的小宝宝，真是可惜了。

晨熙把牛排埋好，又等了几分钟，始终没有等到新任铲屎官跑出来见他一面。猫崽子忧愁地叹了口气。

完蛋，输了。

晨熙刚刚跟楼狮打了个赌，赌白露女士会不会露面，楼狮说不会，晨熙却觉得会。倒不是因为小猫猫足够可爱，而是因为楼狮在晨熙激烈抗议薮猫给他当守卫之后，跟晨熙说了原因一二三四五。

晨熙一开始是非常不乐意的，毕竟白露女士一出场就差点把他带走，怎么看都不可能做好一个守卫。何况白露还是黑曼巴手底下的一员，这分明就是个二五仔！但楼狮说这种称得上是背叛的行为，在星盗之间其实是相当正常的事。

星盗之间大都没有什么感情可讲，他们拿的又不是什么热血漫画的剧本。绝大多数星盗抱团，一是因为团体的力量才能对抗正规军，二是因为头领足够强，追随强者是人的本能，而其三，也是最重要的一点，就是利益一致。

一个星盗团体，一旦发生了什么利益冲突，瞬间分崩离析也是非常常见的。而像黑曼巴和狮心这种大型星盗团，只要骨干是值得信任的，那么星盗团就不会有问题。

白露女士虽然是个觉醒者，但由于某些观念跟黑曼巴冲突相当大，所以始终都游离于黑曼巴核心骨干之外。

“你说她喜欢小孩，名下的资金都流入了一些儿童福利机构，我就让情报那边顺着查了查。”楼狮当时正在给猫崽子切牛排，“仔细查过之后发现，她从来不伤害幼崽。”

身为刀尖舔血、倚靠黑暗而生的星盗，有这种柔软的坚持实在是显得怪异了些。因为，星盗都讲究斩草除根。

不杀死仇敌的孩子，自己的孩子却仍旧会陷入危险之中。这样的细节，晨熙是不怎么清楚的，人物卡片给出的概述里没有讲得这么细。

“她要给她的孩子报仇，她自己做不到，而我却可以。”楼狮说，“所以她会听我的话，好好保护你。”

何况胐胐的天赋，对于刚失去亲子的白露来说，真的是有利。

晨熙听完，马上就打包了一份牛排，要给这姐姐送过去。然后楼狮就说了：“她不会出来见你。”

晨熙咬着纸袋，缓缓打出了一个问号。楼狮于是跟他打了个赌，赌白露会不会出来接受晨熙的好意。楼狮说不会，晨熙说会。赌注是晨熙今晚睡觉的时候用不用觉醒体。

晨熙看着他埋起来的小鼓包，暗暗叹了一口气。

小猫猫昂首挺胸，明明赌输了却像个胜利者一样，雄赳赳气昂昂地跑了回去。

白色的小毛团子刚进屋不久，一道形似猎豹的身影就从灌木之后蹿了出来。白露把那个小鼓包刨开，咬开了袋子，看到里边还热乎着的牛排，呆怔片刻，从鼻腔里发出一声极轻微的气息，像是叹息又带着些微的喜悦。她低下头，动作迅速利落地将牛排吃掉，然后把纸袋重新埋了回去。

楼狮没放监控，他看着跑回来的自信胐胐，眉头一挑："她出来了？"

晨熙敲字："没有。"

楼狮很满意。

"她正面战斗能力并不出众，在有致命危险出现之前，她多半是不会在你面前露面的。"

薮猫这种隐藏，其实就讲究一个出其不意，除非是在她认为绝对安全或者是捕猎出击的时候，不然是不会露面的。

楼狮提醒："你输了。"

猫崽子甩了甩尾巴，冷笑一声，就让你暂且猖狂一晚上！晨熙绕过沙发，钻进了房间里，换上衣服开始拆包裹。

等到入了夜，楼狮洗漱完，回到房间里准备睡觉的时候，发现晨熙的小桌板上多出了一个丑绝的公仔。

看着还有点眼熟。

晨熙转头看向楼狮，两眼一亮，拿起了那个丑娃，楼狮预感不好。

晨熙美滋滋："老板！看我缝的你！"

楼狮不动声色："你那两个朋友不是还没缝吗？"

"那不一样，他们可以慢慢来，之后当面给或者寄过去。"晨熙说着，看了看那个丑了吧唧的公仔，被辣到之后收回了视线，有点心虚，“你要是嫌丑就算了……”

楼狮没说话，直接伸手拿走了那个公仔。这公仔做得很简陋，有线头没收好，还有露出棉花的小缝隙，就连固定布料的处置手法都是非常糟糕的。

楼狮看着这个穿着西装的公仔，伸手捏了捏它歪曲的脸。丑就丑了，晨熙亲手做好送来的，他当然不会不要。

楼狮掀开被子：“睡了。”

晨熙应了一声，也跟着缩进被子里。他这么一躺，楼狮就看到了晨熙那边的床头柜上，多出了一个旋转相框。旋转相框是个正方体，六个面上六张照片，全都是晨熙和他那三个室友的合照。

楼狮眉头一挑：“你放他们的照片在床头干什么？”

晨熙一愣：“因为我手上就这些照片啊。”

楼狮反应过来，他的确是没有跟晨熙一起拍过照，准确来讲，别说是跟晨熙一起了，考虑到保密性，他几乎没有任何照片留存下来。他的通缉令上边，名字和照片还都是假的呢。

晨熙缩在被子里，看着楼狮在他旁边躺下来。

他小小声：“要不老板你也来拍张照？”

“不了。”楼狮拒绝了晨熙的提议。

“哦。”晨熙应了一声。

窗外的月光漏进来。楼狮逆着光，看着躺在床另一边的晨熙。猫科动物能够清楚地看到夜间的景象。楼狮看到晨熙缩在被子里，只露出小半张脸，说话声小小的，乖得不像话。

晨熙被楼狮盯着，有些不自在地扯了扯被子，又说：“我有办法自保的，老板，你不用太担心我。”

楼狮慢吞吞地应声：“好。”大约是有些困顿了，楼狮的声音听起来带着些沙哑。

晨熙今天话特别多：“你回狮心，离我那么远的话，不会有问题吗？”

“不知道，最多也就是变回以前那样，你多找我视频说不定会好一点。”

晨熙勉勉强强：“行吧！”

楼狮看着脸上勉勉强强，嘴上干脆利落的晨熙，笑出声：“那多谢了。”

那倒也不必，晨熙想，如果能够经常视频一下的话，至少是能够及时得知平安与否。免得老板挂了，他还得从时事新闻上才知道。

楼狮第二天一早起来，神清气爽。

晨熙看着他这副样子就气不打一处来，但到了下午，楼狮跟他说拜拜的时候，还是呆怔片刻，给楼狮叼来了他忘记的公仔。

楼狮接过公仔，一捏，却发现手感变了不少，再仔细看看公仔缝合的线头和先前绽线的地方，已经做过修改了。

楼狮有些惊讶：“你还把这个改了？”

晨熙“喵”一声：“把里面的棉花换成了我的毛毛。”

晨熙敲字解释：“我也不知道有没有效果，但是反正收集起来的那些毛毛放着也是放着……”

楼狮看着蹲在沙发靠背上的猫，笑了一声，转头去拿了梳毛刷：“过来。”

晨熙两眼一亮，迅速从椅背上蹿下来，蹦到了楼狮腿上，躺好。梳完毛，楼狮就干脆利落地走了，他做事情一向雷厉风行。

晨熙站在庄园门口，转头看了一眼在旁边叼着烟的保镖先生。

保镖先生也被留下来了，他察觉到晨熙的视线，满脸沧桑地吸了口烟，说出了令社畜们闻者伤心见者流泪的话：“老板让我留下来加班。”

晨熙：“……”

一时间竟说不出他是惨还是幸运，不用上前线，是好事，但被留下来是为了加班这种事，也太悲苦了。

“行了，这是你的新装备。”保镖先生重新摸出了一个小领结，给晨熙戴上，然后跨上了车，“有事找我，注意安全。”

“喵呜。”

晨熙目送着保镖先生开着车离去，看了一眼后边的房子，整只猫以肉眼可见的速度变得快乐起来。

耶！今天老板不在家，跟公司请了假，熙熙想去哪儿就去哪儿，想干啥就干啥！

晨熙狂喜蹦跶，在庄园门口快乐地追了好一会儿尾巴，然后抖了抖毛，一路小跑到昨天埋牛排的地方，刨了刨那些枯枝落叶，然后刨出了一个空荡荡的纸袋。晨熙两眼一亮，转头四顾，却仍旧没有找到他的那位守卫女士。

但晨熙并不在意，甚至还美滋滋的。小猫崽叼着纸袋，把它扔进了垃圾箱里，转头向着云飞扬家冲过去。

晨熙在树冠上一路飞驰，“呼啦”一下落在了云飞扬卧室的窗户外边，伸出两只爪子“嗒嗒嗒”地敲窗户。

云飞扬！云飞扬！出来嗨啊！但很可惜，云飞扬身为堂堂总裁，跟小猫猫这种摸鱼怪完全不一样，云飞扬不在家，晨熙敲了半天没人应，才缓缓意识到了这一点。

晨熙愣住，他转头看了一眼云飞扬的这个庄园，庄园的格局跟楼狮的相差不大。

风吹过庭院，那些常青树的枝叶飒飒地响。

真奇怪，晨熙想，前不久他刚住进来的时候，还因为这么大一片庄园是他一个人住而感到无边快乐呢，现在突然就觉得冷冷清清的。

晨熙傻愣愣地蹲在窗台上，低头舔了舔爪子，擦了两把脸，仰头对着周围可怜兮兮地喵呜喵呜叫了起来。

让熙熙看看能不能把白姐姐骗出来玩！

白露听到奶猫的叫唤，可怜，柔弱，无辜，在安静得只剩下风声的环境里还显出了几分小小的寂寞。

薮猫隐藏着身形，小心翼翼地在灌木间穿行。她很快看到了她所要保护的那只小猫猫，正蹲在窗台上，可怜兮兮地叫着。

是怎么了呢？白露想，不是爬上去跳不下来了，也不是受了伤，更加没有什么危险。但晨熙就在那里，叫得一声比一声可怜。

到底是怎么了呢？白露女士疑惑，又有点微不可察的焦急。

云飞扬最近一改他工作狂的形象。

打从度假归来，云飞集团的小少爷就天天准时到点打卡，班也不加了，差也不出了，一到下班时间就一阵风一样刮走，不给他的爱慕者们多余的时间。

云飞集团的员工纷纷猜测他们的小少爷是怎么回事。一说是豪门家族恩怨——因为大少爷最近进了董事会，所以一直努力证明自己能力的老幺自暴自弃了。一说是家中长辈身体出了状况——江湖传闻董事长之所以让大少爷进董事会，就是因为他身体不行了。

众说纷纭，但在今天，支持率最高的说法，却是他们的小少爷谈恋爱了。据秘书亲眼所见，他们冷酷寡言的总裁，在今天下午会议结束的时候，看了一眼终端消息，然后露出了一个特别开心的笑。

特别开心的笑！

据目击者形容，就是那种遇到心爱之人发来的消息时，带着些许稚气与少年纯粹的快乐的笑容。这本该是跟云飞扬这人半点关系都扯不上的形容，却得到了一众目击者一致赞同！

老天爷啊！云飞集团最大的黄金单身贵族脱单了！总公司上下一片愁云惨雾。

云飞扬感觉自己要起飞了，他搞到了云涟漪演唱会的贵宾票，就是那种超前排、有座椅、视野极佳，还能进后台的贵宾票！时间在两个月之后，两个月的时间，够他把空间站的模型搞好了！

云飞扬感到无与伦比的快乐，感觉自己迎娶女神的未来近在眼前。而在他到家之后，发现他的快乐并不仅仅是如此！

他的院子里有两只猫！一只大的，一只小的，在玩躲猫猫！

白露女士也不明白，她到底是为什么要出现在这只小猫崽面前。大概是晨熙叫得太可怜，又或者是她被猪油蒙了心。反正，等她回过神来的时候，已经叼着喵喵叫的小猫猫跳下了云飞扬的窗台，钻进了灌木丛里。

事后，白露女士深刻地反思了一下自己，并且迅速地给自己的行为找准了理由——楼狮说让她教一教这宝宝侦察和反侦察技能！

没错，这是楼狮的意思！

白露女士迅速给自己找了个台阶，优雅而轻灵地跳了下来，目光如水地看着好奇地围着她转来转去的小猫崽子，敲字："玩躲猫猫吗？"

然后晨熙就被撵了一下午，云飞扬回来的时候，晨熙像是发现了救兵一样，腿一蹬，向着云飞扬一蹦。云飞扬接住了飞奔过来的流泪猫猫头，愣住："怎么了？"

"喵！"晨熙躺在云飞扬掌心，以一种高难度姿势捂着自己的猫屁股，"喵喵！"

云飞扬没听懂，他抬眼看向习惯性藏在好逃跑的角落里的薮猫女士。

白露满脸慈爱地敲字："玩躲猫猫，输了就被打屁股而已。"

云飞扬看着捂着屁股的小猫猫，小心问："那他输了几次？"

白露算了算："83 次。"

云飞扬顿时用一种"你好菜啊"的眼神看向了晨熙。

晨熙崩溃大哭："喵！！"

谁菜！谁菜了！你才菜呢！你们一个个的怎么这样啊！给我等着，我告诉我老板去！等我老板回来，就把你们都杀了！

云飞扬就算再傻也感觉到了猫猫的愤怒。他赶紧哄猫："没事了没事了，我们晚上吃小羊排开心一下！"

晨熙喵喵的哭声一顿，揉屁股的爪子一收，运爪如飞："好！我要双份！"

晨熙看着云飞扬答应了，转头看了一眼正准备走开的薮猫女士，赶紧喊住了人，然后紧急敲字："一份给她！"

云飞扬当然不会有意见，他点完头，才问："这是？"

晨熙从他手心里跳下来："这是白姐姐！"

白露看了那个称呼半晌。嘴倒是甜，她想。

云飞扬发现这是位女士之后，顿时像是饿了很久的狗发现了肉骨头一样。

"白女士你好！"云飞扬热情地迎了上来，"是这样的，我有一个朋友……"

晨熙木着一张脸，听着云飞扬慷慨激昂地瞎编了一个他朋友跟某位偶像女神相遇的故事。他编得还挺长，长到白露都开始给小猫崽舔起了毛。

薮猫的体形比起胐胐来，是相当地大，但到底跟狮子不一样，不会让猫猫被舔摔好几个屁股蹲儿。

晨熙头一次体会到被别的猫科动物用正确姿势舔毛。头顶上的舌头像把小刷子，小猫崽舒服得垂下了耳朵眯起了眼，喉咙里发出咕噜噜的声响。

云飞扬顺手拆了一包昨天买的猫零食，一边继续说，一边美滋滋地投喂小猫猫。

晨熙迷迷糊糊地享受着这双重的快乐，感觉脖子上的终端振动了两下。他扫了一眼视频来源，想也没想，点击了接通。

楼狮看着投影里左边是云飞扬，右边是白露，中间是有人舔毛有人投喂，被伺候到爽得尾巴都翘上天去的晨熙，差点当场发病。

他冷笑一声："舒服吗？"

晨熙喉咙里"呜咕"一声，甚至懒洋洋地翻了个身，露出了小肚皮，显然是爽翻了。

楼狮都要气笑了："看来我不在，你好像更开心一点。"

有杀气！！晨熙一个激灵清醒过来，看着楼狮的投影，乖乖坐直了。但他嘴角还有云飞扬刚投喂的鱼干片碎屑，头上的毛毛还有点湿，爪子欲盖弥彰地踩着一根逗猫棒。

楼狮感觉自己真的有被气到。

客厅里一片安静，云飞扬盘腿坐在地毯上，手里还拿着犯罪证物小鱼干，跟薮猫女士面面相觑。

楼狮挂断了视频，晨熙低头看看终端，愣了两秒，随即瞪大了眼！楼狮竟然敢挂我电话？晨熙愤怒地一摔终端，转头冲旁边一狗一猫喵喵叫。

云飞扬后知后觉地想起了楼狮所行，他迅速放下了手里的小鱼干，一把把小猫猫举了起来。他语重心长："小楼熙！你跟楼狮这样是不对的你知道吗？"

旁边的薮猫女士微微一怔，抖了抖耳朵。……楼熙是什么玩意儿？这年头难道还有随老板姓的陋习？

云飞扬举着猫，满脸沉痛地怒斥："楼狮该死！！"

晨熙满头问号，他扭头看了一眼白露女士。白露女士也有点反应不过来。

云飞扬看着满脸茫然什么都不懂的小猫猫，心中小小地啜泣了一声，疯狂辱骂楼狮一万遍，然后柔声道："小楼熙，你千万不要相信楼狮跟你说的什么看似正常但是却奇奇怪怪的话……"

晨熙："……"

不是，我老板也没说过什么奇怪的话啊。晨熙愣了两秒，然后一蹬腿，恍然大悟。对了，在云飞扬这里，他还是楼狮的弟弟来着。

忽悠了狗子这么久，晨熙心里不免升起了几丝愧疚，但下一秒，他就飞速地把那点愧疚扔到了一边。因为当初告诉云飞扬，晨熙是楼狮弟弟的人又不是他，是楼狮啊！楼狮讲的话，跟他晨熙有什么关系！

晨熙便随着云飞扬对楼狮的抨击，跟着点头嗯嗯。

白露女士联系了一下上下文，好不容易搞明白了这中间的曲折，缓缓回过神来，看着跟云飞扬一起给楼狮激情扣锅的晨熙，慢吞吞地抬爪敲字："你们这么搞，楼狮说不定会回来把你带走。"

晨熙和云飞扬齐齐一顿。晨熙想一定要想方设法拒绝被楼狮带走，而云飞扬却想到要是楼狮知道他给晨熙上眼药，那不死也要被扒层皮。

云飞扬："继续来说我朋友的事吧！"

云飞扬慷慨激昂地讲完他跟云涟漪的初遇，然后像个怀春少女一样，期期艾艾地看着白露，小心翼翼地问："就是……我……我朋友给他的女神送什么比较合适呢？"

晨熙翻了个白眼，你这个已经在做空间站模型的直男在说啥呢？

白露女士还是第一次遇到向她询问感情问题的男性——就别指望她平时相处的那些星盗能问出这种纯情的问题了。

那群男人对情情爱爱半点兴趣都没有。哦，当然，绝大部分女性星盗也是这样，像她这种渴望拥有一个稳定家庭的才是少数——虽然在她的概念里，家庭里有没有男人都一样，但她承认，她的确是非常喜欢她孩子的父亲的。

可惜他死得太早。

白露回过神来，她欣赏这种诚恳的感情，于是她敲字："其实我也不太擅长这方面，你本身有什么想法呢？”

狗子掷地有声：“我准备亲手做个手工空间站模型送给她！我可擅长这个了。”

白露微怔：“我觉得很好。”

晨熙扒拉终端的爪子一顿，不敢置信地看向那两个人。

认真的？晨熙有点怀疑自己是不是对女孩子礼物的喜好有误解。海城大学校园论坛里明明频繁有女孩儿发帖抱怨男朋友送的礼物太直男。

狗子被哄得十分开心，信心满满地摸出了感应笔，打开他的工作台，美滋滋地把制作好的建模投影拽了过来。

这人完全忘记他之前说那个相逢和送礼的故事的主人公是他朋友，而不是他本人，高高兴兴地跟他们分享自己的巧妙构思。主要是说给白露听的，他想知道从女性的角度出发的话，他的这份礼物还需要添加一点什么。

白露也不戳穿，只是安静地听着。晨熙听得云里雾里，但仍旧竖着耳朵。

云飞扬：“因为不知道她喜欢什么类型，所以这个空间站的模型是军民两用的设计。”

白露仔细看了看设计图，指了指其中一处：“军用飞船型号不对，武器配备也是错的，尖峰型号的战机需要弹射通道而不是跑道，配备的弹头应该是 CF-23、SL-44 以及……”

云飞扬恍然大悟，紧急修改。

晨熙眼睁睁地看着原本还称得上是明朗浪漫的空间站模型，一点点变成了冷酷的微缩钢铁军备站模型。

不是，我觉得人家是不会喜欢这种直男的浪漫的。

晨熙欲言又止，止言又欲，最后眼巴巴地看着越来越投入的一狗一猫，放弃了挣扎。

云姐姐不容易，熙熙好像比她更不容易一点。毕竟云姐姐玩脱了可以断尾重生，熙熙的生命却只有一次。

晨熙低头打开自己的终端，正准备点开寝室群叨叨两句，就看到了社交号上被他置顶了的楼狮的头像。楼狮的头像是黑的，这还是头一次。他看着那个黑下来的头像，心里犯嘀咕。楼狮对他从来都是隐身可见的，现在突然黑了是什么意思？总不能是因为看到他跑到云飞扬家里来了，于是小心眼到把他的特权取消了吧……晨熙一边敲字，一边想。

不就是享受了一下猫猫的快乐，至于吗？

晨熙轻轻叹了口气，然后把敲好的字发给了楼狮。

晨熙熙："老不在的第一天，想梳毛。"

坐在飞船上皱着眉的楼狮扫了一眼这一条消息，还没来得及反应，就看到这条消息被迅速撤回。

晨熙熙："老板不在的第一天，想梳毛。"

楼狮气笑了，隔了这么久才来找他就算了，这得多不走心才能敲漏字？他楼狮很好哄吗？

楼狮抬手，无情地挪到了关闭按钮上，然后手腕一转，把跟晨熙聊天的窗口拽到了墙面的投影仪上，放大，低头继续处理工作。

晨熙等了半天都没等到楼狮的回复。楼狮不仅没有回复，头像也没有亮起来。晨熙愣了好一会儿，恍然悟到，哦，这应该是有什么事，暂时不能跟他联系吧。毕竟宇宙中的危险那么多，楼狮一介星盗头子，又不可能走正规安全的航道。

就是嘛！肯定是遇到事了！不然不会头像都黑了！

晨熙想到这里，想要说点什么，又不知道能说什么。在真的遇到危险的时候，他又能怎么办？

小猫崽子有点着急，抓耳挠腮好一阵，然后一拍猫腿，想到了办法。他深吸口气，下定决心，打开论坛，把黑曼巴和瑞比的人物卡片上的信息删删减减，发给了楼狮。接着，他又复制删减了一堆这两边的得力干将的资料，一股脑儿地打包发给了楼狮。

别的他也帮不上，万一真有什么后果呢？

这种事情跟忽悠云飞扬不一样，一个不小心，楼狮真的会死。

老板这次可是真的去打仗了，没了就真没了。

晨熙越想越觉得不安，闷头发了一堆东西过去，发完之后看着楼狮黑着的头像，仍旧忧心忡忡。然后在忧心忡忡之中，他看到楼狮飞快地接收了文件。

晨熙愣住。他看了一眼依然黑着的头像，又看了一眼上一秒接收结束的文件，缓缓打出了一个问号。

晨熙熙：“？”

楼狮没有回应。

晨熙熙：“在？我知道你在！你都接收文件了！”

楼狮不说话。

晨熙迟疑了一瞬，又试探着发了个文件过去。那边又飞速接收，但仍旧一声不吭。

晨熙愣住，晨熙瞪大眼，楼狮竟然真的把他的隐身可见取消了！晨熙瞪着聊天窗口，然后爪子一伸，给设了个在线对楼狮隐身，然后愤愤地关掉了社交号。

楼狮看看投影上的窗口，等了半天也没等到晨熙的下一句话。他一边阅读着刚到手的情报，一边不时关注着跟晨熙的聊天窗，一直到他把信息量巨大的情报文件读完了，又给狮心的情报组织下达了命令，也仍旧没等到晨熙的下一句话。

奇怪，楼狮皱起眉来，晨熙怎么不继续哄我了？

第十七章
不配·洗手做羹汤

楼老板照着钻蓝星海城的时差算着日子。

他离开的第一天，他的猫没有找他。

他离开的第二天，他的猫没有找他。

他离开的第三天，他的猫没有找他。

…………

他离开的第八天，飞船通过几次弹射加速，在狮心要塞安全着陆了，他的猫仍旧没有找他。楼狮走下飞船，看着晨熙八天前发来的文件包，沉思片刻，给晨熙拉了个分组，拍了张照片，发了条动态，只给他的猫看。

晨熙也在算日子。

老板走的第一天，没有回他消息。

老板走的第二天，没有回他消息。

…………

老板走的第八天，仍旧没有回他消息。

小猫猫下班回家，摊着肚皮躺在猫爬架上，瞪大眼看着天花板，掰着脚算了算。

第八天了！沈深都已经到了帝星，报好名要搬进新宿舍了！

第八天了！三个公仔都缝完送出去了，甚至还给云飞扬和白露女士都缝了一个！

第八天了！云飞扬的设计建模都已经完成，准备投入正式建造阶段了！

可是垃圾老板还没有回他消息，还没有对不理他这事做出回应！晨熙憋着气，正想跳起来输出一波，让楼狮知道花儿为什么这样红，被他扔在旁边的终端就“嘀嘀嘀”地响了起来。

猫崽子一愣，随即一喜！他一翻身坐起来，爪子一勾，把终端捞过来，得意扬扬。行吧，看在你来道歉的分儿上，姑且原谅你这一次……

晨熙点开终端，发现未读消息并不是来源于楼狮，而是来自他的寝室群。

这条消息艾特了群内所有人。晨熙点开了群，一眼就看到了沈深发出来的寝室照片——小型单人公寓，没有室友，家电齐全。住在员工宿舍的叶朗朗和任航在下面酸出了几条街。

晨熙整只猫往后一躺，抱住尾巴，幽幽地叹了口气。垃圾楼狮，不值得……

晨熙点开社交动态，随手一刷，就看到了楼狮发的照片，发表时间是三分钟前。照片里灯火通明，钢铁建筑看起来冷硬残酷、气势恢宏，隐约可以看到远处与草坪相接的巨大平台上停着几架战机的轮廓。

晨熙没见过这样的场景，他抬眼一看，发现配图的文字是“狮心”。

晨熙恍然悟到，这里是狮心要塞。晨熙对那里还是知道一些的。

比如狮心的势力范围足有六个超星系之多，几乎比一些小国家的疆域还大。比如曾有正规联军想要捣毁狮心星盗团，在吞并了其中两个星系之后，折戟于狮心要塞。

晨熙仔细看了看那张照片，半晌，惊觉在这张照片里，那恢宏璀璨的巨大场地之中，竟然一点人气都没有。不是说流量方面的人气，而是活生生的那种人类的气息。

这照片里，一个人都没有。这么空荡荡，怪可怕的，那亮堂的灯光一下子就显得无比苍白起来。

猫崽子挠挠头，刚准备敲字问，又想到楼狮八天不理他的行为，面无表情地关掉了社交动态页面。

然后他点开了保镖先生的通信号。

晨熙："嘀嘀，李哥李哥，老板安全到达了，但我看那里怎么一个人都没有呢？"

保镖先生警觉："你怎么知道的？"

晨熙："他发了社交状态。"

保镖先生满脑袋问号。社交状态？楼狮会发社交状态？他怀着不可思议不敢置信的疑惑，点开了他们头儿的社交号，看到他的动态一片空白。

晨熙截了张图给他发过去。

保镖先生确认了照片，的确是他熟悉的狮心总部，但他又看看自己这边楼狮空白的社交状态，蒙了半晌，沉痛地接受了他们头儿的动态只有晨熙一人可见的现实。

保镖先生看着晨熙发来的问题，回复："你怎么不直接去问老板？"

晨熙面不改色："那多不好意思。"

保镖先生放下了手里的文件，非常认真地回答："这照片里的只是头儿的住所，因为某些原因，这里通常都是不会有人来往的。"

晨熙一愣，他不敢置信地看着这几乎称得上是钢铁堡垒的建筑。住所？你把这玩意儿称作住所？那南丰庄园算什么，玩具房吗？

晨熙："这住所也太大了，这么大就他一个人……"

晨熙微顿，想到楼狮先前的情况，突然就明白了过来。以前的楼狮，没人愿意靠近，毕竟谁都不会嫌命长。但这也太大了。小猫崽抖了抖耳朵，看着那张照片。这座堡垒过于开阔空旷，一个人待在里边，可能连风声都听不见，也太……寂寞了。

保镖先生并不知道晨熙想到哪里去了，他解释："住所代表权势和地位，这是正常的。"

晨熙应了一声，转头看了一眼自己所在的大房子。

这个庄园占地接近一千平方米，房屋是叠式架构，架空的一层有一个巨大的阳光房，但因为家里两人对绿植都没有什么兴趣，所以阳光房里空空荡荡的什么都没有。余下的部分就是花园、仓库和一些琐碎的东西。

就这，晨熙在一个人住了一周多之后都觉得空荡荡的有些难挨了，而楼狮一个人住在那么大的房子里，晨熙光是想想都觉得头皮发麻。他甚至觉得楼狮的狂躁表现，说不定有一半是独处时间过长憋出来的。

晨熙挠了挠头，但这也没办法。楼狮情绪失控，没人敢靠近，于是更加失控，这是个死循环。要不是他意外觉醒碰见楼狮，楼狮到现在还在这个死循环里呢。

晨熙敲字："好吧，可是老板现在跟以前不一样了吧，应该用不着这么隔离了。"

保镖先生回复得很快："恐怕不行。"

晨熙："？"

保镖先生："除非你一直跟在头儿身边，不然谁都不能保证他会不会突然就失控。"

晨熙愣住，他敲了一排字，删掉，敲了一排字，又删掉，最后什么都没说，关掉了聊天窗。

晨熙一个鲤鱼打挺，看了一眼时间，发现云飞扬该回来了。晨熙迅速坐起身，从猫爬架上跳了下来。他姿态轻盈，像是一片白而绵软的羽毛一样，轻柔无声地落在地上。

这得益于这几天白露女士的小课堂。

白露女士也是个没有进行正规登记的觉醒者，她没有念过觉醒学校，却有一套自己的锻炼方式。由于她教导过自己儿子，对于训练一个猫科觉醒者这件事，相当地熟练。

云飞扬作为一个接受过正经觉醒教育的狗子，在旁边一边捣鼓他的恋爱利器，一边查漏补缺。

晨熙把终端往脖子上一挂，蹿上二楼，到了大露台上，无比熟练地来了几个腾跃，从露台飞向了花园，找准了落点，爪下一勾，轻飘飘地落在了乔木的树冠上。白色的大尾巴从树枝上垂落下来，刚刚承受了冲击的树冠却半点摇晃都没有。

晨熙低头看了看自己踩着的细小树枝，又看向树下不知什么时候出现的薮猫，得意扬扬地“喵”了一声。白露女士也回了一声，然后紧随着自树冠之间无声飞过的白影，飞速抵达了云飞扬家的院子。

云飞扬院子里的安保系统，对于星盗女士和被星盗女士教出来的小猫猫一点用处都没有，以至于云飞扬每天回来的时候，总是能看到一大一小两只猫在他家院子里疯狂乱窜。

云飞扬回到家里打开门，看着坐在机器人头顶上，喵喵叫着指挥机器人把今天送上门的小羊排送去厨房的猫，由衷地希望楼狮别回来了。

接这个弟弟盘，他可是太乐意了。

楼狮今天仍旧没能等到晨熙的消息。他点开自己的社交动态看了看，发现晨熙也没有给他点赞。但很快，他收到了保镖先生的视频。

楼狮接通视频，走进了住所里："什么事？"

"头儿，晨熙找我了。"保镖先生说道。

楼狮脚步一顿，偏头看向保镖先生，双眼微眯："他找你？找你做什么？"

保镖先生倏然警觉，发现气氛好像有点不对。他停顿了一瞬，含糊说道："他找我来了解您的事。"

楼狮神情顿时放松了些许："他要了解什么事？"

保镖先生瞬间卡壳，晨熙其实也没了解什么。保镖先生思来想去，然后福至心灵："他关心你孤身一人，会寂寞。"他说着，把跟晨熙的聊天记录发给了楼狮。

楼狮看了一眼聊天记录，神情完全放松了。他捏了捏眉心："他不好意思自己来问我？"

"对。"保镖先生点头，十分笃定。

楼狮显出了几分愉快，一边打开了跟晨熙的对话框。

"他这几天在干什么？"

宇宙航行之中的信号传输量有限，自然不能随随便便联通家里那边的监控。但保镖先生是可以的，他偶尔会注意一下猫的动向，下班之后的绝大部分时间里，晨熙不是在跟随白露学习，就是在房间里乖乖睡觉。

保镖先生诚实地回答："晨熙最近在跟随白露学习侦察与反侦察的技巧，非常努力，成果显著。"

楼狮点了点头，干脆地向晨熙发送了视频。

晨熙蹲在灶台上，盯着锅里的小羊排，发现终端上的视频通知，呆怔片刻，然后回过神，气势汹汹地按下了接通键。视频刚一接通，楼狮就看到投影中一张血盆大口啊呜一口咬过来，然后是猫崽子咕噜噜的威胁声。

楼狮眉头一挑："口腔清洁保持得不错。"

晨熙一收嘴，超大声地"喵"了一声，然后愤怒地敲字："八天了！今天是第八天了！你有空收文件没空理我！我生气了，你道歉也晚了！"

楼狮一愣，然后沉默下来。他觉得他要是把他一直在等晨熙继续来哄他的实情说出来，可能会遭到毁灭性的打击。

楼狮正了正脸色，一脸肃然："之前宇宙航行，信号不好，我想回复的时候已经进入无人区了，你看我这一落地就给你发视频了。"

晨熙闻言，惊疑不定地看着眼前的投影。

的确也是有这样的情况的，毕竟宇宙那么大，通信基站也不是哪儿都覆盖了。尤其楼狮走的还不是正常航道，正常航道里基础通信是可以保证的，但对于非正常航道，晨熙一无所知。

小猫崽子迟疑地敲字："真的？"

楼狮点头："真的。"

晨熙心里有点犯嘀咕："……行吧。"

楼狮迅速转移了话题："我听说你最近在跟随白露学习，还挺努力。"

"是啊。"晨熙确认了楼狮的说法。

晨熙认真敲字："我想努力变强。"

楼狮愣住。

投影里的猫视线往旁边飘，楼狮听到那边传来些许滋啦滋啦的声响，楼狮瞬间回过神来。他笑了一声，赞同："是啊。"

唉，晨熙从小羊排上收回视线，美滋滋地"喵"了一声，那就勉强原谅你八天没动静好了。

而且你落地之后的第一件事，明明就是发了个动态。不过算了，看在你这么可怜的分儿上，我就当成没看到，原谅你好了。

晨熙觉得自己真是只善良宽容随和的小猫猫。唉，老板到底是几辈子的福分才修来他这么一只小猫猫。善良、宽容、随和的小猫猫唏嘘着，然后认真敲字："那你注意安全啊，不然回头我变强了，你没了，我不是白变强了。"

楼狮想了想，说："不，如果我没了，我的产业给你打理，你变强还是有用的。"

"老板你这说的什么话！"晨熙回神，飞速敲字，激烈谴责，"你最近很奇怪，总是动不动就生生死死，这不好！"

楼狮一愣，慢吞吞地说："哦？"

晨熙强调："你不要总是想生生死死了，你想点简单的事。"

"好。"楼狮神情轻松，甚至带上了几丝笑意。

"简单的事情……"楼狮想了想，问道，"比如呢？"

"比如……"晨熙卡壳两秒，转头看了一眼被机器人翻了个面的小羊排，"比如今晚吃什么，我今晚吃的是小羊排！"

这也太简单了。楼狮想，不过他倒是终于知道了晨熙那边一直滋啦滋啦响的声音是什么，大概是在煎小羊排。

楼狮觉得自己还是没法像晨熙一样简单，他想了想，说："我回来的时候，你应该已经学会做饭了吧，我回来想吃牛排。"

晨熙一愣，你干什么？怎么突然为难人？晨熙想到自己先前做失败的泡芙，咂巴咂巴嘴："行吧。"

反正回头做得不好，倒霉的是楼狮这个吃的人。练习期间，倒霉的也是白姐姐和云飞扬！横竖是害不到熙熙自己身上的！

不愧是我，机智极了。

晨熙闻着小羊排散发出来的香气，尾巴尖高兴地翘了翘："不跟你讲了，我的小羊排熟了！"

楼狮一顿，有些不懂为什么小羊排熟了就要挂视频："吃饭也能视频。"

"哎，老板。"晨熙拿着终端，环绕厨房走了一圈，把周围的环境展示给他看，然后敲字问，“你看这像咱家的厨房吗？”

当然不是，楼狮想，一时不知道自己是该为听到“咱家”这个词而高兴，还是为晨熙又跑去找云飞扬而酸溜溜。

晨熙半点没发现自己的话哪里不对，他得意扬扬：“老板，我跟你不一样，我不可怜，我有人陪吃饭！”

小猫崽子可得意了，他看着投影里的楼狮，敲字：“老板你也找个人一起吃饭吧！”

虽然我觉得你找不到！

晨熙高高兴兴地挂了视频，迈着小短腿，跳下料理台，跟在把小羊排装盘的机器人后边，“嗒嗒嗒”地跑出了厨房。

被挂断了视频的楼狮呆怔片刻，轻啧一声。什么叫他可怜？什么叫跟他不一样，晨熙有人陪吃饭？楼狮把终端扣好，环视周围空阔的室内，不禁反思了片刻。

他看起来真的很可怜吗？

楼狮看着这安静的室内，过了一会儿，还真觉得有点空。这客厅这么大，西面的壁炉周围可以装上猫爬架；南边的墙可以改成落地窗，这样的话，恒星的光亮从早到晚都可以落进来；楼梯旁边可以加个螺旋滑梯，他的猫喜欢这个……

楼狮考虑了半晌，越想越觉得自己这样子好像真有那么一点惨。狮心的头领眉头皱起来，沉思许久，然后打开了总部驻扎名单，把三个已经回来的舰队长喊了过来。

舰队长们开着飞行器到达了头领的住所，相互看看，发现各自都没有得到什么相关命令。

“头儿只说让我过来。”一个舰队长说道。

另一人点了点头：“我也是，只收到了传唤的通知。”

剩下一人皱着眉：“先去看看吧，老李说头儿的病已经不再严重了，这是大好事。”

三个舰队长仍旧有些担忧，但头领的命令要绝对服从。三人互视一眼，深吸口气，走上前去。

楼狮坐在餐厅里，看着机器人从厨房里接连端出食物来，放满了餐桌。狮心的舰队长都是觉醒者，不同于瑞比那只兔子，狮心这边的觉醒者，放眼望去全是凶猛的掠食动物。于是这一桌子净是肉菜。

三个舰队长进了屋，跟着机器人从正门走了三分钟到达了餐厅，对满桌子肉目不斜视。

“头儿，我们到了！”

“嗯。”楼狮点了点头，指了指长桌上空着的位置，“坐下，吃饭。”

三个舰队长愣住，下意识顺从地坐下，难得斯文地拿起了刀叉。手摸到冰凉的餐具时，他们才回过神：

“头儿，你叫我们来……”

“很多年没正式见了。”楼狮慢条斯理地说道，“重新了解一下你们。”

要说楼狮对他们的了解，其实只有一点——他们都打不过他。当然了，这其实也是借口，主要还是楼狮说不出那种“我觉得自己怪可怜的，所以抓你们过来陪我吃饭”的话。

太没面子了，好歹是狮心的头领，要脸的！

楼狮表面冷酷，学着跟晨熙一起看过的电视剧里的大佬，拿起餐巾慢吞吞地擦了擦完全没有脏污的手。

三个满头问号的舰队长浑身一震，心里一哆嗦。他们看着坐在主位上的楼狮，只觉得他们头儿的确是没有那么狂躁了，但还不如一直狂躁呢！现在看起来就是心思深沉，喜怒不形于色的那一款啊！哪像以前一样，心情和状态好不好一眼就能看出来！现在一点都不好揣摩！

三个舰队长打起了精神，看着一桌子丰盛的肉菜，有点担心这就是自己的最后一顿。

虽然他们对楼狮的忠诚无可指摘，但他们终究是星盗。星盗嘛，对于金钱从来都是来者不拒的，也不管来得干不干净，会不会影响到狮心。反正只要闹不到惊动楼狮，他们可没少干脏事。这种事在星盗之中其实也正常，以前头儿是从来不管这种事的，因为他光是控制自己就已经倾尽全力了。但现在他好了，会不会管这些事，又愿意管到什么程度，实在是说不好。

舰队长们越想越觉得这好像是个鸿门宴，要不是他们都是见过大世面的人，恨不得要当场求饶。

楼狮并不知道他的舰队长脑子里的剧情已经发展到午时已到当街处斩的高潮了，他有一搭没一搭地提着问，目光一瞥，看到了晨熙发来的照片。照片里，一大一小两只猫跟云飞扬围绕一张小桌子相对坐着，面前各摆着一碟子小羊排。两只猫盯着镜头，看不出来表情，但云飞扬这只憨狗笑得露出了八颗牙，阳光灿烂到有些欠打。

这看起来，就是一张非常非常普通的朋友聚餐照片，充满了平凡普通又有点小热闹的生活气息。

晨熙："我把快乐分享给你呀！老板，你看看照片，就可以假装自己不是一个人吃饭了！"

楼狮："……"

他不禁抬眼看了看这个长桌。他在狮心的住所，一个餐厅的面积比南丰庄园整栋房子都大，只放那么一张小桌子的话，餐厅大概会空旷得像个闲置的仓库。

虽然平时这个餐厅也的确是闲置的。

楼狮点开了相机，看着摄像头里美食摆满，人却寥寥的长桌，停顿一瞬，而后沉默地关闭了镜头，敲字回复："你的快乐我收到了。"

但云飞扬这只狗，是不是太快乐了一点。楼狮看着照片，眉头一点点皱起来。

三个用余光关注着楼狮神情的舰队长浑身一震，开始疯狂思考自己刚刚是不是有哪句话说得不对。跟他们聊天半道上看终端，看到半道觉得不高兴，是不是情报那边给了什么消息给头儿啊？

开玩笑，他们头儿皱眉那能是普通的皱眉！众所周知，狮心头领眉头一皱，就必然有人要倒霉！通常情况下，倒霉的都是最近路过的野生星盗团，但现在并不是通常情况啊！根据就近原则，倒霉的可能是他们。舰队长们眼前发黑，食不知味地啃着碟子里的肉，等着他们头儿发话。

楼狮放下终端，半晌，开口道："换张桌子吧，这张桌子太大了，不需要这么多座。"

他话音刚落，三个舰队长脑子顿时"嗡"的一声响。什么意思？头儿这是什么意思？不需要这么多座是什么意思？他是不是想杀了我们？！他一定是想杀了我们！杀了我们，就不需要这么多座了！

三个舰队长眼前一黑，齐齐露出了悲壮的神情。

"头儿！我们冤啊！！！"

楼狮一愣，头里缓缓打出了一个问号。

几个舰队长对楼狮的阴影有点深。他们是觉醒者，从成为星盗并加入狮心的时候起，就注定了是会成为高层的人。但狮心吧，情况又比较特殊。因为狮心的头领是个会把属下吊起来打的强者，而且脾气相当不好。

以前的楼狮是什么样的呢？举个例子就是，他们待在基地里所受的伤，比他们在外边巡视或者是搞事情所受的伤要重得多，受虐也频繁得多。

虽然跟强者过招是最快最直接的变强手段，但每次从头儿的训练场里出来，都在众目睽睽之下被同僚抬进医务室，对他们来说简直就是精神与肉体的双重凌辱。

惨痛的记忆汹涌而来，刻骨铭心。三个舰队长两眼一闭，倒豆子一样把自己干过的垃圾事说了出来，生怕自己被物理意义上地裁了员。为了让楼狮考虑到这种事情的普遍性，他们还把没到场的同僚们也给拖下了水。

不死的话最多就是跟同僚们训练场见，但如果真要死了，也必须拉几个垫背的！这是他们身为星盗最后的倔强！

楼狮万万没想到，他才刚回来，几个舰队长就以如此诚恳的热情来迎接他。楼狮动作缓慢而沉着地把肉撕成了条，习惯性地想要把肉条放到一边投喂猫，却突然想起他的猫并没有在身边。

扑了个空的狮心头领心情一下子变得糟糕起来。

三个舰队长看着楼狮的眉头越皱越紧，心头顿时一凉，深觉自己命不久矣。

“这些事我知道了。”楼狮抬眼对上三个心有惴惴的舰队长的视线，擦了擦手指上沾着的油脂，慢吞吞地说道，“也不是什么大事。”

三个舰队长心头一松。

“但你们违规了。”楼狮说。

三个舰队长呼吸一滞。

“还好没闹出什么大事，但违规了就得接受惩罚。”楼狮看着舰队长们一秒钟变三遍的脸色，提出了解决方法，“给你们半年的时间，我要成为灰色地带真正的王者。”

三个舰队长微怔，然后露出了惊喜万分的神情：“头儿，你……”

楼狮放下了手里的毛巾，以一种“天凉了，让黑曼巴和瑞比破产吧”的语气说道：“我赶时间。”

楼狮还记得晨熙说想去别的星球旅行。他得给他的猫营造一个足够安全的环境才行。他的时间不多，觉醒期普遍在三个月到六个月之间，他急着回去找他的猫。

三个舰队长“噌”地一下站起来，兴奋至极地就要告退去做准备。

楼狮眉头一皱：“坐下。”

三个舰队长："？"

楼狮："吃完了再走。"

三个舰队长："？？？"

他们感到十分费解，又不敢提出什么异议，最后强行把一桌子的肉都吃了个精光才离开。舰队长们走的时候肚皮撑得滚圆，两眼发黑，怀疑他们头儿这是从哪儿学来的刑罚，用在了他们身上。

不想吃肉了，这半年都不会想吃肉了。三个舰队长面如土色，相互扶着离开了他们头儿的住所。

楼狮走出餐厅，感受到扑面而来的凉风，仰头看了看恒星照耀落下来的光辉，然后目光投向了步履蹒跚的三个舰队长。察觉到头领视线的舰队长们浑身一僵，捧着肚子飞速地跑远了。

楼狮看着三个舰队长脚步如风连蹦带跳的背影，他们看起来好像很快乐的样子，下一顿再叫他们一起吃好了。

楼狮想着，回到了巨大的书房里，开始统筹起来。

云飞扬吃饭吃到一半打了个喷嚏，晨熙飞速护住了自己和白露女士的盘子，露出了无比嫌弃的表情："感冒了吃药！"

云飞扬揉了揉鼻子，嘀咕着道了歉，小声道："没感冒呢，也不知道谁在念叨我。"

晨熙想到自己刚刚发给楼狮的照片，眼神一飘，十分冷静地敲字："云涟漪吧。"

云飞扬一愣，随即叽叽叽地笑出了声。他整张脸像朵盛开的花一样，嘴上还要说："嗨呀，她还不认识我呢！"

晨熙："……"

你也知道她还不认识你啊，你的剧本不是都已经编到你俩不会因为娃的姓氏问题而离婚了吗？

云飞扬快乐地咬了一口肉，然后脸瞬间皱成了一团，但仍旧坚强地把这口肉吃完了。倒不是肉有多难吃，他家的烹饪机器人还是有点水准的，那么痛苦是因为他最近被强行断糖了。

云飞扬的爹妈远程给他家的机器人下了最高指令，一点糖都不给他碰，连甜辣酱都不行。在公司食堂或者自己偷偷买带糖的食物都不行，因为终端的监控会在他付款的时候发出警报，呜啦啦的穿透性广播会让全世界都知道云飞扬是个甜食控。

云飞扬这个人吧，偶像包袱贼重，朋友和家人知道他的本性，他是不在意他们的看法的，但他在意公众的看法。

丢人，要脸。

云飞扬最近被断糖折磨得不成狗形，唯一一次糖分摄入还是晨熙给他的泡芙饼。

云飞扬唉声叹气："小楼熙，楼狮出差多久啊？"

云飞扬还盼着小猫猫给楼狮做饭的时候顺便蹭一点小甜食，到时候甜食到手抱家里房门一关，随它警报怎么响。

晨熙一愣，摇了摇头。他也不确定要多久，根据主线剧情的时间线，这场混乱从最开始瑞比和黑曼巴打起来算起，持续了六年。

"他没告诉你他要去多久吗？"

"没有。"

云飞扬面色顿时一喜，而后又是满腹的忧愁。晨熙看着他变来变去的脸色，问："你怎么了？"

"我好想好想好想吃牛奶、曲奇、泡芙、奶油戚风、热巧克力、甜甜圈、蛋挞、提拉米苏、马卡龙……你帮我做，好不好？"

晨熙发出了他思索许久的疑问："你为什么不自己学着做啊？"

"因为制作流程太麻烦了。"云飞扬理直气壮，"我想吃个奶油戚风，难道还要先从蛋黄蛋清分离做起吗？我只是喜欢吃而已！"

晨熙："？"

那你被限制甜食不就是活该吗？

晨熙翻了个白眼，但想到老板说他回来之后想要吃牛排，想了想，还是应了下来："我不保证味道哦。"

云飞扬顿时露出了被幸福包围的灿烂微笑。他们吃完饭，洗碗收拾有机器人做。饭后是白露女士的小课堂，今天白露女士的小课堂教的是文化课——当然了，星盗的文化课，教的都不是什么正经东西。

什么星盗的潜规则啦，什么如何寻找野渡啦，什么星际势力分布和星盗之间的纠葛啦，还有对各种高精尖和改装军备的辨认和了解。

云飞扬偶尔也是要跟星盗们打交道的，他就跟在一边听。但听完讲解开始做题的时候，他的双手就不受控制地搓起旁边认真做题的猫，然后在晨熙不耐烦地伸爪子把他的手拍开的时候，满脸幸福地举起猫，把脸送到了小猫崽子的肉垫下边。

白露："……"

晨熙："……"

这狗是个变态吧？！

薮猫面露震惊，然后冲上前一爪子把云飞扬掀翻。云飞扬举着猫崽子，被薮猫踩在脚下，含含混混地叫："让我吸一口，再吸一口！"

晨熙一脚蹬在云飞扬的手腕上，挣脱了云飞扬的双手，落在了他的肚子上。白露女士叼起猫，警惕地看了一眼云飞扬，然后带着猫迅速离开了云飞扬的庄园。

看不出来，这小年轻浓眉大眼的，竟然是个变态！白露女士心中沉痛，为自己识人不清而万分悔恨。

晨熙被叼着送回了南丰庄园的侧门。目送着猫崽子钻进了庄园之后，白露女士目露凶光，转头冲回了云飞扬的庄园，磨刀霍霍向金毛。

晨熙刚进门，就听到了云飞扬杀猪一样的狗叫声，隔着老远的距离，都能清楚地捕捉到他声音里的凄惨。晨熙抖了抖毛，仿佛什么声音都没听到一般，迈着小短腿进了屋，换上衣服走向了厨房。

彩虹屁指挥中心的哥三个发现他们的臭弟弟最近有点不对，他们从社交号的角落里翻出了之前拉的小群“敌情侦察营”，针对最近晨老四发的社交动态进行了一番激烈的辩论。

任航航：“ 看看这几张图片。学手工就算了，他早说了他弄坏了楼狮的衣服，但突然开始发向觉醒厨师学习的记录是怎么回事？”

叶朗朗：“还能怎么回事？说得他认识多少觉醒者似的，不就是给楼狮做饭这么回事，毕竟他自己的话肯定买不起这些材料。”

任航航：“不！！妈妈不相信熙宝竟然会变成这样！！”

叶朗朗：“孩儿他妈，看开点。”

任航航：“不，孩儿爸，你不能这么想。”

叶朗朗缓缓打出一个问号。

任航航：“我们又不是没吃过老四做的饭，我有理由怀疑老四是想毒死楼狮好侵占楼狮的遗产。

叶朗朗：“我差点就被你说服了。”

任航航：“沈深深，宝，你怎么看？”

沈深深：“楼狮竟然是个甜食控。”

叶朗朗和任航被抓住了盲点的沈深激得浑身一震，关注点迅速偏移。

任航航：“铁……铁汉柔情？”

沈深深：“……”

任航航：“这个震撼简直不亚于云涟漪也需要吃喝拉撒！”

叶朗朗：“住口，有画面了，快撤回快撤回！”

沈深深：“嗷，我看到老四发新动态的提示了。”

三兄弟都赶紧刷新了晨熙的社交动态，试图吃一口一线瓜。

猫崽子穿着小衣服，把尾巴藏起来一半，仰着小脑袋看着眼前急诊科室的牌子，浑身上下都写满了茫然。

事情是这样的。

晨熙认认真真地学习觉醒厨师的烘焙技巧，已经快一个月了。他今天头一次尝试了一下进阶的火候教程——简单来讲，就是他学了一下煎小羊排。

然后试菜的白露女士现在就在急诊科里洗胃。

为什么会这样？晨熙不懂。他觉得他大概是不配学那种正儿八经的主食，只能勉强跟着度量准确到克的烘焙教程走一走。

想到这里，晨熙转过头去，看了一眼熟门熟路地去牙科的云飞扬的背影。这一个月里，云飞扬下班回家，那警报声就没停过。

但云飞扬很幸福。

他察觉到小猫崽子看过来的目光，侧过身子转过头来，对晨熙竖起了一个大拇指，咧嘴一笑，露出了那颗有了个小黑洞洞的蛀牙。

熙熙这都是造了什么孽啊！

哥仨兴致勃勃地冲过来吃瓜，最终就看到了四个字：

是我不配。

没有配图，也没有带上表情，四个字就摆在那里，冷冰冰的，不带丁点儿情绪。三人看到这条动态，顿时大惊！

老天爷啊！我们熙宝多么自信一孩子，怎么会发出这样的感慨？楼狮到底对他做了什么？

臭弟弟莫不是真的遭遇了精神控制？

这么一想好像真的是，他们海大小王子竟然会跑进厨房洗手做羹汤！这对做出来唯一能吃的菜只有番茄炒蛋的晨老四来说是多不可思议的事啊！

是精神控制，一定是被威胁了！

哥仨越想越觉得难以置信，感觉自己要不能呼吸了。

我们晨老四那么棒！什么配不上了？配不上什么了？哥仨怒火中烧，疯狂嘀嘀他们的臭……呸，他们的宝贝弟弟。

晨熙蹲在急诊室外边的走廊里发愣，脖子上的终端在“嘀嘀嘀”地响个不停，晨熙恍惚着回过神来，看到往来医护人员投来的视线，慌慌张张地“喵”了一声，赶紧把终端的声音关掉了。

这是云飞扬家有投资的医院，这层楼专门为觉醒者服务，平时工作人员非常少，但服务非常周到，并且都签订了保密协议。路过的护士姐姐对不知所措的小猫崽子友善地笑了笑，看到他单独待在这里，随手从兜里掏出了口味营养剂和猫零食，投喂并温柔地摸了摸小猫猫的头，挠了挠他的下巴。

晨熙被挠得十分舒服，他眯着眼，喉咙里发出咕噜噜的声响，还使劲往小零食的方向凑。

护士姐姐把剩下的零食都喂完了，然后从医疗车的底下摸出了一个小猫窝，把晨熙抱进去，拍了拍猫脑壳，转头推着医疗车走了。

晨熙躺在猫窝里，为这医院的专业程度感到了十二万分的震惊。他蒙了好一会儿，又被终端的振动给振回了神。晨熙麻溜地把嘴边上剩下的零食碎屑给舔干净，然后打开了终端。

哥仨实在着急得不行，分分钟狂发 99 条消息，生怕他们弟弟真的出了什么事。

晨熙一点开群，就被一连串的关联消息震慑到瞳孔微缩。

彩虹屁指挥中心（4）：

叶朗朗：“晨熙熙，你怎么了，宝？”

任航航：“晨熙熙，宝，你坚强一点！”

沈深深：“老四冷静！”

晨熙一愣，满头迷惑。

晨熙熙：“叫爸爸什么事？”

哥仨一愣，觉得晨熙这一口一个爸爸的态度好像并没有什么异常。

叶朗朗关切："楼狮是不是欺负你了？"

晨熙熙："啊？他上哪儿欺负我，他出差了。"

任航航："那你那动态怎么回事啊？吓死哥哥了。"

晨熙微怔，心头一暖："这事说来话长。"

沈深深："长话短说。"

晨熙熙："我煎了个小羊排把我的家教整进急诊室洗胃了。"

哥仨脑子"嗡"的一声响，回忆起了大一时他们计划着自己在寝室里做饭，于是起哄让晨熙先来的事。那段毁灭性的刺激记忆被唤醒，哥仨面无人色，顿时失去了关怀臭弟弟的欲望。

叶朗朗："那你的确不配。"

任航航："对。"

沈深深："确实。"

晨熙熙："你们怎么这样啊？我番茄炒蛋还是能做的啊！"

沈深深："纠正一下，你做的明明是番茄酱拌蛋糊。"

晨熙沉默，发现自己根本无法反驳。

不会做饭怎么了？我会吃啊！

晨熙愤愤地关掉聊天窗，抬头看了一眼亮起绿灯的急诊室，从猫窝里跳了出来，十分紧张地蹲在了门口。

哥仨跑到小群里叽叽咕咕，翻看了一下他们之前激情辱骂楼狮的记录，然后纷纷撤回，给楼狮点了满屏的蜡烛。也许再过不久，楼氏就要换老板了。任航思忖许久，觉得他们晨老四说不定真的能阴错阳差地得到楼狮的遗产！

楼狮感觉鼻子有些痒，有点想打喷嚏。

也许是他的猫想他了，楼狮随意地想着，抬眼看向瑞比发来的视频要求，心情更是好了几分。

这只兔子现在大概气得跳脚了吧。楼狮看着黑暗的星域里一点点被狮心的讯号舰点亮，微微眯了眯眼，心情极度愉快地接通了视频。

瑞比怎么也没想到，他与黑曼巴纠缠两个月，在眼看着马上要将黑曼巴势力的南边境线收入囊中的时候，会被突入的第三方势力捡漏。而那个第三方势力大大咧咧地扯出了早已经消亡数年的狮心的旗帜，半点没打算遮掩。

狮心没有真的散，虽然这一点之前他们见面的时候，楼狮并没有承认，但瑞比心里也明白。然而他从来没想过，自己跟黑曼巴的争端，会给别人作嫁衣。

楼狮竟然捡他的漏，通过他和黑曼巴的争端来向全宇宙宣布狮心的回归！太嚣张了！他跟黑曼巴打的架完完全全就成了陪衬！砸出去的钱，丢掉的人命，还有无数的隐藏损失，全都打水漂了！

瑞比气疯了，他一拍战术桌，死死地盯着楼狮的投影：“你什么意思？！”

楼狮慢条斯理地喝了口茶，抬眼：“回礼罢了。”

回礼？回什么礼？瑞比脑子急速转起来，却实在想不到自己哪里得罪楼狮到这种程度了。

他干的事没几件干净的，也没几件不得罪人的，但是星盗之间的关系一向如此，不是你弄死我就是我弄死你。哪怕彼此之间的确有那么几分惺惺相惜的英雄情怀，但这点情怀跟利益比起来，屁都不算。他们之间扯不清的事情太多了，真要一件一件去想，根本想不出来到底是哪里不对。

“行。”瑞比面无表情地抬手，摸向了挂断视频的按钮，“咱们以后见真章。”

楼狮做了个“你请便”的手势。他半点不担心瑞比会打晨熙的主意，因为当初瑞比见到晨熙的时候，晨熙还只是一个普通觉醒者，并且他和瑞比的关系并不是多亲密，尽管瑞比知道他脾气暴躁，极易发怒，但并不清楚那原来是个病症。

而在所有混迹宇宙的人眼中，狮心的头领是个神秘、反复无常且冷酷残暴的人。所以哪怕四处都充斥着他有了爱宠的传言，真正去求证的，也只有一个失了智的黑曼巴而已。

瑞比咬着牙，“啪”地一下按下了挂断按钮。

楼狮看了一眼桌上安安静静的终端。现在海城时间是晚上十一点，明天是工作日，以他家猫的作息来讲，这个时间点已经睡了。楼狮深吸口气，不禁有那么一丝后悔当时把装在晨熙终端里的小玩意儿卸了。

楼狮放下手里的茶杯，刚站起身，整座飞船就是一震。

“头儿！”舰队长的投影飞速冒了出来，“瑞比星盗团向我们开炮了！”

楼狮看了一眼滚落到地上摔碎了的茶杯，一咂舌：“打开主炮，还击。”

他说着，飞速离开了休息室，向旗舰停机坪走去。

第十八章

升温·疼的话就吃点糖

晨熙和云飞扬蹲在白露女士的窝边，开始反思。

“不应当。”刚补好了牙的云飞扬说道，“你甜品做得明明很好吃。”

晨熙点了点头，的确不应当，他甜品做到现在顺顺当当的，就连他自己都能吃下去了，偶尔味道还挺令人惊喜的。所以白露女士对他的小羊排也非常期待，主动要求试菜，谁知道……晨熙木着一张脸看着在窝里昏迷的薮猫，思来想去，决定把锅推到那个教程上去。

晨熙敲字：“怎么想都是那个教程的错，它竟然不把调料的单位精确到克，而是说什么‘根据口味适量添加’！”

谁知道适量是多少！白露女士说喜欢口味重一点的，谁又能告诉熙熙口味重的适量标准是多少！这怎么想都不是猫猫的错啊！晨熙越是反思越觉得自己巨冤。他越想越觉得就是教程的错，于是他打开社交动态，删掉了他不配的消息，然后对云飞扬满脸严肃地敲字：“我觉得是我找错教程了，等明天我去找个新教程，再试试，我一定可以！”

云飞扬紧跟着神情为之一振："好！"

晨熙："你试菜。"

云飞扬沉默片刻："我明天加班……"

是吗？那就没办法了。晨熙幽幽地叹了口气，然后又重新打起精神："没事的，我可以等你加班回来！"

云飞扬："……"

倒……倒也不必啊！云飞扬看了一眼白露女士，感觉有点慌，甚至想要恢复以前加班出差连轴转的生活，但他的模型还没做完。云飞扬低下头，对上猫猫纯洁无辜又带点期盼的眼睛，沉默半晌，忍痛点了点头："……行。"

晨熙满意了，他跳上了云飞扬的腿，刚准备翻身露出小肚皮来，终端就"嗡嗡嗡"地振动起来。晨熙一愣，点开终端，一眼就看到了最新的时事报道——

狮心星盗团回归！与瑞比星盗团巅峰对决！

配图是漫天星辰之中炸开的两朵巨大的烟花，把周围的小烟花衬得黯然失色。

照片抓拍得非常好，能清楚地看见炸开的本体是什么。是两艘旗舰，一艘印着狮心的标记，一艘印着瑞比的标记。

晨熙当场就慌了，他赶紧向楼狮发出视频，那边却没有接通。云飞扬也有点慌，他捏了捏晨熙的爪子："小楼熙，你没事吧？"

没……没事！熙熙怎么会有事！有事的明明是熙熙的老板！晨熙努力定了定神，见楼狮还没有接通视频，转头就拨给了保镖先生。

保镖先生飞快接通视频，开口第一句话就是："头儿没事，只是暂时通信受阻。"

晨熙心骤然一松，然后他看到保镖先生幽幽地看着他："等通信恢复了，你能不能替我转告一下头儿……”

晨熙打出了一个问号。

“劳驾帮我转达一下，我们的约定作废了，求求他继续砸尖峰战舰吧。”保镖先生语调空灵，仿佛已经超脱世外，“放烟花也不能放这么贵的。”

保镖先生脸色发青，双目无神，一架旗舰的钱都能购入五十艘尖峰战舰了。楼老板你做个人吧！

宇宙之中的斗争如火如荼，晨熙慌里慌张地努力学习，云飞扬生不如死，水深火热。

云飞扬在白露的注视下，切开了桌上的鳕鱼排，却犹豫再三没有吃下去。他沉默许久，问道：“我真的一定要吃吗？”

白露：“吃，死不了人的。”

云飞扬：“？”那你要求也太低了！

白露认真敲字：“这鳕鱼排没放什么调料其实。”

云飞扬大大地松了口气，环顾四周，没发现猫崽子的身影：“他人呢？”

白露：“在跟楼狮视频。”

云飞扬露出了几分微妙的神情，欲言又止止言又欲，最后还是没说什么。

他低头看了一眼鳕鱼排，深吸口气：“为了让楼狮也感受这份绝望！”

旁边的薮猫满脸严肃地敲字：“对，为了让楼狮也感受这份绝望！”

云飞扬两眼一闭，准备承受这生命不可承受之重，却发现并没有之前的各种各样的肉类那么难吃，甚至还品得出鳕鱼本身的甘甜。

云飞扬大惊！竟然还真被小猫猫找到正确的烹饪方式了！这怎

么行呢？这不可以！楼狮还没有品尝过小猫咪亲手做出来的“生化武器”，楼狮没倒霉，那他们两个的牺牲不就白费了吗？这不可以，得让小猫猫继续琢磨别的方法才行！

白露抬头看了一眼云飞扬，云飞扬两眼一翻，飞速假装昏迷。白露女士拍了张照，发给了晨熙。摆拍完，云飞扬爬起来，满脸唏嘘：“小楼熙为什么不自己试菜呢？”

当然是因为我阻止了他，白露女士想着，把晨熙连着鳕鱼排一起做好的翻糖饼干拿了出来。

云飞扬看了一眼做成枫叶和银杏叶样式的翻糖饼干，算了算时间。云飞扬浑身一震！他过几天就该出发去参加云涟漪所在星系的演唱会了！

云飞扬面色一喜，眉飞色舞，对白露女士说道：“我大后天要走了，你试菜加油哇，要坚强！”

白露面色一变，“咔嚓”一声踩断了爪子底下的翻糖饼干。她低下头，发现是一朵雪花样式的。算算日子，距离冬天也不远了。

海城滨海，纬度也不高，处在温带，冬天通常不下雪，唯一会带来寒冷的，只有从海岸线边吹来的风。

晨熙盘腿坐在沙发上，叼着块塑形失败的翻糖饼干，抱着饼干篮，看着自己显示正在视频中的终端，走神。

这段时间他一直不太敢主动给楼狮发视频，因为新闻里隔三岔五地有狮心的报道，对晨熙来说都是好消息。但怎么说，战场是很严肃的地方，晨熙总是找不准什么时候才适合给他老板发视频。

在宇宙中航行的时候，时差是把不准的，更何况狮心一直都在急行军。

晨熙总是在想，这个时候发视频的话，会不会打扰到老板休息？会不会影响到他们的作战会议？会不会打断老板的思路？会不会影响到什么重要的谈话？

晨熙叹了口气，把怀里的饼干篮放到一边，抱着靠枕，继续瞅着眼前的投影发呆。

就在刚刚，晨熙又看到了狮心星盗团的火力撕裂了长空至海渊的三个超星系，硬生生将黑曼巴和瑞比两个星盗团的地盘捅了个对穿的新闻。有关专家说，狮心这摆明了就是要血祭这俩给自己搭条通天道。各国正规军都相当紧张，生怕狮心下一步目标就是开始进入自己的国境线来点燃战火。

晨熙没忍住，终于还是向楼狮发出了视频。楼狮几乎是在瞬间就接通了视频，但遮住了镜头。

楼狮受伤了，晨熙能清楚地听到那边医疗机器人询问伤情并清理治疗的机械声音。什么清理弹片、消毒、止血、缝合……一听就让人头皮发麻。

晨熙抱着抱枕，听到视频那头传来器械碰撞的轻微响动，半晌，轻声问道：“真的有必要这样吗……”

“有的。”楼狮的声音沙哑低沉，“我不做到最厉害的话，等到争端结束，我们身边就经常会发生半夜枪击或者是出行飞船被爆破的事。”

楼狮身份的隐秘性之所以能够保持得这样好，还不是因为没人能够轻易动摇狮心的地位和势力。背靠大树好乘凉这个道理，用在楼狮身上，也得到了体现。一旦狮心的存在压不住别人了，哪怕狮心上下齐心如铁桶一样，也根本挡不住汹涌而来的敌人。

晨熙也明白这个道理，他闷闷地应了一声，垂下眼，看着自己的脚尖，轻轻晃了晃，然后问：“那我现在能看看你吗？”

楼狮那边在包扎，听到这话，抬眼看向那边的晨熙的投影。晨熙并没有盯着什么都没有的投影看，而是垂眼看着自己左右晃动的脚尖，大半张脸都藏在靠枕后边，看不清什么表情。

楼狮沉默一瞬，看向一旁镜面中的自己。额头上横拉出的一道长长的伤口才刚缝好，耳侧与颧骨处的伤还暴露在空气中，刚做完消毒，但这些的视觉冲击，远不及因为撞击而充血、一片通红的眼球要来得可怖。

这要是给晨熙看了，八成是会做噩梦的，但他的猫说想看他。楼狮一边给医疗机器人下达了加快速度的指令，一边问："怎么突然想看我了？"

晨熙没说话，楼狮算了算时间，这才恍然惊觉他上一次跟晨熙视频，已经是一个月之前的事了。

他拉开了话题："牛排学会了吗？"

"没有。"晨熙想起自己的"丰功伟绩"，说道，"老板，我觉得你还是换个菜比较好。"

"嗯？"

"我好像真没有什么厨艺天分，我觉得云飞扬都快死在我手上了。"

而且云飞扬的反应太惨烈了，以至于晨熙始终没有勇气自己去尝试一下。白露女士也不允许他碰那些菜。

楼狮不以为意，他小时候为了填饱肚子，什么难吃的东西没吃过："总不会吃死人的。"

"行。"人都是不见棺材不掉泪的，熙熙明白。

晨熙微微放松了一些，抬眼看了一眼仍旧黑着的投影，再一次问道："我现在能看看你吗？"

"怎么要现在看呢？"楼狮问。

晨熙张了张嘴，有些卡壳。然后他又听到了那边医疗机器人发出的各种声音，以及某些器具碰撞的动静。

晨熙抿了抿唇："看你有没有缺胳膊少腿之类的，我好在家里趁早准备好相关的残障设备。"

"哦。"楼狮躺下来，配合着医疗机器人进行眼球的清理和修复，声音听起来有些模糊。

晨熙一愣，嘴唇翕动着，嗫嚅着似乎想要说什么，却又一个字都没憋出来，只含含混混地哼哼了几声。

楼狮没听清："你说什么了？"

晨熙脸藏在靠垫背后，沉默半晌，瓮声瓮气："没什么。"

楼狮那边声音骤然安静了下去。

晨熙感觉一股火从头烧到了脚，他手上用力，紧紧地抠住了怀里的靠垫，感觉气血上涌。

他深吸口气，解释："就……这房子挺大的，我一个人住太空了，也许两个人住就不会觉得那么空……就……就是……不知道白姐姐能不能住进……"

晨熙磕磕绊绊地说到这里，惊觉气氛好像有点不对，于是默默闭上了嘴。我说的啥啊？我怎么就没管住我这张嘴？晨熙有那么一丝丝的崩溃。

他紧张地一抬眼，看向那个黑漆漆的视频窗口，却发现摄像头的遮挡不知道什么时候已经撤掉，露出了楼狮的身影。他的眼睛还没完全清洗干净，淌着点残留的粉色药水，金棕色的兽性瞳孔灼灼发亮。

"眼……眼……眼……眼睛！老板！你眼睛怎么了？"晨熙慌了，他把手里的靠枕往旁边一扔，看着楼狮身上还没有被剥离下去的带着血迹与破裂痕迹的战斗服，哆哆嗦嗦，"你……你眼睛还能看见吗？"他伸出一根手指，晃了晃，"这是几？"

"一。"楼狮看着松了口气的晨熙，翘了翘嘴角，牵动了伤口，又迅速拉平。

晨熙看着心情明显特别棒的楼狮，一时不知道是先紧张他身上的伤还是先紧张自己心口泛上来的那点小酸胀，最后晨熙把靠枕抱着，盘腿坐在沙发上，拿了个做变了形的狮子翻糖饼干，"咔嚓咔嚓"地啃了起来。

看天看地看饼干，就是不看楼狮的投影。

楼狮接受着医疗机器人后续的治疗，心情好得可以哼起歌来。

“我之前买了一些稀奇的小玩意儿寄回去了。”他说道。

晨熙啃着饼干，也不抬头看他，哼唧应道：“什么啊？”

“女巫的好感度药水、女巫的快乐饼干、女巫的温暖巧克力、女巫的……”

晨熙听完了楼狮报出来的一大串商品名，缓缓打出了一个问号。

“是我的舰队长在这几年里找到的，本来目的是看看能不能利用这些东西来治疗我……”

楼狮看着晨熙满脸震惊的样子，若有所思：“这个女巫的身份和地址非常隐蔽且多变，你有她的情报吗？”

我有啊！我知道啊！我当然知道啊！！！云姐姐！！云姐姐啊！！她可真是个商业鬼才，一边做偶像歌手，一边开餐厅，还一边兼职做女巫！

楼狮：“之前让你考虑的事情，考虑好了吗？”

晨熙怀疑楼狮的思想出了问题。谁能想到这么一个伤痕遍布、浑身都透着血腥与硝烟的痕迹的男人，竟然脑子不好呢！谁能想到？这一点都不酷！

“没有。”晨熙小声说道，“我……”

他说到这里停顿两秒，然后迅速反应过来，变得理直气壮起来。

“你还没回来呢。”晨熙说，“你回来我告诉你。”

“好啊。”楼狮意味不明地轻笑了一声，“那我等着。”

那你可等着吧，这场混乱可要持续六年呢！晨熙心里嘀嘀咕咕，视线撇开，“咔嚓”一口咬断了狮子翻糖饼干的脑袋，带着几分警惕的神情，关注着楼狮的下一步动静。

楼狮看着投影里哼哧哼哧啃着饼干，眼神飘来飘去的晨熙，觉得他的猫这会儿不像猫了。他这会儿，像只随便有点什么动静，就会惊慌地弃饼而逃的松鼠。楼狮这样想着，抬手脱掉了身上几近报废的战斗服。

关注着楼狮动静的晨熙浑身一震！他紧急挪开视线，余光瞥见红色时，又紧急转了回来。

楼狮身上的伤更多，新的旧的伤疤纵横交错，血迹已经结成了血痂，虽然进行过初步的清理，看着并没有那么可怕，但也能让人直观地感受到这人曾经经历过多可怕的事情。

晨熙不是没见过楼狮身上的伤疤，但当代社会，疤痕修复的手段其实已经相当完备了。他以前看到的就是一些明显进行过修复的浅白色痕迹，并不是现在这样，伤疤如同丑陋的多足虫一样，肆意地攀爬在楼狮的身上，耀武扬威。

晨熙下意识地摸了摸自己的肚皮。放松状态下的肚子软绵绵的，一路摸过去，半点代表伤痕的起伏都没有。

楼狮看到晨熙的动作，挑了挑眉："回去之前我会去做修复的。"

楼狮可没有什么伤疤是男人勋章的这种思维。这些伤疤的确怪丑的，也怪吓人的。

晨熙微怔，摇了摇头："我不是嫌丑。"

楼狮抬眼："嗯？"

晨熙又按了按自己的肚皮，抿了抿唇："你……疼不疼啊？"

这话问完，晨熙就觉得自己根本就是在说废话。这能不疼吗？楼狮再怎么牛哄哄，也是个正常人啊。是人，都会疼的。晨熙觉得楼狮身上任何一道疤，放到他身上，都能让他生不如死。

我晨熙，这辈子，二十二年，受过最重的伤，就是小学六年级的冬天踩到冰瓷片，脚一滑把自己手给摔骨折了。其实骨折的时候痛感并不特别强烈，因为人体在遇到这种突发情况的时候，会本能地分泌肾上腺素来掩盖痛感。

但就这样，晨熙都鬼哭狼嚎了一整天。他妈带他去找医生做矫正的时候，人家手还没碰到他，他宛如杀猪一般的哭声就已经响彻了整栋楼，把医生和别的病号都吓得不轻。

晨熙看着楼狮被清理伤口时眼都不眨的平静，想着楼狮得经历过多少次这样的事情，才会有这样波澜不惊的态度。

一定是非常非常频繁吧，频繁到受伤就仿佛是日常生活的一部分，跟呼吸一样自然。

天哪！老板这都是过的什么日子！晨熙越想越觉得楼狮好惨。

没有朋友，找不到人一起吃饭就算了。怎么承受了精神的蹂躏之后，连肉体都要遭受这样的摧残！老天爷啊！我们老板做错了什么，你们要这么搞他！

楼狮看着晨熙逐渐扭曲的表情，有些不明所以。他低头看了看自己身上的伤口，刚想说这些都上了麻药的，早就没感觉了。但一看晨熙扭曲中带着浓重担忧的表情，他话到嘴边转了一圈，就变成了："疼的，很疼。"

晨熙看着竟然对他说出了疼的楼狮，浑身一震，整个人更扭曲了。

天哪！他怎么这么惨啊！我老板多高傲一人，竟然会说出这种话！

楼狮观察着晨熙的反应，惊奇地发现装可怜的效果竟非常显著。他微微一顿，开始思考着要不要管理一下表情，显得苍白虚弱一点。

于是楼狮尝试着回忆了一下自己以往的经历，好找到那种苍白虚弱的感觉，结果却发现，他打从觉醒起，就一路披荆斩棘，少尝败绩。整个宇宙中，一对一的前提下，能跟他打成平手的，也就只有那位暂时消失了的战神而已。

这样细细想来，他竟然完全没有伪装得苍白虚弱的经验，楼狮顿时感到几分惋惜。

晨熙没发现楼狮的小心思，他只觉得他老板真是惨绝。表面牛哄哄，实际上是个小可怜！晨熙挠着头想来想去，却怎么都想不出一句能够宽慰楼狮的话。可恶啊！熙熙引以为傲的哄人口才，在此刻竟毫无用武之地！晨熙抓耳挠腮，思来想去，最终干巴巴地憋出了一句："老板你疼的话吃点糖……"

楼狮一怔，看着一向机灵的晨熙有些无措又笨拙的样子，忍不住笑了一声："好。"

晨熙被这一笑笑得头皮一麻，他看着楼狮，对方眼里的血色已经被清理干净，眼睛里还残留着一些药水润出的光，金棕色的兽性瞳孔显露出了几分柔和来。

他们保持着视频，直到海城这边的天黑下来了，楼狮的治疗才算结束。晨熙看了一眼开始翻看起文件和影像资料的楼狮，又看了一眼楼狮正观看的影像："这些是什么？"

楼狮答道："战争记录，用来确认一些情报和战损的。"

晨熙一愣："这些怎么是你做啊？"

楼狮："舰队长们都带伤，后勤已经忙不过来了。"

晨熙听完，说道："可是你也受伤了啊……而且，不是还有李哥吗？"

楼狮手一顿，看了一眼时间："今天是周末。"

晨熙理直气壮："周末怎么了，周末就可以不工作了吗？主动加班的员工才是真正的好员工！"

楼狮一想，觉得很有道理。这些琐碎的工作他偶尔搭把手也不是不可以，但现在明显还是跟晨熙视频更重要一点。楼狮把投影一关，干脆地把任务发给了保镖先生。

晨熙见他放下了工作，问："老板，你说你什么时候能回来？"

楼狮想了想，答道："明年春天。"

晨熙一愣，看着楼狮这么笃定的样子，迟疑了一瞬，还是点了点头。横竖也没事做，晨熙干脆撩起袖子，站起身来，走到厨房里去："来，我给你看看我已臻化境的杀人厨艺！"

晨熙至今没品过自己做的菜是什么味道，每次他想尝试的时候，白露女士总是不知道从哪里冒出来阻止他。

"趁着现在白姐姐不在……"晨熙嘟哝着，看着冰箱里剩下的鳕鱼块和牛肋眼，犹豫再三，还是选择了他练习得最多的牛肋眼。

有一说一，他基本每天都做一次这个牛肋眼，怎么也会有点进步的吧。毕竟白姐姐和云飞扬两个，都已经能吃完之后对他竖大拇指了。虽然吃时的表情很扭曲，但至少没有像今天吃鳕鱼排一样晕过去！晨熙想着，觉得自己的希望还是很大的。

他抖擞起精神，开始热锅。

楼狮撑着脸，好整以暇地看着晨熙在厨房里忙忙碌碌。

刚准备下班的保镖先生打了个喷嚏，打开终端，看着他们头儿新发来的任务，沉默片刻，习以为常地坐了下来。

他还能怎么办呢？他们这种财务官，一旦进入了一个组织，就是无法退出的，因为资金流向就等于情报。要么干活要么死，他能怎么办嘛？唯一的出路大概就是杀了楼狮自己上位。

但楼狮是他能杀的吗？真打起来，他连云飞扬都不一定搞得过。

"李特助，还忙啊？"

保镖先生抬眼，对加班结束的几个创技部程序员扯了扯嘴角，露出一个狰狞又带着点虚弱的笑容来，隐隐约约透着一股子杀气。

几个程序员缩了缩脖子，警惕四顾，一溜烟地跑了。

保镖先生怒气冲冲地坐下来，深呼吸。莫生气莫生气，气出病来无人替！

清心静气！

保镖先生给自己作了套法，然后十分平和地看着他们头儿发来的战争记录，刚要点开，楼狮就又发来了新消息。消息是一串地址，而楼狮的命令只有一个字：“去。”

保镖先生定睛一看，是个医院。他神情一肃，迅速站起身来，以标准的出任务姿态，迅速赶往现场。

也许是情报部门那边发现了什么间谍，又或者是什么敌对势力的秘密据点。竟然就在海城，掩藏得这样深，所图必然不小，甚至可能已经收集了头儿的不少相关情报……

保镖先生一边分析，一边给楼狮发消息了解情况。他一连询问了好几条，楼狮那边的消息才姗姗来迟。保镖先生目光一扫，看到楼狮的回复：“晨熙食物中毒进医院了。”

保镖先生：“……”

保镖先生脸上严肃的神情一点点凝固。看来是时候了，保镖先生面无表情地想，是时候找个良辰吉日，抓个幸运的舰队长，劝他杀了楼狮篡位了。

晨熙躺在床上，啃着今天的营养片，双目无神。

这日子没法过了，晨熙想，并决定放弃一切写着某种调料“适量”“适当”和“大致”的菜谱。不是菜的错，都是我不配。

晨熙转头看向在旁边给他削苹果的白姐姐，晨熙第一次看到白姐姐真人的样子，利落的短发，笔挺的坐姿，比起人物卡片上的样子，她真人看起来显得更为英气。晨熙注意到她脖子上仍旧戴着变为觉醒体时的那个项圈，黑色的项圈在白色的皮肤上显得格外扎眼。

晨熙愣了两秒：“项圈……”

“嗯？”白露抬起眼来，察觉到晨熙的视线，面上毫无波动，“遮伤疤。”她说着，抬手把项圈轻轻往下拉了拉，露出一道狰狞的伤疤。

脖颈儿是要害，这道疤的来源一定不是什么好的回忆。晨熙迅速跳过了这个话题，他开始抱怨：“你们都怎么吃下去的啊？你之前还拦着我试……”

白露坚定道：“凭信念。”

晨熙：“？”

白露直言不讳：“凭让楼狮也进一次医院的信念。”

晨熙愣住，晨熙惊呆了。不是，你们倒也不必如此。我老板又做错了什么呢，他已经这么惨了，你们怎么还这个样子？

白露并不觉得这个样子有什么不对，她削完了苹果，然后自己咔嚓咔嚓啃了。

晨熙：“……”

白露抬眼看他，利落道：“你想吃？”

什么？这难道不就是削给我的吗？！在病床边上削的苹果是给病人吃的，这难道不是常识吗？

白露完全没有这样的常识。她咔嚓咔嚓啃完了苹果，才说道：“很遗憾，你不能吃，只能喝白粥。”

晨熙：“行。”

白露问：“你还要继续尝试吗？”

晨熙丧了吧唧地看着白姐姐：“不了。”

白露顿时露出了几分遗憾的神情：“可惜。”

晨熙：“……”

不要老想迫害楼狮啊！同是觉醒者，何必呢，你们！

“不过也好。”白露说道，“正好云飞扬也要走了，我不用继续试菜。”

晨熙微怔：“他去哪儿？”

“去追随爱情。”白露答道。

哦！晨熙想起来了，云飞扬要去看云涟漪的演唱会。

晨熙收回视线，听着白露在旁边咔嚓咔嚓啃苹果的动静，想起楼狮之前跟他说明年春天回来，忍不住打开终端日历，开始算起了时间。

现在已经是深秋，算算时间，再有小半个月，海城就该正式步入冬季了。四五个月听起来有那么一点点长，但冬天都要来了，春天怎么都不远了。

白露看了一眼翻看着日历的晨熙，问：“你在看什么？”

“算老板回来的时间，他说他明年开春回来。”晨熙划拉着日历，看一眼天数。

现在十一月初，距离明年立春还有一百零三天。但楼狮说的春天可能并不是立春。也许要更久一些，说不定要到春芽初绽，春雨绵绵的时候。

“还有很久。”白露说道。

晨熙点了点头，白露看着晨熙，想了想，建议道：“你可以跟云飞扬出去玩，一起去看看演唱会之类的。”

晨熙这段日子一直都是庄园公司两点一线，一直跟随着他的白露很清楚。年轻人一般不这样，哪怕再死宅，两个月也怎么都该跟朋友相约着出去吃个饭玩耍一下。去云飞扬家搅风搅雨并不能算在常规的活动里，因为晨熙来来回回活动的范围，仍旧只有这么点。

他每天就是从一个四处满布着保护措施的地方醒来，钻进一个经过了特殊安全改装的交通工具，然后进入另一个满布着保护措施的地方上班。就连云飞扬，在楼狮回归了宇宙之后，都迅速做出了应对，给他的庄园防御系统做了升级。

晨熙每天的生活几乎毫无危险。

白露扪心自问，如果当初她来的时候面对的是这么一个密不透风的保护圈，而不是一只叼着小饼干的小猫猫，她很难找到下手的机会。这不只不符合年轻人的习惯，还非常不符合一个猫科觉醒者的天性。

猫是好奇心非常强的生物，猫科觉醒者看待事物的态度多少都会受到觉醒体的影响。但晨熙就一点点想要去外界的表现都没有。

“你大可以出去玩一玩，我会保护好你的。”白露有些担心地说。

“啊，那不用……”晨熙摆摆手，手轻轻擦过日历，视线便恰巧移到了新年的那一栏。

晨熙一愣，突然就有点说不下去了。算算时间，他也有三年没有在家里过年了，因为从家里到钴蓝星的航程实在太长，来念大学之后，只有一个暑假回去了一趟。虽然也经常跟爹妈视频，但跟见面还是不一样的。

而且也的确两个多月没有跟叶朗朗和任航他们出去玩过了，虽然隔三岔五就去公司里看看他们，但这种约见，还是没那味儿。

说来的确是有些寂寞。

可是不行，至少今年，或者说，楼狮回来之前，他是不能回去的。毕竟宇宙之中的不确定因素太多了，航行路上要是真出点什么事，那是真的叫天天不应叫地地不灵。晨熙胆子小，被之前的瑞比和白露连着搞了这两次之后，也有点不大敢随随便便出门了。

“不用的。”晨熙接上之前的话题，“我觉醒期嘛，还不稳定，万一在外边露出马脚就不好了。”

白露闻言，迟疑地看了一眼晨熙，不大确定地提到：“我猜，你的觉醒期大概已经快到尾声了。”

晨熙一愣，火速一个翻身坐了起来：“快结束了吗？”

“失去意识还没有变回觉醒体，这是身体正在恢复稳定的象征。”白露解释道，“你最近变回来是不是也没那么疼了？”

晨熙闻言，在自己身上四处摸摸按按：“真的啊！”

白露确信：“那就是了。”

晨熙面色一喜。他算了算时间，从他觉醒到现在也有五个多月了，一般觉醒期三到六个月，他已经是觉醒期超长的那一挂了，也的确是时候进入尾声了。

老天爷啊！终于要结束了！平安度过觉醒期，还没有因为异常的觉醒年龄而经历那些乱七八糟的状态！一直担心着会不会经历发情期这种令猫想要自杀的包袱终于可以放下了！晨熙眉飞色舞，高兴到可以在病床上当场表演一个劈叉！

白露不明所以地看着晨熙：“你怎么这么高兴？”

“因为老板说我可能会经历发情期，但我没有！”晨熙无比快乐，“而且他说有很多觉醒者都会在恢复人类生活之后，感到不习惯而露出觉醒体的样子。”

“对，”白露点了点头，“觉醒者通常都是这样。”

晨熙说着，贼骄傲地一挺胸：“但我不会！”

白露微怔，这才意识到这只小猫猫虽然一天二十四小时至少有十六个小时都保持着觉醒体，但在不必要的时候，他绝对是以人类的模样出现的。这其实很少见，因为觉醒者们大多以自己的特殊为傲，尤其是在觉醒期的那些小孩子，一个个恨不得全世界都知道他们是亿里挑一的觉醒者，骄傲地享受着别人羡慕的目光和吹捧。

但晨熙就不，他在上班的时候就假装自己是只小猫猫，只有自己在家的时候，才变回人来，不给别人知道。

哦，其实有个例外。

晨熙看了一眼日历，说道：“出去的话就算啦，我可以喊别人来玩啊！”

晨熙这三年在海城念大学，因为寒假只有两个月不到，实在是赶不回去，所以过年晨熙都是跟一些同样赶不回去的同学一起过的。但这里到底是楼狮的地方，晨熙不可能把以往那群哥们儿全喊过来，但寝室的小伙伴是可以的。在海城的人还剩下两个，叶朗朗是本地人，沈深去了帝星，那就只剩下任航了。

晨熙心里叽叽咕咕地算着时间，打开了终端，点开了寝室群彩虹屁指挥中心（4）的聊天窗。

晨熙熙：“叶朗朗、任航航，你俩今年过年什么安排？”

任航航："没有安排，也没时间回去，只能自己在宿舍里煮个自嗨锅。"

晨熙熙："那我们一起过好了！我们在南丰庄园过吧！老板今年不在家！"

任航航："他同意吗？"

晨熙熙："同意啊，他说随我高兴。"

虽然当初老板嘴上是这么说的，但从楼狮连白姐姐都不太愿意让进的表现来看，等老板回来，他可能会被责令搬家的。但老板同意让他随便作了，他也不管那么多了，只要不进老板书房就可以。

任航航："我来我来我来！熙爸爸不要抛弃我！需要准备什么？需要跟以前一样把家里搞得花里胡哨吗？"

晨熙熙："要的要的，过年还有两个月，我们按照惯例自己搞！家里还有个姐姐呢！超飒！"

叶朗朗："还有个姐姐？！我也要来我也要来！"

沈深深："满脸都写着不羡慕。"

没有人在乎远在帝星的沈深了。

晨熙一个鲤鱼打挺，从病床上起来，活蹦乱跳的，半点看不出刚洗过胃的样子。

"白姐姐我们走！回去量尺寸搞设计图，然后买新年墙纸、新年花图、新年灯罩，新年各种装饰！"晨熙喜气洋洋，"亲手做！"

白露站起身："做这些干什么？"

"我老家那边的传统，我们农业星嘛，到了冬天，每家每户都会开始琢磨新年的临时装饰，还会评选出哪家的最好看，街道会给颁奖！"

晨熙觉得这八成是到了冬天大家没事干，都太闲了，就没事找事。但亲手把家里收拾得焕然一新，再亲手做装饰，那的确就是有不一样的快乐。

“我们寝室几个对这个传统挺感兴趣的，就每年都一起搞，今年的话再提前一点，因为庄园很大！”晨熙兴致勃勃，“你要不要跟我们一起弄啊，到了过年的时候老开心的，吃饭都更香。”

白露看了一眼晨熙，英气的眉眼微微弯了弯：“好。”

第二天正巧是周日，叶朗朗和任航一大早就抱着一大堆去年剩下的材料过来了。

普通人家的孩子精打细算，其中还有三米丑了吧唧的大红布，是大一那年买的，但因为实在是太艳了，有点辣眼睛，所以一直都没被用上。叶朗朗把这块红布带上了，琢磨着万一今年就用上了呢。

兄弟两个刚进社区就像进了大观园，羡慕得要死，看向晨熙的眼睛红得吓人。

晨熙嬉皮笑脸：“没办法，人长得帅，运气好，天生的，你们学不来。”

哥俩骂了一声。这是人话吗？两人酸不拉唧地坐在沙发上剥松子。

晨熙在厨房里烤小甜饼，就听见叶朗朗扯着嗓子问：“老四！说好的姐姐呢？超飒的那个！”

“不知道啊！”晨熙也扯着嗓子回，“我跟你讲你说话注意点，人家白姐姐是觉醒者，回头你说错话，她一巴掌把你脑袋给拍掉！”

叶朗朗迅速闭紧了嘴。

晨熙继续扯嗓子：“大茶几左手边最下边，有个隐藏抽屉，抽屉里有我好久之前偷偷藏的垃圾食品！楼狮不知道！”

叶朗朗和任航闻言，在大茶几下头摸来摸去，好不容易摸到了隐藏按钮，然后拉开了那个抽屉。两人定睛一看，随即瞳孔地震，感觉世界观受到了剧烈的冲击。

“晨老四！这一抽屉的能把人送上西天的玩意儿，你说是垃圾食品！！！”叶朗朗声嘶力竭，“你到底跟楼狮要去干什么？”

你竟然背着我们加入了恐怖组织？！晨老四你过分了！！

叶朗朗鬼哭狼嚎，深觉他们的宝贝老四背叛了他们，把他们三个丢下，还当面刺激，简直是毫无人性！

“晨老四你怎么能这样？”任航也跟着号，“妈妈不记得有教过你这种事！！”

晨老四你不是人！你根本没有心！

叶朗朗和任航号得此起彼伏，节奏感十足。

厨房里的晨熙脑子嗡嗡响。什么？啥玩意儿？怎么会有武器装备？你们怎敢凭空污人清白？！

晨熙把小甜饼从烤箱里取出来，手上还套着隔热手套，冲出厨房，满脸怒容，刚要开始骂人，就看到那一抽屉的危险物品。

晨熙浑身一震。

这个分量怕是得用个几年才用得完吧！楼狮有毛病吗？搞这么多放在这儿，他自己啥时候回来都说不上呢，有钱人怎么这么能花钱？

不不不，不对。楼狮准备这么多武器装备放这儿干啥？！

晨熙头皮一麻，目光扫过那个抽屉，深吸口气：“你们两个棒槌！你们开错抽屉了！”

哥俩一愣，晨熙深吸口气，把隔热手套扔到一边，把他俩挤开，在左侧拉开了一个隐藏抽屉，把里边的泡椒凤爪、辣条、魔芋爽等乱七八糟的玩意儿全都拿了出来。然后哥仨吃着小甜饼配辣条等零食，看着他们的意外收获，满脸悲苦。

怎么会有这种东西啊？哥仨不约而同地这样想道，然后叶朗朗和任航看向晨熙。晨熙嘎吱嘎吱嚼着一包魔芋爽，神情忧郁。别看熙熙！熙熙也不知道！也不敢问！

叶朗朗深沉道：“楼狮毕竟身价不低，也是怕自己出啥意外，对不对？”

任航福尔摩斯式叼着辣条，认真地点了点头：“确实。”

晨熙松了一口气，幸好没把楼狮和星盗头子联系在一起。

叶朗朗建议："要不你问问楼狮呗，这玩意儿是用来干吗的？"

晨熙冷笑一声："管他干吗的。"

这样说着，晨熙一伸手，把整个抽屉抽出来，抱着抽屉站起身，正准备把里边的东西都放到别处，门口就传来了开门声。

晨熙一愣，登时手忙脚乱地要把抽屉塞回去，一边塞一边嘀咕："搞快点搞快点，白姐姐回来了，快把这玩意儿藏起来！"

叶朗朗和任航一听，顿时也跟着变得紧张了几分，七手八脚地帮着晨熙把抽屉塞回去。

"叶哥你撒手，挡到我了！"

"臭弟弟放着我来！"

"谁把剪刀放那儿的，快拿开，抽屉塞不进了！"

"不是，这玩意儿抽出来的时候还好好的，怎么塞进去这么难？"

"谁把泡椒凤爪放进去了，缺德嘛！"

"臭弟弟撒手啊！！！"

白露女士和保镖先生走进门，看到的就是三个青年相互骂骂咧咧几乎要扭打在一起的样子。还有一桌子乱七八糟的垃圾食品和小甜饼，中间还混着几个画风诡异的盒子。白露和保镖先生目光扫过那几个盒子，露出诡异微妙又一言难尽的神情。

晨熙：不！你们别这样啊！我可以解释的！这都是楼狮的阴谋！

白露女士不愧是见过大世面的女人，她一抬手，扯着保镖先生后退两步："你们，在进行军火交易？"

哥仨瞬间跳起来，跟彼此远远隔开，异口同声："没有！"

晨熙麻溜地把东西全收好，迅速把抽屉复原，拿了小零食和几支感应笔出来。

"来来来。"晨熙仿佛无事发生一般招呼道，"人都来了，那就来琢磨一下咱们屋子怎么收拾。"

白露女士和保镖先生相互看看，走了进来。

冬天来得特别快，似乎一夜之间，源自内陆高原的寒流就席卷了整个海城。在这座滨海城市里居住的人们都在薄薄的衬衫短袖外边套上了外套。

海城的冬天不冷，而每年新年更是各地人们赶往海城旅行的高峰期。随着巨大人流的到来，白露的精神明显变得格外紧绷。但好在晨熙两点一线的生活还是没变，只是家里隔三岔五地会变得热闹许多。

白露看着晨熙给他的猫爬架糊上一层喜庆漂亮的红顶，又低头看了看自己手里剪了一半的剪纸。

晨熙在跟云飞扬网络聊天，云飞扬语音，晨熙敲字。云飞扬还在为他的恋情努力，他努力的方向是非常明确的，那就是云涟漪的活动到哪儿，他就拿下去哪儿的公司任务。这两个月里，云飞集团的产品成交额飞速上涨，远超上一个季度。这其中，云飞扬的成果占了一大半。晨熙甚至暗暗地拿了二十万去买了云飞集团的股票，短短两个月就翻了两倍。

那边云飞扬喝醉了，正大着舌头抱怨他们家臭老头竟然想把他调到新开发的星系去。狗子一拍桌子："他这一定是想拆散我跟云涟漪！"

晨熙翻了个白眼，刷完猫爬架的顶，从梯子上爬了下来。

白露问："他怎么了？"

晨熙："吃了两碗甜酒冲蛋，醉了。"

"……"白露嘴角一抽。

外边花园里，叶朗朗和任航两个小年轻鬼喊鬼叫地往树上挂灯。晨熙看着那两个举起手都哆嗦的废柴，把手上的漆往地上一放："白姐姐你慢慢来，我去帮他们！"

白露点了点头，眼见着晨熙也变成了鬼喊鬼叫的一员，放下手里的剪纸，看了看自己布满粗茧的双手。

她从未体会过这种分明吵闹却又格外平静的生活。就好像她是个普通的女人，拥有三个孩子，然后他们正在为了即将到来的新年而忙碌，白露抬手轻轻碰了碰脖子上的项圈。

晨熙最近不太关注新闻了，因为那里捕风捉影的内容太多，实在是太影响心态了，但白露还是会通过新闻来确认一些情报的。

楼狮的赢面很大，非常大。她的怨愤很快就要消失了——准确来说，在与晨熙相处的这段时间里，她几乎很少会再升起以前那种灭顶的绝望和不忿。她每每想起来的，都是曾经与她的孩子相处时，最为快乐轻松的时光。

白露女士重新拿起了剪子和红色的纸，“咔嚓”一下剪断了最后一段纸，慢慢地将这个“新”字铺开。

这个项圈，戴得不亏，她想。

这房子三层，平时晨熙会用到的却只有两层，所以他们装饰的也只有两层，再加上楼上的大露台和外边的花园。

叶朗朗和任航宛如两条咸鱼一样躺在地毯上，艰难喘气。

“我太天真了。”叶朗朗双目无神，“大房子好累，我这辈子都不想要大房子了。”

任航脸朝下趴在那里，一动不动，宛如死了。

叶朗朗看了一眼仍旧活蹦乱跳的晨熙，艰难抬手，捏了捏自己酸痛到碰一下都宛如生撕的手臂，踢了踢旁边的任航，任航应声惨叫，叶朗朗感到心里快慰了许多。

他说：“你说老四体力怎么这么好？”

任航：“他年轻。”

叶朗朗心说晨熙也就比他们小了一岁，区区一岁，哪能有这么大区别，但他嘴上却深表赞同：“确实，年轻。”

任航翻了个白眼，看了一眼落地窗外的花园。花园里树上缠着一些小星星形状的小灯，灯外包着一层柔光薄膜。入了夜，关掉花园大灯，点亮这些小灯泡，花园里就是一片影影绰绰的星河景象，好看极了。

他们大学三年里，每年的装饰都少不了这个。白露看看累垮的两个普通人，叫来了两个护理机器人，把这两人抬去做按摩护理，叶朗朗和任航躺在担架上感动到落泪。

任航痛哭流涕："呜呜呜……谢谢白姐姐！晨熙那臭弟弟就是没有姐姐贴心。"

叶朗朗不甘落后："就是就是，吾恨不能以身相许！"

白露女士眉头一挑，目送着哥俩满脸安详地被带进客房里享受护理。晨熙在花园外边挂风铃，手里刚一系上活结，就听到房子里传来了叶朗朗和任航的喊叫。那叫一个凄厉，杀猪的时候都没听过这么惨的。

晨熙慌里慌张地冲了回来："怎么了，敌袭吗？"

"没有，"白露女士不动声色，"他们毕竟是普通人，这段日子太累了，有些肌肉劳损，护理机器人正在给他们揉药油，你继续忙吧。"

"好的呀，谢谢白姐姐，我都忘记这一点了。"晨熙非常信任白露女士，他点了点头，头也不回地跑了回去。

白露女士看着晨熙哼哧哼哧地又继续去挂灯了，于是收回视线，看了一眼护理机器人控制面板上被她调整成"重力道"的选项，慢吞吞地关闭了面板。

一天到晚满嘴跑火车的小弟弟，就该吃点教训，白露女士想，不然带坏了晨熙宝宝可怎么办。

按摩护理完，叶朗朗和任航神情恍惚地从客房里走出来，隐隐约约感觉自己好像被针对了。

任航陷入沉思："白姐姐看我们的眼神好像不太对。"

叶朗朗一惊："我也觉得不太对，是不是那种选妃的眼神！"

任航缓缓打出了一个问号："你别把我跟你这个垃圾混为一谈。"

叶朗朗也打出了一个问号："你之前拿我云涟漪演唱会内场票的时候可不是这么说的。"

"那能一样吗？"任航说着，活动了一下四肢，感觉骨骼咔咔作响，肌肉倒是的确不再像之前一样酸痛了。

叶朗朗也跟着活动了一下，一咂舌："我们想多了吧？效果这么好。"

晨熙转头看了一眼凑在一起嘀咕的哥俩，挂好了风铃灯，从梯子上蹦下来："你们也太弱了。"

任航和叶朗朗点头："那必然比不上你。"

可不是嘛，觉醒者到底还是厉害的。

晨熙说："你们给我递东西吧。"

叶朗朗和任航应了一声，转头上屋里去把装着小灯和缎带的纸箱放上小推车，拉了过来，然后大爷似的指挥着苦力晨老四，这里挂什么，那里挪挪。

任航给晨熙递了个缎带花，这缎带花还是晨熙之前在缝纫教程上学会了教他们做的，但谁做得都比晨熙这个老师要好。

任航："老四，你以后也是常驻海城吧？回去一趟怎么都不容易，你准备怎么办？我最近一直在烦这个，你有什么主意，说来让哥哥参考一下。"

叶朗朗一个本地人，看看任航，又看看晨熙，默默闭上了嘴。

晨熙给枝条上挂缎带花，想了想："我也不知道，本来我是想着在海城攒点钱，到了爸妈需要照顾的年纪，我就搬回老家去的。"

任航点了点头，晨熙在自己的人生规划上挺有主见，这个打算他们很早就知道了。但计划到底赶不上变化，之前谁都想不到晨熙会认识楼狮，还会跟他成为朋友。

晨熙嘀咕："你怎么打算的？我也参考一下。"

"我转正要是能留在创新科技部门的话，我就准备把我爸妈接过来。"任航这样说道，"创技部的宿舍是单人套间，两室一厅，也够我们一家过日子了。"

晨熙一咂舌，发现任航这个安排放他这里，并没有多少参考价值。对他来说，最大的烦恼不是钱，而是楼狮和自己的身份问题。老人家愿不愿意离开老家悠闲的生活先不说吧，楼狮身边有他一个，都已经要因为保密和安全的问题而选择率先出击了，如果再加上他的家人……但是吧，老人家一直待在老家也没那么安全。他现在没暴露在他人视野之下还好，万一暴露了，那不是要出大事？隔着一个月的航程，真想帮点什么忙，那也是鞭长莫及。

晨熙忧愁地叹了口气，把缎带花在树枝尖端系紧，思考半晌，说道："没办法，我到时候实话实说，让老人家自己选吧，你最好也跟家里商量一下。"

任航也跟着叹了口气，抓了抓脑袋，看起来苦恼得不行。

晨熙被这个话题扯分了心，当天晚上，大家都走了，晨熙思来想去，还是给家里打了个电话。

晨熙家住林原星北半球的中高纬度地区，地处平原，冬天极冷，但好在福利很足，暖气、防寒设备之类的东西使用都是免费的。晨熙看到视频里的爸妈在室内，穿着薄毛衣，爸爸在自己跟自己下棋，妈妈刚摘掉了脸上的面膜。

他们接通了视频，一边加衣服一边喜气洋洋地说道："宝！家里今天下好大的雪了，我给你看看。"

"好的啊！"晨熙乖乖应了一声，看到投影那头厚实的雪地里四处都是人，大家在滑雪打雪仗堆雪人。

晨熙妈妈揣着终端就出去了，而晨熙看着投影里一个接一个跑过来跟他打招呼的熟悉的邻居们，一边回应，一边感觉自己好像是被他妈牵出去遛的狗子。

“咱们家的卷心菜地里盖了雪，刚摘来清炒了一下，可甜了，请了人明早来收，收了就送到厂里食堂，给工人们吃去。”

晨熙家里有个小农场，还有个农副产品的加工厂，这在林原星是非常常见的状况，算得上是小康的家庭条件，也挺需要操心经营。

晨熙妈妈絮絮叨叨地说着，路上遇到邻里，总得停下来打个招呼，晨熙也跟着乖乖打招呼，觉得自己越发像是只狗子了。

临近年关，老家回去了不少小辈，长辈见了，来来回回不外乎那么些话题。

“东街上那个张哥哥你记得吧？小时候一起玩过的。”

“记得。”

“他后天结婚了，摆席。”

晨熙心道不好：“哇哦。”

“你准备什么时候结婚啊？”晨熙妈妈问，“先不说结婚了，你什么时候有对象啊？妈妈觉得吧，是个活人就行……”

晨熙都傻了，是个活人就行……这要求竟然都低成这样了？

晨熙看了一眼旁边他爸，他爸眼观鼻鼻观心，明哲保身，半句不开口。

“熙熙，你有喜欢的人了吗？”晨妈妈问完，就自己紧接着叹了口气，自己否认道，“你肯定没有，你这孩子从小怪得很，谁家小孩儿不是早早就开始谈恋爱了，就你到现在一个都没谈过。”

谁说的，朗朗、深深、航航也都是单身，明明就是咱们老家的小孩太过于超前了！再说了，那么早谈恋爱干什么？努力工作不好吗？晨熙心中愤愤，却在妈妈面前乖得宛如一只鹌鹑。

“我打听了，东街上有家的姑娘也在海城，这么大的宇宙能这么巧，也是难得的缘分，要不你俩见个面，一起吃个饭？”晨熙妈妈问，“你在海城也算是有事业，脚跟站住了，条件算不错……”

晨熙一愣，晨熙大惊，晨熙脑子嗡嗡响，晨熙飞速拒绝："不用了，别介绍。"

晨熙飞速跳过了这个话题："妈，我是问你有没有来海城的打算的。"

"去海城？"晨熙爸爸出声了，他想了想，摇摇头，"太远了，咱们家的厂子跟海城八竿子打不着，而且也没什么认识的人，不去。"

这个答案晨熙也并不意外，他挠挠头，暂且不说什么，准备等楼狮回来之后再讨论这个事。

晨熙跟爹妈唠了两个小时，看他们绕着街区逛了一大圈，才挂断了视频，看了一眼时间，给楼狮发了一条晚安过去。

等了一会儿，楼狮没回，晨熙撇撇嘴，关上终端，卷着被子一缩，刚把终端调到静音准备睡觉，就看到静音的终端亮了起来。楼狮发来了视频，晨熙微怔，打了个小小的哈欠，接通了视频。

楼狮那边刚解散视频会议，背后是一个巨大的星系沙盘投影。晨熙看了好一会儿，也没看出那个投影的名堂，连这是哪个星系他都分不出来，他真的是个没有一点军事地理素养的人。

晨熙干脆地挪开了视线："老板，我今天跟我爸妈联系了一下。"

"嗯？"

晨熙迟疑了一瞬，问："万一，我是说万一，我的存在暴露了，我爸妈那边……"

"你才想到？"楼狮带着点笑意，"你爸妈那边我早就派人去了。"

晨熙一愣。

楼狮补充："还有你那几个关系亲密的朋友也是。"

第十九章

新年·腻香的蜂蜜

宇宙航行不分昼夜，战时更是没有什么规律的作息，此时的楼狮也已经二十多个小时没有睡眠了。可他现在很精神，还带着些小亢奋。

楼狮看着天花板，随后翻身坐了起来。他看了一眼时间，发现都已经过去三个小时了，仍旧没有睡意。楼老板坐在床上，半晌，终于没忍住，打开了他的终端，连上了家里的监控。

入目的是一片喜庆的红色。这些天晨熙的忙碌楼狮很清楚，尽管他们的视频次数并不多，时间对不上是一方面，楼狮这边很少有安定的时候，突发状况比较多也是一方面。

晨熙不想发视频打扰到楼狮，而楼狮同样也并不想吓到晨熙。这小鬼，听说他有个好歹就会急眼，别说视频到半道上突发警报了。

众所周知，猫看着无法无天，但胆子其实很小。

楼狮觉得晨熙要是在跟他视频的时候，撞见了那种突袭意外断了通信，八成要吓得几天睡不着觉。所以楼狮一个人的时候，偶尔会通过监控看看家里和公司的情况。

他知道晨熙在给家里做装饰，不得不说晨熙的审美能力比做手工的功底要厉害得多。他也知道晨熙的那两个朋友，还有白露都在帮忙。就连他那位兼职保镖的财务官，也非常认真地指导了一下，告诉晨熙哪里是监控设备，哪里是武器喷火口，哪里又是安全防护装置等。楼狮还记得晨熙刚发现这平平无奇的庄园竟然被打造成了堡垒时，那张猫脸上的震撼表情。

还怪可爱的。

楼狮调整了一下监控投影的光线，让投影变得更加清晰了一些。

海城那边夜已经深了，楼狮下意识地先巡视了一圈领地，他看过整个庄园的热量监控，发现家里没有他人留宿，白露也没留下。

两三天没见，庄园里的装饰又换了不少，整体来说还不错——除了叶朗朗那个审美残疾在角落里搞的大红配大绿。

楼狮跳过了那个角落，看着花园里挂着的小灯泡构成的树影星河。楼狮看了好一会儿，而后偏头看向了休息室视野窗外一片漆黑的宇宙。

狮心的舰队正在航行，而宇宙航行时的视野，与拍摄出来的星空是截然不同的。

晴朗的天气里，站在星球上向外看，夜幕像是一条淌着碎钻的河。但航道往往都是远离恒星引力圈的，进入宇宙之后，入目的其实并非星河，而是漫无边际的黑暗。

晨熙进行过长期的宇宙航行，很清楚这一点的。所以在这一片树影星河收拾好的那天，他就拍了张照，发给了楼狮。

楼狮知道，晨熙的那两个室友是普通人，体力一般。但花园很大，于是这些小灯都是晨熙一个人反反复复调整着挂的。偶尔大半夜的时候，还能看到晨熙跑出去调整灯泡位置的身影。

虽然累，但的确很好看。

那照片还特意修过，可惜晨熙大概是没怎么玩过修图软件，那些笨拙的痕迹让人一眼就看出来了。楼狮按下了视野窗视图替换的按钮，把晨熙发来的照片投影到了视野窗上。然后他看着那星星点点的璀璨光芒，又看了一眼放在视野窗边上丑了吧唧的娃娃，心情变得无比明朗起来。

楼狮脸上带着些笑意，收回落在视野窗上的视线，一边输入保密口令，连通了卧室里的保密监控。

晨熙睡熟了，大约是觉醒期已经进入尾声的关系，他在睡觉的时候也没有再进入觉醒体的状态。不过本能仍旧没能调整过来。他仍旧像只猫一样，整个人都藏进了被窝里，只留出了一小撮黑色发尖。而被子鼓鼓囊囊的一团，一看就知道被子底下的人是团成个球睡的。

楼狮看着晨熙的那撮发尖，轻啧一声。

啧，还以为这小鬼会睡不着觉。

到今天，家里的改造工程就结束了，只剩下出去买年货和食材之类的事情。

但是晨熙不大适合出门，所以逛商场项目取消。好在哥几个和白露姐姐，前者糙后者也不是什么正常人，没那么讲究，也不在意什么年货不年货的，他们甚至决定跨年的时候上花园里烧烤。

算算时间，再有一周就到新年了。

晨熙尾巴一甩，自己抱住，给楼狮发信息："老板，要过年了啊。"

楼狮："嗯。"

晨熙："咱们本来能一起过这个年的。"

楼狮微怔，没说话。对于这个星球的普通人而言，节假日的意义比较特殊，大家非常重视文化传承，所有的节日，庆祝都是非常隆重的，尤其是过年那一周。

晨熙敲字："老板你可能不知道，海城过年这一周，每天都有花车游行，到处都是庆典，街上有好多人会给别人发纪念品，还有全天免费供应的酒水食物……”

晨熙记得楼狮这个人对于普通人的节庆几乎毫无了解。这其实很好理解，小时候能活着就不错了，长大之后又没有过几天正常日子，不可能去关注狂欢庆典。但晨熙很喜欢，每个星球每个城市，节假日的传统庆典可能都有细微的差别，四处走走看看，被热心的路人塞一手纪念品满载而归的时候，就像是淘金归来一样快乐。但楼狮今年无法跟他一起感受这份快乐。

晨熙叹了口气，十分可惜。他忍不住敲字：“你不在真的好可惜啊。”

楼狮想了想：“你可以跟我视频直播。”

“可是我不出去比较安全，最近游客量暴涨，白露女士觉都睡不好。据她说，保镖大哥的线人发现野渡有了不少乱七八糟的飞船。”

这其实很正常，因为不是每个星盗都上了通缉令，没有上通缉令的小虾米，也经常四处旅游度假，但怕就怕这些正常情况里有些不正常的情况。饶是很沉得住气的白露女士，也禁不住感到紧绷，天天监督着晨熙，恨不得把这只小猫崽子武装到牙齿。

晨熙叹气：“直播哪有自己来玩快乐，没关系的，一年那么多个节日呢，等你回来，我们以后慢慢玩。”

楼狮心头一软：“嗯，但我还是可以视频陪你跨年。”

晨熙两眼一亮：“好啊！那我给你直播我们烧烤！”

楼狮输入一串省略号，又删掉，敲字敲了半晌，也没发出去。

晨熙看着楼狮那边不断闪烁的正在输入，有些疑惑地盯了他们的聊天记录半晌，然后一拍小被子。他飞速敲字：“我负责吃，他们负责烤！”

楼狮秒回：“嗯。”

楼狮果然是在试图提醒他不要自己搞烧烤！怪不得不敢随便发出来！

晨熙嘴一扁："睡了！晚安！"

楼狮："晚安。"

晨熙把终端往旁边一踹，小被子一掀，整只猫都团在了被子下面，连一根毛都不给楼狮看了。

说来也巧，过年当天，楼狮从云涟漪那个二道贩子女巫手里买的各种东西也送到了。

这中间的运送时间实在漫长，大约是出于谨慎，不想让人发现自己真正的身份，这包裹辗转了无数星球，邮戳盖了整整一个包装箱，密密麻麻的都分不清到底有哪些了。

这时正是下午，今天天气很好，都出了太阳。叶朗朗和任航正在串烤串，串着串着，叶朗朗就抽出一根铁签，转头指向任航，大喝一声："呔！何方妖孽，报上名来！"

跟他们一起串烤串的白露停滞一瞬，迅速警觉起来。任航也是一愣，然后紧接着抽出了一根铁签，"叮"的一声敲在叶朗朗手里的铁签上："你这泼猴，竟连为师都不认识了！"

两个人叮叮当当地拿着小铁签上蹿下跳地演了起来。

他们远远地看到收包裹回来的晨熙，任航大叫："熙师弟，快放下行李，助为师清理门户！"

晨熙翻了个巨大的白眼："滚回去！"

哥俩不滚，他们凑过来，看着那个一个人都抱不住，只能靠杂物机器人运送的包裹，看着上边的邮戳，满脸震撼。

"这得是中转了多少站啊……"

"你这是从未探明的宇宙中寄来的包裹吗……"

"箱子都要磨烂了！"

杂物机器人顺着晨熙的指挥，把箱子放到了烧烤架旁边。哥仨一屁股坐在草地上，招呼白露。

“是什么？”叶朗朗摸了把剪刀过来，递给晨熙，“这里边是什么？”

晨熙接过剪刀开箱，答道：“老板寄回来的，应该是一些稀奇的玩意儿。”

任航好奇：“什么玩意儿？”

白露也放下了手里的东西，走了过来。

晨熙满脸神秘：“说来你们可能不信，里边有喝了就会让人产生爱意的药水，吃了就会让人快乐的小饼干，还有让人感到温暖的巧克力……”

没见识的两兄弟“哇哦”了一声，有见识的白露姐姐若有所思：“女巫的东西？”

叶朗朗和任航好奇：“白姐姐知道？”

“知道。”白露点了点头，“我用过那个爱情药水，效果很好。”

哥俩“哇”了一声，然后拽拽晨熙，小声问道：“老四，这是不是就是那种……违禁药品啊？”

“啊？”晨熙没反应过来。

叶朗朗说：“听起来像是致幻剂、兴奋剂之类的东西。”

那倒不是，但是好感度这个东西，晨熙也没办法解释。云涟漪她敢把这些东西拿来卖，也的确就是仗着这些商品的功效。

“应该还好吧。”晨熙装傻，“但是老板会买了送回来，肯定就无害。”

晨熙说着，打开了箱子。

这些商品的包装非常华贵，连盒扣都是上好的红宝石搭扣。楼狮买了一盒十支爱情药水，据说一支爱情药水是10%的好感度，十支就能让人对赠送之人爱入骨髓。赠送的人是楼狮，所以这盒药水，如果有人喝了，是会对楼狮产生好感的。

老板玩起恶搞来了！晨熙当机立断，在叶朗朗和任航向爱情药水伸出手的瞬间，迅速把它拿走了。

叶朗朗和任航伸手：“让我们看看啊！”

晨熙铁面无情：“不行，这玩意儿我得销毁了。”

白露看了看晨熙，也点头同意。叶朗朗于是放弃扑上去跟晨老四抢的打算，任航却没有。他追着晨熙在花园里转圈圈，晨熙跑得飞快，他在后边追得气喘吁吁，一边喘还一边骂骂咧咧。

叶朗朗摸出了温暖巧克力，大声问奔跑中的任航：“航航，吃不吃啊？”

“吃！”任航迅速刹车，拿过叶朗朗递过来的小半块巧克力，塞嘴里，正准备继续追晨熙，整个人却以肉眼可见的速度沉静了下来。

叶朗朗问：“什么感觉？”

任航露出超满足的笑容，活像是牵到了云涟漪的手。叶朗朗一惊，心说这效果也太强了。他转头，看看旁边的快乐饼干，拿了一块，掰碎，给任航塞了一小块。

任航咀嚼了两秒，然后浑身一震，大笑三声，一蹦起来，就要撵向在旁边探头探脑围观的晨熙。叶朗朗一抬手按住任航，又往他嘴里塞了小半块巧克力，任航迅速安静下来。

晨熙在旁边出馊主意：“再喂。”

叶朗朗又迅速摸出了一块快乐饼干，喂给任航，任航乐不可支。

“再喂。”

叶朗朗塞了块巧克力，任航满脸安详。

“再喂。”

叶朗朗塞了块饼干，任航嘻嘻嘻地笑出声。叶朗朗没忍住，自己啃了块饼干，也跟着嘻嘻嘻地笑起来。

楼狮好不容易得了空，瞅准时间拨通视频的时候，海城的天已经黑了。

投影里，晨熙目光呆滞地坐在树底下，蔫头耷脑地喊了一声“老板”，然后继续呆滞，宛如失去了灵魂。楼狮还没来得及回应，就听到了一阵鬼喊鬼叫，然后两道身影呼啦一下围住了晨熙。

是叶朗朗和任航。楼狮一愣，然后眼睁睁地看着叶朗朗和任航两个人，围着晨熙跳起了大神。他们一边跳还一边煞有介事地作法，嘴里高喊着：“吾神的忠实信徒啊，接受雏鸟之神的荫庇吧！”

兄弟两个无比活泼地蹦跶着，倒真像是两只快乐的小鸟。

晨熙脑子嗡嗡响，隐约感到了几分崩溃，满脸的生无可恋。

楼狮看了一眼饱受折磨的晨熙，缓缓打出了一个问号。

这是……中邪了？楼狮怎么也想不到，说好的户外烧烤能变成这样。他怎么都想不到，他送回去的稀奇玩意儿能造成这种震撼人心的效果。他抬手，撑住额头，仔细回忆了一下，发现不管是不是稀奇玩意儿，晨熙这只小猫猫都能搞出千奇百怪的新体验。

楼狮抬眼，看着投影里被三只小鸟围住跳大神的白露。白露十分冷静，把最后几串西蓝花串上，然后闭上眼，深吸口气，一抬手揪住一只小鸟。她定睛一看，发现是叶朗朗之后，反手给他塞了一块悲伤小蛋糕。

叶朗朗愣住，然后吸了吸鼻子，转头蹲到灌木丛边上，抽抽搭搭、呜呜咽咽地哭了起来。

白姐姐被骚扰了一个下午，露出了万分满意的神情，只觉得这哭声实在令人心情愉快。她如法炮制，又给任航塞了一块，神情愉悦地看着躲在角落里哭的两只“土拨鼠”，然后摸了块温暖巧克力出来，塞给了最后一只快乐的小鸟。

晨熙安静下来，白露看了楼狮一眼，拍了拍晨熙的脑袋，问：“想吃什么？”

晨熙乖巧如鹌鹑：“鸡翅。”

白露点头：“好。”然后她把角落里抽抽搭搭的两只“土拨鼠”捞起来，支使道：“烤！”

土拨鼠吸着鼻子，乖乖搞起了烧烤，坐在一边的晨熙抬头看了一眼涕泗横流的两只土拨鼠：“脏。”

叶朗朗和任航一愣，“哇”地一声号啕大哭。白露脑子嗡嗡响，她忍不住了，转头看了一眼看热闹的楼狮，问：“这玩意儿有没有说明书，说明持续时间或者是怎样消除药效之类的？”

自己并没有使用过的楼狮仔细想了想，摇了摇头。

这谁知道啊，楼狮把女巫给他的舰队长看的那些例子找出来看了一遍，吃了快乐饼干之后也没变成这样，最多也就是笑点变低、心情变好，一直就快快乐乐、高高兴兴的样子。

谁知道这几个傻憨憨能成这样？得亏云飞扬没在，这要是再加个云飞扬，白露今晚估计就能把狗肉给下火锅了。

楼狮的目光飘向他自己留下的两盒饼干，为了以防万一，他才留了两盒，现在看到这么三个活生生的例子，他一点都不想尝试了，反正他现在状态也挺稳定的。楼狮正琢磨着要不要把这两盒饼干销毁，就看到投影里晨熙凑近的脸。

楼狮顿了顿：“……离摄像头远点。”

晨熙嘟哝：“哦。”

晨熙往后挪了两厘米。

楼狮：“再远点。”

晨熙又往后挪了两厘米。

楼狮：“再——”

晨熙眉头一皱：“我不好看吗？”

楼狮：“？”

晨熙：“你怎么老让我远点。”

楼狮看着投影，想着行吧，说得也是。晨熙见楼狮不吭声了，委委屈屈地往后挪了老长一段。

楼狮看到白露揪着那边两只土拨鼠喂了巧克力，再一看时间，海城那边都晚上八点了。楼狮顺手打开星盘，开始琢磨之后的路，顺口问道："吃过晚饭了吗？"

"没呢，烧烤就是晚饭。"晨熙说着，站起身，从屋里扛出了两箱啤酒，看了看解酒药，想了想，还是没拿。

新年就该不醉不归！

晨熙扛着啤酒出去了，安静下来的哥俩满脸超脱地翻转着烧烤，嘴里还哼着歌，地上放着投影器，正播放着今年的跨年晚会。

任航大喊："晨老四，牛油和鸡皮烤好了，快过来看神仙！"这神仙，晨熙想都不用想，必定是云涟漪。

晨熙把酒放下，拎出三瓶来，拉开拉环，自己一瓶，两个哥哥各一瓶。白露女士说要保持清醒，不喝酒。楼狮看了一眼抱着酒瓶坐在草地上，哼哧哼哧啃牛排的晨熙，想了想，让食堂也给他做了烧烤送过来。

楼狮问："你今天喝酒吗？"

晨熙点头："喝的。"

楼狮微顿："你不是酒量不好吗？"

他记得之前晨熙和室友去吃散伙饭的时候，晨熙还坚定地不喝酒来着。

晨熙脸一板："啥？我酒量不好？胡说八道！"

楼狮眉头一挑："哦？"

晨熙竖起一根手指："我告诉你，我能喝足足一杯！"

哇，那你可真棒。楼狮看了一眼晨熙怀里的那一瓶酒，又看看旁边那两箱："那你扛这么多出来干什么？"

"为了拍照啊！"

晨熙吃完五串牛排，屁颠屁颠地跑去把酒都拿出来，放到了新架起来的小桌上，十分讲究地挑角度拍了几张贼好看贼热闹的照片，然后又把拎出来的酒挨个塞回去。

“这样发给家里嘛，也免得我爸妈老觉得我一个人在外边过得不好。”

楼狮没说话。

三个男孩子坐在桌子边，拿着烤好的鸡翅，一边敲碗一边跟着跨年晚会里的云涟漪唱歌。晨熙不追云涟漪，但寝室里天天放云涟漪的歌，他也都会唱了，不过也的确好听。晨熙看着投影，投影里的镜头在观众席上一扫而过，晨熙一眼就看到了坐在前边，拿着灯牌，还戴着头箍的云飞扬。

晨熙倒吸一口凉气，把辣椒粉吸进了气管，顿时一阵铺天盖地的咳嗽。灯牌上写着“云过涟漪心飞扬”，头箍上竖着两条小人鱼的形象。即便干出了这等追星之事，云飞扬也坐在那里，背脊挺得笔直，冷着一张脸，宛如一个被女朋友强行带过来追星的可怜直男。

白露也看到了，她给晨熙递水拍背，满脸微妙：“装得还挺像。”

可不是吗！还“云过涟漪心飞扬”，这人竟然都把自己跟云涟漪的糖都磕上了，看着还挺专业。

晨熙缓过气来，大力深呼吸。

“绝了。”

云飞扬这人绝了，不知能够查看好感度的云姐姐看到这个灯牌时作何感想，反正晨熙觉得此子必非池中之物。指不定他追人追着追着，能直接掐断云姐姐的事业线，使她掉个头直奔恋爱结局。

云飞扬身为攻略难度较低的新手，是唯一一个有这种结局的角色。你看，剧本都给云飞扬写好了，晨熙是真的看好云飞扬，他觉得这狗子还真干得出这种事。

晨熙唏嘘着给事业型云姐姐点了一个蜡烛阵，然后从屋里搬出来一个小箱子，宛如做贼一样地拖了过去。

晨熙小声：“我给你们准备了个大宝贝！”

叶朗朗和任航转头看过来，晨熙嘴上配着“锵锵锵”的声音，然后打开箱子，掏出了一大堆仙女棒。

当代社会都讲究一个环保，是不给放烟花的，但庆典和狂欢必然离不开烟火，所以环保局跟文化局商榷过后，就搞出了投影烟花，好看，设计好，安全性高，还无烟环保。

“投影烟花没有灵魂！”晨熙抓出了一大把仙女棒，“仙女棒永不为奴！”

“噢噢噢！”叶朗朗和任航噼里啪啦地鼓掌。

现在正经烟花都禁售来着，只在一些政策开放的星球有卖，别的地方都是投影烟花。

“你上哪儿搞来的？”叶朗朗问。

“我现在不是以前的我了，我现在有钱了！”晨熙一挺胸，“有钱就搞得到！”

白露偏头看了晨熙一眼，又给他碗里放了一串五花肉。开玩笑，这小朋友哪有什么搞违禁品的渠道，这是前些时候晨熙跑来问她要的。

别说是找她要违禁品了，就连个响声大点的鞭炮晨熙都不敢要，鬼鬼祟祟地弄了一箱子仙女棒，就感觉自己要上天了。

白露看着满脸得意的晨熙，觉得挺可爱的。埋头做战术准备的楼狮也撑着脸，看着牛都吹上天的晨熙，也觉得怪可爱的。大抵他们这种刀口舔血生存的人，对于那些普通人的简单快乐总是会格外包容一些。

那边跨年晚会云涟漪的节目结束了，叶朗朗抓着一根仙女棒，当场换台，换了一个云涟漪粉丝专门搞的云涟漪年度汇总的节目。

晨熙小声对楼狮说：“我已经三年没看跨年晚会了。”

三年，年年都是看这个过年。想想大一刚开学的时候，三个人鱼粉他乡遇故知，执手相看泪眼，他这个避之不及的人显得非常格格不入。

楼狮干脆："那让他们换台。"

晨熙拒绝："你怎么能这样呢老板？你这人，一看就没看过跨年晚会。"

楼狮："那确实。"

晨熙："跨年晚会那是人看的东西吗？我从小看跨年晚会，我就没能成功跨过年，都睡过去了，是云涟漪拯救了跨年夜的我！"

楼狮："那你挺棒的，楼狮叹了口气。"

晨熙哼着云涟漪的歌，摸了摸自己有了点饱腹感的肚子，抱着酒瓶"咕嘟咕嘟"喝了一半。

楼狮一顿："你……"

晨熙咂巴咂巴嘴，认真道："老板，我觉得我酒量提升了。"他说着，又"咕嘟咕嘟"地把这一整瓶酒喝完，又品了一下，两眼发亮，"好像真的不晕！"

晨熙大着胆子，又伸手去拿了一瓶喝起来。

楼狮看了一眼那酒瓶，发现上边写着：儿童酒味果汁，酒精度为零，放心饮用，让您的孩子健康快乐地成长。楼狮抬眼看向无情的烧烤机器白露，白露顿了顿，扯了扯嘴角，露出了一个"带孩子好累"的疲惫笑容。

带孩子这事白露可比楼狮懂得多，她看晨熙准备酒水的时候，就顺便问了，知道晨熙酒量不好，也没说什么，干脆就买了以前她给她儿子买过的酒味果汁。

这果汁外表做得还挺像那么一回事，正儿八经的啤酒外包装，味道也近似啤酒带点麦子的微苦，但其实吧，这只是给小孩子过家家用的果汁。

这几箱子酒都是白露置办的，晨熙捣鼓家里的装饰就捣鼓得焦头烂额了，实在没有空闲再检查酒水到底是怎样的。反正箱子上的文字他看不懂，是白姐姐从外面弄回来的进口货！

晨熙不懂，楼狮却是看得懂的。他沉默片刻，看着又拿了一把牛板筋开始烤的白露，说道："多谢。"

白露一惊，诧异地看向楼狮，又抬头看了看天上。这是怎么了？天上也没下红雨，楼狮竟然这么客气。

"倒也不必谢我。"白露女士说道，"我还是买了一箱正常的啤酒的，准备晚点再拿出来。"

楼狮闻言，没有多说什么，只是抬眼看向那三个蹲在一起的人。白露也在看他们，以一种非常柔和的眼神。

晨熙、叶朗朗和沈航三个人正凑在一起，头挨着头，兴奋地看着各自手里的仙女棒，就仿佛是刚断奶第一次吃到了肉的狗子，屁股后边都仿佛生出了尾巴，摇得飞快，不时发出快乐的叫声。

手里的仙女棒发出轻微的燃烧声，晨熙抬手晃晃，嗅着空气中的火药味，整个人都喜滋滋的。叶朗朗和任航怪叫着，三个人拿着仙女棒在花园里上蹿下跳。

这仨小孩的快乐能简单成这样，白露也是没想到的。她以前也不是没有参加过狂欢与庆典，只是那时她总是任务在身，比起这种快乐的享受，白露对于狂欢和庆典的印象只有直白而赤裸的血腥记忆。以至于她从未带她的儿子出去参与过这些，现在想来是有些后悔的。

楼狮看到那边晨熙停下了脚步，看向了围墙外边。觉醒者的听力极好，晨熙听到了这安静的庄园外边隐隐约约飘来的庆典乐和人们热闹的喧嚷声。再看看时间，十一点多了。

叶朗朗拿着根仙女棒凑过来："你干吗呢？"

晨熙看着他手里嚓嚓燃烧的仙女棒，说道："哎，我听到外边花车的声音了。"

"那要不要出去？"叶朗朗满不在乎，"人多，大家一起跨年也挺有感觉的，我们家以前每年都跟着花车一起倒数跨年钟声。"

任航大惊："我还没见过花车什么样呢，之前三年都是喝高昏睡过去的。”他扔掉了手里的仙女棒，嘴上说个不停，说什么都要出去看花车。

“晨老四也没看过！”任航说，“老四走，一起去看热闹！”

“行啊，”晨熙满口答应，“你们先去，我稍微收拾一下。”

兄弟两个不疑有他：“行！”

应完，叶朗朗和任航套上外套，一溜烟地冲出了庄园。晨熙看着他们出去，转头看向吃得一片狼藉的桌面，觉得有些冷清。晨熙撩起袖子，慢吞吞地又点燃了一根仙女棒。这小烟花白露姐姐买了一大箱，他们刚才三分之一都没有点完。

白露目送着那两人兴冲冲地跑了，有些高兴：“你也跟上他们吧？也没有什么要收拾的。”

“啊？”晨熙一愣，然后摇了摇头，“我不出去啦，大过年的，要是发生什么意外多不好。”

白露女士微怔，晨熙抬手拍了拍自己的脸，揉了两把，拿了一把仙女棒出来。

“这些现在都是我的了，一个都不给他们留！”晨熙兴致勃勃地转头看向楼狮的投影，“老板，看猫吗？”

楼狮眉头一挑，却并没有回答晨熙的问题，而是说道：“想出去玩就出去玩，我把白露和老李留下，不是让你这么约束自己的。”

晨熙愣住，转头看向了白姐姐，白露女士赞同地点了点头。

“他们在侦察与反侦察方面的能力比我强，保护你完全足够。”楼狮再一次说道，“去吧，正好我也没见过什么花车游行庆典。”

晨熙愣了好一会儿，吸了吸鼻子，嘟嘟哝哝：“既然你都这么说了，我也只好去了，不然你庆典都没参加过也太惨了！”

楼狮哄他：“嗯嗯，对，我想看。”

既然是老板想看，熙熙当然义不容辞地为他直播！晨熙抖擞起精神，抓着一把仙女棒，超大声：“我先表演完！”

楼狮点头："行。"

晨熙点燃一大把仙女棒，拿着那一把小烟花动作敏捷地蹿上了树。

晨熙："蹿天猴！"

楼狮："……"

白露："……"

晨熙在树上摸索，然后拿那一把燃烧着的小烟花，点燃了一片枯叶使之燃烧起来，然后举起仙女棒挥舞。

晨熙："火树银花！"

楼狮："……"

白露："……"

晨熙又拿了一大把烟花捆成圆形，点燃，只听"哧"的一声，那一团仙女棒亮得像个巨大的光团。晨熙捧着这光团蹿到了温泉池边，光团倒映在波光粼粼的水里。

晨熙一挺胸，无比骄傲："春江花月！"

楼狮："……"

白露："……"

你可真是个小天才。

"好！"楼狮率先捧场，"给你加钱。"

晨熙美滋滋："谢谢老板！"

楼狮催他："快出去玩吧。"

"好的好的！"晨熙把放完的仙女棒放到了一边，然后一步三蹦跶地跑了出去。

白露变成觉醒体潜伏起来。

外边果然很热闹，分分钟就取代了楼狮那边满室的寂静，让空空荡荡的休息室变得格外喧闹。在嘈杂的环境里，晨熙一边通过定位共享艰难地前往叶朗朗和任航的位置与他们会合，一边提高了嗓门，跟楼狮讲话。

“老板！人是不是特别多！”晨熙顺着人群往前走，同时高举着终端，让楼狮四处看。

楼狮看到无数花里胡哨的地摊和无数喜气洋洋互相道贺的人，还看到主干道上正播放着《好运来》的花车。

晨熙美滋滋地跟着唱，脚步都要飞起来：“距离跨年还有半个小时，咱们慢慢往电视塔挪，去跟朗朗和航航会合！朗朗说他知道一个贼好的地方，人少风景好，看烟花特别棒。”

晨熙说着，看到了路边上的自助饮料机。他快乐地跑过去，从机器下边拿出了一个一次性杯袋，一边给自己加免费的酒精饮料，一边说：“每年也就是新年这七天，天天都有这样免费的饮料和小食品。”

楼狮看着那饮料机上边标注着饮料的酒精含量为1%，楼狮眉头一皱：“别喝酒。”

晨熙不听：“我可以！”

楼狮：“你不可以。”

晨熙：“？”

你竟然怀疑我晨老四的实力！我刚刚喝了三瓶啤酒，除了跑厕所比较频繁，别的毫无感觉！区区1%的酒精饮料算个啥！

晨熙不服，叼着吸管，给楼狮当场表演一个暴风吸入，喝完还咂巴咂巴嘴：“怎么样！”

怎么样？楼狮看着他渐渐弥漫上粉色的面颊和逐渐水润的眼睛，这个问题问得不错。楼狮觉得很好，甚至还想撺掇晨熙再来一杯袋。晨熙自己也是这么想的。他又补充了一杯袋，一边自信满满地踩着蛇形走位，一边跟楼狮说话——从小时候钓龙虾被反杀、把蚂蟥当蝌蚪的笑料，到这段时间里小心翼翼不敢出门不敢给楼狮拨视频的抱怨。

“我只是个普通人啊，跟上你的步调好难的。”晨熙哼哼唧唧。

楼狮微怔，一时间不知道应该说些什么。

晨熙还在继续："不过我还以为老板你会跟云涟漪发生什么呢。"

"嗯？"

"她唱歌不是对你有用的吗？"晨熙嘀嘀咕咕，"论坛上是这么写的。"

楼狮："什么论坛？"

晨熙："命运的轨迹！"

楼狮："？"

什么神神道道的。

楼狮直言："她不如你。"

晨熙脚步一顿，抬手挠了挠脸，然后低头咬着吸管吧嗒吧嗒喝饮料。楼狮看着晨熙的脚步越发飘忽，眼看着他跟定位共享里那两个人距离拉得越来越远。最后晨熙一屁股坐在了路边的休息椅上，脑壳发晕。

晨熙抱着那空杯袋，坐在路边发了好一会儿呆，谁喊都不好使，于是楼狮就不喊了。

过了老半晌，花车那边的音乐停了下来，人群也开始越发热闹，有人起哄要开始倒数了，晨熙才恍恍惚惚回过神，看着眼前来来往往的人群，突然吸了吸鼻子。

楼狮眉头一皱："怎么了？"

晨熙酸了吧唧："他们怎么都成双成对的，这不是显得我一个人很不合群吗？"

晨熙唉声叹气，抱着那个空杯袋，发着呆听着人群开始倒数。烟花在最后一秒腾空而起，揭过旧的篇章，带着响彻全城的破空声，炸开了新年第一朵绚烂。

晨熙"哇"地仰头看着头顶炸开的投影烟花。

"老板，新年快乐！"

"新年快乐！"

晨熙躺在床上，盯着天花板出神。

他不记得自己是怎么回来的了，但他还记得昨晚上头顶上绽放的好看烟火，记得昨晚上微微惊愕之后笑出声的楼狮。

晨熙想着，忍不住往被子里缩了缩，一伸手，发现自己晚上又变回小猫猫了。

小猫猫咂巴咂巴嘴，在被子里拱来拱去拱了半天，从枕头底下摸出了终端，看了一眼超过 99 条的聊天消息，点开，果然全都是群发的祝福。晨熙把那些红点挨个点开，认认真真地回复过去，接着，他往上一拉，看到了几个被置顶的群聊和个人：寝室群、家庭群、爹妈还有楼狮。楼狮那个冷冰冰的 LOGO 头像是黑的，在其他几个置顶群的最下边。

上一条消息是他们挂断视频的提示，时间是今天凌晨三点多。楼狮这人，还看猫咪睡觉看到凌晨三点。

啧啧啧，小猫猫指指点点，当代人类，吸猫真是不知节制！

晨熙一翻身坐起来，抖了抖毛，点开了跟楼狮的聊天窗，照旧活力四射地敲了一串问候，刚准备发出去，又停下了。

小猫咪一屁股坐在了地上，沉默许久，默默删掉了那一长串的字，冷酷而谨慎地敲了个“早”字过去。

他等了足足三秒，楼狮没回。

三秒了！昨天笑那么开心，今天就不理猫了！小猫猫骂骂咧咧地关掉了聊天面板，扔下终端跳下了床。

新年假期长达两周，当然也有值班这种事情，但怎么也轮不到晨熙这只小猫猫的头上，但现在也没人陪晨熙一起玩了。叶朗朗忙于陪伴家人，任航忙于值班赚三倍工资，云飞扬还在跟着云涟漪满宇宙乱飞，只剩下了白露姐姐。

晨熙想到这里，打开门，探头出去，冲着院子里“喵呜喵呜”叫了几声。风吹过庭院，白姐姐并没有出现。晨熙吹了会儿冷风，缩回了屋里。

唉，白姐姐的确也不是老喜欢跑出来的性格。就是过年这段时间，她更多地忙着帮忙置办东西和在屋内收拾准备。另外三个男孩子的动手能力实在令人着急是一方面。另一方面，还是她并不喜欢暴露在别人眼皮子底下，总是本能地想躲藏起来。

教导侦察与反侦察课程的时候，她总是在各个灌木丛里蹿来蹿去，躲藏和追捕的动作快如闪电。其实仔细算算，她长时间待在花园里的时间，也就只有昨天下午而已，对此，晨熙能理解。

他蹲在门口舔着毛毛，舔完发了好一会儿呆，然后转头看了一眼大客厅，花里胡哨的，热闹，但没什么声音，又很冷清。

晨熙愣了两秒，转头跳进了楼狮之前给他买的猫窝，脑袋搭在碗口，看着头顶吊灯上缀着的红色水钻，琢磨着自己应该做点什么。

大家都有自己的事要做，晨熙其实也有事要做，但现在自由都被限制了。不过也没办法，晨熙想，看看这房子，翻翻这猫窝，再看看自己的余额，得到了这么多，总得付出点什么。

他思考好一会儿，转头上楼，从自己的小箱子里翻出了那一摞之前考到的证件，挨个排开，发现现在用得上的竟然也没几个。

晨熙在心里嘀嘀咕咕地抱怨着楼狮的特殊，把这些根据他先前的人生规划考取的证件都收了起来。

这些都用不上，小猫猫抖了抖耳朵，想着身为楼狮的猫，他比较适合的工作应该是那种随时都能跑路的高自由度职业，俗称家里蹲职业。总不能一直吃楼狮的，何况他在格子间里摸鱼的想法，十之八九是达不成的。

晨熙看开了。

他打开了搜索引擎，点开了职业推荐的网站。当今社会人工智能高度发达，很多东西查询起来都非常方便。就比如这种职业推荐的网站，只需要输入自己的年龄、性别、学历以及就业意向等信息，就可以得到最适合的推荐，并且还附赠职业规划和前景分析。

当然了，这跟投简历的招聘网站是不一样的，这种网站只负责推荐职位，并不接受简历投递和人事招人。

晨熙把自己以前勾选过的信息一键清除，重新填了一遍，结果在最上方弹出来的推荐是觉醒烘焙师。

这个职业前景好，工作弹性大，最重要的是赚得多。但前提是要考证，因为觉醒者稀缺，服务于觉醒者的人各方面都要优秀。学历证、健康证、烘焙师证、觉醒营养师证……晨熙把这些证件要求都记下来，然后买了一整套书回来。

白露去野渡拿到了她新定做好的几大箱子飞虫监控设备，准备解放自我，免得冬天还得在外边吹冷风亲自蹲守。她刚一回来，就看到送货机器人拖着一个大包裹，在庄园门口按门铃。晨熙在屋里打开了门，送货机器人跟杂物机器人完成了交接。

白露在外边把她的新设备都放了出来，然后被飞虫监控的穿透探测反馈回来的画面吓得一个哆嗦。

她对狮心要塞一步一个散射地雷的严密布防程度早有耳闻，各方势力可没少派人去狮心的要塞试探，但始终没试探出什么名堂来。

狮心要塞统共六个，分别处在狮心的六个超星系的枢纽星球上。哪怕狮心解散至今已经六年出头，据说那些舰队长们还为那六个要塞的归属权打得头破血流，也仍旧没有人成功拿下。

现在想想楼狮一回去就一呼百应的样子，什么头破血流，都是假的。就算不是假的，就以这栋庄园的布防密度，来推测狮心要塞的布防等级，白露也算是明白为什么狮心守着那六个要塞，整个领地就稳如泰山了。

白露看着穿透探测的反馈画面，头皮一麻。她扫了一眼地面之下密密麻麻的散射型地雷，又看了看墙面上无数针孔激光喷射口，再看看屋顶上的热感探测器和伪装成避雷针的中子炮，深觉晨熙根本就不需要保护。

只要楼狮那边把这儿的安全装置一开，所有没有录入安全白名单的人，别说进入这个庄园了，就是进入这个社区，都能在踏入的那一秒瞬间蒸发。

就是那种物理意义上的蒸发。

但即便如此，白露也没有收回那些飞虫监控。她深吸口气，带着点哆嗦，又进入了庄园里。她进屋的时候，小猫猫正横躺在一本打开的书上，摊着肚皮，满脸疲惫。

白露看了一眼晨熙，心想怪不得他不太愿意出门去，这里安全程度如此高，还是不出门比较好。

晨熙听到动静，抖了抖耳朵，仰躺着转过头去，就看到了一只倒着的薮猫，正意味深长地看着他。

晨熙满头问号："怎么啦？"

白露："就是才发现这里的安全程度很高。"

晨熙尾巴尖一翘："那是！老板说家里超安全！"

晨熙对各种安全设备一窍不通，但楼狮告诉他家里很安全，车也很安全，公司也很安全，所以晨熙就乖乖地在这三个地方来来回回。

小猫猫翻了个身，冲白露"喵"了一声。

于是白露敲字："怎么了？"

晨熙十分认真："学习累了。"

白露扫了一眼书，上边写着：

第一章 第一节 觉醒的由来

页码是2。

白露："你才看了两页。"

晨熙："足足两页！好累！"

白露："……"

晨熙发现白姐姐没反应，于是再一次强调："好累，学习真的好累！"

白露沉默好久，察觉到晨熙期待的目光，恍然一悟。她转身，走到一边，从箱子里叼出了逗猫棒，晨熙迅速爬起来。

白露敲字："你看这个做什么？"

晨熙秒答："我看我做手工没什么前途，当格子间摸鱼怪也不太可能，所以准备考觉醒烘焙师证。"

哦，有事业心，这是好事，只要不跟着楼狮当星盗就好。白露满意，放下了叼着的逗猫棒，一爪子按住，对上晨熙有点茫然的视线，敲字："看完一小节玩十分钟。"

晨熙愣住："？"

白露看着小猫崽，想了想，改口："不，看完两小节吧。"

晨熙傻了。

白露："再不然三——"

晨熙："一小节！"

白露点了点头，小猫猫委委屈屈地看起了书。

白露低头拨弄着爪子底下的逗猫棒，慢吞吞地伸了个懒腰，打开了六个大的监控画面，然后趴了下来。她刚趴下没多久，就听到晨熙大叫一声，拱着书推了过来，慌里慌张地拍拍其中一页。

白露女士疑惑地低下头，看到猫爪子刚刚拍的那一段，书上写着：

到了冬末春初，一部分觉醒者受到季节的影响，会与觉醒体产生共鸣，变得焦郁躁动、极具攻击性，直至仲夏……

的确是这样的，白露更疑惑了："怎么了？"

怎么了？这还要问怎么了吗？！晨熙隐约有点崩溃，晨熙运爪如飞："这不就是发情吗，白姐姐？"

白露一愣，觉醒者们还真没多少往发情这方面想的，毕竟人类也经常会受到季节变更的影响，身体激素和状态有所改变。但被晨熙这么一说，白露就发现好像还真是。

白露敲字："好像的确是。"

啊！！神经病啊！！晨熙算了算日子，瞬间崩溃。他迅速打开网站，买了一大堆驱猫药。

白露："……你买这个做什么？"

晨熙满脸凶相："我要把这个社区里的流浪猫都赶走！"

公猫不发情，只要把母猫都赶走，熙熙就安全了！

白露低头舔了舔猫崽子的脑壳，刚准备敲字，晨熙就一蹦而起，瞬间蹿到了猫爬架最顶上，跟薮猫隔着十几米紧张对视。

小猫猫谨慎敲字："白姐姐，我突然发现你也算是母猫。"

什么意思？白露女士缓缓打出了一个问号，然后目光上上下下地扫过那只还没她腿高的小猫崽。

就你？

晨熙感觉自己真的有被白姐姐的眼神冒犯到。

什么意思？这眼神什么意思？是不是看不起我小猫猫？是不是？！我告诉你莫欺猫猫小，我晨熙可是楼狮的心理抚慰员！

晨熙身上的毛都奓起来，喉咙里咕噜咕噜的，白露听了一耳朵，就感觉晨熙这只小猫猫八成是在骂骂咧咧。

猫也听不懂猫在说啥，这很正常。动物与动物之间最多也就分辨得出情绪和大体意思。毕竟在自然界中，除了人类，别的动物是没有一套完整的语言体系的。而仔细观察就会发现，其实野生环境下，很多动物都是非常安静，轻易不会出声的。

出声的时候，往往是示警、奔逃挣扎和发生冲突的时候。平时动物们都是十分安静的，而被人类驯养的猫猫狗狗却经常叫。有人说狗叫猫叫，其实是为了跟人类交流，这个说法其实挺有道理的。

野猫除了争地盘和发情的时候，也不怎么叫的。猫跟猫之间只需要通过动作、气味来交互，就能够明白彼此是怎么一回事，是什么意思。

晨熙喉咙里还在咕噜咕噜，白露女士越发确定这小猫崽子八成是在骂骂咧咧了。她无声地翻了个白眼，然后轻飘飘地买下了南丰庄园对面的那个庄园。她们干星盗的，缺啥都不可能缺钱。

房子买好，白露逗晨熙，她敲字问：“我的确也算母猫，这可怎么办呢？”

晨熙被问得一愣，细细一想，发现竟然也想不出什么办法来。白姐姐可是楼狮给他留下来的保镖，总不可能把她也赶出去。

小猫猫眉头皱了起来，一时间也没想出什么解决办法，最后谨慎敲字：“那白姐姐你小心克制！”

白露差点笑出声。但她看着晨熙满脸严肃正经的样子，摆正了脸色，十分配合地点了点头。然后在第二天干脆带着她少量的行李搬到了旁边的庄园里去，轻易不露面了。

晨熙慌了好久，以为是自己的话伤害到了白露女士。后来从保镖大哥那里得知了白露在南丰庄园对面的庄园里好吃好喝舒舒服服地待着，才大大地松了口气。

晨熙头天买的驱猫药剂，第二天一早就到货了。这种驱猫药剂是喷雾瓶的，挺便宜，销量也高，据说对猫的身体无害，平时除了用来做社区清理之类的事，还会用来救助流浪猫。不过晨熙买这玩意儿来可不是为了圈住流浪猫，他是实打实地想把野猫都赶走。

社区占地这么广，只要把社区和公司里的猫都赶走，熙熙就是绝对安全的！

尤其是公司！因为他在公司里是一直都保持觉醒体的，觉醒体的身体机能几乎与猫没有什么差别，某些方面甚至还要更强一些。想到要离开安全的车子和房子，晨熙又像是过年那晚上一样，浑身上下都揣满了防身设备。

能不能用上不知道。反正能跟敌人同归于尽就行了，白姐姐会把他的尸体捡回去的。晨熙拿着一瓶喷雾，深吸口气，雄赳赳气昂昂地走出了屋门。

为了自己的未来而奋斗！

白露不远不近地跟在他后边，小心隐藏，然后惊愕地看着晨熙举着喷雾滋出第一泵的时候，就两眼一翻，当场“去世”。

白露一惊，正欲靠近，一阵风刮来了一股难言的刺激性臭味。饶是白露都精神恍惚地倒退了两步，回过神来之后，看了一眼晨熙手里的驱猫喷雾，露出了一言难尽的神情。她忍着那股气味，招来了搬运机器人，把晨熙的“尸体”捡了回去。

晨熙从昏迷中醒过来，缓缓回过神，一个鲤鱼打挺，怒气冲冲地去给这种药剂打了个长达一千字的差评。

什么垃圾东西！！要是能看到这家店的老板，熙熙一定要在他腿上刻一个大写的“臭”字！果然便宜没好货！晨熙愤怒地换了一种药剂下单。

于是白露女士观摩了足足十天的“让猫咪当场昏迷的十八种方法”，终于让晨熙试出来一种香香的，却让猫避之不及的药剂。

晨熙买了十箱，快递到了公司，拜托保镖大哥帮忙洒了。而他自己则飞速在社区里洒了一圈，惊出流浪猫无数，全都让他带着机器人给清出去了。

过完年就该重新上班了。

晨熙满脑子都是刚刚看的《觉醒者产后护理》中的内容，浑浑噩噩地踩着虚浮的猫步，从楼氏总部的董事长办公室里探出个脑袋。他一抬头，就看到了眼底血丝遍布的保镖大哥，晨熙看到他嘴上都冒出燎泡了。

小猫猫从猫门里钻出来，抖了抖毛，又钻进了保镖先生的私人办公室，悄悄打字："李哥，你看起来不太好。"

保镖大哥深吸口气："确实。"

晨熙打量着保镖大哥，觉得这哪里只是不太好啊，简直就是一只脚踏进了棺材。

晨熙敲字："怎么了？最近事情很多吗？"

应该也不至于，逢年过节最忙的其实是服务业才对，楼氏又没涉及服务业。

保镖大哥喝了口咖啡，活动了一下肩颈："你最近没怎么注意新闻？"

小猫崽子点了点头："我不太敢看。"

打从楼狮回去之后，一天到晚霸占时政和军事版面的头条，与他相关的小道消息更是数不胜数。在那些乱七八糟的新闻里，楼狮一天要交往至少十个红颜蓝颜，还得死个七八次，再不济，重伤个十五六次是有的。

如果不是跟楼狮比较熟，晨熙非常乐意当一只在瓜田里上蹿下跳的猹。但他现在显然无法，那些新闻实在是太破坏人心态，晨熙干脆不看了，眼不见心不烦。

保镖大哥想想也是，晨熙跟他们这种能从五花八门的消息里提取情报的专业人士又不一样。哪怕白露对他有过这方面的训练，但到底没有经历过实战，而且没经历过什么风浪，胆儿小，爱慌。

"也不知道头儿到底怎么回事。"保镖大哥抱怨，"他最近就跟发了疯一样四处点炮。"

晨熙没明白："什么啊？"

"他一口气点炸了五条战线。"保镖大哥用最粗浅的话解释了一下，“星盗这两周已经收拢得差不多了，黑曼巴跟瑞比都已经溃败，但另外盘踞着的一些势力才刚开刀，不应该这么急的。”

这一着急吧，资金就容易跟不上。不过楼狮有钱是真的有钱，从狮心领地和外边遍布的产业里这里抠抠那里抠抠，倒也不用担心陷入没有钱打仗的窘境。

晨熙对这些不懂，但是他知道除了星盗还有几方灰色势力，专门干走私、洗钱和雇佣兵这类行当。根据主线来讲，楼狮要把这些都收拢了，才算完。

小猫崽子对打仗一窍不通，他抬头看看保镖先生，一眼就知道肯定是财务方面的问题让他感到万分头疼，毕竟他是狮心财务方面的总负责人。

保镖大哥叹了口气，看向蹲在他工作桌上的小猫猫：“头儿是在新年头一天突然做出这个决定的，他说他赶时间。”

晨熙心里咯噔一下，保镖大哥看着桌面上这只小猫崽子，幽幽道：“你说他赶什么时间呢？”

保镖大哥看着僵住的猫崽子，语气更加空灵幽怨了：“你跨年的时候跟头儿说什么了？”

晨熙回忆了一下，无比心虚地缩了缩脖子。

他说什么了？他也没说什么啊！不……不就是说了一句……晨熙心里叽叽咕咕，感到有点心虚。

保镖大哥看着晨熙心虚的样子，心中一梗。果然！妖猫误国！他最担心的事情还是发生了！

保镖大哥感觉喉头含着一口血，看着疑似罪魁祸首的猫半晌，一摆手：“你工作去吧，我看他们刚休假回来，情绪和工作热情都不怎么高。”

晨熙领了任务，夹着尾巴灰溜溜地跑了。

胐胐倒是没有什么激发工作热情的作用，但是投喂他的人的确是会在接下来一到两周里都情绪高涨。情绪上来了，工作积极性和效率自然而然也会上来。

晨熙感觉自己好像也没法帮楼狮什么，最多就是在楼氏总部的庄园里，努力多接受点投喂，当个情绪充电宝，让大家好好工作，多给楼狮赚点钱去打仗。

蚊子腿再小也是肉不是？只需要他多吃点就可以赚来的钱，简直跟白捡没有区别！

白露眼睁睁地看着晨熙短短一个月里，脸圆了一圈。她难得出现在了一回家就埋头看书的晨熙面前，欲言又止，止言又欲。看着孩子略显圆润的脸，想了想，最终还是没说什么。

孩子天天上班、赚钱、下班看书也怪辛苦的，胖点也好。

晨熙算着时间，营养师考试是在每年三月份，觉醒营养师是进阶考试，在次月，除了笔试还有面试。如果今年不考的话，他的时间其实还挺富裕的，但他觉得横竖也没事，比起去看楼狮每天的十个红颜蓝颜七八次嗝屁和十五六次重伤，还是学《营养学》更有价值一点。

等到晨熙再一次从忙碌之中抬起头来，窥见窗外枝头攀上新绿的时候，他才恍然想起，现在已经算是到了开春的日子。

那安定备考的心，突然间就鼓噪起来。晨熙深吸口气，拍了拍脸，起身去洗了把冷水脸，一抬头，就看到了镜子里的自己。

白露女士听到了监控里传来的一声惨叫。她心中一凛，瞬间撞开门蹿了出去，一冲进南丰庄园，就看到晨熙站在体重秤上，满脸崩溃。

胖了！！胖了十斤！！！晨熙掀开衣服，低头看了看自己的肚皮，发现腹肌也消失了！

晨熙看到他的终端一闪，弹出了楼狮发来的视频，晨熙想也没想，飞快地选择了挂断。挂完他拍了拍自己的肚皮，看到上边一层肉晃晃荡荡的。

晨熙愣住，晨熙傻了。我真是云飞扬了！这怎么回事？

被挂断视频的楼狮看着漆黑一片的投影，感到几分疑惑。他看了看自己跟晨熙聊天窗的记录，他们上一次视频都是一个半月之前的事了。

这种频率实在是有点低，但这其实是楼狮做的决定，他跟晨熙说，暂时不要主动联系他，等他的联络就好。

楼狮很清楚他最近的动作很大，这种一点机会都不给，直接埋死对方的行为，很容易刺激到那些失败者。人不理智的时候就会做些不理智的事，比如开始走平日里自己也不屑的路子。

找不到楼狮的麻烦，找楼狮身边人的麻烦是可以的。大一些的势力其实都不爱干这种事，包括出了名手黑的瑞比，但兔子急了还会咬人呢。所以楼狮为了不暴露晨熙的存在，跟晨熙视频的频率很低。也就是眼看着晨熙的考试时间要到了，他才动用了宝贵的加密渠道，给晨熙拨通了个视频。

然后被挂断了。

楼狮抬眼，看了一眼挂在视野窗边上的丑娃娃，娃娃经过这么些个月的折腾，变得更丑了。上边沾了洗不掉的血迹和硝烟的灰黑，少了只手，缝在上边的小西装破了个洞。

楼狮不会补，也不想叫别人来动这个，所以他索性自己拿胶水给粘上了，免得里边的毛爆出来。粘是粘上了，丑也是更丑了。

楼狮收回视线，又看向了黑漆漆显示被挂断的投影，眉头微微皱起来，实在不解自己为什么会被挂断视频。

楼狮又拨通了视频。

晨熙在那头，瘫在沙发上，抱着靠枕，像是灵魂出窍，眼神无光。

怎么就胖了呢？是，他最近是吃得比较多，运动也比较少，那没办法，毕竟又要上班又要考试嘛对不对？而且吃得多的是他的觉醒体，就猫那点胃口，再多能有多少？换成他正值青年的人类模样，最多也就是个三分饱！再说了，腊腊吃的东西，跟他晨熙有什么关系？这觉醒就离谱，觉醒体吃那么点东西就吃饱了，变回人的饱腹感跟觉醒体竟然是一致的！

这就很不科学，就很不符合能量守恒定律。

晨熙感觉到手腕上的终端振动着，目光僵硬地转过去，又看到了楼狮发来的视频邀请。晨熙捏了捏自己的肚皮，无情地挂断，敲字过去："最近不要跟我联络，很危险！"

晨熙深吸口气，把怀里的靠枕往旁边一扔，一边联系云飞扬，一边冲向了家里的健身房。

白露女士看着晨熙"噔噔噔"地跑了，等了一小会儿，果不其然地收到了楼狮发来的问号。楼狮看着晨熙发来的那条消息，觉得怪熟悉的。他随手往上一拉，果然，他之前就是这么给晨熙留言的。

这是在闹脾气？但是在白露和老李那边发来的报告上，一切都很正常。楼狮迟疑了一瞬，还是决定先问问白露发生了什么。

白露回复得很快："他胖了一点，所以不想跟你视频。"

楼狮眉头一挑，晨熙还有这包袱呢？他想了想，慢悠悠地敲字："但我想见他。"

白露女士翻了个白眼，走向了健身房，晨熙在抄云飞扬的减肥作业的时候"喵"了一声。

晨熙转过头，白露敲字："难得楼狮找到机会和渠道跟你视频，不见见他？"

"我胖了！"晨熙超大声，然后声音转小，还带着点委屈，"我怎么就胖了……"

白露冷静："你变回觉醒体就看不出来了，毕竟觉醒体毛茸茸的。"

晨熙心中一动，想想十分有道理。他麻溜地变回了觉醒体，蹭了白露姐姐的前爪一下，就迈着小短腿，屁颠屁颠地跑回房间里去了。

白露女士终端微振，她打开面板，发现是保镖先生给她发来的信息，说是让她最近当心些，有线人发现野渡上来了几艘来源不明的飞船，他们抓了几个人，但因为人手不足还是有几条漏网之鱼。有几个直奔着楼氏的园区去了，还有两个没找着。

白露看完，删掉了信息，看了一眼房门，转头悄无声息地离去，回到自己的庄园，跟保镖先生商量对策去了。

毕竟这世上没有不漏风的墙，但晨熙跟楼狮的关系，知道的也没几个，让那几个闭紧嘴，再散播一点谣言，问题就不大。但即便如此，白露还是加强了对南丰庄园的监控。

楼狮对这些事情很清楚，但并没有打算说出来吓猫，因为晨熙这猫，胆子是真的不大。

楼狮看着投影里的确是圆润了不少的猫，笑了一声。

晨熙警觉地竖起耳朵，敲字："你笑什么？！"

楼狮轻咳："没有，看你觉醒体更好看了，都发腮了。"

晨熙一愣，然后脑子一嗡，浑身毛都奓了起来："我没有！"

楼狮微怔，晨熙奓着毛噼里啪啦敲字："说好春天回来，现在都能踏青了，你人呢？"

楼狮托着下巴，看着还在噼里啪啦谴责他说话不算话的小猫崽子，思考了半晌，好不容易才明白过来晨熙怎么突然就奓了毛。

楼狮把他对觉醒学校稀薄的记忆刨了出来，想起初级觉醒课程的老师曾经给的教导。

部分男性的小型猫科觉醒者到了成年前后，会出现发腮的现象，这很正常，无须惊慌，这是男孩子性成熟的象征……看来晨熙这段时间的确是在认真学习。楼狮想着，缓缓回过神来，看向了瞪圆猫眼看着他的晨熙。

晨熙："你走神？"

楼狮："没有。"

晨熙："你有！不然你说我刚刚说了什么，复述一遍！"

楼狮一挑眉，看了一眼他家傻了吧唧的猫，然后慢吞吞地看着晨熙发来的满屏幕消息，一条一条地读了出来。

晨熙："……"失策了！

楼狮读完，强调："我没走神，我只是在思考你怎么突然生气了。"

晨熙莫名其妙："生气？我什么时候生气了？"

楼狮："发腮。"

晨熙愣住。

楼狮看着愣住的小猫猫，给他搭台阶："你现在应该问我什么时候回去。"

晨熙脑子嗡嗡响，下意识敲字："那你什么时候回来？"

楼狮见他这么听话，眼中透出笑意。他答道："海潮花开的时候。"

晨熙闻言，有些呆愣。海潮花不是植物，是海城蓝湾那边的一个非常特殊的景点。

蓝湾有个潮汐湾，这个湾区的地理条件很特殊，常年有着涡流暗涌。每年秋冬时，寒暖流在蓝湾交汇，再配合上西北来的季风，涨潮时，潮汐湾里会形成一个巨大的旋涡，周边浪涛一层层的，像是重重叠叠的花瓣，海潮花因此而得名。

但气候这个东西，其实是说不好的，合适的风可能来也可能不来。撞上运气好的时候，六月就能看到，运气不好的时候，全年都没有。

这意思不就是，什么时候回来，楼狮自己也有点吃不准。

投影那头的小猫崽子低下头，显得十分失落。楼狮正准备说点什么，就看到猫崽子已经重新抖擞起了精神，噼里啪啦地敲字："那你最好搞快点，不然我好友列表里的几百个饲养员都想看我发腮！"

楼狮两眼一眯，晨熙理直气壮。

对啊，他难过什么？该着急的该难过的是楼狮才对！本海王……

呸，本海大小王子难道还缺他一个饲养员吗？

呵，不过区区一只狮子罢了。晨熙感觉自己豁然开朗，看着投影里的楼狮，无比得意地一抖毛。

楼狮看着他这副得意扬扬的样子，又好气又好笑。他倒是并不担心晨熙真去找什么饲养员，他的猫胆子小得不行，过年的时候要不是他告诉晨熙可以出去玩，这猫八成就㞞在家里不出去。

就这胆子，还想找其他饲养员？

楼老板慢条斯理："你可以试试，运气好的话，今年六月我就能回来看看你的新饲养员。"

晨熙一愣，惊疑不定地看着楼狮。这人怎么回事？

猫崽子感觉有点气，他啪啪敲字："那你也得六月回得来才行！现在都已经三月了！你放我鸽子你还有理了！"

楼狮微顿，迅速道歉："抱歉，这是我的错。"

他道歉实在太快，快到让晨熙都感到猝不及防。小猫崽子猫眼微微瞪大了，磕磕绊绊："也……不用这么认真，打仗嘛，变化大很正常，而且我现在也在准备考试，你就算回来了，我也没有什么时间的。"

楼狮："考试准备好了？"

晨熙："准备好了，先考营养师证，然后考这方面的进阶觉醒证。我四月份报了个烘焙班，先去搞个烘焙师证，再去考烘焙进阶觉醒证。然后六月要返校去拿毕业证参加毕业典礼……"

他的猫把自己的生活排得紧密而充实，竟然完全没有什么他能够插进去的余地。而晨熙也完全没有意识到，要给他留出点缝隙来。

第二十章

回家·海潮花开

晨熙看着输入面板上闪烁的光标，又看了看楼狮身上还没脱掉的战斗服，半晌，输入：“你能安全回来就好啦。”

对处于国家腹地的安全星系来讲，战争实在是离他太远的事情，哪怕如今跟他讲话的人正处在战火硝烟之中，晨熙也没什么实感。而且数得出来的几次视频里，除了他着急想联系晨熙的那次之外，楼狮都是把自己收拾得妥妥帖帖的，半点看不出什么与战争相关的痕迹。

晨熙想了想，敲字：“你不要急，安全第一，放心。”

楼狮眉头一挑，这说的什么话?

两人又聊了一些有的没的，到了晚饭的点，楼狮才挂断了电话，目光投向挂在视野窗边上的丑娃娃，站起身，过去把那个丑了吧唧又软绵绵的娃娃往兜里一揣，转身离开了休息室。

小猫崽子看着暗下去的投影，缓缓趴下来，藏着爪子，尾巴甩上身圈成个圆，像一只白色的海参。

晨熙老气横秋地叹了口气，站起身，低头看看自己的小肚腩，伸爪子按了按。软绵绵的，手感极佳。他没忍住，按了好一会儿，突然意识到这其实是他多出来的脂肪，顿时脸色一沉，黑着脸跑回了健身房。

晨熙在健身房里，伸出两只爪子，把自己的猫脸往后一拉，发现胐胐的觉醒体仍旧是那张标准的三角脸，并没有发腮。只是脸圆了好几圈，多了双下巴，肉嘟嘟到楼狮说他发腮了。

小猫崽子脸色更黑了。

他换上衣服，把云飞扬发给他的减肥计划投影到健身房的墙面上，看了一眼最开始的热身项目，打开一部电影，跳上跑步机，开始了第一天的五公里慢跑热身。

楼氏总部园区里的员工发现他们老板的猫最近变得挑食了不少。原本是对猫零食来者不拒的小猫猫，现在却十分挑嘴，不是天然材料的零食不吃，尤其爱吃粗粮类。

今天下班之前，保镖大哥打开监控，看了一眼在园区大路上一路小跑的猫崽子，十分冷静地给他们头儿发送了今天的晨熙观察报告。

报告就俩字：

减肥。

然后他想了想，又补充了四个字：

效果显著。

报告发出去许久，也没有显示已阅。保镖先生随手把他的报告往上一划拉，他们头儿已经有两周没有查阅他发出去的消息了。

最近战局紧张，作为首席财务的保镖先生非常清楚，钱如同山体滑坡一样大笔大笔地扔出去，回馈而来的是星盘图上，被搭上狮心信号塔的星球越来越多，楼狮这会儿八成忙得脚不点地。

保镖先生也没好到哪里去，但他却是十分开心的。他在狮心组建的时候就被楼狮捡到，跟着狮心一步步走到现在这个位置，大小也是个狮心元老。

他以前总是会觉得可惜，他老是想着，楼狮这人脑子不正常的时候，都能把狮心发展成星盗势力的第一，那要是脑子正常，这偌大的宇宙，怕是能被他随意玩弄于股掌之间。就是他想要盘踞一方自己成立一个国家，问题都不大。

但在前十几年里，楼狮都不大正常。后来正常了几个月，又沉迷于吸猫，斗志仿佛并没有那样高昂了。不过那都是小波折，楼狮在回归狮心之后，所作所为，果不其然地，证明了他之前所想的没有错。

没有谁会不喜欢权势和金钱，没有谁会不喜欢超然的地位。但相比起这些，保镖先生却更加满足于自己心里的那点遗憾终于被弥补，这让他连加班都变得很有劲儿。

他听到一些窸窸窣窣的动静，转过头来，就看到晨熙从猫门里钻进来，嘴里还叼着一只不停蹬腿的蚂蚱。

减肥这段时间，晨熙的肉食被限制了种类和分量，但他自己又是个无肉不欢的，于是现在看到虫子都不躲了，鼓着眼睛冲过去一巴掌拍住，就琢磨着能不能烤了吃。

保镖先生看着被猫放到地毯上疯狂逃窜的蚂蚱，说道："能吃，但不许吃。"

晨熙失望地低下头，保镖大哥逮住那只蚂蚱，拿纸包着扔进了垃圾桶里。

"走吧，送你回去。"

从楼狮带着狮心一路高歌猛进开始，保镖先生对晨熙就越来越真诚，毕竟有了晨熙才有现在的楼狮。

野渡最近来的人一批一批的，其实主要是奔着他这个狮心首席财务来的，但搞不好有些神通广大的，指不定真能查出点什么来。狮心留在钴蓝星的人手实在不够，架不住一拨一拨来送命的人，到底还是让人跑了几个。所以晨熙的接送都由白露和保镖大哥包了。

晨熙隐约察觉到了一点这两位的紧绷情绪，也相当乖，把烘焙课程和考试都退掉了，这会儿正在琢磨要不连学校的毕业典礼也不去了，直接推托说在出差，请学校把证书给寄过来。

“营养师证下来了吗？”

晨熙点了点头。

保镖大哥转头看了蹲在副驾上的猫一眼，晨熙的减肥效果确实显著，毕竟他在这两个月里天天坚持锻炼，在园区的时候连摆渡车都不坐了，就靠四条小短腿溜达。这会儿已经六月上旬了，海城温度高太阳烈，保镖大哥没事打开公司内部论坛，都能看到猫崽子走在路上，被烫得一蹦一蹦的，像只蚂蚱。

晨熙察觉到保镖大哥的目光，转头看过来，打出了一个问号。

保镖大哥被逮住了，倒也没避开，随口问：“你在看什么？”

晨熙打从上车就一直在刷终端，他看了一眼终端上的内容：“没什么。”

这还有小秘密了，保镖大哥并不在意，随便应了一声，自己也开始处理起工作来。

晨熙抱着终端，盯着海城气象报告和潮汐湾的最新消息看。运气好的年份，海潮花能从六月中旬开到十月下旬。只要西北季风那么一刮，没有别的季风干扰，再过个十来天，就到了海潮花开的时候了。

晨熙看了一大堆气象报告和预测，翻来覆去半晌，也没看到西北季风的痕迹。小猫崽子叹了口气，咂咂嘴，关掉了终端页面。

保镖大哥瞥他一眼，算了算时间，突然说道：“你是不是要毕业了？”

晨熙点了点头。

“那我回头给你开个实习证明……”保镖大哥又想到普通大学生毕业，好像学校都会组织毕业聚会和毕业旅行，“你们毕业旅行在什么时候？你去吗？”

晨熙：“不去，最近不是不太安全吗？”

保镖大哥一愣：“你知道？”

晨熙：“感觉得出来，所以我在想毕业典礼要不也不去了，免得给你们添麻烦。反正旅行和聚会其实都凑不齐人，而且例行是去蓝湾的。”

晨熙敲完这行字，心里叹了口气，还是觉得有点可惜。他又不是沈深那种无法回到钴蓝星的情况，明明就在海城却得放弃参加毕业典礼，还是有点遗憾。

保镖大哥听完，觉得晨熙这猫崽子有点乖过头了。

“也不用。”他说，“你只要带上装备和你白姐姐，海城内是安全的。”

晨熙两眼一亮：“真的吗？”

“真的。”保镖大哥自然是不会在这种事上骗他的。

晨熙喜滋滋地挥去了心头的那点失望和遗憾，点开寝室群，开始跟叶朗朗和任航商量去蓝湾的事。毕业旅行有足足一个多月的时间，住宿费用学校全包，在蓝湾这种住宿一个月能花上十多万的地方，对于普通家庭的学生来说，简直是血赚。

沈深远在帝星，酸味几乎要透屏而出。

“对了。”保镖先生又想起一件事，“你是不是这个月月底生日？”

晨熙一愣，点了点头，又赶紧说道：“我不过生日的。”

保镖大哥点点头：“好。”他看着晨熙跳下车，转头就给楼狮发了个加急信息。

结果毕业典礼结束后，晨熙拎着小行李袋，跟着学校的大部队前往蓝湾时，就眼睁睁地看着学校的大巴一辆接一辆地开进了一家熟悉的酒店——楼狮在蓝湾的那家觉醒酒店。

一起来的同届学生都满脸震撼，四处溜达着，活像是在探险。

叶朗朗和任航扯了扯晨熙，小声问："你干的？"

晨熙看着服务人员还挺多，也跟着小声说："我不知道啊，这会儿应该是觉醒学校的学生刚走，才会有这么多服务员。"

现在晨熙明白为什么保镖大哥告诉他很安全了，废话，这酒店安保水平高成那样，随时都能搞出一大堆高达来，能不安全吗？

哥仨跟着队伍往住宿区走，叶朗朗和任航在问晨熙这里有什么比较好玩。

晨熙十分缺德："桥那边有野外环境模拟区，贼刺激，我应该还有权限，晚点带你们去玩。"

叶朗朗和任航两眼一亮，三个人刚往队伍最后边一站，就被总管请了出来："晨熙先生，请您跟我来。"

晨熙一愣，他认得这个总管——但他是猫的时候，总管不一定认识他。晨熙转头，示意哥俩留下，他跟了上去。周围的视线看过来，窃窃私语。大家以为这酒店简直是肉眼可见的高级，晨熙指不定是犯了什么错了。

总管带着晨熙往他之前住过的那间最好的景观房走，走出一段了，才笑眯眯地说："晨熙先生，老板说您还是住上次那屋。"

晨熙倒不怎么意外，他点了点头："好。"然后他回身，指了指自己的两个小伙伴："他们也可以吗？"

总管先生没有正面回答，只说："那是老板的屋子。"

行吧，就是不给别人住的意思。晨熙自然不会拒绝楼狮给他的安排，拎着行李熟门熟路地进了屋。总管又说了一些例行的话，然后跟晨熙告了辞，回到了住宿区的前台。

有大胆的学生问总管："怎么他一个人住一间吗？"

总管点头："是的。"

有几个学生眉头皱起来："凭什么啊？"

知道内情的叶朗朗和任航冲他们几个翻了个白眼。

"我们酒店从来只对觉醒者开放。"总管说道，"因为知道晨熙先生要来蓝湾，我们老板才向贵校提出合作的。"言下之意就是，在座的各位全是靠晨熙才能住进来。大堂安静了一瞬，然后很快又热闹了起来。

晨熙放好行李，看了一圈还有些印象的屋子，摸出终端来给楼狮发了条信息，然后揣着泳裤转头出了门，准备去找叶朗朗和任航游泳。

楼狮从一次休憩之中醒来，看到终端闪烁着消息提示，是晨熙发来的。他点开消息，看到晨熙给他发来了两个字："谢谢。"

晨熙从泳池里冒出头，看到手腕上的终端在闪烁，凑到泳池边上，随意点开看了一眼。叶朗朗和任航也一边聊着天一边漫不经心地探头过来。

楼狮："好好玩。"

叶朗朗转头看了一眼另外几个在旁边玩水的人，笑了一声："哎呀，老板对你这个员工可真好啊。"

晨熙奇怪地看了一眼叶朗朗："你语气怎么听着阴阳怪气的？"

"听出来啦？"叶朗朗说，"你之前走了没听到，人家发现你单独住一间不满意呢。"

晨熙闻言，转头看了那几个同学一眼，"哦"了一声："这很正常嘛，最多就是情商低一点。"

没出社会或者刚出社会的人都这样，总是会觉得"凭什么""为什么"，但一般人也就是心里嘀咕，会说出来的还是少。

晨熙从念高中开始就在帮着家里销货当暑期工了，在小农场跟客户对接的时候，什么奇怪的人都见过，对这种又直情商又低的人见怪不怪。

任航跟着走进冲水间，小声说："是情商低，但要是他们知道你跟楼狮的关系，谁知道背地里怎么编派你。"

晨熙"啪"地一下关上门，冲洗干净换上了衣服。

哥仨从娱乐区往外走。

"你们想去哪里玩？"晨熙问。

任航迅速回答："你说的那个野外模拟区！"

叶朗朗看了一眼天色，阳光灿烂。

楼狮的觉醒者酒店有最细软的白沙滩和最和缓的峡湾。海城大学这一届来参加毕业旅行的学生统共也就三百二十多人，分散在这个巨大的酒店——准确来讲应该称为度假村——里边，在沙滩和峡湾附近玩耍的人实在称不上密集，但也的确有不少。

叶朗朗视力 5.3，隐隐约约地看到了沙滩边的一大群泳装美少女。

叶朗朗神情一肃，郑重道："我想去冲浪。"

你想什么呢？你会冲浪吗，你就想去冲浪？

任航和晨熙一言难尽地看了一眼叶朗朗，但鉴于叶朗朗有着遭遇一个浪头被直接卷走的可能性，晨熙最终还是放弃了坑他哥俩的想法，转头去了海边。

"这边的生态都维持得挺不错的，海边丛林里——"晨熙话说到这里一顿，他看到沙滩上插着一个"林深勿进，有马蜂"的牌子。

这牌子上次来的时候还没有，晨熙看着那牌子，回忆起自己之前被云飞扬害得剃毛的惨烈经历，脸都绿了。叶朗朗和任航发现晨熙话说到一半没声儿了，不禁停下脚步，转头："海边丛林里有啥？"结果他们一转头，就看到晨熙苦大仇深地盯着那个牌子。

叶朗朗一看，乐了："你遇上了？"

晨熙说："我怀疑就是因为我遇上了，这里才插了块牌的。"

叶朗朗和任航嘻嘻地笑出声。

晨熙一屁股往旁边的沙滩椅上一坐，拿楼狮的卡点了个死贵的鲜榨果汁，墨镜一戴，冷酷万分地开始吸起了果汁。

叶朗朗竟然还真想冲浪，他从泳具铺子里出来，扛着个冲浪板，背后跟着个教学救生两用机器人，一溜烟地奔着浪头去了。任航不想冲浪，跑到晨熙边上蹭吃蹭喝。

任航撕着波罗蜜，吃了一块，喊晨熙：“老四。”

晨熙咬着吸管，含混应声：“什么事，小三？”

任航细品，感觉自己好像被阴阳怪气地骂了，算了，又不是第一次了。

任老三又叉了块西瓜，算了算时间：“这月月底你生日哦，二十三了，好像得在这酒店里过。”

晨熙也跟着算了算，点了点头，任航拿手里的水果叉戳了戳晨熙的手背。

晨熙扭头：“啊？”

“楼狮有没有给你安排什么花里胡哨的东西？”

晨熙想也没想，摇头：“没有。”

任航呆愣了一瞬，眉头渐渐皱起来：“他不知道你生日？”

“知道。”晨熙说，“但是他最近太忙了，就算记得也没空。”

“出差再忙能怎么样啊？给你远程订个蛋糕也不难。”任航摸了摸自己的良心，觉得要是他给好朋友过生日怎么也会比楼狮来得认真些。

晨熙透过墨镜看了任航好一会儿，然后叹气：“唉，你不懂。”

晨熙小半张脸都被墨镜挡着，任航也看不清他什么表情。只看到晨老四抱着杯西瓜汁看着海发了好一会儿呆，然后低头掰了掰手指：“还有二十三天。”

任航没反应过来：“什么二十三天？”

晨熙：“我生日。”

任航："你之前不是不过生日吗？"

晨熙的确是不过生日的，这一点很多人都知道。虽然每年晨熙生日的时候，仍旧有不少人给他递生日礼物，但他自己连蛋糕都懒得买，最多拉上几个人去学校后门的鲜味大亨撮上一顿，这个人数小于或等于四。没错，过生日这回事，其实也就只是他们寝室四个人聚餐的由头之一而已。

"没事，"任航安慰晨熙，"楼狮他没法送你生日礼物，我跟你叶哥送，正好，我们都工作了，你想要什么礼物？"

"什么礼物啊……"晨熙沉思。

旁边跑过来一台服务机器人，又给他们续了个果盘。晨熙微怔，他刚才没有点果盘。他转头揪住服务机器人，打开它的面板看了一眼，发现上边显示的是楼狮龙飞凤舞的签名。

晨熙愣了两秒，眨了眨眼，松开服务机器人，盯了它头顶的摄像头半晌，若有所察，小声嘀咕："生日礼物……我想要海潮花。"

任航蒙了片刻，迅速拒绝："超纲了，下一题。"

晨熙从旁边的冰块桶里夹了两粒冰块，放到果汁里。他一口气喝完了果汁，看着在浪头上惨烈扑腾的叶朗朗，把手里空了的杯子放到一边，赶走了这个服务机器人。

任航这人吧，好奇心就是重。他又拿水果叉戳了戳晨熙的手背："你干吗要海潮花？"

"关心这个干什么？"晨熙扶了扶墨镜，指了指在浪头上扑腾的叶朗朗，说，"咱们在这儿要待一个月出头呢，你不去学点新技能吗？这里边除了小食和特殊餐点，全部服务都是免费的，过了这村没这店了。"

任航闻言，觉得也是，拍了一下桌子边上的按钮，翻看着服务列表，一边翻一边咂舌："他这么搞，这酒店竟然也办得下去。"

毕竟酒店行业的盈利，通常只有40%左右是来源于房费的，剩下的利润来源多是餐饮娱乐的附加费用，但这个酒店，常规餐饮娱乐通通都是免费。

晨熙戳了块杧果，随意答道：“本来就不是一般酒店，平时这酒店每年只开放两个月，开放对象是觉醒学校高级课程的学生。”

这种专门针对觉醒者服务的店，不管是在哪儿，是哪个行业，无一例外通通都是血亏的，因为觉醒者的数量实在是太少了。晨熙所在的这个国家，这么多个超星系的疆土，只需要一个觉醒学校就足够。只面向觉醒者服务的店，那不是血亏是什么。

任航奇怪：“哎，又不挣钱，那楼狮搞这个酒店图什么？”

“图跟觉醒学校关系好，以便自己先接触想要的觉醒者啊。”晨熙回忆了一下，“他在别的国家也有类似这种产业的。”

任航闻言，转头盯着晨熙，半晌，盯得晨熙都有些不自在了，才说：“你了解得还挺清楚啊。”

晨熙挠挠头：“还行吧。”

“你了解得这么清楚干什么？”任航说着，抿了抿唇，欲言又止。

“是他自己告诉我的。”晨熙回答完，对上任航透着点担忧和欲言又止的视线，突然就明白了任航没说出口的话。

晨熙没法跟任航说明白，他总不能告诉任航，楼狮是最近闹得满城风雨的那个狮心星盗团的头头。人家天天跟死神跳着恰恰，哪来那么多空闲折腾这些小事。

晨熙想来想去，最终说道：“但你看，我要来毕业旅行，他就让我们这一届来这里了啊，平时这里位置都是保密的，对外说就是私家山庄来着，我来之前也不知道我们是住这里。”

“我生日还有二十三天呢。”晨熙说，“我也不在意什么礼物不礼物的，把这次的毕业旅行当礼物就挺好。”

“行吧，你自己看着办。”任航觉得自己的确也没法多评判什么，他们跟楼狮又不熟，“要是觉得不开心，我和你叶哥就带你出去玩，散心。”

晨熙心头一暖，他把沙滩椅靠背往下一放，两条大长腿一搭：“那可能是我带你们出去散心，我必定比你们有钱。”

任航一愣，想起晨熙最近在考觉醒烘焙师的证，顿时感觉自己没法跟晨熙交流了。

你这该死的有钱人，早就背叛了我们穷鬼联盟！任航迈着六亲不认的步伐骂骂咧咧地走向了泳具店。

晨熙戴着墨镜，盯着眼前的海发呆。

他半躺在沙滩椅上，穿着薄薄的白 T 恤，下半身套着条土了吧唧、花里胡哨的大裤衩。墨镜挡住了他一小半的脸，却没挡住他帅气的轮廓，还有偶尔被海风掀起的衣摆之下的漂亮人鱼线。他仍旧是海滩边上一道亮丽的风景线。

晨熙一动不动地躺在那里，旁人看不见他的眼睛，便以为他睡着了。几个女孩子兴奋地举着终端咔嚓咔嚓拍起了照，大胆一点的直接抬脚走过去，准备在之前任航坐的那个沙滩椅上坐下来，跟晨熙搭讪。

叶朗朗和任航远远地看着。

叶朗朗看着那个大胆的女孩子刚走近晨熙，远远地就来了个服务机器人，迅速占据了那个沙滩椅，然后把那张沙滩椅收了起来。

晨熙在那边感觉被海风吹得鼻子痒痒，忍不住打了个喷嚏。

叶朗朗和任航最近玩疯了，因为这个酒店着实是什么都有，在这里可以找到一年四季所有的娱乐项目。如今正值夏日，他们却在巨大的室内滑雪场里放肆。打小冬天就在雪地里打滚的晨熙脚上踩着双板，手把手地教叶朗朗和任航滑雪。但叶朗朗和任航身体协调能力没那么好，滑是能滑，但刹车全靠摔。

晨熙叹气："今天我好好的生日，怎么净看你们摔跤了？"

叶朗朗被他拉起来，撑着雪棍，问："那你想看什么？"

任航摔过来，插嘴："这个我知道，他想看海潮花，我最近天天作法，夜观星象……算了，我也不知道今年有没有。"

对于这个，晨熙很有发言权："西北季风要来了，今年很有可能看得到。"

叶朗朗闻言，摸了摸自己快裂开的屁股："这里离潮汐湾也不远嘛，就算是平时也很好看，要不要去看看？"

哥仨迅速达成了共识，把雪具还回去，回房间去换衣服。

晨熙换好衣服从卧室里出来，带上门，这才发现这门的把手比之前要新很多。他想起自己刚变回人的时候，因为控制不住力道，直接把这个门把手给拽下来的事。

晨熙摸了摸那把手，轻轻叹了口气，转身下楼，低头在酒店服务面板上找摆渡车。酒店摆渡车随叫随到，点对点接送。晨熙叫好了摆渡车，余光瞥见了院落里有一道人影。他浑身一绷，下意识掐住了手腕上的安全装置，警觉地抬起头来。

他看到楼狮站在门外，风尘仆仆的样子。胡楂儿冒出来了还没剃，眼中也密布着红血丝，肉眼可见的疲惫。

晨熙脑子一嗡，整个人愣在了原地。

楼狮见晨熙看过来，才缓缓合上眼，复又睁开，抬脚迈步。

如今盛夏，烈日炎炎，遍地深绿，繁花盛开，甚至早枯的树种枝头已经漫上了浅淡的枯黄。可他走来，就好像给这世界添上了一层薄薄的雀跃与生机。

楼狮回来没有带人，也没有通知谁。他只是将战果交给了后勤，然后就像从前无数次一样，并不参与任何胜利的庆祝，也无意露面，就这么悄无声息地自狮心要塞离开了，无人发觉。如今知道楼狮回来的，只有一直蹲守在附近的白露。

楼狮走进屋里，看着还傻站在原地的晨熙，正要说话，就看到晨熙往后退了两步。

楼狮：“？”

晨熙：“臭死了，你快去洗澡。”

楼狮一愣，被晨熙推进了浴室，才反应过来自己为了快速赶回来，是乘坐驱逐舰一路疯狂推进跳跃回来的。驱逐舰这种东西吧，基本都是当斥候的作用，自然是不会有什么别的设备的。

楼狮看着晨熙把门关上，侧耳听了一会儿，发现晨熙一路“噔噔噔”地走远了。

楼狮顿了顿，打开了浴室门。晨熙进楼狮房间的脚步一顿，探头：“你出来干什么？洗澡啊。”

楼狮慢吞吞地开口：“打个招呼，我回来了。”

晨熙愣怔片刻，嘀咕：“不是说海潮花开的时候才回来吗……”

楼狮于是从衣兜里掏出一个水晶球来：“这也算开了。”

晨熙看了一眼那个巴掌大的水晶球，一个微缩版的潮汐湾安然地待在漂亮的球里。

这是蓝湾工艺品小摊上随处可见的小玩意儿，只是跟楼狮的画风相去甚远，就好像一个肌肉猛汉在小心细致地照料柔弱的菟丝花。晨熙被自己的脑补震了一下，而后微微睁大眼，深吸口气：“知道了知道了，你快去洗澡。”

他说完转过头，噔噔噔地冲进了楼狮的房间。楼狮看着晨熙的背影，带上门，笑了一声，心情颇佳地进了浴室。

晨熙上楼狮房间里给他拿了衣服放到浴室门外的衣篓里，然后摸出终端来，跟叶朗朗和任航汇报情况。

彩虹屁指挥中心（4）。

晨熙熙：“叶朗朗、任航航，咕！”

叶朗朗："？？？"

任航航："？？？"

晨熙喜滋滋地说："我老板回来了。"

任航轻嘶一声，想起自己之前讲过的话，咂巴咂巴嘴。

挺好，任航想。

叶朗朗深吸口气，偏头看了一眼崖边的那幢房子，感觉有点淡淡的忧愁。

楼狮并不是贪图安逸和享乐的类型，这二十多分钟的时间里，绝大部分都被他用来收拾伤口了。愈合结痂的创口要重新喷上修复液，还没愈合的伤需要清洗，再换上新的愈合胶布。这些事情楼狮做起来很熟练，但身上的伤痕细细碎碎的，他还是花了一些时间。

他一出来，就察觉到晨熙稍显剧烈的动作。楼狮抬眼对上晨熙的视线，发觉他有点紧张和局促。

楼狮一顿，一时间想不到晨熙紧张的理由，也许是他身上的硝烟与血腥气还未退去。晨熙毕竟是猫科觉醒者，在最初的冲击之后，缓过劲来了察觉到这一点并因此而有些不安定实属正常。但楼狮也没办法马上恢复成之前修身养性的样子。

楼狮擦着头发向客厅沙发上盘着腿盯着他的晨熙走过去，晨熙紧张得眼睛都瞪得溜圆，然后在与他对视三秒之后，目光擦过他身上的浴袍，飞速缩回了视线。

楼狮的脚步没有迟疑，仍旧坚定地走向了晨熙，然后在这只仿佛马上就要奓毛的猫咪旁边坐了下来。

晨熙感觉身边沙发陷下去一小块，他下意识地往旁边挪了挪，而后小心翼翼地瞥向了身边的楼狮。

这一瞥，就看到楼狮动作之间暴露出来的、浴袍底下的愈合贴布。楼狮浴袍的束带系得松垮，坐下来的时候，领口几乎挡不住他胸膛至腹部的肌肤。几块型号不一的愈合贴布盖住了楼狮上半身几乎一半的皮肤，还有另外一些已经愈合了的伤痕，新旧交错地爬在他身上。

晨熙的紧张突然消失了。

楼狮察觉到晨熙的关注，顺着他的目光往下看，开口：“已经好了。”

熙熙看起来那么好骗吗？

晨熙一边打开服务面板准备喊医疗机器人，一边还有点小生气：“好了还用愈合贴布？”

楼狮有些迷惑于晨熙的反应，他的确还有一些细碎的小伤没有好，但这些能用愈合贴布解决的小伤在他这里，都不能称为“伤”，不过是一些无法造成任何影响的小毛病。但猫崽子好像很在意这些伤痕，楼狮略一沉思，一抬手就拉开了腰间的束带。

既然晨熙想看就给他看，楼狮这么想着，结果刚解开一个扣子，晨熙就瞪大眼，“噌”地一下从沙发上蹦了起来！

晨熙紧张起来：“你做什么？”

楼狮微微沉吟：“给你看。”

晨熙脑子一时没拐过弯来：“看什么？”

“伤。”楼狮说，“真的好了。”

晨熙愣住，看着楼狮动作利落地解开了束带，然后撕掉了愈合贴布，露出了清洗干净的一道血口，看起来的确是没有什么问题。

晨熙看着楼狮把贴布贴回去。

“你在紧张什么？出什么事了？”楼狮直接问道，他的思维还没能从战场上转过来，略一思考，便微微皱起眉来，“我没有收到你遭到袭击的情报，白露工作疏忽了？”

“我……”晨熙听到楼狮的提问，迟滞着回过神来，“没有。”

晨熙脸色不好，楼狮的眉头便随着时间的推移而越皱越紧。怎么，难不成还真就有什么他不知道的事情发生了吗？

楼狮声音微沉：“发生了什么事？”

晨熙欲言又止，止言又欲，最后梗着脖子，摇了摇头：“确实没有。”

楼狮不信，正欲再问：“那——”

晨熙迅速打断：“我只是在想叶哥他们。”

楼狮：“嗯？”

晨熙：“叶哥他们去潮汐湾了，我还没去过呢，现在竟然还在群里直播。”

晨熙说完，对自己这熟练的操作感到十分满意，这一手甩锅简直天衣无缝、完美无缺！

楼狮想到今天是晨熙的生日：“你跟他们约好了？”

晨熙含糊着应了一声，楼狮懂了，本来约好了，因为他突然回来，所以临时就不去了。楼狮自己是不过生日的，对于生日的讲究也并不清楚，但他知道，就大多数人而言，这个日子是格外不同的。

楼狮问：“你想去？”

晨熙点头：“是有点想。”

蓝湾有很多地形地貌的景点，晨熙是一个都没去过。而潮汐湾在没有海潮花的时候，别称“沉船湾”，也是一个景点，风平浪静的时候，还有潜水探查水底沉船的娱乐活动。不管从哪个方面来讲，晨熙都很感兴趣。

晨熙并不擅长遮掩，这点心思在楼狮眼里一览无余。楼狮把毛巾扔到一边，看了一眼桌上放着的小水晶球：“那就去看看吧，我去换衣服。”

楼狮雷厉风行，话音刚落就起身，大步向房间里走去。晨熙一愣，看着楼狮的背影，而后意识到了什么，小声说道：“可以去？”

楼狮脚步一顿，也呆怔了一瞬，回过神来，慢吞吞地点了点头：“对。”

晨熙下意识看了一眼自己宽宽松松的大T恤和大裤衩。他这段时间一直就是这种风格的打扮。懒到一定程度，就会爱上这种穿着，因为可以直接当睡衣穿着睡觉，第二天一早爬起来，又能不用换衣服直接出门。

可这身打扮一点都不适合去再远一点的地方，晨熙想着，抬头看着楼狮的背影，声音提高了些："不行！"

楼狮："？"

晨熙看着楼狮眼底的血丝："你先去睡觉。"

楼狮明白过来，这是让他先休息的意思。楼狮看着晨熙，摇了摇头："今天是你生日。"

晨熙摇头："那你也得先去休息。"

楼狮试图强调："觉醒者的体质和精神都——"

晨熙干脆不听了，把手里的抱枕往旁边一扔，推着楼狮就往楼上走。

又是一天过去了，夕照将海与天晕染出深深浅浅的粉。

"要不要出去走走？"楼狮还记着他先前说的想出去逛逛的事。

晨熙一愣，颇有些怀疑地看向楼狮。

楼狮见晨熙不说话，补充道："出去逛逛？"

小猫猫抬起头来，眨了眨眼，漂亮的猫眼微微瞪大些许，透着一股肉眼可见的惊讶。晨熙倒是不觉得这个时间点出去怎么了，毕竟海城的夜生活相当丰富，更别说人流量巨大的旅游胜地蓝湾了。他只是没想到楼狮还记着这事，而他自己都忘了。

晨熙"喵"了一声，迈着四只小短腿一蹦一蹦地上了楼。

晨熙拉开了衣柜，看着那一小叠衣服，陷入了沉思。

事情是这样的，因为是海滨度假，晨熙压根儿就没好好准备行李，衣服都是非常肥大的T恤配上一条大裤衩，轻松吸汗好活动，连鞋子都只有一双运动鞋和一双编织人字拖。

和老板出门怎么也不能穿得像个老大爷一样吧！晨熙用脚指头想都知道这肯定是不得行的。于是他略一思考，摸出面板来，打开最近商场的网购面板，开始远程购物。

楼狮站在自己的房间里，同样看着衣柜，陷入了沉思。

事情是这样的，楼狮作为楼氏老板，衣柜里只有两种类型的衣服，一种是睡衣，另一种是正装。

楼狮看看那一排款式大同小异，一穿上就能直接出席会议毫不出错的正装，觉得穿这个和晨熙出去逛，肯定是不行的。

他并没有过出门逛街的经历，同样的，他也没有什么穿平常衣服的经历。在宇宙之中，大家都是要穿防护服来抵挡宇宙中的辐射物质的，这种以安全为首要任务的东西，几乎跟美观没有关系。而在要塞之中的时候，楼狮也几乎是战斗服不离身的，功能性同样大于美观性。

楼老板面无表情地合上衣柜门，想了想，缓缓打开了终端，开始寻找通信列表里有没有什么合适的目标能让他揪出来问一问。

繁星悄然地沉在了夜幕之中，蹲守在外的薮猫女士打了个小小的呵欠，琢磨着自己超长的工作量，应该向楼狮讨多少钱。

当初他们约定，她是在楼狮不在期间保护好晨熙，而现在楼狮已经回来了，却还没有正式跟她见面。她还在等着楼狮给她交代黑曼巴和瑞比的下落，然后作为一个胜利者，去剁了黑曼巴和瑞比的脑袋，烧给她死去的孩子。

这是当初她跟楼狮做交易的条件，现在也到了兑现的时候。顺便，请他对额外的工作量，结算一下加班费。看在晨熙的面子上，她可以考虑稍微打个折。

白露女士这样想着，耳尖一动，低头看了看振动起来的终端。

薮猫女士有些疑惑，她没有什么朋友，在失去了她的孩子之后，终端大部分时间冷寂得像是不存在一样，每天也就是用来跟那位狮心的财务官先生互通一下有无，汇报一下工作。但她今天已经汇报过了，难不成是出了什么意外情况？

也是，狮心虽然获得了胜利，但小规模的反抗和一些强弩之末的绝命反击，也往往会给胜利者带来非常棘手的麻烦。白露想到这里，微微皱起眉来，谨慎小心地抬眼环视一圈这安静的环境，反复确认了暂时没有异常之后，低头点开了终端，发现给她发来消息的人竟然是楼狮。

竟然是楼狮亲自发来的命令！

白露心中一凛，抬眼看向她一直关注的房子，握紧了手中的飞虫自爆式机器人的控制器，绷着一张脸，无比紧张地点开了消息。

楼狮："通常来讲，和朋友外出逛街应该穿什么衣服？"

白露："？"

楼狮觉得自己选的询问对象非常完美，反正他是不会去找舰队长问的，堂堂狮心头领，要脸。但白露不同，白露毕竟是有过正常生活的人，跟狮心的关系并不那么深，也相当遵守潜伏人员的缄默法则。

楼狮这样一想，更加觉得自己这个询问对象挑得好了。

白露看着那条消息，想到自己先前的紧张，深吸口气，觉得楼狮可能是有病。但鉴于楼狮还没给她加班费，白露女士略一思考，认真敲字。

白露："加钱。"

楼狮是那种计较金钱的人吗？当然不是，楼老板非常干脆地答应了白露女士的要求："行。"

白露女士隔着屏幕都感觉到了楼狮散发出来的一股子生活新手的气味。也是没想到，但也不是想不到。合情合理地推断一下，白露女士觉得楼狮应该是第一次和朋友出门闲逛，甚至是第一次交朋友。

想想传闻里楼狮以前那样子，怎么都不像是有朋友的样子。除了某些心理不正常的变态，谁会跟一个时时刻刻处在狂躁之中的人交朋友？尤其此人是随随便便能一巴掌把人直接拍死的雄狮觉醒者。

不过现在嘛……白露沉思两秒，确定了这次是谁跟楼狮出门。

白露一边想着，一边敲字："海边度假的话，穿得休闲宽松一点就好了。"

楼狮想了想，觉得似乎有点道理。他几乎没有看过晨熙穿上正装的样子，那只小猫咪一天到晚都穿宽松的运动装或者休闲装，隔着八百米都能看见他身上由内而外散发出来的生机勃勃的活力。相比之下，楼狮自己的穿衣风格就显得有些太紧绷了。这样想着，楼狮抬眼看了看自己的衣柜，而后打开了购物页面。

晨熙从房间里探出头来，站在二楼小心观察了一下一楼，发现楼狮还在房间里之后，一溜烟地跑下楼，在送货机器人按响门铃之前，把送到的衣服给签收了。

刚送来的衣服做了个紧急熨烫和熏香，有淡淡的松香气，闻着就让人感觉特别沉稳高冷。晨熙做贼似的溜回了房间，洗了个澡，穿上了新衣服，看着镜子里难得穿了一次正经衬衫的自己，颇有些不自在地活动了几下脖颈和手腕。

帅是帅，晨熙想道，然后抬手摸了摸自己的脸。脸还是那张脸，但这正装一套上，瞬间大上好几岁。

糟糕，晨熙看着镜子里成熟的自己竟有那么一丝丝嫌弃。

对习惯了宽松运动装的人来说，这种裁剪和板型实在是不自由。但晨熙想想楼狮除了正装就只剩下居家睡衣的衣柜，觉得自己还是稍微牺牲一下的好。年纪显得大一点也好，晨熙满脸严肃，年纪显得大点，也免得跟在老板身边，不像是朋友，更像是老板的侄子。

为了老板，我真是牺牲了好多。晨熙唏嘘着推开门，下了楼，喜滋滋地等着给老板一个大惊喜。

楼狮还没出来。

楼狮当然还没出来，因为他刚拿到机器人送来的新衣服。这是一套根据白露的意见挑选的休闲装，大印花宽T恤，还有看着挺时髦的九分阔腿裤，配了一双高帮板鞋。

楼狮微微皱起眉来，这种宽松灌风的衣服，只是在安全系数高的地方待着还好，要走出去的话，他实在是有些不适应。

但穿正装也不太好，现在出去是逛夜市，谁会西装笔挺地去逛夜市呢？就算不嫌热也太不合群了。楼狮想着，抬眼对着镜子瞅瞅自己的形象，感觉这一身套上，瞬间年轻了五六岁，也显出了几分陌生。

不过，跟小猫崽子倒是有几分搭调，思及此，楼狮放松了眉心，不太适应地扯了扯衣角，转身走出去，准备给小猫崽子一个惊喜。

楼狮刚按下门把手，坐在沙发上无聊到撕纸巾玩的晨熙就蹦起来，捧着一捧被他撕得稀碎的纸巾，蹿到楼狮房间门口对着打开了一条缝的门，“呼啦”一下，把掌心里的碎纸一撒。

晨熙满脸得意，尾巴几乎要翘上天的样子：“Surpri——”他话说到一半突然停止。

推开门的楼狮被碎纸撒了满头满脸，透过纷纷扬扬像雪一样的碎纸巾，看到了晨熙身上规整的衬衫和笔挺的西裤。

楼狮：“……”

晨熙：“……”

这可真是绝了，谁能想到世上竟有这么巧的事！感觉真的很尴尬。简直比选美大赛上两个选手从发型、妆容到衣服都完美撞在一起还要尴尬那么一点点。

晨熙跟楼狮两个人站在一楼房门口大眼瞪小眼。

这谁想得到？这谁都想不到。

但楼狮是谁，他什么大风大浪没见过，在短暂的沉默之后就反应了过来。他垂眼看着晨熙如今的穿着，微微地震惊之后，眼中透出了一丝笑意。

在楼狮的印象里，晨熙从来没有穿过正装。猫崽子活泼好动不喜欢被束缚，向来都是穿一身松垮好活动的运动装。海城冬天也不冷，所以晨熙基本上是夏天背心、T恤、大裤衩，冬天卫衣、长裤、羊毛衫，就连毕业典礼的时候，那身规整的毕业服也被他穿得像是一颗惨遭蹂躏的咸菜。

但今天这身，他却好好地穿上了，有点陌生，有点不太习惯，但很好看。

楼狮有话直说："很好看。"

晨熙还沉浸在类似撞衫的尴尬之中不可自拔，听楼狮这么一说，愣了两秒。

晨熙迅速回神，无比骄傲地接下了楼狮的夸奖："那是！"

本海大篮球小王子自然是穿什么都好看！

楼狮看着得意得尾巴都要翘上天去的晨熙，挑了挑眉，小鬼还挺自信。楼狮这样想着，垂眼看了看自己，着实是不习惯。现在晨熙穿成这样，楼狮觉得自己好像没必要改变自己之前习惯性的装束，琢磨着要不要换回来。

晨熙见楼狮一低头，一副若有所思的模样，浑身一震！老板这必然是在等熙熙夸他！

晨熙这样想着，十分上道地拍马屁："老板也帅！老板天下第一帅！"

楼狮闻言，抬眼看向晨熙。

马屁楼狮可没少听过，但说他长得好看这方面的恭维，却实在是少得可怜。毕竟见得到他的人本来就很少，会昂首挺胸正面面对他的人更是少之又少，几乎没有人会注意他外表如何，拍马屁也不会往外貌上拍。

楼狮觉得这还有点新鲜。

“天下第一帅？”他问，“比你还帅？”

“您这哪儿的话呀？老板。”晨熙腼腆一笑。

楼狮：“……”行吧，小朋友也就过过嘴瘾。

“出发出发。”过了一把嘴瘾的晨熙喜滋滋地转头往门口走，走了两步，又停下脚步转过身，跟身后的楼狮对上视线，然后向着楼狮招了招手。

蓝湾这一片海域的夜市有很多，每个不同的景点隔着一段距离，自然而然就有各种夜市。

晨熙这段时间一直待在蓝湾附近，没少跟着叶朗朗他们到处乱疯，大大小小的夜市被他们逛了大半，晨熙对此如数家珍。

晨熙拿着地图蹦蹦跳跳，背后跟着个楼狮，顺着数到潮汐湾的时候，他“哦”了一声：“潮汐湾我还没去过。”

楼狮问：“怎么没去？”

潮汐湾距离酒店其实很近，走路也就只需要半个多小时。

“我们习惯先玩远的，因为旅游嘛很容易累，所以在不累的时候先去远一点的地方，再去近的。”

本来生日那天就应该玩到潮汐湾的，没想到楼狮突然回来了，所以他没去。楼狮回来的时候，晨熙还想着生日没去，等楼老板休息好了，可以一起去逛逛。谁能想到一下子拖了这么多天。

楼狮感觉晨熙脸上表情有些许的遗憾，脚步便停顿了一瞬，偏头看向了身边的晨熙。晨熙微微垂着眼，把脸上的表情收了收，空闲着的手把玩着手里的终端。

楼狮本身也不是什么擅长察言观色的人物，他看了一下没看出什么名堂来，就跟着晨熙，沿着海岸线漫步而行。

离开了酒店的范围之后，周边的行人渐渐多了起来。

久居上位的楼狮用目光扫过周围的男男女女，像极了上课老师盯着偷玩终端的学生，让好些人缩着脖子灰溜溜地跑走了。楼狮皱了皱眉，目睹一切的晨熙没忍住，笑了一声。

楼狮敛了敛神，收回目光，一派正经地解释："他们胆子太小了。"

晨熙点点头："嗯嗯。"

楼狮又说："你就没怕过我。"

晨熙又点点头，点到一半，又摇了摇。

那还是怕过的，只不过这人对他态度一直就没怎么强硬过，而晨熙这人吧，尤其擅长打蛇上棍，得寸进尺。但楼狮没想到，他眉头一挑："你怕过？什么时候？"

晨熙："第一次见面的时候。"

那会儿的楼狮还是有点吓人，跟现在这会儿他身边的人可不一样。这会儿要是保镖先生在他们身边，表情一定非常精彩。毕竟在遇到晨熙之前，楼狮这个人是个什么德行，简直是连回忆都不想回忆。可惜保镖先生不在，楼狮也并没有把晨熙说的这话往心里去。

以前怕过怎么了，看看现在，都敢扒着鬃毛爬到他头顶去喵喵叫，还敢骑着狮子指东走西的，一般人谁敢这么干？

楼狮略微收敛了一番自己的存在感，在一个摊位前顿了顿，面露恍然之色，叫住晨熙一起朝摊位走去。

像这种海滨的摊位上出售的，通常也就是一些制作起来不麻烦的小商品和食物。楼狮看着摊位上插得满满当当的棉花糖，鼻翼微动，又看向了被棉花糖遮住面孔，在忙着做可丽饼的摊主。这摊主的动作看起来稍显生疏，但大致上并没有出什么错。

但这气味着实是过于熟悉了，楼狮神情复杂地眯起了眼。

晨熙半点没察觉到异常，他顺着楼狮的目光，看到摊位前五颜六色的棉花糖，超大声："老板，我给你买！"说完这话晨熙老得意了，尾巴都要翘到天上去。男人最大的面子是什么？男人最有魅力的动作是什么？是出门的时候为朋友掏钱的动作！

棉花糖这点钱用不着老板给！晨熙觉得自己倍儿有面子，喜滋滋地摸出了自己的终端。

摊主摊饼的手一顿。

晨熙没发觉摊主这一瞬间的停顿，他拿出终端，发现楼狮没什么反应，又将目光投向了可丽饼："还是想吃可丽饼？"

楼狮可有可无地应了一声，直接向摊主伸出了手："饼。"

买！晨熙算算自己的小金库，腰板挺得笔直，本猫猫的钱够把整个摊子都买下来！

摊主一个哆嗦，差点没拿稳手里的铲，然后以迅雷不及掩耳之势摊好了一个饼，飞速卷好交到了楼狮手上。

楼狮掀掀眼皮，目光轻飘飘地擦过摊主那双指节粗大、满布老茧的手，接过对方递过来的可丽饼，偏头，慢吞吞地递到了晨熙面前。

晨熙一愣："？"

楼狮又往前递了递，晨熙明白过来，眨了眨眼，接住饼张嘴一口咬住了。

摊主死死地盯着晨熙，晨熙感觉一阵凉意蹿上来，在蓝湾六月的烈日之下忍不住打了个寒噤。他警觉地左右四顾，始终没发现什么异常。

晨熙有些莫名地收回视线，舔了舔唇上沾着的奶油，刹那间又感觉有一股不知从何而来的凉意从他脚底板一路蹿到天灵盖。

晨熙："？？？"

楼狮看着晨熙一惊一乍的样子："怎么了？"

晨熙微微皱起眉："我总觉得有人想暗算我！"

楼狮煞有介事地环视一圈周围，以一股正义凛然的气势吓退了身边离他们有些近的男男女女，最终确认："没有。"

晨熙迟疑着："真的吗？"

"真的。"楼狮点了点头，随口咬了一口可丽饼，软塌塌的奶油和甜腻的枫糖浆的味道让他皱了皱眉。

实在不怎么好吃，怪不得这摊子没什么生意。

“难吃。”楼狮耿直地评价。

晨熙看了一眼摊主，总觉得这哥们儿下一秒可能就要跳出来殴打楼狮，赶紧付了钱，嘴上忙不迭地说：“可丽饼就是这个味道啊，老板你不喜欢吃也不要说难吃啊！”

他一边说着，一边推着楼狮往不远处的炒酸奶摊子走去，没注意到他付钱的时候整个人都要裂开的摊主。

晨熙点了一份炒酸奶付了钱，但他对炒酸奶没什么兴趣，眼睛一眨不眨地盯着不远处水果千层塔的摊子。摊子周围围了一大圈人，摊主像在耍杂技，把水果塔堆得老高。

晨熙两眼发亮，扯扯楼狮：“老板，我去买那个，你在这里等着炒酸奶！”他话音未落，就已经蹦蹦跳跳地跑了。

楼狮站在酸奶摊子前低头，看了一眼那边水果千层塔的摊主，颇为不爽地眯起眼来。

在中间堆高塔的摊主手一抖，老高老高的水果塔轰然倒塌，围在水果千层塔摊位周围的人发出此起彼伏的惊呼，满脸都是遗憾。

晨熙站在人群外踮着脚，伸着脖子往里探头，好奇得不行。楼狮侧着头，将晨熙的身影纳入视野之中，伸手敲了敲炒酸奶的桌面，声音冷冷淡淡：“你们来了多少人？”

摊主停住，放下了手里的铲，声音之中有几分艰涩：“头儿，基本来全了。”

楼狮闻言，伸手掀开了炒酸奶摊子前面垂下来的布帘，面无表情地盯了伪装成炒酸奶摊主的狮心第二舰舰队长足足三秒，然后又转头去关注猫崽子。

舰队长冷汗“唰”地一下冒了出来：“您安排的事情我们都安排下去了，就是听说您有一个很要好的朋友，所以大家都特别……”他把“听说”和“大家”这两个关键词咬得重重的，毫不犹豫地卖掉了队友。

开玩笑，就算被头儿殴打也不能只有他一个人享受这等待遇，要死一起死，星际海盗之间没有忠诚！

楼狮没有说什么，只是吩咐道：“看完了就回去。”

舰队长微微睁大了眼，惊讶于自己竟然没有被当街暴打。

“好的头儿！”反应过来后，他忙不迭应声，看了看在另一个舰队长摊位上看热闹的晨熙，又看了看楼狮，心里犯嘀咕，这俩一人一个画风，看着就不是一路人的样子，但看楼狮这么重视的样子，当然还是要确定一下头儿的态度，也好做个准备。

不过对于他们这种亡命之徒而言，确认这种事情也并没有什么必要，只不过在漫长紧绷又乱七八糟的复杂战况之后，前来放松一下，满足满足好奇心罢了。

毕竟那位小年轻，看着虽然没什么特别，却是实实在在地让他们那个令人难以揣测的头儿产生了巨变的人。

这是个人都得好奇死。

这条海滨行道上的摊子零零碎碎地混着他们几个兄弟，关注着在外穷凶极恶的星际海盗头子跟在他朋友身边，手上、身上挂满了跟他风格截然相反的花里胡哨的纪念品和小零食。

楼狮神情平静地跟在晨熙背后，灵敏的听觉捕捉到许多细细碎碎的对话。

同为猫科觉醒者，晨熙的听力也不比楼狮差到哪里去，他以他绝妙的审美又买了一个手工珍珠编织包，回头往楼狮脖子上一挂，听着旁边的人发出羡慕的声音，整个人都散发出一股肉眼可见的得意来。这要是觉醒体的状态，必能看到他尾巴翘天上，指不定还会兴奋地在狮子身上上蹿下跳。

楼狮建议：“先找机器人把这些送回去？”

晨熙万分坚定："不！"

楼狮："？"

几个鬼鬼祟祟的舰队长瞪大了眼。这哥们儿知不知道自己拒绝的是谁！他拒绝的可是楼狮！

晨熙转头看向跟在他后边的楼狮，超理直气壮："就这么点东西，你拎着怎么了？"楼狮几乎听到了他那几个属下倒吸凉气的声音，但楼老板丝毫没有往心里去的意思，他只是微微垂下眼，跟理直气壮的晨熙对视起来。

舰队长们呼吸都停滞下来，满脑子都是如果楼狮在这里大开杀戒，他们应该怎么样才能神不知鬼不觉地撤退。就在他们几个以为楼狮下一秒就要捏爆那个不知天高地厚的小年轻的脑袋时，他们的头儿终于有了反应。

楼狮带着点妥协意味地点了点头："好。"

暗中观察的舰队长们惊恐地抠烂了手上的铲子，内心翻江倒海。

楼狮低头看看自己身上挂着的花花绿绿乱七八糟的东西，抬起头，又看到在前边得意扬扬走路带风的猫崽子，内心十分平静，甚至还有点想笑。

晨熙走在前边打了个喷嚏，半点不在意地揉了揉有点痒痒的鼻子，心里计算着刚刚买的东西够不够送给家乡的亲朋好友。

晨熙的家乡林原星是个农业星球，亲朋之间相对亲近许多。他掰着手指对着名单，目光还在一些纪念品摊位上扫来扫去。楼狮扫了一眼晨熙终端上的名单，那些名单后边的括号里写着爱好，一部分名字后面已经打上了钩。

夜色有些深了，夜市稍显昏暗的灯光之下，楼狮从旁边的烧烤摊上买了一串肉，塞给了身边的人。

晨熙叼着肉付了钱，带着楼狮拐了个弯，毫无目的地在这片海滨溜达起来，然后又慢吞吞地向着峡湾走去。

被留在夜市上的几个人一个接一个地裂开，峡湾海风吹拂，卷走几缕破碎的讯息。

“老板，我过几天要回家一趟。”

“好。”

“你跟我一起吗？”

“嗯。”